张翅文集

张 翅 著

光明日报出版社

图书在版编目（CIP）数据

张翅文集 / 张翅著． --北京：光明日报出版社，
2021.5

ISBN 978 - 7 - 5194 - 5528 - 6

Ⅰ．①张… Ⅱ．①张… Ⅲ．①中国文学—当代文学—
作品综合集 Ⅳ．①I217.2

中国版本图书馆 CIP 数据核字（2019）第 197607 号

张翅文集

ZHANGCHI WENJI

著　者：张　翅

责任编辑：李　倩　　　　　　　　　责任校对：卢媚珠

封面设计：张子淳　　　　　　　　　责任印制：曹　净

出版发行：光明日报出版社

地　　址：北京市西城区永安路 106 号，100050

电　　话：010 - 63169890（咨询），010 - 63131930（邮购）

传　　真：010 - 63131930

网　　址：http：//book. gmw. cn

E - mail：gmcbs@ gmw. cn

法律顾问：北京德恒律师事务所龚柳方律师

印　　刷：三河市华东印刷有限公司

装　　订：三河市华东印刷有限公司

本书如有破损、缺页、装订错误，请与本社联系调换，电话：010 - 63131930

开　　本：170mm×240mm

字　　数：627 千字　　　　　　　　印　　张：39

版　　次：2021 年 5 月第 1 版　　　　印　　次：2021 年 5 月第 1 次印刷

书　　号：ISBN 978 - 7 - 5194 - 5528 - 6

定　　价：98.00 元

前　言

　　《张翅文集》里的所有文章，都先后在全国各大出版社、报纸、杂志出版面世，引起了当代人的强烈共鸣。其中，在《人民日报》发表的《春笋》曾被中央电台选播，并被收入中学语文教材和《中学生课外阅读文选》；《阿根》被收入广州市初中三年级语文课本。不少相识的、不相识的著名作家、评论家、教授、诗人都纷纷为他写评论文章，称他的书为"灵书"，越读越感到"灵性之光"。全国著名评论家宋梧刚说："我不能不更加钦佩作者结构的本领了：大背景、小背景、政治事业、儿女私情，扯得那么紧，却又一丝不令人气闷；放得那么轻，却绝不会使人淡忘。""在写法上屡出奇兵。""写商界、学界、政界……何界不酷似？描草莽、将帅、长老……哪个不逼真？""在逼真能加点'逗'，这是传奇大师艺术的一绝。在中国传奇中，如此生生不息地转动既传奇又动情之作，并不多见。""作者的妙处在于灌注了当代忧患意识，勾住了读者之心。作者还善于借题抒发人生的与历史的深层感慨。""要说本书的最长处，当然是在写情：抒民族之情，情高如天，不振起者应该愧死；抒爱国之情，情深似海，不热爱者应当羞死；抒儿女之情，情系灵肉，寡情义者心何能安！""本书是一个梦，一个尽管到头来什么也没有得到，还是情愿一生做个追求者的梦……张翅他实际上是用虚虚实实、真真假假、亦是亦非、亦表亦里的描写手段反映出难以言传却可感受的艺术真实！""它留给读者以社会人生何等深邃的思考！""我颂张翅兄，此乃不世功！"

　　深圳一群青年文学爱好者，称张翅为"天才""奇才""鬼才""怪才"。他们围绕着《梦断东方》热烈争论不休……

　　张翅的五部中篇小说结集《尘孽》，被今日中国出版社收入《中国二十世纪文学名著文库》出版发行。长篇纪实文学《彩色的诱惑》被列入

《深圳之路》丛书，由新华出版社出版。报告文学系列《崛起的旋律》《编织花团锦簇的春天》等七篇作品，被收入《深圳之光》一书。《梦的故事》被收入《当代作家新作荟萃》一书……还有《借官记》《历史的召唤》等社会影响很大的作品。

张翅先生从小热爱艺术，喜欢画画、雕刻、书法。对文学尤为执着。他先后在中学当语文教师、在党政机关工作、办过地方报纸；由于酷爱文学，他始终不曾在文学崎岖小道上却步，佳作屡屡面世。当时只有16岁的儿子张弛，悄悄地在张翅相片背面写上："给爸爸画像：舞文弄墨自风流，大雅国风岂自由；半生辛劳写文章，一纸豪情亦堪求。"

"好一个'亦堪求'！"张翅即时挥毫："两袖清风自优悠，一缕空灵觅风流；秃笔有情识百态，淡墨无意论千秋。"……

我结集《张翅文集》，不仅因我有责任完成丈夫的夙愿，更重要的是想让集子里的"灵性之光"继续闪亮、永放光彩……

衷心感谢著名诗人洪三泰老师为出版《张翅文集》给予的大力支持和无私的帮助。并对热心帮助、关心和支持张翅的朋友们表示由衷的感谢。

在此，特向给张翅提供大量翔实资料的先父卢步槐先生（卢炜昌之子）致以崇高的敬意！

卢媚珠（张翅夫人、卢炜昌孙女）

2018 年 8 月 23 日

●●●●● 目录

长篇小说　梦断东方

中篇小说选集

短篇小说选集

长篇报告文学摘选

散文

长篇小说
梦断东方

内容提要

　　这是一部极富传奇色彩的取材于真人真事的长篇小说，取材于风云变幻的近代社会生活。它以广阔的空间——从广州、上海等大都市至香港、澳门，从日本东京、新加坡至夏威夷、太平洋彼岸的旧金山为背景，把卢炜昌、李不奴等人物的个人追求、儿女痴情和民族命运交织一起，展现众多人物千姿百态的风采。既重笔刻画社会名流和政坛、军界的显赫要人，又浓墨描写寻常巷陌的芸芸众生。不仅故事曲折离奇，妙趣横生，而且形象奇特、真切。在表现民族意识的同时，着力探索人类意识。笔调洒脱、深沉，机智、幽默。将遥远的传说，现实的童话熔于一炉，敷衍儿女情事，描绘生死拼搏，揭示人生奥秘。既有岭南风情，又不乏域外风光。不仅给读者带来乐趣，使人读后产生许多联想和思索，而且内中不少知识，对读者不无裨益。整部小说事件多，线索多，角度多，层面多，错综复杂，分为上卷《梦的变奏》、中卷《梦的旋律》、下卷《梦的绝响》。

迷宫之谜
——不是开头的开头

砰——

被称为"妖娆星岛第一，风流举世无双"的王雪霏小姐的写字楼上突然传来一声短促的枪响，把正在楼下恭候的日本派遣军总司令的华人翻译官给震蒙了……

这翻译官刚刚才替王雪霏小姐高兴："皇军总司令对你不胜神慕，特备夜宴相请！王小姐，请快上车吧！"

王雪霏小姐说不上惊，也说不上喜，只是淡淡一笑："你的皇军总司令大概还没晓得，我已经不太年轻了吧。"

翻译官一听，居然摘下近视眼镜，凑到王雪霏小姐的面前，瞪大一双眼睛，上上下下地端详了好一会儿，突然放声大笑道："王小姐这个谎撒得未免太离谱了。"

"你当真认为我在撒谎？"王雪霏小姐这时倒禁不住又惊又喜了。

"王小姐如果不是在撒谎，便是有意跟我开玩笑了。"翻译官的神情可容不得半点开玩笑，"王小姐要是当真有意跟我开玩笑，我倒乐意改日奉陪，只是今天晚上，可不能让皇军总司令等得太焦急！"

"这么说，你的皇军总司令对我倒实在大大的喜欢啦！"王雪霏小姐不但说话俏皮，而且居然投给翻译官几分妩媚的秋波。

翻译官的口气立刻变得软绵绵的："何止喜欢？王小姐，光凭你这神韵就够皇军总司令倾倒了。"

"还有呢？"

"哦，王小姐身上自然还有更迷人的东西。要不，皇军刚刚占领新加坡，总司令怎么会迫不及待地设夜宴相请呢？"

"嗳，我要把你的皇军总司令给迷上了，那还了得？"

"王小姐请放心，再美的美人，他顶多也只迷几夜。"

"噢，要是人家不去让他迷呢？"

"除非这个女人以自杀来拒绝。"

"那我今晚可非得去跟他迷不可啦！"

"王小姐真聪明。"

"你就在这儿等着吧！我可得去洗个澡，化个妆才行。"王雪霏小姐一边说，连忙离开客厅。

翻译官只好一迭连声："自然，自然。"他不时地瞧瞧手腕，表上的秒针转了一个圈圈又一个圈圈，眨眼之间，便过去了半个钟头……可又不能进去催她。这可把他急得活像个断头蜻蜓。

翻译官哪里晓得，王雪霏小姐这下可纯然是撒谎。她既没有必要再去洗澡，也没有必要再去化妆，却径直跑到写字楼上，赶紧拟好一份声明书，把它和一本影集交给她的贴身女佣，反复地叮咛："这封信件是给陈胜初先生的。这本影集则请他无论如何也得设法转交给卢炜昌先生或李不奴小姐。明白了吗？快去快回，我在这儿等着。"随即把她身上一件珍贵的项链送给她的贴身女佣。

就在新加坡工会会长兼中华精武体育分会会长陈胜初接到这份声明书和影集的差不多的时间内，那个翻译官发疯一般跑上楼去，直着脖子大嚷："王雪霏小姐！"

王雪霏已倒在了写字台上。血，仍然在流淌。那翻译官见人便歇斯底里地叫喊："快，快把她送进医院，无论如何也得把她救活！"

"唉，我们来得太迟了！"卢炜昌连连顿足。

"你们到底还是来了。我这一辈子总算可以了却一桩重托了！"陈胜初立刻把王雪霏小姐的声明书递到卢炜昌的面前："炜昌先生，请在这上面签个字吧！"

但见满纸王雪霏小姐的手迹，字字掷地有声——

王雪霏郑重声明：

由于日本派遣军总司令今夜非要把我变成他占领新加坡的战利品，我不能不以结束自己的生命表示庄严的回敬。

王雪霏生为华人，死为华鬼，岂作瓦存，而不为玉碎?！

为此，特委托陈胜初先生将我全部财产的继承权移交给卢炜昌先生或李不奴小姐。

1942 年 2 月 16 日，日军占领新加坡的第二天晚上。

卢炜昌竟然没征求李不奴半句，立刻蘸墨挥笔："兹委托陈胜初先生将王雪霏小姐全部财产继承权移交给新加坡中华精武体育分会。"他的手颤抖得不行，一笔一画，无不若十足出自宋代自号"米颠"的大书画家米芾之手，"秋妹，你也在上面签个名字吧！"

李不奴却只顾在垂泪……

"你们别称呼我何太太了，就叫我王雪霏吧，或者干脆叫我霏姐！"

"啊哟，卢先生真会挖苦人，雪霏可要罚你一杯！"

"卢先生，你还要扶他？他的拳头那么狠，活该让他摔个半死哩！"

"你霏妹可在守活寡啊！你也许不晓得，这种折磨，天下可没哪个女人受得了。"

"难得在这异国殊邦，遇上你和炜昌先生，我心里才稍稍得到了点儿慰藉。"

"我这等俗物，哪能到达那种境界？但求活得痛快，此生无憾！"

"好姐姐，原谅你霏妹吧！我们这番分别，恐怕此生再也无缘相聚了，彼此有什么恩怨和嫉恨都该在此刻了结的。"

"卢先生，请你代我将这笔英镑和这匣子首饰亲自交给十九路军蔡廷锴将军，让他购买飞机大炮，无论如何也得把日本鬼子轰出中国去！"

……

王雪霏小姐忽然从影集里跳了出来，时而在跟卢炜昌亲热，时而在向李不奴倾吐衷肠。那声音忽而狂放无羁，忽而抑扬凄楚，忽而飘逸迭爽，忽而激荡昂扬。

——卢炜昌和李不奴打开影集，不由得都愣住了。

突然，李不奴从王雪霏的一帧照片上发现个影影绰绰的图案，觉得很有些蹊跷："炜昌，你看这是什么意思？"

卢炜昌左看右看，好大一会儿才辨认出来，立刻跑进洗手间，按那图案上暗示的符号，撬开墙壁上一块瓷砖，终于挖出一串钥匙来。他一眼便认出，那次王雪霏小姐领他走进地下迷宫，就是凭这串钥匙打开一道道神秘的暗锁的。猛然间，每一枚钥匙都在敦促他：

"快进迷宫去！"

卢炜昌的脑子里忽然闪出那次近似童话的记忆，不禁问道："秋妹，那次你是怎么进来的？"

"是霏妹和你把我领进来的呀!"李不奴紧紧跟在卢炜昌的身后。"我和雪霏怎么一点也没有发觉?"卢炜昌这会儿才觉得好不奇怪。

"噢噢,霏妹的心全被你占有了,除了你,简直连世界都不复存在了,哪里还会轻易发觉我的形迹?再说,你当时也压根没有想到我会有那种行为吧?"李不奴回答得却没有丝毫值得奇怪的色彩。

卢炜昌居然用不着费多少劲儿便打开了地下迷宫一道道神秘的暗锁,领着李不奴走进水晶宫底层的地下室。

千姿百态的欧洲少女全裸立体蜡塑,四壁叫人叹为观止的浮雕和世界油画名作——依旧。

"炜昌,你看!"李不奴忽然不胜惊喜地叫道。

卢炜昌循着李不奴所指,但见正壁上方不知什么时候增加了一座巨大的大理石浮雕,竟是以当年《星岛日报》所刊登的他那张照片为依据,活脱脱地把他雕塑了出来。他一时可傻了眼。

"真想不到霏妹对你竟情深到这个地步!难怪她临死之前,还那么担心我们找不到地下宫的钥匙。"李不奴的声音不觉又让咽至嗓门的泪水哽塞了。

卢炜昌却木然站在那儿,两眼直愣愣地望着那座他自己的大理石浮雕,良久不语。

李不奴离开卢炜昌,怀着一颗无限忏悔的心,径直来到那张贵妃床前,透过罗帐,蓦然看见床上依稀躺着个人影儿,不由失声大叫:"霏妹,原来你并没有死!"

卢炜昌听了,这一惊喜不打紧,猛然扑过去揭开罗帐,却不由得慌忙往后跳开几米远……

王雪霏果然跟当年一模一样,通体光洁透剔,一丝不挂地仰躺着。不知她是故意佯作酣睡,还是当真正在美梦中?

卢炜昌的耐力,这时竟经不起几秒钟的考验。俄顷,他便急忙复至床前,一迭连声地直呼:"雪霏,雪霏!"

"霏妹,霏妹!"李不奴也跟着直唤。

王雪霏仍然闭着眼睛,紧紧抿着奇香洋溢的嘴巴儿,一声不吭。卢炜昌和李不奴不由得同时怔住了。

"霏妹,你醒醒呀,醒醒呀!"李不奴使劲地摇曳着王雪霏圆溜光滑的胳膊,"霏妹,我们来看你了。炜昌就站在你的跟前,你快睁开眼睛呀！可别不好意思啊，你要跟他怎样都行。我再也不会责怪你了。那次我的行为太过分了，你就原谅姐姐吧，霏妹，霏妹！"

卢炜昌连忙把一面素绢轻轻地盖在王雪霏小姐的身上。

李不奴却慌张起来："不要不要！霏妹显然是有意向世界袒露她晶莹光洁的玉体，任何东西落在她的身上，都会成为对她的玷污。何况人的灵魂是遮掩不住的。你何必要盖着她呢？"

卢炜昌只好怔怔然，呆呆然……

2014 年政府部门立于上海虹口精武主题公园内的霍元甲和精武 18 人之卢炜昌

卢炜昌（1883—1943），广东香山人。精武体育会主要创始人和核心领导人。上海汉堡黎英文书院毕业，原为礼和洋行职员，后任新瑞祥五金号经理。宣统三年（1911），与陈公哲、姚蟾伯等重建精武体操会。民国五年（1916），筹建精武会新校舍，曾任该会座办、书记等职。民国十二年，为全国武术大会发起人，同年任精武附设体育师范学校校长、中华体育协会筹备委员。此后一直主持上海精武体育会工作。民国十三年任中华全国体育协进会董事。民国二十五年因参加李济深、李宗仁发起的两广事变，受到牵连，民国二十七年被国民党政府逮捕下狱，民国三十二年末于桂林狱中。著有《少林宗法》《少林拳术图论》等。卢炜昌还是一位实力雄厚的企业家、爱国商人，曾捐赠 3000 两白银支持辛亥革命。

序非序

聪明的读者自然会看出，这不过是故意在卖弄技巧，在前面先推出几个离奇古怪的片段，给这部小说蒙上一层迷雾。其实，我创作这部小说，从掌握素材，直至脱稿以后，心里始终笼罩着一层迷雾。然而不知为什么，我倒十分珍惜这层迷雾，唯恐一旦失掉了它，我的心血白白付诸东流。

这部小说取材于真人真事。

说来也许不能叫人轻易置信，主人公卢炜昌的儿子就生活在我的身边，卢炜昌的四公子卢步槐正是我的岳父。每次神聊，在我的心里都留下一些叫人不能轻易捉摸的东西。尽管我挖空心思，终究无异于一个最富天才的诗人，非要捕捉大海的梦幻，却极尽想象力，也只能这样兴叹："啊，每朵浪花，都隐藏着一个迷人的梦！"原来世间许多东西，往往只许你感觉，却不许你轻易捉摸；或者只许你意识到它的奥秘，可不许你透彻了解它的底蕴。你倘若非要一股傻劲去识穿它，它便遽然失去存在的诱惑和魅力。何必非要执着于愚蠢呢？只有一点，我非得捉摸透彻，这便是人类的灵性。这部小说众多人物的原型——不管社会名流，抑或政坛和军界的显赫要人；不管寻常巷陌的芸芸众生，抑或草莽之客；也不管是黄种人，抑或白种人，他们的身上无不闪烁着人类的灵性之光。

人类，所以为人类，仅仅因为人类具有万物所没有的灵性。正是因为这点灵性，人类给自己创造了爱和欢乐；也是因为这点灵性，人类又给自己创造了恨和悲哀。总之，因为这点灵性，人类社会发生的许多事情，连人类自身也无法解释。以致大凡人类，身上无不隐藏着其自身意识不到的，也许永远解不开的谜。唯其如此，人类才独具千姿百态的风采；大千世界才成其为大千世界。所以，在这部小说里，敷衍儿女情事，描绘生死拼搏，透视人生奥秘，间或奇谈怪论，笔墨所至，无不着力于捕捉人类的灵性之光，却自始至终留下谜端。但愿聪明的读者卒读之后，终于揭开它的迷雾……

我深知自己没有创作黄钟大吕的魄力，也没能耐制作历史的镜子让读者观照现实。这部小说倘若多少能给读者带来乐趣，唤起读者的灵性，我便不会因为读者毕竟付出了耐心而过分不安了。至于它会被视为纯文学作品抑或通俗文学作品，我倒一点也不必认真。因为，我只晓得文学就是文学；高深也罢，玄妙也罢，通俗也罢，无非都是语言的艺术。其价值都仅仅存在于它的美学价值之中。而且，我始终相信，世界上断没有希望自己的作品成为天书，仅仅让自己腾云驾雾去孤芳自赏的作家，尽管善于写作天书也会被上帝称之为伟大的作家。所以，我只需按照文学去做文学，在寻求艺术的和谐，和谐的艺术之中，寻求文学具有最大限度美学价值的最大限度的可接受性。

不管到头来我能寻求到什么，要紧的是进行寻求，沿着这部小说的主人公们的足迹……

上卷：梦的变奏

一 唐绍仪惊喜不迭：

五十棒竟打出个神童

翰林院侍读唐绍仪居然上书吏部，要到广东香山去当个小小的县令。这太出乎朝廷的意料了。

吏部尚书足足愣了半个时辰……

唐氏乃两榜进士，少年登第，在光绪皇上的身边侍读，甚得赏识，正好扶摇直上，跻身显宦。别人可求之不得，他怎么偏要把这个飞黄腾达的机缘舍而弃之？莫非他竟垂涎于"一任香山县，十万雪花银"之说。

这香山县令，虽然位卑，但确乎为头上只有七品顶戴的吏员所觊觎。谁不晓得，广东的地理形势宛如一条尾巴在西，嘴巴掣东，直冲南海而出的大鲩鱼；珠江三角洲可是这条大鲩鱼脍炙人口的鱼腹，因特殊的自然条件而肥美得出奇。香山县位于珠江三角洲的东南部，妩媚的珠江蜿蜒而过，更得了水向东流之利，境内水秀山清，既有平原，又有丘陵，构成独特的立体风光。冬无苦寒，夏无酷热，四季皆春，不仅"一年熟，三年足"，而且特产蚝油、虾酱、虾膏，远销东南亚以及太平洋彼岸的北美、南美各国。在广东一百多个县中，香山算是外汇收入最多的富翁。所以，当上那儿的县令，可用不着秉烛伏案，也用不着登堂理事，尽管让太师椅尘封三寸，只需抱紧大印睡大觉，便不愁没有雪花银子送上门来。"卧治"一年，最少的数目也在十万之上。

"县令一职，只不过是七品顶戴。你倒忘了？"吏部尚书不能不提醒唐绍仪。

"卑职并非栋梁之材，岂敢计较顶戴的高低？但愿能为桑梓效劳，得以叶落归根，此生便足矣！"唐绍仪搭讪道，一派破釜沉舟的语气。

老尚书一脸难色，连连摇头道："你不说我倒忘了。你既是香山唐家乡人，却要去任香山县令，恐怕皇上难以准奏！"

唐绍仪这才记起朝廷规矩，觉得此举着实涉嫌，连忙拱手作揖："万望大人多多包涵，万望大人多多包涵！"

吏部尚书岂敢欺君？便照实上奏了。岂料光绪皇帝还没看完奏章，便高兴地说："难得唐卿拳拳赤子心！他既然意决，那就破例将就了他罢！"随即下诏钦赐唐绍仪五品顶戴，晋爵双秩。

唐绍仪走马上任不几天，即逢母亲七十一大寿。这可是个大发其财的良机，虽然比不得宰相爷李鸿章给太夫人做寿，光是收到一根镂刻着龙头的金拐杖，就享用不尽了；但送给县太爷的贺礼、贺仪，至少也不会比一年的俸禄少的。唐绍仪却三令五申，不许任何人赠送任何礼物，并命衙差持棒把守大门，遇上违令者即责以五十大棒。

有个一向巴结官府，鱼肉百姓的豪绅，以为县太爷这不过是故弄玄虚，标榜清廉，以笼络民心而已。于是巧藏白银百两，暗自得意地给县尊唐太夫人贺寿去。殊不知却让把门衙差搜查出来，果然被就地按倒，当众挨了五十棒屁股刑。这事很快传遍了香山。唐府这下可热闹得不得了。从早到晚门庭若市，一连半个月，贺寿的人络绎不绝。除了士绅乡宦出于传统俗礼以外，几乎全邑百姓都争着前来朝县尊大老爷的太夫人一拜，打心底里虔诚地祈祷她长寿百岁，感谢她为香山百姓养育了这么廉洁的一位父母官。

老百姓的盛情比北山还重，哪里是李鸿章得到的那根金拐杖所能与之相比的？别说唐太夫人感动得两袖如出泪，即便是身居官位十分地讲究庄严轻易不能动感情的唐绍仪，也禁不住热泪盈眶，寸步不离地站在母亲身边，不住地朝来者鞠躬："多谢了，多谢了！"

"嘻嘻，父母官，不用多谢，不用多谢！"人群中忽然冒出个奶气十足的声音。

唐绍仪不由一怔：怎么来了个声若小童的父老？连忙牵袖揩揩眼睛，却见母亲跟前端端正正地跪着个约莫七岁的孩子，惊喜不迭，赶忙一把将那小孩抱了起来。

"不要,不要!"那孩子却拼命挣开县太爷的双手,又跪到唐太夫人的跟前,"我是来给县太夫人拜寿的嘛!"一边说,生怕县太爷再伸手去抱他,急忙把身子一缩,猛地蹦个老高。

这孩子乖觉得出奇。唐绍仪忍不住抚摸着他的脑瓜儿问道:"你是哪个乡来的孩子?"

那孩子忽然鼓起了腮帮儿:"你瞧不起人,我不告诉你。""我哪儿瞧不起你?"唐绍仪很有些不解。

"我也是你的百姓呀,你怎么说我是个孩子?"那孩子一句话还没说完,厅堂四壁悬挂的字画条幅早被哄然大笑震得簌簌作响。那孩子越发不悦地说,"笑什么啵!你们大人是大百姓,小孩不是小百姓么?大百姓小百姓,都是百姓呀!"

"说的是,说的是,我们都是香山百姓!"唐绍仪连声附和道。那孩子高兴了:"我是上栅乡的呢!你识得我们上栅吗?我们上栅可是个香飘四季,气象万千的地方呢!"

唐绍仪一听这孩子出语不凡,好不惊奇。

"你不信?"那孩子立时瞪圆了眼睛,竟然摇头晃脑地说,"北有山曰北山,古木参天,郁郁葱葱。斜刺兀然而出一丘陵,其逶迤之状似玉带,起伏之势如涛涌。山上绿影婆娑,山下姹紫嫣红。采薪,伐木,撷果,狩猎,游人怡然乐无穷!村外河渠交错,清溪玲珑,老翁垂钓,小童网兜蟛蜞、响螺、鱼仔、虾公。村中桑基、蚝塘星罗棋布,荔枝、龙眼、香蕉、菠萝、芒果、蜜桃、甜梨、木瓜、番石榴、桃、李、橙、柑,比比皆是。芳香不绝飘……不,不是飘,是沁……不,不是沁,是……醉,芳香不绝醉春冬!"

这孩子简直是在背诵现成的诗赋,满堂惊讶不已。唐绍仪忍不住指着左壁上挂的条幅考他:"你认得这条幅上边的字么?"

"这是扬州八怪郑板桥的书法,这诗还是他写的嘛!"那孩子仰起脖子只瞥了一眼,便有板有眼地朗诵起来:

世人皆醉我独醒,山樵水钓不留形;世人皆醒我独醉,笔墨酒浆都是泪!嗟哦世事无差可,明月有情应识我;芸芸俗世笑我痴,苦向窟中求石火!

"神童!神童!"

唐绍仪急忙摆手止住众人的惊叹，又接着考问："你知道谁是诗仙，谁是诗圣吗？"

那孩子信口答道："李白是诗仙，杜工部是诗圣嘛！"

"你最喜欢谁的诗？"唐绍仪这时已经忘却了母亲的大寿之庆，仿佛他又当上了翰林院侍读，在他的面前只坐着光绪皇帝一人。

"我最喜欢李清照的'生当作人杰，死亦为鬼雄。至今思项羽，不肯过江东'！这可是一首了不起的诗呐！"

"你晓得《论语》吗？"

"孙爷子老师还没给我教全哩。只晓得一部《论语》可以治天下！"

"哦哦，你尽管说说，修身、齐家、治国、平天下的大概意思，行吗？"

"这是登高自卑，行远自迩之道。就跟爬北山一样，可得从山脚下逐级往上爬，才能登上山顶呀！走远路也是从近到远，最后达到目的地嘛。如果不先立身修德行仁，就没法把家管好。连家都没法管好，哪能治好国呢？这可就说不上平抚天下啦！孔孟开口称尧舜，主张仁政：爱民、教民、养民，认为国以民为本，民以食为天。我说得对吗，父母官？"

"说得对，说得好！"唐绍仪乐极了，"你再讲讲'四维'的意思，好不？"

那孩子又不假思索道："四维是指礼、义、廉、耻。把这些崇高的道德伦理思想贯彻到家喻户晓，国家就能承平兴旺，要不，国家就会破败。春秋时管仲就说过，'礼、义、廉、耻，国之四维；四维不张，国乃灭亡'，你懂吗？"

唐绍仪差点没跳起来，一把将那孩子搂进怀里，忘情地大笑："哈哈，香山神童！香山神童！"

堂上堂下顿时爆出一片掌声，伴着阵阵喝彩。

唐绍仪这才忽然发现自己的疏忽："我的香山神童，你姓什么？叫什么名字呀？"

"我姓卢，叫卢炜昌。"那孩子突然仰起脖子问道，"父母官，神童日后头上能戴几品顶戴？"

"至少能戴上跟我一样的五品顶戴。"唐绍仪见他眼睛一眨不眨地盯着自己头上红顶乌纱下插的那根标榜五品官阶的貂翎，心里一乐，便逗他，"喜欢么？我这就给你戴上！"

卢炜昌却一个劲地摇头："不要，不要！我要戴一品的。"

堂上堂下又是一片笑声。

唐绍仪却被吓了一跳。一品顶戴，在朝上可是个天官，至少得任吏部尚书。

这孩子如此年幼，便怀有非凡抱负，以其聪颖，日后功名绝不会在他唐绍仪之下。于是赶快命听差置香案于天阶，他顿即肃整衣冠，朝天便拜："感谢上苍垂佑，不拘一格多降人才！"然后转身向众人宣布，"经翰林学士唐绍仪主考，神童卢炜昌谙通经义、策论、诗赋，从今天起，被本县拔擢为贡生，按月补助膏火银十两。"

这时，忽然进来一个四十岁上下的生意人和一个年逾花甲的寒儒。卢炜昌见了，倏然躲到了县太爷的背后。

"啊哈，卢敬文老板和孙必三老师迟不来早不来，偏拣着这个时刻赶来，凑巧，凑巧！"

唐绍仪一听人们的招呼，已猜出了几分，不等卢敬文和孙必三开口，便忙上前作揖："二位可是卢炜昌的亲人？恭喜了！"

卢敬文很有些愕然，觉得十分的莫名其妙。还是孙必三的脑筋活动得快，慌忙回礼道："卢老板正是炜昌的父亲。晚生乃是炜昌的老师。炜昌这孩子听说我们要来给县尊唐太夫人拜寿，也嚷着要来，他父亲不允，他大清早便擅自离家，跟随乡间父老上城来了。不知大人何故赐予美意？"

"炜昌这孩子太任性了，如有冒犯，请大人恕他年幼无知！"卢敬文紧接着孙必三的话茬说。

"哈哈！卢老板，看你说到哪里去了？贵公子才思过人，乃香山神童，今日上门给敝府增光匪浅！本县感谢还来不及呢！"唐绍仪逊色笑道。

众人纷纷跟着向卢敬文道贺，把刚才的事端一一告诉了他。

卢炜昌躲在县尊大人的背后，生怕碰上父亲严厉的目光。这时偷偷瞧见父亲始而惊喜，继而不住地抹眼泪，便急忙钻了出来，一把搂着父亲的腰杆："爸爸，你哭什么呀？我当了贡生不好么？"把众人都逗笑了。

"快给县尊大人叩头！"卢敬文一边说，一边拉着儿子一同往下跪。

唐绍仪忙不迭拦住，亲昵地戳了戳炜昌的鼻子："你是预备录用的秀才了，今后见了我不要再跪拜，只需作个揖就行。晓得吗？"

卢炜昌却仰脸问道："我孙爷子老师不是秀才，见了您也不用跪拜吗?"

"他是你老师,自然不用,自然不用!"唐绍仪随即朝孙必三投去感激的目光,拱手说道,"本县久仰老先生大名,抉掖成多少举子。这孩子乃栋梁之苗,香山父老无不指望老先生对他的悉心教诲!"

"晚生虽然不才,却绝不敢辞犬马之劳。大人请放心!"孙必三道罢,便携炜昌辞行。

唐太夫人连忙把炜昌拉到她的跟前,亲亲他的脸蛋儿,又亲亲他的手背儿,半天爱个不够,然后塞给他一个"利市"大红包。

卢炜昌慌了,急忙把小手藏到背后:"不要不要,我还得当清官呢!日后谁要是给我送银子,我也当众打他屁股五十大棒。"一面用手往自己的小屁股上"啪啪"地打着。

二 老寒儒孙必三说：

人生少不了五个契机

年方七岁的卢炜昌被香山县令唐绍仪拔擢为贡生，并被破格录为预备秀才的消息一传开，上栅乡便成为远方近邻的读书人前来瞻仰的圣地，卢家门槛顿即被踏低了几寸。

来自四乡各地的读书人不仅仅是为好奇心所使然，而且这也是遵循儒林的老规矩：凡是新拔擢的贡生必须拜会老贡生，老贡生也必须回拜新贡生。不论年龄大小，彼此互称年兄弟。

老贡生蔡少山见了卢炜昌，竟然举起右手，"啪，啪，啪！"一连刮了自己三记耳光，一边喃喃呐呐地自咎道："好个腐儒，对烛面壁一世，还不如这位小年弟，有何面目对人间？"

卢炜昌又慌张又好笑，"嘻嘻，老年兄别想不开呀！"俨然长者的口吻，劝道，"松龄蒲公不是个极有学问的读书人吗？他教的学生没有一个不跃登高第的。可是他自己呢，却一生困于场屋，屡试不售，直到老了，死了，也还只能是个贡生呢！他也没有打自己的耳光嘛。只是写了个叶生，说叶生的文章词赋冠绝当时，然所遇不偶，困于名场。后来教县令的儿子读书，尽将自己生平所作的文章抄下来教公子念熟。那公子赴试，竟中了亚魁。县令就对叶生说：'你一下子就使孺子成名，可你老是不第，怎好？'叶生却说：'这是我命运不济，现借公子福泽为我的文章吐气，愿亦足矣！'这其实是蒲公给自己立的传记哩。所以，他就在《叶生》这篇文章的后面喟叹：'频居康了之中，则须发之条条可丑；一落孙山之外，则文章之处处皆疵……'古来科举名场就是那么一回事，值得刮自己的耳光么？"

贡生们听了，对卢炜昌越发佩服得五体投地。唯独蔡少山老泪纵横，竟然失声痛哭起来。众人劝了半天，蔡少山仍然啜泣不止。

卢炜昌这下可生气了，两手往腰背交叉一搁，挺了挺胸膛，昂昂然地站到一边，一迭连声地叫道："没出息！没出息得可以。"

孙爷子必三陡地打了个愣怔，落蒂苦瓜一般的脸皮骤然一阵涨红，却急忙向那老贡生蔡少山拱手道："蔡先生，请恕不才无礼，冒昧请问：我该拜你为兄，抑或该称你为弟呢？"

那蔡少山连忙擦掉眼泪，仔细地端详起孙必三，只见他脸上的皱纹恍若刀刻，眼睛窝陷，颧骨却高高地凸起，活像被人削去了两颊；胡子也疏疏落落的，满头是霜。便赶快回礼道："自然该我拜你为年兄了！"

"哈哈！"孙必三忽然大笑起来，"我虽然比你至少多吃了四五次生日饭，却没资格让你拜作年兄，因为我还不是个贡生呢！"

众贡生十分地愕然。谁能想到，这个香山名儒，教出的学生七岁便成了预备秀才，而他自己却连个贡生还不是呢？

"这有什么稀奇？"孙必三环顾一下众贡生的目光，清了清嗓门，"你们晓得不？中式不中式，可要凑合五个契机。所谓一命二运三风水，四积阴德五读书，缺一不可。八字好命就好嘛。这是第一契机。人的一生，离不开金、木、水、火、土。五行相生相克，运去黄金失色，时来顽铁生光，靠的全是运气。这是第二契机。第三契机便是看祖坟是否坐正美穴佳城。第四契机要查祖辈有无修过阴德，做过好事。如果没有的话，单凭以上三个契机还是白搭。具备了这四个契机，最后便是靠读书了。倘若五个契机俱备，不要说中个秀才、举人，也不要说中个进士易如反掌，就是连中三元——解元、会元、状元，也毫不足奇。我大概是四个契机全缺，单凭读书，所以大器难成。不过，自古龙头属老成，我父亲到了五十九岁才考上个秀才呢。我也许还会有指望的，因我到底还未届六旬嘛！蔡老弟，你虽然不如我的学生卢炜昌，但比起我来毕竟还是个幸运儿，可不必伤心啰！"

对孙爷子这番五契机宏论，众贡生无不频频颔首赞许。连蔡少山也破涕为笑，拱手朝孙必三作了个大揖："老先生的金玉良言，小弟当奉为座右铭，不胜感激，不胜感激！"于是，皆大欢喜地回各自的黄金屋去了。

三 卢慕贞带来孙中山的口信：
要成为对国家对民族有所作为的英才

这些天来，卢敬文忙着应酬不断来访的稀客，连在石岐开的洋杂店生意如何，他也顾不上过问一下。不过，钱赚得多赚得少倒不在乎，要紧的是卢家的门面。整个香山，谁不竖着大拇指称赞卢家的风水？！就是广东全省的人都会知道卢家出了个天之骄子。连远在京都的光绪皇帝也不会不知道的。这么多人传开去，皇帝还能不知道么？敬郁弟弟的灵魂要是能漂洋过海回来，该有多高兴啊！一想到儿时就离乡别井，死于异国的弟弟，他的心就禁不住一阵抽搐，半晌才朝西方长长地吁了一口气。弟弟啊弟弟，你哥哥总算没有辜负你的嘱托：你放心吧，包管昌仔没到三十岁便会成为出将入相的文渊阁大学士。虽然他没有跟你学洋学，可要比你出息得多的。他将要给卢家续上多么显赫、多么荣耀的家谱啊！你听你听，外边不正大笛高奏，远远地伴送着炜昌衣锦还乡么？卢敬文乐得忘乎所以，急忙跑出门去，抬头一看，不由得哑然失笑了。他明明听见满林蝉声，却仍然站在门槛上翘首顾盼……

"大哥，你在盼谁呀？"

"还不是盼你！"

"我这不是回来了么？"

"唔唔，我还当你压根把我们卢家给忘掉了呢！"

"嘻嘻，妹妹哪会呢，妹妹哪会呢！"

"难道你没听说昌仔当了贡生？通天下的稀客都来过了，就是不见你和逸仙的影儿！"卢敬文仍然一肚子的抱怨。

这也难怪。在卢家的五亲六戚当中，卢敬文特别敬重堂妹夫孙文。虽然，孙文从未上过科场，至今连个贡生都不是，但他敢打赌，别说翰林院侍读学士出身的县太爷唐绍仪，就是光绪皇帝也比不上孙文有学问。县太爷和光绪皇帝至少就不如孙文晓得医学，更说不上书读得会比孙文多。那年弟弟敬郁从美国寄回一张照片和一封信，信上写的净是鸡肠一般的字迹。孙必三横看竖看，半天也认不得一个字，红着脸说："别说我没能耐认得这些字，就是解、会、状三元也保管认不得半个的。"他只好拿信去找孙文。嗨，孙文的房子里净是书，台上垒的，架上摆的，又厚又大本，一层一层，一摞一摞。孙文只往信上瞥了瞥，便滴水不漏地把信上写的东西全说了出来："敬郁弟向你和爹妈问好。他说朱叔、朱婶都很疼他，朱姐儿也很疼他。朱叔叫朱姐儿陪他一同读小学。原先他读一年级，朱姐儿读三年级，后来他连跳了两级，跟朱姐儿一同小学毕业。现在他俩又一同考上中学二年级，二人都跳了一级。他特地拍了一张照片寄给你。他说，这张照片是朱姐儿给他拍的呢。他襟上佩戴的是荣誉生金质奖章和优秀运动员飞鹰奖章。叫你以后不要再寄钱给他，因为他晚上在朱叔办的餐馆里给太太、小姐们端菜上酒，得到的小费足够支持他的学杂费……"接着不住口地夸奖，"敬郁弟弟可是个了不起的孩子，将来必有大出息！"临走，孙文还把朋友刚送来的一张一百两银子的庄票递给他，嘱咐他说，"你拿去汇给敬郁吧，说是赠给他的一笔小小的奖学金，替我祝贺他！"当下，孙文还用鸡肠似的字迹给敬郁写了一封短札。如今卢家又出了个更加了不起的孩子，孙文会不十倍地夸奖么！偏偏他没来，别说亲戚情分，就是在朋友面上，也是说不过去的。

"他轻易能来得这里吗？"堂妹卢慕贞忽然把嗓音压低至只有他们两人才能听见，"大哥，你倒忘了朝廷的通缉令了么？"

卢敬文这才记起，朝廷早已处处张贴告示："缉拿四大寇之首孙中山"，不由变抱怨为担心："他现今在什么地方？可保险不保险？"

卢慕贞苦笑了："要是连我这个乡妇也知道他的行踪，那还能保险么！不晓得他怎么知道昌仔当上了贡生，托人带来了口信，叫我亲自对你学说。"

"哦！"卢敬文不禁喜出望外，"他说了些什么来？快学，快学！"

"他说，炜昌七岁便当了贡生，这并没有什么稀奇，外国有的孩子不到十岁便考上大学了呢。"

这简直是一盆冷水，泼得卢敬文从头壳心一直凉到脚底。他两眼顿然瞪直了。只听得堂妹接着学说道："逸仙说，在我们中国，由于封建制度造成教育的落后，像炜昌这么出格的孩子到底十分地稀罕。既然炜昌这么聪明、睿智，千万不要让他仅仅死背那些四书《大学》《中庸》《论语》《孟子》和五经《易》《诗》《书》《礼》《春秋》，四史《史记》《汉书》《后汉书》《三国志》，以及那些科举应试的制艺文章。光读这样的书，一心在科场上追逐功名，并不能挽救国家的危难，只有一辈子当鞑虏的奴才。这可不是敬郁弟弟的遗愿。再说，科举制总有一天要被废除的，读了这些旧学将来能顶什么用？要让炜昌日后成为对国家、对民族有所作为的英才，现时就必须弃旧学读新学……"

卢慕贞到底是孙中山的妻子，在枕席相处当间，免不了多少受孙中山的熏陶，把丈夫的口信学说得头头是道，有斤有两。

卢敬文不由得暗暗惊叹：妹妹简直变成个才女了！孙文虽然十分地关心炜昌的前程，但要炜昌弃旧学读新学，可万万使不得。这皇朝又不是昨天才建立起来的，据说它至少有四千几百年的历史。自从有皇朝以来，几乎每个朝代都有人起来谋反，哪一次谋反不是落得一败涂地，尸横遍野？就连洪秀全那么英雄，闹太平天国那么了得，也只能坐几多天江山？到头来还不是灰飞烟灭了吗？大清皇朝还是大清皇朝。如今光凭你个切脉出身的逸仙跨洋过海地奔走、叫喊，国民革命倒能成功？大清皇朝就能被推翻？一夜之间就能建立起共和？呵呵，这未免有点异想天开了。只要慈禧太后还在金銮殿上坐着，大清皇朝就不会倒，科举制就废除不了。要荣华富贵就得从贡生到秀才，再到举人，再到进士，一级一级地往榜上升；至少考到个举人，头上才能戴上乌纱。不读旧学，连个举人也捞不着，就别指望能当什么官了。炜昌这么年幼便受到县太爷唐绍仪器重，日后必成大气候。别说七品芝麻官，就是一、二品的尚书、侍郎、总督、巡抚，也定会有他的份儿。怎么能轻易改弦易辙？当今世界，做官可比做生意合算一万倍……与其说给堂妹留点情面，毋宁说他卢敬文还没有这个能耐敢于让心里一连串的反驳脱口而出，要知道，他反驳的并不是他的堂妹，而是名扬中外的大人物孙中山先生。他卢敬文算什么气候？充其量只是香山一个不大不小的老板，肚里到底少了几滴墨水。他只好支支吾吾地说："炜昌眼下年纪还小，尽管让他照旧读下去也无妨。日后潮流转，时机熟，再让他转读新学也不迟。你就转告逸仙，说他的美意我晓得了。倒是他对自己要多多检点，可万万不能有一丁点儿疏忽。"

卢慕贞对孙中山的吩咐，一向是像兵勇执行军令，从不耽误分秒，而且总是竭诚尽力去做，她不敢希冀丈夫的夸奖，却巴望丈夫能打心眼里满意。她没能耐在大处帮助丈夫点什么，但一些琐碎细小的事情，她总该可以办得妥妥帖帖，让丈夫放心的。她见堂兄卢敬文这般固执，不肯答应逸仙让侄儿炜昌读新学，便没有即刻离去，决意无论如何今晚也得留下一夜，好好开导开导炜昌……

四　石达开之子赠给他一份礼物：

轻易不能打开的锦囊

　　不知哪个朝代的皇帝开的金口，规定小孩子十岁以前，只得在前脑勺上留一绺半截巴掌大小的头发，活像乡里人盖茅寮的茅编，将前额覆盖着，还专门在字典里造了个"髫"字，管留着这种头发的孩子叫髫童。可卢炜昌是县太爷唐绍仪对天焚香封的神童，都穿上太学里的衣服了，前额还覆盖着一绺髫发，这像个什么？可不跟村里的孩子一样都是个孩子吗？最叫他生气的是，那些老年兄见了他，往往伸手摩挲他头上这绺髫发！今天，他终于长到十岁了，终于可以让人把前脑勺上的髫发剃光，在后脑勺上留下半边头发束辫子了。就是说，从此他不再让人看作小孩子了。不几年，他就可以当个堂堂正正的秀才了。所以，未及吃元宵饭，大清早他便往镇上跑。

　　元宵佳节，镇上好不热闹。东街在舞醒狮，西街在舞麒麟，还有一尾巨大的鲤鱼在挨家逐户地"跳龙门"，一边高声地说："鲤鱼来，鲤鱼来，添丁又发财！"整个小镇锣鼓喧天，爆竹声不绝于耳。

　　卢炜昌时而跑到东街看舞醒狮，时而跑到西街看舞麒麟，时而又跑去看"鲤鱼跳龙门"，简直连祖宗姓什么也给忘掉了。忽听十字街头传来一阵阵喝彩声，卢炜昌便又跑到十字街头，缩着脖子，弓着腰儿，憋足劲儿，硬是从人缝里钻到一根拦住拥挤的人群的红绳子跟前。只见中央那个年近六旬的头陀，两道剑眉，一双豹眼，身材魁梧奇伟，黑凛凛的活像一座铁塔，却只有一条臂膀，头上套着个铁箍，长发披肩，身穿窄袖黑布衫，紧束着裤脚。他右掌当胸，向四方观众连连稽首，人们便被一股看不见的力量推得纷纷向后倒退。卢炜昌还没站稳脚跟，便一屁股跌在了地上。"呀，这头陀的气功真厉害！"人们一阵惊叹。

　　唰唰，呼呼！那头陀接着飞拳拽腿，腾挪翻滚，招招有声。人们正看得出神，他突然收住马步，拿起个盆子求观众赏钱。

香山人哪个肯自认寒酸？那钱银便像雨点似的纷纷落到盆中。卢炜昌生怕落在别人的后边，急忙把口袋里的银子全掏了出来。

那头陀谢过众人，收拾好钱银，随即脚尖往地上一点，便凌空腾起，在半空中南北东西连发几下拳脚，疾如闪电，叫人轻易分不出手脚指掌，只觉得一股股旋风拔地而起，滚来滚去。突然听得一声断喝，那头陀猝然翻个筋斗，脑瓜朝地，两脚朝天，从半空中倒撞下来，"通"的一声巨响，倒立在地上。不等人们缓过气，他便倏地双脚交叉一旋，屈腿一蹬，托地跳起来，拍拍头上的泥土，又独掌当胸，笑嘻嘻地朝四方观众稽首道："这是轻功七星鹤翔拳。老衲只会这么一套看家本领！"

众人一看让他头撞的地方，竟陷成海碗大的一个洞，足有三寸深，又止不住一阵惊叹。

卢炜昌两眼盯着窟窿发愣。人们不知什么时候走光了，他这才忽然记起还没去把前脑勺的"镘铲头"剃掉，"啊哟"一声跳了起来，急忙朝理发巷跑去，半路上一摸口袋，却哭笑不得……

这天夜里，卢炜昌尽做着奇离怪诞的梦，一会儿梦见独臂头陀教他练轻功鹤翔拳；一会儿梦见他在半空中翻筋斗，一边挥拳踢脚；一会儿梦见自己从半空中一头直撞下来……不知怎的，床板"砰"的一声，把他给震醒了。他不由摸摸自己的脑袋，妈呀，头壳心上竟然隆起个拳头大小的疙瘩，疼得他直掉眼泪。

第二天，他又迫不及待地到镇上去。一路上，卢炜昌不住地叮嘱自己：今天可别光顾着看功夫了，先得去剃掉"镘铲头"。可是，远远地看到十字街头，他的脑子里便蓦地闪出独臂头陀半空挥拳踢脚的情景，慌忙拔腿跑上前去，一屁股坐在一块青石上，抢先占了个好地方，盘起腿儿等待独臂头陀来卖艺。然而左等右等，老是不见独臂头陀的影儿，只有一双双过往的会说话的目光：这孩子怎么啦？他的脸莫名地涨红起来。算了吧，那头陀也许今天不会到这儿耍功夫了。要是那头陀故意让他离开了才来呢？失了这么个好位置多可惜呀，再等会儿……

"啊哈，你怎么跑到这十字街头来念经呀，香山神童！"一个打鱼的少年腰间束着一条水布，肩上横着一根长长的竹竿，挑着两篓鲜鱼经过十字街口，忽然止步打趣问道。

卢炜昌回头一看，见是本村的好友蔡小朗，霍然跳了起来："小朗，日头都老高了，那个头陀师傅今天怎么还不来耍鹤翔拳？"

"哈哈！你要看他的功夫？晚上到我家去吧！"蔡小朗挤眉弄眼地说，十分的神秘。

"你把头陀师傅请到你家去了？"卢炜昌很有些惊疑。

"唔。昨天我没等卖完鱼，便硬是把他请到我家，招待他喝酒吃鱼。那头陀师傅的酒量可真惊人，三斤到肚，没半点醉意。还特别能吃，一顿便吃了七斤鲜鱼。我见他正吃喝得高兴，便趁势拜他为师傅。他摸了摸我的骨骼，就一口答应了。我立刻请他教七星鹤翔拳，他说要先学好基本功，才能学鹤翔拳哩！"蔡小朗越说越来劲。

"你爸也答应？"

"嘿，你不晓得，我爸刚学走路，我爷爷就教他练功夫了，他会不答应？""那太好了！"卢炜昌高兴极了，"那我今天晚上就上你家去。"

蔡小朗却忽然想起了什么，连忙说："不行。那头陀师傅叮嘱过我，不许我告诉外人呢！"

"我又不是偷他的功夫，怕什么？我只看看他的头壳顶长着什么东西，那么厉害！你看，"卢炜昌指了指面前那个大窟窿，"他昨天一头撞出的。可我昨天夜里光是做个梦，头壳顶上便隆起个大疙瘩。"

"啊哈，这可是运用气功撞出的大窟窿嘛！"蔡小朗十分内行地说。"气功有这么厉害？我不信！"

"信不信由你。晚上你可不能闯进我家院子呀！要不，头陀师傅说我泄露天机，便不教我学功夫的。"

卢炜昌急了，连忙央求道："小朗，你就让我偷偷躲在你家院子里吧！你和你爸不作声就行了。哎，我再叫你十次小朗哥，小朗哥，小朗哥……总行了吧！"

"得了，得了！"蔡小朗拗不过卢炜昌的纠缠，想了半晌，只好说，"这样吧，你晚上就躲在我家屋后的围墙外边，我给你挖个孔眼儿，让你偷着瞧，不过，千万不能作声呀！"

蔡家的围墙少说也有丈八高，把屋后几棵糯米糍荔枝树围拢着。外人只知道这是为了防偷的，却不晓得打从小朗的爷爷年轻时候开始，这围墙里的天地，至今已成了三代人习武的场所。

虽然蔡小朗在墙壁上挖的孔眼儿只有一个眼睛大小，卢炜昌已觉得小朗够朋友了。可不是么？村里人有谁晓得这围墙里边的秘密呢？他卢炜昌却每天晚上都能悄悄地躲在这儿饱享眼福。他不光终于看清楚了那头陀的脑袋瓜跟平常人长得一样，因而证实气功的厉害；而且，他还发现独臂头陀许多的绝招。这头陀的功夫这么绝，怎么会掉了一条臂膀呢？是比武时被人偷砍的呢，抑或在战场上打仗被砍掉的？他浑身绝招，气功又那么厉害，要是比武打架，谁能轻易近得他？十成是在战场上寡不敌众，被敌人砍掉的。瞧，他哪里像个头陀呀？十足一个大将的风度，怪威风的！可是，他要是个大将，怎么会跑到这儿来卖艺呢？难道他犯了什么了不得的王法？不会的，不会的。他要是当真犯了什么了不得的王法，轻易能在这抛头露面吗？况且，从他的身上压根找不到一点歹徒的蛛丝马迹。也许是个受贬的将军，因看破了红尘而出家的吧？卢炜昌越猜越觉得这头陀是个不寻常的人物，脑袋瓜里不觉冒出个连他自己也觉得好生奇怪的念头：将来我也要成个武艺绝伦的大将，率领千军万马冲锋陷阵。嘿嘿，那才够威风呢！于是，每天一刹黑，他便打发孙爷子老师回家，点亮煤油灯搁到窗前，便悄悄溜出书房，躲到蔡小朗的屋后，一只眼睛紧紧贴在围墙孔眼儿上，把独臂头陀传给蔡小朗的功夫摄进瞳孔里⋯⋯

这天晚上，他正看得入迷，一粒沙子忽然飞进他的眼里，他不禁眨了眨，只觉得头顶骤然掠过一阵轻风，一只胳膊仿佛被鹰爪抓着似的，两脚便倏然离开了地面。他吓得一时掉了魂魄，未及叫喊出声，耳边便响起一阵喝彩，夹着咯咯笑声。他赶快睁开眼睛，不由得惊呆了：只见独臂头陀立在一棵荔枝树下，一只脚踏在石凳上，右手轻轻地摩挲着他的小脑袋，满面笑容可掬。

"阿昌，你知道你是怎样进来的吗？"蔡小朗不等卢炜昌回答，紧接着乐不可支地说，"头陀禅师的轻功可真绝！这丈八高的围墙，他轻轻一跃就过去啦！"

"你这小家伙，竟敢躲在外边偷我的功夫？"独臂头陀突然板起了脸孔。

"老禅师，你说我偷你的功夫，可有证据？"卢炜昌这时已定下神来，摊开两手说。

"好家伙，还抵赖呢！"独臂头陀猝然抬起一只臂膀往卢炜昌头上一拍。卢炜昌没等那巴掌落下来，便"嗖"的一声从独臂头陀的屁股下钻了过去，就势飞起乌骓脚反踢独臂头陀的屁股。

独臂头陀若无其事地站着，任由卢炜昌使用双飞脚，一边咯咯大笑：

"还说没证据呢，还说没证据呢！"

"昌仔，不得无礼！"蔡小朗急忙喝道。

卢炜昌这才收住双飞脚，又"嗖"的一声从屁股下钻到独臂头陀的面前，两掌往胸前一合，躬腰央求道："老禅师，您收我做徒弟吧！"

独臂头陀又咯咯笑道："你这家伙，不是早就成了我的徒弟了么！不过，可不许向任何人张扬啊！"

卢炜昌惊喜不迭："连爸爸也不许知道吗？"

"唔。"独臂头陀点了点头，"该什么时候让你爸爸知道，可得听我的吩咐。"这正中卢炜昌的下怀，立刻乖觉地说："炜昌听禅师的！"

独臂头陀见卢炜昌又聪明又肯拼命，对他传授武艺便越发从难从严。比如教他练千斤掌，便要他两腿并拢站着，双手托着比他身体重几倍的石板直举过头顶，任由蚊叮虫咬，一动也不许动，非到鸡啼头遍不放他……

学过功夫的人都晓得，晚上练完功夫绝然少不得一顿夜粥的。武林中人有"你吃过几年夜粥"的行话，那意思就是"你学过几年功夫"。蔡小朗和他爸爸都是打鱼里手，家里有的是现成的海鲜和各种侍弄得恰到好处的海味，再配上蚝油、虾酱，那夜粥的滋味儿，往往叫人稍不当心便连舌头也要吞掉的。卢炜昌却端着海碗，半天没吃一口，老禅师一边吃喝一边讲武林的奇闻逸事，早把他的魂儿牵到另一个境界去了。

"我天天讲武，你们不怕听腻了么？"老禅师突然改口道，"今晚聊聊文，好不好？"

小朗的爸爸蔡坚很有些惶恐："不腻，不腻呢！"小朗也赶快说："我们就爱听老禅师讲武！"

独臂头陀却不理会，伸出筷子尖点了点卢炜昌的脑门："你们读书人都有自己所景仰、愿终生效法的先贤，是么？你最景仰谁呀？"

"我最景仰宋代名臣范文正公。"卢炜昌不假思索地脱口答道。

独臂头陀眉头一扬，禁不住喜形于色，却故意冷冷地问："范文正公有什么值得你景仰的呢？"

卢炜昌没觉察老禅师的脸色，一听他的口气凉飕飕的，登时脸红脖子粗地大声回答："他那颗'先天下之忧而忧，后天下之乐而乐'的古仁人之心，难道还不最叫人值得景仰吗？"俨然在跟谁争辩。

"哈哈！"独臂头陀忘情地笑了，"这种古仁人之心，可是根据儒家哪些道德观念形成的呢？"俨然一个满腹经纶的主考官，越问越深奥。

卢炜昌万万没有想到，这位武艺绝伦的禅师，学识比当年的香山县令唐绍仪似乎还要渊博。他到底是个什么人物呢？卢炜昌的目光不由得又落在独臂头陀掉了臂膀的胳膊上，竟忘记了老禅师目光矍铄地在等待他的回答。"唵？"老禅师用亲切得出奇的鼻音轻轻地敦促了一下。

卢炜昌这才回过神来，慌忙答道："这可跟孔孟的仁政主张一致哩！孟子说民为重，君为轻，就是仁政的主心骨呀！"

"对，对！可以往下举个例说说，让老衲开窍开窍吗？"独臂头陀可顾不得吃鱼粥了。

卢炜昌许久没跟书友衡论经史了，心头憋得很有些发痒，如今经老禅师一点拨，满脑子的学问便宛如关不住的珠江水，滔滔不绝："武王吊民伐罪，大会诸侯于孟津。伯夷叔齐扣马而谏，劝武王不要以臣伐君，更不能以臣弑君。但孟子认为商纣暴虐无道，不施仁政，不爱人民，不能算是个君，只能算个独夫。老禅师，先忧后乐的古仁人之心，不是跟以民为重的仁政一致的么！"

"香山神童，不虚传，不虚传！"独臂头陀一迭连声地称赞，"现在可轮到老衲啰唆了。古来读书人都很讲究养气。孟子就说过：'我善养吾浩然之气。'这浩然之气，就是文天祥讲的天地间的正气。它融会混合于宇宙万物之中，下则为河岳，上则为日星。于人曰浩然，沛乎塞苍冥。时穷节乃见，一一垂丹青。孟子更直截了当地认为，人秉赋了这种浩然之气，就会成为富贵不能淫，贫贱不能移，威武不能屈的大丈夫。孔子六艺里的射、御，就是讲究骑射和驾驭车马等武功的。他认为有文事者还必须有武备。他的七十二个得意弟子全通晓六艺，身佩长剑，赳赳桓桓，一派武士风度。这才是古来读书人的昂扬气派。可是当今的读书人只知挟册吟哦，寻章摘句，青春作赋，皓首穷经，穿上那套秀才披褂，大都曲腰驼背，面黄肌瘦，像条病虫，实在可怜！炜昌，你却不是这样的读书人，倒十足像个小武士。嘿嘿，老衲真替你高兴！"这老禅师说着，竟放声唱道，"年少意气盛，交结五都雄。肝胆动，毛发悚；坐谈间，死生同！一诺千金重……"蔡坚父子因为话不投机，早已兴味索然，不住地打呵欠。这时听得老禅师忽然唱起了歌儿，才抖擞一下精神，父子俩一呼一应："老禅师唱得真好！"

卢炜昌一声不哼，心口窝里却溅起一阵阵浪花。在香山，除了唐绍仪以外，他最推崇的就是孙爷子老师的学问了。然而，孙爷子老师懂得的东西，独臂头陀禅师全懂，而且懂得比孙爷子老师透辟得多；可是独臂头陀禅师所精通的呢，孙爷子老师却一窍不通。唐绍仪虽然升迁为左侍郎，又升迁为邮传部尚书，他也只会当官，远不及独臂头陀禅师文武双全，既有大将的超群武艺，又有鸿儒的博学多才。卢炜昌呀卢炜昌，你要是能够学得这老师傅十分之一的本领，也不枉爹妈的生养啊！于是，他越发急着要揭开独臂头陀身上的谜，处处留心老禅师的一言一语，一举一动。不光武术招套，而且连经史诗文，他总是刨根挖底地问个没完没了。可就是不敢问及老禅师的真名实姓，更不敢问及老禅师左边的臂膀是怎么掉的？因为，他每每话到嘴边，老禅师立刻便晓得他要问的什么，随即朝他狠狠地瞪起眼睛，登时把他的舌头都给吓缩了。他不由得常常纳闷得慌。

这天晚上，练完轻功鹤翔拳，四人正兴高采烈地围着一块石板吃夜粥，老禅师突然沉下脸来，半天不作声。卢炜昌立刻感觉出老禅师心里异乎寻常的愁绪，不觉大吃一惊，惴惴地问道："老禅师，您怎么啦？"

"炜昌，你不是要知道我的真名实姓和这只臂膀是怎么掉的么？"独臂头陀的嗓门仿佛塞着面团，那声音又沉又闷。

卢炜昌一听，一时舌结，竟不晓得如何回答才好。

蔡小朗却抢先替他回答了："是呀，老禅师，我们都很想知道这个哩！"

"好。我这就告诉你们。当初我怕你们口疏，一直不许你们寻根问底，如今可不必顾虑了，反正我明儿得离开你们了。"

卢炜昌陡地一怔，慌忙嚷道："老禅师，您不要说，您不要说呀！我们不要知道您的姓名和掉了的臂膀，您可不要离开我们呀！"

蔡小朗更是惶恐，赶快改口："是呀，老禅师，您什么我们都不想知道。您千万别离开我们啊！"

平日轻易不说半句话的蔡坚，这时也一迭连声地央求："老禅师，您就答应这两个孩子吧，看把他们急的！"

老禅师摇了摇头，黯然地笑了笑："大丈夫行不改名，坐不更姓。我却不隐名匿姓不能浪迹江湖。两年来，你们虽然把我当老祖宗一般侍奉，我却连姓名也不告诉你们，别说我身上尚存多少大丈夫气，只怕连起码的人情也没沾边了。这叫老衲如何能面对酒肉而无愧于色呢？况且这儿到底不是我这个折了翅膀的鸟儿的窠窝啊！既然你们功夫学得已经有个谱儿，日后要是能得武林高手的指点，自然会有长足的长进。学海无涯，武术亦非例外。就是不得名师，只要能做到'拳不离手'，苦练不辍，也会达到炉火纯青的气候的。老衲便大可放心走了！"

一席话，句句撩人肺腑，把卢炜昌和蔡家父子给难住了。三人只能噙着热泪，眼巴巴地望着这独臂头陀老禅师。只见他的嘴唇一阵痉挛，猛然间，平地蓦地刮起一阵狂飙，铺天盖地的尘土中，一面绣着"石"字的大纛裹着千军万马飘忽而过……

"……我二十七岁那年，跟随父王石达开从南京率军转战浙、皖、赣、湘、鄂五省，直趋四川。"

这声音，仿佛打自遥远的天际传来的沉雷，震得卢炜昌和蔡家父子陡地一跳，不约而同地失声惊叫起来："呀！原来老禅师的父亲是天国的翼王爷！"

独臂头陀仿佛压根没听见似的，只顾一个劲儿往下说。随着他那低沉、缓慢的声音，卢炜昌的眼前接连不断地出现一幕又一幕气壮山河的历史活剧——

战袍上征尘仆仆的石达开率领太平天国义军进入了湖南。

湘军统帅曾国藩急忙率领大军，在省城长沙一带剑拔弩张地严阵以待。

石达开不由立鞍思量：这次天京内讧，部属未得收集齐全，便不得不悾惚离开了天京，经几省转战，士卒元气已受创伤，要是跟湘军相拼，就算获胜，恐怕也得不偿失。强弩之末，如何能顺利入川？看来只好跟曾国藩开个玩笑了……于是就地布好阵势，马上迅笔修书，备述东南一带，百姓流离颠沛，饿殍载道。他并无贪图富贵之心，只有重兴汉族，解救百姓于水深火热之愿。今拟假道贵境，避祸边陲。如荷宽宥，军行所至，定当秋毫无犯，鸡犬不惊，谈笑而来，高歌而去。倘不见容，唯有背城借一，互决雌雄！他正欲搁笔，又忍不住洒墨吟哦："我志未酬人亦苦，东南处处有啼痕……"当下派亲兵送往湘军大本营。

曾国藩读罢沉吟：这石达开是一头啸风猛虎，轻易招惹不得。安庆一役，险些为石生擒，逼得他曾国藩不得不跳长江自尽，幸亏卫士把他救上渔船，才得以复生。

如今，他的兵力虽然比石达开部强大十倍有余，但要是逼石死战，湘军也不会不受到重创的。这不光丢了他曾国藩的脸，而且削弱了实力，日后如何图谋夺取天京的大业？倒不如顺水推舟，送他石达开个人情，也好在兵史上留个美名。于是一声令下，湘军纷纷让出一条大路。

翼王麾下没有谁不担心中了曾国藩的奸计，纷纷劝说翼王三思。石达开仰着脖子咯咯大笑："不碍，不碍！湘军既然让出了个缺口，便无险隘可守。我军只要入得长沙，即可以直捣其心腹。他曾国藩敢轻举妄动？况且国藩小子乃文弱书生出身，安庆一役，料他定然心存余悸，未必不会不来点书生气。这可是孙武子所说，知彼知己啊！"硬是骑着那匹踢雪乌骓，威威武武、从从容容地率部浩浩荡荡打自曾国藩的鼻子尖前经过，俨然在检阅湘军的阵容。

"王爷，只够三天的粮食了！"一踏上四川边界，火头军便着急地向石达开报告。

"唔。"石达开很有些不以为意。"三天？用不着三天，便大可以到达大渡河了。只要过了大渡河，那边便是当年汉高祖赖以建立帝业，进可以攻，退可以守的天府之国，愁没吃的？你骆秉璋等着看我石达开当第二个汉高祖吧！你比曾国藩再刁，又能奈我达开何？"

殊不知这个四川巡抚骆秉璋却远远出乎石达开所料。他深知石达开是太平天国出类拔萃的第一号名将，文武双全，智勇兼备，虽然孤军远征，全无后援，却节节奏凯。川军虽然久已养精蓄锐，得了兵法上"以逸待劳"之利，也断断不可以有丝毫的疏忽。所以不等石达开越过湖北，进兵四川，他便收买了边境上所有苗族土司，处处坚壁清野，不让石达开得到一颗粮食。然后对石达开边截边战，死死把石达开拖在途中。

"王爷，只有两天的粮食了！"

……

"王爷，只够一天半的粮食了！"

……

"王爷，只够一天的粮食了！"

……

"王爷，只够半天的粮食了！"

虽然，打自入川以来，石达开不得不命令火头军每餐节减粮食，让士卒只能吃个半饱，而且昼夜兼程，也无法叫火头军不一天两头地报告粮食的危急。

断粮了。

全军面临覆灭于饥馑。

石达开一筹莫展，只能率领部下拼死血战，杀出一条生路。当他带着残部终于接近大渡河时，全军只剩下一百多兵马。

不等石达开片刻喘息，骆秉璋纠集的全部兵力，会同朝廷增援的胜保的马军，便从三面包抄上来，把石达开置于背水绝境。

石达开一看大势已去，便大叫一声："儿郎们随我来！"随即挥动那把曾经叫多少清兵将领胆战心寒的三尖两刃四窍八环宝刀，策开那匹踢雪乌骓当先陷阵。他的长子石澄宇横抢泼风宝刀，跨着那匹骕骦花马紧紧跟在后边掩护。就像被追急了的啸风猛虎，呼地扑进狼群，横冲直闯，但见两团寒光闪忽处，顿即敞开一条血路。石达开父子带着十多个亲兵狂飙也似的卷到大渡河边，杀散河防敌军，前脚刚刚跨上渡船，后脚尘土飞扬，三员敌军骁将倏忽穷追上来，跟着响起一片"活捉石达开"的叫喊。

石澄宇急忙一脚把渡船蹬向河心，狂吼一声，返身一跳，圆睁着一双豹眼，向追至河边的三员敌将迎去……

"我不知自己是怎样倒在地上的，也不晓得自己在地上躺了多少时辰，苏醒过来时只觉得左边胳膊疼得要命，这才发现自己掉了一条臂膀，身边横着那三员敌军骁将的尸体。一阵高兴，使我抬起头来，只见父亲不等渡船靠近彼岸，便大喝一声，骑着那匹踢雪乌骓托地腾上半空，在对岸河防敌军头上飞蹿过去，活像一枚离弦的箭，瞬间没入残阳里。对岸敌兵立刻乱成一片，吵吵嚷嚷：'石达开逃掉了！石达开逃掉了！'……"独臂头陀老禅师忽然惊喜地叫了起来。

卢炜昌这时才长长地吁了一口气，却急切地问："老禅师，翼王爷到底逃掉了没有？怎么人们都说，石达开当时已葬身于大渡河呢？"

"我父亲断不会葬身于大渡河的。这不过是四川巡抚骆秉璋为了向朝廷邀功而瞎吹的牛皮罢了。"独臂头陀老禅师断然地说，"我亲眼见的，我父亲一定还在人世间。他今年才八十一岁，身体一向壮得像一头雄狮，活不到一百，至少能活到九十九岁。我出家做个行者，就是要访遍天涯海角的名山古刹，寻找我父亲。救我性命，让我留发戴箍，当上头陀的武术大师觉真长老约我在最后的一座名山相会。如今距离约定的会期不远了，我可不能不离开你们啰！"

蔡小朗只晓得一迭连声地"哦，哦，哦"！半天"哦"不成一句话。

他的爸爸蔡坚却在一旁自言自语："这就强留不得了！这就强留不得了！"卢炜昌一听，忽然"呜呜"地啜泣起来。

独臂头陀石澄宇禁不住心猿意马，慌忙哄道："别哭别哭，我不走了，我不走了！"

殊不知卢炜昌听了，反而越发哭得要命。谁劝他也不止，结果谁都掉了泪，连成了一片呜咽。

老禅师果然没有走。不光指点卢炜昌和蔡家父子练武异乎寻常地下功夫，而且连自己的最后一手非到性命相搏、争生死于呼吸俄顷而不能使用的致命绝招"连环七星脚"，也端出来传给他们。

"在跃起凌空时，左右腿要轮番飞踢四脚，落地时又连发三脚。这七脚踢完不能超过一度呼吸。'连环七星脚'最讲究的就是快，要快到跟一枚脱弦而出的箭一样。加上踢得又准又狠，便成了追魂夺魄的绝命招……"独臂头陀一边说一边动作，由快到慢，又由慢到快，在一呼吸的刹那之间便连发了七脚，把分别搁在上、中、下、前、后、左、右七个位置上的铜钱一一以脚尖点落，"不论什么绝招，不练到神化的境界就不能算'绝'。不论你学会什么招，断断不可轻易露人眼前，要是轻易露人眼前，就会有人生出个解法来，那就不成其为绝招了。"老禅师这些话，说的岂止是武道？几天之间，卢炜昌仿佛一下子长大了许多。一到蔡家便正儿八经地练功夫，再也不跟小朗嬉戏打闹，而且每每练完功夫，总爱独自坐在石凳上托着腮帮寻思。

这叫石澄宇禅师很有些诧异："炜昌，你在寻思些什么呀？"卢炜昌仰脸望着老禅师，一个劲儿摇头："没寻思什么。"

"啊哈，还要瞒着师傅呢！"石澄宇禅师目光炯炯，又严峻又慈祥地盯着卢炜昌的眼睛。

卢炜昌只好百分之百地承认："什么都值得寻思！"

"哈哈！"石澄宇禅师忍不住笑了，"能说给师傅听听么？"卢炜昌却突然问道："老禅师，您家里还有些什么人？"

石澄宇禅师不由陡地一怔，顿即背过身去，许久许久才低沉而缓慢地喃喃呐呐："覆巢之下，哪有完卵呢？除了父亲或许还在人世，母亲和兄弟妻儿，全都到极乐世界去了。他们不是为清兵所杀戮，就是死于天京祸乱之中。但愿他们的魂魄都能回到广西故乡！啊啊，阿弥陀佛！"

"阿弥陀佛！"卢炜昌不知怎的，脱口跟着念起了出家人的禅语，而且竟然合掌当胸，虔诚得可以。少顷，他又忍不住嗫嗫嚅嚅地问："老禅师，您家里原先的日子一定很苦吧？"

"哈哈……"石澄宇禅师忽然转身大笑起来,"你还是个神童呢,可偏偏猜错了。我家原有二百多亩田地,在广西,算得上个少有的大富户喽!"

卢炜昌也忽然高兴地蹦跳起来:"我明白啦!我明白啦!"石澄宇禅师听了,很有些莫名其妙:"你明白了什么呀?"

"先天下之忧而忧,后天下之乐而乐呀!"卢炜昌生怕别人抢了去回答似的,声音又高又快,"您和石达开翼王爷比宋朝名臣范文正公还要强得多呢!"石澄宇禅师乐得一手将卢炜昌托了起来,在半空中旋转了一百多圈,一边咯咯大笑。半天,他才把卢炜昌放到石凳上,连忙从肚兜里摸出个锦囊,塞到卢炜昌的手掌心上:"这里有个小宝物,是我父亲留给我的。可我如今是个孑然一身的出家人了,而且还是个行者,不晓得哪一天,在什么地方,或在哪个古寺离开凡尘,倒不如把它送给你,让你珍藏着,老衲可就不用牵挂了。我们师徒这一番香火缘分也算有个了结。"

"这是石达开翼王爷的什么宝物?"卢炜昌惊喜不迭,不等老禅师说完,便颤抖着双手要打开那锦囊。

石澄宇禅师一把按住卢炜昌的双手:"别急着打开。你这就打开它,也许会吃惊得不行。还是留待日后,你觉着自己完全能够打开它看看了,你再打开它吧!不过,它只是赠给你,可不许对任何人张扬。"

卢炜昌只好十分珍重地把锦囊藏到了怀里,一边说:"老禅师放心!就连爸爸,我也不让他知道。"

石澄宇禅师略一颔首,忽然想起了什么:"噢噢,你学功夫的事,倒该告诉你爸爸了!"

卢炜昌飞也似的跑回家去。第二天一早起来便走到爸爸的跟前问道:"爸爸,你喜欢看功夫不?"

"大清早的,哪里来的功夫看?"卢敬文好不奇怪。

不等爸爸的话音落地,卢炜昌便倏然往下一蹲,双手抓住他爸爸的两只脚,托地把他爸爸举到半天高。

卢敬文乐得呵呵大笑。待卢炜昌把他放到厅堂门口,他才蓦地记起,两年来,炜昌每天晚上都匆匆出门,非到深夜不回来。大凡碰上他,便说上文会跟书友攻读经史,衡论诗文。连孙必三也说:"炜昌这孩子越来越勤奋了。"但见儿子的身骨越长越结实得出奇,他掩饰不住心眼里的高兴,便往往"呵呵"地一笑了之,从来没有介意。这时,炜昌耍的鹤翔拳，更叫他目瞪口呆："呀呀，你跟谁学的？"

"跟独臂头陀老禅师学的呀！"

"他如今在哪儿？"

"在蔡坚叔家呐！"

"快带我去见他！"

卢敬文拼命加快脚步，却怎么也跟不上儿子；跑到半路，他才突然大叫起来："啊哟，看我多糊涂！昌仔，快回家拿一百两银子来。"

眨眼工夫，卢炜昌便如数带来了银子。可是，等他和爸爸赶到蔡坚家时，石澄宇禅师的影迹却不知飘拂到哪儿去了。蔡坚父子又不在家，卢炜昌急得一屁股坐在石凳上呜呜直哭。

卢敬文忍不住一旁连声抱怨："你呀，真傻！连自己的师傅走了都不知道。"及至蔡坚父子打鱼归来，一把抱起卢炜昌，几双眼睛不由得同时愣直了，但见石凳上赫然刻着三个大字：五台山。

五　陈公馆甲午立誓：

谁不图强就不配做炎黄的子孙

　　陈氏公馆门前的石阶铺起了几寸厚的红鲜鲜的爆竹纸屑，鞭炮声仍然不绝于耳。挟着强烈硝味的滚滚浓烟弥漫半条大街。县城里的人无不断言：这个香山第一富商不是给陈公子娶媳妇，就是做了一笔大交易，赚了大钱。

　　人们哪里会想到，这是几个贡生在庆贺他们一次小小的聚会呢？陈公哲、刘裕臣、黎惠生、邱亮、蔡少山和卢炜昌几个意味相投的挚友，每逢农历十五日必定于县城聚集一次，互相交流观摩诗文习作，品评优劣，推敲切磋，共图长进。高谈阔论之中，往往不知不觉地扯到天下大事以及宫闱逸闻上去。所以，这种聚会，不光于读书作文裨益匪浅，而且可以帮助他们审时度势。难怪每次聚会，他们都像过生日似的兴高采烈，无不一见面就争着掏出银元，交给东道主陈公哲备办宴席，小庆一番。可从来不曾放过鞭炮助庆。今天却如此破格儿，个中缘由，局外人即便煞费猜度，无论如何也轻易捉摸不着边儿。

　　可不是？瞧，他们不是跟往常一样，紧接着热乎乎的一番寒暄，各人立刻从袖口里拿出自己的诗文习作，互助交流观摩，几杯工夫茶过后，便开始了评头品足吗？

　　"蔡少山老台兄，先端出你的高见吧，小弟洗耳恭听！"陈公哲老是喜欢以东道主的身份，率先点了蔡少山，俨然一个主考官。

　　蔡少山禁不住脸上一阵充血。文会的六个成员，唯独他已过了不惑之年，其余全是翩翩少年，年纪最小的卢炜昌只有十二三岁呢。论辈分，他蔡少山可是名副其实的老台兄；而且，他是文会里最老的贡生了，资历比谁都深，理应受到特别的尊重才是。这位陈公子偏偏不把他放在眼里，每每权衡诗文，必冲他发难，故意让他"笨鸟先飞"。什么恭听？屁，分明是存心捉弄，只有蠢驴才听不出那语气！这，这，未免纨绔气重，太恃富骄人了。不行，非得回敬回敬这小子：

"陈公子财溢气盛，见识每每高人一等，甚是了得！蔡某岂敢夺美？"蔡少山期期艾艾，曼声曼气。

众人听了，不禁哄然大笑。

陈公哲不唯一点也不觉得难堪，反而比别人笑得发疯，半晌直不起腰来。他居然丝毫也不谦让，一针见血道："我对蔡少山老台兄的文章可不敢恭维。首先破题就破得不准。那两句'博爱之谓仁，行而宜之之谓义'，太空泛，太不切实际了。"

蔡少山又是一阵面红耳热，即刻还以颜色，却结结巴巴，半晌说不成一句话，两个眼睛拼命地眨巴，竟然终于地闪出了泪光。

卢炜昌慌忙站了起来，笑嘻嘻地说："别，别，别这样啊！"仿佛受了蔡少山的传染，一时竟也有些口吃，"我看，就文论文，公哲兄的文章实在写得洒脱。他用'秦灭六国，席卷天下，不旋踵而败亡，斯虐害悉民之过也'来破题，一语中的，用'虐害'点'暴'，对'暴秦'这个题目确实破得好。然后承题说明'暴虐烝民'是没有不败亡的。接着一层层立论引例，证明'虐害悉民'这一主因的正确性，具体揭示秦国'政令苛暴，赋税繁重'的实质，然后才以'仁义不施，攻守异势也'一锤定音。立论发挥，没有一句话不是根据《大学》《中庸》《论语》《孟子》，可做到了代圣人立言！不过，要说稳健老练，还得推蔡老兄台的文章哩！明清以来，五百多年的科举制度，都规定以这种死板的八股文作为考试的玩意儿，清规戒律那么多，不光不能说一句《四书》里没有说过的话，就是说得含糊一点儿，也得给加上个离经叛道的罪名。谁的头脑不被箍死？"

"高见，高见！"众人见卢炜昌说得不偏不颇，不觉异口同声地赞许。连陈公哲也频频颔首。蔡少山的脸上顿即恢复了矜持的神色。

卢炜昌接着说："蔡少山老台兄的文章对《暴秦》这题目破的是失于空泛迂阔了些。一个国家的头等大事，莫过于兴亡。秦兴得快，亡得也快。兴得快是秦用商鞅，变法图强，民乐耕战，勇于公战而耻于私斗。只要努力耕种，就不愁没有好日子过；只要有本事有战功，就不愁没大官、大将当。因此秦国一下子就崛起于西陲，并吞了六国。可是'暴秦'这个题目并不要求我们非要议论这些。题目中一个'暴'字已肯定了秦国的暴虐，这就明白地指出了题旨：论述秦国为何亡得这么快。蔡少山老台兄的文章落笔便说'博爱之谓仁，行而宜之之谓义'来破题，难免叫人不发生疑问：为什么秦灭六国前不讲仁义而强，而灭六国后却不讲仁义而亡呢？蔡老台兄承题说明仁义的重要性，以及尔后的反复论述都没有回答这个问题，这就难以说服人。文中第五部分有两句模棱两可的文字很有些独到的意思，但主考官却未必不当你是离经叛道呢！我看，蔡老台兄屡试不售，恐怕跟这不无关系吧？"

蔡少山一听，立刻成了张飞穿针——大眼瞪小眼。他作了大半辈子文章，从来没有觉察到的致命弊端，竟被这位小年弟一语道破。

"我们看苏洵的《六国论》。他用'六国破灭，非兵不利，战不胜；弊在赂秦'来破题，破得何等精确！下面一承：'赂秦而祸生，破灭之道也！'承得多妙！尔后反复论证引例，都没有离开破题说的几句话，沉痛地指出以地赂秦，犹抱薪救火。薪不尽，火不灭。这就成为千古不易之论。"

陈公哲没有等卢炜昌把话说完，便截住以揶揄的口吻说："蔡少山老台兄的文章末尾一首七言绝句，全用上'夫''且夫''尝谓''子曰'作句首，连平仄都乱了套。这还能算是诗么？"

"不是诗是什么？"蔡少山愕然反诘。"是四不像呀！"黎惠生抢着回答。

蔡少山仍然没有回过神来："什么四……四不像？"

"当初姜子牙在昆仑山上修道，他的师傅元始天尊说他仙缘未足，要他下山去享受人间荣华富贵，怜他八旬年迈，行动不便，特意赐给他一匹坐骑。那坐骑既不像龙，也不像麟，又不像马，更不像鹿。姜子牙觉得奇怪，便问：'师傅，这是什么兽物？'元始天尊反问道：'你看它像什么？'姜子牙直摇头：'龙、麟、马、鹿四不像。'元始天尊听了咯咯大笑：'你说对了。它就是四不像。你别看它怪里怪气，可是个罕世神物。你坐上它，只要轻轻拍拍它的脑袋瓜，它便四蹄生云，天马行空，非俗夫所能属！'……"黎惠生说了半晌，这才突然露出笑脸，"嘻嘻，你现在手里有了四不像，说不定是元始天尊的恩赐，今科定会高中呢。虽然当不了齐国的开国元勋，但至少可以得个二三品红顶吧！"

蔡少山这回不唯一点也不生气，反而被逗乐了。一首小诗，竟然引出一段贵人典故，说不定这倒是个福兆呢！不觉翘起了山羊胡子……

诗文习作交流观摩、品评完了，照例由各人朗诵一篇古人至情至理的佳作，大家共同欣赏借鉴。

"我先来吧！"蔡少山可用不着陈公哲点名了，也不等大家作声，便慢声慢气地朗诵起宋朝大家欧阳修的《泷岗阡表》，"修泣而志之。弗敢忘。"一语未必，他早已泣不成声了。

陈公哲也禁不住两个眼睛黏黏糊糊的，赶快截住说："让我朗诵一篇振奋人心的吧！"他的嗓门本来就够响亮的了，却越诵声音越高，简直振聋发聩：

"……'今东海倭夷犹未臣顺，时犯海疆。官兵扣弦引矢，且战且却，其亏国体已甚。诚得如弼者一二辈，驱十万横磨剑伐之，则东西指日所出入莫非王土矣！王奈何不礼壮士？''汝自号壮士，解挥戈跃马，取上将首级于万军中乎？'曰：'能！'问所需，曰：'铁铠良马各一，雌雄剑二。'王即命给与。阴戒善槊者五十人，驰马出东门外。弼至，众槊环而进，弼虎吼而奔，人马辟易五十步，面无人色。已而烟尘障天，但见双剑飞舞云雾中，连砍马首坠地，血涔涔滴。王抚髀叹曰：'诚壮士，诚壮士！'命酌酒劳弼，弼立饮不拜。由是狂名震一时，至比诸王彦章云。"陈公哲按捺不住激动，不由连连击掌："嘿嘿，宋濂把邓弼写得何等了得！以狂墨写狂生，以壮笔写壮士，太绝了，太绝了！我们再看看他是怎样写邓弼如何怀才不遇而煞尾的吧：王上覃荐诸天子。会丞相与王有隙，格其事不下。弼环顾四体，叹曰：'天生一副铜筋铁肋，不使立功万里外，乃槁死三尺牖下，命也，复何如？'这又何等动情！邓弼的慨叹即宋濂的慨叹，宋濂的慨叹即邓弼的慨叹；宋濂掏其肺腑置于邓弼身上，既叫人惋惜不迭，又叫人悲愤不已。《秦士录》《秦士录》，好一篇千古传诵的不朽著作！"

众人不光倾倒于宋濂的《秦士录》，而且倾倒于陈公哲绘影绘声的朗诵和精辟独到的点评，"绝！绝！"又是喝彩，又是拍案。

该轮到黎惠生了，他却半晌不作声。大家知他是个大快活，而且秉性幽默、滑稽，每每爱猴头猴脑地耍些出人意料的招数，逗你发笑。城里人管他叫"大光灯"。此刻他必定在神游司马迁的《滑稽列传》，从中挑出一篇特别滑稽的佳作，让大家捧腹大笑。陈公哲见他仍在冥想苦思，等得很有些不耐烦，便忍不住推了他一把："喂，'大光灯'，该你演戏了！"

"这就登台啰！"黎惠生应了一声，竟然霍地跳到八仙台上，扮起个威武凛然的大将角色，"俺，戚继光是也！"顿即让大家笑翻了。只见他一边手舞足蹈，一边吟起了戚继光的《马上作》：

> 南北驱驰报主情，
>
> 江花边月笑平生；
>
> 一年三百六十日，
>
> 多是横戈马上行！

大家一听戚继光这首诗，笑声戛然而止，眼前的黎惠生，恍惚成了横戈马上的明朝抗倭名将戚继光……

黎惠生见众人直愣愣地望着他出神，好不得意，越发要得忘乎所以，忽然一脚踏空，一个筋斗摔了下来。

"哇！"众人无不大惊失色。

不等众人的惊叫声落地，卢炜昌早已伸出一只手，猝然将黎惠生一把托住，轻轻地放到八仙台上，活像摆弄一根鸿毛，不费吹灰之力。

"呀！"众人失惊未了，瞬息之间又接着这一惊诧，越发把眼睛瞪得直直，嘴巴也张得圆圆。

黎惠生一时傻了，呆呆地、痴痴地望着卢炜昌。他怎么也不会相信，这个若无其事地朝他微笑的小年弟竟是比他年轻十岁八岁的卢炜昌。卢炜昌哪里来的这般神力？

"惠生兄，没吓着吧？"这明明是卢炜昌的声音。

黎惠生陡地跳了下来，"扑通"一声跪到卢炜昌跟前，一边叩头，一边"师傅，师傅"地叫个不休。

卢炜昌乐得"嘿嘿"直笑。

陈公哲突然从后边扑了上来，拦腰将卢炜昌一把抱住。他要再试一试，看卢炜昌的功夫如何了得。可是，他连吃奶的力气都搭上了，却怎么也抱不动卢炜昌。他又把邱亮和刘裕臣招呼过来，让他们一人抱住卢炜昌的一边腿，三人同时使劲，卢炜昌仍然像一棵根深蒂固的树桩，一动也不动。他只好招呼蔡少山也来助劲。

"蔡某手无抓鸡之力，奈何不得，奈何不得！"蔡少山连忙拒绝。他说的固然是实话，不过，他素来认为文武相悖，读书人则该专心致志读书，对于武夫之术实在是绝对值不得问津的，况且他毕竟不能跟这些风华正茂的少年伦比。古训有道，一寸光阴一寸金。对于他蔡少山，一寸光阴岂止一寸金而已？于是朝众人拱手道："失礼失礼，蔡某不陪了，蔡某不陪了。"便转身走了。

陈公哲也不挽留，只顾着招呼黎惠生："大光灯，快来呀！"

黎惠生望望卢炜昌，十分地迟疑。他跃跃欲试，却又觉得要是炜昌因为增加了他一夫之力而当真输了，岂不是恩将仇报？这可不是君子之所为。

"惠生兄，玩玩吧！"卢炜昌却笑笑地招呼。

黎惠生再也按捺不住了，"嗖"地跳了起来，两手箍住卢炜昌的臂膀拼命使劲，一点也不讲义气。

"嘿嘿，诸位年兄尽劲呀！"卢炜昌依然纹丝不动。

陈公哲仍然不肯罢休："听我的，四个人要一齐出力，来——"

"嘿嘿，诸位年兄当心哇！"卢炜昌将身子猛一收缩，随着"嘿"的一声，陈公哲、黎惠生和邱亮、刘裕臣四人，前、后、左、右一同倒在了地上。

"账房先生！快给我买几捆鞭炮来。"陈公哲未及爬起，便大声疾呼，这才走到卢炜昌的面前，竖起了两个大拇指："炜昌，想不到你原来还是个武神童！"

邱亮和刘裕臣也左一句右一句："炜昌，你什么时候学的绝招？教我一手吧！"

"炜昌，答应大家吧！"黎惠生正儿八经得出奇，"古代名士，无不深谙文武之道。我辈岂能例外？"

卢炜昌见众年兄异口同声地求他教功夫，俨然成了大师傅："习文者劳心，习武者劳筋，你们能吃得消么？"

"怎么吃不消？劳其筋骨，乃天之将降大任于斯人也！"黎惠生又耍起了滑稽腔。

陈公哲乐得跳了起来："没说的，没说的！干脆把我们的文会改为文武会。让甲午年成为我们永远值得记忆的日子。你说好不，炜昌？"

随着书房里爆出的一片叫好声，门外立刻噼噼啪啪地响开了。

陈公哲实在乐得不可开交，特意设宴招待众书友："今天请大家赏脸，把凑集的银子拿回去，下次再吃合伙饭吧！"

"噫，蔡少山老台兄呢？"卢炜昌这时才忽然发觉少了蔡少山。

"他早走了。"陈公哲不屑理睬地答道。

"这位老台兄恐怕不会加入我们的文武会吧！"刘裕臣不无遗憾地说。

黎惠生立刻怪声怪气地说："天要下雨，娘要嫁人，啊哟啊哟，儿们可奈她何！"

众人止不住一阵大笑。

卢炜昌只"嘿嘿"地跟着笑了两声，立刻便站了起来："不，他不会走远的，我去追他！"

陈公哲慌忙拦住："算了算了，反正有他不多，没他不少。"

"你就是追上了他，可他那双八字脚走路磨磨蹭蹭，非得等上半晌不可，还让不让我们活啊！来——"黎惠生首先举起了酒杯。

"你……你们还……还在作……作乐？"卢炜昌还没跨出陈公哲的书房，蔡少山突然闯了进来，他一急，说话便气喘吁吁地犯老毛病。

众人无不目瞪口呆，好一阵光景，才七嘴八舌地问："出了什么了不得的大事体？"

"东……东洋鬼子欺负到我们炎黄子孙的头上来了！"蔡少山歇了一口气，虽然说话顺畅了些，脸上却仍然绷得紧紧的。

"真的？"众人骤然变了神色。

"我……我何苦跑……跑来说谎？"蔡少山朝众人瞪了一眼，嗓门上又响起了重重的痰声，"这是我的疏堂老表从广州带回来的消息。我刚出城便碰上他。他说东洋鬼子未经正式宣战，便派出舰队突然大举袭击我北洋舰队……"

在这以前已有传闻：东洋鬼子入侵朝鲜以后，屡屡向我驻朝陆军进行挑衅。如今，居然不宣而战，简直视我中华为童话中的小人国，太欺负人了。众人无不陡然虎起脸孔，七窍冒烟……

"要是戚继光还在，这倭寇可就轻易不敢欺负我中华了！"黎惠生忽然念叨起明朝的大将来。

读书人都晓得，明嘉靖年间，东洋鬼子经常骚扰朝鲜和我沿海地区，特别是江、浙、闽、粤一带。戚继光孩提时便跟着爹妈逃难，目击倭寇的奸淫掳掠，发誓要为乡亲报仇雪耻，弱冠便投笔从戎。他看到朝廷把精锐部队全都集中在平津和山海关一带，以防清军；留守东南沿海的兵力十分单薄，一旦倭寇从海上登陆便如入无人之境。于是，他便在自己驻防地区挑选精壮青年，编成一支骁勇善战的马军，在山东、江苏、浙江、福建、广东五省的海域扼险布防。平时屯田务农，就地征发给养，有警迅即分区集合，互相连营防守。由于防线绵长，戚继光身先士卒，一年到头巡逻不懈。起初，倭寇未知虚实，肆无忌惮地在浙江登陆，未及站稳脚跟，戚继光便率马队赶到，把倭寇团团围住，从四面八方冲杀过去，没留一个东还。戚继光的名字因而威震东洋。尔后，倭寇只要探得戚继光在，便轻易不敢对我沿海地区轻举妄动。多年来倭寇对我沿海地区的侵扰，终于被彻底平定。难怪黎惠生此刻对戚继光特别地缅怀。

众人虽然默不作声，却心照不宣。大家的思绪都打着个结儿：这个小小的东洋，究竟凭什么敢于如此欺负炎黄子孙？

"恐怕是由于我们的国力太弱了吧？"少言寡语的刘裕臣嗫嗫嚅嚅地说，望望这个，又望望那个，目光最后停在卢炜昌的脸上。

卢炜昌鼓着腮帮，仿佛在跟十个手指头生气，把一个个关节折得"噼噼"响。

"我们的国力为什么变弱了？"陈公哲好像跟刘裕臣吵架，面红耳赤地反问。

"你去问慈禧太后啊！"黎惠生不让刘裕臣回答，便抢先说，"打自大明江山被清兵颠覆，叶赫那拉氏统治汉室以来，可做了多少利国利民效益中华的事情？"

"屁！"蔡少山把黎惠生面前的一杯酒一口喝了，忿忿然道："哪一届的科举不排挤汉人？"

陈公哲见蔡少山似乎要把他的话题岔开，很不满意地瞪了瞪蔡少山："女人坐江山，国力岂有不衰弱之理？我堂堂个大中华，济济个大汉族，却非得听凭一个异族女人的摆布，东洋鬼子哪会把你放在眼里？"

"可不是？可不是？"邱亮一迭连声地附和。

"恐怕不尽然吧！"刘裕臣仍然嗫嗫嚅嚅地说，"英国就特别推崇女人坐江山。通天下有谁不晓得声称'英国无落日'的女王维多利亚？她坐了五六十年江山，有哪个国家敢于欺负他们？不光没有一个国家敢于欺负他们，而且从欧亚至拉非，不少国家都得接受她的控制。世界上几乎到处有英国的国旗在飘扬，不管地球怎么转动，英国的国旗什么时候都能映着太阳！他们光是一个东印度公司，就灭了一个偌大的印度国，维多利亚女王还因此而兼上了印度的皇帝，成了世界罕见的双料女王。英国的国力为什么这般强？主要是因为它比别的国家富嘛！富则强，贫则弱；富与强，贫与弱，总是相连的。这个道理，早为我们的古人所深谙。要不，书本上哪来'富强''贫弱'这些词儿？"

"弱肉强食！"卢炜昌忽然拍案而起，"要不受外侮，非得自强！国家要自强，国人要自强！《易经》上说，'天行健，君子以自强不息。'春秋时代，先人就有遗训。多少熟谙《易经》的人，却偏偏把它给忘掉了。时至今日，我们岂敢不镂心刻骨，身体力行？为雪国耻，小弟冒昧进言：把我们的文武会改为自强学社。不知诸位台兄意下如何？"

众人立刻发出一片赞同声，昂昂然，轰轰然！

蔡少山不禁很有些愕然。什么时候成立的文武会？原本不是叫文会吗？这自强学社怎么个自强法？还攻读经史，衡论诗文吗？他遇事老爱三思，断然不会轻易作声。可是毕竟上了年纪，脑筋活像老驴拉辘轳，半天转不了个圈儿。

"谁不图自强，谁不配做炎黄的子孙！"陈公哲十分不满地瞥了蔡少山一眼。

蔡少山偶尔碰上陈公哲的目光，仿佛受了莫大的侮辱，不禁唰地涨红了脸。他把脖子一歪，不知叽里咕噜地嘟哝些什么，像是在骂别人，又像是骂自己。猛地，他把平生的斯文全然抛掉，一口气把台上摆着的几杯山西汾酒喝了，然后挥舞着臂膀咯咯大笑，一边踉踉跄跄地朝门外走去，一边嚷道："谁不图自强，谁就不配做炎黄的子孙！"

众人无不瞠目……

六 在澳门天主教堂里聆听：

孙中山的洗礼……

卢炜昌夜不成寐。他怎么也弄不清，自强学社里的书友，年纪最小的也比他大十岁八岁，大家却偏偏推举他为自强学社的社长。既然大家如此瞧他卢炜昌这般了不得，可断断不能给自己丢脸！那么，身为自强学社的主脑，怎样才不负众人所望呢？国难当头，自强学社的使命，显然不能光是读书习武……天生一副聪明头脑的卢炜昌，眼睁睁地躺在古色古香的酸枝床上，半宵也想不出个要领。

其实，何止卢炜昌夜不成寐？除了那些只晓得纸醉金迷，不知华夏与炎黄是何物的人，四亿中国同胞谁能安枕？

"昌仔啊，你到底还是个孩子呢！"卢炜昌一听，陡地跳了起来："谁说我还是个孩子？"

"我说呀！"对面照壁上一个模模糊糊的影儿答道。卢炜昌不禁一怔："你是谁？"

那影子也怔了怔："我是你，你是我呀！怎么没认出来？"

卢炜昌哑然失笑了。闹了半宵，原来这是自己的影儿。怪，他已经是自强学社的社长了，怎么会认为自己还是个孩子呢？蓦地，他的后脑勺骤然震了一下，挂在窗棂上的一弯金钩似的月亮，顿即勾起他久遗于后脑勺的记忆。

那一夜，窗棂上也挂着一个金钩似的月亮。姑妈侧着身子坐在床沿上，一面百般慈爱地从头至脚地抚摸着他，一面絮絮叨叨跟他说话，不时地问道："昌仔，可听见了么？"他什么也没听见。一个异乎寻常的美梦正在等着他呢！蒙蒙胧胧之中，他只听见姑妈长长的声音："昌仔啊，你到底还是个孩子呢！"

六年了，怎么姑妈的声音忽然回到了耳边？而且，当时压根没听清姑妈学说姑父希望他日后成为对国家、对民族有所作为的英才一类的话，居然纷纷然地出现于脑际。奇，奇啊！也许，这是上帝有意赐给他的某种启示吧？

"噢噢，我明白啦！我明白啦！"卢炜昌不觉失声叫了起来。

"炜昌，半夜三更的，你在跟谁说话呀？"隔壁突然传来他父亲的声音。

"爸爸，我是说梦话哩！"卢炜昌深知父亲对他的企望，连忙撒了个小小的谎。

"你做了个什么梦啊？"他父亲的声音顿即特别的清醒。"好梦，好梦哩！"卢炜昌赶紧说，一面拼命地捂嘴巴。

"唔——"他父亲果然得到了宽慰，立刻拉起节奏强烈的鼾声，极端地舒心。翌日，卢敬文一早起床，便急着去问儿子：昨夜到底做了个什么好梦？须知梦，可是人的灵魂在你睡熟以后，离开你的身子，飘飘忽忽到大千世界去游荡，遇到的福或祸。遇到福，不用说是好梦，遇到祸，可就是噩梦了。炜昌说他做的是好梦，必定是他的灵魂夜里在大千世界遇到福了。别以为这是虚无缥缈的、不可得到的幻觉，有时可灵验得出奇呢！

可是，炜昌既不在寝室，也不在书房。他问遍家里老老少少和所有的佣人，谁都说没看见炜昌的影子。也许是上县城会书友去了吧？炜昌的老师孙必三却直摇头："也许不会吧？往时他离开书房半步，都必定告诉我的。"卢敬文不信，立刻派人到县城和镇上书友家寻找。可是回来的人一个个的脑袋都像晒蔫了苗的瓜儿。卢敬文吓得魂神出窍，脑子里霎时闪出个疑团：这孩子莫非受了梦的迷惑，跟他当初的独臂禅师出家去了？

"这的确玄事一桩。人世间的福、祸，轻易不能预料。福兮亦祸，祸兮亦福，福极生祸，祸极生福，福福祸祸，祸祸福福。凡是神童，前生都不是个寻常物。这早有人著书为证了。当今又出了一本《红楼梦》，那里边的贾宝玉就是嘴含石头降生的，贾府的荣华富贵全寄托在这个宝贝的身上，后来因看破了红尘，扔掉通灵宝玉出家去了。不敢断定炜昌不会误入空门，何况他受了那独臂头陀两年多的传教，恐怕十成是被那头陀的佛力引渡走了。"孙必三旁征博引，越说越神乎。

"怪不得他昨夜里在梦里直嚷：'我明白啦！我明白啦！'我怎么当他真的做了好梦呢？糊涂，糊涂啊！"卢敬文简直要哭起来了。

"唉，当初不让他跟那个独臂头陀学功夫就好了！"孙必三不禁长嗟短叹。卢敬文一听，呼地跳了起来："你当初怎么瞒着我？"

孙必三一急，嘴巴张得极大，却没了措辞……

"嘿嘿，嘿嘿！"谁也没想到，卢炜昌竟然跑到了澳门，在坐落氹仔湾的天主教堂里终于见到了姑父孙文，乐得连招呼也给忘了，只顾傻笑。

"噢噢，不愧是神童，神通广大得很呀！"孙文惊喜地拍着卢炜昌的小肩膀夸奖道。

"嘿嘿，嘿嘿！"卢炜昌仍然止不住傻笑，"嘿嘿，还不是姑妈教我找到这儿来，请理查德神父帮的忙么？！"他仰起脖子，望着赤胡子、蓝眼睛、高鼻梁、高个儿的外国神父，生怕姑父不相信他的话似的。

理查德神父却默不作声地站在旁边，眯着眼睛直朝他微笑。

"噢噢，这么说，你倒先上了翠亨村啰！"孙逸仙先生的八字胡子忽然往上翘了翘，"你姑妈可好？"

"好，好！她就是对我不放心，非要把我送到关闸才肯回去。嘿，她还当我是个小孩子呢！"卢炜昌又感激又很有点自负地说。

孙逸仙和理查德神父都忍不住"咯咯"笑了。

"笑什么呀？我不是已经十三岁了嘛！"卢炜昌立刻挺起胸膛，昂昂藏藏，方才的陌生、拘谨、孩子气，瞬间没了影儿，仿佛在跟谁吵架，声音又大又快，"要是个小孩子，能当得了自强学社的社长么？"

孙逸仙一听，炯炯灼人的双眸电光火石似的倏忽亮了一下："什么？你说什么！"

理查德神父以为孙逸仙真的没听清楚，忙不迭道："He said he's the President of The Self – Strengthening Academy——他说他是自强学社的社长哩。"

孙逸仙先生没等理查德神父的话音落地，便猛然张开臂膀，一把将卢炜昌抱起来，没想到拼尽力气，卢炜昌却仍然直挺挺地站着，纹丝不动。他只好松开双手，当胸给了卢炜昌一拳，乐呵呵地说："噢噢，是不像个小孩子了，有出息，有出息！"

理查德神父在旁边看得一清二楚，觉得好不奇怪，跃跃欲试地张开双臂，操着生硬的广州话问道："小弟弟，让我也抱一抱，可以吗？"没等卢炜昌点头，他便弯腰抱住卢炜昌的腰杆，然后摆开马步，矮了矮身子，随即拼命往上使劲，一回一回地咋呼，卢炜昌那双脚仍然牢牢地钉在地上。

孙逸仙原以为自己的力气不济，没想到卢炜昌年纪这么小，居然身怀绝技，力大难测，禁不住眉飞色舞道："谁说我中华无希望？希望之力在我民众，希望之力在我年轻一代！"

"先生，您的侄儿可是个小武星。将来一定在武坛上有一番作为！"理查德神父故意用生硬的广州话说，让卢炜昌能听懂他的夸赞。

"好哇！武艺强身、强种，从事武术活动，也是一条强国之路嘛！"孙逸仙十分高兴地说，"炜昌，你跟哪个师傅学的功夫？"

"石澄宇禅师哩！你晓得他是什么人？"卢炜昌的口吻又神气又神秘。

"他是什么人？"孙逸仙饶有兴味地问。卢炜昌瞥了瞥理查德神父，把嘴巴凑到姑父的肩膀："太平天国翼王石达开的儿子哩！"

孙逸仙听了，眉头蓦地一扬："真的？"

理查德神父好不莫名其妙，禁不住朝孙逸仙先生投去探询的目光。

孙逸仙立刻迎着理查德神父的目光，神采飞扬地说："He said his master is the son of Shi Da‑kai, the hero of The Heavenly Country of Peace—— 他说他的师傅是太平天国英雄石达开的儿子。"

理查德神父一听天国英雄石达开的名字，便一把搂住卢炜昌的臂膀，又操起生硬的广州话："小弟弟，可以请你的师傅到这儿见见面吗？"

卢炜昌见姑父与理查德神父这么亲密无间，便再也不介意了："他在我们香山下栅村住了两年多，只肯收两个徒弟，除了我，还有一个叫蔡小朗。他见我们功夫学得有了个底儿，一年以前便云游去了。"

"哦，遗憾极了，遗憾极了！"理查德神父不禁长嗟短叹。

"真是一个遗憾，中国历史上一个天大的遗憾！"孙逸仙忽然情不自禁地激动起来，止不住一面挥动着右臂膀，一面疾步踱来踱去，"中国亘古未有的一场轰轰烈烈的太平天国革命，竟然因洪秀全的偏安一念，而于半途一败涂地。有人讲，太平天国的灭亡，主因是由于清政府勾结帝国主义，借助了洋枪队的力量。这是一种只见疥癣之疾，不知病在膏肓的误诊。且别说太平天国的全部军事力量，单是石达开当年麾下的那位广西小乡里李秀成就够它洋枪队受的了。无论在上海郊区，抑或在苏州一带，洋枪队屡屡跟李秀成较量，哪一次不被李秀成杀得尸骸狼藉？连那不可一世的英国洋枪队统领戈登也在崑山一役死于李秀成的刀下。足见，所谓洋枪队是不可战胜的，无非是患了恐洋症者心目中的神话。在外敌面前，中华民族自古以来，就是不可战胜的民族。太平天国之所以演变成中国历史上的一出大悲剧，根本的原因完全是在于洪秀全的偏安思想。大道之行也，天下为公。他只做到了范文正公的'先天下之忧而忧'，却没有做到'后天下之乐而乐'。不知欧阳修老夫子早有告诫：'忧劳可以兴国，逸豫可以亡身'。从金田起义，接着进军湖南长沙，直取武汉，然后水陆两路沿江东下，到攻占了南京，不过一年多一点的时间，太平天国的力量就席卷东南半壁。清军夺取明朝江山的嫡系正红旗、正黄旗、正蓝旗、正白旗和镶红旗、镶黄旗、镶蓝旗、镶白旗八旗精锐部队几乎全部覆灭，咸丰皇帝惶惶不可终日，洪秀全如果能百分之一百地接纳石达开的灼见，把握住战机乘胜挥戈北上，直扑燕京，是完全可以推翻清皇朝的。可惜他只顾贪图逸乐，忙着分封东、南、西、北诸王，沉溺于声色犬马。只知南京是龙盘虎踞之地，明太祖朱元璋曾定都于此，成为一代天骄。却忘了朱元璋当年从安徽打到南京以后，并未敢贸然息兵称帝，即刻派自己的第四子朱棣和元帅徐达、大将常遇春率劲旅北上，及时占领了燕京，并封朱棣为燕王，镇守不懈，这才建都金陵，成了明朝开国之君。朱棣深知南京山水地域虽好，却非固若金汤，朱元璋一死，他便以清君侧为名，率靖难师南下，一举夺了侄儿的江山，当上了明成祖。洪秀全无疑是个了不起的政治家，可惜少了一点军事韬略，对石达开卓越的军事思想硬是拒不接纳。后来由于东王杨秀清念及石达开对太平天国建树的功勋，再三力谏，洪秀全才迟迟派石达开麾下的林凤翔、李开芳孤军北上。林、李所部虽然英勇善战，一直打到了天津，但到底失掉了兵家力争的战机，而且又犯了兵家所忌的孤军深入，以致三万多将士全部壮烈牺牲。更可悲的是，由于分享天下而引起权力之争，最后酿成惨绝人寰的内讧，互相残杀的情景，连清军闻之也毛骨悚然。天国诸王，除了一个翼王石达开在儿子率领亲兵的保驾下突破重围逃出南京之外，无不先后死于这场祸乱之中。洪秀全后来虽然有所反省，竭尽全力重整旗鼓，但为时已晚了。一代英杰的壮举，到头来竟变成悲歌一曲！这是何等沉痛的教训！我要是洪秀全，就把第一把交椅让给石达开。无论德行、胆识和才干，石达开都在洪秀全之上。他选择入川这条路，显然是效法汉高祖，先立足于天府之国，而后再图大举，复兴太平天国大业。这是何等远大的目光和过人的胆识！难怪曾国藩对太平天国的将领，只怕一个石达开。石达开全军覆没于大渡河，并非是他本身之过，而是由于太平天国内讧祸乱迫使他孤军行动，全无后援所致。要在别人，可轻易不能到达大渡河畔。而石达开虽然失败了，但他毕竟以自己的意志和血启迪后人：他已接近了成功的目标，后人只需沿着他的足迹奋斗，是完全能够获得成功的。其实，这也就是太平天国革命本身的意义所在。太平天国革命虽然失败了，但它所取得的胜利影响所及，是中国历史上任何一次农民革命所不能望尘的。它动员了千千万万的民众，对清廷造成了灭顶之势，从根本上动摇了清朝的统治；同时也告诉后人：只要发扬太平天国的革命精神，吸取太平天国的切肤教训，清政府是完全可以推翻的。不过，历史的车轮转动至今，中华民族要崛起于世界民族之林，不管是谁，也不能再封皇称帝，硬是抱住帝制不放了。要废除我国持续了两千余年的帝制，建立起共和政体，靠再来一次农民革命，已经断然不可能完成这个使命了。只有新崛起的资产者，才有力量去进行这场革命。唯其要推翻清廷，振兴中华，当务之急，莫过于唤起民众，同仇敌忾……"

"先生说得中肯极了！"理查德神父忍不住赞叹，"我还没听见过谁对太平天国有这样精辟的评价。灼见，灼见！不过，孙先生是不是对石达开有点偏爱？"

孙逸仙笑了笑："我这不过是把对太平天国英雄们的感情天平向石达开这一边稍稍移了一下罢哩！"

"这就越见先生对石达开的偏爱了！"理查德神父立刻虔诚地在胸前上下左右地划了几下，做起了祈祷："May God bless his soul! May God bless his soul! ——真主恩泽他的灵魂吧！真主恩泽他的灵魂吧！"

卢炜昌原来也是听人传说孙逸仙的学识和口才如何的了不得，却未曾亲耳恭聆，如今可听得简直发了傻，直咧着嘴巴儿，两个眼睛一眨不眨地怔怔望着姑父，早把来意给忘到九霄云外。这时见理查德神父这般虔诚地为石达开祈祷，心里一动，连忙从怀里掏出石澄宇禅师赠给他的那个礼物，双手捧给孙逸仙："姑丈，您对石达开这么偏爱，这个礼物就转送给您吧！"

"什么礼物？"孙逸仙两手仍然插在灰色短褂的两边口袋里。

"我也不晓得是什么礼物呀！石澄宇禅师送给我的时候，可不许我打开它。要我在认为自己能够打开它的时候才可以打开它呢！"卢炜昌照直说。

"噢噢，这简直是个迷人的童话故事！"孙逸仙颇觉得有点奇怪，"那么，你如今认为自己能够打开它了吗？"

这个宝物，在卢炜昌的身上珍藏了一年多光景。虽然他几乎每天晚上睡觉前总要摩挲它一会儿，心里痒得不行，却不曾敢于认为自己轻易能打开它。如今经姑父一问，不知打自哪儿来的勇气，猝然打开锦囊。忽见一檀香盒子，十分地精致，大家不觉很有些惊奇；待他小心翼翼地揭开它的盖儿，蓦地闪出一缕金光，几双眼睛同时瞪圆了……

"金印！"理查德神父首先失声叫了起来，立刻掏出自己的印泥，拿过这颗金印按了按，然后往白纸上一盖，赫然出现一行字迹："太平天国翼王之宝"。

"太宝贵了！"孙逸仙拿过那颗金印，爱不释手，"它的价值绝非任何伟大的金融家所能以重量计算的。只有历史，伟大的中华民族的历史，才能计算出它的价值。昌仔，你就为这件宝物专程跑到澳门来找我？"

卢炜昌一直对着那颗金印发愣，竟然牛头不对马嘴地说："姑丈，您当我们自强学社的导师吧！"

孙逸仙这才明白他的来意，乐得不行："噢噢，我光顾着高谈阔论，差点把你的大事给耽误了，难怪人家送我个外号叫'孙大炮'呢！你们自强学社是怎么成立起来的，都有些什么人？"

卢炜昌费了好大的劲儿，才不让自己笑出声，仔仔细细地把自强学社成立的经过和宗旨告诉了孙逸仙。

"好，好！"孙逸仙赞不绝口，"凡我炎黄华胄，务必努力自拔，奋发图强，永矢不懈。国家心腹之患在于贫弱，而贫弱之根源，除了封建帝制固有之弊端，清政府的昏庸腐败而外，国民的愚昧落后，体质衰颓，亦系招致列强欺负的祸因。因此，悉力扫除愚昧落后，增强国民体质，实为强国之道。后生可畏，及今即由青年一代做起，人人把自己锻炼成为能文能武能担负起一切重任的人才，为国效力，尤其要注意吸收新学，并且大力提倡、普及，务求中华逐渐趋于富强，俾能与列强并驾齐驱。日本所以敢于觊觎我中华国土，盖因经三十余年维新，一跃而为英、美、德、法、日五大强国之一。所以，图强才有出路，图强才能救国。孙文深愿与自强学社志士共勉！"

卢炜昌一面听，脑子里一面浮想联翩，迫不及待地说："姑丈，您快给我写几个字吧！"

"你要我给你写几个什么字？"

"自强周报"

"你要办报？"

"嗯。您不是说要唤起民众，同仇敌忾；普及新学，扫除愚昧；炎黄华胄，人人努力自拔么？自强学社可不能光是几个同人关在屋子里学文习武，就能叫国家富强起来的呀！"

"唔，唔，有志气，有作为！"孙逸仙不住地颔首称许，"不过，要创办一份报纸可不是一件轻而易举的事。你觉得有什么难处，需要我尽一点微薄之力？"

卢炜昌一时想不出什么难处，只好说："要是碰到什么难处，我会找自强学社的同人想办法。不是叫'自强周报'么！您只要给我写个报名就行了。您的字挺刚劲。"

孙逸仙却微笑道："这，孙文恐怕难以从命啰。"卢炜昌不由瞪大了眼睛……

理查德神父连忙笑眯眯地过来解释："小弟弟，虽然孙先生的书法深得刚柔之功，造诣极深，但一旦被清政府认出笔迹，你们的周报还办得下去么？"

"昌仔，"孙逸仙亲昵地叫了一声，"你能原谅姑丈吗？"

卢炜昌睁得圆圆的眼睛里忽然涌出了两滴泪珠儿，"姑丈！"他猛地扑进孙逸仙的怀里，紧紧地抱了一下姑父，扭头便走。

"昌仔！"孙逸仙连忙将他叫住，"你倒把石达开这颗金印给忘掉了。"

"不不，我先头不是把它送给您了么？"卢炜昌固执地说。

"这是你师傅送给你的国宝，想必是天将降大任于斯人也！"孙逸仙半打趣半严肃地说，"你可别辜负你师傅的一番美意！留着吧，总有一天，我会请你把它交给历史博物馆。"硬是把那颗金印还给了卢炜昌……

时近黄昏，卢炜昌才回到上栅村。他还没踏进门槛，猛听得迎面传来一片啜泣，立时把他给吓呆了。

"少爷回来啦！少爷回来啦！"不知哪个佣人忽然高声大嗓地叫嚷起来。啜泣声顿即变成一片惊喜，整个卢家大宅的人仿佛一窝蜂儿似的哄然而出。

卢敬文一把将儿子拉进房子里，又惊喜又惶惑地问："昌仔，你怎么没告诉阿爸一声，半夜三更离开了家？今天你到底到哪里去了？"

卢炜昌笑笑说："阿爸，这可不能告诉您呀！"

"为什么不能告诉我？难道真的……真的……"

"真的什么呀？阿爸。"

卢敬文慌忙摇头："这，这可不能告诉你。"

卢炜昌乐了："嘿嘿，阿爸，我有不能告诉您的秘密，您也有不能告诉我的秘密，这不就平等了么！"

"我是你的老子，你是我的儿子呀！"

"老子原来也是儿子，儿子也会成为老子。阿爸，您做您的洋杂生意好了，别老是为我操心。有钱尽管拿来，多多益善！"

卢敬文愣直了。

七　马半仙说的不假：

此乃世间奇缘也

石岐镇的石丰街上，开着一间专门经营农具、炊具的铁木商店。这是一家三代相传的老店了，一向讲究信用，人缘又好，远近多少有点名声，生意越做越发的兴隆。虽然称不上豪富，但也算得上香山的殷实户了。

孙达才十分地知足，他既不想扩大店门，也不敢牟取厚利，只求货物进出茂盛，资金周转畅通，便宛如稳坐钓鱼船似的安逸自得了。尤其叫他开心的是，上苍赐给他个天命，让他的老婆为他生了三男二女。所以他特地以厚酬把连襟吴光第秀才请到门上，天天上酒上菜款待，叫这位老秀才悉心管教他的儿女。

五个儿女当中，最讨孙达才夫妇喜欢的是次女孙素云。她从小伴着三个弟弟跟姨丈吴光第攻读书经，十分地聪慧伶俐，孝顺乖觉，深谙女儿家说话、行为的尺寸；而且越长越出脱，长到十五六岁，竟出落得如花似玉。这天晚上，素云独个儿在闺房里看书，看得出了神儿……

"素云，素云！"窗外忽然传来个仿佛耳熟的呼唤声。

"嗳！"素云连忙应声出门，却不见人影儿。只见碧波潋滟的珠江，冉冉升起一轮红日。突然，轰隆一声，那轮红日竟裂开一道缝儿，跃出个浑身吐着熊熊火焰的圆滚滚的东西，直朝她呼啸而来。

该死，我一个女儿家轻易能随便出门？她一面骂自己不安闺闱，招惹了妖气，一面失魂落魄地掉头往家里直跑。无奈两条腿儿不知什么时候变成了糯米粉捏的软糕，怎么也动弹不得。瞬息间，那个火球已蹦到她的跟前，猝然拦住了她的去路。她正在惊恐不迭之际，那火球忽然变成了个小后生，俊俏得出奇，不由她作声，便伸手托起她的下颏，乐不可支地说："慌什么？没有我，你可活不了呢！"又是那个依稀耳熟的声音！素云不觉打了个愣怔，浑身软成了一团。这小后生竟然一把将她抱在怀里。她又怕又羞，拼命地挣扎，扑通一跤跌在地上，这才惊醒了，桌上残灯似昏犹明，胸前背脊心仍然冷汗不止，她不敢去睡了，便跑到爹妈房间哭喊起来。

孙达才夫妇见女儿魂神出窍，也不由不慌，连忙翻箱倒柜，找出一瓶救急通关油，一面往女儿的太阳穴和人中上按摩，一面不住地问："素云，谁半夜三更欺负了你？"

憋了半个时辰，素云才定了点神，便把方才梦中细节从头至尾对爹妈细说了。她边说边望着门口，诚惶诚恐。经爹妈百般抚慰，三个弟弟也都过来给她壮胆儿，她才回闺房睡觉去。

这事实在太玄了。可不知是个凶兆抑或吉兆。孙达才夫妇心里不由得揣上十五个吊桶，七上八落，哪里还能轻易闭一闭眼睛？一个床头一个床尾直挺挺地盘膝而坐，你对着我纳闷，我对着你纳闷。窗户上刚刚出现熹微的曙色，孙达才便匆匆忽忽上了城隍庙。

城隍庙坐落在石岐镇南隅。庙宇不大，除了正厅是城隍的神龛，两边便是判官立足之地。没有雕梁画栋，檐下墙壁只画着几幅"八仙贺寿"，没精打采的。倒是门前右侧那头石狮很有点儿生气。比起富丽堂皇的佛山祖庙，不啻是小巫见大巫。显然，这位护城神功劳太小了。不过，庙里青烟缭绕，香火可十分地旺盛，善男信女纷至沓来，长年沸沸扬扬。难怪偌大一个石岐镇，马半仙偏拣这城隍庙前榕荫下的弹丸之地，摆开他那张尺半见方的活动神仙桌，上面压着个金钱龟，妙运神机，解签、算命、卜卦，沾了城隍不少的光。

"孙老板，这么早便来求签，抑或卜卦、算命？说吧，今朝特别清朗，天上无行云，地上无飞尘，天地之间净是瑞气和灵气，你真好彩！"马半仙没抬起眼皮，老远便招呼孙达才。

孙达才听了，不禁喜形于色："不是求签，也不是卜卦、算命，是来给女儿圆个梦哩！"

马半仙仍然没抬起眼皮："得，得。是大女儿抑或二女儿？什么时候做的梦？"

"是二女儿素云，昨夜快三更的时候……"孙达才接着把素云如何梦见红日裂出火球，火球又如何变成俊俏后生，这后生又对他女儿如何动作和说了些什么话，一五一十地和盘托出。

马半仙听得两片经常耷拉着的沉重的眼皮不知不觉地翻了起来，一迭连声地说："奇梦，奇梦！奇而不怪者吉也，怪而不奇者凶也。"连忙问清孙素云的生辰八字，便抓起金钱龟一边摇一边沉吟，"丙丁、壬癸，水火相济；阴阳调和，二气交替；漪欤盛哉，姻缘永世；白发齐眉，同偕伉俪！"然后放下金钱龟，伸长脖子对孙达才低声地说，"这可是一桩两世姻缘。你女儿素云的夫婿原来是个神种呢！"

"真的?"孙达才又惊又喜。

"破壳鸡仔，嘴巴是圆的还是尖的，不是露了半截吗?"马半仙见孙达才仍然半懂半懂的，只好细细解释，"你女儿梦见的俊俏后生是个火球变成的，这火球又是珠江上那轮红日裂出来的，他不明明就是太阳神的儿子么！你女儿在闺房里便听见'素云，素云'的呼唤其名，还觉得声音十分地耳熟，这不是前世就已经有了夫妻缘分了么！"

孙达才这才被马半仙完全点醒了，却焦急得不行："啊哟，啊哟，我女儿可得上哪儿去找他呢?"

"还用得着上哪儿去找?"马半仙好像心里早已藏着这个神种似的，随即脱口而出，"他既然是从红日那儿裂出来的火球变的，名字必定傍火连日。上栅乡卢敬文老板的公子，远近闻名的香山神童卢炜昌，他的名字不正是傍火连日么！"

是呀，上栅可不也傍着珠江么！这可是一门别人不管怎么做梦也轻易攀不着的亲事。孙达才赶快掏出一块光洋，谢过马半仙，回家对老婆说了，立刻便托人上门做媒。

对卢炜昌的婚事，敬文夫妇早就牵肠挂肚的了。本来，以卢家的门面，炜昌的才貌，敬文夫妇一点也用不着过早地为儿子的婚事着急的。只因炜昌那年跑了一趟澳门，见到了姑父孙逸仙，后来又遇上朝廷因在甲午战争中吃了败仗而竟向日本侵略者签订了丧权辱国的《马关条约》，不光把台湾、澎湖列岛割给了日本，还赔偿日本军费银二万万两。于是，他便全然变成了另一个人儿，每日必定往县城里跑，醉心于办什么《自强周报》，花了多少钱卢敬文倒不在乎，要紧的是他把旧学丢掉了，日后如何能得到功名? 而且，逸仙不是也因为开口必国事，闭口必新学，终于弄成了"四大寇"之首，而受到朝廷的通缉吗? 劝也劝得不少了，骂也骂得不少了，气也气得不少了，就差还没哭过一次了。你就是哭也白掉眼泪。

他说他长大了，要跟老子讲平等了，尽叫你做你的洋杂生意，别为他操心，你能如何奈何他? 看来只有女人才能管得住他了。不是自古英雄难过美人关么?！要是能给他娶到个贤惠、绝色，既叫他喜欢又能处处管得住他的媳妇，也许他会回心转意的。可是，远乡近邻，大凡有点身份的女子，不是贤惠有余却相貌平平，就是虽然相貌出众，却缺少端庄，贤惠不足……挑来挑去，三几年时间便蹉跎过去了。

卢敬文急得常常拿老婆出气："你没本事生便罢了，连给儿子娶个媳妇几年也没个影儿！"

卢太太心里本来就尽是负疚，哪里还敢轻易作声？只好给四乡六里的媒婆全封了红包。

这天，忽然从石岐镇来了个媒婆，还没进门，老远便一迭连声地嚷道："天赐良缘啰，天赐良缘啰！"随即将孙家二小姐的奇梦越发说得天花乱坠。

纵然媒婆口花花，一张嘴巴两边夸，但那个梦可叫人不能不认真琢磨。只是，孙家这位二小姐的长相、性情和能耐恐怕不会像媒婆说的这般了得。卢敬文让媒婆在外厅等了半晌也无法回话。

"媒婆的嘴巴到底不如自己的眼睛。我去相一相，就晓得孙家的二小姐到底了得不了得了！"对于决断儿女的婚事，还是做母亲的在行，卢太太即刻便吩咐佣人备了些手信，由媒婆领着她径直上了孙达才家。

原属非亲非故，又非紧邻紧舍，对初次上门的颇有身份的卢太太，孙达才不好接见，有意回避店中，全托老伴在家相迎。

两位太太竟然一见如故，彼此一开口便尽是贴心贴肺的话儿，亲做了一团。孙素云从绣帘后边悄悄地看见了，顿即没了芥蒂，不等阿妈呼唤，便自个出来拜见伯母。

"啊哟，哪儿来的这样一位闺秀！"卢太太不禁重重地打了个愣怔，失声惊叹。别说这闺女眉眼脸鼻，嘴脖腰肢，皮囊鬓发，从头至脚长得活脱脱一个画中的美人儿，没得一处可以挑剔，光是绰约娉婷的举止，端丽娴雅的仪态，就着实讨人打心眼里喜欢了。卢太太连忙拉着她的纤纤小手，让她坐在自己的身边，亲亲昵昵地问起她近日闺中活计。

素云双眸闪忽着两颗星星，嫣然含笑地答道："禀告伯母，小女无才，闲来只会挑绣、填词，读些诗文哩！"出言温文尔雅，应对利落得体。

卢太太再也按捺不住内心的喜悦，冲着素云笑呵呵地问道："肯做我的媳妇么？"

素云一阵耳热，不禁低鬟弄帕，虽然羞羞赧赧，细语慢声的，却一点也不含糊："得侍阿母，天公恩赐！"

卢太太赶快脱下玉钏，乐滋滋地套到素云的手腕上，不住地抚摸着素云那宛若玉雕的指头。

孙太太忙不迭转身进了厢房，瞬间捧出一双玉璧，请卢太太交给炜昌。当下，两位太太便交口约定：翌日互换庚帖。

卢敬文拿到孙素云的庚帖，立刻便去找那占卦兼算命的游乡神算子，请他仔细算一算素云的生辰八字跟炜昌的生辰八字是否配合贴切。

那神算子慢条斯理地摆弄他的"八章经"，按三千多年前周文王演算出来，以阳爻"—"和阴爻"——"相配而成的八个符号，布成乾、坤、震、巽、坎、离、艮、兑八卦，来代表天、地、雷、风、水、火、山、泽八大物，又拿八卦互相配搭，得出八八六十四卦，借以象征一切自然现象和人事现象，再按男女婚姻搭算，足足算了半晌。突然，他一拍大腿，张开没有门牙的嘴巴，咋咋呼呼地说："嗨，嗨，这女子的八字可好得稀罕！是个旺夫益子格。男女双方乾坤两造配合得十分贴切，是个刚柔相济、宽猛合一、缓急相通、表里和畅的光风霁月格，即俗称鸳鸯戏水格。"这神算子生怕卢敬文不信，又八面玲珑地讲解，"属于这个'格'的夫妻，就像唇舌和牙齿、喉咙的和谐协调，在千万对乾坤八字中可轻易不能找到这么美妙的配偶。日后夫妻俩要不白发齐眉，你来拆我的档！"卢敬文听得眉开眼笑，似晓非晓，似通非通，"嗖的"一声，竟然一下子赏给神算子五两银子。

那神算子两手颤抖了好几日，后来逢人便说，他早就算出那天是他运交华盖，注定要发财的；还说他给卢炜昌算命，卢炜昌的火日之光可把他那个倒霉透顶的八字也给照亮了。

别人迎亲，只需摆一天的酒席，叫作梅酌。卢家却非要摆到新娘回门。三天从早到晚的喜宴，卢家的五亲六戚和炜昌那班自强学社同人陈公哲、黎惠生等年兄、书友无不尽欢尽乐。只是苦煞了个新娘子孙素云。按照俗礼规矩，新郎新娘拜了天地，又互相交拜过后，便先爹妈后亲疏的向长辈跪拜、献茶，接着向平辈跪拜、献茶，然后再向贺宾一一鞠躬、献茶。这杯有蜜枣的香茗就是有名的"新娘茶"，接到这杯新娘茶的就得给新娘大红封包。人们都说这是世界上最香甜最名贵的茶！孙素云虽然有两个陪嫁丫鬟左右扶掖着一跪一拜一起，但毕竟因为裹着三寸金莲小足，玉质娇嫩，哪里能轻易支持得住？跪拜十次八次，身上便没丁点力气了，又跪拜了二三十次，冷汗把凤冠霞帔全都渗湿了。她仍然一声不哼，借遮脸绛帔的遮掩，紧紧咬着牙根，断断不能叫亲友扫兴，尤其不能叫丈夫脸上失去丝毫光彩，何况她到底是孙家堂堂的二小姐！跪着拜着，拜着跪着，突然，眼前五颜六色的星光乱窜，满屋满厅的人都在头上打旋儿。她只觉得"嗡"的一声，便不晓得自己还在跪呢，抑或还在拜了。

卢炜昌吓得脸色如纸，慌忙将孙素云一把抱住，几步便跑进了花烛高照、琳琅满目的新房。所有亲人和宾客，呼啦一下子跟着拥了上去，将新房的门口和窗户堵得水泄不通。

卢敬文那边急忙唤人煎参汤，卢太太这边忙着拿救急通关油给素云按摩……好大一阵，孙素云才重重地从心口窝里吐出"唉"的一声，渐渐苏醒了过来。她微微动了动又黑又长的睫毛，发现自己躺在炜昌的怀里，一阵羞赧使她下意识地挣了挣身子。

卢炜昌依然不紧不松地抱着孙素云不放，生怕一旦放开了，她立刻又会晕过去似的，全然忘了自己在那么多双目光的注视下。

卢敬文夫妇不约而同地互相对望了一眼，便齐齐退出了新房。众人这才跟着一窝蜂地散开了。于是，宴席上平添了一片欢笑，卢家的喜气便越发地洋溢了。孙素云见炜昌不肯放开她，立刻将眼睛闭得严严实实，让炜昌爱怎么抱便怎么抱。其实，自己浑身软绵绵的，哪儿来的力气呢？而且，何必非要挣脱开来呢？她心里不禁一阵好笑。

卢炜昌见素云紧紧闭着眼睛，没一点动弹，以为她当真的又晕过去了，急忙一迭连声地呼唤："素云！素云！"

"嗳！"素云失声应道。她依稀觉得，恍惚犹在梦里听见呼唤，好不耳熟，连忙睁开了秀眼，一看炜昌一脸惊慌的神色，忍不住"嗤"一声轻轻地笑了。

卢炜昌一看素云眼帘乍张，脉脉含情，两片宛如初绽的桃花瓣儿似的又小又薄的嘴唇，盛满了湿漉漉的笑意，心里"嘣"地一跳，忍不住伸手轻轻地托起她的下颏，乐不可支地说："没有我，你可活不了呢！"

素云一听，浑身一抖，立时瞪大了眼睛，水灵灵的，闪忽着十分惊奇的神色："嗬，你说什么来？"

"我是说，没有我，你可活不了呢！"卢炜昌也不由得惊奇起来，"这话怎么也吓着了你?"

"奇哩,实在奇哩!"素云惊叫不止,"那天半夜里我梦见个火球变成的俊后生,也跟你这样托着我的下颏说:'没有我,你可活不了呢!'一字不差,连声音也是一个印模子印出来的。你说奇不奇?"

卢炜昌不禁瞪大了眼睛:"你可对人家说过这个梦么?"

"我只跟阿爸阿妈说了来。阿爸第二天便去找马半仙圆梦。马半仙点破你的名字傍火连日,说你我原是前世伉俪,今生重会,这才撮合了这段姻缘。"

"你梦见的那个俊后生可像我不?"

"模样儿倒差不了多少,只是造次了些,吓得我连魂魄都丢了!"

"这就更奇了。梦本由心生,思念至极才会寐而成梦。可我跟你素昧平生,这又从何说起呢?"卢炜昌一时竟陷入了苦思冥想之中……

"这有什么难解释的?"孙素云早已恢复了元气,猝然伸出双手勾着卢炜昌的脖子,"你没听人说过,从前有个书生遇见月下老人的事么?"没等炜昌回答,她便接着往下说——

那书生读书读至半夜,累得实在不行,偶尔抬起头来,只见窗前月色如水,一股幽幽的清风迎面吹来,顿觉五脏六腑的翳气荡然而散。于是索性离开书桌,信步走进庭院。眼前一片透明的世界,忽见个童颜鹤发的老人坐在一棵奇形怪状的相思树下,抱着个胀鼓鼓的包包,在翻阅一本厚得出奇的本本。那书生觉得好不奇怪,便走上前去问道:"老爷爷,你看的什么书呀?"

"这是姻缘册。人间大凡男女,他们的名字全都写在这里边啰!"老人却连头也不抬。

那书生将信将疑,伸长颈脖朝那《姻缘册》上瞧了瞧。

老人慌忙合上厚本本:"使不得,使不得!要是让你看透了,这册子上姻缘便乱了套,人间少男少女都要怪我老朽糊涂的!"

那书生不无着急地问:"那谁是我的妻子,我又是谁的丈夫?"

老人笑笑说:"你莫着急嘛!我先头已经给你配搭好了。"

那书生越发着急:"你不告诉我,叫我日后托人上哪儿说亲去?"

老人指了指自己抱着的包包,又笑笑说:"这你就用不着担心了。我这包包里有的是红丝线,大凡有缘分的少男少女,我都用它把他们的脚踝给拴住,不管他们天南海北,终归都会走到一块儿,成为眷属的。"

那书生连忙朝老人施礼下拜。待他抬起头来，老人却没了影儿。只见相思树梢上，一轮皎月依然似银盘，如玉池……

说到这儿，孙素云莞尔一笑："也许我跟你的脚还让月下老人的红丝线拴着呢！"

卢炜昌听了，不觉瞧了瞧自己的脚踝，又拿起孙素云的脚趾仔仔细细地瞧了瞧，似逗笑似认真地说："怎么没看见红丝线？"

"啊哟，啊哟，这是天意，能看见的么！听说在杭州西湖畔，还筑有月下老人祠呢，内边刻着这么一副对联：求月下老人赤丝系足，愿天下情人终成眷属。昌哥，什么时候你能带我上杭州，拜谢拜谢那位天下好心肠的月下老人。"

卢炜昌却忽然变得十分地认真："这位月下老人未必值得拜谢的。人间的恩怨情爱，岂为神仙所能捉摸？何况这么个老朽，可不知糟蹋了世间几多男女的美事。"

孙素云听了，不禁大吃一惊：这个神种，怎么忽然一派胡言乱语？

转眼便是三朝新娘子回门了。卢敬文夫妇先打发人把一对金猪和四担龙凤礼饼给亲家送去，然后才让炜昌陪着素云回去探望爹妈。

孙达才夫妇呢，虽然嘴上挂着盼望女儿回来见一见面的叨念，其实心里所急切要见一见面的是女婿。人说一个女婿半个儿子。孙达才夫妇却认为这话说反斗了，应该是半个女婿一个儿子。何况，他们这个女婿比任何人的女婿都不寻常呢？所以，女儿一过门，两夫妇便忙着张罗迎接女婿的排场了。

在香山，这种款待娇婿的酒席叫作迎娇席。迎娇席有个老例，就是席上不时地出现一些叫回门新郎难为情的菜式。例如那些海参、鱼丸、粉丝，厨师故意做得特别滑溜，却非让新郎哥用象牙筷，夹来夹去，半晌也夹不住，可又不能因此而罢箸。那些滑溜得出奇的海参、鱼丸、粉丝就像调皮的孩子在跟你逗乐，你越着急，它们便越不让你轻易捉住，非叫你出尽洋相，让席上席下的客人笑掉门牙不可。又如"燕怀金蛋"，一碗燕窝特意放在新郎面前，是专门款待新郎哥的，新郎哥要是不沾筷箸，人家便会笑你小气，可是燕窝里的白鸽蛋都一律用白丝线穿成串串儿，夹起一个就会抽住一串，叫你吃也不是不吃也不是，弄得你不知所措，新郎越斯文便越发叫人捧腹大笑。孙达才夫妇晓得女婿是个并非寻常的斯文书生，况且夫妇俩也打心里舍不得女婿让人捉弄，尽管这种捉弄是善意的，亲热的，尊敬的，连被捉弄者也会得到快乐的。孙达才夫妇还是特意吩咐厨师免掉这个老例，叫厨师在别的菜式上使出绝招。孙太太仍然不放心，又亲自下厨当灶头监督。只是还有个老例免不得：在迎娇席上，不管在座的客人多么德高望重，都不能僭坐首席，这首席是理所当然地留给娇客新郎哥坐的。卢炜昌自然客套不得，朝主人和陪客拱拱手便坐上去了。于是，翁婿母女合府同欢，亲友一看这对肩儿挨着肩儿坐的璧人无不脱口爆出一片啧啧的夸赞声。

卢炜昌一看席上并没有一种叫他为难的菜式，不由得打心底里暗暗感激岳丈岳母，擎起酒杯先谢岳丈一杯，随即又谢岳母一杯。为了答谢岳父母的盛情，卢炜昌特意给大家讲了个有趣的故事：

从前，一位乡绅摆了席春宴，恭请宾客中一个老头子坐了首席。有一位叫梁秋的客人十分地愤愤不平。他是个新科举人，自以为少年登第，众人理所当然地该让他坐首席。那个穿着一身旧布袍的老头子竟然一点也不谦让，大大咧咧地坐在了上面。这简直是对他的奚落，立刻冲着老头子问道："老先生，你这辈子坐了几次首席来？"那老头子瞟了梁秋一眼，低声地说："老夫不过坐了三次罢哩！"梁秋顿时哈哈大笑起来："我年纪小小的，至少也坐过几十次哩！请问，老先生坐过三次什么样的首席？"

"第一次是鹿鸣宴，老夫坐了首席！"那老头子突然放大了点声音。

梁秋陡地吃了一惊：鹿鸣宴的首席是规定第一名及第的进士坐的。他连忙向老头子深深作揖："失敬，失敬，原来是老前辈！"

那老头子并不还礼，接着又把嗓门放大了点儿："第二次是琼林宴，老夫也忝居首席！"

梁秋脸色唰地变得纸白，慌忙一躬到地，一迭连声："冒犯冒犯，该死该死！"他十分地晓得，这琼林宴的首席，可规定是金殿提名的状元爷坐的。

那老头子全然不理睬梁秋，双手朝天一拱，慢条斯理地站起身来，嗓门特别地响亮："第三次是当今皇上登基，礼部奉旨敬设的龙凤朝阳宝宴，老夫也坐了首席！"

梁秋听了，仿佛五雷轰顶，立时瘫倒在地，不住声地叽咕："奴才瞎眼，死罪死罪！"

这位新科举人，为何吓成这个样子？原来龙凤朝阳宝宴的首席是规定总领百僚的宰相爷坐的。老头子正是告老还乡的宰相爷梁湘。

故事讲完了，满座宾客和四壁厢站着看热闹的娘儿们、孩子们仍然眼巴巴地望着卢炜昌。鸦雀无声。好大一会，才"哄"的一声大笑开来，接下去便是对那个新科举人和宰相爷的七嘴八舌的议论，夹杂着对卢炜昌这个"名不虚传的才郎"的称赞。那些循着老例来胡闹的人，只有张着嘴巴傻笑的份儿。

这在石岐镇，是一件破题儿第一遭的新鲜事，可给孙达才夫妇的脸上平添了一层光彩。

"看你今天把阿爸阿妈乐的！"

"你乐不乐？"

"你说呢？"

"我问你呀！"

"你没晓得么？"

"别人都乐得哈哈大笑，连你阿爸和阿妈也都忍不住'嘻嘻''咭咭'笑得合不拢嘴，怎么就唯独没听见你笑？"

"啊哟啊哟，我不光是个新娘子，还是你的妻子哩，轻易能当笑翁，张着嘴巴嬉哈大笑的么！你不知道人家的肠肚有多作难哩。"

"这可了不得！晚上我给你揉一揉肚皮。"

"看你，高声大嗓的，不怕马车夫听了脸红。"孙素云倒自觉脸上红得不行。

卢炜昌连忙掀了掀车帘，只见马车夫坐在车辕上抱头打盹儿，便有一点也不顾及地说："要不，你现在就把肚子里的笑声全抖出来吧！"

孙素云终于忍不住"咭"的一声笑了。

"就这么多？"卢炜昌疑惑地问。

孙素云又忍不住"咭咭"地笑了两声："亏你谙书识礼哩！怎的不晓得女子在男子的面前轻易不能失声发笑的规矩？"

"男子是人，女子也是人。人非草木，谁无喜、怒、哀、乐？喜则笑，哀则哭。该笑就笑，该哭就哭。管它什么规矩？我就是爱听你笑，笑得响响的，甜甜的！使得么？"卢炜昌忽然正儿八经地说。

这可叫孙素云为难了，一时不晓得究竟该答应还是不该答应。不过，她的心里可涌起一股甜滋滋的味儿。

"你作声呀！"炜昌一个傻劲地催促。

"天下的丈夫要都像你，通天下可什么时候都能听见做妻子的笑声啦！"

"那天下可就大乐了。"

两口子又说又笑，絮絮叨叨，直到马车在卢家大宅门口停了下来，这才住了嘴儿。

八　卢炜昌突然跳了起来：
我非要当第二个谭嗣同！

"世间无物抵春愁，合向苍冥一哭休；四万万人齐下泪，天涯何处是神州？"打自一场轰轰烈烈的维新变法于年前遭慈禧太后一班旧派的镇压，光绪皇帝被囚禁，谭嗣同等六君子被杀害以来，卢炜昌每每吟起谭嗣同这首小诗，总禁不住一阵黯然神伤，书也不读，功夫也不练，连在石岐镇的洋杂店的生意也懒得过问，整日里鬐鬐寡欢，惝恍忢忕，活像贾宝玉丢失了那块通灵宝玉似的……

这不由让孙素云暗暗担惊受怕。她背着炜昌翻了不少的医书，最后才查到这么一条医鉴："不经风邪，不通脉络，积于心臆，翳而成病者，谓抑郁症也。此症乃百药所弗能治理，宜善诱，疏导郁气，以金汤辅之……"可是孙素云几乎把三寸之舌也嚼短了一半，古古今今，今今古古，天上人间，人间天上，大凡能动人心念的话儿，她决不会轻易漏掉半句；至于金汤，自然也没让炜昌少吃，他却依然如故。有时他听了，越发怔的不行；有时呢，没等你柔声曼气地说上几句，他便"嘿嘿"地笑道："你别担心，我不会发疯的！"还有时呢，他听着听着，突然"呼"地跳了起来，唏唏嘘嘘地练起了拳脚；要不，便突然惊叫一声："啊呀，我的《自强周报》还没付印呢！"其实，《自强周报》早在年前就因为在报眼上登了谭公嗣同这首小诗而被查封了。要不是县尊唐绍仪出面关照，替炜昌包涵下来，这《自强周报》的风波可不晓得要闹到什么田地呢！素云深知炜昌的心脉，多次想对谭公这首小诗泼点冷水，或许多少可以降一降炜昌胸中激愤而起的火气。可是转念之间，又觉得谭公这首小诗着实令鬼神也不会不动情的，便一次又一次地把溜到嘴唇边的话儿硬是给咽了回去。如今不知怎的，她竟让这些话儿悄悄地溜了出来，声音怯怯生生的："谭公这首小诗，虽然悲壮有余，却也只是教人一片迷茫，晓不得出路。"

卢炜昌听了猛一咯噔："你没读过谭公那段说话？'世界各国改革维新，都经过一番流血，唯独中国维新变法没流过血。好吧，就让我先开始流血吧！'他不是已经用自己的血给我们指出了一条出路了吗？"

"可是维新变法到底失败了。难道中国的出路就只能是维新变法么？"孙素云忽然壮大了胆儿。

卢炜昌重重地打了个愣怔："这是谁说的？"

"我说的呀！"

"不不，这可是维新变法在国民心理上的必然反应，足见维新变法之深入人心。谭公虽然被杀害了，但谭嗣同精神是不死的！"

"你也别老是把心眼儿系在谭公的身上。他死了，中国不是还有个了不得的人物么！"

"谁？"

"你姑父孙逸仙呀！他走的可不是谭公这条路。"

仿佛孙逸仙是个光明的使者，卢炜昌一听见他的名字，眼前便蓦地闪过一道亮光："噢，噢，也许姑父孙逸仙比谭公更要了不得的！"

"了不得，实在了不得啊！"孙必三乐得乱了脚跟，边走边嚷，"炜昌，你去年童试的卷子得了省、府、县的冠军啦！贡院的陈志沂师爷特意找我去谒见唐县尊。一见面唐县尊就说你可不是一般考上的秀才，而是经认真遴选的拔尖茂才。嘱我督促你好好准备，三年一度的乡试已近在咫尺了。"

卢炜昌却神色漠然，一声不哼。

孙必三好不扫兴。这样头等的好消息，竟然无动于衷，莫非新婚燕尔，儿女缠情，把进取心给埋掉了？他脸上骤然升起一层阴翳，本想重重地敲炜昌几句，但又碍着素云的面子，喉咙里不禁一阵痰塞，只好使劲一连咳了几声，好容易才缓和了口气："炜昌，你的文章功底极厚，甚得火候，加上唐县尊古道热肠，扶掖推荐，正该乘机奋翮翱翔，直上青云。要知道，虽有智慧，可不如乘势嘛。我虽然因为沾上了你的光，唐县尊特意把我擢升为秀才，但我一生潦倒，自知跟功名无缘，只是指望你替我争回一口气，日后入殡脸上多少留下一缕光泽。"孙必三说罢，老泪夺眶而出，簌簌地淌个不止。

"孙爷爷千万释心，孙爷爷千万释心！"孙素云慌忙过来劝慰。

"老师的肺腑，炜昌并非有意轻慢。只是国难深重，民族艰危，怎么能醉心于科场？连走科场老路的康有为、梁启超向光绪皇帝提出自上而下的维新变法，其中就提到废科举，兴学堂。看来，还是我姑父孙逸仙远见卓识，在我被封为神童时就派姑妈来劝我弃旧学，攻新学。我却仍然一股脑儿往旧学里钻。看看，又能钻出个什么希望来？"卢炜昌十分懊悔地说。

孙必三听了，立刻翻起了眼皮。什么维新变法，什么民族希望，全都漆黑一团。就是从《三国演义》里看来的"天下大势分久必合，合久必分"，也只似懂非懂。他哪能理解得了炜昌的心呢？炜昌的脾性，他倒是熟悉透彻的，只好拉长一张苦瓜脸，耷拉着脑袋瓜走了，拖着一声长一声短的叹息："唉——唉唉！唉唉——唉唉！"

孙素云心里怪不是滋味，既不晓得怎样慰藉孙爷子，又不晓得如何劝说炜昌，只能闷声不响地望着丈夫，两个眸子净是泪光。

这时，突然撞进来个神色慌张的丫头："少奶，老爷唤你呢！"

"什么事？"孙素云很有些诧异，不仅因为这个丫头慌张的神色，家翁大凡有事，都只唤炜昌，可不曾唤她当面吩咐过什么的。

"让我去吧！"炜昌毫不介意地站了起来。

"不不，老爷只唤少奶奶呢！要不，他会更生气的。"那丫头连忙说。孙素云投给炜昌个眼色，便跟着那丫头匆匆离开房间。

卢炜昌怏怏地等了半晌，素云才姗姗回来，未及揭开绣帘，她便禁不住摊开捂着嘴巴的双手，"呜呜"啜泣起来。

"出了什么事？"卢炜昌好不惊愕，一把抓住素云两个圆圆的小肩膀，不住地摇曳，"出了什么事呀，素云！"

"阿爸他……"素云仍然泣不成声。

卢炜昌不觉一阵惶遽："阿爸怎么啦？"

素云接着没头没尾地回答："他……他作古了！"

这可是晴天霹雳！卢炜昌冷不防被震昏了。只见他脸色惨白，直着两个眼睛，四肢如冰。

素云吓得慌了手脚，也顾不得抽泣了，一边忙着按摩，一边连声说道："我说的可是在美国的阿爸卢敬郁呀！"

卢炜昌好大一会才渐渐地缓过气来："我只有个阿爸卢敬文，哪里还来个阿爸卢敬郁？"

"卢敬文爸爸是你的养父，卢敬郁爸爸才是你的生父啊！生你的阿妈还是个在美国当护士的西班牙女子呢!"

这怎么可能呢? 卢炜昌两个眼睛又瞪直了。他还在摇篮里开始认人的时候, 就只认得卢敬文是他的父亲; 及至开始认识世界, 第一次玩小刀划破了手指, 喷出来一股细细的血珠儿, 他也只晓得在他的血管里流动的, 只有一种血液, 中国人的血液! 哪会还有个生父? 编织成他的生命的血管, 怎么会流动着两种血液? "胡编! 胡编!"卢炜昌忽然发疯也似的叫嚷起来。

"这可是敬文爸爸亲口告诉我的呀!"素云竭力按住感情的潮水, 柔声柔气地把卢敬文先头对她所讲的家世, 一句不漏地学给炜昌……

卢炜昌听着听着, 早已成了个泪人。

素云连忙拿过手绢, 轻轻地给炜昌拭干眼泪, 一边打开个精致的漆皮相盒, 递到他的眼前: "瞧瞧, 这就是爸爸敬郁, 这就是多萝西妈妈!"

"我怎么从来也没见过这些照片?"

"敬文爸爸能轻易让你看到这些照片吗? 他原本打算不临到离开人世可不会交出来的呢!"

卢炜昌不由一怔: "阿爸他……"

"他听说你淡泊了功名, 不肯去赴乡试, 便拼命捶胸口, 一边掉眼泪, 一边说他对不住敬郁弟弟。他让我把这相盒子交给你, 叫你别再管他叫阿爸了!"素云只拣节骨眼上的说, 半句也不提及家翁对她的怨愤和呵斥。

卢炜昌浑身一阵阵抽搐, 突然跳了起来, 径直跑到卢敬文的面前, "扑通"一声, 双膝齐齐崭崭地跪在地上, 一迭连声地呼唤: "爸爸! 爸爸! 爸爸!"

卢敬文活像个石俑, 铁青着脸, 全然不顾妻子一把眼泪一扭鼻涕的哀求: "你应炜昌一声呀, 你应炜昌一声呀!"

"孩子, 你快起来吧! 孩子, 你快起来吧!"卢太太只好转过来一个劲儿劝炜昌了。

"妈妈, 我不能起来, 我不能起来呀!"卢炜昌固执地说。

"唉——"卢敬文无可奈何地叹了一声, 便勾着头离开了家门。

"阿爸这就多少也算作一点让步了。你可不能再叫他伤心哇!"素云硬是把炜昌揽回房间, 像哄孩子似的柔声柔气道, "我看, 你还是该去赴乡试的, 管他中不中? 只要能叫阿爸息心就行喽!"

卢炜昌好像压根没听见似的，两手紧紧抱着脑袋瓜，良久不语。

"昌哥，你觉得我说得怎么样？"素云把脸靠在丈夫的肩膀上，口吻异乎寻常地亲昵。

"不，"卢炜昌却突然跳了起来，"我非要考他个经魁，当第二个谭嗣同！"

素云吓得陡地睁大了眼睛，诚惶诚恐地望着炜昌，不知所措地说："这个乡试，怕是赴不得了！"

"看看，你又来了，就只晓得替我担心。难怪人说，男人的命，女人的心。"卢炜昌烦躁得不行，"谁叫我是炎黄的子孙？我要是有力不报国，别说对不起为从事科学救国而丧生于异国的爸爸，就连那个我们不曾谋面的西班牙妈妈多萝西也对不起的！"

素云再也不晓得如何开口了，只是一个劲地垂泪……

这泪珠，一颗颗全滴进了卢炜昌的心窝，扑扑簌簌不止。他的心扉不由得一阵阵发颤，不一会儿，便仿佛被扎穿了无数个孔眼儿，终于忍不住顿足长叹："唉，做人真难！做人真难！"

素云一怔，戛然咽住了眼泪，低声嗫嚅道："你觉着该怎么做就怎么做去吧！"

素云虽然这么说，卢炜昌在往返县城的路上，一颗心仍然十分沉……

自强学社因《自强周报》的风波被迫散架。那些同人，也各奔他方。谋生的谋生，经商的经商去了，县城里就只剩下陈公哲和蔡少山二人了。蔡少山终日踉踉街头，逢人便又笑又叫："哈哈，你可晓得位卑未敢忘忧国？谁不图强就不是炎黄的子孙！"他连个秀才也没捞着，便落得个这样的田地。卢炜昌一看见他披头蓬垢的影儿，远远地便躲开了。要不，连他自己至少也要痴呆几日的。陈公哲虽然依旧是那么豪爽，那么炽热，但对卢炜昌准备赴试，跻身朝政，以继承谭嗣同未竟的事业的决心，却只是一番赞赏："公哲十分钦佩年弟的抱负！可惜我已决意随父亲迁居上海从商，不能与年弟奋斗于科场了。不过，孙中山先生不是把中国的希望放在资产者的身上吗？从商也是一条救国之路，公哲可没有违背了自强学社的宗旨吧！"

人各有志，他还能说些什么呢？不唯不能再说些什么，而且不知为什么，他的脸不由得一阵滚烫，连忙拱手告辞："祝年兄好运！"

陈公哲却不回礼，一把将他拦住："别忙别忙！我过几天就要离开香山了，不能为你赴试饯行。倒不如现时设个小宴，好好干一杯，祝你科场得意，指日金榜题名！"

炜昌心猿意马，哪里还有半点情致？连忙一个劲地婉辞："年兄的盛情，小弟领了。只是烧酒解不得别绪，也许我们后会有期的，到时大家聚在一起，再饮个痛快吧！"

陈公哲深知炜昌的脾性，只好咯咯笑道："那我们只得在上海设宴迎候年弟驾临了！"一直把他送出县城。

九　珠江花艇上的奇遇：
风月场里闯进个假小子

　　三年一度的乡试，叫多少秀才豁出了性命。虽说省衙门所在的广州是个跟京城差不多的大地头，熙熙攘攘的人群闪着各种各样叫人眼花缭乱的服饰，那些故意挺着高高的胸脯在大街上兜风的女郎打扮尤其妖娆。从各府、各县蜂拥而至的试子，却忽然给这座繁华的花城带来一股大煞风景的寒酸气。虽然也有几个穿着光鲜，仪表不俗的，但毕竟是囚首垢面，不修边幅的居多。难怪那些地道的广州妹在比肩接踵的人群之中，一眼便能指出："瞧，那个穷秀才！"或者哆声哆气地叫嚷："哟，这个卜头卜脑的赤脚大仙，也想到广州来穿龙袍呢！"

　　卢炜昌夹在这些试子中间，耳朵特别地尖，不由得顾影自怜，很觉得羞与他们为伍。但一想到读书人有几个不为三年一度的乡试而失魂落魄？即便不是穷不过来，也没心思顾得上讲究仪表的。心里便油然涌起一股说不清的味儿，尽管他走到哪儿，都立刻意识到大街上有几双迷人的眼睛在捕捉他的影儿，他还是使出轻功，左穿右绕，一溜风烟似的赶到了贡院。

　　这时，贡院门口，等着报到，呈递名帖、文件、履历，领取入场凭证的试子，早已排成了一条后边望不见头，前边望不见尾的长龙。

　　号房里的几个师爷并列坐在一张长桌后边，慢条斯理地收集试子们源源不绝地递进来的名帖、文件和履历，一个传一个，传至最后，坐在最右侧的那位师爷才高声唱名，当面发给来人一块准考凭证——刻有姓名和号码的木牌子。这时，唱名的师爷一声高一声低呼唤着一个试子的姓名，却没人接应，于是几个师爷便一齐停下手来，架起二郎腿抽水烟，一点也不理会后边那些吵吵嚷嚷的试子们。约莫几筒水烟过后，一个寒酸的老秀才气喘吁吁地挤到桌前，嚷着领证来了。那唱名的师爷抬了抬眼皮，便用木牌把桌面拍得震天价响，气势汹汹地骂道："看你这婊子养的死到哪里去了？"那老秀才因为上厕所被人勒索了几厘银子而憋满了一肚子晦气，经这么一骂，便恼将起来："你怎么能轻易随口骂人？"那师爷两眼一翻："你爷爷就是骂你个活挺尸，你又拿我怎样？"竟然跳了起来，用木牌子打那老秀才的脑袋。那老秀才奈何不得，只能哭丧着脸向试子们求救："大家看呀，他开口骂人，动手打人，还有半点天理皇法不？"

秀才造反，三年不成。明摆着这么一个蛮不讲理，仗势欺人的恶师爷，却没有一个人敢于挺身而出，说句公道话或劝解一声。

卢炜昌远远听见吵嚷，忍不住跑到前边一看，不由猛地打了个愣怔，失声叫道："孙爷子！"

那老秀才听见熟悉的声音唤他，活像个掉落井底的人忽然抓住了一根伸下来的竹竿，惊喜得不行。当他的目光碰上卢炜昌的面影时，喉咙口竟然被泪水充塞着，半句话也说不出。

用不着多问，卢炜昌心里便明白了，一步抢到那师爷跟前，冷冷地喝道："快把凭证给他！"

那师爷却碍着面子，不甘认输，非要硬到底，便朝卢炜昌冷笑起来："来帮咋啦，看你这不郎不秀的，想怎么着？"

卢炜昌打自娘胎里呱呱坠地至今，从没受过外人丁点奚落，那师爷如此出口伤人，无疑是火上浇油了。卢炜昌哪里还能忍耐得住？一拉衣袖，勃然喝道："快把凭证给他！"

"你在老子面前逞什么强？"那师爷竟挥舞着双拳直朝炜昌扑了过来。

卢炜昌不躲不闪，右脚往前一划，便叫那师爷"扑"地跌了个饿狗抢屎。几个皂隶不知道好歹，一齐蜂拥而上，前后左右的一同开弓。卢炜昌就地轻轻一跃，两脚像车轮似的飞旋起来，当即把那五个如狼似虎的皂隶踢得晕头转向，东倒西歪。

谁也没想到，这么一个年轻的粉面书生，身上会藏着如此了得的功夫。四壁厢的试子们看得都傻了，好大一阵才爆出了一片近似疯狂的喝彩声。

"喜欢多翻几个猴筋斗的请上来！我不打你们。"卢炜昌两手交叉抱在胸前，一点也不像打架的样子。

那个师爷和皂隶们面面相觑，谁也不敢丝毫动作。发威又发不得，罢休又不甘。可又有什么办法？都怨自己的功夫不济，在个斯文秀才的面前认了晦气。

孙必三终于拿到了准考凭证，而且炜昌毕竟已经为他出了一口气，便急着息事宁人。须知脚在门外，即便是赐上一颗小石子，也得特别小心谨慎的。何况这些师爷可不是轻易碰的石头呢？"炜昌，走，陪我喝两杯去！你能来赴试，我实在太欢喜了，太欢喜了！"

卢炜昌却不肯善罢甘休。这可太便宜这些狐假虎威的奴才。他们欺负不了我卢炜昌，却不会让别的试子少吃苦头的。读书人的人格竟不如这些奴才，天理难容。"老师先走一步，学生随后就到。"他管着了孙必三两句，便径直闯进内堂，谒见学使王广昌："明公爱民礼士，名重儒林，晚学钦仰久矣！号房那位唱名的师爷和皂隶却在全省试子面前，随意打骂儒生，不仅有玷明公清誉，且亦藐视皇法。晚学忍无可忍，聊示薄惩。特来禀告明公，伏其见宥。"

这位王学使原是个孝廉出身的清正学官，听了炜昌这番话，便急于要在全省试子面前挽回个御下严明的好名声，立刻喝令左右把那些肇事的属员和皂隶传来。

那唱名的师爷和皂卒们挨的苦头，这番可得吃不完兜着走了。一拘到大堂，不容他们分说，一下子按翻在地，噼里啪啦就是五十杀威棒，直把这帮不把读书人放在眼里的豪横吏卒打得一佛出世，二佛涅槃！

卢炜昌这才朝学使王广昌一揖到地，退了出来。

那些大大小小的吏员师爷，虽然学乖觉得多了，但号舍里仍然少不了他们时而申斥，时而呵责的声音。一会儿唱名对号，一会儿按号查房，又是对册盘诘，又是按籍查问。

入围以后，试子们都按姓名、号数分别走进自己的号舍，单独坐在桌前，只露半截横门，看似庄严肃穆，其实没有几个心里不彷徨无主，不时地探头张望，活像被捉进来的囚徒。连那些深谙科场奥秘，却不得机缘正儿八经应试，只能从事特殊行业，专替人家做枪手的老儒，心里也并非一点不慌张。虽然即便笔下闪失，他们也能从那些荒废学业的纨绔子弟身上捞到白银五十两，但要是考中了，却可望得到三五百两重酬。至于如何通过各种关卡，完成冒名顶替的"大业"，他们可一点也用不着理会。主顾们自然会使用孔方兄的神通的。不过，既然置身科场，试子也罢，枪手也罢，谁能不把一颗心系在笔端上？及至试题落到手上，目光猛一闪忽，十载寒窗积聚的辛酸，梦里百次重叠的荣禄，以及名利场对命运的捉弄，一刹那间全部出现在各种各样的神色之中……

时间悄然无声地从试子们的面前溜过，不知不觉便金乌西坠了。书艺完成的得跨出号舍，没完成的也得离场，大都像挨了揍似的，昏头昏脑，形容憔悴，提不起半点精神。孙必三更是不济，铁青着苦瓜脸，一边手捂着前额，眼睛半开半闭，两脚跟跟跄跄，十分艰难地走着。要不是炜昌一路搀扶，恐怕离开贡院不几步便倒在路边了。

"姨妈，快来一瓶玉冰烧！"炜昌一回到住在高第街的姨妈门口，便迫不及待地嚷道。

"哦哦，饿坏了，饿坏了！"姨妈又高兴又心疼，连忙端出饭菜：又是清蒸鲩鱼，韭黄炒滑蛋，老友记烧肥鹅，石岐蚝油炆西排，还有老火芥菜汤。至于玉冰烧，可少不了两瓶。

"炜昌，看来，我身上还是凑合着五个契机的，一命二运三风水，四积阴德五读书，一个也不缺少啰！"一瓶玉冰烧到肚，孙必三渐渐地来了气脉，不知什么时候藏在心底里的一股高兴劲，突然冒了出来。

卢炜昌不禁大喜，双手端起酒杯："那我可得预先祝贺老师高中了！"

孙必三更乐了："说来也有些奇。我本以为自己跟功名无缘了。你原来要是高高兴兴地来应试，我这个老生是无论如何也不敢涉足科场的。偏偏因为你闹了那一番别扭，逼得我非来争一口气。没想到今日笔下这么神奇。你说，这可不是命运注定我大器晚成么！"他越说越仿佛当真高中了似的。

卢炜昌深知老师的功底，而且向来不曾这么自信、欣喜，这次乡试中式，十拿九稳是无疑的了。便又举起玉冰烧，一个劲地为他干杯，却一句也不提及自己考得如何。

三年一度的秋闱告终，手头拮据的试子无不纷纷旋乡。孙必三这次赴试，全赖炜昌的周济和他姨妈的管待，本来已经叫他很是过意不去了。可是那颗古怪的心却偏要他在广州多待些时日，非亲眼看一看自己的名字列在秋榜哪个位置上。尽管每每靠近饭桌，还未端起酒杯脸皮便先红了，他还是压根不提回乡的事。心里老是这么盘算来，那么盘算去："第一名虽然不敢指望，三名内大概不会失去的吧！"常常眼光光地坠入了七情变幻的蜘蛛网里，半痴半迷。

卢炜昌见他神情惝恍，生怕他心念过重，弄出毛病来，轻易不敢离开他，一天到晚尽陪着他游览广州名胜。这晚不觉来到东堤，竟然误入了珠江风月。

"叫艇仔呀！"才转过几条街，堤边便突然拥上来一群如花似玉的艇妹，甜腻腻地把他们包围起来。

可怜孙必三一介寒儒，何曾见过珠江这般的旖旎风月？不知是吃惊抑或是狂喜，立时便着了妖气似的，傻呆呆地瞪直了眼睛。

原来渡头附近就停泊着一排排的画舫花艇，鳞次栉比，灯烛辉煌，至少连绵二三里江畔。一群群妖艳的女郎宛如粉蝶穿花，盘旋在一桌桌的达官豪富身边，嬉笑声，酒令声，伴着咸水歌声和三弦琴声……

卢炜昌本来就是个阔气少爷，不曾当得衰仔，岂肯在城里人的面前自认乡巴？便对孙必三笑笑说："老师，我们也到紫洞兰舟买醉去，解解闷儿，别让人间的乐趣尽让城里人享受了！"

"哦哦，眼下玉兔东升，上下天光，一碧万顷。月下泛舟，一游珠江，倒是难逢的赏心乐事！"孙必三望着月亮，晃着鬓发疏疏落落的脑袋瓜，满脸的皱纹霎时舒展开来。那神情，大有把祖宗的姓也给忘掉的可能。

卢炜昌连忙扶他踏上一只画舫。可是那些艇妹刚笑眯眯地迎上来，他便立时慌张起来："炜昌，这座楼房怎么晃晃荡荡的？怕不大稳便吧！"惹得那些艇妹一阵好笑。

卢炜昌只好扶他踏上另一只紫洞艇。可他又连忙嚷道："炜昌，这船篷压得太低了些，看不见月亮啊！"

那些艇妹这番可不轻饶他了，便一齐拍手嬉笑："那你就到江心找月娘娘去吧！"

这显然是一句刻薄透顶的咒语。炜昌很觉得不是滋味儿，但又不屑跟这些艇妹纠缠，便扶孙必三到了另一只小艇上。

不等他们站稳脚跟，那艇妹劈头便问："先生可要到河南？"孙必三哪里晓得这暗语？便愣头愣脑地问："到河南做什么？"那艇妹又笑笑地问："那你的相好在哪儿？"

孙必三仍然懵里懵懂的："没有相好怎么办？"

那艇妹立刻一阵疯笑："过来呀，过来呀！"立刻放下舫帘。孙必三吓得大嚷："炜昌，快救我！"

卢炜昌连忙拉着孙必三跳到码头上。迎面忽然出现个比卢炜昌还要年轻的风流书生，"咯咯"拦头笑道："何必叶公好龙？不想弄风月，何必上风月场呢？年兄也着实正经得过分了。请！"话音未落，便率先跳到旁边一只紫洞艇上。

卢炜昌被这少年书生落落大方的风度所裹挟，未及迟疑，便扶着孙必三跟着上了那只紫洞艇。

这只紫洞艇竟与别的花艇不同，既没有打情骂俏，也没有叫人肉麻的卖笑。

驶至江心，卢炜昌反而觉得有些过分的清静。

离开了那一片浊流，沉落珠江底下的一轮皎月宛如璧玉似的透剔，把偌大的一条珠江照得透透彻彻，叫人连五脏六腑也不禁掏出来洗涤洗涤，心旷神怡得可以。

"东坡居士说，'若把西湖比西子，浓妆淡抹总相宜'。看来，珠江月色并未稍逊于西湖哩！"那少年书生忘情地说。

"别人都说西湖的三潭印月是天下奇观，这完全是因为还没见过珠江沉璧！"卢炜昌也情不自禁地搭讪道。

只有孙必三一声不哼，在默默地盘算着秋榜上的名次："第一名虽然不敢指望，三名内大概不会失去的吧！"

"其实，景因情美，情因景切。今天晚上，在年兄的眼里，即便丑陋女子也会变作西施的。"那少年书生接着打趣道。

"年弟何以见得？"卢炜昌很有些不解。

那少年书生忽然附耳道："主考黄花农今天不是嘱你静候佳音吗？今科经魁，除了年兄，还会属谁呢？"

孙必三的魂儿仍然在秋榜上徜徉，美得连珠江底下的明月也非他莫属，因为在他的眼里，那分明是金屋藏娇啊！他没听清楚那少年书生的话，便惊喜不迭地搭讪："也许的，也许的！"却见那少年书生只顾着一个劲地跟炜昌亲热，他才明白原来人家并不是在说他，于是又独自喃呐："第一名虽然不敢指望，三名内大概不会失去的吧！"

卢炜昌好不诧异。黄花农可是单独会见他的，除了那个俏得出奇的侍婢以外，旁边并没有任何外人，"年弟怎么知道文宗嘱我的说话？"

"别说出了嘴唇皮的话掩不住，"那少年书生莞尔一笑，便又压低嗓门道，"就是藏在心窝里的话儿，我也能知晓的。比如，黄花农那个侍婢对你就十分得倾心……"

卢炜昌越发觉得奇怪："年弟可别胡扯！"

"你叫她把黄花农的茶盅都给摔碎了，还说胡扯呢！"那少年书生又俨然个洞察秋毫的目睹者。

卢炜昌不由得愣住了……

早上，卢炜昌正要和孙爷子出去饮早茶，突然有个吏员持牒跨进姨妈的大门："哪位是卢炜昌先生？"

卢炜昌不觉一怔："什么事？"

那吏员连忙抱牒拱手："文宗黄花农大人相请！"

孙必三一听，喜出望外，连声催道："炜昌，快去快去！十成是你的文章让主考大人看中了。"

卢炜昌却暗暗担心，这恐怕跟那天在贡院门前教训唱名师爷和隶卒的事不无瓜葛，急忙换过衣冠。

到了黄邸，果然一见面，黄花农便笑吟吟地迎了出来，赞不绝口："啊哈，好一个英俊少年！文如其人，果然不假。太洒脱了，太洒脱了！足下妙龄，才思这般过人，前程无量。"

卢炜昌连忙寒暄道："夫子道德文章，薄海同钦。晚学倾慕纂切。今得亲聆教诲，不枉此生矣！"

黄花农见卢炜昌言谈举止一派的儒雅风流，又兼尊称他"夫子"，好不高兴，忙不迭地朝那壁厢嚷道："小奴，怎么还不上茶？"

只见那壁厢珠帘半卷，娉娉婷婷地走出来个娇媚惊人的侍婢。虽然眉梢低坠，半垂着眼帘，双唇紧翕，一张两颊圆而偏削，极得造化的脸，笼罩着一层迷离的愁态，却恰恰因此而越发显得奇俏。

"这可是个绝世美人！"卢炜昌差点儿没叫出声，竟没看见明晃晃的银茶盘早已端到眼前。

那侍婢只觉得有两道热辣辣的目光在盯着她，心里怪不自在，轻轻地唤了一声："先生请茶！"忽然张开双眸，悻悻地瞪了炜昌一眼。这一瞪不打紧，却不管炜昌端住茶盅没有，她心里一慌，连忙收回银盘，竟然"咣啷"一声，把个茶盅摔成了粉碎。

卢炜昌好不尴尬……

黄花农却咯咯大笑起来："啊哈，广州人说'倒泻茶'是婚事不谐的先兆。幸好这婢子今天不是谈婚。"

那侍婢不但一点也不害臊，反而忍俊不禁，痴痴地望着炜昌一笑。

黄花农这才稍稍变了脸色："小奴好不晓事，还不赶快换一盅茶来！"

"可别怪她，可别怪她！"卢炜昌连忙歉然地赔笑道，"是晚学急了些儿。"

"咦，这个俊得叫人丢魂的少佛，倒长得一副菩萨肠肚！"那侍婢从来不曾听过这等体贴的话，尤其出自个公子哥儿的口，禁不住回头朝卢炜昌报以莞尔一笑，旋即端出一盅香茗，再也不用银盘了，亲手把茶盅送到炜昌的面前，一双扑朔迷离的眸子闪着异样的星光，轻声慢语地说："小奴方才失礼了！"

"姐儿别芥蒂！"卢炜昌连忙接过茶盅低声说。

黄花农又一旁咯咯地笑道："你怎么倒称起她姐儿来了？她才十六岁，你比她还长一岁嘛！叫她小奴就行了，小奴。"

卢炜昌笑了笑，很不自然。这女子不光俏得出奇，而且身上依稀藏匿着一股才气，却落得如此个侍婢的身世，实在屈煞了她……他不觉陷入了莫名的心事之中。

那侍婢好像觉察出卢炜昌的心事似的，格外的殷勤，又是奉京果，又是献蜜果，精室里流转着一团团幽意。

"炜昌，你可知道，那些落第试子净爱骂司衡无目？"黄花农不知怎的这般兴致，一个劲儿地谈笑风生，"其实这不是十分公道的。须知小贼易防，大盗难御嘛！道光年间就有过一位乡试主考，在遴选录取人员的前两天，大清早突然发现案上压着一张字条：'白银三千两，请点陈念良。'这位主考没理会，立刻把那字条烧掉。可第二天早上又一张字条压在案上：'白银一万两，请点陈念良。'这位主考不由大吃一惊，立刻就点陈念良当解元。紧接着他就辞官归里了。他老婆问他为什么要这样做，他说：'我可得顾着我这条老命呢！'可不是，白银一万两，财可通神啰。轻易能拿出这么一注大财的人，还有什么事轻易不能做出来？这位主考后来才弄清楚，原来陈念良是湖广总督的宠子。一位正二品顶戴的总督花一万两银给儿子弄个解元算得了什么？区区一个主考能不谨遵钧命吗？要是我黄花农，也会这样做的。幸运的是我并没有碰上这样的总督。"

末了，黄花农十分亲昵地拍拍炜昌的肩膀："孩子，回去静候佳音吧！"

"夫子一席话，胜读十年书。晚学深感厚赐！"卢炜昌顿即从那莫名的心事之中解脱出来，长揖相辞。

"别客套啰，别客套啰！"黄花农一把拉住卢炜昌的手，"老夫今日得以跟足下订个忘年交，不啻是雅事一桩！"

卢炜昌离开黄邸，偶尔回头一顾，竟然碰上那侍婢远远朝他投来痴痴的目光……

"年兄，我可不是胡编的吧？"那少年书生见卢炜昌半天不作声，不觉痴痴地望着他一笑。

卢炜昌这时才蓦地觉得，这双眼睛好不熟悉，可又一时记不起来，究竟在什么地方碰上过这么一双眼睛，不由得十分的困惑："你是……"

那少年书生一看卢炜昌突然盯着他，慌忙把卢炜昌的一只手拉到面前，伸出一根食指，在卢炜昌的手掌心上轻轻地画了两个字。

卢炜昌不禁大吃一惊："小奴？"

"不，不。"那少年书生旋即在"小"字上添上了一画，"我叫李不奴，是她的同胞哥哥呢！方才所言，全都是她亲自告诉我的。连你如何长得一副菩萨肠肚，在黄花农面前怎样为她解围，还有那天你又如何教训狐假虎威的师爷和隶卒，怎样路见不平拔刀相助到底，为全省的试子出了气，她都一一告诉了我。称你是世间少见的、文章和侠气皆非同寻常的少儒。只是不知你愿不愿意把她救出魔窟？"

卢炜昌刚刚缓过气来，又骤然被那少年书生的话把一颗心给攥住了："你妹妹可遇上了什么不幸？"

"唉——"那少年书生重重地叹了一口气，便把嘴巴儿凑到卢炜昌的耳边，低声地诉说："我妹妹可是个黄柏花仙，虽然长得灵秀，可浑身都透着苦味儿。她一出世便哭声震屋。'唉，又多一张长在别人门上的嘴巴！'父亲见她是个女的，本来已经一肚子晦气了，便连声骂道：'哭星恶煞！哭星恶煞！'硬是迫着我母亲把她弃于马桶之中。幸好遇上个慈悲的老妈子，她才不至于未及看上人间一眼便悄然离开这个世界。不知是不是因为对命运的抗争，她不光长得特别乖觉，而且硬是叫人们惊叹她的灵秀。所以六岁上就被黄花农买进府上当小奴。黄花农眼看着她越长越像枝出水芙蓉，而且颇谙经纶，便让她做他的身边侍婢。这条老色狼早就迫不及待要把她纳为第八小妾了，只是担待着官场舆论，顾全岸然道貌，才不得不等她长到十六岁。一俟他把这次乡试事宜料理完毕，她就得葬送她的青春，葬送生存的意义了……"那少年书生一边说，一边不住地垂泪。

卢炜昌再也忍不住了："年弟，你叫我如何救得了她呢？"

那少年书生一听卢炜昌真挚、急切的语气，不禁喜出望外。"年兄当真有心救她？"

"唉，就怕徒有血性，却无能为力！"卢炜昌不觉仰空长叹。

"只要年兄有心，救她并非难事。"那少年书生急切地说。

"年弟说得可轻松！须知她身为黄花农的身边侍婢，即使你有孙猴子的能耐，也轻易救不了她的。"卢炜昌又叹道，"唉，白白葬送了个绝世佳人，上苍也要为之黯然！"

那少年书生突然伸出双手搭住卢炜昌的肩膀，无限情切地说："年兄既然这般怜她，何不把她娶了过来，这不就能救她了么！"

卢炜昌好不惊愕："这怎么可能呢？"

"只要你肯娶她，就自有法儿了！"那少年书生一双眸子又痴痴地望着卢炜昌。

卢炜昌又猛然打了个愣怔，不觉往旁边闪了闪，直摇头不语。那少年书生好不吃惊："你大概是嫌她位卑吧？"

卢炜昌仍然十分为难地摇头不语。

"那你为什么不肯娶她？不，你为什么不肯救她？"那少年书生又急又慌。

"要救她就非要娶她吗？"

"你要是不肯娶就救不了她！"

"我怎么可以娶她呢？！"

"你真的不肯娶她？"

"不能，断断不能！虽然我并非仅仅同情她……"

"伪君子！"那少年书生悻悻然骂了一声，转而绝望地叹道，"唉，天公何必生奴！质本洁来还洁去，强如污淖陷渠沟。"一联林黛玉的葬花词还没吟完，便猝然脱下书生冠服……

"小奴！"卢炜昌未及惊叫出声，眼前神话般出现的玉影一晃，便随着"扑通"一声，遽然消失于珠江如泣如怨的秋涟。

"阿姐！"一直默不作声的艇妹，这时突然惊叫一声，倏然跳进了珠江……卢炜昌猛然一震，慌忙掀掉披肩，紧跟着纵身一跃，箭一般直潜江底，借着朦胧的月色，当下便抓住小奴的腰肢，轻轻地把她托出了水面。

这当儿，那艇妹已经翻身爬上船舷，一把抱住小奴便"呜呜"抽泣起来。一直在自斟自酌，越盘算越认定他在秋榜上的名次只居于炜昌之下的孙必三，这时才从金屋藏娇的幻觉里惊醒过来，怨艾不迭："哎呀，今科不中还有明科嘛，怎么年轻轻的便这等寻短见？"

"跟老师不相干的事儿，老师别管好了。"卢炜昌朝他绷了绷脸，便忙着招呼那艇妹，"阿妹，快，给她换上刚才的冠服。这可不是哭鼻子的时候！"连忙拧干自身的衣服，把披肩披到身上，便攮住桨把急劲摇了起来。只听得"嗖"的一声，小艇直朝珠江的东边窜去，隐匿在月光轻易洒不透的夜色之中……

李小奴因为刚落水便被炜昌救了上来，还不致失却了神智，只"咕咕噜噜"地吐了几口江水，便恢复了元气。她见炜昌亲自摇艇，已经泯灭的痴情不觉骤然复苏过来，猛地扑出舱去，夺炜昌的桨把。

卢炜昌轻轻一挡，头也不回地说："你快给我乖乖地躲在舱里！"

"不，你快乖乖地给我歇着！"李小奴却反过来说，那口气比卢炜昌的还要硬十倍。

"你要是不听话，我立刻就上岸！"卢炜昌火了。

李小奴茫然失色，只好退回舱里，对那艇妹生气地嚷道："阿妹，你还不快去把他换下来！"

那艇妹却没有完全听命，拿起另一把桨，在这边拼命摇起来。直至远离了广州交通中枢天字码头，她才朝卢炜昌悄声问道："先生，打哪儿上岸？"

"讲武台。"卢炜昌压着嗓门回答。

"要得，那倒是个偏僻去处。"那艇妹一个劲地摇桨。

孙必三见此情形，早已掉进了云里雾中，只是记着炜昌先头绷脸嘱他别管这些跟他没相干的事儿，才不敢作声。上了码头，一看四下里连个人影也没有，他可再也憋不住了，便怯生生地问："炜昌，你要上哪儿要去？"

"送这位年弟回家嘛！"卢炜昌又紧绷着脸，然而十分亲昵地嘱道，"孙爷子，我要是今夜赶不回来，你千万不要对任何人提及此事。只需对我姨妈交代一声，说是上书友家玩耍便行。"

孙必三并非木塑，虽然莫名个中奥秘，也猜得出此事干系弗轻，炜昌偏要对他遮遮掩掩，心里好不委屈，只是那语气亲昵得可以，叫人从头至脚熨帖得不行，除了只晓得点头，可别无二话了，走不几步，突然返身叮咛："炜昌，路上可小心哇！"

卢炜昌不曾受过老师这等关切，一股师生情不禁油然而生，竟致鼻子酸溜溜的，却偏要不以为意地说："又不是赴汤蹈火，您老值得担惊受怕么!"随即把衣袋里尚存的银子一分不留地全掏了出来,数也不数就一把塞给那艇妹:"阿妹,请暂且收下这点薄酬,回头再作厚谢!"

　　"先生见外了!"那艇妹一分也不肯收,神秘地笑了笑,"这些钱,你怕没用场?赶路吧,别耽误了时间啰!"话犹未了,便倏忽返身跳到艇上。

十 她只顾在炜昌的脊梁上叨叨：

信不信由你……

卢炜昌正要追下艇去，李小奴急忙拦道："她是我肝胆相照的拜把姐妹，你放心好了！"便一手挽着卢炜昌的臂肘，"我们走吧！"可是刚迈开脚步，她又突然站住了，茫然地问道："上哪儿去？"

"径直往东郊走，先到世外桃源再说。"卢炜昌边走边答道。"世外桃源？当真有世外桃源吗？"李小奴很有些疑惑。

"唔。到了那儿，你就晓得我说的并非陶渊明笔下的桃花源了。"卢炜昌的口气一点也不含糊。

李小奴听了不禁一阵惊喜，立刻甩开卢炜昌，小孩也似的连蹦带跑起来。

"跑不得，跑不得！"卢炜昌慌忙叫道，"这儿虽然不是闹市，可不会全然没有人迹的。来，挽着我的胳膊，使劲扣牢些儿。"

李小奴好不惊奇：炜昌看似在漫不经意地溜达，却一步就是一丈地，活像个老鹰抓小鸡似的半挽半拎着她。不一会儿，她的胳膊便像掉下来一般地疼，她却拼命咬着牙根，直至全然麻木，也轻易不敢吱一吱声。这，不光因为她晓得眼前的处境可一刻也儿戏不得，要是那婆娘突然醒来，或者黄花农宴罢回府，她休想逃出虎口，卢炜昌也休想再活在世上；也不光因为她命贱，为了跟别人一样也是个人似的活着，从小就养成犟得出奇的性子；要紧的还因为，她让卢炜昌半挽半拎着的，可不仅仅是一只玉质臂膀……出了东门，她才不觉失声呻吟了一下：

"哎哟！"

"怎么啦？"卢炜昌一怔，不觉停住了脚步，胳肢窝里仍然挟着李小奴的臂膀。

　　李小奴努努嘴巴儿，忽然娇滴滴地说："你给我摩挲摩挲，看我的臂儿还连着我的身子不？"

　　卢炜昌的脸不由唰的一热，急忙松开李小奴的玉臂，讪讪地说："你自个儿看吧！可得尽腿劲，只许快，不许慢！"

　　李小奴后悔极了，怎么可以轻易叫起苦来呢？这时郊外万籁俱寂，远近影影绰绰，仿佛到处埋伏着魑魅魍魉，兼且跟在卢炜昌的背后，她不由得心里打起鼓槌儿。夜行多露，女儿家哪能不慌？饶她腿劲再足，也还老是远远地掉在炜昌的后边。不多一会儿，她便气喘吁吁，汗流浃背了。

　　卢炜昌无奈，每走几步，便不得不停下来等她一会儿。他不时地抬头望望天空上的月亮，急得直叫："噢噢，假小子就是假小子！这么个走法，什么时候才能到达世外桃源？前边还有四十里之遥哇！"

　　李小奴打自来到这个纷纷攘攘的世界，曾几何时走出广州半里地？不到半个时辰，那两条小腿便由不得她逞强了，不管怎么骂它们不争气，不争气就是不争气，不能动弹就是不能动弹。急得她挥起拳头直往腿上乱砸，一边"哎，哎"地拿自己发泄。

　　卢炜昌不得不把心一横，一弓腰杆，霍然蹲到她的面前。李小奴不由一愣："你这是干什么？"

　　"我当马儿，你当骑士。"卢炜昌正儿八经地说。

　　"嘻嘻！"李小奴忍不住笑了。

　　"笑什么？"卢炜昌陡地扭过脸来，"我是一匹神驹！你只需用双腿夹着我的腰儿，双手搂着我的脖儿，保险不到一个时辰就天下太平了。"

　　李小奴可笑弯了腰："你这不是存心把我当孩子来玩吗？我没……"

　　卢炜昌急得沉下脸来："你也不看看这是个什么时刻，谁有闲情逸致跟你玩？"

　　"这，这怎么行呢？"李小奴十分地难为情。

　　"只能这样了。要是三更以前没走完这四十里地，你我明儿都得被扣上奸夫淫妇的罪名而成为黄花农的阶下囚。你要是愿意，我们就在这荒野上玩个够。怎么样？"卢炜昌很有些气促地说。

　　李小奴一听卢炜昌生气了，便噘起小嘴，像个既听话又顽皮的小孩子，"嗖"地扑到卢炜昌的背上。

"搂紧点儿，千万不可松劲！"说罢，卢炜昌顿即紧收前腹，憋足内气，运起神功来，突然"呼"的一声，身子倏地蹿出二丈多远。霎时间，呼呼风起，宛如腾云驾雾⋯⋯

李小奴慌得喘不过气来，不时地叫喊："啊哟，我的爷！啊哟，我的爷！"眼看跑了好远一程路，她赶快把嘴儿贴到炜昌的耳朵根上悄声叫嚷："我可受不了啦！我可受不了啦！"

卢炜昌只好吐了一口长气，收住了神功："奇怪，当马儿的自在，当骑士的倒不自在。"

李小奴往路边树头一靠，半躺半坐在地上，一双泛着秋波的眸子痴痴地瞅着炜昌："你不累？"

卢炜昌这才明白她的意思，笑笑地说："我到底整整练了八年的功夫来，轻易能累着？"

"我的爷！真看不出，一个周身斯文的少年书生，功夫竟然这般了得！"李小奴忍不住啧啧称赞，"炜昌，你肯教我功夫吗？"

"你个女儿家，也要学功夫？"

"女儿家就不能学功夫？唐朝女侠聂倩娘，不就周身武艺吗？雍正年间的女剑侠吕四娘比聂倩娘武艺还要高强十倍。她单身夜闯皇宫，神不知鬼不觉地取走了雍正皇的脑袋，连紫禁城的九门提督也不晓得是怎么一回事呢！"

"可你⋯⋯"

"我太娇质了是吗？我要是个男的，我父亲至少不会迫我母亲把我弃于马桶。不过，这可不能完全怪我父亲，我母亲生了半打女儿，他如何能养得起？都怪这个世界太不公平！活在这个不公平的世界上，一个女儿家非得把自己练成铁打的儿郎不可！"

这时可轮到卢炜昌对李小奴痴痴地凝眸了。《红楼梦》里那个呆公子贾宝玉说女儿家是水做的，他却无论如何也看不出来。眼前这个透透剔剔的玉人儿，分明是天地间的灵气孕育出来的嘛！突然，他猛一击掌："要得要得，小奴，我包下来！"

"你怎么还叫我小奴？我不是在你手心上给'小'字头上添了一画了吗？"李小奴一半撒娇一半嗔怪。

卢炜昌连忙改口："好，好，不奴！不奴！这一画之差，两个名字可是天壤之别，而且连你也俨然成了两个人儿啰！"

"其实，'小奴'并非我的名字呢。只因我从小就在黄府为奴，黄花农管我'小奴''小奴'地叫惯了，别人便把这当成我的名字。"

"那你原本叫什么名字？"

"哪里还有什么名字？能有个姓，上帝已经够赏脸的了。"

"上帝对人类也太偏心眼了！"卢炜昌愤愤然地叹了一声，不觉在李不奴的身边坐了下来，宽慰道，"你可别伤心，我送你个爱称。"

李不奴喜出望外："什么爱称？"

"古时候，读书人爱管那些任性标致的调皮女子比作秋海棠。今后我就叫你作'秋妹'，好吗？"

李不奴一听这名儿怪亲昵的，全无贬意，而且切合自己的脾性，便连声说道："好，好，好，我的香饽饽儿！"

卢炜昌好生奇怪："什么香饽饽儿？"

"你不晓得？"李不奴莞尔一笑，"是这么一回事：慈禧太后每天吃早点，一看满桌的点心便腻了。身边一个年轻的太监连忙跪禀：'老佛爷，有一笼稀奇精制的点心方才没熟透，容奴才这就去端来。'小太监把点心端来，慈禧太后瞥了瞥便不悦地说：'又是银丝花卷儿，这有啥稀奇？'那小太监赶快跪到地上：'禀老佛爷，这虽是银丝花卷儿外相，里边的馅儿是莲蓉和枣蓉混合，配上柿饼、陈皮、瓜仁、桃仁、榄仁、杏仁，名叫八宝香饽饽。'慈禧太后听了，拿起一个尝尝，果然甘香异常，十分的可口，竟一连吃了三十个，高兴得摸着小太监青光的脑袋瓜，笑嘻嘻地说：'嗳嗳，我的香饽饽儿。我现在暂且当当慈禧太后，委屈你当一下小太监，不行么！'"

卢炜昌忍不住笑了："你这秋妹，倒会讨人便宜！"

"嘻嘻！"李不奴快活极了，"炜昌，你真是世界上最好的男儿！"随即忘情地倒在了卢炜昌的怀里。

卢炜昌不由抖了抖，脑子里蓦地闪出君子慎独的意识，浑身的神经一阵慌乱，却见她半闭着眼帘，满脸倦容，软软绵绵地摊着四肢，心里很是不忍，便半截木墩也似的一动不动。可猛一转念，不觉惊叫起来："歇不得，歇不得！秋妹，你会对对子吗？"

李不奴倏地睁开眼："喏，那有什么？云对雨，魄对梦；黄鹂对白鹭，杨贵妃对唐玄宗。半窗图画梅花月，一枕波涛松树风。仄仄平平仄，平平仄仄平。这调调儿光你读书人懂得？"她依然软绵绵地在炜昌的怀里躺着。"那好，我出个对子让你对。即刻对出来，对得妙，有奖！"

"奖什么？"

"随你要什么便奖什么。"

"你出吧，你出吧！"

"你听着：'黄花农梦里纳妾空欢喜'，对吧！"

"你听着：'李不奴郊外怀春实荒唐'。如何？"

"妙极了，妙极了！"卢炜昌忍不住连声称妙，却又突然嚷道，"不妙！不妙！"

"哪儿不妙？"李不奴痴痴地瞅着卢炜昌问。卢炜昌满脸通红："不妙就是不妙嘛！"

"你要赖账？"

"汉高祖的大将季布一诺千金。我卢炜昌可说一不二！"

"那好——"李不奴猝然抱住卢炜昌的脖子，对准他的嘴巴儿，发疯似的亲起来。

罗马帝国的英雄恺撒的威力征服了埃及，可埃及女皇克莉奥勃特拉的魅力却俘虏了罗马帝国的英雄恺撒。卢炜昌只能在刹那之间愣了一下，哪里还有力量抵抗得住李不奴这等疯狂的爱的奇袭！

这当儿，旁边一片树林子里，忽然传来几声夜莺的啼叫，吓得卢炜昌陡地跳将起来："得了得了！快骑到我的背上吧，我的骑士。"

李不奴仍然沉醉于爱的狂澜之中，乍起（喜）乍落（乐），简直不知人间何世，只觉得嘴唇上甜甜蜜蜜，通体宛如沁透了醇醪。在人生的十六个春秋中，她不曾得到过父爱，不曾享受过母爱，也不曾尝过任何亲人的爱。只有此刻，她才破天荒第一次尝到了人类独有的爱的滋味。因而，她既知足——这种爱太传奇、太稀罕了！可又不满足——卢炜昌对她的爱给予的报偿，毕竟是偶尔之间的，电光火石般的。所以，她极不情愿地趴到卢炜昌的脊梁上，不管他跑得如何飞快，也不管自己如何头晕目眩，一路上只顾着对炜昌的脊梁叨叨："信不信由你，反正有那么一回事：世界情侣在车站上亲嘴儿，法国的最长时间是五分五十一秒，美国的最长时间是五分五十秒，西班牙的最长时间是五分三秒……"

时近三更了，卢炜昌哪有心思听她的唠叨？只是一个劲地施展神功，背着她越田野，穿密林，蹚草丛，跨溪涧，拾石径，上山坡，落荒峪，忽然拐进一条九曲十八弯的山沟，一直走到尽头，隐隐约约听见淙淙的流水声，这才放下李不奴，长长地吁了一口气："啊哟哟，我的菩萨，可到了世外桃源啦！"

李不奴举目一顾，只见清幽幽的月光底下，那巉岩的缝隙里冒出一股山泉，如丝如练，沿着一条蜿蜒的小川，缓缓地流进一片碧绿葱茏点缀着一簇簇碎金的菜园，最后遗落于荷塘之中。荷塘旁边，篁竹编就的篱笆，围拢着一座西班牙古老民房似的尖顶茅舍。鸟语泉声缭绕，菜花的芳香沁人心脾。眼前一片怡然世界。"好一个世外桃源！"李不奴乐得直拍手掌。

"周妈，周妈！"卢炜昌当即叩起竹门。

"谁呀？"随着一阵窸窣声，竹门"吱"一声开了。

"是我呢，周妈！"卢炜昌急忙扶住鬓发斑白的主人，"这是我的同窗好友，也姓周，今因赴乡试得了些毛病，经不得烦扰，想在这儿静养几天，可不消告诉外人，烦劳您老人家了！"说罢，便把先头那艇妹不肯领受的银子全掏给老人。

"啊哟，啊哟，周妈又不是外人，用得着你这等破费么！"老人显然被眼前的一叠白花花的银子吓傻了，光瞪着眼睛，迟迟伸不出手来。

"老妈妈，快收下吧！这可是我年兄的一番心意呀！"李不奴一边帮腔，一边从卢炜昌的手上取过银子，硬是塞到老人的手里。

老人颤抖着嘴唇说："阿昌，周妈妈这儿可是山罅陋舍，只怕委屈了这位少爷，别的什么你就用不着担心啰！"

"拜托周妈了，拜托周妈了！"卢炜昌频频拱手，然后一边走一边对李不奴说，"这位周妈是我表兄的奶娘，心地甚是善良。她的丈夫和儿子在前镇开间小杂店，很少回来。这儿又是造物主遗忘了的角落，外界的人不轻易晓得有这么个小天地。这条山沟九曲十八弯，步步叫人觉得山穷水尽疑无路，是再保险不过的藏身之处。我得立刻赶回广州。你就安安生生在这儿躲几天吧！到时我自然会来接你，可不许乱窜。"

李不奴一路上好不开心，全然忘却了惊慌，如今卢炜昌要离她复返广州，她才忽然惶恐起来，紧紧拉着炜昌的手："你不要走，你不要走！我不让你走，我不让你走呀！"

"哎哎，你怎么忽然成了小孩子了？"卢炜昌急得直跺脚。

"你此去不是自投罗网吗？"李不奴差点哭出声来。

"你多心了！"

"我是怕你粗心了呢！你倒忘了今天早上我给你端茶一时走神把茶盅摔碎了？黄花农不会疑心我是让你勾引走的吗？"

"正因为他会疑我，我才非得在天亮以前赶回广州。"

"使不得，使不得！我是趁黄花农上省衙门督台那儿赴宴，把那个幽灵似的寸步不离我身边的婆娘灌醉了，在干爹李大叔的关照下化装从后花园溜出来的。这会儿，那个婆娘早醒过来了，黄花农也早回府中了。他们不见了我，能轻易放过你？"

"捉贼要拿赃，捉奸要拿双。黄花农再糊涂，也轻易不敢平白无由地捉拿我。况且，偌大一座广州城，他们料你夜里轻易离不开广州，不到天亮不会搜索全城。我赶在他们搜索之前在广州露个眼儿，装作没事人，他们反正搜不着你的影儿，能奈我何？要是我不在广州，反会启人疑窦，恐怕连这个世外桃源也难保险他们不会进来搜查。"

李不奴转念一想，只好放开了卢炜昌的手，痴痴地望着炜昌的眼睛说："你可别把我忘了！"

"噢噢，还能忘得了吗？还能忘得了吗？"卢炜昌忽然想起了什么，接着叮嘱道："要是七天以后，还不见我来，你便径自到澳门氹仔湾天主教堂找理查德神父，他会帮助你的。"

"不不，我只在这儿等你，只……"李不奴大声嚷道。

卢炜昌没等她的声音落地，便倏然消失在茫茫的夜色之中。李不奴木然……

"少爷，鸡叫二遍了，快回寮里歇息吧！"周老妈见李不奴呆呆地站在月光地下，便踌踌蹰蹰地过来招呼道。

"哦，老妈妈，家里可备着香烛？"李不奴忽然回头问道。

老人虽然很感意外，还是一边应道："备着呢，备着呢！"一边连忙返身，从茅舍里拿出来一把黄香两支红烛。

"多谢老人家！"李不奴当即焚起香烛，朝着广州的方向，双膝跪在地上，一迭连声地祈祷起来："观音菩萨，慈悲大发！观音菩萨，慈悲大发！"

周老妈妈活像半夜吃黄瓜，用不着弄清头尾，一看李不奴如此虔诚，便跟着跪在一旁，随声喃呐："观音菩萨，慈悲大发！……"

十一　卢炜昌忽听一声惊叫：

孙爷子淌血泪啦！

　　不知是不是观音菩萨果然大发慈悲，卢炜昌安安然然地在姨妈家蒙头一觉，醒来竟已天光大白。"姨妈，我上莲香茶楼饮早茶，有人来问，直说，别的什么都不消提及。"待姨妈点头应诺，他已偕孙必三走出门去。忽觉前后左右有无数双眼睛在盯着。他立刻意识到，在黄花农的眼睛里，果然没有漏掉他，而且全城大搜索已经开始了。他却若无其事地跟孙必三猜测行将揭晓的乡试名次……

　　孙必三一听便认真的来了劲："虽然第一名不敢想，因为那自然属于你的，可三名之内大概不会失去的吧！"

　　卢炜昌心里虽然别是一种滋味，却要连声称道："没说的，没说的！老师的课艺，学生可望尘莫及。"

　　孙必三得意极了："师生同登黄榜，屡见不鲜，屡见不鲜啊！"

　　那些巡卒、探子一个个都木鸡也似的愕愕然目送着卢炜昌闲步走进莲香茶楼。

　　这间坐落于高第街斜对面的莲香茶楼，至少也经营了一百多年，在广州可算得上是一间历史悠久的老茶楼了。它不光供应西湖龙井、浣溪水仙、新会香片、福建寿眉、云南普洱、江西祁门、太湖碧螺春等各式新鲜上乘名茶，而且每隔七天，必换一次不下三十品种的星期咸甜美点，把岭南各地独具风味的名点，如佛山盲公饼、香山阿娥粉果、汕头鱼皮饺、顺德奶皮山楂卷、东莞冰花马蹄糕、番禺三鲜春卷、南海千层蛋糕、羊城焗蟹盖……集于一楼，你要不至少光顾半年，休想尝遍它的美点。每一出笼便为茶客一抢而空的莲蓉酥皮蛋黄大包、莲蓉月饼、莲蓉晶饼、外拌蜜糖莲蓉枧水粽，尤其驰名中外。难怪新加坡、南洋一带的华侨，每返故国必到这儿享享口福。至于茶色，既有每盅收七分二厘银的厅房雅座，也有每盅收三分六厘银的大厅雅座，还有每盅只收二分四厘银的普通客座，十分方便各种身份的顾客。每天供应茶量不下一万盅，好不兴旺。

卢炜昌搀着孙必三径直登上四楼，在中心厅房的雅座上架起了二郎腿："老师爱吃什么？"

"什么也比不上我们香山风味的阿娥虾饺啰！"孙必三一只脚竖在椅子上，半蹲半坐着说。

卢炜昌十分了解老师的胃口，便把一小笼热气腾腾，皮薄如纸，能看得见馅中一条条红虾的阿娥虾饺，轻轻推到他的面前，自己倒要了一小碟奶皮蛋黄卷，一面慢条斯理地品茗，一面跟孙必三高谈阔论，却暗暗竖起耳朵聆听四边厅房茶客传递的新闻：

"文宗大人黄花农不惜送给宋千总五百两银子，悬赏三千两银子，捉拿一个身边侍婢。这个侍婢必定是个绝色美人啰！"

"还用说？自古美人比江山要紧嘛！听说过不几天，黄大人就要纳她为第八小妾了。一块到了嘴唇边的天鹅肉突然飞掉，能不要了他这条年逾六旬的老命？这几千两银子在乎的吗？"

"他这个主考官的权力倒不小，连六品顶戴的游击和都司都纷纷出动，把广州水陆交通码头要冲全封锁起来，对全市包括周围三十里的郊区大举搜索。连秦楼、楚馆、酒楼、茶室、烟馆、妓寨，还有那些画舫、紫洞、游艇，也得一一盘诘。大凡有半点受嫌的，一律上绑。这比缉拿钦犯还要了得！"

"他虽然只有三品顶戴，但是个清要官，多出入于朝廷，亲近皇帝，二品顶戴的督爷能不给他赏个脸而兴师动众？况且还得孔方兄之道——钱能使鬼推磨嘛！"

"听说那侍婢才十六岁，居然能从容脱离守卫森严的侯邸，可是个奇女子！"

"她再奇也逃不出黄大人的手掌心。"

"这可不敢断言。"

"我们且打个赌，等着瞧。"

"这就不必了。"

"哈哈，你怕是输定了！"

"输什么？"

"到这儿请喝十天早茶。"

"行，反正你的口袋缝在我的身上，我的口袋缝在你的身上。"

卢炜昌虽然看不清这些茶客的面目，却晓得到这层楼上坐雅座的，大抵在官场上多少有点位置，便忍不住"咕"一声笑了。

孙必三显然也听见了那边厅房的茶话，不由想起昨夜发生的事情，很替炜昌担心。岂料炜昌不但脸上毫无惶恐之色，而且竟然泰然自乐，不禁暗暗惊叹："这孩子，可比身在曹营的刘备还要了得！日后必定是个大气候。我孙必三得了这么个学生，也不算白活一辈子了！"于是也忍不住乐得直笑。

每天早上，卢炜昌都跟孙必三占着这个中心厅房的茶座，谈笑风生。这天，那边厅房的打赌终于揭晓了：

"嘿嘿，那个美人儿可逃出了黄大人的掌心没有？"

"真想不到，这个女子居然能够从黄大人密密匝匝的网眼底下溜掉！"

"怎么样？君子不会食言吧！"

"没相干，没相干。黄大人破了巨财又丢了美人。这十天早茶，我倒请不起？"

卢炜昌再也按不住心底的惊喜，竟然闯进那边厅房，朝雅座上的吏员拱手说道："请两位大人赏脸，这十天早茶，晚生包下了。"

那两个吏员好不愕然："何方小子，敢戏谑下官？"

"恕罪恕罪，晚生冒犯了！"卢炜昌连连拱手，"不过，两位大人这场打赌，委实是输在我的身上！"

那两个吏员越发莫名其妙，两双眼睛同时瞪着卢炜昌，一半打量，一半睥睨。

"你们这儿有位大人断言，侯邸那个侍婢逃不出文宗大人的手掌心，可我却在那边断言她逃不出文宗大人的脑袋心。"卢炜昌半似认真半似打趣地说，"脑袋心不是比手掌心更难逃得脱吗？"

那两个吏员一看卢炜昌的仪表风度不像个寒门子弟，三分官气不觉收敛了两分，便忍不住呵呵大笑起来："有意思，有意思！请问高姓大名？"

卢炜昌淡然作答。

"卢炜昌？这名儿我在哪儿见过了来？"当中的矮个吏员若有所思道，俄顷突然起身朝卢炜昌拱手作揖，"恭喜恭喜！原来是今科解元！"

被卢炜昌的突然之举吓呆了的孙必三，这时一听这边连声恭喜，猛然回过神来，忙不迭跑过去，直着脖子问道："炜昌，谁中了解元？"

卢炜昌却只淡淡一笑："这位大人不过拿晚学开开心罢了。"

"这可是黄纸上的黑字，经我亲笔恭誊，还会儿戏？"那矮个吏员连忙分辩，一面掏出个金边马蹄表看看，"你回府上等着喜报吧！你要不是首名经魁，把我这顶乌纱拿走好了！"

孙必三一听，一颗衰竭的心忽然怦怦跳得他连气也喘不过来："哦哦，大人可记……哦哦，大人可记……"他本来要问问那矮个吏员是否记得"孙必三"的名次，但又觉得反正三名之内不会失去的，值不得在这些吏员的面前过分卑恭，与其在这儿红着脸打听，毋宁回住所坐着让人上门报喜面上光彩，便一边唤炜昌，一边径自转身奔下楼去。

卢炜昌回到姨妈家，不到半个时辰，门外便响起鞭炮声，随着高声大嗓的一片"恭喜卢府老爷高中"的叫嚷，拥进来一大帮人，又是张贴大红报条，又是跪拜。

姨妈惊喜得手足无措，好大一会儿才回过神来，忙不迭烧香点烛，赶办筵席。孙必三只顾对着那大红报条，一遍又一遍念道："捷报卢府老爷卢讳炜昌高中首名经魁指日连捷南宫大魁天下。"

卢炜昌不等这些报喜者开口讨赏，便掏出一叠银子，连声致谢："有劳各位兄弟了，快拿点银子喝酒去！"他刚把这帮子人打发走，又一帮子一帮子人接二连三地上门报喜。他迎出去一问，又是报的卢炜昌，却不见老师的报条，心里好不着急，赶快赏给来人一些碎银，全不让进门。

孙必三见状，心里怪不是滋味，也顾不得计较脸上的光彩抹的厚薄，便匆匆跨出门去，一迭连声地自言自语："怪啊，怪啊！"

卢炜昌也隐隐觉得有点蹊跷，哪能轻易让孙必三独自去看秋榜呢，便紧紧相随。

贡院门前，人头攒动，你挤我拥，所有的脖颈全被上帝抛下的无影无形的圈套套着，往上拉得长长的、细细的。有叫苦不迭，失声痛哭的，顿足捶胸的，甚至当场昏厥的；也有人乐得直跳，痴笑不止……

卢炜昌挽着孙必三，好不容易挤到黄榜跟前，还没看到一半，孙必三的脸便骤然变了形；可还是强打精神，一行一行地往下看。卢炜昌早已瞥过两遍，连个"孙"字都看不到，心里不由一沉，赶忙把老师拉走。孙必三哪能轻易死心？他不相信这黄榜上会没有自己的名字，十成是心急眼乱，偏偏把"孙必三"三个字看漏了。于是，他拼命按住一颗按不住的怦怦跳动的心，从头至尾直看了一遍，又从尾至头倒看了一遍，终于禁不住倒抽了一口凉气，重重地"唉"了一声，便浑身像打摆子似的颤抖起来。卢炜昌吓得一把将他抱住："孙爷子，您怎么啦？"只见孙必三神色衰败，半垮着眼睛，嘴巴微微翕动，半天说不出一句话，慌得卢炜昌一手抱着他，一手分开人群，直往姨妈家跑。

卢炜昌跑得飞快，到了姨妈家门口，孙必三早已不省人事了。及至医生赶来，也只好连连摇头："没救啦！"连药方也不开便走了。

孙必三却蓦地醒来，混沌的眼睛依稀弥留着眷恋的瞳采，喃喃呐呐地说：

"怪道我榜上无名，原来是鬼使神差我到这科场上来的。我明明知道自己与功名无缘，却偏要充当仕途上的幽灵。没得着中式的契机，却得了个了结的契机。唉唉，契机，契机……"接着断断续续地沉吟："黄花农，黄花农，皤然一老翁，目昏耳不聋；文章与词赋，半窍未全通。何懵懵，何懵懵，倩影萦回温柔梦。"突然痰涌喉咙，"咯咯"两声，便咽了气，眼睛却睁得圆圆，任由两股淡淡的暗红肆意流淌……

卢炜昌连忙抯他的眼皮，哪里顾得上抹自己泉涌一般的泪水？"炜昌，快别抯了，老师流血泪啦！"姨妈忽然惊叫起来。

卢炜昌这才揩揩自己的眼睛，定神看看老师，"呀——"发出一声撕心裂肺的哀号，把满屋张贴的"捷报卢府老爷卢讳炜昌高中首名经魁"的大红报喜条撕得粉碎……

中卷：梦的旋律

十二 他全然不懂女人的心：
竟要水仙去怜爱秋海棠

秋海棠又开花了。每朵四片水红的瓣儿，宛如红玛瑙一般晶莹剔透，聚成一簇一簇，犹似熠熠燃烧的火苗，散发着热烈的温馨……

卢炜昌的怪疾又复发了，从早到晚，整日里对着一盆秋海棠发愣。

孙素云的心里怪不是滋味。她很想把这盆秋海棠悄悄搬走，可是又着实不忍心；何况要从炜昌的心坎上搬走这盆秋海棠，无论如何是轻易办不到的！她只好把一盆花期未至的水仙悄悄搬到秋海棠的旁边，不住地偷偷叹息，夹杂着无限的悔意！

古代多少女子，都有"悔教夫婿觅封侯"的隐痛：不是因为招致生离死别，就是因为种下被遗弃的苦果。她为什么偏偏忘了女人这个切肤的教训？虽然，她并没有被遗弃，而且从香山搬到上海来以后，丈夫显然是生怕她过不惯大都市花花绿绿的生活，总是朝夕相伴。即便有时因为忙于交易场的洽谈夜里回来晚了点儿，也反反复复地向她解释，直至她因为他的傻劲而忍俊不禁，倒在他的怀里为止。然而，她却老是恍恍惚惚地看见一双玉质的手，把她从丈夫的怀里推开，吓得她拼命搂紧丈夫。丈夫却一点也不理解，只顾一个劲地乐……这都怪自己当初尽帮着家翁劝炜昌上省城赴乡试。要不，不光她不会常常发生这种可怕的幻觉，而且丈夫也断不会犯上这种心病。每逢秋海棠开花，他非被迷上七天七夜不可。这期间，他哪儿也不涉足，昼夜守着一盆秋海棠，除了妻子以外，谁也不搭理……

"炜昌，你对秋海棠的偏爱，恐怕未免太过分了吧？"孙素云终于把在心里憋了近十年光景的一句话说了出来，声音很低很低。

"哦哦，一点也不过分，一点也不过分！"卢炜昌却丝毫也不掩饰自己的感情。

"你平素不是最酷爱水仙么！说她原是瑶池西王母座下的第一位仙女，名叫凌波仙子。还说……还说我就是凌波仙子哩！"孙素云红着脸提醒丈夫。

卢炜昌微笑了："水仙在花卉中的地位是无可争辩的。论香，茉莉、鹰爪、含笑、米仔兰都无可企及。即便是以国色天香著称的牡丹，以疏影暗香驰名的蜡梅，也难能跟她分庭抗礼。只有芙蓉、丹桂、墨兰才可相比，却也还欠雅逸。水仙她却从来不争浓馥，只是随意把芬芳迎面送来，仅仅一缕清幽的气息，轻轻飘进众香国里，就足叫群芳失色。讲到她的姿容，端庄妍丽，仪态万方……"

"嗳嗳，得了，得了！"孙素云又喜又羞，连忙截住说，"那你就不要对秋海棠这么痴心喽！"

卢炜昌听了愣了愣，情不自禁地叹道："与其说我对她痴心，毋宁说我对她太负心了！"

孙素云一听触着了丈夫的隐痛，立时慌张起来，哪里还敢作声？

卢炜昌却对花自言自语道："秋天百卉凋零，除了秋菊独傲东篱以外，难得你给秋天带来绚丽的异彩。你不屑桃花那样搔首弄姿，也不会像莲花那样自高身价，却玲珑飘逸，艳妍照人，而且嫣然含笑，情意缠绵。史湘云醉卧大观园，人们不但不嗤她失礼，还啧啧叹赏，夸她豪放天真，像煞海棠春睡。其实，史湘云哪里能沾你的边儿？"他忽然转过身来，一把抓着妻子的手央求道，"素云，天下间恐怕轻易找不到第二个像你这样爱丈夫的妻子了。你一定会跟当年一样爱屋及乌，一往情深地怜爱她！"

丈夫要是仅仅为秋海棠所迷，要她怜爱的也仅仅是秋海棠，她会立刻把心血也拿出来浇给这花儿。这盆秋海棠却原来是他在省城科举考试遇上的美人儿的化身。这不由孙素云的心不时云时雨……她无论如何也没有想到，这么多年了，丈夫对她抱回的这盆秋海棠会迷到这步田地。他自己对那女子怎的痴，倒也罢了，却非要自己的妻子跟他一样的痴，全然不懂得女人的心。尽管她心里并非丝毫也没有委屈，却顺顺从从地颔首道："嗯，凡是你怜爱的，我一定都怜爱！"

卢炜昌一听，陡然将妻子抱了起来，一个劲地旋转，简直发了疯。孙素云吓得直嚷："快饶了我，快饶了我！"

卢炜昌半晌才站定脚跟，却紧紧抱着妻子不放，只顾着拼命地亲她……

"别让人看了笑话喽！别让人看了笑话喽！"孙素云软软绵绵的，有气无力地央求道。

卢炜昌却牛头不对马嘴地说："我想你会这样的，我想你会这样的！"

孙素云陡地一怔，倏忽张开眼睛，定定地望着丈夫。忽见炜昌的眼睛潜然滚出两颗豆粒大的泪珠。她的心猛地一震，猝然伸出手掌，那两颗泪珠同时"扑"地落到她的手掌心上。她愣住了："炜昌，你怎么啦？"

"素云，你真是天下间难得的好妻子！"卢炜昌忘情地称赞道。

孙素云一双盛着丈夫那两颗泪珠的手，忽然微微颤抖起来，随即默默地将丈夫那两颗泪珠洒落秋海棠的花蕊上。然后低声喃呐，不知在对秋海棠念叨些什么。

卢炜昌却听出来了，忽然乐了起来："啊哈！林黛玉曾作葬花词，你倒在替我吊花魂呢！"

"你别咒她！"孙素云却回头嗔道，"这样的女子，一定会活在世上的。"

卢炜昌听了直摇头，声音十分的黯然："她要是还活着，能不到处寻找我？至少也不会杳无音信的。唉，都怪我害了她！"

孙素云慌忙争辩道："不不，这不能怪你，这不能怪你……"

"不怪我，难道怪她？"

"这怎么能怪她呢？"

"那还能怪谁？"

照姨妈的意思，孙爷子孑然一身，无儿无女，不如就在广州郊野选块山清水秀的茔地安葬了。

卢炜昌一听，急得跳了起来："使不得，使不得！正因为老师伶仃一生，我才更应护送他的灵柩归葬故里。绝不可以让他的孤魂在异乡彷徨漂泊。他在上栅，平素最爱到橘子坡徜徉。只有那儿，才是他安息的地方。虽然，他弥留之际只顾着念叨'契机，契机！'却忘了留下一句最要紧的遗嘱。"

姨妈不但深知炜昌的脾性，而且很为他对老师的深情所感动，只是炜昌一走，早晚那么多客人上门道贺，她一个婆娘家，如何应酬得了？不由得满面为难的神色，却又不好作声，茫然不知所措。

"姨妈，科场给了我一点无足荣辱的虚名，却误了我老师的一条性命。我还有什么心肠去接待那些名利场中人？谁要是登门，您随便打发他们走便是，值不得替我难为情。"卢炜昌说罢，立刻忙着张罗护送老师的灵柩返乡的事宜……听说卢炜昌乡试中了经魁，道贺者纷纷接踵而至。卢炜昌却臂挂黑纱，谁也不肯会见。任由父亲从早到晚应酬不迭。

"这可苦煞阿爸了！"孙素云也只好无可奈何地叹道。

"他是自讨苦吃呢！你用不着替他担心。只要别人拿我来夸耀他两句，他自然便会精神百倍的！"卢炜昌很不以为然，"对于科场功名，他跟孙爷子一样，至死一点也没有醒悟。"

"孙爷子临终倒说了些什么来？"孙素云连忙问道。

"唉！"卢炜昌黯然神伤地叹道，"老师临终说他已大彻大悟。其实，哪怕是小彻小悟，也不会认为他榜上无名，是因为早已'名登鬼箓'。"

"这话说的是有点颠倒了。"孙素云点了点头，"他平日倒不见得功名熏心，不想一旦迷入科场，竟轻易不能觉醒，这实在太可怕了！"

"那晚我陪他泛舟，月下酌酒对弈，一边欣赏珠江风月，他乐得不可开交，连声赞叹明月有情，还把珠江底下的明月比作金屋，说金屋藏娇，非他莫属，风流得意极了。唉唉，哪里像个会猝死的人？"卢炜昌越说越哀戚。

"人生朝露，一时兴怀，哪作得准？如果孙爷子一生风流得意，或许不会猝逝的呢！"孙素云竭力遣散卢炜昌胸臆的阴翳。

殊不知反而勾起卢炜昌满腔的悲怆："时下文风偏重辞藻华美、音节和谐。只求没有离经叛道之言，就是有些拖沓空泛的句子也无大碍。老师的文章深奥蕴藉，质朴无华，又不屑调弄音韵，这就不合时好了。那些衡文的老夫子哪能为评阅老师的文章另换上一副眼光和心肠呢？阳春白雪，曲高和寡啊！"

"哦——"孙素云不禁长长叹了一声，"我们看看他的闱墨！"不等炜昌答应，便径直走进书房，一面翻阅孙必三平日的文稿，一面赞叹不已，"孙爷子的文笔果然恍如韩昌黎，气势犹追司马迁。难怪那些糊涂主司轻易不能赏识！"

卢炜昌听了，忍不住顿足直呼："老师，你死得好冤啊！"孙素云慌得一时不知所措。

卢敬文夫妇听得哭声，急忙跑了过来，齐齐吓得魂飞魄落："哎呀，人死不久，他的遗物万万动不得！七七没过，他的魂魄还会常常回来巡视自己住过的地方，摸摸这，弄弄那。凡被摸弄过的东西就都会沾上鬼气的。"当即吩咐佣人把孙必三的书籍文稿等遗物全部包扎起来，锁到箱里，还粘上封条，三年之内不得翻动。

卢炜昌极不高兴地对孙素云说："阿爸真迷信得可以！"孙素云却莞尔笑道："我倒觉得阿爸的做法挺聪明呢！"

"迷信本来是无知与愚昧的结合，你怎么倒把它看作是聪明之举？"炜昌很有些不解。

素云"扑哧"一声，掩嘴笑道："人说聪明人有时傻得不行。这话可一点不假。阿爸这样做为的是省得睹物思人嘛！"

孙必三猝逝，给卢炜昌带来的，纯粹是感情上的痛苦；在他灵魂深处让他陷入更大痛苦的，却是另外一个人。

按照原来约定的时间，已经超过好几天了。她一定抱怨他言而无信，甚至骂他简直是欺骗她。怨也罢，骂也罢，这都毫不相干，要紧的是令她焦急、惶恐！她把自己的命运托付给了他，这么多天不见他的影儿，她如何打发自己呢？她会按照他的嘱咐到澳门去找理查德神父吗？她能到得了澳门，又能找得到理查德神父吗？

卢炜昌急得活像盐瓮中的泥鳅，暗地里蹦蹦跳，以至在梦里失声嚷道："秋妹，再等等！秋妹，再等等！"

孙素云听了好不吃惊：这个秋妹是何方女子？炜昌梦里急呼，必定思之极切。自打成婚以来，他处处待她一往情深，怎么忽然有了外遇？这般令他魂神颠倒，定非寻常之交。女人的本能意识，加上头一次发觉丈夫的隐私，使她感到莫大的委屈，竟忍不住啜泣起来。

"秋妹，别哭别哭，我就来！我一定来！"卢炜昌似梦呓又非梦呓地喃呐。孙素云终于抑制不住感情的巨澜，越发啜泣得厉害。

"素云，你怎么啦？"卢炜昌惊醒了。

孙素云一头扎到卢炜昌的胸膛上，拉过他的手将她搂住，一边抽泣，一边嚷嚷："搂紧点儿，搂紧点儿呀！"

卢炜昌不由咯咯笑了起来："你一定做了噩梦来。你放心吧，不管发生什么事情，我都绝不会离开你的！"

"真的？"

"这能说假吗？"

"我不信。"

"那我只好床前立誓了：我卢炜昌要是食言，甘受五雷……"

孙素云一听，吓得立刻止住啜泣，慌忙伸手一巴掌捂住卢炜昌的嘴巴，战战兢兢地说道："你胡说些什么呀！我只需知道：你搂我使劲呢，抑或搂她使劲？"

卢炜昌好不惊愕："你晓得我还搂过哪个女子来？"

"秋……秋妹！"孙素云支支吾吾，一点也不敢理直气壮。

卢炜昌这才恍然大悟，很为自己的梦害臊，只好把在省城那一段奇遇，以及那天晚上与李不奴在广州荒郊罗曼的细节滴水不漏地端给了妻子。

不想孙素云听了，反而叹息道："唉唉，这可苦煞了她！你怎么不赶紧去把她接回来？"

卢炜昌又惊喜又为难："老师完葬还未过三朝，我怎么能轻易扯下臂上的黑纱？"

"孙爷子仅是你的老师，你却以对待生身父母的格局给他办了丧事。

什么大恩大德，你全都报答他了。还用得着计较这葬后的习俗？"

"一日为师，终身为父。要说这样给他办丧事也是一种报答，这种报答就微不足道了。何况天地君亲师，师道重于泰山，为人学生能不至尊至孝？"

"他到底已经作古了。还是去接那女子要紧。要是碰上什么意外，你岂不负了她么！"孙素云反而比卢炜昌着急得紧。

卢炜昌瞥瞥臂上的黑纱，喟然叹道："宁负生者，可不能负死者啊！"孙素云听了，陡地瞪大了眼睛……

与世隔绝的山坳，忽然来了一台黑轿，周妈好不惊奇，两眼直直的，一时不知所措。

"周妈！"随着绛色的轿帘后边一声亲切而又熟络的招呼，黑轿里走出了个如花似玉的女子，踏着三寸金莲，径直来到周妈的面前。

周妈越发得惊奇，张大个嘴巴，却半晏出不得声。

"周妈，我是炜昌家里的，特地来接李小姐。"孙素云又直白又低声地说明了来意，十分地得体。

周妈这才"哦"了一声，一把捉着素云的手，急切地问道："炜昌怎么没来？他……他可交关吗？"

素云动情地笑了笑："很平安，请您老放心！因为要给老师服孝，他……"周妈一听炜昌没事，便不再问，也不再听什么，嘴唇一扁，立刻呜咽起来。孙素云好不奇怪："周妈，您老人家怎么啦？"

原来这是一种感情上的反馈……

"难为那姑娘对炜昌一片痴心！硬是把观音菩萨给打动了。"说看说着，周妈又禁不住呜咽起来。

孙素云越发觉得奇怪："周妈，李小姐到底是怎样把观音菩萨给打动的？"

"她原先倒装得像个当真的少爷，可是炜昌一离开她到广州去，她便像掉了魂魄似的，一大把一大把的烧香，不住口地祈求观音菩萨保佑炜昌逢凶化吉，在这儿跪了七日七夜。不管你怎么劝说，她都是一句话：'见不到炜昌的影儿，我决不起来。'你看看，你看看！"周妈简直像在叙述一桩足以惊天地泣鬼神的事，还郑重其事地把李不奴跪的地方指给了孙素云——

一堆小山包也似的香灰，两个膝盖窟窿。

孙素云愣住了。如果说，她此行不仅仅出于对丈夫的爱，也不仅仅出于天性的女人对于女人的怜爱心，还隐藏着一种微妙的、轻易说不清的心理，这会儿，这种心理便变得越发微妙，越发轻易说不清了。只有一种心绪明明白白：上帝为什么偏偏让她和她这么两个女人跟炜昌结下不解之缘！

"周妈，李小姐呢？"她急切和关心的，连她自己也感到奇怪和吃惊。

"她……走了！"周妈叹了一口气，怜悯之中尽是担心，"七天过后不见炜昌的影儿，她便断定炜昌十成是凶多吉少了，无论如何也要到广州去把炜昌替出来。我赶快提醒她：捉贼要拿赃，捉奸要拿双。你要是到了广州，一来自投罗网，二来更连累了炜昌，双亏啊！她听了才横下一条心，说无论如何也要活下去给炜昌报仇。"

"她到哪儿去了呢？"孙素云慌了。

"她没告诉我要到哪儿。只说天无绝人之路，让我放心。唉，我怎么能放心啊！哪个女儿家不是娘生的？"周妈的喉咙又哽了。

孙素云忽然顿足抱怨："唉唉，都怪我，都怪我！"周妈听了很有些糊涂："太太，这怎么能怪你呢？"

孙素云没有回答，却急切地问道："周妈，李小姐可给炜昌留下什么信物吗？"

"没有。"周妈摇了摇头，却又忽然想起了什么，"哦，她倒留下一片心呢！"

孙素云一听，又愣住了。

周妈指了指草寮门口，说："她可喜欢那盆秋海棠啦，临走也没忘记给它浇水，还……还浇上了眼泪呢！难怪它开得这么火旺。"

孙素云虽然压根不曾晓得炜昌那天夜里在广州荒郊曾经将李不奴比作秋海棠，而且特意赠给李不奴个美名：秋妹；但不知怎的，她一昕周妈这么说，立时把这盆秋海棠和李不奴连在一起……于是，她连忙掏出两个大光洋给了周妈，也不等周妈明白这是什么意思，便把这盆秋海棠带了回去。

听佣人说，太太回娘家了。卢炜昌便没当一回事，尽管妻子第一次不告而别。这几天，他心里的几乎每一个罅隙全都让李不奴占据了。哪里还会想到那天夜里，素云那么仔细地向他打听世外桃源那个地方，为的竟然是……

"素云，这两天，你到底去哪儿来？"他一看妻子突然带回了一盆秋海棠，两眼立刻便愣直了。

孙素云顾不得回答，却着急地说："你无论如何也得去把她找回来。这可是观音菩萨的意思啊！"

卢炜昌全然明白了，猛地抱住那盆秋海棠，一迭连声地直呼："秋妹，秋妹……"

十三 卢敬文一生的意义全在：

一句没有说出口的话……

本来，媳妇一过门，卢敬文就该立刻把家产全交了出来。只因临近乡试，为了让炜昌专心致志于科举准备事宜，他不得不违背世俗；及至炜昌中魁归来，偏偏又碰上孙爷子的丧事，只好一拖再拖……

儿子成家立室了，就该继承父业，不管家产大小财富多少，都该归他管的。做父亲的，从此便从厅前退居厅后，由一家之主变为一家之次了，剩下唯一的日子就是安安逸逸度晚年，享天伦之乐了。这是天理。对于天理，只能顺，谁也不能反。祖先世世代代就是这样顺下来的——老子生儿子，儿子成老子；老子又生儿子，儿子又当老子。谁做老子，活着为的都全是儿子；轮到谁做老子，谁就得终生拼死拼活，无论如何也得为儿子积攒一份财富。这份财富越多家业越大，交到儿子的手上时，就可以毫不脸红地说："瞧，我可没有白当你的老子喔！"人的一生，大概全在这句话里。要是积攒的这份财富很少很少，或者压根就没有什么家业交给儿子，那么，临离开尘世的时候，就得受到上苍的惩罚：不许你闭上眼睛，一定得眼睁睁地让人盖黄土。卢敬文自然是属于前一种老子了。他为炜昌积攒的这份家业可相当的殷实：一间净产达五万多元的泰安号洋杂店，还有二十多亩田地。这在香山上栅乡，数不上一，也数得上二了。

然而，此刻，他把这份家业双手捧给炜昌，并没有说半句话。因为，他一生的意义，并不在别人梦寐以求的那句话里，而是全在这句没有说出口的话里：

"弟弟，我到底没有白当你的哥哥啊！"眼角不由得渗出两颗泪珠，十分地辛酸……

卢敬郁——

我一定要到美国去！

"哥哥，你看！"

"看什么呀？"

"火船，火船呀！"

"这有什么好看？"

"不，你看，你看嘛！"

卢敬文一双瞪得大大的，一眨不眨地盯住钓竿下浮子的眼睛，只好沿着弟弟的手指，朝远处的珠海望去。

"哥哥，你知道这火船是开往哪儿的吗？"

"管它呢？"

"我可知道呢！这火船可是开到外国去的。小月和禄仔那天可不就是跟他们爸妈坐火船到美国去的吗？"

"唔。"敬文的目光早已落在面前的钓竿上，左手却没有忘记抓住弟弟敬郁的一只胳膊，虽然远未涨潮，海水仍然只及腰际。

"哥哥，你也带我坐火船到美国去好吗？"敬郁的眼睛仍然盯着为一群海鸥所追逐而渐渐隐没于蓝天和大海之间的一缕轻烟。

敬文愣了愣，随即吓唬道："美国在天外那边，很远很远，要过大海大洋，你不怕？"

敬郁却拍着胸膛说："不怕。小月和禄仔都不怕，我还能怕？你没听小月和禄仔说？他们爸爸在美国可赚了大钱呢！哥哥，我要是能到美国，给家里赚大钱，你就用不着天天在这儿钓鱼啦！"

敬文听了，突然"哇"一声哭了起来。

敬郁慌了，连忙哄道："哥哥，你别哭呀！我一定要到美国去。"

殊不知敬文越发哭得厉害，以致挂在胸前的鱼篓竟然空空荡荡的。回到家里，他把鱼篓一扔，便往床上倒头大哭。

爸妈问了半晌，他才哽哽咽咽地说："弟弟要到美国去给家里赚钱呢！"爸妈听了，虽然肝肠寸断，但多少也从中得到了点慰藉。这孩子太乖觉了，让他在家跟着父母挨穷，到头来还不是苦了他一辈子？不如让他到外国去闯荡闯荡，说不定会碰上个好运气，日后许会有出息的。可是，谁肯带他到美国呢？虽然到美国去赚钱的香山人不少。莫说细佬仔要到美国去，非得花上千块钱买到一张美国出生的证明，就是借债有门，倾家荡产买到了这张出生纸，也轻易不能保险能到得美国谋生立业的。

大概是老天有意做的安排，偏偏碰上在美国檀香山开餐馆的疏堂亲戚朱定安回来探亲。这天上门寒暄，卢桂方顺口提及小儿子敬郁要到美国去的念头。朱定安听了，便唤敬郁过来，从头到脚地端详了一番，心里不禁大喜。这孩子秀发覆额，俊俏得像个女孩儿，而且聪明精乖，活泼伶俐，口齿十分了得。他的餐馆一天天地兴旺，正要添个伙计，敬郁这孩子最是合适不过了。眼前虽然个儿还小了些，但美国人大都喜欢只管吃饭，工钱简直低至零的童工；况且再过几年，就可以让他捧餐盘，给太太小姐们端菜进酒了。这般俊俏的小子，谁不喜欢？光是赏给他的小费就是一笔可观的收入了，还用得着付给他多少工钱？这么一盘算，朱定安立刻爽爽快快答应道："唔，亲戚之间，还有说的？就让敬郁跟我去吧！我正好带回一张美国出生证，原是发给一个叫作杰克的私生子的。这个杰克早在三年前失踪了，只需把敬郁的名字改作杰克。"这自然皆大欢喜。

不几天早上，拖渡一到广州天字码头，吃了一碟沙河斋粉，敬文和父亲立刻便带着敬郁到沙面美国领事馆申请出国护照。

"谁要想到美国去？"翻译官的那副面孔真怕人，好大一阵子，才阴声阳气地问。

"我弟弟。"敬文指着敬郁答道。

"你们是干什么的？"那翻译官又拿鼻孔问。

"耕田的。"敬文和父亲一同回答。

"你们在银行有多少存款？能在广州找到个铺保吗？"翻译官的声音越发得怪，"你们可别异想天开！在银行没有一笔相当可观的储蓄，也想做去美国梦？"翻译官冷笑两声，脸朝着天走了。

吃了这碗猫面，父子三人好生没趣，只好耷拉着脑袋瓜离开了。幸好朱叔赶上来："不要焦急，不要焦急，先让阿郁理个发，换上一套新衣服。明天我自会带他去办妥手续。"

父子三人这才转愁为喜。

翌日，卢敬郁随朱定安到美国领事馆，又遇上那个翻译官，可却是另一番情景——

朱定安的话并不多："我是檀香山丽都饭店的老板。这孩子是我的姨侄。我特意回来带他到美国去的。"

那翻译官一听，立刻便让他填写申请书，嘱咐他带卢敬郁到指定的医官处检验沙眼和钩虫，还得种牛痘，回去拍两张一寸的半身免冠照片送来就行。竟把朱叔和敬郁径直送到门口。

"朱叔，这个翻译官为什么这般瞧得起你？"卢敬郁忍不住奇怪地问。"他瞧得起的是钱，哪里是我？"朱定安笑笑答道。

一个星期后，卢敬郁便随朱叔和朱姐儿离开广州，在香港登上了开往美国檀香山的"玛里兰号"轮船。

连日大雾。看不见天，也看不见海。

"玛里兰号"仿佛在一个神秘的世界里航行，每隔一分钟都得长鸣一次汽笛，"呜——"俨然一个胆小的人在走夜路，故意高声放歌壮胆儿。这艘二万二千吨级美国客轮，载着上千个游客，往返竟跨越东半球和西半球的三个大洋，经过欧、亚、非、大洋、南北美六大洲十三个国家的十六个海港，两个多月光景，就环绕地球一周。它好像压根瞧不起那些渺小可怜的码头，不屑于靠拢它们，自个儿雄赳赳气昂昂地屹立在大海之中。晚上满船灯火，叫星月黯然失色，宛如一座水上的未央宫，辉煌极了。

头等舱房在轮船最高的第三层，陈设得十分雅致。一边是单层钢丝弹簧床，另一边是双层的，卢敬郁睡下层，朱姐儿睡上层，都是一色的白绒毯、白枕头、白被单和白床单，散发着香喷喷的紫罗兰味。那三张摇靠椅，特别叫敬郁和朱姐儿惬意。

该吃早餐了。朱叔只按了按铃儿，侍役便送来火腿蛋、牛奶麦片、牛油煎饼、雪糕和鲜橙汁各三份。

"船上膳食，荷兰最好，美国第二，法国第三，日本倒数第一……"朱叔老爱谈吃，大凡有关吃的学问，似乎比谁都渊博。

卢敬郁打自踏上这艘轮船，忽然觉得自己一下子长大了，不管碰见什么，人也好，物也好，景致也好，都是那么的新鲜，全然不像乡下那样，一年三百六十日，那些又低矮又没规则的平房、古老的祠堂、弯弯曲曲的村路、平坦辽阔的大沙田，老是个旧样儿……

船上不寻常的晚餐。

第一道汤还未上来，侍役们便忙着给举座头等舱的乘客开香槟，满餐厅顿时弥漫着馥郁芬芳的酒香。

头等舱的许多乘客好不诧异。因为在购买船票时已一并交清了膳费，虽然是头等伙食，但并不会设筵席的，而且如此隆重。

"今晚是船长请客。他马上就要来给各位尊敬的乘客祝酒啦！"殷勤的侍役们十分礼貌地说。

朱叔接着告诉大家："这是船长的老例，用不着另外付款的。"

朱定安一句话没说完，船长便昂然出现在餐厅的站台上，笑容可掬地说："在座的有许多位是头一次乘搭本轮的新客人。为了表示欢迎，特设薄宴，请诸位尊贵的乘客赏脸，开怀畅饮！"随即举起水晶玻璃酒杯，环绕着餐桌，向每位乘客频频颔首致意："祝诸位旅途愉快！"

接着，乐队高奏迎宾曲。于是，乘客们一边品尝香槟，一边欣赏舒伯特的《听，听，云雀》，贝多芬的《我爱你》，柴可夫斯基的《小夜曲》，美国黑人民歌《马车从天上下来》，俄罗斯民歌《伏尔加船夫曲》，李斯特的《你好像一朵鲜花》……

卢敬郁自然不晓得这些世界名曲，更不晓得欣赏音乐的美妙，只觉得这些乐曲悠扬悦耳，怪中听。特别叫他着迷的，可是那些乐器。有按的，吹的，拨弄的，拉的，摇的，弹的，还有拍的，敲的……这么多玩意，却演奏得那么整齐划一，不光轻重缓急的节拍、旋律，就连轻微的颤音，也全都丝丝入扣。这完全得法于那根两尺长短的银白色的神棒，上下左右挥舞，千姿百态，有表情，有力量，又有丰富的意蕴。它，简直是音乐的精灵！

正看得入迷，朱姐儿却把他拉到舱面上看月亮。

"阿郁，快看！嫦娥，嫦娥姑姑在洗澡啦！"朱姐儿连声欢呼。

那月亮果然活像个浑身发亮的姑娘，时而露出半截裸体，时而沉进海里，躲躲闪闪，好不害羞。

卢敬郁赶快把目光移向别的海面。只见上下天光，烟波浩渺，无边无涯，叫人顿觉宇宙无比的伟大，人类却蚂蚁一般渺小。但回头一看轮船破开滔滔而来的恶浪，压根儿不理会其汹汹气势，一个劲地执着向前，船头激起的浪花，宛如千堆万座坍倒的雪山，溅玉飞珠，叫人目眩神迷，不敢逼视。船尾的景象更是叫人惊心动魄。螺旋桨不住翻滚，掀起重重巨澜，硬是把偌大一艘轮船变作一枚箭矢，向前飞射。这时又叫人觉得人类的无比伟大，宇宙的渺小。一看那轮月亮又圆又亮的剔透，不知怎的，卢敬郁忽然想起家乡那个老是蒙着一层雾气的月亮……

这天傍晚，头等舱的所有乘客忽然又接到船长的通知：七时整到餐厅参加鸡尾酒会。

"不是说摆鸡尾酒会吗？怎么连一块鸡尾也没有？"卢敬郁好不扫兴。

　　"嘻嘻!"朱姐儿掩嘴笑了,悄声地说,"看你多嘴馋!鸡尾酒哪会当真摆鸡尾?只是将几种度数差不多的酒混在一块儿,配上果子汁、香料什么的,拿这种酒和别的饮料、各种各样点心招待客人罢了。大家只需互相点点头,就可以随随便便一边吃喝一边倾谈。你站着吃也行,坐着吃也行,用不着讲究礼节哩!"

　　"那为什么偏要骗人,说摆鸡尾酒呢?"卢敬郁仍然不满意朱姐儿的解释。

　　幸好这时船长讲话了:"女士们,先生们,报告大家个好消息!今天凌晨零时三分,有一位新客人光临'玛里兰号'。为了表示欢迎和庆贺,特设鸡尾酒会让大家和这新客人会会面!"他总是那样笑容可掬,说话却十分地郑重,俨然一位总统在宣布一项重大的国策。

　　乘客们一时面面相觑,好不莫名其妙。轮船在汪洋之中航行,不曾靠拢码头,怎么忽然会有客人三更半夜的轻易能光临船上?

　　不一会儿,站台上突然出现个白帽白衣的女护士,怀里抱着个睡得正香的胖乎乎的婴儿。船长向她打了个手势,示意她当心,别把婴儿弄醒。接着回头向大家介绍:"这位漂亮的女婴,出生时牧师就给她举行洗礼,用温水浸过全身,洗涤掉一切罪恶,赐给了她个圣名:露伊丝。她大概是急于要结识诸位,并且认识一下我们这艘海洋上的庞然大物,竟然提早一个月零十二天,半夜赶到这儿来。顺便告诉大家,这位小姐的母亲健康状况良好。只因日本海峡那场滔天巨浪吓唬、折磨了她,医生不让她出来。请大家放心!"

　　"轰!"乘客们憋住气好久没敢作声,这当儿不约而同地齐声欢呼起来,不少人还把自己的帽子抛到了半天空。

　　鸡尾酒会在乐队演奏的舒伯特、莫扎特和勃拉姆斯三人的同题名曲——百多年来音乐界始终无法裁定谁高谁低的各具其妙的《摇篮曲》,以及舒伯特的《圣母颂》《啊,我的小天使》的优美旋律中开始。

　　"'玛里兰号'添了人丁。这可是一件大吉大利的喜兆!"船长乐不可支地说,"我要在今天的《航海日志》上好好写上一页,给将来的美国航运史平添上一段佳话。这位露伊丝小姐是在太平洋公海水域上诞生的,是第一位真正的太平洋的女儿,真正的海洋公主。她不属于太平洋任何一个国家的公民,可享有太平洋任何一个国家公民的权利。我可得给她弄个金色护照,让她长大以后到她所喜欢的太平洋任何一个国家去定居。"随即，他拿出一本十分精致的纪念册，说是特意送给这位刚刚出世的露伊丝小姐的，请所有参加鸡尾酒会的乘客签上名字，让海洋公主露伊丝小姐留作纪念。

这不光是一桩航海趣闻，而且是人生一大美事。人们都争先恐后签上了自己的名字。这可急煞了卢敬郁，一个劲地催促朱姐儿："快替我签呀，可别忘了写上中国广东香山上栅乡。"

朱定安在一旁得意地颔首：这孩子可受了船长给人的启迪：世事洞明皆学问，人情练达是可人。

太平洋之大，恰恰等于地球上所有陆地面积的总和。偌大的一个汪洋，竟然像湖泊一般平静。只要天气不变幻，汤汤海面，波澜不惊，太平洋太平洋，实在太平得出奇。只是气候很有点儿古怪，上船时大家都还穿得厚厚的，不几天光景，"玛里兰号"便仿佛载着人们绕过春季径直驶进了夏天，谁都得换上单薄的夏衣。

"以后你们住在檀香山，不仅遇不上春天，而且连秋天和冬天也遇不上呢。"那位露伊丝小姐祖籍广东开平的妈妈向卢敬郁和朱姐儿解释道，"广东是亚热带，檀香山跨上的纬度更比广东的偏南，是真正的热带地区。现在我们乘的船向东偏南行驶，逐渐缩短与赤道的距离，开始进入热带。再过几天，就靠近夏威夷群岛了。处于夏威夷群岛中央的檀香山，气候虽然还要热，但因为四面环绕着海洋，有海风调节，一到晚上便凉沁沁的怪宜人。白天却像我们广东的仲夏。一年三百六十日都是这样。哪里能轻易遇上春、秋、冬三个季节呢？"

从露伊丝小姐那儿出来，卢敬郁忍不住悄悄问朱姐儿："热带、亚热带，还有……纬度，可是些什么东西？它们怎么这般神奇，能随意摆布春天、夏天、秋天和冬天？"

朱姐儿连想都不想便脱口回答："这是学问，学问呀！"

卢敬郁和朱姐儿刚刚回到房子里，船长便跟着进来了。他什么时候都满脸春风，说话又风趣又和蔼："明天下午三点到达火奴鲁鲁。今晚大家美美地睡一觉，赶明儿吃过早餐，好好收拾一下，准备——登陆！"

卢敬郁听了，不禁惶惑地嘟起嘴巴儿："不是说要到檀香山去吗？怎么到火奴鲁鲁？火奴鲁鲁是个什么地方呀？"

船长咯咯笑了："火奴鲁鲁是夏威夷群岛的首府，聪明的孩子。岛而称群，可知其多。夏威夷群岛包括大小岛屿三千七百多个。火奴鲁鲁是其中最大的一个岛屿，拥有著名的珍珠港。原名 Honalulu，音译应该是'汉那鲁鲁'，不知谁把它译成'火奴鲁鲁'，美国人也就这样叫开了。你们华侨可不管它是什么鲁鲁，一律管它叫檀香山。这就把它叫雅了，叫绝了。中国人喜欢美称，不管取地名或取人名，都爱讲究包含个吉祥的意思，而且又雅致又顺口又中听。我们美国人可没理会这些。火奴鲁鲁，怪难听的。"解释得详详细细，他才走开。

卢敬郁突然朝朱姐儿劈头问道："中国人聪明还是美国人聪明？"

朱姐儿正张大嘴巴，船长突然折回来，但见他掏出一张纸，笑眯眯地说："这是你们三人在香港上船时的体重。待会儿你们都去过过磅，看乘我的船肥了还是瘦了。"

一过磅，三人都乐得叫起来。这十七天光景，朱定安竟重了七磅，朱姐儿重了五磅，卢敬郁可重了十三磅。

"唔，三个人搭一趟'玛里兰号'，共付了船费和膳宿费合计美金 235 元，折合光洋 669.75 元。贵不贵？"朱定安摩挲着肚子，乐呵呵地问。

朱姐儿笑嘻嘻地答道："不贵，一点也不贵哩！"卢敬郁这下只有干瞪眼当哑巴的份儿了。

乘"玛里兰号"航行在太平洋上的最后一夜。卢敬郁怎么也睡不着，老是听见一种时而浩大时而低沉的声音，一会儿很近很近，一会儿又十分的遥远……

谁在呼唤他？

——是妈妈！

——分明是爸爸！也许是哥哥呢！

卢敬郁连忙爬了起来，独个儿走到舱面上。哪有妈妈、爸爸和哥哥的影儿？海面上荡漾着一片炫目的清辉，宛如无数发光的生命，在跳跃，在拥抱，在欢呼，造成个光明的大千世界。周围是数不清的缕缕银丝织就的锦绣，层层叠叠，起伏连绵，铺展开去，没个穷尽。天上一面璧玉，映照着琉璃般的天空，苍穹恢恢，寥廓溶溶，叫人不能不惊叹大自然的庄严、圣洁！

卢敬郁这才忽然发觉自己走进了一个离家乡多么遥远，却又多么神奇的世界……

拂晓，天边突然飞来一群海鸥，绕着船舷低低盘旋。"快到岸啦！"朱姐儿失声叫了起来。

"檀香山在哪儿?"卢敬郁环顾四周,依旧一片汪洋,压根看不见城市的影儿,觉得好不奇怪。

"别急别急,很快就会见到檀香山的。瞧,檀香山的使者都赶来欢迎我们啦!"朱姐儿欢天喜地地说。

卢敬郁更懵了……

"嘻嘻,这些海鸥不就是欢迎我们的使者吗?"朱姐儿一边说一边向海鸥招手。

难怪这些白鸟儿飞得那么低那么悠然,一点也不害怕人。人们纷纷把面包掐碎抛给它们。它们竟然毫不客气地衔住,一边飞翔,一边吞咽,又机灵,又很有点顽皮,怪逗人爱的。卢敬郁忍不住伸出手去捉它们……

"你不要命啦?"朱姐儿吓得大叫,连忙抱住敬郁的腰杆,许久许久,脸色苍白得不行,赶快把他拉走,"走吧,向海洋公主露伊丝和她的妈妈告别去!"

"……日后,希望你们能像亲姐姐、亲哥哥那样对待露伊丝。大家在太平洋上结下的这段情谊,可是旷世难逢的美事,特别值得珍惜,永远保持下去哟!"露伊丝的妈妈很是动情地说。

朱姐儿默然不语,卢敬郁可就更不晓得怎么作声了。露伊丝的妈妈不禁朝他俩投来诧异的目光。

"汤太太,让我抱抱露伊丝小姐,行吗?"朱姐儿突然低声地央求。汤太太的眼圈忽然红了,连忙把太平洋公主露伊丝放到朱姐儿的手上。"你也抱抱呀!"朱姐儿突然转向了卢敬郁。

卢敬郁却半天不伸手。

"你……怎么啦?"朱姐儿生气了。

"我……是个男子汉,她可是个小姐哩!能行吗?"卢敬郁红着脸解释说。

"唉,唉,老封建就是老封建!"朱姐儿急得直跺脚,眼睛里闪出两颗亮晶晶的泪珠儿。

露伊丝的妈妈笑得前仰后合,声音断断续续:"咭咭,你就……咭咭,饶了他吧!"

"不,不,偏要他抱!偏要他抱!"朱姐儿执拗得不行。

这当儿,幸好"玛里兰号"忽然响起"啵——啵——"的欢快的汽笛声,才救了卢敬郁。

"哦，船要进港啦！"朱姐儿赶快把露伊丝小姐还给汤太太，回头悻悻地瞪了卢敬郁一眼，便又拉着他的手儿："快向露伊丝小姐和汤太太说'再见'！"不等卢敬郁开口，她倒先说了洋话："See you again，Madam Tong！See you again，Miss Louise！"

朱定安没等卢敬郁走到跟前，便指着前边个什么问道："敬郁，你看前边那个圆圆的东西是什么？"

卢敬郁朝他手指的方向眺望，隐隐约约看到个东西，影影绰绰地悬在半天空，那模样儿可像个大菠萝，于是响亮地答道："是菠萝，长在天上的大菠萝！"

朱姐儿立刻哈哈大笑起来。

朱定安也张开大嘴巴笑了："好眼力！不过，它可不是当真长在天空上的菠萝，是人工建造的一座高高的水塔。因为檀香山盛产菠萝，美国人就仿照菠萝的形状建造了这座特别新奇的水塔，跟当真的菠萝一模一样。等会儿……"

海面上忽然冒出许多人，径直朝"玛里兰号"游过来，一面挥手，一面高声大嗓地喊："亚劳哈！亚劳哈！"把朱定安的话给打断了。

"这是檀香山地道的土著，在朝我们喊'欢迎，欢迎'呢。"朱姐儿立刻以老檀香山的口气告诉卢敬郁。

卢敬郁可顾不上搭理，眼睛一眨也不眨地望着这些土著：一个个长得像牛一般结实，棕黑色的脸膛，两排白白的牙齿；居然露出半截身子，两脚在水里空踩着，却活像在陆地上走路似的悠闲自得，不费半点力气。

旅客们都把面包、鲜果和罐头抛给他们。有人还抛给他们亮晃晃的光洋。他们竟像猴子似的，倏地伸出手，一件件地把旅客们抛给他们的东西全接住。倘若失手，他们立刻潜入水中，转眼便把失落的光洋捞起来，用嘴叼着，向人家点头致谢，出尽洋相，像马戏班的小丑，故意让人发笑，算作报酬。于是他们也就心安理得了。

朱定安连连摇头："我原以为我们中国是世界上最贫穷最落后的了，殊不知夏威夷还要比我们中国贫穷几倍，落后几个世纪。这都怪他们的酋长没出息，拜倒在美国大亨们的面前，把太平洋上一个好端端的美丽的岛国变成美国的一块殖民地。这些地道的土著也惰得出骨，只要向人讨得一块银圆，便躲进芭蕉林里睡大觉，醒了便张开眼睛，伸伸手，摘半梭香蕉填肚子，却不肯务正业。难怪连夏威夷土著姑娘，除非长相特别丑怪，谁也不肯嫁他们。长得稍为漂亮的，都争着嫁给外国人。她们最喜欢中国人，尤其是我们广东华侨。不过，要是长得不特别出众，可别指望能当华侨太太啰。"

"他们的水性这般了得，怎么不到海底下捞鲍鱼、捉海参去，却在这儿拦头向人家讨东西？"卢敬郁忍不住问朱姐儿。

"你去问他们呀！"朱姐儿竟不肯告诉卢敬郁。其实，她哪会晓得，这可是人类的劣根性在作怪呢！

上得岸来，又出现另一番情景：一群群身穿绣花沙龙的夏威夷卖花姑娘，像迎接自己的亲人似的，欢笑着连蹦带跳蜂拥上来，一片齐崭崭的声音："亚劳哈！亚劳哈！"热情、爽朗得不行，天真、健美得可以。她们每人手臂上都套着一串串的花环，全是刚采撷的各色鲜花，七彩缤纷，芳香扑鼻。谁也不会叫价，扑到跟前便一甩手臂，倏然把花环儿套在你的颈脖上，然后睁大一双迷人的眼睛，朝你瞧个够。你给多少钱，她们都妩媚地颔首收下，一点也不计较。你要挑选另一串，抑或多要一串花儿，她们一样地欢天喜地，一样笑嘻嘻地满足你的心愿。

"这些卖花大姐，为什么待人这般亲热大方呢？"卢敬郁又忍不住问朱姐儿。没想到，朱姐儿竟然又跟先头那样愕然地答道："你去问她们呀！"

她哪里晓得，这是上帝特意赋予夏威夷姑娘的一种品格。一家美国报纸曾登了一篇题为《和鲜花一起度过的青春》的文章，说的是一位夏威夷姑娘靠卖花积攒了一大笔钱，便到美国纽约去读书，结果成了个物理学博士。原来这些夏威夷姑娘，卖花不仅是为了生存，而且要用鲜花铺出一条通向理想的道路。足见理想和抱负，对人类的文明进步何等重要！

通向市郊的路上，一派异国情调。海滨和马路两旁都种上一排排的热带树木，每隔几丈地就砌着栽满鲜花的花坛，一律装上自动的喷水器。一簇簇、一丛丛沐浴中的鲜花，在阳光下闪烁，微风吹来，湿影摇曳，参差扶疏，好不迷人。尽管市区马路两旁尽是高楼大厦，郊区可辽阔幽静得很。满眼浓荫繁花掩映之中，隐隐约约地露出一座座色彩斑斓的东西。走近一看，原来全都是用木板钉起来，外面涂上各种彩色的房屋，奇形怪状，没有一间款式相同。油漆的颜色，有一片素净淡雅的，也有花花绿绿的。与其说这些房屋是用木板钉成的，莫如说是用彩色画出来的。

朱定安见卢敬郁看得入迷，竟忘了进屋，便笑呵呵地考问道，"你看檀香山像个什么城市？"

"彩色的城市！"卢敬郁不知打从哪儿捡来的词儿，快嘴快舌地回答。

"聪明，聪明！"朱定安高兴地一把将卢敬郁举到了半天空，"丽都饭馆最讨人喜欢的小伙计！嘿嘿，你这小家伙，刚到檀香山，就好像有点乐不思蜀啦！"

"有饭吃了，谁还会想吃稀粥？"卢敬郁很有点调皮地说。

朱定安又是一阵哈哈大笑："我是说《三国演义》里蜀国的蜀，可不是说稀粥的粥哇！"

卢敬郁的脸唰地红了，结结巴巴地问："三国演义在什么地方？蜀国是个什么国家？"

"不要着急，不要着急。"朱定安却没有立刻回答，"你个小孩子，哪里晓得世间这么多的学问？世间许多学问都写在了书本上，你就一面在我的饭馆当小伙计，一面跟你的朱姐儿去上学吧！"

卢敬郁感激得差点儿没跪下去给朱叔叩个头，只是一个人儿如何分成了两边，一边在丽都饭馆当小伙计，一边上学校念书呢？

"嘻嘻，亏我爸还夸你聪明呢！你不会白天跟我一块去念书，晚上到饭馆去当小伙计吗？"朱姐儿却压根用不着动脑筋，便出了个了不起的主意。

这回卢敬郁可一点也不脸红了，只顾着一个劲儿傻笑……第二天，卢敬郁便成了 Tommy Lu——卢淡眉。

卢敬文——

唯有拼力气多挣钱才是个路数。

几年间，一晃就过去了。爸爸、妈妈相继辞世了。做哥哥的卢敬文却一直不肯告诉弟弟，只是自个儿凄凄惶惶，独咽伶仃孤苦，不免特别地思念弟弟。弟弟啊，你什么时候才能回来？人说手足难分，这话可一点不假啊！你回来跟哥哥一块过日子，井水也会变甜一点儿。可一转念，立刻又骂起自己来。如今正掀起个淘金热，别人都争着到美国去淘金发财，你却要敬郁回来跟你一块吃苦，这算什么手足之情？何况，弟弟已经在美国读上书了呢？说不定日后会有大出息呢！只要弟弟过得快活，有出息，自己再孤苦又有什么打紧呢？罢，罢，别净作些非分之想了，唯有拼力气，做死工，多挣一点钱，才是个路数。于是，他起早摸黑，除了耕田种地，下海钓鱼捞虾，还常常替人家挑大担，挣一分钱也得掰成两分花。香山人可是老天规定"生不吃白粥，死不游地狱"的特等百姓，过惯了家中有二两米也要煮餐饭，身上有二分钱也要上茶楼的日子。卢敬文却一不抽烟，二不喝酒，三不看戏、赌钱，至多是上茶楼喝口茶，却从来不肯吃点心，下楼找数恰好只需付二分钱一位的茶费。茶楼的伙计每每跟在他的屁股后边故意长腔长调高喊：

"开——嚟一个唔开胃，净——饮！"对此，他也只回头望望茶楼伙计，自足地一笑了之。这样下来，乡里便渐渐地猜到：卢敬文一定积攒了不少钱。门上竟然不时地招致媒人的足迹。卢敬文却一概不予理睬，要是把他缠急了，他便翻眼倒目，一声断喝："你这人好不晓事！"常常弄得那些媒人好不困惑：端端正正的一个后生，既舍不得吃，又舍不得穿，把挣下来的钱积攒着不娶媳妇，留着派什么用场？

谁也没想到，卢敬文老是一条心，把钱一分一毫地积攒下来，汇给在美国的弟弟卢敬郁。

卢敬郁——

原来这百两银子是孙中山赠给他的奖学金。

……我在上一封信里明明告诉哥哥，说白天跟朱姐儿上学读书，晚上在朱叔的餐馆给太太小姐们端菜上酒，得到的小费已够支付学杂费了，以后千万不要再寄钱来了。哥哥如今怎么又寄来这么多的钱？一百两银子！莫非哥哥在家发了大财？要不，在乡下光凭力气可是轻易不能挣到一百两银子的。何况还得赡养年老的爸爸妈妈呢？

卢敬郁拿到汇票，一时傻了眼睛，连同时收到的一封信半天也忘了拆看。他始终没法得知，爸爸妈妈早已不在人世了，因为哥哥每一封来信，一开头都说爸爸、妈妈挺会纳福儿的，叫他千万不要记挂。这封信，哥哥怎么只字也不提及爸爸和妈妈呢？这不由他心里不茫然。往下看，却叫他禁不住一阵狂喜！原来这一百两银子是堂姐夫孙文特意赠给他的奖学金。堂姐夫还付来了一封用英文写成的短信，嘱他要为振兴中华好好读书，尽可能多地学点外国的东西，以便将来为民族的强盛而效力。须知知识是人类共同的财富。谁掌握的知识多，谁就是世界上最富有最强大的人。我们这个古老的中华实在太需要文明，太需要科学了。一个缺少科学，文化落后的民族，即便人口众多，幅员辽阔，也不过是个弱小的民族，注定要永远受人欺负的。炎黄的子孙并不比西方人缺少聪明，只是缺少一点达尔文的进化论……堂姐夫可真是个了不起的人物！难怪连美国的老师有时在课堂上讲学也情不自禁地提及他的名字，说孙中山先生来美国作的演讲如何如何的出色，是个真正伟大的中国人！卢敬郁心里仿佛有一匹神驹在奔驰，"腾哒，腾哒！"载着他的心，飞越太平洋，奔向逶迤半个古国的长城，穿过莽莽苍苍的原始森林，沿着咆哮的黄河，跃上泰山之巅，然后直朝波光粼粼的珠江驰去……他浑身的血液不由得急促地流动起来，一股热气直往脸上升。

朱姐儿见他两个眼睛盯在一封英文信上，脸上飞红，远远地便抿着嘴巴儿直笑："嘻嘻！嘻嘻！"

卢敬郁天生个姑娘相。小时候正因长得十足一个女孩子模样，乡间每年闹元宵，他都免不了要充当"金童玉女"的角色，被打扮得花花绿绿的让人抬着游乡。这些年，他不光相貌长得越发像个花枝招展的姑娘，连性情也越发变得像个女孩子，温柔、忸怩得出奇，特别地爱害羞。班里的美国女同学都喜欢跟他开玩笑："中国姑娘好！"所以，他一见到班里这些美国女同学，没等她们作声，脸上便先自红了。尽管朱姐儿每每挺身而出，挡住那些美国女同学，快嘴快舌地替他回答："美国姑娘好！"他躲在朱姐儿的背后，仍然是半晌也轻易不敢抬头。如今让朱姐儿这么一笑，禁不住又一阵脸红，一时窘得手足无措。

这叫朱姐儿越发地相信自己没有猜错："谁给你的情信？"

虽然每每轮到卢敬郁打扫课室，他总免不了从地上发现一两封美国男女同学之间的情书，开初一瞥见"亲爱的"，脸便红得不行，后来便渐渐地不以为怪了，因为美国孩子都把谈情说爱简直当作吃巧克力糖。但他是中国的孩子，中国孩子是连巧克力糖也轻易看不到的，怎么能把谈情说爱当作吃巧克力糖呢？朱姐儿问得太稀奇了，叫他羞得连一句话也说不上来："这，这是……不，不是……是……"

这可叫朱姐儿笑疯了，双手捂着肚子，一屁股坐在了台阶上，"嘻嘻哈哈"不止。

卢敬郁赶快趁机跑掉……

卢敬文——
竟然交上了名妓肖兰。

这几天，卢敬文老是提不起劲来，一下田便将一把锄柄垫着屁股，坐在垄上发愣。他要是一个心眼抱死这把锄头柄，不光苦煞了弟弟，就连自己也够寒碜的。他把一颗心像烤番薯似的翻了过来又翻过去，霍然跳了起来，一口气跑到澳门氹仔湾，在天主教堂里找到理查德神父，便直截了当地把自己的心思全端了出来。

理查德神父好不诧异："香山可是个富庶不过的鱼米之乡。一望无垠的十万顷大沙田，一年熟，三年足。种田人都衣着光鲜，朝鱼晚肉，还天天上茶楼，吃馆子哩。你身强力壮，自然不会执输的，怎么端的不想务农了？"

"那是记在老皇历上的事了。打自打了那场鸦片仗，做官的只会割地赔款，却倒过来拿老百姓出气，苛捐杂税多如牛毛，香山的地皮早被刮低了几层，大沙田都瘦得长不出庄稼了。"卢敬文气促地说。

理查德神父默默地点了点头："是苦了你们老百姓！你想干点什么活？"

"我想先到渡船上找份杂工做，给人带点货物，积攒点本钱做生意。你看行不？"

"唔。行船的教友倒有几个，看来替你谋个杂工做不会很难的。你先回去耕你的田。我这儿一有眉目，就写信让你出来。"

不几天，卢敬文便把家中所有农具、家私变卖了，干手净脚地到石岐洪发渡船上当了个杂工。

这洪发渡走的是广州—石岐线，客、货都十分旺。可是老板却十分地刻薄，每月才发给五块工钱。干一天活，挣不到两毫钱。那些有妻子儿女的伙计无不叫苦不迭，但谁也舍不得辞掉这份杂工。卢敬文可是光棍一条，也就只好忍气吞声了。反正来日方长，船离码头自有水路通。

这天，渡船刚刚开出石岐，那个专门兜售广州成药的讲生便唾沫横飞，大吹大擂他带来的那些膏丹丸散，是什么有病必除、无病添寿的灵丹妙药，一边吹得天花乱坠，一边随手把药送到乘客手上。待人家接过了他的膏丹丸散，一转眼他便翻了嘴唇皮，又说是半送半卖的，请乘客们赐给他个半价，权且收回点成本。不大一会儿，他的口袋里就装满了钱。

卢敬文眼睁睁地望着，心里顿时活动开了：看来发财并不难，只要有本事。这个卖药的讲生凭的不过是一颗心眼两片嘴皮。我的两片嘴唇皮却只晓得吃饭，一颗心眼也只晓得天天出死力做死工，就是不会安个辘轳，哪能少得了挨穷的份儿？于是，他暗暗用心机把开日便是"斩头鬼"、闭口就是"冚家铲"的香山口音改掉，除了那些齿音和舌尖音仍然难免矫揉造作了一些以外，说起话来可满口西关小姐的调调儿，又甜又滑；只要口袋里有一块钱，就拿出来跟工友们喝茶、抽烟、饮酒，大方得可以。不到一年光景，便交结了不少的朋友，而且博取了广州、石岐好些庄家老板的信任，让他带运各种应时货物。每趟带运都货银两清，一点也不含糊。这样一来，生意就逐渐堆得打发不开了。年终算个总账，竟赚了两百多块钱，可比他一身泥一身汗地在田地里打滚五年还强。

那些好狎邪游的伙计，见卢敬文发了财，渡船一到广州，便缠他到沙面附近的风流世界陈塘去饮花酒。

这儿可是货真价实的花天酒地。一开筵席，那些狎客便迫不及待地挥写花笺，招来浓妆艳抹、花枝招展的相好，坐到自己的身边，打情骂俏，饮酒划拳。谁要是不招来个陪饮，便会遭到哄堂嘲笑，说你"身后萧条"。卢敬文近年来一走运，连脸皮也变得像二层蛋壳一般薄，如何受得了这种奚落？好，你飞笺，我也飞笺；你有俏伴儿，我却偏要召个更俏更亲热的来侍弄。果然让他交上了醉香阁的名妓肖兰。

这个肖兰，要是光论容貌，醉香阁里还没轮到她当美人皇后的。可她那双水灵灵的杏儿眼特别地摄魂勾魄；加上她那风流出奇的神韵，既轻佻又矜持的情态，把狎客们的飞笺几乎全部吸到自己的身上来。在妓院里，这飞笺简直等于总统的选票，肖兰自然成为醉香阁无可争议的名妓。由于她在醉香阁里不同寻常妓女的身份，一般狎客轻易沾不着她的皮肉。可她对卢敬文却格外地殷勤，只要卢敬文喜欢，她就什么也不保留。不知怎的，她在卢敬文的面前，常常忘却自己是个妓女，竟觉得自己仿佛是卢敬文的妻子。日来夜往，她心里终于不知不觉地萌生出一种奇怪的念头，以致一日不见卢敬文，心里便空空荡荡的，连走路也自觉脚跟不踏实。她摸透卢敬文的渡船必定三天两头来回一趟，所以每隔两天，她便早早地进行香浴，搽脂抹粉，盛装等待卢敬文的到来。今天又是中秋佳节，她更赔小心，准备好一桌子的四色月饼和糖炒天津良乡风栗、香蕉、杨桃、苹果、红柿、花红果、油甘子，还有田螺、花生、瓜子、胭脂脚香柚，各种名果一应俱全；加上一枝芳香四溢的丹桂，房子里净是醉人的味儿。

卢敬文打自交上了肖兰，几乎把在渡船上赚到的钱全都花到了这醉香阁里。这种地方本来就是这么一种男人最爱摆阔绰、争色水的去处，谁还会到这儿来当衰仔呢？尤其是在肖兰的面前，更丝毫也不能让她看轻，即使不是胖子也非得把脸儿打肿的，别说他卢敬文在渡船上轻易能赚得来。渡船一靠码头，他便仿佛闻到了从肖兰的房间里飘出来的中秋佳节果品的芳香，匆匆吩咐伙计们交卸货物，连晚饭也顾不上吃，即刻带着一笔刚赚到手的钱到醉香阁去。虽然，他还称不上风月场上的老手，但秦楼楚馆的规矩，却早就记在心上：一年当中，端午节、中秋节和春节可是结风流账的日子，平日挥写了多少张花笺，上过多少次床，吃喝花销多少，还有朋友们沾花揩蜜的打茶围费，等等，全都得付清，而且还要按照账目多付一倍银圆作"枕边红包"送给相好。所以，每逢这三大节日，妓女们便打扮得特别的妖艳，也特别的殷勤。你要是违反这个规矩，便免不了妓女们一番奚落："大少长得好一副风流相，只嫌鼻折（避节）了一点儿！"卢敬文岂敢来迟半步？何况他的魂儿老是让肖兰牵着呢！他还未到门口，就看见那老鸨胜婶正在捧着一把烟火腾升的纸宝，不住地朝上下四方膜拜，一边自言自语，好不虔诚。那老鸨一眼瞥见卢敬文的影儿，便连忙叫喊肖兰迎客。

肖兰却故意不作声，早就半截身子伏在栏杆上朝卢敬文妩媚地微笑了。

卢敬文上了楼便忘了祖宗，立刻把肖兰抱进帐内，演完了"鸳鸯戏"，这才坐到桌前，一边品尝香茗果品，随口问道："先头胜婶在拜的哪路神，念的什么经啊？"

肖兰见卢敬文今天格外洒脱利索，按不住心里的高兴，不由嘴角生风："胜婶每天吃过晚饭，都虔虔诚诚地给关圣帝君烧纸宝。为的是借关帝爷那把青龙偃月刀的神灵，逢斩必应。"

"为什么要祈求关帝爷逢斩必应？"卢敬文越发兴致勃勃。

肖兰妩媚一笑，故意逗趣道："这是取老举（妓女）斩客（向狎客索取财物）刀刀应的意思嘛！"

"哦哦！"卢敬文笑了，随即把带来的钱全掏了出来。

这不由勾起肖兰心底的隐痛，连忙垂下眼帘，对卢敬文的一大沓钞票竟然不屑一顾。卢敬文并不像个公子哥儿，也不像个败家浪荡汉，好端端一个后生，落到这儿便像吃了迷魂药，全然失却了知觉似的。可又是谁叫他失却了知觉的呢？还不是她们这些妓女？啊啊，妓女，不管你长得多么漂亮，如何名噪风月场，也不过是堕溷名花罢了。你的全部价值，充其量也只能是一剂迷魂药。不光迷了别人，也迷了自己，任由鸨婆的摆布，天天在红灯绿酒之中充当没有灵魂的玩具。然而，岁月终究无情，待到春残花谢时，还会有谁怜香惜玉呢？那阵时，除了对月空悲叹，剩下的便只有泪光照伊人的份儿了。思绪及此，肖兰不禁潸然落下了两滴亮晶晶的泪珠。

"肖兰姑娘，好端端的，怎么忽然哭起鼻子来了？"卢敬文咬了一口糖炒风栗，好不吃惊。

自己反正是残花一朵了，对于人生可不敢抱任何非分之想了，可不能把别人的光景给糟蹋了呀！要是让卢敬文这般诚实的后生也因为她而毁身于花坛，以后到了阴府，阎王爷也会给她罪加一等的。肖兰越想越惶恐，连忙拭掉眼泪，"扑哧"一声笑了："你没听说，乐极生悲么？我们妓女乐过了头，便会掉眼泪的。不过，妓女的眼泪一把刀，可要命的呢！"

卢敬文懵了："要谁的命？"

"我对你掉泪，还会要谁的？"肖兰仍然强作笑态，但连卢敬文也能看出来：笑得十分的勉强。

"你的心也这么狠吗？"

"不狠心当不了妓女，当了妓女没有一个不狠心的。"

"可是你平日待我……"

"全都是虚情假意，无非是为了向你多索些财物罢了。"

"哦——"

"我们妓女有句口头禅：'成家子弟远走他方；败家浪荡快上门廊。'胜婶每天念叨的就是这个咒语。你晓得她为什么总是念到纸宝烧完了才停嘴吗？因为反正到我们这儿来的都是些败家浪荡，就让他败到笃吧！这可是对谁也值不得怜惜的。"

"哦哦！"卢敬文倒抽了一口凉气，出了一身冷汗，这下子可大彻大悟。他眼光光的直朝肖兰发愣，怎么也认不出这个昔日的相好来……

肖兰那双迷人的眼睛，忽然又涌出了泪珠儿，而且像断了线的珠子，扑扑簌簌不止。

这本来是释迦牟尼说的，大千世界的芸芸众生，都可以修行，成其正果。一旦大彻大悟，就是屠夫也可以放下屠刀，立地成佛。真能妙悟菩提，火坑里同样可以出青莲。其实，肖兰就是佛祖指的一枝"火坑青莲"。卢敬文没有读过佛经，自然不得领会，吓得只顾拔腿往楼下直跑，连头也不敢回。这一夜，虽然广州正是秋高气爽，花好月圆辰光，他却不管伙计怎么纠缠，硬是什么馆子也不上，只在码头上蹲一会儿，一口气吃了几碟炒田螺，便独个儿躺在船舱里，两手枕着脑袋瓜，一颗心又像在乡下时烤番薯似的，不时翻过来覆过去："你要当个成家子弟，还是要做个浪荡儿郎？"

卢敬郁——

在多萝西小姐和朱姐儿的心中……

隔壁几个喷嚏……

朱姐儿心里一阵惶恐，不得不连忙放下歌德的《少年维特之烦恼》，趿着一双胶拖，一迭连声地嚷道："哎呀，我的上帝，你这是怎么弄的？"

"或许是昨夜睡得不安生，蹬掉了被子，着了点凉。"卢敬郁朝倏忽进来的朱姐儿腼腆地笑了笑，又一连几个喷嚏。

"你怎么不让阿姐……"

话刚出口，朱姐儿的脸颊顿即飞起了两片红晕。孩提时代，二人同在一间房子里的两张钢床上睡，敬郁常常爱半夜蹬被子，第二天起床，大凡看见对面床前挂着半边被子，她便立刻嘟起了嘴巴儿："你怎么不让阿姐给你盖被子？"稍稍长大以后，彼此被一堵薄薄的墙隔离开来了，她想要再向卢敬郁这样嘟嘴巴儿，也没得缘由了。及至敬郁到位于美国西部的加利福尼亚州去念大学，也只能在他回檀香山度暑假，她才偶尔得以莫名其妙地问："你半夜还爱蹬被子吗？"把敬郁给问得满脸臊色。不知怎的，这当儿，她忽然像孩子似的向卢敬郁嘟起了嘴巴儿。然而，她和敬郁毕竟不是小孩子了，哽在嗓门眼上那半句话，显然跟在她的嘴唇上消失多年的口头禅，不是纯粹的同义词了。尽管这里是个极端的文明世界，她也不能文明得如此极端的。因为，在她家的阁楼上供奉的，并不是耶稣，而是中国圣人孔夫子和南海菩萨观世音。从她"咿呀"学语开始，爸妈就教她记住："我系中国广东香山人"。中国人有中国人的文明。何况，她可比敬郁先到人间几步。都怪妈妈性急了点儿，抢在敬郁他妈妈的前面生下了她。以致在敬郁的面前，她一向只能以姐姐自居；虽然，她十分地不情愿，但又老是摆脱不了内心的驱使。要是让她非放下姐姐的身份，她可又轻易做不到……

"你怎么不让阿姐送你去住医院？"朱姐儿不觉拐了个小小的弯儿，

关切中不无责备。

"阿姐不要担心。我不过得了点小小的伤风感冒罢哩！"卢敬郁连忙解释，却仍然埋头于桌上的高等数学的难题，大脑皮层源源不绝地推出各种离奇古怪的数字，唯其离奇古怪，越发令人着迷……

朱姐儿可不管敬郁这些，把他的钢笔夺了过来："我的宝贝，你怎么可以这般儿戏自己的生命呢？须知每个人的生命，可都不仅仅属于他自己所有的呀！"

"阿姐金玉良言，阿姐金玉良言！"卢敬郁对朱姐儿，尊敬之中带着几分钦佩，"我这点小小的伤风感冒，可绝对不会至于那么严重的。阿姐放心好了！"

卢敬郁越发地不以为意，朱姐儿便越发地急得不行……

原来美国人的性命特别的宝贵，哪怕是得了小小的伤风感冒，也非得要住几天医院。中国人对疾病却历来不很在乎，小病当没病，大病也只消呻吟。卢敬郁虽然到美国十几年了，身上可保留着不少祖先的遗传，何况他是个穷大学生呢。

虽然是小小的伤风感冒，可是毕竟让体内的门户给打开了，各种病菌便有机会大举入侵，给人的生命埋下了毁灭性的祸根。连这点起码的医学知识，怎么也不晓得？亏你堂堂一个加利福尼亚大学土木工程系学士呢！"早已毕业于师范专科学校，当了两年小学教师的朱姐儿亲昵地训斥，脸上居然出现了愠色，"你要是再不听话，阿姐永远也不睬你！"

卢敬郁没有姐姐，朱姐儿也没有弟弟，二人又从小就手拉着手儿上学，可比亲姐弟还亲。虽然朱姐儿比卢敬郁只大几个月，但敬郁在她的眼里，可是个很小很小的弟弟。卢敬郁也总是觉得，朱姐儿可是个很大很大的姐姐，又亲爱又敬畏，一向乖乖觉觉，不曾敢有丁点儿忤逆。如今一看她竟然生了气，他立时便慌张起来："听阿姐的，听阿姐的！"

朱姐儿不禁"扑哧"一声笑了："嗯，这才像个……"她突然把涌到嗓门眼上的"弟弟"二字给咽下了肚里，默默地扣着卢敬郁的臂膀，把他送到医院，办妥了住院手续，这才甜甜地吻了他一口，高高兴兴地离去。

"上帝，您还会赐给人间第二个美男子吗？"年轻的护士小姐一见了卢敬郁，便差点儿失声叫起来。两道灼热的目光一直没有离开他，仿佛这是她的天职：非得先给卢敬郁做激光治疗。一看朱姐儿对他吻得这么甜蜜，她心里不觉嫉妒得要命，没等朱姐儿离开病房几步，她便忍不住说："先生，您的太太真漂亮！"

卢敬郁好不莫名其妙："我哪儿来的太太！"

"刚刚那位漂亮的小姐不是您的太太？"那护士小姐的目光倏忽闪出惊喜之色。

"那是我的姐姐呀！"卢敬郁红着脸解释道。

"啊——"那护士小姐立刻长长地吁了一口气，"请原谅我的冒昧，先生！"睫毛又黑又稠密，微微往上弯曲，简直足以淹没异性的眼睛顿时泛满了秋波，一眨不眨地盯着卢敬郁……

卢敬郁这才蓦然发现，这位护士小姐漂亮得惊人，两道目光不觉凝结了。那护士小姐连忙拉下口罩，嫣然微笑的嘴唇不住地翕动，显然在强烈地召唤：勇敢的吻。

卢敬郁却偏偏是个典型的东方男子，而且偏偏出生于礼治的故乡，尽管接受了西方文明十多年的洗礼，终究还没有脱胎换骨，未能全然去掉从娘胎里带来的沾着泥土味的意识。他不觉脸上一阵滚烫热辣，赶快勾下头去，许久许久不敢抬起来。

"嗳！"那护士小姐心里怪惋惜的，"原来是个爱害臊的哥儿，稀罕，稀罕！"

医院本来规定，护士每天都得给住院病人换一次床单、被单和枕套，还得给案头上的花瓶换上一束水汽氤氲的鲜花。她却对卢敬郁加倍的殷勤，白天换一次，晚上又换一次。而且每天上班，都必定带来一个色彩缤纷、鲜艳绚丽的花环，笑嘻嘻地套在卢敬郁的脖子上。

卢敬郁的脑际蓦然闪出一连串遥远的投影……十多年前，刚踏上檀香山时，那群夏威夷卖花姑娘遗留给他的印象，此刻竟然跟这位护士小姐的美意产生化合反应而形成一种奇妙的感情，不禁脱口而出："太谢谢你了，Dorothy！"

卢敬郁病愈出院后不几天，朱姐儿便原原本本地告诉他，有个叫多萝西的小姐打电话到丽都饭馆，约他今晚无论如何也得到市郊圣斯提反海滩参加当地传统的野外狂欢舞会，她在等他。

原来，檀香山市郊的夏威夷土著有个独特的传统节日：每逢月圆之夜，当地的少男少女便都打扮得漂漂亮亮，结伴野外，等待亮晃晃的月亮从椰林中露脸。于是，四面八方骤然响起吉他、手鼓、唢呐、手风琴种种乐器的伴奏。那些少男少女便随着四面八方的旋律和节奏互相对起歌来，对上了对儿，立刻结成情侣一边舞蹈一边歌唱。到了皓月当空，四面八方交响乐曲的节奏和旋律突然变得急促而强烈，一对对情侣便越跳越发狂。到了高潮处，姑娘们竟然连沙龙也给脱光，腰肢下只围着一条用嫩草编织的短得出奇的翠绿的草裙，光着上身，光着两条大腿，上下洁白剔透，跳起了夏威夷独特的草裙舞——头、颈、胸全都纹丝不动，只是摆动两肩，挥拂双臂和掌，让出奇柔软的腰肢和圆滚滚的屁股摇曳扭动，跌宕腾挪……哪个年轻男子要是不敢参加这种野外狂欢舞会，便会受到周围的嘲笑和奚落：不仅没有丁点男子汉的气概，而且简直就是个大傻瓜。

卢敬郁在檀香山念高中的时候，就每每受到这种嘲笑和奚落，他可一概不屑置听。因为，他明明是个男子汉，怎么会一丁点男子汉的气概也没有呢？而且大傻瓜又怎么会每学年都成为学校里比高才生还要拔尖儿的荣誉生呢？多萝西小姐的电话，无疑近似逼上梁山。然而，他不唯对参加夏威夷这种传统的野外狂欢舞会一点也不反胃，而且心里很是迫不及待，竟然手舞足蹈起来，全然没有觉察朱姐儿的眼睛如何的惊奇。

其实，参加不参加野外狂欢舞会，对他并无多大相干，要紧的是，这可是个难得的不寻常的机会——多萝西小姐一定是有意给第一次幽会赋予罗曼蒂克的色彩……

前边一片动的碧绿，静的皑白。大海、沙滩、椰林渐渐地围拢过来。
"啊，圣斯提反，一首美丽的诗！"

卢敬郁的脑子里一向只存在着个数学王国，如今却俨然一个感情洋溢的诗人，情不自禁地失声喟叹。没想到斜刺里突然冒出一群穿红着绿的姑娘，层层把他包围起来——

"啊哟，好漂亮的一个哥儿！"

"嗳嗳，可是个典型的东方美男子呢！"

"中国来的先生，您是来参加我们野外狂欢舞会的吗？"

"嘻嘻，您可有了意中的舞伴了么？"

七嘴八舌，八舌七嘴，一面说一面缩小了包围圈。浓郁、强烈的异性肉体的芬芳把人呛得简直要窒息过去，卢敬郁不由慌张起来。

"你们这些野丫头，好不晓事！把人家一位稀罕的新客围得水泄不通，想拦路抢劫哥儿？"正在卢敬郁傻乎乎的不知所措的当儿，突然抢进来个仙女似的少女，两手一边掰开那些姑娘，一面高声大嗓地叱喝。

"咭咭咭……"姑娘们一听，乐得大笑。

"快跟我来，别让这些姑娘把你吃掉！"那仙女一般的少女趁机一把挟着卢敬郁的臂膀便走。

那些土著姑娘这才后悔不迭，只好老远地骂开了："就数你不要脸，把人家的哥儿抢走！"她们哪里晓得，这位少女竟是卢敬郁的情侣。

"Dorothy！Dorothy！"这时光，卢敬郁才清醒过来，惊喜不迭地直呼"多萝西"。

多萝西小姐却顾不得回答，一口气跑了半里地，左拐右抹地钻进椰林深处，才"扑"一声倒在沙滩上，大口大口地喘着气，一半央求一半紧张："淡眉，吻我，快吻我呀！"简直在呼唤救命。

"咿——唏！"突然一声呼哨，椰林里倏地跳出个肌肤黝黑的大块头土著后生，像一股黑色的旋风，卷土扬尘地奔了过来，冲着卢敬郁咆哮："哒，谁叫你这小子到这儿乱闯的？"

卢敬郁听不懂他蹩脚的英语，以为他在说马来话，光瞪着眼瞅他。

那土著后生顿时火上浇油，以为卢敬郁在故意捉弄他，立刻从腰杆抽出半截木棒，朝卢敬郁盖头盖脑地劈过来。

卢敬郁没提防，赶忙把头一偏，木棒从耳边擦过，"啪"一声落在他的肩上，疼痛得他"哎哟"一声跳了起来。

多萝西小姐呼地冲到那土著后生跟前，扬手便"啪"一声往他的脸上扫去："你凭什么打我的客人？"

那土著后生倒退了两步，捂着脸说："我打的是中国人，又不……"

卢敬郁没等他一句话落地，便飕地抽出缠在腰间的带倒钩的铁环软鞭，甩向那土著后生的右臂。

那土著后生急忙挥棒相迎，反被软鞭缠住。卢敬郁就势使劲一抽，把他的木棒扫到了半天空。没容他动作，又来个反手鞭，狠狠地抽他的左臂。

那土著后生被抽得"呱呱"乱叫，掉头便跑。卢敬郁哪里肯放？倏然抢上前去，"腾"地一脚把他踢翻在地。

那土著后生连忙就地一个滚翻，也朝卢敬郁飞来一脚。卢敬郁倏忽甩出软鞭，把他的脚缠住，让他跳了一阵独脚舞，然后将他摔倒在地，一边挥动软鞭一边叱问："中国人好不好欺负？中国人好不好欺负？"

"快请罪呀，快请罪呀！"多萝西小姐一面催促那土著后生，一面劝卢敬郁："淡眉，我们可值不得为他扫兴呢！"

那土著后生一听，慌忙跪在地上向卢敬郁求饶。一看卢敬郁收住了软鞭，便赶快连滚带爬地溜掉。

为一个女人而同对手决斗，可是一桩愚蠢不过的事，尽管不少名声显赫的人物都干过这等事，甚至为此而丢了性命。但为了捍卫自己的尊严，有时又非得作殊死的决斗。何况这愚昧狂妄的土著所欺负的，不仅仅是卢敬郁，而是中国人！卢敬郁岂能轻饶他？要不是生怕她 Dorothy 扫兴，可够他吃不消兜着走！

"淡眉，你的肩头要不要紧？"多萝西小姐柔情似水地把手伸向卢敬郁的肩上。

"啊哟！"卢敬郁不觉失声大叫起来。

"怎么啦？"多萝西小姐好不着慌。

"怪，刚才搏斗，一点也不觉着痛，这会儿倒痛得要命。"卢敬郁咬着牙根说。

多萝西小姐赶忙扒开卢敬郁的衣领一看，不禁大吃一惊。肩上红红的一块肉，肿得像个面包大，火辣辣的。她忍不住"咿咿唷唷"直叫："我的天！刚才打架气血沸腾，你哪会觉得痛？这会儿你的气血冷静下来了，自然便痛得要命啦！要不赶快上药，可够你受的呢！走，别在这儿白受罪。"说着，便紧紧搂住卢敬郁走出椰林，拐过一片芭蕉林，到了一处僻静的海滩。她突然嘱咐道："你就在这儿待一会儿。千万别四处闯荡，撞到有蛇的地方去，尤其不要让那些野丫头看见。我回家取药，只消四十分钟就能赶回来。"说罢，对准卢敬郁的嘴巴儿一吻，便倏然消失在朦胧的夜色之中。

卢敬郁的心忽然罩上了一层朦胧：爱神当真的到来了吗？她当真的将要成为我的妻子？我当真能带给她幸福吗……

不到三十分钟，多萝西小姐便气喘吁吁地跑了回来，手里拎着一提袋药酒、药膏、药棉、纱布和胶布，一迭连声地抱歉："让你久等了，让你久等了！"忙不迭地让卢敬郁脱光上衣，先用药酒给卢敬郁轻轻地擦过伤处，再敷上药膏，然后包扎上纱布，又快捷又格外的小心。

"这是特效伤药，半个小时以后，你便会轻松了。回去可别忘了继续用药，三天保管痊愈。"

"太谢谢你了！"卢敬郁忘情地说。

"还用得着客套？"多萝西小姐娇嗔地白了卢敬郁一眼，便躺在沙滩上，"快跟我并排躺着看星星，多美气！"说着，便把卢敬郁往她的身边拉。

卢敬郁乖乖觉觉躺在她的身边，忘情地说："瞧，满天的星星都在朝我们眨眼睛。她们可羡慕死我们啦！"

"嘻嘻，羡慕我们什么呀？"多萝西小姐故意问道。

"羡慕我们这么年轻！"

"还有呢？"

"羡慕我们这么惬意，这么亲爱！"

"还有呢？"

"那便仅仅是对你的羡慕了。"

"噢，她们可单单羡慕我什么呢？"

"羡慕你人美得不行，心也美得不行！"

"啊唷唷，淡眉，快别唱了，我可再也受不了啦！"多萝西小姐气促地嚷道，猛然转过身子，搂着卢敬郁的颈脖儿，豁出性命狂吻起来。

卢敬郁这下再也不脸红了，只是心跳得厉害。

"淡眉，你听见我的心音吗？我可听见你的心跳得怪带劲呢！"

"你怎么会听得见？"

"噢，我的身上装有窃听器嘛！"

"哦哦，我明白了。也许因为你是个护士，听惯了病人的心音，听觉特别的敏感。"卢敬郁恍然大悟地说。

"No，No。我是用心听出你的心音来的！"

"这就奇了。"

"这有什么值得奇怪呀？爱神丘比特的火把伸进了我们的心窝，两颗心同时被燃得咯咯直跳，彼此都能听得见的。你的心怎么没听见我的心音？这倒有点奇怪了。"

"也许我一时大意了。"

多萝西小姐情知卢敬郁在狂吻中忘却了一切，却故意嗔怪："狡辩，该罚！"

卢敬郁愕然的认真："罚我什么？"

"往这儿来，"多萝西小姐努起了嘴巴儿，"刚才是我吻你，现在可轮到你吻我了。"

卢敬郁惊喜不迭，豁出性命接受人类一切惩罚中唯一没有痛苦的高尚的惩罚……

"Dorothy，你说，我们会不会让爱神丘比特的火把给烧伤？"卢敬郁突然担心地问道。

"噢噢，你这个可爱的傻哥儿！"多萝西小姐仍然没有缓过气来，"怎么会呢？丘比特的火把烧得越旺，我们就越幸福呀！"

卢敬郁却一动不动："你不觉得，我们的爱情来得有点儿突然吗？"

"你怎么啦？Tommy Lu！"多萝西小姐不由怔了怔，"爱情可是幸福的天使，她愿意什么时候降临就什么时候降临。有什么突然不突然的？要说有突然和不突然，我倒喜欢突然而至的爱情。因为她带给人的幸福可比蹒蹒跚跚、忸忸怩怩地到达的爱情强烈一百倍。这好比把一瓶名酒突然打开酒瓶放到你的面前，会立刻令你失声喟叹：'啊唷，好酒，的确好酒！'还没喝便先来了醉意。要是早就打开了瓶盖，放在离你老远的什么地方，你会觉得出名酒来吗？更不用说会有丝毫的醉意啦！"

卢敬郁听了，心里不觉一阵惊喜："可是，我们认识还不到半个月……"

"别说半个月，"多萝西小姐连忙截住说，"其实，只要看到你的心灵是美的，一刹那就足够了。你姐儿送你入医院时，我为什么以为她是你的太太而那么嫉妒她？就是因为我看了你的眼睛，太透亮了。难怪诗人说，眼睛是心灵的窗户，我的魂儿立刻让你的窗户勾了进去！"

椰林里忽然泻下万颗星星，这儿一片光闪闪，那儿一片亮晶晶。四面八方顿即传来手鼓声、唢呐声、手风琴声、吉他声……

"啊，月亮出来了！"多萝西小姐倏地跳了起来，"你的肩头可还碍事不？"

"早就不痛了。"卢敬郁还没反应过来。

"那就赶快参加狂欢舞会去！"多萝西小姐急切地说，随即脱掉那窄得不行的花背心，接着又把长裤脱掉，连鞋袜也甩了。上身光溜溜的，下身只套着一条迷你绿纱裙。

卢敬郁不觉傻了眼……

"走啊！"多萝西小姐见卢敬郁眼光光的站着不动，不无疑惑地催道。"就这样光着身子去跳舞？"卢敬郁好不困惑。

"你这是第一遭？"多萝西小姐反而十分的惊奇，"还有比我身子更光的呢！不光着身子，等会儿怎么跳草裙舞？"

唯是夏威夷土著姑娘才会有这种癖好和天才。据说她们在学走路的同时，就开始学跳这种世界上独一无二的草裙舞了——不光难度极大，而且文明的原始。多萝西小姐并非土著姑娘，怎么也有这种艺术癖好和天才？卢敬郁很是不解。

"噢噢，我可是在娘胎里便随爸爸到夏威夷来的。虽然是西班牙人的女儿，可却在夏威夷土著中间出生，从小就跟土著们混在一块，唱歌跳舞，长大了还跟她们去卖花，可成了地道的土著姑娘。何况我身上有的是以能歌善舞而著称于世界的西班牙人的基因呢！"多萝西小姐满口自豪得意。

这就一点也不奇怪了。美国可是由几乎全世界的民族组成的。它原来不过是英国在美洲的一块殖民地。以工业革命起家的英国人，凭着强大的舰队和先进的武器，在名将纳尔逊将军的指挥下，于特拉佛加海域一举歼灭了西班牙称雄世界的无敌舰队，率先登陆于美洲东部的纽约，继而从印第安人手里占领了十多个州的广阔地区，自意大利航海家哥伦布从十五世纪九十年代开始，由西班牙国王提供庞大船队，多次跨越大西洋而发现的新大陆——美洲于它的统治之下，几乎灭绝了当地的印第安人。于是，从非洲贩运来大批黑人，把他们当作会说话的畜生，用皮鞭强迫他们无偿地干苦活，大量种植棉花和烟草。随后，西班牙、葡萄牙、荷兰、英国、法国、挪威、瑞典等整个欧洲大大小小三十多个国家，还有亚洲中国等一些国家纷纷向美洲移民。地球上的这块大陆，便成为世界人种大混杂之地。后来出了个非凡的人物华盛顿，推翻了英国的统治，建立了美利坚合众共和国。接着便向西发展，以中国人为主修筑了横贯美国，从东部直至西部，把大西洋和太平洋连接起来的铁路；并且经过南北战争，移来美国的便主要不是仅仅作为劳动力的黑人了，多是欧洲和亚洲的科学家、艺术家、专家、学者、技师、医生和技术人员等知识分子。所谓真正的美国人，便只有极少数幸存下来的印第安人。所以，美国又不仅是世界人种的混杂区，而且是全人类的智慧和天才高度集中的国家。世界上多种民族的文化和传统在这儿也成了混血儿。瞧，多萝西小姐的草裙舞跳得多绝！

她浑身上下没有点滴地方不在按着音乐的节拍高频率地振颤着，回环摇曳，袅娜多姿，叫全场的人无不屏息凝眸，叹为观止。然而，谁的目光也没有停留在她裸体的任何部位上，而是随着她美妙的舞姿滴溜溜转。她的体态竟因舞姿而更具万物中最匀称最和谐、最庄重和最优美的魅力，要是穿着哪怕又窄又透明的丽服，也会大煞风景，成为完全的多余。卢敬郁大开眼界了。

在人们一片喝彩声中，多萝西小姐香汗淋漓地搂着卢敬郁跳起了狂欢舞。卢敬郁的两条腿一点也不听使唤，不时地要把多萝西小姐绊倒。多萝西小姐索性两手紧勾着他的脖子，把头伏在他肩上，两脚往后翘起，任由他胡乱地旋转。

"狂些，再发狂一些！"多萝西小姐咬着卢敬郁的耳朵根，频频地悄声叫着。不大一会，她便又悄声地命令："得了，得了，快旋到外边去！"

卢敬郁此刻才感受到女人的威力有多大！多萝西小姐要他怎么着，他便怎么着，全然听她的摆布。

"淡眉，快把我抱起来！"一离开众人，多萝西小姐便急切地嚷道，"往海滩那边……"

卢敬郁抱着多萝西小姐，不知哪儿来的腿劲，跑得飞快。

"淡眉，快把我扔进大海里！"多萝西小姐突然没头没脑地叫嚷。卢敬郁愣住了。

"扔呀，扔呀！"

"你……怎么啦？Dorothy！"

多萝西小姐猛然挣开卢敬郁，竟"扑通"一声跳进了大海。

卢敬郁吓得扑进海里，慌忙拦腰将多萝西小姐抱住。殊不知多萝西小姐却反手箍着他，一块沉下了水底，好几秒钟才钻出海面，咭咭大笑："凉快吗？淡眉，不，痛快吗？我可痛快死啦！"

吓得昏昏然的卢敬郁，这时才转过神来，深深地吁了一口气，不觉大幅度地收了收腹，岂料"咕噜"一声，竟然吐出大口海水来。

这下可把多萝西小姐给吓昏了，慌忙搀扶着卢敬郁回到椰林深处，硬要卢敬郁躺在她的怀里，让她上上下下搓揉按摩。

卢敬郁不意喝了一口海水，吐出来便没事了。这会儿哪里还经受得住多萝西小姐的搓揉？索性闭上眼睛，投入爱的狂澜……

大清早，朱姐儿花木掩映的门口就开来了一辆玫瑰色小汽车。

"亲爱的，快把你所有的东西都搬到车上，立刻跟我走。"多萝西小姐未及从车上钻出来，便直着脖子叫嚷。

卢敬郁满头雾水："上哪儿去？"

"上我家去呀！往后你假期就回我家里住啦！"

"这合适吗？"

"怎么不合适？我的家就是你的家呀！"

"可我们到底还未结婚啊！"

"我们昨夜……嘻嘻，我们今天就结婚咯！"

"今天？今天来得及吗？况且我大学还没毕业……"

多萝西小姐没容卢敬郁往下说，便猝然伸出手掌捂住他的嘴巴，嗔道："什么也不许你说！什么我都会有的。爸妈已经忙着为我们做准备了。趁你暑假还有一段日子，度完蜜月我就放你回大学去。"

卢敬郁又感激又十分的为难："Dorothy，你还是等我大学毕业……"

多萝西小姐一听，急得两个眼睛尽是泪珠儿："为什么非要等你大学毕业呢？我又不要你养。万一有了孩子，也用不着你顾虑。你爷儿俩全包在我的身上！"

卢敬郁猛然抱住多萝西小姐："Dorothy，我的亲爱的，你是不是再考虑考虑……"

"不，不！"多萝西小姐忍不住呜呜地哭了："今天我要不成为你的妻子，晚上我会突然死去的！"

卢敬郁慌了，连忙吻她的眼泪，一迭连声地哄道："别哭别哭，我们今天就结婚，我们今天就结婚！"竟然满眶热泪。

多萝西小姐看了，既不吻他，也不替他拭干，却乐得"咭咭"直笑。因为，据说男人的眼泪特别的宝贝，丈夫的眼泪可是妻子的幸福，抹不得的。

朱姐儿不知什么时候倚在门框上，背着卢敬郁和多萝西小姐，两个肩头一个劲地抽搐。

卢敬郁好不诧异："阿姐，你不高兴？"

世间一切事物，凡属自然的，大概都是美好的，高尚的，因而是任何意志所不能更改的。

这可是朱姐儿的哲学。她心里明明强烈地爱着卢敬郁，却从不轻易在敬郁面前流露一丝儿心迹，只是默默地等待自然的到来。没想到敬郁一次小小的伤风感冒，竟造成了多萝西小姐闪电式的姻缘。突然，太突然了；然而却突然得自然，系自然的突然。尽管这场突如其来的暴风骤雨刹那间便摧毁了她在心里建筑多年的爱宫，心里说不尽的苦涩和酸辣，却唯独没有后悔的滋味。

"阿姐要不高兴，怎么会掉眼泪呢？"朱姐儿终于转过身来，破涕为笑，"既然多萝西小姐一片痴情，这也就难得了！"

多萝西小姐可从朱姐儿的泪光里依稀看到了女儿家独有的微妙心理，心里不禁暗暗地打了个颤儿，赶忙扑上前把她的泪珠吻干，连声称道："阿姐真好，阿姐真好！"

在男人的面前，女性之间彼此心里总是特别的敏感。朱姐儿一听，立刻觉出弦外之音，好不暗暗吃惊，连忙笑道："阿姐再不好，也非得为敬郁弟主持婚礼。多萝西小姐，摆酒请客的事，就由我家丽都饭馆包了！"

"这怎么能行？这怎么能行？"多萝西小姐急得直叫。

"怎么不行呢？我与淡眉到底一场姐弟情分啊！"朱姐儿毕竟是个教师，内涵的固执。

卢敬郁虽然也感到难为情，但也只好如此了，便插嘴道："Dorothy，你用不着跟阿姐争啦！"

多萝西小姐不让，也没词儿了，心眼里只有说不出对朱姐儿的感激，却一声不作，便赶快给卢敬郁搬东西。

蓦地，一本绿色日记本倏然跳进朱姐儿湿漉漉的视野。一阵风吹来，把她和敬郁孩提时代藏在里边的绿色的梦给揭开了，一页一页地翻卷着她的心……

"敬郁，你把这本日记留给阿姐做个永志之物，行吗？"她不禁低声地央求。

卢敬郁却大意了："那不过是遥远的记忆，阿姐已全部一页一页看过了，还值得这般珍惜？"

"人生最值得珍惜的，正是遥远的记忆，无意雕琢，丝毫也没有矫揉造作的感情啊！"朱姐儿含情脉脉地望着卢敬郁，渴望着那种说不清的补偿。

卢敬郁猛然发现朱姐儿的眸光闪烁着一缕缕一向只以姐弟相称而外的异彩，不由得陡地愣住了。

多萝西小姐本来就被朱姐儿的话把一颗心给搅得惶惶然，此刻发现她与淡眉的神情，越发不安起来……

朱姐儿慌忙"扑哧"一声笑了："男儿难免傻劲，女儿难免痴情。"多萝西小姐立刻把吻送到朱姐儿酸楚的笑靥上。活像在吻圣母。

卢敬郁却木然不动。

在美国，除非穷得没法，大凡燕尔新婚，第二天便迫不及待地作蜜月旅行了。最阔绰的富豪爱到欧洲各国名都，例如英国的雾都伦敦；法国享有世界花都之称的巴黎；以旖旎的湖光山色引人入胜的日内瓦；曾称霸世界的古罗马帝国的故都罗马；世界音乐之乡维也纳；不光饱览当地风光，还可以进行惬意的交易。中产人家便到本国最大的城市纽约；或到以万里长城显示其雄伟气势的古老而神秘的中国；以金字塔为世界瞩目的埃及；佛祖释迦牟尼的故乡，浮屠星罗棋布于全国的印度；甚至到樱花之国日本；花园之国新加坡；美人之乡巴厘岛。这大都为的是寻幽探胜和猎奇访古。即便靠工薪收入的白领阶层也要到本国的各大都市或到与美国紧紧相邻的加拿大去转悠转悠。他们无不把这看作是人生中赏心悦目的一大乐事。那些少男少女平日拼命挣钱，省吃俭用，为的就是要实现这个夙愿。卢敬郁很想和多萝西小姐到纽约去做蜜月旅行，奈何自己是个穷大学生，怪不好意思作声，只好等待妻子的安排。多萝西小姐压根没想到要到什么地方去旅游，只要卢敬郁在她的身边，她便感到莫大的幸福和满足了。眼看暑假越来越缩短了跟开学的距离，卢敬郁不由得暗暗着急。这天，他终于忍不住说：

"Dorothy，我的暑假只剩下二十多天了，你不希望我们到什么地方去度度蜜月吗？"

"噢噢，"多萝西小姐这时才忽然想起了什么似的问道："亲爱的，你从檀香山到加利福尼亚州可得经历多少日子？"

"半个多月，就跟从我们中国到檀香山这儿一般的遥远。"卢敬郁随口答道。

"噢噢，"多萝西小姐突然说："这就足够了。亲爱的，我们就一块儿到加利福尼亚州度蜜月去吧！"

亏她想得周到！既能陪丈夫返大学，不让他旅途寂寞，又可把到别的地方旅游的一笔必要的开支节省下来支持敬郁念书，而且万一有了孩子……

卢敬郁深晓妻子的心思，当下激动得半晌说不出话，"Dorothy，我这一生要是没能耐陪你到欧洲补度蜜月，然后再回我的祖国去，尽炎黄子孙之责，死也不会瞑目！"

多萝西小姐听了，心里惊喜不迭，嘴上却止不住连声嗔怪："噢噢，尽说傻话，尽说傻话！"

　　加利福尼亚是美国西濒太平洋的一个州，又偏僻又荒凉，少见人迹，几十里之内也只有疏疏落落的几条渔村。到了十九世纪中叶，发现了金矿，全世界的人纷纷涌入，掀起了淘金热，这才冒出了旧金山、洛杉矶几座名城。比起檀香山的风光，毕竟稍逊一筹，只是海滩浴场热闹一些罢了。多萝西小姐只让卢敬郁带她到旧日的淘金区去寻觅华侨留下的足迹。

　　在内华达，有一座中国式的古庙，红墙绿瓦，雕梁画栋。庙前两头石狮竖着尾巴，半立半蹲，张开大嘴，却紧紧闭着眼睛。这，立刻勾起多萝西小姐的好奇心："这两头石狮雕塑得倒挺威猛，雕塑家为什么偏偏让它们闭着眼睛，似睡非睡？"

　　"因为我们中华民族就是一头沉睡的雄狮，一旦醒来，发出咆哮，会叫整个宇宙都震动的。"卢敬郁俨然答道。

　　"真的？"

　　"你不信？我那天晚上在檀香山椰林里跟那个夏威夷土著后生搏斗，不就像一头狮子吗？"

　　"嘻嘻，可在我的怀里，你却是一头羔羊呢！"

　　卢敬郁红了红脸，竟然认真地说道："狮子有时会变成羔羊，羔羊有时也会变成狮子啰！"

　　"噢噢，我简直嫁了个不败将军咯！"多萝西小姐又亲昵又自豪地睃了卢敬郁一眼，接着又好奇地问道："这两根圆滚滚的石柱不雕花不刻鸟，却雕了两条绕过来缠过去的巨龙，连飞檐上画的也尽是龙。中国人怎么这般喜欢龙？"

　　"因为我们中国是龙的故乡嘛！"

　　"那你可见到了龙吗？可怕不可怕？"

　　在美国人的心目中，龙是世界上最可怕的庞然大物。卢敬郁故意龇牙咧嘴地说："我本身就是个龙的传人，你看可怕不可怕？"

　　"不不，可爱，可爱，太可爱啦！"多萝西小姐连忙笑嘻嘻地说，正拿嘴巴对准卢敬郁的嘴巴。庙里却忽然迎出个鹤发童颜的庙祝，拱手问道："尊贵的先生和太太，要求签吗？"卢敬郁一边摇头，一面忙着掏钱……

　　那老庙祝却连忙摆手："用不着，用不着。本庙的宏愿只为华人求神赐福，绝不向华人索取香火费……"

　　原来华人早年大凡在这里淘金的先民，生前都遗下一笔赠金，足够保障这座庙宇香火万年不衰，让华裔永远得到中国的神佑。难怪庙内一片金碧辉煌，宝鼎、银台香烛特别的旺盛，处处香烟缭绕，瑞气氤氲。正厅神龛的两旁刻着一副镂金对联："宝鼎香烟凝瑞气，银台烛蕊吐祥光"。

"这座神龛，可是我们华人第一批到这里淘金的先民从山西伏波庙迎来的。"老庙祝捋着银须，如数家珍，侃侃乐道，唯恐把这庙宇的历史给说漏了一丁半点儿。

卢敬郁的目光久久停在神龛的横匾"海外恩波"四个金字上……

多萝西小姐见状，好不惊奇："亲爱的，你从那汉字上发现了什么奇迹？"

"中国神的力量！"卢敬郁漫不经心地回答。他虽然不信上帝，却相信中国的神力。他立刻跑到唐人街，买来香烛和纸宝，对着神龛一面跪拜，一面祈祷，虔诚得可以。

多萝西小姐虽然压根不懂中国语言，却不但一面跟着三跪九叩，而且一面跟着卢敬郁喃呐。

"亲爱的，你在神龛跟前念叨些什么呀？"途中，她却孩子一般天真地问。卢敬郁不由反诘道："你也在念叨些什么呢？"

多萝西小姐忽然撒起娇来："噢噢，我是在问你嘛！"

卢敬郁连忙认真地答道："我是在祈求我们祖国的神赐福给华人的先民，祝愿他们的灵魂在这块土地上安息！因为他们为开发美国而勇敢地承受了人类的不少苦难。"

"噢噢，我也是在这样祈祷哩！"多萝西小姐高兴地说。"你能听懂我的中国话？"卢敬郁不禁一阵惊喜。

"噢噢，我哪里听得懂你的中国话？不过，你用什么口型发音，我便学着用什么口型发音，而且一样的轻重缓急；你在念叨什么，我不也就在念叨什么了吗？！"

多萝西小姐虽然天真得令人发笑，卢敬郁却没一丝笑意，有的是两行热泪，竟然在满车厢的睽睽众目之下，搂着多萝西小姐吻起来。这可比任何一次狂吻至少要狂十倍，而且久久不肯放开，仿佛生怕从此再也吻不着多萝西小姐了。

"速来！"——

两个女人同时接到加利福尼亚大学突然拍来的加急电报，电文只有两个字，却没有卢敬郁的落款。

朱姐儿好不惊愕……

多萝西小姐却天真得可以：莫非朱姐儿也有了跟淡眉同在一所学校读书的丈夫？这显然是为了报复淡眉，同时也向她多萝西报复，一样的闪电式……大学里要不是举行什么异乎寻常的庆典或舞会，特意邀请学生太太们参加，就必定是在讨了妻子的学生当中闹出了什么了不得的事体，非要召见学生的太太们不可。可是朱姐儿为什么脸色惨白得这般吓人？莫非她的爱情突然遭到了什么不幸？

"阿姐，你……"她一时却又不晓得说些什么。

"哦，我会经受得住的。只怕你……"朱姐儿显然以为多萝西小姐已悟出电文隐藏的不吉之意，很为她担心。

"我……噢噢，只要阿姐经受得住，就没事儿了。"多萝西小姐却误会了朱姐儿的意思，"我可从小就在大海里弄潮。阿姐还用得着担心我旅途晕船吗？上次我不是跟淡眉去过了一趟加利福尼亚来么！"

朱姐儿蛾眉颦蹙，旋即又以为多萝西小姐故意给她注射镇静剂，借以减轻她内心的惊悸。于是顺着她的话茬搭讪道："你不是已经怀了孕吗？怎么能经受得住大洋的颠簸呢？还是让我一个人去好了。"

"你怎么能代替我呢？"多萝西小姐愕然睁大了眼睛。

"我是淡眉的……亲人呀！"朱姐儿解释。

"可我是他的妻子嘛！"

"是不是妻子不打紧，要紧的是心脉频率一致……"

多萝西小姐越听越糊涂："阿姐，你这是说的什么呀？"

"横竖淡眉要是遇上什么不测，去多少人也无济于事的。你还是顾着自己的身体要紧啊！"朱姐儿终于顾不得忌讳了。

多萝西小姐这时才恍然大悟，浑身一阵抽搐，突然发疯也似的嚷道："不，不可能，不可能！"隧即把电报撕成粉碎。

送走妻子，卢敬郁便投入泛美建筑工程学会主办的以发掘建筑学拔尖人才为目的的高级宾馆建筑赛。偏偏就在这个时候，他又得了伤风感冒。这可不比回檀香山度假的那一次病得风流了。连续的高烧，他偷偷吞了多少粒"APC"也不顶事。可不能让任何人轻易能从他的身上发觉丝毫的不自在。当地正闹流行性感冒，要是被送进医院隔离起来，无疑是剥夺了他的比赛权。人生最大的痛苦，莫过于被别人剥夺了造物主赋予他的权利。何况这是一次十分难得的机会，不光要打破美国法律上非大学毕业生不能获得工程师资格的规定，尤其要紧的是，非得结束大学里由美国本土学生挑起的长达三年的马拉松式的辩论：世界上哪个民族是最聪明的民族，哪个国家的人是人类中最优秀的分子。所以，他无论如何也得在半个月内拿出个别出心裁的设计蓝图和施工计划。除了偶尔冒出的对漂亮而又痴情的妻子的思念，他脑子里的所有罅隙全都让各种各样的草图和数据占据了。他从中选择了这样一个施工需时最短、最省工省料、又最能吸收旅客而获取经济最高效益的宾馆建筑方案：外形是中国古代宫殿式的结构，既庄严雄伟又富丽典雅，花园曲径通幽，小桥流水，一派苏州园林艺术的万千气象；内部可是西方现代的风格，精致玲珑。整个建筑堂皇华丽，既是切合实用的宾馆，又是精心经营的艺术杰作……

"……他可是个天才！在大学三年，便学完了土木工程系的全部课程，还读了大量的课外参考资料，提前两年获得了工程学士头衔。在我的教学生涯中，还不曾遇过这么了不起的学生。可偏偏让他患上恶性流行性感冒，因延误而转变为致命的急性肺炎，送到医院已经太迟了。也许，造物主仅仅赋予他一个使命，只要他一旦完成了这个使命，也便完了他的一生。然而，人的一生，倘若能完成一个哪怕是寻常的使命，也就不辜负造物主毕竟让他到尘世'呱呱'叫了一声的恩赐了。"老教授越是竭力安慰学生卢淡眉的亲属，越是抑制不住内心的痛惜，每一句话都说得十分吃力。随即把他在病榻前记录的卢敬郁的遗嘱交给多萝西小姐。

多萝西小姐的脑际，恍惚投进了一连串炸弹，霎时间，她被化成了一团青烟，轻轻飘向檀香山，飘向圣斯提反海滩，然后飘进绿莹莹、亮闪闪的椰林……

"Dorothy，Dorothy！"谁在呼唤她呢？

"我是Tommy Lu，我是Tommy Lu！"

"淡眉，我的宝贝，我的心肝，我的命根！你在哪儿呀？"

"我在这儿，我在这儿！"

多萝西小姐忽然睁开眼睛，出现在她面前的，却是直挺挺地躺在病榻上的卢敬郁，一双眼睛睁得圆圆……

她拼命挣开紧紧搂着她的朱姐儿，发疯也似的扑了上去，对着卢敬郁的嘴巴就要狂吻……

护士们慌忙将她架住："太太，不能这样！太太，不能这样！"

"Tommy Lu！吻我，快吻我呀！你明明看见我带着孩子来了，怎么老躺着不动啊？不要躺在这儿，不要躺在这儿啊！"多萝西小姐死去活来地叫嚷。

卢敬郁许是听见了妻子的声音，一双眼睛定定盯着她的肚子。

朱姐儿的心不由一阵疼挛，连忙把他的眼皮按下来。可是，不一会儿，他便又张开了。

于是人们纷纷地猜忖：

"他一定是非要见见才形成生命的孩子，目光才这么弥留。"

"他才二十二岁，哪能轻易愿意离开这个世界！"

"他十成是还有什么未遂的心愿，才不肯瞑目。"

"哦，既然这次建筑工程设计比赛叫他付出了生命的代价，那么他必定是希望看到换取的成绩如何了！"

泛美建筑工程学会领导人马歇尔博士匆匆赶到医院，提前宣布卢淡眉荣膺冠军，被破格吸收为该学会会员，破格获得了建筑工程师的资格，并将奖金和证书交给他的妻子多萝西小姐。

卢敬郁的眼睛仍然睁得圆圆。人们这下可无从捉摸了。

多萝西小姐蓦然记起燕尔新婚，卢敬郁曾经对她许下的誓诺，连忙说："亲爱的，你并没有跟我说过那句话啊！你并没有跟我说过那句话啊！"

卢敬郁还是不肯闭上眼睛。

"郁弟，你可为祖国赢得了荣誉，也为阿姐和多萝西小姐赢得了骄傲，就闭上眼睛安息吧！"朱姐儿不得不再次伸手要把他的眼皮拉下来。

多萝西小姐这回却慌忙拦住："阿姐可别勉强他呀！他生前说过的话，一定都记住。要是硬要他违背自己的诺言而闭上眼睛，他的灵魂如何得安生啊?!"朱姐儿的心不由一阵震颤，忙不迭地问道："淡眉生前究竟对小姐许下了什么诺言？"

"他说，这一生要是没能耐陪我到欧洲补度蜜月，然后回到他的祖国，尽炎黄子孙之责，死也不会瞑目的！"多萝西小姐哽哽咽咽地复述，越发地悲恸。

朱姐儿听了，这才放声大哭。她深知卢敬郁的执着，猛然俯下脸去，发狂地吻他的眼睛……

"小姐，别这样！别这样！"那些护士小姐可一时慌了手脚。

"他的灵魂可需要吻的安慰！他的灵魂应该得到吻的安慰哪！"朱姐儿竟然不但失却了往常的内涵，而且完全失却了理智的力量……

"我真后悔！我……"

几天来，朱姐儿老是痴痴呆呆地站在往回开的客轮甲板上，独自对着太平洋喃呐。

"阿姐可后悔些什么？"多萝西小姐终于忍不住惴惴地问。

"当初我为什么那么傻呢？"朱姐儿仍然自言自语地喃呐，像在回答多萝西小姐，又像在问太平洋。

"阿姐一向聪明绝顶，哪会犯傻？阿姐可别胡思乱想咯！"多萝西小姐反而安慰起朱姐儿来。

"我要不犯傻，怎么不像你那样赤裸裸地去爱他？而到头来却不得不把淡眉让给了你。"朱姐儿这时可坦白得出奇。

多萝西小姐陡地瞪大了眼睛，这是朱姐儿吗？不是朱姐儿是谁？眼睛、鼻子、嘴巴儿、脸型以至秀发、眉毛，无一不是美神原来对她的偏爱。她怎么忽然变成了个如此外向的女人，竟然丝毫也不掩饰地泄露自己感情深处的秘密？虽然爱神往往爱惩罚那些对爱情遮遮掩掩、忸忸怩怩的女人，但她为什么偏偏在淡眉离开她们到另一个世界去以后才这般后悔不迭呢？于是忍不住问道："阿姐，难道当寡妇倒比还没结婚的姑娘幸福？"

"大凡自己心甘情愿，就是幸福。你毕竟得到了……"朱姐儿忽然一阵难为情，沉默片刻，终于忍不住说："我要是早嫁了淡眉，也许该有孩子了。这可纯粹是我们中国人的血统，一定跟淡眉一样的聪明，而且一定会继承淡眉未竟之志，效忠于他的祖国，不愧为炎黄的子孙。淡眉在九泉之下就会得到永恒的安息了！"

多萝西小姐听了，心里不由猛一咯噔：朱姐儿原来对淡眉竟然这么奇爱！只是话里未免流露了过分的偏见，叫人简直受不了。于是，她很有点不客气地说："阿姐怎么忽然犯了傻？你说夏娃是哪个国家的？亚当又是哪个国家的？其实人类只有一个纯粹的血统，那就是夏娃和亚当的血统。我就是夏娃，淡眉就是亚当……"

朱姐儿愣了愣，不禁暗暗喟叹："唉，多萝西小姐毕竟是多萝西小姐！"

"只要我心里的爱河没干枯，它所形成的生命就不会不跟淡眉一个模样儿，是个小淡眉，淡眉第二，不，分明就是淡眉，不过一夜之间忽然钻进了我的肚子里。从我肚子里钻出来的淡眉，自然一定跟原来的淡眉那么懂得爱！"多萝西小姐面红耳赤，仿佛在跟谁吵架。

朱姐儿不由得重重地打了个愣怔。

"阿姐，你不信？那就等着瞧吧！"多萝西小姐的口气简直有点近乎挑战。朱姐儿又重重地打了个愣怔……

多萝西小姐半天不见朱姐儿搭腔，这才不由得惶惶然起来："阿姐，你怎么啦？"

朱姐儿却自言自语地喃呐："当初我为什么这么傻？"痴痴呆呆地站在甲板上，仍然独自对着太平洋。

"阿姐别老是抱怨自己了。都怪淡眉他心眼里多了点傻劲……"多萝西小姐只好安慰道。

朱姐儿听了，不由猛然回过头来，满脸不悦的神色渗透着惊疑："淡眉以他年轻的生命为他的祖国赢得了一份不可多得的荣誉，让你和我都沾了光。我们有什么权利抱怨他？"

"为了一份荣誉，值得付出这么大的代价？"多萝西小姐却反诘道，"他对自己的祖国爱得那么深切，固然难得；只是这种民族情感未免盲目色彩太重了！"简直不给朱姐儿留下半点置辩的余地。

那语气，那意味，可叫朱姐儿捉摸一辈子……

卢敬文——

非要娶个保险不会生孩子的老婆！

卢敬文忽然想起敬郁弟弟不知为什么许久没了信息，不由得对弟弟思念得要命。偏偏，大清早起来，眼皮盖老是在不住地跳动，不由他心里不越发地忐忑不安。这到底是吉兆抑或凶兆？反正他卢家就只剩下他兄弟俩了。要是福，就赐给弟弟；要是祸，就降到他卢敬文的头上好了。弟弟可比他出息。要不是遇上醉香阁那个鸨婆祈祷关帝爷举刀——逢斩必应；要不是那妓女肖兰说了那一番真话，向他泄露了天机，说不定他早就葬身风月场里了。即便幸而到底回了头，也终究洗刷不掉他这个败家浪荡对卢家门楣的污辱。要是意外之祸当真的降到他的头上，那也是祖先对他的惩罚，怨不得天怨不得地的。弟弟可是透透剔剔一块玉，日后必成大器，世间上一切邪恶、灾祸，都沾不得他。只要他在大洋那边平安无恙，做哥的什么罪过都心甘情愿地承受……不过，他要是当真的遇上什么大祸，弟弟岂不是没了哥哥？打虎不离亲兄弟。弟弟可需要他健健壮壮地活着，平平安安地跑渡做水客。这么一转念，他心里反而诚惶诚恐起来……

太阳离江面老高了。满船杂货的洪发渡还一动不动地泊在石岐码头。船工们等了半晌，仍然不见老大卢敬文的影儿，不知什么缘故。猜来猜去，无不以为他十成是得了疾病，而且绝非咳嗽头痛之类。卢敬文本来就是香山有名的拼命三郎，一向干活不要命。近年来他挣钱挣红了眼，越发地搏大命，只要有货运，就是遇上风暴也行船。不光再也不踏醉香阁的门槛，就连上茶馆，一年三百六十日，他每朝都舍不得超过一盅两件，悭得出奇。一分一文都有了重量，完全不像往时轻易大大方方地招待伙伴了。这趟渡的水脚数目又这么大，他要不是起不了床，能轻易耽搁时辰？于是，船工们三五成群到卢敬文门上去，有人甚至还买了果品。

卢敬文却揽住根大碌竹（竹烟筒），既不划火，也不装上熟烟，半呆半痴的，像着了魔。

"敬文大哥，你怎么啦？"伙计们好不诧异。

"唉，天有难测的风云，人有旦夕的祸福！"卢敬文一个劲地长嗟短叹。"出了什么了不起的意外啦？"伙计们听了更是惊奇万状。

"谁能预料？原先只是左边的眼皮盖跳，如今两边的眼皮盖都在跳。怕是祸不单行呢！"卢敬文的声音怯生生的。

伙计们不觉吁了口长气，哄然笑了起来，七嘴八舌地说："啊哈，朝跳禄，晚跳福，晏昼跳，一场哭。这明明是财星双至，怎么会是祸不单行？敬文大哥，快开渡，快开渡！"

"我个粗人，吃的是力气，又不是吃俸禄，哪来的财星双至？"卢敬文仍然坐着不动。

"你不是常说你弟弟敬郁在美国如何的有出息吗？你这双眼皮盖可是因为他而跳的呢！"伙计们又你一言我一语地说。

敬郁弟弟许是当真的在美国当了官儿，忙着料理大事，才不得空儿给他写信。难怪大清早这双眼皮盖便跳得这么起劲，分明是在向他报平安报富贵。心念这么一动，卢敬文不由得一巴掌拍在自己的脑门上，一面欣喜不迭地说："看我多糊涂！看我多糊涂！"一面大步流星地直奔石岐码头……

一路上，卢敬文不时地看看江面上的渡影，又抬头看看天上的日头升到了什么位置，一颗心随着太阳越悬越高。眼看着渐渐地挨近巳时了，他连忙两手不住地揉着两边眼皮盖；快到午时，便索性用四个手指头把两边眼皮盖扯住，却仍然止不住跳动。洪发渡还没到广州，他早已魂神出了窍。

"怎么，敬文大哥，你的眼皮盖还在跳动？"不知哪个伙计大煞风景，这么高声大嗓地道破卢敬文的大忌："朝跳禄，晚跳福，中午跳，得场哭。哎呀呀，要命，要命！"

幸好没有谁跟着像早上那样说，他的两边眼皮盖是因为他的弟弟而跳的。就连他稍稍地这么念忽一下，也觉得自己犯了不可饶恕的罪过！不觉陡地板起了脸孔，两眼红得怕人，像闪着泪光，像烧着火苗。渡船上的伙计，谁还敢再作声？直到船到达了广州大沙头，伙计们才又纷纷开腔：

"敬文大哥，你赶快到城隍庙去算一纸命吧！"

"是呀是呀，那算命先生可是个活神仙呢！"

"这渡船上的货物，我们包管交妥主家，办妥账目手续。你放心好了！"卢敬文却连连摆手："算不得，算不得！要是当真算出个灾祸来，岂不更要命么！"匆匆交完货物，也不让伙计们逛逛大街，便赶快掉转船头离开广州。世间发生的许多事情，人们轻易不能解释，只能说是偶然的巧合。然而，为什么会有这种偶然和巧合呢？人们轻易不能回答，便只好归到上帝的身上，说是上帝的故意安排。于是，上帝便得到了主宰一切的力量。谁也轻易不能触犯。

卢敬文自然不懂得这个真谛，对上帝特别的诚惶诚恐。一连几天，他没有去跑渡了，唯恐半步不慎，触犯了上帝的力量而随时会遭到杀身之祸。可是把一条洪发渡完完全全地交给那些伙计，他又着实放心不下。什么时候才能躲过这场灾祸呢？尽管从早到晚香火不绝，却终究无法驱散笼罩他心头的惶恐和焦急。

"大佬，卢敬文先生系唔系住呢道？"一个显然是广东籍的华侨小姐突然出现在卢敬文的门口。后边紧跟着个年轻而又漂亮的外国太太，怀里抱着个胖乎乎的孩子。

卢敬文虽然十分惊愕，却不由得下意识地点了点头。

"真凑巧！如果我冇猜错，你大概就系卢敬文大哥喽。"那华侨小姐立刻高兴起来。

这是打从哪儿来的不速之客？怎么晓得卢敬文而且居然称呼他大哥呢？这会不会跟前几天眼皮跳有瓜葛？卢敬文愣怔了好大一阵，只见来者并没有流露出半点恶意，倒是那年轻漂亮的外国太太脸上惊喜的神色遮掩不住悲戚的痕迹。于是连忙搭讪："我正系卢敬文。唔知小姐和太太为何……"

那华侨小姐不等他说完，便对那位年轻漂亮的外国太太叽里咕噜的不知说些什么。

那位年轻漂亮的外国太太一听，忽然"呜呜"痛哭起来。卢敬文懵了。

"你还记得朱定安吗？我就是他的女儿。这位太太系你弟敬郁的遗孀多萝西小姐。敬郁他……"朱姐儿也跟着抽泣起来。

"你说我弟弟怎么了？"不知卢敬文是什么也没有听清楚，抑或压根不懂得"遗孀"是个什么意思，猛然瞪直眼睛大声地喝问。然而，当多萝西小姐掏出卢敬郁的遗嘱递给他时，他双手一阵发抖，还没瞥上眼，便晕过去了……

人没苏醒过来，他的意识便急着宣告：我要娶老婆了。

谁讨老婆，不巴望至少能生个孩子，日后得以养老送终，继承香灯?!泰安洋杂店老板卢敬文却非要挑选一个保险不会生孩子的女人，才肯娶为老婆。一时成了香山石岐镇街谈巷议的奇闻。

这可难煞了那些媒婆，打着灯笼跑遍了大半个香山，也轻易闹不清哪个未出嫁的春头女保险不会生孩子。

这天，有个女子竟然求上门来："卢大哥，你娶了我吧！我要是跟你生了孩子就扔掉好了。你试几年也行。"

卢敬文嘴巴张得老大，半晌才一迭连声："使不得，使不得！"

"这有什么相干？"那女子一点也不脸红，"你是世间难得的好人。为了让弟弟的灵魂在海外得到安息，不辜负那个外国小姐和朱姐儿的一片情义，只许自己把一颗心放在这孩子的身上，情愿自己不要后代。你放心吧，我会跟你一样，把你弟弟的孩子当作自己的独生子来宝贝的。说来也是的，要是娶了个母猪下崽一般给你抱一群娃子的女人，两只奶头几张嘴巴儿含，一颗心平平掰成了几瓣，疼哪一个爱哪一个啊？"

卢敬文又张大了嘴巴，却不再作声，只是一个劲地点头……

要不是他卢敬文当初那么高明，炜昌哪能长得这般结实，而且成为个出类拔萃的孩子？如今，炜昌不但成家立室，而且立业了。不是立小业，也不是立置田、经商之业，而是立大业，多少钱财也无法相比的大业，是千人敬，万人仰，光耀十八代祖宗的大业。今年乡试中了经魁，得了个新科第一名孝廉，明年上京参加皇帝面前的殿试，不中状元、榜眼，也会中个探花的。反正两榜进士稳摆在那儿，单等炜昌去赴琼林宴就能戴上红顶戴，身居官场高位，连县太爷见了也得折腰低眉称呼"大人"。敬郁弟弟就可安乐于九泉之下了。

"唉，也实在难为了她！"卢敬文的眼角又渗出了几颗辛酸的泪珠，顿时从头至脚地轻松起来。

尽管炜昌一推再推，一拖再拖，到底接过了全部家业。卢敬文既完成了做哥哥的责任，也完成了做老子的责任，这就完成了他做人的责任喽！

十四 肖兰非要置卢敬文于绝境：
这个妓女的心当真这么狠？

　　既然完成了做人的责份，剩下的便只有人间的福分，以及享天伦之乐的份儿了。卢敬文简直比神仙还要自在、得意、快活！洋杂店的生意再也用不着他去过问，儿媳妇孙素云简直把他当作神仙一般敬奉，一日三餐，朝茶晚酒中午离不了肉和鱼虾。不过，日子一久长，他便身在福中不知福了，一天到晚没趣没味的，怪不自在。还是到洋杂店去经营经营生意吧！可是一转念，又觉得不妥。炜昌虽然年轻，却把整个家业理得有纹有路，顺顺当当；何况他还有素云这个得力的内助呢。自己要是插手，反会叫小夫妻俩感到为难，而且也叫外界嚼舌头，说炜昌无能，连个洋杂店也兜不起，非得老子回来扶持。这岂不存心丢儿子的脸么！他只好到早已转手他人的洪发渡上，跟旧日的伙计们一块跑跑水路，到广州浪荡浪荡。于是，他不知不觉地迷入了赌场……

　　卢敬文万万没有想到，今天会遇上了旧日在醉香阁的老相好肖兰。十七年了，她却徐娘半老，风韵犹存，叫人轻易看不出她脸上一丝皱纹。

　　一见面，肖兰惊喜有顷，随即眉宇间隐约飘过一缕阴翳，骤然沉下脸来，投给卢敬文两道凉飕飕的目光，似怨，似恼，似恨，冷冰冰地说："卢老板，赌场无父子哇！"

　　卢敬文自肚里寻思：这个肖兰怎么不在醉香阁接客，倒跑到这儿来当捞家？

　　她的心当真跟她当年表白的那么狠？看来她一点也不念及旧情，照面没个寒暄，出语咄咄逼人。好个勾栏女子！你既然做初一，莫怪我做十五喽。于是，他也摆出一副赌棍面孔："只要兰姑能兜着广州一气转个圈儿（运气大），你把我的口袋全都翻过来好了。"

　　肖兰又冷冰冰地笑了笑："看来卢老板今天不打算坐回头船啦！"

卢敬文不再搭腔，斜斜乜了肖兰一眼，抢先做庄，一心要捞个庄家食夹棍的便宜。

肖兰把一根英国名牌香烟"三炮台"斜斜插到红鲜鲜的嘴角上，勾着头划火柴。不知怎的，一连划了十几根，却老是划不着，禁不住心火遽然上升，把一盒火柴"啪"一声扔个老远。

卢敬文以为自己抢了便宜引起肖兰不悦，连忙掏出火柴，划着一根给她把嘴角上的"三炮台"香烟点燃。

肖兰愣了愣，便狠狠吸了起来，狠狠吐出团团灰白的烟雾，把卢敬文笼罩得严严实实……

开头三轮十三张，卢敬文牌风很是不错，每次都有一条相当大的同花尾，头二注再不济也不过输一注。赌场上可十分的讲究好兆头，这可叫他好不得意忘形，竟用鼻孔哼起了秦楼楚馆的诚调儿。可是三轮过后，卢敬文的牌风忽然转弱，不仅凑不成大尾，连头、二注也小得可怜。肖兰的赌注却连续倍增，她总是先摊出一条挺大的尾牌，然后又排出一条大大的头牌。这叫狮子拦路，看风赢三注，起码捞一注。卢敬文连输三次三注，瞪着眼直喊："呀，好大煞气！"迫得连连加注。眼看着得了个中上，稳拿的好牌，可肖兰把牌一翻，比他的更好：上中。卢敬文又输了三注。他见牌咬手，便缩手下了个小注。肖兰一翻他的牌，便惊叫起来："啊哟，好牌，你赢三注啦！"她连自己的牌也懒得翻，就照赔卢敬文三注。"可惜，可惜，注下得太小了！"卢敬文后悔不迭，连忙押下个大注。岂料连押连输，不是一注就是三注，最后竟被剥个光猪。

"卢老板，你身上的口袋全都翻了个儿了吗？"肖兰笑笑地问，嗓门眼上却塞着一块冰块。

卢敬文哑了。

"卢老板，你快回香山去把在石岐的泰安号洋杂店搬来吧！要不，我先把钱借给你，赢了就还我，输了我再给你。赌场可不比交易所，光凭嘴唇皮卖空买空；不现赌现，可算不得输赢。"

卢敬文半晌不作声。他哪里还敢向洋杂店要钱？他并非没听见账房向炜昌投诉："……赚多少也不够老爷输，洋杂店的生意，做不下去啦！"这一次，他已经是破釜沉舟了，要是又输个精光便不再坐回头船。没想到竟也应了肖兰的话。唉，人一倒霉，便从头倒至脚，碰上谁都非输不可。如今又被剥了光猪，哪有脸皮回去见老婆、儿子？还有洋杂店的账房、伙计和家里的佣人……看来，只剩下跳珠江一条路了。可他五十还没挨边呀！而且还未看到炜昌头上的红顶戴，怎么能轻易闭上眼睛见阎王去？与其跳珠江，毋宁拼个死活，或许多少也能赢回一些钱，说不定我卢敬文运气还不该绝，会把输掉的钱统统都赢回来的。

做生意的商人往往容易利令智昏，越赚大钱眼睛越发红；亏本头脑倒反变得清醒，谨慎经营。赌棍们恰恰相反，赢得越大头脑越清醒，生怕到了手的钱财得而复失；越输眼睛越发红，连命也要赔上。

"兰姑，你还是先借给我五百块吧！"卢敬文终于红着脸开口，结结巴巴的。

肖兰二话没说，立刻把面前的一堆每截三寸长短的包封着的光洋推到卢敬文的面前。

于是，卢敬文又在十三张上跟肖兰拼个死活……

十成是因为当年醉香阁的鸨婆胜婶给关圣爷烧的纸宝太多了，关圣爷爷过意不去，不得不多少为她显一点神灵，让卢敬文虽然逃脱了醉香阁"老举"之"刀"，今天却无论如何也跳不出名妓肖兰的手掌心，非要叫他输绝不可。要不，怎么每轮都让肖兰占了好牌风，轻而易举地剥他精光？她却一点也不念及旧情，越赢手越狠，不是摊出挺大的头牌，就是摊出挺大的尾牌，注注把你斩得一颈血！

"还敢不敢？卢老板！"肖兰又把面前的一堆银币推给卢敬文。

"哗啦！"卢敬文悻悻地把银币往自己的面前一抹，咬咬牙根最后一次回敬肖兰的挑衅。他老是把赢的希望押在最后一次回敬上。然而，这是第几次"最后"了？他可完全没了记忆。

叫人奇怪的，倒是肖兰的慷慨。她每次赢光了卢敬文的银币，立刻便把银币原原本本地推过去，压根不用理会卢敬文欠下了她多少账目，只消问一句："还敢不敢？卢老板！"就行了。借不像借，赠不像赠，颇有点像在跟卢敬文玩游戏。不知是肖兰玩腻了呢，抑或卢敬文输昏了？一叠牌摆在面前，半晌，谁也没伸手碰一碰。卢敬文直愣愣地望着肖兰，眼睛里没有一丝儿神采，活活一具僵尸。肖兰也直愣愣地望着卢敬文，两道眸光时而黯淡，时而惊慌，时而迷离。

沉默的对峙。半个时辰过去，又半个时辰……

"噢，你一定饿坏了！"肖兰终于率先开了腔，"既然我赢了，自然该请客喽！"她把八仙桌上的银币全抹进手袋里，没给卢敬文留下分文。

卢敬文的魂魄仿佛被肖兰一巴掌抹进了她的手袋里面，乖乖觉觉地跟在肖兰的后边，走尽三条马路，一直进了醉香阁，他仍然没一点知觉。

……酒摆上来，菜式不多，可都是卢敬文平日爱吃的。"喝呀！"肖兰端起了酒杯。

"……"卢敬文也跟着端起了酒杯。

"怎么不夹菜？"肖兰把一块烧鹅腿夹进卢敬文的碗里。"……"卢敬文也夹起一块烧鹅腿放进肖兰的碗里。

"咕噜咕噜……"肖兰拼命地喝酒。

"咕噜咕噜……"卢敬文也跟着拼命地喝酒。

肖兰醉成了一摊泥。

卢敬文也醉成了一摊泥。

"上床吧！"肖兰有气无力地爬到床上，把全身剥个精光，横倒在床上。卢敬文陡地怔了怔，木然不动。

"傻瓜！你怕我还会勒索你的钱？反正你已经倾家荡产了，要风流就风流这一回。"肖兰一边说，一边向卢敬文伸出双手……

蓦地，卢敬文的魂魄从肖兰扔在檀香台上那个手袋里钻了出来，飘飘拂拂回到他的身上，立刻让他恢复了神智。"啊哟，这佛洞老仙可进不得！"他慌忙从肖兰的身上滚了下来，一把抓住她那个胀鼓鼓的手袋，蹑手蹑脚便往门外走。可是不知谁在后边一把将他曳住，叫他半天迈不开脚步。

——你这个贼子好大胆，竟敢偷肖兰姑奶奶的银子！

——这银子全是我卢敬文的。我不过顺手拿回去罢了，哪说得上偷？

——既然不是偷的，就赶快拿走吧，可千万别让肖兰姑奶奶发觉。

——我这就走，我这就走……

卢敬文的前脚还没跨出门槛，他的后脚跟便忽然"咯咯咯"响起一串千真万确的笑声。

"你要命，就乖乖把银子放下；要银子，就别指望能跨出门槛三步！"肖兰竟然十分清醒地说，轻松的语气里裹挟着开不得半点玩笑的无情物。

卢敬文顿即吓出一身冷汗。猛一转念，又觉得纯系一场虚惊。肖兰不过区区一个妓女，而且跟他情思难断，刚刚还非要与他床上作鸳鸯梦，哪会轻易伤他一根汗毛？趁她软绵绵地躺在床上，还来得及逃脱，要不把这袋银子带走，他终究不能活着回香山的。可是，他的一只脚才迈出半步，便像踩着电板，慌忙缩了回来，乖乖觉觉地把肖兰的手袋放到檀香台上。

"怎么不把它带走？看来人的性命到底比银子要紧喽！"肖兰仍然躺在床上，一动也不动地揶揄道。

卢敬文哪里还敢吱声？只要他一张嘴，门口那两条身穿玄服、腰插驳壳的彪形大汉立刻便会把他的舌头抠出来的。他这时才发现自己又看错了肖兰。只好勾着头，垂着两手走出门去。

"回来！"肖兰突然喝道。

卢敬文又吓了一跳，立刻定定地站住了。

"拿点银子吧，只许够路费。"肖兰的声音宛若一根软鞭，直朝卢敬文盖头盖脸地抽过来："往后要让你姑奶奶在赌场上碰见，可别怪我把醉香阁的床板翻个透彻！"

这当真是他昔日的相好肖兰？卢敬文懵了。

十五 世间许多遗憾和奇迹:

往往发生在仅仅半步的关口

乍听海元、海亨、海利、海贞这四个大号,轻易叫人以为是兄妹四人,而且他们的父母必定跟大海甚得相干。其实这并非纯属误会。它们都是当年有名的江南造船厂制造的大客轮,不明明是一个母亲生出来的四兄妹吗? 它们全是三千吨级新式客轮,航行沿海各埠及港、澳、南洋一带。虽然比起洋人的巨轮,不啻小巫见大巫,船上的机器装置比起洋轮更不止于天壤之差,但毕竟靠的是机器装置,而不是木桨了。可叫中国的历史越过高高的桅杆和千缝百钉的帆篷,一步跨了好几个世纪。这就是叫炎黄的子孙神气了。

人们每每提及江南造船厂,总不由得打自心底发出一句喟叹:"中国要有多几个李鸿章兴办洋务就好了!"

这个世居安徽合肥,两榜进士出身的李鸿章,居然热心于兴办洋务,倒也着实稀罕。他力主首先建厂制造中国从来没有制造过的新式轮船和枪炮,一方面选派留学生到外国留学,同时不惜重金礼聘外国专家技师来中国协助开设工厂、修筑铁路、建设港口,等等。于是,死气沉沉的宦海一时掀起了一股洋务热,无不以钻营得一个什么厂矿、铁路的督办为荣。但这些身居要职的所谓督办,只知道摆开公案,当厅坐衙,咿咿噜噜,出口官腔。上级整天"合行令仰即速办",下级长年"等因奉此自应遵"。其实只不过是上面行文,下面呈复;下面请示,上面批审。你推我诿,互相扯皮。让公文旅行,在文字上玩游戏。做完一任,银子扒到手,美姬任我搂;腰缠十万贯,乘轿上扬州。乖乖,人财两搂,洋务万岁! 李鸿章不得不转而来个官督商办,让商人投资经营,官府监督。但结果仍变成官商同流合污,营私舞弊,亏损归国库,利润悉饱私囊。到头来,他还是没做成多少件着实实能叫中国强大起来的好事。不过,到底把中国的门户给打开了，多少引进了一点新兴的科学技术，人们还是把江南造船厂、汉阳兵工厂以及其他一些矿山、矿场、钢铁厂、纺织厂和李鸿章的名字连在了一起。只要谈起这些由李鸿章一手创建起来的厂矿，人们便不知打从哪儿扯出一大串李鸿章的逸闻来——

"李鸿章杂碎"一个门下食客整日愁眉苦脸。李鸿章见状，劈头便说："你还是赶快去开一间饭馆吧！每天可得弄两桶大杂烩，在门面上大笔写上'供应名菜李鸿章杂碎'。"那食客听了，吓得面如土色："相爷开的可是什么玩笑？"李鸿章却一点也没有存心拿他的性命开玩笑的意思："你不是天天在愁发财无门吗？照着我的话去做，包管你发大财。"那食客非常惊愕：他憋在心里的闷算盘，怎么让相爷一眼就看出来？莫非相爷有鬼神莫测之机？果然，他把"李鸿章杂碎"的招牌挂出去不到一年光景，便暴富起来。李鸿章又让他把招牌挂到外国去。于是不久，欧美各国便到处出现"李鸿章杂碎"饭馆。那位相府门下食客自然便成了大富豪。此人与李鸿章同一个祖宗，名叫李学凡。

"让鬼子喝一点李鸿章的洗脚水"李鸿章深知洋人十分垂涎中国的古董字画，暗地里做起了私人生意，密令门下食客、清客向洋人兜售古董、字画的赝品和复制品，发了不少洋财。朝上便常常有人传说他贪污。他不得不常常对幕僚解释："皇上和老佛爷（慈禧太后）都知道的，我赚的可是鬼子的钱。鬼子拿生锈机器赚了我们的大钱，我们怎么不可以也变个招儿把他们的大钱赚回来？要说是贪污，我不过让鬼子喝李鸿章的洗脚水罢了，何罪之有？"

福将的秘密——李鸿章从来没打过什么出色的仗，却往往旗开得胜。幕僚们都说上苍注定他是一员福将。他总是笑而不语。心里可在嘀嚷："福个屁！你们哪里晓得老子可赔了多少老本？"原来他擅长使用反间计，让对方将帅不和，互相猜忌。然后乘机笼络。只要对方将领肯暗通款曲，爵禄官职在所不计，要多少金钱绝不亏负。于是，一来二去，轻轻易易瓦解了对方，丝毫也用不着损兵折将，便高奏凯歌。不知福将的秘密者，自然称赞"李大帅用兵如神"了。

位高未必势危——有位老夫子向李鸿章进谏："相爷位极人臣，权倾朝野。可别忘了古训，位高势危。何不效范大夫泛舟西湖，自得其乐？"李鸿章却回答道："只要手里紧紧掌握着自己的命运，权位再高也未必势危；反之，权位再低也难免势危。"那位老夫子哪里晓得，慈禧太后最宠幸的太监李莲英可是李鸿章的拜把兄弟。慈禧太后的一颦一笑，李鸿章无不先得天机，处处讨她欢心。攀上了这样一座大靠山，自然有恃无恐了。何况从一个两榜进士而跻身相国，身上有的至少不是寻常的解数。

当曾国藩与太平天国争夺武昌，几经得而复失，只是由于胡林翼水师的协助，才好不容易稳住长江上游重镇的时候，李鸿章瞅准曾国藩在军事上的微妙处境，当面献策，加编淮军，以协同湘军扭转战机，一则确保东南半壁，二则迫使太平军由进攻退为防守……因而深受曾国藩的赏识，保荐为道台，并受命返乡编练淮军。有了这支淮军作资本，李鸿章马上上书清廷，策议先让湘军由武昌分水陆两路沿江东下，限期收复金陵；继而以淮军主力切断太平军与捻军的联络，然后北上围歼捻军。同时力陈与英美联合，组织洋枪队，对太平军和捻军的大后方大举扫荡。清廷大为嘉许，立刻破格擢升他代理安徽巡抚，协助围剿军务，饬他火速晋京，与军机处会商大计。

李鸿章一到北京，便密奏咸丰帝："曾国藩按兵不动，师久无功，显属阴怀异志，企图逼使洪秀全放弃南京，北犯京师，他可兵不血刃，坐镇金陵。请即严令进军，事成固佳，事若不成，淮军即可随后大举进攻，平定南京。"

咸丰大悦，当即赏戴花翎，授命他严密监视曾国藩。

李鸿章返防即对曾国藩说："太平军准备放弃南京，突围北上，皇上要我们立刻抓紧时机，一举拿下金陵。"

曾国藩听了，双眉紧蹙："我已接军机处进攻令了。但江南大营与江北大营刚刚恢复，湘军伤亡惨重，亟须整编。可否由足下指挥淮军，先打个头阵？"

李鸿章连忙逊谢："晚生深感大帅器重之恩。但太平军已陷入重围，眼下金陵属大帅囊中之物，晚生焉能贪天之功，妄自插手？况且皇上有令，命我分头堵截捻军与太平军的联络，并与洋枪队取得联系，围歼上海四郊与嘉兴、嘉定一带之敌，委实一时难当前锋。我可抽调一支劲旅随后接应，协助大帅建立奇功。"曾国藩只好颔首，立刻督率曾国荃统领全军四面围攻金陵，不惜任何牺牲。

李鸿章即密令所部精锐紧蹑曾军之后，名是照应，实则监视，伺机行事。曾国藩却丝毫也没觉察。待到太平天国覆灭，湘军实力大损，这时李鸿章才统率没损一根汗毛的淮军回过头来，以狮子搏兔之势猛扑捻军，转战安徽、江苏、山东、河南各省，历时四载，先后击破东捻、西捻，诱杀了捻军领袖赖文光和张宗禹。终以显赫战功被擢升为直隶总督兼北洋大臣，出入于军机处，随被拜为相国，总揽军政外交大权。后来又代表清廷跟洋人签订了丧权辱国条约，就更声威显赫于朝野了。

……大凡跟李鸿章多少有点相干的传闻，卢敬文都特别的兴致盎然。因为，要不是这位宰相爷兴办洋务，哪来的江南造船厂？要是没有江南造船厂，哪来的海元号客轮？要不是遇上这条海元号客轮，他卢敬文又哪能于绝处逢生呢？半年前那天，他从肖兰那儿出来，只差半步就跳珠江了……

"喂，是搭船的吗？汽笛叫了半天，怎么没听见？快上来，快！"这红毛大胡子是在喊他？

不是喊他是喊谁？那双蓝眼睛直直盯着他，火急，威严。

他忽然觉得自己当真的耽误了人家的开船时间，竟然勾着头，慌慌张张跨上了船梯……

"你的船票呢？""哦 哦……"

"你不是搭船的？"

"不不，我……是搭船的。"他连忙把肖兰只许他拿的那点路费全掏了出来。

红毛大胡子蹙了蹙眉头，竟然把钱还给了他，走开了。

卢敬文反而不安起来。幸好这轮船上有的是活路，甲板、船舱、餐厅……每天都够他拿出后生时拼尽力气做死工的精神，擦得一干二净。那个红毛大胡子开头还拍拍他的肩膀，向他竖起个大拇指，表示谢意；尔后却装作压根没看见，抵达什么埠头也压根不催他上岸。一直到了上海外滩，所有的乘客都走光了，他仍然抱着一把地拖蹲在甲板上，好不茫然。

这时，那红毛大胡子才走到他的身边："你怎么还不上岸？"

"我上岸到哪儿去？"卢敬文陡地站了起来，懵里懵懂地反问道。

那红毛大胡子又蹙了蹙眉头，立刻掏出一沓钞票："拿去吧，这是你十多天的工钱。"

"不不，"他立刻慌张起来，"先生，你留我在船上打杂工吧！只管吃饭就行。"

那红毛大胡子的眉头拧在了一块，朝他上上下下端详了好一会儿，突然一把抱住他在甲板上旋转起来，几乎半个时辰才放开他，但见他若无其事地兀然不动，便一声不吭走开了。

卢敬文木然，半晌才一巴掌拍在脑门上，长长地"哦"了一声，堆满了愁云的苦瓜脸终于隐隐约约透出了一线阳光……

这红毛大胡子原来就是海元号的船长。他大号叫亚瑟，英国人，是个干了一辈子轮船驾驶工作的老海员了。他从三副、二副升到大副，当上船长的主要助手时，还未满三十岁。这可算得上一帆风顺，少年得志了。可是跳到大副这一级便原地踏步，再也无法进取了，直到年近五十，换了好多艘客轮、货轮，仍旧是老大一个副。更恼人的是自己属下的水手长一个个都坐上了船长的交椅，他却非得回过头来一个个地给他们当助手。这滋味儿可跟做母亲的非得给一个个成了父母的儿女们当保姆迥然不同。虽然不愁让别人给砸了饭碗，但船长这个他孩提时就开始追求的英国人最羡慕的职位却似乎跟他越来越无缘了。也许，上帝故意跟他开了个小小的玩笑，让他吃过五十一岁生日饭，才赐给他机缘——竟然因醉出了毛病而在医院结识了个曾给李鸿章跑过洋务的朋友，此人一回到香港便拍给他一份急电："如愿当中国三千吨级商船船长速来"。他立刻变成一只海燕飞到香港，当日就登上江南造船厂制造的海元号就任船长。在就职酒会上激动得半晌只说出两句话："我沾了李鸿章先生办洋务的光了。我很高兴在中国的商船上服务！"不知他是仅仅出于感情上对中国人的报偿呢，抑或因为他自己也有过坎坷的经历，居然举行盛大酒会欢迎卢敬文到海元号上当杂工。其实，这天刚好碰上他就任船长两周年纪念日，心里特别的高兴，擎着酒杯走到卢敬文的面前，两个脚跟一并，肃然敬道："Good luck！"

卢敬文一时傻了，张大嘴巴直愣愣地望着亚瑟船长，一条舌头仿佛堵在嗓门上的一块石头，半晌出不得声。

"船长在祝你好运呢！还不快说 Thank you very much! Sir Arthur."坐在卢敬文身边的水手操着别扭的英语着急地催道。

卢敬文仍然傻乎乎的……

"这是'谢谢你，亚瑟爵士'的意思。你就说广州话吧！船长的广州话说得可挺流利呢。"另一个水手对他低声地耳语。

卢敬文突然站了起来，活像哑巴说话，一张嘴连舌头也要吐出来似的，一迭连声地"叽里咕噜"。

满席长时间的哄然大笑。

怪，亚瑟船长却听出卢敬文"叽里咕噜"的意思，乐不可支地操起了广州话："唉，我连个男爵都不是哩，请叫我亚瑟船长好了！"接着耐心地告诉卢敬文：Sir是英国人对爵士的尊称，一般放在姓名前。Sir Arthur便是亚瑟爵士。Sir后不带姓名可是泛指先生。

这简直不可思议！水手们无不目瞪口呆……

其实，水手们可疏忽了卢敬文从娘胎里带来的模仿力。好比小孩子开始学话，别人听见他咿咿呀呀十分的尽劲，一点也不懂得他的意思，但做母亲的却听出孩子要说些什么，立刻纠正他的发音。大概正是由于在卢敬文模仿得似与不似之间流露出来的纯真感情所使然，亚瑟船长竟从此跟他成了莫逆之交，一得空儿便找他一边对酌，一面天南海北地神聊。

"这本赌经可比圣经难念。"

"又输啦？"

"我赌了一世，怎的老是念不通这本赌经？"

"你念通了也是白搭。按理，输赢无非一正一反，各占百分之五十。不如此就没人进赌场。可是赌场抽一成水，那他就赢十输九，赌客却赢九输十。不如此也就没人开赌。可见一开头就是赌客吃亏，就算胜负各半，赌到底赌客终被抽水抽干的。况且十赌九骗，赌局其实是骗局，每局赌博没有不暗藏陷阱和杀机的。管你精明过人，赌得昏头昏脑，一时也不容易觉察。"

"那上个月我的水手怎么倒拿五块钱赢了个老婆？"

原来那位水手在妓馆里一味贪风流，却忘了囊中的虚实，最后对妓女说："我的腰包只剩下五块钱了，做醋不酸，酿酒不辣，赏你又太少，不如赌个'五老贺寿'，赢了统统给你。"于是带着那妓女走进赌场，抖出那五块钱，对摊官说："这五块钱连赌五次，输完就走。"赌客们觉着新鲜，都围着看热闹。结果，连买四次孤番，四次皆中。赌客们连连喝彩。眼看第五次摊主就要开始，那妓女竟然软成了一团，跪在那水手的面前乞求道："我的爷，别赌了，别赌了！"那水手不禁哈哈大笑："原来你只配'四老贺寿'！"随即叫摊官结账。那摊官情知吃了大亏，但这是自己讨自己的笨，而且碍于赌客们的声势，只好将牙齿血暗暗往肚里吞。噼里啪啦一拨算盘，好家伙，每中一次孤番按赢三倍计算，四次中孤番连本带利共得款1280元，除抽水128元外，实得1152元。那妓女双手捧着这笔巨款跑回妓院，还清了鸨婆的身价钱，当即寻到船上跟了那水手。

"要不是这个妓女的乞求，不让我们船上这位水手再赌第五次，连那五块钱也必定丢光的。那个摊主也太笃定了，只顾着捉弄水手，才演了这出'关云长大意失荆州'啊。"

"可我不明白，为什么我老是小注赢，大注输？"

"这正是赌场上的圈套，让你死心塌地输到底。你见过哪一家摊主不照例给摊面配备个会看摊皮的人？一大堆摊子，将会开个什么摊，他可是单眼佬看戏——一目了然，随时暗示拨摊的。拨摊的家伙一见大注押中，便一横左手，拧头装个咳嗽或打喷嚏，叫人目光一眨，顿即乘机使个闪电式的小动作，把右手指缝中夹着的一颗摊子神不知鬼不觉地放到那堆未扒完的摊子上。这样一来，本该开一摊瞬间却变为二摊，本该开二摊瞬间变为三摊。饶你的眼睛瞪得再大，也像被蒙上了一层魔翳，成了睁眼瞎，连魔术师也得眼光光地让人家把钱扒完。"

亚瑟船长不由跳将起来，欧欧大悟地叫道："好家伙！难怪我坎坷一生，不名分文，原来全是眼光光地让人把钱骗走。傻瓜，十足个大傻瓜！"

卢敬文接着将自己当初如何与肖兰相好于醉香阁，后来赌场相遇，如何在十三张上拼得天昏地暗，让肖兰断了他的生路，一五一十地告诉亚瑟船长，"开初我老是怨自己运气不好。琢磨了足足半年光景，如今才闹清原来她用骗局，叫我差点连性命也给输掉。真是赌场没好人，好人不进赌场。"

听到这里，亚瑟船长端起酒杯往卢敬文的面前一碰："谢谢你，聪明的老实人！"

长年累月背井离乡，朝朝暮暮与风浪打交道，犯寒暑，冒霜雪，遇上晴朗天算捡了个"大桔"，碰上急风恶浪，犹如逢恶煞，随时都得准备把性命豁出去……这种海洋生活赋予海员们重义轻生、豪放豁达的品格，大都奉行"生不带来，死不带去；钱既辛苦来，就该自在去"的人生哲学。所以不嫖即赌，不赌即嫖，船一到埠，便抢着上酒吧，奔妓院，闯赌场，非得把身上的钱抖干净不甘回船。

"蛇有蛇路，鼠有鼠洞。大伙都遁地飞天了，你还在这儿打坐参禅？"亚瑟船长巡到舱面，见卢敬文独个儿坐着发呆，故意打趣道，"走，跟我喝两杯！"卢敬文随亚瑟走进船长室，两杯威士忌下肚，几块夹肉多士往肠胃里一压，满肚子的闷气顿即化作一连串的响屁排泄得一清二光，"船长，有我在船上看守，您就放心上岸寻欢取乐去吧！"

"No，No，我们英国规矩，不论遇上船灾和海难，船长和舰长一样，都得最后离船。上岸寻欢取乐，船长也该排在最后的。你不上去，我怎么能离开呢？"

"我已经发誓，这一辈子再也不沾赌场了。"

"不想窜窜妓馆吗？"

"我恨透世间所有的妓女！"

"你还在生那个肖兰的气？贵国有句名言：'塞翁失马，焉知非福？'依我看，她那次让你输得失魂落魄，对你未必不是桩好事！"

"船长别开玩笑啰。要不是她让我输得这么惨痛，我会落到这步田地，有家不能归，有财不能发么？！"

"别愁别愁。我这就给你开条财路。"亚瑟船长放下酒杯，正儿八经地说：

"目前上海正推行什么官督商办，凡是江南造船厂制造的轮船，一律拨归一个机构统一经营管理。这个机构是由官府招揽的殷实商人承办的，叫作招商局，就设在上海。大概是仿效我们英国的轮船公司，经办航务航运。新任的局督办杨焕南是个既不懂得督，又不懂得办的官僚。上个礼拜和我初次会面，就贸然叫我给他运货往香港。我是个英国人，堂堂正正一个船长，岂能降低身份当他的承运员？你如果愿意，就当我的代表去跟他打交道，不愁没财发！"

卢敬文听了不禁喜从天降，立刻拿着亚瑟船长的名片，按照船长的嘱咐，直奔招商局。一路上，喃喃自语："嘿嘿，今番我也会会大官儿。船长的代表可是个简单的角色？"俨然当上了七品县正堂。

乖乖，招商局的门房里就有十几个满口官腔的官儿。一见亚瑟船长的名片，马上把卢敬文让到花厅，连杨督办也揖让一番，寒暄了半晏才言归正传："现有生丝一批，劳即运交香港皇后大道华隆洋行。收到货款后，除扣下的九五回佣外，请代存香港汇丰银行上海招商局账户。"

卢敬文紧接着落落大方地问："未知税款与轮船的运费舱租如何处理？"

"这是国家物资。税款海关已同意转账。运费舱租请转达贵船长亚瑟先生暂记我局来往账户。"杨督办竟然亲自送至花厅台阶："有劳足下了，请代向亚瑟船长问好！"

卢敬文当即把那批生丝押运回船。

亚瑟船长接过货款收据一看，不禁笑逐颜开："你留在我船上效劳头一天，我就祝你好运气。果然应了！你可得感谢那位名妓肖兰啰。"

卢敬文不解："这跟她有什么相干？"

"老弟！"亚瑟船长重重地一拍卢敬文的肩膀，"这笔生意数目可不小，二十五万块大洋，九五回佣，你可得一万二千五百块。要不是那个名妓肖兰把你逼到这儿，你哪有机会发这么大的财？"

一万二千五百块大洋！这可比卢敬文在石岐开的洋杂店两年赚的数目还要大。他不禁陡地瞪大了眼睛，突然"扑通"一声跪了下来，向亚瑟船长一连叩了几个响头。

亚瑟船长惊愕不已："老弟，你这是什么意思？"连忙拉起卢敬文。"全赖船长恩典，全赖船长恩典！"卢敬文一迭连声……

船到香港，交了货，拿到一张二十五万块大洋的支票，卢敬文立刻跑到汇丰银行，按照九成五给上海招商局存入二十三万七千五百元，自己得回佣金一万二千五百元，便二一添作五，把六千二百五十块大洋送到亚瑟船长的面前。

亚瑟船长一个劲摇头摆手："这是你应得的钱，我不能收。"

卢敬文一急，便像个顽皮的孩子撒野道："没有你关照，我得个屁！反正二一添作五，这六千二百五十块是你的。你要不收，往后我卢敬文便不敢再沾你的光了！"

亚瑟船长只好说："那就将零头二千五百块分了用吧！留下一万块作为我俩凑合的股本，由你掌管经营，年终照规矩结算分红。英国的什么兄弟公司，多是好友合资经营的。我们也成立个兄弟公司，你看怎么样？"

卢敬文立刻眉飞色舞起来："那就连这二千五百块也别分啦！多一分本多一分利。"

亚瑟船长早就想借海元号的方便，跟别人合资经商，却一来轻易找不到合作伙伴，二来不便直接出面，免失船长的尊严。这次特意让卢敬文充当上海招商局杨督办的承运员，正是他大脑皮层对多层意念果断的筛选，卢敬文果然不仅办事利索，不乏精明，而且十分的讲义气，重友情，竟把所得的回佣金平平分给他一半，诚笃得可以。一看卢敬文对合资经商这般热心，高兴得扔下手上的威士忌，一把拉着卢敬文径直跑上半岛酒店，按过圣诞节的规矩，摆了一台二十五度菜式的西餐，饮个痛快……

卢敬文从此被指定为承包海元号全部货运的买办。他很快便跟港、沪两地那些老板、经理、厂长打得火热，一笔笔生意像流水也似的源源而来。有多少舱位，他便拼命接多少货，一条皮尺不停地左量右度，非要求得个准确的立方尺体积。然后叫人按尺寸这样堆，那样放，比别的轮船多装一成半到二成。乖乖，这就是钱呀，一寸一寸的都有数儿！这样下来，还没到年终，那一万二千五百块股本便赚得了三十八万块的厚利。

这时，亚瑟船长却突然提出，要参加一个英国鸦片烟商集团，将这三十八万块全部投资进去，从印度孟买把一大批鸦片烟土运至香港销售。

"这可是一本万利的生意哇！"

亚瑟说的可不假。打从鸦片战争前十年算起，直至鸦片战争后的一百零九年，前后一百二十年间，多少英国海盗在中国发了多少鸦片烟财，世上有谁能计算得出来？

"……"

亚瑟船长见卢敬文直愣愣地望着他，半晌不作声，好不着急："我的朋友只干这一次，发一笔大财，够五辈子享用。"

卢敬文把冬瓜脸一沉，嗓门里响起一串闷雷："昧良心伤天理的事，连边儿也沾不得。当海盗发来的财，吃了会断子绝孙，五世不昌的！"

英国人最忌讳别人讥他是海盗。亚瑟船长当即气得碧眼朝天，竟横蛮地嚷道："要不是我们大不列颠帝国用鸦片麻醉你们中国人，然后再用大炮轰开你们的门户，说不定一万年以后，你们中国人也不会从麻木中苏醒过来的。"非要马上跟卢敬文拆股不可。

卢敬文气得差点没跟亚瑟过拳，立刻将他占有的股本和应得的股息、红利算清，一面按着火气恳切地劝道："亚瑟船长，请你看在老朋友的面上，考虑考虑……"

"No！No！你自己倒该考虑考虑去。"亚瑟船长不容卢敬文把话说完，便板起脸孔，把分得的十九万元全拿走。

不到两个月，他便将好不容易得来的船长职位轻轻抛给了他的大副，挟着一捆捆散发着鸦片烟味的钞票回英国去。临走赶到卢敬文的寓所辞行，一反拆股时的态度："Thanks anyway！"旋即用广州话道："无论如何谢谢你啦！我走了，我的朋友会关照你的。希望你有机会到伦敦，我随时准备欢迎你。"

"Thanks anyway！——无论如何谢谢你啦！"不知怎的，卢敬文竟然说起半咸不淡的英语来，"你可是个真正的大不列颠人！"他本来想要说

"你是个真正的大不列颠海盗"，却不懂英语"海盗"怎么个说法，竟然顺口把咒语说成了赞词。

亚瑟听了，乐得一把搂住卢敬文："我的好朋友，你才是个真正的中国人！"

从最初见面到最后分手，卢敬文的舌头都受了鬼使神差。他不由得张大嘴巴，半晌也不敢再出声……

亚瑟只顾着高兴："连你的情人肖兰，也是个了不起的名妓！要不是她，我无论如何交不上你这个朋友，绝对发不了大财，一辈子只能沉沦赌场。请你无论如何陪我走一趟，到广州见见她！"

一提起肖兰，卢敬文的牙根就咯咯价响："我不是老早对你说过，我恨透了世上所有的妓女吗?!"

亚瑟好不扫兴，只好摇摇头走了。

在外国人的眼里，名妓可是社会名流，其身份丝毫也不下于爵位显赫、庄园万顷的贵妇人，出入无不令人瞩目，成为多少皇室贵族倜傥人物的梦里情人。要是沾上个名妓做情人，简直比当上公爵还要声价十倍；哪怕跟名妓同一个包厢看一场歌剧或跳一场舞，也会招来无数艳羡的目光。像肖兰这样的名妓，堪称风尘一绝，在西方世界就更轻易沾不着了。亚瑟不禁替卢敬文打心底里遗憾。

十六 谁能轻易说得清：

尘世间究竟谁该感谢谁？

"小姐，您好！很高兴见到您！"一见面亚瑟便躬身握起肖兰的右手，轻轻一吻，觉得非常荣幸。

"亚瑟先生，您好！我也很高兴。请坐请坐！"肖兰一时难免因唐突而多少显得有点忸怩，然而她毕竟久历风尘，慧心妙舌，竟立即搭上了腔。

亚瑟且不忙着就座，微笑着将带来的礼物摊开："我给小姐带来点小玩意。"一边逐件指点：这是法都香水"巴黎之夜"；那是美国化妆锦盒"妃子晓妆"；这是瑞士小姐表；那是英国公主绒……尽是些精致的外国高档商品，连烟、酒、糖果也全是外国货。满目琳琅，异香扑鼻。

这个洋客，与我素昧平生，何故这般大方？肖兰很是惊奇，可又碍着礼仪，一时不便开口，连忙叫来七八个身价不俗的姑娘，设花筵款待。

宾主飞觞传杯，歌伶曼声度曲。席间，插科打诨，猜谜射虎，肖兰无不诡异万端，妙趣横生，小戏足以解颐，雅谑直可哄堂。她把一只雪球似的波斯猫抱在怀里，一手举着酒杯说："这只猫既会认人，又会劝酒。请大家将这杯酒往下传，它爱劝谁喝酒就作声。"

果然，那杯酒一传到亚瑟的手上，这波斯猫竟"喵"地叫了一声。亚瑟乐得一饮而尽。

欢笑声中，又一杯酒第二轮传到了亚瑟的手里。这猫儿又"喵"的一声叫起来。肖兰便笑笑说："这猫儿也真懂礼仪。它深知亚瑟先生雅量过人，还想连劝三杯哩！"

亚瑟哈哈大笑，又一饮而尽。他第三轮刚接到满满一杯酒，这猫儿便"喵、喵、喵"连叫三声，乐得他一连干了三杯，竖起大拇指叫道："是只神猫，是只神猫！太聪明了，太聪明了！"其实，他哪里是在称赞这只猫儿，他的眼睛不知什么时候已经发现了肖兰按在这猫儿肚子下边的一只手指头，却故意佯作糊涂，乐得受骗，居然一抖口袋，咣咣啷啷地抓出一大把光洋，赏给纷纷离席的妓女们。

这时，肖兰才十分礼貌地说："尊贵的亚瑟先生，蒙赐珍品，未知美意，实在不好意思。"

"算不得什么，小意思，小意思哩！您不仅救了我的朋友卢敬文，也救了我这个曾经沉沦赌场的海员……"亚瑟照直回答。

"卢老板怎么不与你同来？"肖兰情不自禁地问道。

"因为他恨透了你们……"亚瑟如实相告。

"啊！"肖兰不觉猛然一震，脸色骤然变得惨白……

亚瑟这才发觉自己说漏了嘴，一迭连声地解释："不不，他并没有说恨透您，只是恨透世间所有的妓女……"越解释越糟糕。

"噢，"肖兰淡淡一笑，竟然执拗地说："不不，我活该他憎恨的。"

"不不，您应该得到任何人的崇拜！"亚瑟连忙拉起肖兰的手重重吻了一下："您如果愿意，我们将在伦敦让所有的贵族都嫉妒我们的生活。我的全部财富将毫无保留地为您发挥价值。"

肖兰莞尔一笑，一点也不牵强："实在遗憾！我的身子是属于中国人的，可接触不得外国人的皮肉。"

亚瑟急了："请您相信，我的话一点也没有开玩笑的意思！"肖兰被亚瑟的诚挚打动了："无论如何谢谢您啦！"

亚瑟听了，深知自己轻易得不到这份艳福，不无扫兴地搭讪道："哪里哪里，其实该我无论如何谢谢您才是！"

肖兰却连连摇头："人世间，到底谁该多谢谁，谁能轻易说得清呢？""有意思，有意思！"亚瑟简直五体投地。

一回到上海，他便径直跑到卢敬文的门上，乐不可支地嚷道："肖兰小姐可让我见到了，一个真正的东方女性！老弟，这么难得的一个情人，你怎么可以轻易甩掉？"

"再难得她也只是个妓女。亚瑟先生，请你别老在我的面前念叨她。你既然对她这般倾心，怎么不把她带走？"打自拆股以来，卢敬文跟亚瑟老是隔着几堵墙壁说话，轻易扯不到一块，没说上半句便十分的不耐烦。

亚瑟倒一点也不介意，仍旧快活地说："可惜我不是个中国人。"

"你要想做个中国人，可得积点阴德，万万不能沾鸦片烟土买卖的边儿。"卢敬文没有理会亚瑟的意思，便顺口搭了一句。

亚瑟突然跳了起来："不不，你们中国太古老，太贫穷，太落后了！"

卢敬文也跟着跳了起来："你们英国比我们中国有什么了不得？"

"哦，我的朋友！全世界都承认英国的强大，不到你不服气。"亚瑟的语气忽然变得十分的自负，"地球上只有四个大洋，除了太阳半年照不到，终年厚冰封锁，至今船只仍然无法进入的北冰洋以外，大西洋、太平洋、印度洋全都是英国的海上势力范围。就是说，大凡有海洋的地方，都有英国的船队或舰队。你知道吗，我们大不列颠帝国有一项国策，规定英国的船队和舰队的总吨数必须超过全世界所有国家的船队和舰队吨数的总和。比如我们英国一艘主力战斗舰就有三万五千吨级，舰上装置的九门主力炮每门的口径都达十六英寸。你们中国最了不起的致远舰和宁远舰几艘军舰每艘也只是三千吨级，还比不上我们的小型轻巡洋舰，而且还是捡我们英国的破烂。尽管你们的李鸿章先生办洋务办起了个江南造船厂，制造出了海元、海亨、海利、海贞几条轮船，但比起我国二万吨级的商船，可用得着你们中国的一句老话：小巫见大巫。权衡一个国家的强弱，主要看它的舰队和船队的总吨数大小。这是世界通晓的常识。朋友，你怎么不懂？"

亚瑟的口气虽然叫卢敬文简直忍受不了，却说得全都有根有据，叫人无法反驳。

多少国家不是在仿效英国进行工业革命，就是实行改革维新，为的都是要在海上势力方面跟英国争个平起平坐的地位。直至十九世纪末，美国和日本好不容易才衔尾赶了上来，逼使英国不得不就限制扩充海军实力问题举行谈判，签订了英、美、日三国海军五五三比例，舰上配备的主力炮不得超过十六英寸口径。后来日本单方撕毁这个协约，竟然秘密建造了两艘七万五千吨级的姊妹舰，舰上的主力炮口径达十八英寸。在第二次世界大战中，美国的侦察机发现日本海峡忽然多了两个小岛屿，查遍了地图都查不出来，再三侦察才弄清原来是两艘蒙上伪装的巨舰，不由得大吃一惊，急忙派出一百多架重型轰炸机把它们炸毁，使日本发动这场太平洋战争，企图消灭英国和美国的海军力量，以称霸世界的梦想彻底破灭，终究成不了"大日本"。

"你、你……敢瞧……瞧不起我们中国？"卢敬文七窍冒烟，却只能瞠目结舌，一句话也说不出来。

"我的朋友，不是我瞧不起你的国家，是你的国家着实让人瞧不起。要不服气，只有一个办法：追上来！你们有本事？"

英国人本来就喜欢争论，哪怕在论坛上取得一次小小的胜利，也要得意好几天，简直不亚于一个指挥千军万马的将军在战场上所取得的喜悦。亚瑟见卢敬文一时成了哑巴，无法回敬他半句，乐得抱起便便大腹咯咯大笑，临走也没顾得留下一声"拜拜"。

卢敬文这一气不打紧，当即跑到上海招商局杨督办面前，横着脖子问道："督爷，您可是炎黄的子孙？"

杨督办听了，陡地板起了脸孔："足下何来无稽之言？"

卢敬文让杨督办这么一声吆喝，先头气得昏昏然的脑袋瓜仿佛被重重地拍了一巴掌，立时清醒了一半，连忙把亚瑟的嘲笑一五一十学给了杨督办，仍然止不住气紧："凡是炎黄的子孙，都吞不下这口气！"

杨督办不觉笑将起来："吞不下这口气，你又奈人家何？"

"增加船队和舰队的吨数，赶上他们嘛！"卢敬文的口齿出奇的利索。

杨督办又是一阵大笑："你能拿出多少资金？建造一艘万吨级的轮船需要多少银子，你晓得吗？人家英国工商业发达，有的是钱，要建造多少吨轮船和军舰不行？！我们哪能跟人家争？"

"唉唉，这么说，我们是注定让洋鬼子瞧不起的了！"卢敬文急得直跺脚，"早年那场甲午战争，明明是日本鬼子欺负我们来，朝廷怎么倒拿出二万万两白银赔偿他们呢？"

杨督办的眉头倏然拧在一块，脸色突然阴沉下来，口气冷得可怕："哼，你有多少个脑袋，胆敢非议朝廷？"

卢敬文不由打了个寒噤，满肚子的火气遽然化成了一身冷汗，脑袋瓜里这才透透彻彻清醒过来：原来官场并非争气的地方。于是一迭连声："小人罪过，小人罪过……"慌忙退出朱门。

"别走！"杨督办突然喝道。

卢敬文陡地一震，几乎跌倒在酸枝门槛上，心里不禁一阵打鼓：督爷莫非当真要拿我问罪？一听背后杨督办又重又急的脚步，他的后脑勺不由凉飕飕的。

"看不出足下竟如此深谙顾亭林的遗训：天下兴亡，匹夫有责。"杨督办却轻轻拍了拍卢敬文的肩背，"你愿不愿承办本局轮船的维修业务？只要你不耽误我们的船期，本局绝不会亏负你的。除了照付维修费外，本局还给你个好处，让锦纶绸缎庄以特等优惠价让你到外埠推销绸缎，虽然这在上海稍欠时兴，却是地道的苏杭正货。"

卢敬文一时傻了……

他见杨督办这般看得起他，压根不问维修费厚薄，立刻在上海广东街挂起了"卢文记"的招牌，专门承办上海招商局轮船维修业务；同时分别在汉口、长沙、贵阳、昆明、梧州、广州、福州、南昌、安庆等地挂起了上海锦纶绸缎庄总批发处的招牌，把印度的摩啰绸和日本的杂花绢全挤出了市场。

这天，突然闯上门来几个英国商人，把一大批英国名厂出产的大小五金商品交给卢敬文代销，既不用预付按金，也压根不用铺保，而且按货价总额百分之三十回佣。这些英商怎么无端地把一笔大财送上门来，无端地如此信用他卢敬文？他惊愕得足足半个时辰才蓦然想起亚瑟，心里那股气不觉悄然窜上嗓门，发出一串"咕咕噜噜"的痰音，岂料倒提醒他的脑袋瓜：这些洋鬼子就晓得赚我们中国人的大钱，我们倒不晓得赚他们的，岂不让他们笑我们大傻瓜吗？于是二话没说，立刻签订了合同，随即又在上海北四川路挂起了"粤瑞祥"的招牌，经营五金商品。后来美、法、德、荷等国的五金业商人又以款式较新，价格较廉的货品让敬文代销，跟英商竞争，"粤瑞祥"便实实在在地应了"生意兴隆通四海，财源懋盛达三江"了。

不到一年光景，卢敬文便在上海滩站稳了脚跟，成了个拥有相当资产的殷商。这时，他忽然想起项羽灭秦，自称西楚霸王，号令天下，便急着返江苏蚌埠时回答部下说："富贵而不还乡，犹衣锦夜行。"便觉得非立刻回香山一趟不可。

项羽只是衣锦还乡，卢敬文却带锦还乡。大凡香山上栅人，不管亲疏，他每家都送给几件各色绸缎衣料；对于村中鳏寡孤独的老人，他还赠予百十元的大红封包，一时成了"上栅善人"，男女老幼无不赞不绝口地报以美誉。卢敬文简直觉得自己比项羽还要荣耀！心里一乐，又哗啦啦抖出几串大洋，买下五十亩良田，分给贫苦乡亲耕种，不收分毫田租财物，只需每年清明备办一点香烛替他祭祀祖宗就行。一连热闹了几天，卢敬文这才将在石岐开的洋杂店送给了亲家孙达才，挈家迁居上海七浦路青云里新建的三层洋楼。

十七　卢炜昌忍不住顿足长叹：

中国人什么时候才多一点自信心！

　　打自 1900 年八国联军入侵以来，朝政日非，轻易不见举行什么乡试、会试，科举制不复存在了，却代之以"捐官"的怪现象。这场列强入侵签订的辛丑条约，朝廷给英、美、德、法、俄、日、意、奥等国总共赔偿了四万万五千万两白银，国库罗掘俱穷。倒是乌纱顶戴容易制造，不会缺少。朝廷便做起了古往今来世上极端稀罕的生意：从七品乌纱直到一品大红顶，均在捐卖之列，论价封官，借以维系清朝日下江山。世人明明晓得葫芦里的膏药，朝廷偏要掩耳盗铃，美其名曰："捐官"。意思不言而喻："捐"者，奉献也；而"官"者，则是皇上的恩赐。这既给朝廷开辟了一条不小的财源，自然也给科场的落第儿和求官而不可得者以实现黄粱梦的捷径，压根不用从腰间挤出一滴墨水，只要拿出一笔数目可观的白银。有个姓孔名安士的，就用重金捐了个"太史"，进入翰林院一打听，才明白"太史"多派侍读、侍讲的差事，不是陪皇上读书就是给太子讲学，或为皇上起草诏书诏令，或修撰重要史料，反正非满肚文章是不能当的。他是块什么材料，自肚里有数，便赶快告病还乡，建起一座堂堂皇皇的"太史第"，自诩江左名士，敝屣功名。听说杨督办也是花了十万两银子买来的美差。这不由卢敬文不动心。富而不贵，门第低微；富而又贵，阀阅世家。反正自己的钱，人家都知道是经商赚来的，不愁背后有人指着脊梁骂。只要不露馅，谁知我拿钱给儿子买红顶戴？怕不猜是皇上的恩赐？今后做生意，也不怕人家拖拉扯皮或敲诈勒索；要紧的是炜昌十七岁那年中举后便没得机缘上京会试，中个举人大不了当个七品知县，这太委屈了他。尽管炜昌无意仕途，至少也得图个四品红顶给他。哪怕是个空头衔，也不枉他少年登第，中了孝廉；而且卢家到底出了个大官儿，总算圆满了却了心事。于是背着炜昌，花了一千八百两白银，给炜昌捐了个只有空衔而无实职的广东候补知府。

炜昌一看这项四品顶戴，立即顿足捶胸长叹："可怜你一生机灵，竟一时变成个糊涂十足的官迷。花掉一千八百两白银，换来个只能让子孙当作古董来欣赏的废物。冤枉，冤枉！"

"嘿嘿，纸鸢只需凭点风儿就能直上云霄。乖乖，你可晓得知府有多大的威风？我们那么大一个广东省也只得十来个知府。他们每人可都是管辖着十多个知县的府一级军政大员，持有吏部天官的正式文书照会和派任状。凭这个正四品官衔，你就有资格上京谒见皇上啦！你一穿戴起朝廷颁发的朝服朝冠，插上花翎，就是一位有缺即补的知府大人，出入有朝廷赐给的八人抬的官轿，左右有'肃静''回避'金字开路牌，前面鸣锣喝道，县太爷也只有叩头跪拜的份儿。以后你就再也不用沾简玉阶创办的南洋兄弟烟草公司的股份，也不用当粤瑞祥的经理了，而是个声名显赫的太守！一千八百两白银算什么？要不是杨督办出面，能买这等贱价？"卢敬文两片厚嘴唇皮天花乱坠。

卢炜昌却不管老子说什么，硬是不肯领受："我可不能让子孙日后骂我这几块头壳骨白白糟蹋了一千八百两白银！"

卢敬文顿时气促起来："你，你……不肯戴，难、难道……要、要我退……退给朝廷不成？"

"你不退，就自己戴吧！我可不管。"卢炜昌只顾着心疼那一千八百两银子，竟开口不择措辞。

"好、好！你、你……不戴，老、老子……戴！"卢敬文气得没法，竟把一顶四品顶戴往头上"嗖"的一声罩在了脑门上。他这一罩不打紧，却从此再也轻易不能摘下来。谁要是试图摘下他头上正四品顶戴，他便直叫头痛，简直要命。而且大凡开口，他必定竖起个戴着显示身份地位的玉套套的大拇指，俨然个跟一郡诸侯差不多的堂堂正正的知府太尊爷。只好把卢文记、新粤瑞祥全交给炜昌经营，他可干干净净脱离了商界，蓄起八字胡子，镇日价不是坐在正厅太师椅上摆官威，就是跟在那些曾经当过大官，宦囊充盈的遗老屁股后边，悠悠于上海滩头……

……卢炜昌早已剪掉辫子，改穿西装革履，周身风流倜傥，活跃于上海商界，不时招来交际场中花儿蕾儿的香笺。他一概原封不动交给素云："不知打哪儿来的这么多信，我没空看，你有兴趣就随意浏览浏览吧！"

孙素云怪不好意思："这些信全都透着香水味，怕不是寻常物事，怎可以让我浏览呢？"

"夫妻无隐私，有什么妨碍？"卢炜昌漫不经心地说，"反正不会是谈生意的，谈情说爱可由你打发好了。"

"人家对你这般倾慕，你却连信也不看一眼，岂不辜负了人家一片钟情？你不怕人家在背后骂你无情吗？"孙素云反倒为那些女子抱起了不平。

卢炜昌却不以为然地说："我哪来这么多情份给天下那么多女人？我心目中只有你这个女人就够了！"

孙素云忍俊不禁了："嘻嘻，你这话可不全真，至少打了百分之五十的折扣。"

卢炜昌一时莫名其妙："这是哪里的话？"

"你心底里明明还藏着个也许比我还要紧的女人呢！"孙素云似是揶揄，其实隐藏着深切的眷念和挚爱———一半对那个女人，一半对丈夫。

卢炜昌很有点懵懵然："我心底里除了你，还藏着哪个女人？"

"你面前明明守着一盆秋海棠，怎么倒把她忘了？"孙素云颇有点嗔怪。

"哦——"卢炜昌这才又回到缅怀和内疚组成的痛苦之中，毫不隐瞒地说："哪会呢，哪会呢？她要是当真还活在世上，我宁可什么也不要！"

"唉！"孙素云不禁轻轻叹了一声。

卢炜昌愣了愣，慌忙补充道："自然、自然除了水仙以外！"

孙素云却反倒安慰丈夫道："不管李不奴小姐还在不在世上，你可对她尽了情分啦！我要是不在世上，你也像对待秋海棠一样对待水仙，我的魂儿就笑了！"

卢炜昌听出妻子话里的滋味，不禁回过头来，忽然看见她脸上泪光闪闪，不由得怔住了……

这当儿，楼下忽然传来一迭连声地叫嚷："炜昌！炜昌！"

孙素云一听，急忙跑下楼去。但见陈公哲、黎惠生、刘裕臣、邱亮一班香山自强学社故友和炜昌在上海商界新认识的江苏人士姚蟾伯、山东人士宁竹亭等，坐满了一客厅。不等她开口，陈公哲老远便着急地问："婶子，炜昌呢?"

"他身子欠佳，在……"孙素云一边忙着沏茶，一面忙着应酬。

"他身子再不佳，也非得出来不可!"陈公哲仍然跟当年一样的火炮劲儿，不让孙素云把一句话说完，便截住高声大嗓地嚷嚷，仿佛憋着一肚火气，非要立刻拿卢炜昌发泄。

孙素云虽然深知陈公哲的脾性，仍然不免一阵惶遽，连忙胆怯地问："陈老板，出了什么事，瓜葛着炜昌?"

"何止瓜葛着炜昌，还瓜葛着四万万同胞呢!"陈公哲十分的不耐烦，"人家都欺负到门上来了，他还在家里自在得?"

原来上海来了个俄国拳王奥皮音。此人身高一米九，体重二百三十八磅，力能扛鼎，而且拳术娴熟，刚在欧洲获得拳击冠军，便迫不及待地到上海来举办亚洲拳击大赛。因为南北美洲和非洲尚在蒙昧状态，只要征服了亚洲，他便可称霸世界了。所以，他一踏上外滩，就开了个中外记者招待会，炫耀他在欧洲拳击赛的战绩，宣称他的拳术天下无敌，世界拳王宝座非他莫属。当一位外国记者问及中国为什么不派代表参加这次亚洲拳击大赛时，他竟然仰起脖子咯咯大笑道："中国人根本就不懂得拳术，因为中国的拳师还没诞生。"把习惯于忍受别人欺负的上海"阿拉"们气得蹦蹦跳，难怪陈公哲不火烧五脏!

尽管孙素云在暗暗使劲，将陈公哲他们的话轻描淡写地打了不少折扣，仍然禁不住卢炜昌老毛病的发作。他立刻跑下楼去，见了陈公哲他们也不招呼一声，紧绷着脸昂昂然跨出大门。

孙素云对丈夫的脾气太了解了，慌忙追上前去："炜昌，你怎么不告诉阿爹一声，就出去拼命啦?"

她这一着，果然把炜昌给曳住……

卢敬文一听炜昌要去参加亚洲拳击大赛，急忙挡在门口，挥舞着花龙漆手杖，大发雷霆道："枉、枉你读了那么多诗云子曰，怎么把古人的教训'千金之子，不死于市'给忘了?"不知他打从什么时候，在哪儿捡得春秋时代教越王勾践卧薪尝胆终于复国的第一号谋士范蠡的牙慧，"你、你要去争、争好汉，可得先将你老子击、击倒！来、来呀！"

卢炜昌愣住了："士可杀，不可辱！这个北极熊竟敢如此放肆，视我中华无人！您倒愿意自认东亚病夫么？"

"愿……愿……愿个屁！"卢敬文差点没跳起来，"凭、凭你早年学得、得的几手功、功夫，就能斗、斗得过人家个大拳王？就是你那、那个独臂头陀师傅功夫那样了、了得，力气又大，也不轻易打、打赢人家。别赔、赔了性命还得给、给大家丢脸！"

"太爷说的也在理上。"

"你是中华体育协进会会长，怎好亲自出马？"

"我等登门只想讨你个主意罢了。"

……

黎惠生、刘裕臣、邱亮也纷纷相劝。

卢炜昌不由顿足长叹："唉唉，我们中国人什么时候才能多一点自信心！"

"有了自信心，还得有实力才行哇！"一直默不作声的姚蟾伯，这时也忍不住太息。

没想到卢炜昌听了，突然掀掉西装，把领带一扯，当即"咋咋呼呼"地打起了鹤翔拳。

众人无不傻了眼……

"当初让我学会了鹤翔拳就好了！"陈公哲不由得追悔起来。

卢炜昌一听，仿佛后脑勺重重挨了一棒，突然"扑通"一声跪到地上，放声大哭道："师傅，你可白教了我鹤翔拳！"

孙素云见丈夫哭了，一时无所措手足，只晓得一个劲儿陪着掉眼泪。

陈公哲等人连忙围拢上来，七嘴八舌地问："炜昌，教你鹤翔拳的独臂头陀师傅可还健在？"

卢炜昌不觉猛然一愣……

"炜昌，要不是老太爷阻拦，你当真会跟奥皮音较量去？"

"我什么时候充当过胆小鬼？"

"你的一身功夫虽然了得，但他们赛的是西洋拳，可得戴上厚厚的拳套，而且规定不得攻击对方腰杆以下的部位，也不许用腿攻脚踢。只怕你那鹤翔拳和八卦掌、蝴蝶掌、柳叶十三掌，还有那虎尾脚、无影脚、玉环步鸳鸯脚等绝招都无从施展，到头来非得吃亏不可！"

"这倒未必。我要是在决斗中屈居下风，不会佯倒在地，出其不意用剪刀脚把他缠倒？乘他跌得头昏目眩，未及站稳脚跟，再狠狠给他几记蟾蜍吐月，叫他跌个发昏章第十一！大家在擂台上滚葫芦，都不怕犯规，看他这个北极熊能挨多少跤。唉唉，就是我爹死活不让，可白饶了奥皮音。"

"这多少得冒点风险。到底不如让你师傅教训他来得稳阵。"

"一别经年，杳无音讯。可不知他是否还在五台山？"

"既然他当年曾留下话来，让你到五台山去找他，那就一定不会有变故的。"

"世事如烟，谁能料得定呢？"

黎惠生本来就爱跟卢炜昌攀谈，借以充实自己的脑袋瓜。如今旅途寂寥困顿，非得排遣不能消磨时光，他的话就更多了。不是故意问东，就是故意谈西，一路上喋喋不休。此刻他居然扯到孙素云的身上："炜昌，难怪大凡到过你府上的朋友，无不觉得婶子浑身透着一种叫人只能感受却难以言传的灵气。你要去跟奥皮音拼搏，她好不担心，可在我们的面前，她又不能直截了当地劝阻，免你为难，匆促间竟然那么巧妙地抬出你爹来挡驾。罕见罕见！"

卢炜昌听了黎惠生对孙素云的称赞，一时禁不住兴起，好不忘情地说道："噢噢，人世间的名葩都是仙子的化身，而名葩的葩魂又每每附丽于佳人。名葩就是沉默的佳人，佳人就是解语的名葩。仙子、名葩、佳人原属一体，分别在特定的空间、时间里呈现。以素云的气质和姿色看，附丽于她身上的葩魂必定是号称凌波仙子的水仙无疑。花而称仙，无怪亭亭玉立，香远益清；一株挺秀，群芳失色。那灵气，自然便叫人难以言传，只能感受了。"

卢炜昌只顾着侃侃而谈，黎惠生只顾着耳边生趣。冷不防，卢炜昌的一只脚差点踩着了一把亮晃晃的匕首。只见那匕首插着一张纸，上面赫然一行字迹："壮士沦落，亟盼囊助，多赐无妨，少少不拘。山西没羽箭留字。"黎惠生立刻勒紧腰带，摆出一副拼搏的架势。卢炜昌却伸手推了推他，不屑理会地昂首前行。

没走几步，一个蒙面大汉突然从天而降，轻轻落在他们的面前，朝卢炜昌躬身便拜，口称："恩公可还认得小可？"

卢炜昌不禁一愣："怪我健忘，一时想不起来。"那蒙面大汉连忙扯下蒙面黑布……

"哦哦，原来是古明大哥，幸会幸会！"卢炜昌一边行礼，忙不迭给黎惠生介绍。

这个古明，别字子亮，山西太原人。屡试不第，困于功名，便弃文习武，闯荡江湖。去年卢炜昌在苏州游览胜地，路过因唐代诗人张继的一句"夜半钟声到客船"而招徕多少骚人墨客的姑苏城外寒山寺，遇上他贫病交迫，频频向过往游客作揖，求赐分文。卢炜昌见他谈吐不俗，随手便给了他几块光洋，并叮嘱他：

"如再有所需，可径到上海卢文记或新粤瑞祥找卢炜昌。"他立刻拜倒在地：

"哦哦，您就是上海四大公子之一？闻名不如见面，不死当有以报！"不想今天竟然旅途邂逅。

"亏您去年给我馈赠，也曾一度做起小买卖，起初生意还算称心。这叫人不亏我，我不亏人，公道取财。后来我因外出取货，店铺被劫一空。我何不也来个剪径？这叫人亏我时我亏人，歪道取财。"古明一点也不觉得难为情地说。

"什么叫剪径？"黎惠生挺觉新鲜。

"路给剪断，就得给留下买路钱。绿林豪客忌说抢劫嘛。"卢炜昌笑笑回答。

"我可是文剪，不是武剪，从不伤人夺命。"古明赶忙解释，"一般武剪是先向路人发射出一枚响箭，算是打个招呼，接着跃马横刀拦住去路，对方稍一迟疑当即以血回敬。我的文剪只将一把匕首插在路条上，独自躲在树上张望。一般旅客经过，看清路条，大都吓得慌忙放下些少财物便跑。有一次，十条大汉看了我的路条，凑了一大捧银子放在纸上，却仗着人多势众，团团围坐着不走，说要看看好汉的真面目。我大喝一声从树上跃下，腾地倒翻个筋斗旋即跳回树上，吓得那班鸟汉子跳起来便跑，可丢下了不少银子。又有一次，一条挎着腰刀的大汉见了路条，便拔起匕首笑道：'你爷只听说过彰德没羽箭，哪来个山西没羽箭？是好汉就出来劈两刀耍耍嘛，哪有躲着的好汉？'他话音未落，我便一火石飞去，正中他的门牙，'铮'的一声，一颗门牙掉在他的嗓门眼上。那鸟汉慌忙拱手，连称：'神技，神技！'赶快掏出一串珠宝放在纸上，一揖而去。"说到这里，他不由得大笑起来，"文剪可是华容道曹操逢关羽，只好留下八十万大军，单骑亡命像耗子。这叫作有本钱做有本钱的买卖，没本钱做没本钱的买卖！"

"古明大哥，这类不花本钱的营生，还是洗手不干为好。"卢炜昌恳切地劝道。

他却很不以为然："您放心！我平生最恨那些贪虐百姓的腌臜贼官，莫道劫他们的财物是桩好事，就是劫走他们的性命也不会伤天害理的。至于一般安分善良的百姓，我绝不会损伤他们一根汗毛。自然问心无愧！"

黎惠生只好转过来劝说卢炜昌："盗亦有道，各行各道嘛！何必非要勉人之强呢？"

古明听了虽然不禁一阵大喜，却非要伴随炜昌同道而行："恩公就是学唐三藏上西天取经去，俺也要充当一回孙猴子奉陪到底！"

卢炜昌生怕暴露行踪耽搁了大事，硬是婉言谢绝了。

岂料他和黎惠生刚踏上开往石家庄的火车，古明却早在火车上迎候了，而且居然压着嗓门道出了卢炜昌的行径："石家庄至太原，我有的是哥儿们，北上五台山也不愁没个照应。"说着悄悄掏出一张地图，"这儿是去五台山的捷径图，全程分七站。我在前先走，当个前锋，你随后赶来，算作后应。到第一站会合后，再走第二站。恩公是个精细人，不知意下如何？"

卢炜昌又惊又喜。车到大同，便让古明先走，他和黎惠生随后进发。到了第一站，果然发现古明留下的标志，便又继续赶路。这样一前一后，恰似流星赶月。到第五站会合时，已是薄暮冥冥，三人便一块到一间小村小店里歇息。

古明拿出老酒、牛脯和馒头，放在小桌上，笑顾炜昌："委屈公子哥儿了，俺就只会做这样的小东道！"

卢炜昌连忙大口大口地嚼起来，一边赞道："好家伙，真想不到馒头、牛脯竟是世间的美味！"

古明忍不住笑了："怪道说饥者易为食，可怜可怜！累了吧，看你们的靴都张开了狮子口啦！"

卢炜昌不屑一顾道："走了那么多的疙瘩路，就是铁鞋也得踏破的。"黎惠生却叫了起来："啊哟哟，明天只好当赤脚大仙啦！"

古明当即掏出两双结结实实的草鞋和厚布袜："穿上这个，保管你们明天安抵五台山。"

卢炜昌不由得从心底里涌出一团快慰……

"我们现在已绕过北岳恒山。"古明指点着地图说，"从这儿朝东南方走三十五里便到角鹿岭。岭侧是野鹤林，林边那条小径可使轻功急走。千万别误进林里，也别靠近那条山溪，那儿尽是鹅卵石，怪不好走。你们只需挨着林子东边走三十多里便到南头坡。登坡南眺，隐约可见五峰屹立，高耸入云，峰顶平展，那便是五台山。主峰北台顶比北岳还要高一千多米，是佛教四大名山之首，文殊寺就在那里。"

卢炜昌听罢，连连举杯……

翌晨四更光景，他便叫醒黎惠生，却不见了古明。只见豆粒大的灯火照着一行字迹："风高放火，月黑杀人。野鹤林鬼魂最多，切勿大意！"不禁失声叹道："尘世多怪杰，不具慧眼难识英雄！"于是匆匆赶路。

黎惠生老是跟不上趟。卢炜昌只好不时地停下来。这时光，他猛一抬头，影影绰绰可见前边烟笼雾锁着一片树林，料定就是野鹤林了。及至近前，却连只鸟儿的影子也没有。但见怪影参差，森气袭来，二人不由得同时打了个寒噤。突然听得脑后飕飕风鸣，一条黑影飞越前方。卢炜昌料是古明，连忙加快脚步，眨眼之间，那黑影却杳然无踪。

下了山坡，又走五、六里路，五台山主峰的文殊寺已历历在望。卢炜昌便和黎惠生走进山脚下村口一间小酒店，正想要来白酒黄鸡，古明却不知什么时候捷足先登，摆了满满一台酒菜在等候了："小可略备薄酌，在此为恩公洗尘。你俩就随便吃个够吧！"

卢炜昌和黎惠生见他爽直风趣，便不拘常礼，立刻大喝大嚼起来。偶尔抬头，看见泥壁上挂着一张条幅，一笔狂草，遒劲洒脱。卢炜昌竟忍不住停杯轻吟：

前临驿站，后接溪村。数株桃柳绿荫浓，几簇葵榴红影乱。门外森森麻麦，窗前猗猗荷花。飘飘酒斾舞熏风，短短芦帘遮酷日。壁边瓦瓮，白冷冷满贮乡醪；架上瓷瓶，香喷喷新开美酒。白发田翁亲涤器，红颜村女笑当垆！

黎惠生一旁哈哈大笑："泥壁酒店，可让这些长短偶句给抹上粉啦！妙，妙，白发田翁强似司马相如，红颜村女羞煞卓氏文君！咦，何来村中老学究，醉题得这般风流？"

"文殊寺里有个独臂老头陀常常下来喝酒，一日酩酊大醉，随手胡乱挥毫，竟成了一篇不沾俗气胜似柳永之作。"古明漫不经心地赞赏道。

"你可曾见过这位独臂头陀老禅师？"卢炜昌急急追问。

古明摇摇头道："小可未曾跟他会过面。听店家说，他至少有一年没下山了。"

卢炜昌陡地怔了怔，立刻搁下碗筷，直奔五台山主峰。黎惠生只好在后边跟着喘气……

古明追至分岔路口，才站定脚跟："恩公珍重，小可不送了。从这儿到文殊寺，一路都有人家村落，再没有什么偏僻幽径了。"随即掏出个锦囊塞给卢炜昌："这是点留念的小玩意，回去细细玩赏。"说罢一揖到地。

卢炜昌忙说："大哥如此多礼，炜昌实在不好意思。如有兴趣，不如跟我们一同回上海，免长年山野奔波。"

"一家五口全蒙厚恩，怎说得上多礼？世上无不散的筵席，后会有期！"古明竟倏然转身，一个箭步扑出两丈，挟着旋风而去。

卢炜昌心里很有点怅然，忙打开锦囊一看，不禁大吃一惊：里面竟包着一支俄国五响左轮手枪和五个血迹犹鲜的手指头。

"啊呀，好险！"黎惠生恍然叫道，"十成是奥皮音那家伙买下了刺客！"连忙朝古明远去的方向深深一鞠躬。

"砰、砰、砰……"卢炜昌随手将左轮朝天一指，一连打了五枪，咬着牙根说："这只北极熊原来是个胆小鬼，还没进赛场，就这般害怕中国人的拳头。好，非要让他吃不消兜着走，进了十八层地狱也忘记不了中国人的拳头是什么滋味！"

于是，二人加快脚步，进入巨石赫然刻着"五台福地"的牌坊，海拔三千多米的佛门圣地便在眼前了。但见山门倚翠岭，佛殿接紫云。刚才还缥缈于云烟雾霭之中的文殊古刹，这会儿全然掩映在茂林修竹的绿荫间。旁边矗立着七层宝塔；两壁厢红、蓝、黑、白面孔的四大金刚高高立在台基上，比《封神榜》中辅助纣王战死后被姜太公封为四大金刚专职镇守山门的魔家四将还要威猛。寺前早有两个小沙弥在恭候。卢炜昌和黎惠生都不由得错愕起来，正要探询长老法讳，却见一个老和尚披着一领锦襕袈裟，拄着一根过头禅杖，笑容可掬地迎了出来，后边跟着首座、维那、监寺、知客、侍者等僧众。不等卢炜昌和黎惠生躬身施礼，那老和尚顿即合十当胸，口称："老衲虚云，施主间关跋涉，远来不易！"

"炜昌久仰山斗，今番专诚晋谒，顺候澄宇禅师！"炜昌连忙拱手道。

"别忙，别忙！施主远途风尘，请先到方丈拜茶。"虚云长老随即引领炜昌、惠生转过钟楼、经阁，在方丈里设斋席接待。虽是素酒素菜，却别饶风味。真是：鲜汤滚两滚，罗汉坐不稳；斋菜翻一翻，菩萨准下凡。那盆蘑菇、香菇、草菇滚老豆腐的"白璧三姑"汤和那盆用冬菇、冬笋、云耳、金针、粉丝、发菜、豆腐、面筋、豌豆、香蕈拌豆芽、榨菜，浇上花生油、麻油，撒上茴香、胡椒末的罗汉什锦斋，着实叫人大开肠胃。

"想不到当和尚也晓得讲究享受！"黎惠生一边自肚里惊叹。其实，他哪里晓得，偷偷吃狗肉、赌番摊、嫖婊子、抽大烟的秃驴可多着。世称六尘不染，五蕴皆空，才是和尚；击磬鸣钟，笙管齐奏，算是"和唱"；六欲俱全，嫖赌饮吹，只是"和酱"！是圣僧还是"性僧"，是和尚还是"和酱"？良莠不齐，美丑各异，大千世界，就是如此！

斋罢，虚云长老便领卢炜昌和黎惠生到大雄宝殿礼佛。首座连忙焚香燃烛，将香油注满八角琉璃长生灯，接着击鼓三通，钟磬齐鸣，僧众齐声唱诵观世音菩萨大悲咒和般若波罗蜜多心经，十分虔诚隆重。却半晌不见独臂头陀石澄宇禅师，卢炜昌心里惶惑得不行，哪里还有多少心思搁置佛殿？急忙掬出两锭各重十两的纹银递与首座，谦称旅途匆促，只带得这点子小意思权作香资，略酬佛恩，便回头颤声问道："敢问堂头大和尚，澄宇石大禅师哪儿去了？"

"哦哦，且等片刻。"虚云长老随即点燃一炷信香，登上禅椅，盘膝诵咒，一刹那间，便阖目入定了。

黎惠生这时才偷眼细看虚云长老：只见两道白眉直伸到耳畔，至少也有四寸长；脸上神朗气清，不见一丝皱纹；明明是个古稀老僧，却一身仙骨，没丁点龙钟老态。这大概就是得道高僧，世传的活佛吧！

一炷香过，虚云长老慢慢张开眼睛，对卢炜昌喃呐道："一会直会下去，一离永远相离。石大禅师与施主的师徒缘分恰恰是一会一离，再难勉强。他去年腊月坐化前曾说过此话，并嘱老衲转告施主……"

卢炜昌听了，不禁顿足捶胸："都怪炜昌少念恩师，以致缘悭至此！"

"散聚无常，非人力所能转移。施主且少悲怆！"虚云长老喃喃劝慰，"算起来石大禅师终年才八旬过半，比我可少二十岁，却先我而圆寂，倒为老衲所不料。"

"这么说，堂头大和尚今年正好一百〇六高龄啦！稀罕，稀罕！"黎惠生不觉叫道。

"不稀罕，不稀罕！"虚云长老仰起脖子捋了捋银须，"天生万物，唯人最灵。灵者集天地之正气，寿本最高。徒以纵情声色，耽于烟酒，自设魔障，戕贼躯体，遂致难享遐龄。清心寡欲，淡泊自甘，不汲汲于名利，不戚戚于得失，凡事拿得起，放得下，唯求心之所安，实乃养身之道。老衲微言，施主倘能垂听，则毋负今日此一香火缘耳！"

千里迢迢而来，却见不着石澄宇禅师一面，这下可到哪里去寻访武林高手？卢炜昌心里又悲痛又着急，对虚云长老这一番佛门警语，只是心不在焉地应酬道："长老清诲，自当记取。"

虚云长老好不错愕："施主何以彷徨至此？"

卢炜昌只好如实相告，急切地央求道："万望堂头大和尚妙显法力，点破迷津！"

虚云长老听了，顿即双手合十："善哉，善哉！"这才拿出一张黄纸，但见上面用朱砂写着二十个狂草字：

衣冠少义侠，草泽多英雄；千里失灵石，一虎踞冀中。

"石大禅师猜想你在他坐化以后必有一朝前来，特意留下这纸偈言，老衲倒差点忘了。你看看，也许会悟出一点玄机的。"

卢炜昌一看笔迹，完全跟山脚下村口那间小酒店里挂的条幅如出一辙，心里不由涌起一股说不清的滋味。上面两句不费思考，第三句"千里失灵石"显然是说炜昌千里而来之时，他已离开了尘世；第四句"一虎踞冀中"的"虎"也许就是点拨我要寻访的武林高手，然而谁是盘踞冀中之虎？这就叫人费煞思考了。

"嗬嗬！"虚云长老突然仰脖大笑起来，"这个冀中之虎可不就是直隶黄面虎么！"

"谁叫黄面虎？"卢炜昌和黎惠生同声急问。

虚云长老却不紧不慢地说："黄面虎就是霍元甲的绰号。此人功夫甚是了得，为群雄称作当今武林一头猛虎，因为他面带金黄，人们便都管他叫黄面虎。霍元甲其名倒鲜为人知了。"

"我们怎么没听说过？"黎惠生忍不住朝卢炜昌问道。

"自古江左多才子，河北多武夫。比如卢施主十七岁便高中经魁，天赋才思！你们不是读书，就是经商，武林轶事自必寡闻。"虚云长老随即从霍元甲说起，直至他的父亲、祖父、曾祖父、太祖、高祖、远祖七代武史，如数家珍……霍元甲的曾祖父就不知打从哪个异人身上学得宋太祖赵匡胤的绝招蟠龙棍法。赵匡胤原是后周恭帝柴宗训的御前都检点，凭着这路棍法，每次出征必冲在士卒的前头，率先迎战。敌军一听到他的棍风便乱了阵脚，唯恐逃命不及。天下皆闻"一条杆棒等身齐，打四百座军州都姓赵"的声威。他的麾下部属无不五体投地，心悦诚服，个个要拥戴他代替只知沉迷声色犬马，不恤将士征战之苦的柴宗训。他不愿犯上，以致一次行军至河南陈桥驿，全军下跪逼他登位。不等他作态，副将郑恩便将一件黄袍披在他身上。全军立刻班师东京，柴世宗只好慌忙让位。赵匡胤这才成为大宋开国之君，被尊为武德皇帝。足见他蟠龙棍法的了得！霍元甲的曾祖父霍彪也是凭这一路绝招，跟随太平天国后起名将英王陈玉成当亲兵大队长。到了霍元甲的祖父又创一代拳法，传至霍元甲的父亲霍恩第，便成了武术一绝"霍家拳"。霍元甲不仅深谙秘传赵匡胤蟠龙棍法，而且还综合武林各派之长，将霍家拳发展成拳法绝招迷踪艺。黄面虎这个绰号，就是因他年轻时担柴到天津卖，一次碰上称霸天津、武林豪杰见了无不退避三舍、连官府也轻易奈何不得的团伙混混们。他只好紧急间使出蟠龙棍法，但见一股黄尘裹着那根扁担前后左右上下翻腾，通街萧萧风鸣，把几十个周身功夫非凡的混混扫得一塌糊涂，从此名声大噪的。八国联军火烧圆明园，血洗京津，他的父亲、妹妹和妹夫都先后死于洋弹之下，他使出迷踪艺拿掉了不少鬼子的脑袋，闯遍天津卫四门，穿插百户千家，但见洋人鬼子便大开杀戒，一报国仇家恨……

尽管虚云长老侃侃乐道，并非天方夜谭，卢炜昌却无论如何也按捺不住一颗心聆听下去，于是乘虚云长老缓气的空隙，连忙一把曳起黎惠生，双手倏忽一拱便告辞了。

这是冀中平原一条典型的小村落。没有多少间房舍，矮小简朴，星散错落，几棵枣榆掩映扶疏，压根看不见江南九曲十八级的村街水巷，宅前屋后更少烟雨杏花的旖旎风光。然而，铅灰色的天空，灰绿色的田野，玄灰色的房舍，却构成一种辽阔、粗犷、凝重的主调，给人以剽悍的美。这个在直隶地图上压根无法查找，寻常得不能再寻常的小河南村，竟然哺育出霍家七代不寻常的武杰！难怪唐宋八大家之首昌黎公韩愈不禁喟叹："燕赵古称多感慨悲歌之士。"谁能晓得，我古老中华九百六十万平方公里土地哺育出多少热血男儿、英雄俊杰？

卢炜昌忽然思绪万千……

十八　孙中山说霍元甲这一拳：
至少打倒了中国半个世纪的耻辱

一看炜昌请来的稀客身高一米八五，十分腰圆膀阔，长方脸庞，黄面无须，两道剑眉，一双凤目闪烁着神光，宽下颏厚嘴唇，老是挂着淡淡的笑意，却又不怒而威，洒脱之中带着凛然的神色……卢敬文立刻乐得竖起戴着玉套套的大拇指："嗨嗨，可是打虎的武都头临凡！"

"老太爷过奖了。说实在的，武都头醉打蒋门神使的那招玉环步鸳鸯脚还真的挺不错，可那打虎的招数我倒不敢恭维了。"

"啊哟，乖乖！这话怎讲？"

"大虫扑来，往侧一闪，就势朝虎腹一脚，不就完事了吗？武都头身藏千百斤神力，拳脚又那么了得，用得着费那么大的劲跟它蛮缠？"

"一脚就能踢死一条吊睛白额大虫？"

"六七百斤的力聚集在脚尖上，大虫的肚皮不穿个大窟窿才怪！"

"厉害，厉害！你今番跟北极熊比赛，我可得大开眼界啰！"

"对付一只熊倒用不着这一招。"

"哦，熊的力气可比老虎大几倍，连百兽之王狮子都得避它……"

"可是熊到底让老虎吃了。"

"哦哦，这倒未听说过。"

"老太爷，这可是个猎人亲口对我说的。有一回，他还没进山，老远就看见一头老虎跟一只黑熊在山沿搏斗。那是一头饿虎，见了黑熊便张开血盆大口扑了上去，竟让黑熊一掌拍在左膊上，骨碌碌滚出丈多远。那饿虎翻身跳了起来，咆哮着再扑上前去，又挨黑熊一掌拍在右膊上，只好躲在茅草丛中。可是又轻易不肯放过黑熊，便眈眈而视。那黑熊不见了老虎，大嗥大嚎，把周围小腿粗的树木连根拔掉。冷不防那头饿虎突然跳了出来，往黑熊身上一爪便躲起来。那黑熊越发狂怒，一时找不着老虎，又拿周围的树木出气。没想到那饿虎又窜了出来，往黑熊身上又是一爪……一连几次，气得那黑熊拔光了周围的树木，耗尽力气，一屁股坐在地上直喷白沫。这当儿，那头饿虎一声咆哮，猛地扑到黑熊的背上，一口咬着黑熊的后颈脖，就势将黑熊按倒。那黑熊再也动弹不得，终于成了老虎的美餐。那老虎吸完了熊血，又扒开熊的肚皮，吃完了肝脏肠肚，给这位猎人留下熊掌熊肉，便自个钻进山里睡大觉去了。"

"奇闻，奇闻！看来霍武师今番定给中国人民出口气！"卢敬文满脸喜气。

"这番要能为中国人出口气，也就不枉我霍家七代讲求武术了。"霍元甲不无动情地回答。

卢炜昌连忙插话："霍武师，是否可以先在《申报》上登个启事？一来公开跟奥皮音打个招呼，二来也让上海同胞高兴高兴。"

"行。"霍元甲十分爽脆，当即击掌沉吟，让卢炜昌逐句记下。

第二天，《申报》就在头版载满了有关霍元甲抵沪，即将与奥皮音一决雌雄的消息。特别瞩目的是霍元甲那条百多字的启事，全篇竟以特大号宋体字登载在版首，编辑还特意加上标题"熊虎斗启事"：

余虽不武之夫，愿领教众大力士；深知赛场无情面，然铜皮铁骨无所惮惧。武夫比试，遑论伤残；俊杰施威，岂愁喋血？窃维武术之道，源远流长。伏虎岂止罗汉？降龙差胜金刚！今番酒煮青梅，英雄认清国籍；他年史留竹帛，国士辉耀中华！所祈海内贤达，武林英豪，翩然莅临，共赴盛会。毋任感激之至。直隶"黄面虎"霍元甲拜启。

溯自鸦片战争以来，在外国人眼里，中国是个落后腐朽的老大帝国，中国人都是不堪一击的东亚病夫。谁曾见过这般雷鸣电闪的雄篇？谁曾读过这般扬眉吐气的檄文？人们无不兴奋若狂，把它视为拱璧，争相传阅，大街小路，弄堂里巷，无处不一片赞叹声："够分寸，够力量，够威势！"以致这天的《申报》一版再版，供不应求，发行量大大超过了自创办以来最高的历史纪录，实在是洛阳纸贵。

奥皮音看完《申报》，急忙派人把一份请柬送到中华体育协进会，恭请卢炜昌到国际大饭店晚宴。

卢炜昌朝请柬瞥了一眼，便把它扔进了废纸篓。

奥皮音只好亲自跑到卢炜昌的面前，说启事措辞倨傲无礼，表示遗憾。

卢炜昌即刻提醒他，启事的措辞可比他在记者招待会上的谈话至少要礼貌十倍。

奥皮音语塞，赶快掏出一份上面写着拳赛规则的备忘录，强调双方必须严格遵守，因为这是国际体育机构一致决定的，其实暗示炜昌：如感不便，可以取消这次比赛，握手言和……

"这最好，这最好！"在为霍元甲特设的宴会上，卢敬文没让炜昌把话说完，便称好不迭，"谁也不蚀本，谁也不赚钱，大家都体面！"

霍元甲却哈哈大笑道："老太爷，我不远千里，倒是为了握手言和而来？就戴上一双拳套跟这北极熊走两路，也不见得三十岁老娘会倒绷孩儿！"

陈公哲、姚蟾伯等人听了，自肚里明白，都忍不住说："人家已经做了初一，我们能不做十五吗？太爷，您放心好了，霍武师并非等闲之辈，您等着大开眼界吧！"

卢炜昌肃然而起，恭恭敬敬地给霍元甲敬了四杯酒。

怎么不多不少敬四杯？众人一时颇觉蹊跷……霍元甲却把这四杯酒，一字摆在桌上，一一抱拳作答，这才一饮而尽。

卢敬文连忙敬上一杯，居然结结巴巴地说："这杯可是代、代……"

陈公哲、姚蟾伯等人一听，慌忙劝道："老太爷，这一杯您就喝了吧！今晚对霍武师只能敬四杯，不能少也不能多。"

拳赛如期举行。

入场券早在三天前抢购一空，票价炒到六七元一张，还是不能轻易买到。法租界的张园旧址里三层外三层，一里开外的楼房、窗眼、阳台仍然人头涌动。尽管上海有东方巴黎之称，不乏国际性赛事，然而打自开埠以来，还不曾有过这般盛况。只见天蓝色的帷幕徐徐拉开，台上屹然出现两个巨人：左边是穿红背心、蓝短裤的奥皮音，右边是穿白背心、黑短裤的霍元甲，二人高低不相上下，一样神采奕奕，器宇轩昂。霍元甲那双刻着青龙的臂膀，龙尾缠住手腕，龙头伸向肩膀，栩栩如生，特别醒目。赛场内外顿即爆出一片震天价响的呐喊："霍元甲必胜！霍元甲必胜！……"霍元甲浑身的热血骤然沸腾起来，"我的天！我到底看到了祖辈渴望看到的国魂啦！"他心音未落，裁判员已经吹响了哨声……一场拼搏生死的熊虎斗开始了。

奥皮音恨不得一拳就把霍元甲扫下台去。没等霍元甲退至自己的位置站定，便先发制人，那双拳头连连出击，快捷凌厉。

"呀！"人们未及惊叫出声，霍元甲已避过奥皮音的拳锋。他尽是施展腾挪闪避功夫，偶尔才架格遮拦一下或略作试探性的进击。第一局就这样过去，一攻一守，双方都没有建树。奥皮音却认为自己毕竟占了上风，霍元甲也流露出淡淡的笑意。第二局开始，奥皮音更加猛烈地进行闪电式快攻，那双拳头兔起鹘落，着着进击霍元甲的要害。霍元甲却以身形步法神出鬼没的变化，飘忽如风，屡屡使奥皮音扑空。奥皮音急了，仿佛一只狂怒的熊，挥动双拳，带着怪啸，有如倾盆大雨般猛击霍元甲。霍元甲走的仍是"醉溜趄"的步法，而且时时露出破绽，叫陈公哲、黎惠生，刘裕谷臣和姚蟾伯、宁竹亭不住地捏冷汗。

卢炜昌寸步不离地坐在他的好友医学博士林锦华和一位跌打老医生中间，也把一颗心提到了喉咙口。卢敬文原说要来大开眼界的，此刻见了这种场面，慌得不住地念佛。只有霍元甲什么心念也不复存在，因为奥皮音的拳头可不允许他的大脑皮层出现擂台以外的哪怕稍纵即逝的意念。

第二局结束，双方仍然平手。黎惠生急忙跳上去给霍元甲擦汗，趁机提醒他："霍武师，可别错过机会！"可是第三局开始以后，霍元甲仍无绝招使出，只顾着招架，左蹦右跳，前歪后仰，一双拳头像在抛气球，没半点劲儿。奥皮音看在眼里，心里暗暗高兴：你姓霍的比我还要疲得不行。于是整个儿抖了出来，跟霍元甲手肘勾着手肘缠成一团。突然，他趁霍元甲缩回双手的一刹那，竟不顾拳赛规则，不等霍元甲退回原位站定，便就势来个右钩锤，横劈霍元甲左胸膛。霍元甲冷不防吃了亏，被迫到擂台边绳。台下的外国人立刻站了起来，为奥皮音呐喊助威。中国观众全愣住了。陈公哲、姚蟾伯他们连气也喘不过来，憋得脸色煞白。卢炜昌却涨红着脖子，霍地站了起来，紧了紧纺绸黑腰带，露出随即飞上台去的架势，只要霍元甲再一闪失，即便是天皇老子也拦阻他不住。今天他一反往常，既不穿西装结领带，也不着皮鞋，一身武士装束，为的就是预备着出现这一刻。对此，卢敬文并没有觉察，因为，此刻他紧紧闭上了眼睛，几乎吓昏了。正在奥度音的熊威无以复加的瞬间，霍元甲倏然旋个玉环步，飞起右拳直取他的左太阳穴。奥皮音猛见左边拳影晃动，急忙挥拳招架，格是格住了，但哪里挡得住霍元甲的神力？巨大的躯体不由一晃，响后打了个趔趄。霍元甲迅即抢进一步，大喝一声："锤！"左拳曲下捅上，正中奥皮音下颏。只听得"篷"的一声，奥皮音竟被托离地面三尺多高，接着又"砰"的一声，颠翻出去五尺多远。原来霍元甲的右拳是虚招，左拳才是正着。是武林"霸王敬酒"的变招，先取对手下颏，再直捅嘴、鼻。这是霍家七代相传的武术精华，也是霍元甲加以发展的绝招。奥皮音哪能逃得过此厄？但见他嘴唇全部崩裂，上下两排牙齿全被击落，连鼻子也不知飞到哪儿去了！这下可急煞了在场的所有医务人员……

一阵骚乱过去，顿即一片肃穆。主持人执住霍元甲的右手高高举起，连声致贺，随即授予奖杯和奖金。中国观众这才回过神来，突然爆出一片暴风雨般的掌声；接着不分男女，互相拥抱成一团，蹦跳，欢呼，往空中抛帽子，全乐得发了疯！

卢敬文这时才清醒过来，只见卢炜昌、陈公哲、黎惠生、刘裕臣和姚蟾伯、宁竹亭一班胆友簇拥着霍元甲，急急冲出观众和记者的重围……

突然，人海中冲出一个扶桑摩登女郎，飞扑上前，拦头一把抱住霍元甲的脖子，不顾死活地狂吻。

这一突如其来的奖赏，不仅把来自燕赵古道的霍元甲给弄傻了，连卢炜昌、陈公哲一班经常出入洋场的名流也给弄得直发愣。

"小奴！不……不奴！"卢炜昌突然失声叫道。

那摩登女郎猛地打了个愣怔，转脸循声一看，连忙放开霍元甲，猝然扑到卢炜昌的身上，一个劲地啜泣起来……

霍元甲和陈公哲他们越发地糊涂了。

"你叫我寻得好苦哇！"足足半个时辰过去，李不奴好不容易才自心窝里憋出个湿漉漉的颤音。

卢炜昌再也止不住豆粒大的泪珠夺眶而出，潸然落在李不奴的嘴唇上……是酸，是苦，是甜，李不奴全然品出了味儿。八年，整整八年淤积于心窝里的幽怨，顷刻间全被卢炜昌这几滴泪珠洗涤得荡然无存。男人的眼泪也真要命！她什么也不许卢炜昌说，只需他紧紧地搂着她，补偿八年间一切太多的失落。

然而，卢炜昌却非要开口，而且十分急切："漫漫岁月，你可是怎样过来的？"

十九　卢炜昌苦苦央求李不奴：
你至少也得骂我一句！

……离开世外桃源，李不奴按照卢炜昌临别的嘱咐，七拐八抹地到了澳门，就近找了一间客栈投宿。

澳门原属香山县份，明末被葡萄牙侵占，成为远东最大的赌场。举凡世界上一切赌博赌具，这儿都应有尽有。葡萄牙当局每年不知从这儿囊括了多少赌税。人们到了澳门，大都输得干干净净，犹如用苏打洗擦一般，身上不复存在一丝铜臭。故有苏打埠之称。赌和嫖原是一对孪生孽种。这里的秦楼楚馆也就特别的多，娼妓比比皆是。高级的吗，你花千金也只能买个笑，一夕风流，动辄巨万。低级的呢？两毫钱便能买得一度销魂，两度可减收三毫六，算是优惠价。所以又被号为花柳城。妓院多，酒楼自然多的是。每当华灯初上，便尔纸醉金迷，灯红酒绿，弦管嗷嘈，笙歌聒耳。因而也叫醉香洲。此外，烟馆也数澳门多。不少店门都垂着白帘，上书"谈话室"，里面却是鸦片烟鬼道场，横床直竹尽躺着吞云吐雾客，故澳门还有个雅称：烟仙岛。

苏打埠，花柳城，醉香洲，烟仙岛，其实是魑魅魍魉之乡。李不奴孤身只影栖于客栈陋室，怪味混沌，只觉得鬼影憧憧。奈因一路上风声鹤唳，而且时近子夜，只好惴惴屈就了，一颗心忐忑不已。突然，房外喧嚣之声四起："别放走了她！拿活的！"李不奴陡地一怔，慌忙拔出那支三号左轮。"乒！"随着一声巨响，三条彪形大汉气势汹汹地破门而入。李不奴立即扣动左轮，连发三枪，眼看着三颗子弹一一穿进了那三条大汉的肚皮。怪，那三条大汉却没有应声倒地，反而不顾死活地朝她直扑过来，猝然抓住她的发辫，一边骂："看你还佯装得了假小子！"一边狠狠往墙上撞。痛得她连声大叫，一头歪到了茶几上。她拼命挣扎着抬起头来，房子里却寂然无声，压根不见那三条汉子的影儿，她反而越发的惶恐不迭，颤抖着双手把三号左轮对准房门。半个时辰过去，四周仍然一片死寂。于是她连忙检查一下左轮里的子弹，但见一颗也没有少。她终于长长吁了一口气：但愿这三颗子弹当真不曾射出去！然而，她再也无法入睡了，好不容易才待到天亮，匆匆吃过早点，便到坐落于氹仔湾的天主教堂去拜见理查德神父。

"我是卢炜昌的表妹，有事求你关照，不知神父是否方便？"李不奴记着炜昌说理查德神父是他的忘年挚友，便开门见山，一点也用不着拐弯抹角。

理查德神父果然古道热肠："方便，方便！小姐尽管说。"英国人本来爱讲究礼貌，却并不拘泥。一见她爽直，二见她穿着男装，极像个翩翩少年，一身潇洒，黑发秀眉之间又透着吉卜赛女郎式的神韵，不禁暗暗欢喜。

"尊敬的神父，您最好是随便叫我小李或李小什么的。"李不奴故意提了提脚板，"人家说我长得观音头、扫帚脚，只配当侍婢呢！"

"谁说的？我知道，观音是中国的一位赤脚女菩萨。我敢发誓：你长的是观音头，也是观音脚，由头到脚都跟观世音菩萨一样美。我真替炜昌高兴！"理查德神父诡秘地笑了。

李不奴一听理查德神父把她和炜昌扯在一起称赞，心里好不高兴，却故意反问道："我的头和脚怎么倒值得神父这般替炜昌高兴？"

"我知道中国的老规矩，表兄妹大都会成为情侣的。你俩大概也不会例外吧！"理查德神父索性眯起眼睛朝李不奴直笑。

"神父真是好眼力！"李不奴居然落落大方，却遮掩不住天性的羞赧，忽然神伤语怆起来："只是炜昌他凶吉难卜……"

理查德神父不由一怔："他出了什么意外？"

李不奴再也忍不住黯然泪下，几乎把嘴唇咬破了，好不容易对理查德神父诉尽了这番遭际。

理查德神父脸上骤然失去了笑容，立刻在胸前划了个十字，为卢炜昌祈祷起来，然后一迭连声地安慰道："别难过，别难过！这么多天了，却不见从广州方面传出什么骇人听闻的消息。也许，炜昌未必会身陷囹圄的。"

都说英国红毛凶神恶煞，理查德神父却不仅和蔼可亲，而且十分的善解人意，言语之中尽是体贴。足见爱，毕竟是人类的本性。李不奴的感情此刻特别容易满足，仅仅得了一点慰藉，便感激不已："太感谢神父了！上帝和菩萨必定都会保佑炜昌的。"

"炜昌这边，我自然会关注的。倒是你年轻轻一个女儿家，而且长得又这么惹人瞩目，在这儿可诸多不便。你希望得到我什么效劳？"理查德神父简直在询问皇室里高贵的公主。

"我想仍然男装打扮，到日本去学点维新救国的本事。日本维新不久便强起来。我们甲午一役还吃了人家的大亏呢！神父，您看看行不？"李不奴俨然一个热血男儿，只是语气之中难免不掺着几分娇媚。

理查德神父一双碧眼定定地端详着李不奴，良久，才频频颔首："有志气，有志气！到日本去旅费可不高，生活费和学费也都比较低廉。你想去哪个城市？"

"你说呢？"

"你还是到东京比较好。那儿学校多，科目也比较齐全，花费倒不会太大。"

"那就听神父的咯！"

"你赶快拍个一寸半身免冠照片来，让我给你办出国手续去。"

"这般麻烦神父，真不好意思！"李不奴忽然礼貌过分。

"你这假小子，还用得着跟我客套？"理查德神父一半打趣一半生气，"我只能为你跑跑腿儿，已经够惭愧的了！你此行的旅费倒还好办，只是长期在日本，生活费和学费可就……"

"神父用不着担心！"李不奴一边说一边从脖子上解下藏得极严的项链，"嗖"地放到理查德神父的手上，"这串项链重一千一百二十克拉，大概够几年的学费和生活费了吧？"

这是一条钻石项链，蓝闪闪的，奇彩夺目，颗粒匀称，一色上等火钻，至少也有四两多重。理查德神父不禁惊问："呀，哪儿来的一串宝贝？"

"上帝赐的！"李不奴朝天努了努嘴巴，嫣然笑道。"哦哦，把它卖出去，可足够你在东京过一辈子啦！"

"这就拜托神父了！"

"你信得过？"

"炜昌信得过的人信不过，还信得过谁？"

"荣幸荣幸！只是这儿地头太窄，珠宝生意不大，轻易卖不到好价钱。我替你拿到香港珠宝市场去，包管能卖个高价。不过，你得陪我走一趟。"

"要我监视您？或者怕您逃跑？"李不奴不由愀然作色。

理查德神父"嘿嘿"笑了笑，急忙改口道："你哪儿都够威，就是这条辫子不顺眼。你不知道，我们外国人最瞧不起你们中国人的就是这条辫子。你到外国去，怎好再拖着一条辫子？不如跟我一起到香港去理个堂堂皇皇的男性发型，再换上正式时款西装，打上高档领带。到了日本，人家才不敢轻易瞧不起你。只是格外得提防那些东洋魔女就是了。"

李不奴高兴得直跳，一个劲儿催促："那就快走吧，那就快走吧！"

"看把你急的，好像你本来就是个男儿！"理查德神父一看李不奴这般高兴，也乐得呵呵大笑，"可得先办妥出国手续，到了香港就不用再折回来啦！在那儿住几天旅馆，等着开船就是了。"

办出国留学手续，本来十分简单。无奈满清官员大都是些庸碌无能、颟顸透顶的奴才，大凡公务总爱拖拉、扯皮，互相推挡。明明是三两天便可以办妥的事，他们却非要拖到一年半载，甚至三年五载也不稀奇。你要快吗？那就得识趣点儿，先送上半百块光洋。出国留学又非富家子弟不能做的梦，不榨你一大笔才怪呢？理查德神父却凭着"英国神父"的牌子，居然不用通过香山县衙门，前后不到三天就给李不奴拿回了赴日护照。

李不奴接过护照，一看她的名字"不"少了个"小"，"奴"字下边却多了个"弓"，变成"李一弩"，不由惊喜地直叫："太妙了，太妙了！这下我可负弩前驱了。神父，我一定不辜负您的勉励。"

"聪明，真聪明！"理查德神父也跟着叫起来。李不奴娇矜地一笑，竟然信口地曼声低吟——

你可知道我

是谁？你知否年华

似水？你知道蝉声

添我几多憔悴？悴，悴悴，悴悴！

你知我心底有多少凄惶的泪？

啊，啊啊，

泪，泪，泪！

你可知道我是谁？

你知否人生如蕊？

你知道春花经受几许折摧？

摧，摧摧，摧摧！你知否茫茫尘世

有多少难测的泪？啊，啊啊，

泪，泪，泪！

"孩子，快别唱了！"一阕未了，理查德神父早已潸然泪下，忙不迭地央求，"你的身世，我至少明白了一半。你到东京，也用不着发愁。那里有一位集你们中华的希望和巾帼的骄傲于一身的女杰，不仅才识卓荦，气雄万夫，更兼急人之急，济人之困。她比你年长，正好认个姐妹。我可介绍你跟她相识，你千万要当心替她保密。"当即掏出自己的名片，提笔写道："给你介绍个好妹妹，名叫李一弩。你一定会喜欢她的。切望多多关照！"然后列上收件人的姓名和地址，交给李不奴，再三嘱她藏好。

李不奴一看名字，脑子里蓦然闪出一缕淡淡的记忆，依稀在哪儿听说过鉴湖女侠大逆不道的故事，却又一时想不起来……

"我一踏上东京就给你寄了一封情书，你可曾收到？"李不奴不仅问得突然，而且直白得可以。

卢炜昌好不惊诧："那你在上边倒尽写了一些什么？"

"情书情书，除了谈情说爱，还会写些什么？"李不奴也不由瞪大了眼睛："你没有收到？"

卢炜昌不无遗憾地摇了摇头。

"嗳嗳，太遗憾了！"李不奴不禁一阵叹惜，"这是我在澳门一间小客栈里写的，那晚还做了个噩梦呢。我本来要托理查德神父设法交给你的，不想走得仓促，一时竟忘在了皮箱里。只好到了东京再把它寄给理查德神父。你还要不要听？"不等卢炜昌开口，她便把那封留在记忆深处的情书一字不漏地背诵出来：

照壁青灯影纷纷，扑窗苦雨最销魂；此去纵横九万里，除却巫山不是云。

卢炜昌听了，心里不禁涌起一股狂澜，顿时把他给冲昏了，半晌作不得声。"炜昌，你怎么啦？"李不奴好不困惑。

"我太负情了！虽然每年都到澳门寻访理查德神父，打听你的芳踪，但每每听说他回英国以后一直没了消息，便泄气了，就是没想到也该寄给你一封书信……"卢炜昌竟然变得傻乎乎的。

李不奴一听，忍不住"咭咭"大笑："你连我的书信都收不到，怎晓得往哪儿给我寄书信？"

卢炜昌跟着笑了笑，突然问道："说实在的，你一点也不恨我，或者说，一点也不怨我吗？"

李不奴好不奇怪："我为什么要恨你？为什么要怨你？"

"不不，你应该恨我，至少也该怨我。要不，就骂我一句补偿补偿也行！"卢炜昌却实实在在地说。

李不奴越发把眼睛睁得圆圆……

"你要不至少骂我一句，我一辈子也不会轻松的！"卢炜昌简直在乞求了。李不奴猜出几分来了，脸色不由陡地发了青，目光乱乱的，哀哀的，突然大声嚷道："不，我不需要恨，也不需要怨，我需要的是爱、爱！"一边不顾性命地跑。

卢炜昌惊呆了。半天才急忙跳上街边一辆黄包车，径直追至闸北神州女子师范学校筹备处。

李不奴却紧闭房门，不管炜昌如何央求，她也不予理会，只是一个劲地啜泣不止……

李不奴万万没想到，第二天大清早，卢炜昌竟然站在她的宿舍门口等候她，一双眼睛不由得蒙上了一层泪翳。

"你还来做什么？"李不奴硬是按着心头的惊喜，故意绷着脸问道。

"只求你骂我一句！"卢炜昌喉咙里仿佛塞着一团棉花，费了好大的劲才憋出声音。

李不奴突然"嘻嘻"笑了："你既然来了，我偏不骂你啦！你今朝要是不来，不仅该怨，该恨，而且该骂咯！"

"我怎么能不来呢？"卢炜昌强笑道，"古人有'人苦春宵短，我爱夏日长'，我昨夜可恰恰相反：'人爱夏日短，我苦春宵长'！"

"你这就撒谎了。身边享不尽的温馨，哪会觉得春宵长呢？"李不奴竟把昨天的痛苦忘得一干二净，丝毫也没有嫉妒和揶揄的意味。

这本来就是李不奴。卢炜昌却忽然觉得十分的陌生，不由得直嚷："秋妹！我何必要向你撒谎呢？"

李不奴一听炜昌当年赠给她的爱称，心尖不觉一阵震颤，忍不住问道："怎么，你身边倒缺少爱的温馨？我昨夜全想明白了。我们分别以后，彼此杳无音讯，各人生死不明，你不等我而先娶……"

"不不，我与你邂逅黄府之前，已是使君自有妇了。"卢炜昌连忙解释。

"哦！难怪那年乡试中秋在珠江花艇上你死活不肯答应娶我！"李不奴足足愣了半个时辰，才叫出声来，"这就更怨不得你了。何况男人对爱情终究不如女人耐心。我们之间发生的事，在外国压根儿值不得介意。看来，我们至少一百年也赶不上人家文明。你什么也用不着解释了。而今我只需知道，太太究竟令你幸福不？"

"幸福，幸福！"卢炜昌连忙答道。

"你可不能欺骗我，也不能欺骗你自己啊！"李不奴眼睛一眨不眨地盯着卢炜昌，两道灼灼的眸光在努力捕捉卢炜昌的语气所包含的真实度。

"真的，你嫂子可是世上无可挑剔的女人。我能娶到她，实在三生愿足！"卢炜昌的语气没有丝毫的矫饰，"那天夜里我复返广州，亏你虔诚祈祷，黄花农压根奈我没何。本该及时赶去世外桃源接你，却因老师孙爷子猝逝，囿于丧事，我食言了。她却从我梦中得知你的处境，居然背着我跑到世外桃源去。听了周妈诉说你的情况，回来非要我天涯海角地寻你。"

"天下真有这等女人？炜昌，你不会在向我编神话故事吧！"李不奴仍然将信将疑。

"她听说你回上海来了，高兴得非要我半夜陪她来见你。我怕你……"卢炜昌再不能往下说了。

"怕我什么？怕我跟她打架吗？你不让她来见我，我偏去见她。她当真跟你说的那么了得，我便让了她；她要是不懂得爱情为何物，我便非要把你整个儿地夺到我的身边来！"李不奴一边说，一边径自往外走。

二十　孙素云和李不奴的心在撞击：
各自发出奇异的声音……

两个女人刚打照面，便同时怔住了……

炜昌的艳福真不浅！与其说她天生丽质，是个古典美女，莫如说她是神话中的花仙更恰切些。然而，不管是古典美人，抑或是神话中的花仙，给人的一样是遥远的美，尽管她就在眼前。唯其美的遥远，越发叫李不奴觉得自己难及。这时，只有在这时，她才第一次打心眼里实实在在地承认：世界上还有一个比她更美的女人！于是，她的心底不觉冒出几分嫉妒，以致禁不住一阵阵脸红，一时竟不晓得如何开口，哪怕半句寒暄，着实尴尬得可以……

孙素云平素极少出门，来到上海以后就更少跟外界接触了，自然没见过几个秀气绝伦的女子，而且她一向视爱打扮的女人为招蜂惹蝶的淫荡货，自己从不搽脂抹粉，尽管她少女时代就读过欧阳修被传为闺房之乐的千古绝句："妆罢低声问夫婿，画眉深浅入时无"，也只在服饰上稍稍讲究了点儿：上穿斜襟唐装素服，下套淡雅罗裙。这也是来了上海，仅仅逼于入乡随俗，在炜昌的客人面前不太给丈夫丢脸。此刻，李不奴却叫她打心眼里暗暗惊叹：普罗米修斯当初抟土造人时怎么还遗落这么个天下第一的美人儿?!虽然李不奴不仅嘴唇上搽着口红，脸上抹着淡淡的脂粉，而且连眉毛也描画得深浅入时，但丝毫也不因此而妨碍她的羡慕。倒是李不奴的一身时髦和洋气，叫她产生一种奇怪的自卑感：自己毕竟太土气了！因而，远远地便站定，许久许久才惴惴地低声招呼："妹子，你到底平安回来了！"

李不奴一听这亲切的招呼，猝然豁出性命扑上前去，一把搂着孙素云的脖子，"嫂子！嫂子……"连声不迭。

两个女人顿时哭成了一团……

"哎哎，别哭了！哦哦，别哭了！"卢炜昌不住地叫嚷，却一边不住地陪着扑扑簌簌直掉泪，"秋妹，你嫂子掉眼泪本事可大着，你有多少眼泪能跟她比？快跟我看一样东西！"

两个女人这才"扑哧"一声笑了。

卢炜昌的写字楼。那盆跟水仙并排摆在一起的秋海棠忽然冒出了灵气。本来花期届满，便开始谢艳了。它却一如初开那般水红，一簇一簇的四片瓣儿全都闪着奇彩，掩映于茁壮、茂盛的枝叶之间，给窗前的秋色平添了万千气象。

"呀，这盆秋海棠可真稀奇！"李不奴不禁忘情地惊叫起来。

"还有叫你更稀奇的呢！"卢炜昌也禁不住忘情地说，"你再仔细看看。"李不奴端详了好一会儿，仍然直摇头："噢噢，看不出什么稀奇了。"

"这上面可渗着你的泪痕，怎么看不出？"卢炜昌问得倒有些稀奇了。

李不奴陡地一愣……

卢炜昌却没有在意，只顾着往下说："这盆秋海棠，可是你嫂子当年听周妈说，你在上面洒了不少眼泪，特意把它抱回来的。全家从香山迁来上海，她什么也不管，就是紧紧抱着这盆秋海棠不放。"

李不奴这一咯噔不打紧，整个人儿可愣直了。突然"哇"的一声跪在地上，抱着孙素云的腿儿恸哭起来。

孙素云大惊，连忙扶起李不奴："妹子别傻了，妹子别傻了！"

李不奴哪里肯依？打从娘胎里坠到马桶里，她受不了这个委屈，曾放声哭了好长时间，尔后的二十多年，她可不曾放声痛哭过。即便在周妈的世外桃源，为炜昌掉了那么多眼泪；在日本听了秋瑾大姐遇害的噩耗，连眼睛都哭肿了，她也不曾让别人听见她的哭声。而今，她可要痛痛快快地哭一场，哭得痛痛快快！因为，她的感情毕竟得到了别人的尊重，而且在孙素云的心目中简直被视为一种神圣。这可是一种神圣的尊重，不带任何虚伪，不带丝毫嫉妒。不知外国哪位学者说过，人的存在价值，主要在于人的感情存在的价值。人格的高低，全决定于人的感情存在的价值大小。人可以失去一切，唯独不能失去感情的存在价值。人类倘若都能互相尊重彼此感情存在的价值，整个人类的素质就会脱离动物性越远，升华到一种崇高的境界。她怎么能不痛痛快快地哭，哭得痛痛快快呢?！

"你就让她哭个够吧！"卢炜昌忽然反过来劝阻孙素云。"都怪你多了一句嘴！"孙素云竟跟着"呜呜"哭起来。于是，两个女人又哭成了一团……

卢炜昌这下可慌了，连忙唤女佣："快给客人端茶。"

李不奴这才连忙拭去泪痕，朝卢炜昌莞尔笑道："我本要把心底的泪水一倾而尽，你却偏要我留一半。什么时候才让我再痛痛快快哭一场？"

孙素云不让炜昌开口，便赶紧截住搭讪："妹子可说的什么傻话？从今以后，你该笑个没完才是！"

"嗳嗳，我的好嫂子！其实，人生难得几场哭。你一生笑多少，就必定得赔多少眼泪；笑跟哭，只能各占一半，可不敢强求笑非得比哭多咯！"李不奴一点也不像在开玩笑。

"有道理，有道理。"卢炜昌连声赞许，"喜中有悲，悲中有喜，前尘往事，不尽低回。"

"我才不相信呢！"孙素云执拗地咂咂嘴巴儿，"难道普罗米修斯抟土造人时倒把眼泪和笑声称得平平才拌进泥巴里不成？"

在客人面前，孙素云一向轻易不会抬头作声，只会微笑颔首附和。不管客人说得如何无稽，也断断不会有半点异常的神色。可如今在李不奴的面前却没丁点儿拘束，这不由卢炜昌不诧异：世间的每一句话，竟都不是无端造出来的！"一见如故"，不正是为的用来为素云与不奴写照的吗？

"嫂子，信不信由你。反正人生要多奥妙就有多奥妙！"李不奴倒也乖觉，既无意让步又似在让步。

孙素云听了却觉得十分的新鲜，不由兴味盎然："妹子满肚学问，人生到底有些什么奥妙？快说来听听！"

李不奴只好说："普罗米修斯抟土造人，毕竟是古希腊神话。我倒宁愿相信他因一滴眼泪落在凡女阿西亚的身上而彼此相爱，以致不顾天帝宙斯严厉的惩罚，在权势神、威力神、火神的汹汹气焰面前，硬是偷得天火，给人间带来光明……"

"妹子这可就添枝插叶了。"孙素云忍不住说。

"嗳嗳，神话本来就是人类编造的呢！现实世界往往许多事情比神话可还要玄。比如，嫂子少女时身处深闺，可跟炜昌哥压根不相认识，竟因为梦见一个火球而成了夫妻。你说奥妙不奥妙？"李不奴忽然调皮地说。

孙素云竟"咯咯"大笑起来："唷唷，这是前世姻缘哩！"

"人死以后便成了另一种物质，哪有什么前世后世？"李不奴俨然西方学者的口吻，"不过人世间缘分倒是有的。那是一种意想不到的好机遇……"

两个女人你一句来我一句往，越扯越投视，越谈越亲昵，竟把卢炜昌给撇在了一边，叫他轻易不能插嘴。卢炜昌好不惊喜：不奴果然不枉八年面壁东洋！不光连素云也轻易给她迷住，就连他自己也打心眼里折服。今番可有她作为的了。于是忍不住截住她的话问："秋妹，你在日本可曾碰上别的中国女士也在求新学？"

"你就会打岔。"孙素云的一双三寸金莲尚且裹得严严实实，她的兴致哪会轻易长出翅膀飞及在东洋求新学的中国女性身上？她所要急切知道的，只是人世间的缘分。

李不奴仿佛钻进了孙素云的心底里，朝卢炜昌笑笑："你别着急呀！让我先跟嫂子聊上三天三夜，再跟你聊三天三夜……"

"哦哦，两个女人趁一条圩，哪会有男人的份儿？"卢炜昌只好欣然离开了。

孙素云立刻说："妹子，我们在一起的日子长着呢！别的话就留待以后慢慢地聊吧，眼下我只需你实实在在回我一句话。"

"别说一句，只要嫂子需要，一万句也行，随问随答，即问即答。快说，快说！"李不奴倒迫不及待起来。

孙素云却慢声慢气地问："你在东洋八年，可曾有了相好？"

"相好？"李不奴微愕，随即摇摇头说："倒认了个好姐姐。"

"真的？"

"在嫂子面前，我会有任何隐私？"

"哦——"孙素云不禁喜出望外，一迭连声："缘分，缘分！"

李不奴不由大惑："嫂子，你这是什么意思？"

"往后，你可别再叫我嫂子喽！"孙素云眉飞色舞。

李不奴越发憣然："那叫你什么？"

"姐姐，叫我姐姐呀！"孙素云忙不迭地答道。

"噢噢，我与炜昌以表兄妹相认，叫你姐姐未尝不可，何况你既然这般喜欢我这个妹妹！"李不奴也禁不住一阵欣喜。

"不不，"孙素云连忙澄清她的意思："我说的可是，既然自古男人三妻六妾平常事，你我之间就不必非分妻妾了，两人平起平坐，炜昌也不过是二妻无妾，不会过分的。"

　　李不奴不禁陡地睁圆眼睛，一阵激动过后，脸上骤然飞起了红云，臊得不行，连嗓门也变了调调："嫂子的美意，不奴化了灰也忘不了。要是我们压根未见过面，也许你的美意倒会得到兑现的。谁叫我们偏偏急着认识？这也是人生的奥妙啊！"

　　孙素云急了："妹子是个聪明人，不会不解'爱屋及乌'的，何况一见面，你就叫人喜欢得不行！"

　　"……"李不奴心里像鸡雏打翻的一篮乱麻，一时竟不晓得如何作声。

　　"虽然，我的长相并不很丑，可我到底在小镇过惯了，一身乡土味，再加上这一双三寸小脚，如何陪得炜昌出入花花绿绿的世界？妹子，你就替我积个阴德吧！"孙素云只差没给李不奴跪下。

　　"……"李不奴越发不能轻易开口了。

　　"你不知道，炜昌对你有多痴！"孙素云见李不奴半晌不搭腔，只好把卢炜昌每逢秋海棠开花如何痴呆的情形和盘托出。

　　李不奴哪里还受得了？两行眼泪哗然而出，夹着涩涩的声音："这就叫不奴满足了！还需要什么呢？"她在问自己，又像在问孙素云，没等孙素云再开口，她突然朝孙素云深深一躬，便不顾死活地奔下楼去……

　　孙素云怔住了。

二十一 孙中山给卢炜昌的信：

中国的事大有可为……

俨然一位了不起的将军在战场上取得了举国欢腾的胜利，一连三天，整个大上海都湮没在震天价响的爆竹声中。到处一片欢呼：

"霍元甲！"

"霍元甲！"

"霍元甲！"

一股突然从阿拉们的血管里奔突而出的炽热席卷十里洋场。平日趾高气扬的洋人，一时间全都目瞪口呆了。

"为霍武师的神拳，为炎黄子孙的胜利，干杯！"

几乎所有的酒楼餐厅以至陋巷里弄，扬眉吐气之声迭起。上海，这个冒险家的乐园，曾几何时，这般为中国人陶醉尽兴?!

"霍武师，你为什么不用别的拳法，偏要给奥皮音来个'霸王敬酒'？"在上海体育界知名人士和几乎所有的武林高手出席的盛大酒会上，不知哪一位武师好奇地问道。

霍元甲不无风趣地答道："为了回敬他刚到上海就在记者招待会上发出的那一派狂言！"

"霍武师，"卢敬文眼睛往上翻了翻，忽然想起了什么来，"我明白了，你那天为什么跟我说那段有趣的熊虎斗故事啰！"

"老太爷明白了什么？"霍元甲很有些愕然。

卢敬文摇了摇大拇指上的玉套套，正儿八经地说："你原来要变作一头真格猛虎，非要吃掉奥皮音这只北极熊！"

满座听了，哄然大笑。

"可我不明白，"卢敬文见众人笑得前仰后合，好不得意，一口香槟酒没到喉咙口便又抢着说："那头猛虎把那只黑熊的肚皮也给扒开，你怎么只是一拳打掉了奥皮音的嘴巴和鼻子便罢了手?"

"老太爷,兽到底是兽,人到底是人呗!"陈公哲抢着替霍元甲回答。

霍元甲却笑笑说:"老太爷说得倒也实在。人的身上难免有兽性,兽的身上不一定全是兽性;有的人比兽还凶恶,有的兽比人还要温良。大千世界,未必人以貌分,兽以形别。"

人们兴致盎然……

唯独卢炜昌以东道主身份致了祝酒词后便不再作声,独自对着酒杯沉思。酒席一散,他便迫不及待地向霍元甲披露自己的心思:

"世界上历来弱肉强食,当今尤甚。奥皮音之所以胆敢如此欺负我们,无非视我民族太弱,国民皆东亚病夫。要强我民族,必须增强国人身体,以实力屹立于世界。武术正是强身之道。我想先在上海创办起精武体育会,然后再图扩展至海外,凡有华人侨居的地方,无不遍树精武之魂。不知霍武师是否愿意留下助我,以你的绝艺传授国民?"

霍元甲虽然比卢炜昌年长十五六岁,却打心眼里对卢炜昌敬服得五体投地。如果说从直隶直到上海,卢炜昌一路上给他的印象仅仅是个热血男儿,那么眼前的卢炜昌,简直成了他的偶像。连忙抱拳答道:"霍家七代尚武,难得今日光大;卢公如此信赖,元甲岂敢不鼎力协助?!"

卢炜昌立刻找陈公哲、姚蟾伯去……

陈公哲一向性急,没等卢炜昌把话说完,便亮开嗓门大嚷:"哎呀,还用得着什么磨牙?快说,你要我和蟾伯唱什么角色?"

"自然要唱主角罗!"卢炜昌同时投给陈公哲和姚蟾伯恳切的目光。

"啊哈,炜昌,你这就近似开玩笑了。论做生意我还可以跟你讲句'彼此彼此',除此之外,公哲一向甘拜下风。你要我出多少钱倒没二话,反正光会赚钱不会花钱,充其量只能算个守财奴。"陈公哲好不爽脆。

姚蟾伯一向不轻易流露感情色彩,此刻也不乏激昂之词,尽管慢声慢气的:"此乃中华一创举。蟾伯保险肝胆相照,全力协助。炜昌,你说该怎么办就怎么办好了。"

"太好了,太好了!只要我们三人同心协力,不分彼此,就不怕办不成大事业。"卢炜昌激动地朝陈公哲和姚蟾伯伸出右手……

陈公哲连忙使劲一握,姚蟾伯右手已搭在了上面,紧紧的,紧紧的。

卢敬文一听炜昌提出了钱的数字,眼睛不由得瞪直了。看来,他一辈子辛酸创下的家业,全都要让炜昌花在精武体育上的。可是,他又阻止不得。炜昌的脾性，从小就跟敬郁的一般怪，大凡认定了什么事情，非要抱死一个心眼干到底。何况这精武体育会干系这般了得？他要是阻止炜昌，别说走到哪里，整个大上海的人都会朝他的脊梁吐口水，就是百岁以后到了阴府，东亚病夫也不会轻易让他过奈何桥的。这不由他不顾虑……

"爹，您一辈子辛酸创下的家业，我能一分不少地给您保着，可谁又能担保我的儿孙也会一分不少地给您保着呢？其实，一个人活着，但求温饱，日子过得宽余一些就行了。钱积攒得再多，一旦闭上了眼睛还不是乌有？倒不如用它做一番益国益民的事业，换一份美誉，可给子孙留下了一份永恒的财产。至少也比您花那么多的银买了个空头衔四品顶戴实在得多。何况这些钱都是从社会上赚来的，就该把它还给社会。物归于源，这可是天意啊！"不知怎的，卢炜昌滔滔不绝。

卢敬文却越听越烦："得了，得了！牛耕田，马食谷，老子挣钱，儿子享福。你说，这是不是天意？"牛头不对马嘴地驳了两句，说完竟把自己关在房子里，一连三天，屁股不沾正厅的八仙椅，不会任何宾客。

这天清早，他突然把炜昌叫到祖先灵位跟前，亲自点燃香烛，焚起檀香，沉着脸说："孩子，快拜祖先吧！"

卢炜昌很是莫名其妙。

卢敬文先跪在了地上，口中念念有词："炜昌赤子丹心，为国为族，万望祖先在天之灵助他成就大业……"

卢炜昌"扑"的一声双膝跪下，可没有忙着拜祖先，却朝卢敬文频频叩头，声泪俱下："爹，受儿一拜！"

卢敬文却慌得不行："孩子，爹受不起，爹受不起哇！"

这当儿，房门突然被推开，一阵旋风卷了进来。卢家父子的精诚所至金石为开。早在房外徘徊良久的霍元甲哪里还按得住心底波涌浪翻？闯进来二话没说便霍然跪在卢炜昌的身边，又是拜卢敬文，又是拜卢家祖先。

卢家父子猛然一惊，急忙转身朝霍元甲直拜……

霍元甲跳了起来，掏出一张支票交给卢炜昌："这是我献给精武体育会的一点心意，请无论如何一定收下！"

卢炜昌一看这是霍元甲拳赛所得奖金，两手颤抖得不行。他深知霍元甲家道清贫，又很了解霍元甲的脾性，只好说："为了精武事业，霍武师可谓尽力竭诚了。这两千块大洋，我只能顺情接受五百块，给捐款芳名册带个头，让霍武师的美名与精武事业共存。"

卢敬文见儿子做得入情入理，禁不住频频点头。

霍元甲哪里肯依？绷紧脸道："你要不全都收下这两千块大洋，就别在捐款芳名册上写上个'霍'字！我家世世代代穷惯了，这一千多块大洋，救得了霍家也救不了天下的穷苦人家。让它为精武事业派上用场倒算得其所。你不是说物归于源，这是天意吗？"

"霍武师这般赤诚，我只好全收下了！"卢炜昌当即在捐款芳名册上赫然写上第一行字："霍元甲武师捐款大洋贰仟元"；跟着是："无名氏暂捐大洋叁万元"。

霍元甲却突然说："卢先生，请你把我的名字从捐款芳名册上划掉。"
"霍武师，这是为什么？"卢炜昌不由大惑。

"你捐三万块大洋都不肯留芳名，我捐两千块倒好意思？"

"人各有所囿，凡属尽力而为便足称竭诚。"卢炜昌又感动又着急地说，"你这两千块远非你的全部家产所及，自然应列第一芳名。我捐三万块却还未及我的部分家产，岂敢留名芳册？请霍武师无论如何也得给我包涵包涵，以免炜昌愧见友人！"

卢敬文忍不住了，使劲晃动大拇指上那个玉套套说："那就……就再……再……再捐三万块大洋吧，可一定得把卢家的名字写在芳名册上！"

卢炜昌惊喜不迭，连忙写上父亲的名字。

霍元甲一看，非要将自己的名字列在卢敬文的名字之下。

卢炜昌不但不依，而且从自己的家业中拿出一千五百块大洋，背地里派人送到直隶小南河村霍元甲家里……

1909 年 10 月 1 日。

在震天价响的爆竹声中，上海北郊王家宅的门口挂出了"上海精武体育会"的牌子。一时间，前来请求入会的人络绎不绝。好几家大武馆的门徒得知霍元甲任精武体育会总教练，纷纷改李投梅。特别引人注目的是，大门口竟有两个印度警察在站岗，给精武体育会的成立平添了几分幽默的色彩。原来这两个印度警察大清早便来请霍元甲教功夫，让卢炜昌碰上了，便叫他们先去打扫门口，以表示诚意。这本是一句搪塞的话，岂料这两个家伙竟然认了真，老老实实把门口打扫干净，便分别站在两边帮助维持秩序。上海人最富幽默感，立刻奔走相告："哎唷，那俩神气活落现格红头阿三，今早也来凑趣帮杂，邪气卖力。卢老板真格勿推板！"大街小巷传为笑谈。

晚上，霍元甲特意在露天演武场上当众作了武术表演。他先采一路霍家练手拳。虽然架式不多，却十分稳重紧密，攻守兼顾，马步、出拳、起脚、劈掌、翻腾、跳跃都极见功力。即使一个冲锤或踢腿，无不仿佛挟带着风雷，呼呼作响。接着，两个彪形后生抬来一把六十八斤重的大刀，霍元甲倏然接在手里，旋即轻轻往空中一抛，那把大刀便直指天穹，但见那大刀直朝他倒插下来，他却不慌不忙伸出右臂，"嗖"地接住，就势转身来个遮天盖地，于是那大刀便环绕着他的全身上下飞舞起来。然后，旋乾转坤，左插花，右插花，三环套月，刀劈四门。大刀型的"泰山压顶"，技术型的"蜂蝶穿花"，阴阳有度，虚实无形；如撒梨花，似飘瑞雪！初时还看得清身形刀法，待舞至间深处，便只见万道寒光，一片刀影。刀光忽而东闪，忽而西窜，风雨不透。

人们正看得眼花缭乱，惊叹不已，忽听台下爆出一声闷雷似的吆喝："咉！姓霍的听着：是好汉，明晚七时在这儿见，不见不散！"

霍元甲不由收刀站定，忽见前排观众中站出十多条粗汉，簇拥着一个块头高大，虎背熊腰，四方黑脸，环眼浓眉，密密匝匝长着满脸络腮红胡子的武夫，便拱手淡然笑道："好汉尊姓大名，尚望见告！"

"要问谁是英雄汉，你是虎来我是龙！"那武夫竟然呵呵大笑起来，摸着络腮红胡子掉头走了。

"我们大爷是洪胜武馆大老板，绰号赤须龙洪胜，十里洋场谁不知晓！"那十多条粗汉一边走，留下一派狂妄之言……

这着实大煞风景，不唯跟霍元甲过不去，而且分明在向精武体育会寻衅。卢炜昌却不予理睬："如此一介莽夫，值不得为他伤了元气。"

"文人不认第一，武夫不认第二。这个赤须龙一向争强斗胜，自诩拳脚无敌。如今上海来了个霍公，声威赫赫，他怎会轻易服气？"陈公哲忿忿然道。

"要紧的是他不少门徒转入了我们精武体育会，这不但影响他的收入，而且危及他在上海武坛的地位。他要不豁出性命来较量，就不成其为赤须龙了。所以，你越不理睬他，他就越会闹个没完没了！"姚蟾伯也忍耐不住了。

"他这般凶神恶煞，或许还有个缘由。"霍元甲寻思道，"我跟奥皮音拳赛，囿于国际规则，没使过腿功，腰部以下也用不着掩护。他也许以为我功夫空疏，不善于用脚，必能置我于下风。"

"赤须龙就是擅长用脚！"黎惠生一拍大腿跳了起来。

"明晚他来，我们不妨先待之以礼，喻之以理，力求和解。如果他蛮不讲理，硬是要见个高低，那就只好奉陪了！"霍元甲接着说，"卢先生，你说呢？"

卢炜昌只好颔首。

第二天晚上七时许，赤须龙洪胜果然带着一帮高徒闯进精武体育会来了。卢炜昌连忙拱手招呼："洪武师光临，失迎，失迎！"

洪胜下意识地略施拳礼，便板起脸孔问道："姓霍的哪里去了？"

"嗬嗬，先喝杯茶，有话慢慢说。"卢炜昌一面说一面把他们领进大厅。

"卢老板，别跟我来这一套，快叫姓霍的出来！"洪胜显然把霍元甲的故意回避视为胆怯，越发狂妄得不行，非要立刻拳脚相见。

"霍武师并无意跟洪武师计较武坛交椅，何必结怨？他不过为我所挽留，出于炎黄子孙的良知，愿在上海与武林俊杰弘扬尚武精神……"卢炜昌十分耐心地向洪胜解释精武体育会尚武健身，振兴中华的宗旨和章程，"请洪武师顾念武林同寅之义，大家同心协力，发展国民的体育事业……"

"这都是些什么鸟话？我不懂！"洪胜的耳膜一向就厚如铁壁，此刻哪能听得进任何金玉良言，脖子可拧得特别的横："姓霍的愿见高低就赶快出来。如果不敢跟我交手也行，那就立刻把精武体育会的牌子给我拆下来！"

"什么敢不敢？"卢炜昌不禁竖起了双眉，"我们都是中国人，炎黄的子孙，实在不愿意自相伤害！"

"我没有功夫跟你磨嘴皮。敢打就打，不敢打就给我把招牌拆下来：你不拆，我来拆！"洪胜竟然一捋衫袖就要动手。

卢炜昌倏然伸手将他一挡，厉声叱道："你当真敬酒不喝非要喝罚酒？"洪胜见卢炜昌周身斯文，哪里把他放在眼里？抓住卢炜昌的手腕往身边一捺，至少要把卢炜昌摔个半死。岂料卢炜昌一个冲步，飞起后脚就势一个乌骓踢腿落在洪胜的背上。洪胜"呀"的大叫一声，猝然转过身来，往后跳开几步，便直扑卢炜昌……

"洪武师是要取我，请让霍某奉陪！"霍元甲突然跃了出来，兀然站在卢炜昌的面前，"不过，我与洪武师素无仇怨，何不来个文打？"

"我是个武夫，只晓得武打。原来霍师傅只晓得文打？"洪胜一阵冷笑，大步走出客厅。

"这条赤须龙，莫非是寿星公上吊，活得不耐烦了？"霍元甲自肚里嘀咕，跟着咯咯大笑，与洪胜肩并肩走向演武场。

前些日子才发生一场熊虎斗，如今又来一场龙虎斗，上海滩够热闹了。

"请！"

霍元甲的声音还没落地，洪胜便"哧"一声扑过去，两指直插霍元甲的眼睛。就在霍元甲偏脸闪避的刹那，他已飞起右脚取霍元甲的小腹。只听得"啪哒"两声，洪胜反被踢翻在地。他连忙一个鲤鱼反跃，使出剪刀腿。又是"啪哒"两声，洪胜活像一根大圆杉，骨碌碌滚出一丈多远。霍元甲却直挺挺立在原地，两臂左右平伸，摆出个任何武夫都轻易不敢摆的、毫无防御的十字架势。洪胜仍然不知死活，圆瞪着眼睛猛扑霍元甲，还没挨近便朝霍元甲阴部飞起右脚。霍元甲倏忽侧身，左脚猝踏洪胜的左脚背，右脚同时飞起，腾地踢中洪胜的小腹，不容他躲闪，霍元甲的左右脚已连续飞起，点中洪胜前胸。这就是武松的玉环步鸳鸯脚的变着。洪胜哪里招架得了？双手掩住胸腹创伤，歪歪斜斜倒在了地上。

"歇十分钟再来吧！"霍元甲朝洪胜笑笑说。

"你们都说他没腿功，怎么我两扑都败在他的腿上？"洪胜一个劲地抱怨门徒，"有诈非君子，无毒不丈夫！"他狠狠咬响了牙关。

第三扑开始，洪胜跑步上前，在离霍元甲还有丈把远处，突然来个苍鹰展翅，"嗖"地飞将起来，扑到霍元甲的头顶上，就势使出泰山压顶，双脚直蹬霍元甲的脑袋心。霍元甲一看这条赤须龙要置他于死地，猝然以鹰爪拳派的擒拿法，一把抓住他的右脚踝，借着他的体重，将他的躯体拨向左方，随即运用旋乾转坤的大罗汉手法，让他在头顶上团团旋转起来。

精武体育会的人看出洪胜刚才出手险恶，都按不住厉声大嚷："霍武师，丢他妈的发昏章第十三！"

卢炜昌猛然被惊醒过来，慌忙一迭连声大叫："快饶了他，快饶了他！"霍元甲却压根没听见似的，紧紧抓住洪胜的脚踝一个劲地在头上旋转。不知转了多少圈圈，只见他突然纵身来个虎扑，右手就势向上一扬，要出个刘全献瓜，"嗖"的一声，把赤须龙洪胜抛到了半天空……

"呀——"卢炜昌的脊梁不由冒出了一把冷汗。

"你放心好了，霍武师不会轻易把赤须龙摔死的。"多日不露脸的李不奴，不知什么时候悄然来到了卢炜昌的身边。

她的声音刚落，霍元甲便伸出双手一把将吓昏过去的洪胜接住，竟轻轻地放在了地上。

掌声骤然四起。

"秋妹！"卢炜昌这才忙不迭地叫道，"你怎么摸透了霍武师的心思？"

"我又不会孙猴子的本事，可以钻进霍武师的心里摸个透！"李不奴咯咯笑道，"你怎么忘了'艺高德必高'啦？"

"哦，难得，真难得！"卢炜昌赞叹不已。"还有更难得的呢！"李不奴悄声地说。

"还有什么更难得的呢？快说！"卢炜昌一听李不奴的话里明显藏着几分的神秘，不由着急地问。

"你不是有个堂姑丈吗？"李不奴却压着嗓门卖关子。

"姑丈？"卢炜昌很有些愕然，"哦，是有个堂姑丈，叫孙文，就是孙中山。十多年没见面了。"

"他从报上看到霍元甲击败欧洲拳王奥皮音的消息，不知有多高兴。说霍元甲这一拳，打倒了不止半个世纪以来外国列强强加给中国人民头上的耻辱！"李不奴十分沉静地说，语气里却散发出一种微妙的冲击波。

"你怎么见到了他？"卢炜昌很是惊奇。

"这么个举世瞩目的伟大人物，我哪里能轻易见到他？"李不奴耸耸肩膀，却十分神往。

"那你怎么知道得这般清楚？"卢炜昌越发奇怪了。

"我不光知道，而且还有一样叫你更意想不到的东西呢！"李不奴说得越发的神秘。

"什么东西？"卢炜昌猜想这东西必定跟姑父有点相干，急切得不行。

"信。"李不奴突然把嘴巴凑到卢炜昌的耳边："孙中山先生给你的信！"

"哦！"卢炜昌这一惊喜不打紧，可把周围的人都给弄得莫名其妙，一双双眼睛直朝他发愣。

李不奴连忙妩媚一笑，把一只手插进他的腋窝底下，挽着他的臂膀离开了睽睽众目。

"……中国的事不是不可为，而是大有可为。而今要做的事很多，就靠有钱的出钱，有力的出力。你创办精武体育会，不啻是一场体育大军的革命。希望你能当好这支体育大军的'纵队司令'，为中华民族的自强而冲锋陷阵。我实在太忙，暂时无力给你任何帮助，只能说几句空话，也算作是一种支持吧。其实，民众的事，完全可以由民众自己去办。全体炎黄子孙觉醒之日，必定是中华民族摆脱封建帝制羁绊而腾飞之时。一个健康、强大的民族必定屹立于东方，瞩目于世界！"

读到这里，卢炜昌不由得忘情地抬起头来，默默地望着李不奴，似有所思，似有所悟，惊喜之中隐藏着疑虑，赞赏之中燃烧着爱火……

李不奴还是头一回碰上卢炜昌这意味万端的目光，一时竟慌乱起来："你怎么这样望我？难道你不相信这是孙中山先生的信吗？"

"信，信。"卢炜昌忙说，"原来当年黄府官邸里的小奴，今天已成了个为拯救中华民族而随时准备抛头颅、洒热血的女杰。真了不起！秋妹，能告诉我吗？你到底怎样走上了我姑父这条道路？"

李不奴一耸肩膀，咯咯笑道："我再了不起，在你的面前也还是个秋妹呢！能对你隐瞒得了什么？"

卢炜昌一听，竟然央求道："秋妹，我真想吻你一下，行吗？"

"嗳嗳，你爱吻一百下也行。"话一出口，李不奴立刻慌张得不行："不不，吻一下也不行！"

"真的？"卢炜昌失望当中不无疑惑。

"真的！"李不奴断然答道，却仰起下颔含情脉脉地望着卢炜昌。卢炜昌再也不能自己，猛地搂住了李不奴……

李不奴稍作反抗的尝试，然而，她却失败了，只好反过来惴惴地央求道："昌哥，就吻这一次，下不为例，行吗？"随即，两串泪珠潸然落在卢炜昌的嘴唇上，说不清什么滋味。

卢炜昌不禁猛然一愣："秋妹，你怎么啦？"

人世间的奥秘，往往是轻易不能道破的。倘若非要把它点破，那么得到的往往不是失望就是永远的遗憾。

李不奴让卢炜昌这么一追问，顿即诚惶诚恐起来，慌忙从卢炜昌的怀里逃开了。

卢炜昌不觉掉进了云里雾中……

二十二　李不奴在日本遇秋瑾：

两滴热血结下生死之交

　　春天一到，哪怕霏霏淫雨，连日不止，春寒料峭，积雪未融，只要轻轻飘来一阵和煦的东风，天际绽出一抹金黄，山峦、原野、溪径、路旁、公园、墓地、庭院，花事骤然而至。整个东洋的大小岛屿瞬即湮没于樱花的氤氲之中。红润的八重樱，莲灰色的吉野樱，淡黄色的郁金樱，花期特别早的彼岸樱，花枝低垂的重枝樱，花瓣多至三百余片的菊樱，烂漫的山樱……至少也有三百多个品种，举目所接，一片如烟如云，铺天盖地，无处不洋溢着淡淡的幽香。难怪观赏樱花是日本人举国若狂的盛事。尽管庭院、路旁的樱花绚丽多彩，然而到底不比山峦、原野的樱花蔚为壮观。住在大都市的人无不纷纷出游，挈家相随的，形影不离的，结伴同游的，孤身独行的，到处一片热闹。

　　墨江泼绿水微波，万花掩映江之沱；倾城看花奈花何，人人同唱樱花歌。

　　芳子情不自禁地吟起了黄遵宪的《樱花歌》，"我们日本人观赏樱花的情景，可让你们中国这位诗人大使给描绘得淋漓尽致咯！"

　　"最怕春归百卉零，风风雨雨劫残英！"芳子对黄遵宪的赞许，竟然勾起李不奴的慨叹。

　　"一弩，你到日本还是头一回看樱花，怎么晓得它的弱点？"芳子十分惊讶，"这樱花就是易开也易落。春阳乍暖，漫山遍野竞开，簇拥成一堆堆，一层层，每一堆每一层，简直都藏着一个美丽的童话。可是风雨一来，顿即纷纷凋零，漫山遍野落英三寸，叫人扫兴极了。"

　　"你们日本人把樱花奉为国花，对它如痴如醉，好像偌大宇宙的群芳世界唯樱花最美。究竟认为樱花美自哪儿呢？"李不奴不禁好奇地问。

　　"嘻嘻，世界上大凡是花是否便自有其美呢？可不可以说，花便是美，不美不是花？至于人们偏爱哪一种花儿，这会不会跟人们的心理状态不无关系哟？"芳子仿佛在向李不奴讨教，避免直截了当地回答。这是日本女子一种自谦的方式；然而，唯其自谦，却越显得她的聪明。"日本文人痛感人生的短促，便认为美的生命都是短暂的，所以特别偏爱樱花；日本武士却醉心于它捐躯的英烈，又认为樱花最美；一般国民大都因为樱花总是先于百卉而给日本带来春的兴奋与鼓舞，春的蓬勃与繁荣，所以把它视为岛国的骄傲！"

"嘀嘀，我明白了！"李不奴叫道，"原来樱花之美来自你们日本人的心里。文人也好，武士也好，一般国民也好，对樱花爱得这么狂热，其实全都是对日本狂热的爱。花本身再美，也成不了一个国家的骄傲的。无非是因为它象征着这个国家和这个国家全体国民一种不寻常的精神。"

芳子听了，一把搂住李不奴，在草地上打滚，戏闹了半晌才正儿八经地说："一弩，你要当真是个男人，我现在就非得把你一口吞下肚里！你们中国的男子，最叫我们日本姑娘倾心的是，诚实、多情、聪明。这三条你都不缺少，尤其是聪明。确实的，一个国家，一个民族，也跟一个人一样，非得有一根精神支柱不能自立。你们中国人可视什么为中国的骄傲呢？"

"五千年的文明史！"李不奴脱口答道，不乏骄傲的语气。

芳子立刻满脸羡慕之色："这不光是你们中国人的骄傲，也是我们日本人的骄傲呢！你能简单告诉我，中国五千年文明史的根据吗？"这并不是有意讨教，可又并非存心给对方出难题。只不过仅仅出于这样的一种心理：也许以在中国人的面前谙知中国的历史而引为自豪。因为，中国有的是出色的历史学家，不少中国人对了解本国的历史便大都存在一种惰性，或者压根就缺少起码的兴趣。所以，不等李不奴稍稍做出反应，芳子便接着说开了："我在图书馆里看过几份研究中国文明史的资料，有趣极了。有的说，伏羲以来已三十多万年；有的说，自天地开辟至春秋获麟已二百七十六万年；有一本《三皇本纪》引《春秋纬》断定为三百二十七万六千年。虽然都提供不出可靠的科学根据，却充满神话色彩。神话和历史可存在着严格的不可逾越的界限。不过，人类毕竟是万物之灵。当代科学家利用放射性同位素和古地磁等方法测定，地球的地质年龄已有四十亿年，而人类的历史最多只有两三百万年。"

尽管芳子说的是科学，李不奴这个预科生却觉得仍然是神话，忍不住问道："这跟我们中国的文明史有什么相干呢？"

"研究中国古史，可不能越出这个范围呀。"芳子俨然个历史学家，"远古历史由于文字尚未发明，不会有旧时代的记载，只能依靠后世的传闻作根据。炎帝和黄帝为战国时期百家所盛道，直至汉初司马迁在中国各地旅游时，还听到各地长者'往往称黄帝、尧、舜之处，风教固殊'。中国古代传说史就以炎、黄二帝开头的。后世作历代年表都依据《三代世表》上推黄帝以来的年数，大都假定为五六千年。按中国历史，共和（前841）以后才有详细可靠的编年。从共和上推到禹，一般公认禹起于公元前二千余年左右。黄帝至禹约一千年。这就是说，从黄帝到现在已有五千年了。中国古史要是从猿人时期的元谋人讲起，已具有一百七十万年的历史。但我们说的是文化史，即文明史阶段。人类社会的发展，分蒙昧、野蛮和文明三个时期。而'文明'一词，是指社会从氏族制解体，进入出现国家的社会阶段。在这个阶段中已经有了文字，并且以文字出现作为'文明'的最主要标志之一。现在人们所能见到的中国最古的文字，是以殷商的甲骨文为代表的。而商朝的甲骨文在历史上已经是很进步的文字，距文字初创的原始图画文字阶段，非常遥远了。所以历史学家公认，大约在公元前三千年至两千五百年之间，文明之光已经照射到中国这片神奇的土地上。说中国有五千年的文明史完全出自科学的根据。我说的对吗？一弩。"

李不奴倒有些不解了："你们日本人不是视樱花为自己的骄傲吗？我们中国古老文化，怎么也成为你们的骄傲？"

"暧暧，中国古老的文化不光是全人类文明宝库中的宝库，而且是我们日本文化的母体呀！"芳子兴致勃勃地答道，"我们日本要是跟你们中国一样，也有一部灿烂的文化史，肯定会成为世界上第一流强国的。可惜我们日本文化太年轻了，甚至可以说，压根还没形成自己的文化史，连文字都是从你们中国进口的。不过，这并不妨碍我们日本的进步。因为我们日本只以樱花为骄傲，所以，彻底地开放，彻底地引进，全方位地吸收全人类的聪明和智慧，创造出人类最先进的东西。比如，意大利传教士利玛窦从西方给你们中国带来十五卷本《几何原本》，与你们明朝的大科学家徐光启合译了前六卷，明朝一亡，翻译中断了整整两百年。就在这两百年间，徐氏译本传到了我们日本，却推动了我国科学的发展。你们中国也许值得骄傲的东西太多了，反而成为民族沉重的负担。"

李不奴毕竟聪明过人："噢噢，你是不是说，我们中国本来就像个老妪，背上却背着那么多沉重的东西，怎么轻易能前进呢？"

芳子咯咯笑了："有意思，真有意思！尤其在你们中华民族的头顶上始终盘踞着一条龙。这个神化了的动物，既成了你们中国人的精神支柱，又是你们中国人轻易挣不脱的精神枷锁。难怪美国18世纪的大经济学家斯密在他的著作《国富论》中说中国的历史与文化停滞了。多可惜呀，这么优秀的民族，至今仍然生活在以龙为化身的'真命天子'的封建统治之下。女人不光要裹脚，还非得把两个奶子严严实实地捆起来，不光没有行动的自由，连人性的自由也没有了。国家怎么能进步呢？你们中国唐朝那么兴盛，就是因为它是'有情之天下'，利于人性的发展……"

李不奴不作声了。

"一弩，别泄气呗！你们中国人最富于深刻的历史感和使命感，中国终究是大有希望的。"芳子生怕伤了李不奴的民族自尊心，连忙百般安慰，"不是有许多志士为了谋求改革维新而抛头颅洒热血吗？你们中国的谭嗣同、康有为，我们日本人几乎全都晓得他们的名字哩。对于正在为推翻清朝政府，废除封建君主制度，建立一个民主的新国家而奋斗的孙中山先生，我们日本人可就更崇拜啦！"

李不奴仍然陷在万千思绪之中。

芳子以为李不奴当真在生她的气，慌忙逗趣："一弩，怪我一时嘴贫。其实，你们中国女性是很了不起的。你就是一个杰出的代表，不光没有裹脚，也没有裹胸，而且才一个十七岁的姑娘，两个奶子简直就是两座叫人仰止的圣山。"日本人把海拔3776米、巍然屹立于本州岛中南部、风景如画的日本第一高峰——富士山奉为圣山，历来不许女性登临，只能远离山脚而仰止。李不奴一听芳子把她的奶子比喻为日本的圣山，心里很有些骄傲，只是芳子说得未免太放肆了点儿，不由人不害臊、不恼怒，于是猛然扑向芳子……

两个姑娘又在草地上翻滚起来，把一片草儿压出一连串十分放肆的笑声……

远近的游人全围拢上来，一边鼓掌，一边跟着大笑。芳子慌忙跳了起来，拉着李不奴不要命地奔跑。"你疯啦？芳子！"李不奴懵懵然地叫嚷。

"我才不疯呢！"至少跑了半里地，芳子才站定，"他们都把我们当作狂热的恋人，你看你这个假小子，倒好意思？"

李不奴的目光这才落在自己的服饰上，不禁掉下两颗豆粒大的泪珠儿。"一弩，你怎么啦？"芳子好不惊愕。

李不奴却突然问道："芳子，你说我乔装男子好看呢，抑或我本来就是个女子好看？"

"噢噢，这还用问吗？你乔装男子虽然英俊潇洒，但这不是属于你自己的，毕竟比不上属于你自己的女性美。"芳子随口答道。

"为什么？"李不奴反而不解。

"你本来是个女性，你身上的一切都是上帝赋予的。你乔装男子，尽管再英俊也是乔装的呗！"芳子仍然一点也不假思索地说。

"那么你为什么非要乔装男子呢？难道女子注定的天生弱质吗？"李不奴在自己问自己了。

芳子听了不禁一阵惊喜："一弩，你要是恢复了你的姑娘面目，可漂亮极了。看够东京青山墓地、上野公园和千鸟渊的樱花，再到奈良、京都，让我们整个岛国的姑娘都羡慕你！"

"我当真有这么漂亮吗？"

"你应该比我明白。"

"这位芳子当真是个姑娘家？"

"你怎么啦？"

"她待你太好了！"

"我在日本就是住在她的家里，难得她处处以姐妹相待。一直到结了婚，我们才分开的。"

"她大概是你到日本遇上的第一个启蒙老师吧？她的才华真不简单，对我们中国太了解了。"

"在我们中国，女子无才便是德。日本的女子可比我们中国的女子更没出息，肚里学问再多也白让糟蹋。一结了婚，便把自己困在家庭里，以当家庭主妇、专门生孩子侍候丈夫为荣了。"

"这么说，中国的女性比日本的女性可进步多了，尤其是你。"

"我也许比芳子要进步一些，因为我这一辈子至少可以用不着专门服侍丈夫了，而且也许用不着生孩子的。不过，比起我的姐姐来，我就微不足道了。"她压根还没有丈夫，为什么断然表明自己这一辈子可用不着专门服侍丈夫，而且也用不着生孩子呢？她连自己的父母也不晓得是谁，哪儿忽然来个姐姐，而且这般值得她崇拜呢？尽管卢炜昌孩提时就是个神童，身上有的是聪明，此刻，他的脑子也不能不稍稍变得迟钝起来。没等他作声，李不奴便又把他大脑皮层神经中枢的全部功能集中到她在日本东京的遭逢上……

这天注定要出麻烦的。平日放学回芳子家，我必定走市区公路。十成是鬼使神差，这天我漫不经心地骑着自行车，只顾一边蹬一边沿途观赏樱花，不知不觉拐进了一条偏僻的小径。

突然，不知打哪儿窜出来一条黑矮汉，竟然拦头正正地站在小路中央。我连忙将车头偏向一边。那黑矮汉立刻往这边拦过来。我只好抓紧车把，左避右闪。那黑矮汉也跟着左拦右挡。我火了，倏然跳下车来，用生硬的日语喝道：“哒，你这家伙好大胆，竟敢来消遣你姑奶奶！”

“消遣一下不行，那就搭我一程吧！”那黑矮汉嬉皮笑脸地攀着自行车的头架，便将脸凑过来，酒气、蒜臭熏天。

“啪！”我忍不住一巴掌刮了过去。

那黑矮汉懵懵然地吃了一记响亮的耳光，往后打了几个趔趄，脖子歪在一边，两个眼睛死死盯着我，喷出血红的凶焰。

我急忙亮出那支三号左轮，冷笑道：“上来上来，尝尝卫生丸的滋味！”随即将乌黑的枪口对准那黑矮汉的胸膛。

“啊——”那黑矮汉长长地惊叫了一声，慌忙两手垂到脚面，来个九十度的大鞠躬，突然往下一倒，就地滚出几丈开外，逃跑了。

“这可是日本可怕的浪人呀！”芳子一听，吓得叫了起来，“比你们广州的大天二还要可怕，专门横行霸道，欺负女人。你竟敢惹他？”

“让他知道一下中国女子的厉害也好！”不知什么时候，跟在我的背后闯进来个一身军人打扮的英姿勃勃的不速之客，胸膛挺得特别高，端丽的眉宇蕴藏着叫人望之俨然，冷如霜雪的英气，却满口女性的嗓音：“天下所有的恶人都视善者为弱类，欺软怕硬的。”

“请坐，请坐！”也许因为我一眼看去他是个中国人，也许因为他一开口便流露出无所畏惧的胆识，我连忙招呼：“不曾识荆，未知先生何……”

“咭咭……”我刚开口，他便突然大笑起来，而且居然倒在我的床上打滚。“你……”我和芳子不禁一同怔住了。

“你们看我当真像个‘先生’？”好大一会儿，他才坐起来，朝我和芳子投来女性特有的娇柔。

我和芳子又同时愣住了。

"两个傻丫头！还看不出来？"他竟然挺起胸脯，"你们身上有的，我可少了哪一件？"

"你……原来是个小姐！"我和芳子不禁失声惊叫。

"我可是个大姐姐呢！"她立刻表露出比我们深谙尘世的成熟，"我叫秋瑾，愿意交个姐妹吗？"随即朝我伸出手来。

"你就是国内所传的鉴湖女侠？"我没有握她的手，却猛然扑到她的身上，一声"姐姐！"便让泪水把嗓门眼给哽住了。

"嗳嗳，先头在日本浪人面前的巾帼英雄，这会儿还会哭鼻子呢！"其实，她的声音分明是从泪泉里冒出来的。

"你怎么会踩着我的影子上这儿来？"

"你先头在浮屠小径遇上日本浪人，我就在后边跟着。那个家伙欺负你时，我正要飞步上前，没想到你竟然一巴掌把他刮个发昏章，我只好远远地观战了。你居然还亮出了手枪。见你不是个寻常女子，便非得跟上门来瞻仰一下你的丰采咯！"

"噢噢，世间的事就是这么怪，我每次去寻访，都碰上你不在寓所。如今你倒跟着我的影子上门来。"我一边擦眼泪，一边找出理查德神父交给我的那张名片……

"这么说，你也是理查德神父帮助到日本来的咯！他可好吗？"

"他送我东渡以后，就回英国度长假了。真难得他一番古道热肠！"

"他可是个真正的天主教徒。以扶危济困为最高使命，十分关心中国的命运，所以大凡致力于改变中国命运的志士，都可以得到他热诚、慷慨和力所能及的帮助。"

"这就更难得了，真不知该怎样感谢他！"

"我们中国人历来都把友谊看得比生命还重要，自古相传：'士为知己者死'。大凡关心中国的命运，给过中国人民任何帮助的外国人，中国人民都视他为真正的朋友，永远也不会忘记他！"

芳子见我和秋瑾大姐说得这般亲热，一直不敢稍稍哼声。这时她可忍不住插嘴道："一弩，你日后回国也一定不会忘记我吧？！"

"你不是说要把我吞下肚里吗？即使我忘得了你，你也会永远忘不了我的。"

芳子很重感情，也很懂得感情。她从我的趣语中显然得到了比正儿八经的回答至少要多十倍的喜悦："哎哟，你的舌头真尖酸，专会刻薄人！等会儿看我非让它……"她一边笑嘻嘻地说，一边忙着做晚饭。我要跟着进厨房帮忙，她却回头喝道："你懂不懂得半点礼节？好意思让秋瑾大姐坐冷板凳吗？"

其实，我哪里会撇得下秋瑾大姐？只不过耍个小小的花招讨个心理得，跟秋瑾大姐倾吐衷曲。

秋瑾大姐一眼便看透我的花招："好一个人情练达的可人。负笈东瀛，一定抱负不小！"伸出指头戳了戳我的鼻子尖。

"'一笈'这名字可是理查德神父给我办出国护照时改的。我原来的名字叫李小奴，后来又改作李不奴……"

"哦哦，改得好，改得好！你的身世不用说，我大概也能猜出一二了。你的为人，从这次改名之中，我大概也能窥豹于一斑的。"

"大姐当真这般了得？"

"你必定是从小便为人奴婢，长大了不甘受辱，忿然逃出樊笼，走上了自我解放的道路。"

"大姐简直是个神人！"我忍不住惊叹。

"自我解放，这无疑是个了不起的革命行动。全体中国妇女，倘若都能拿出勇气，选择这条道路而行动起来，中国的封建专制失去了维系其存在几千年的思想根基，不彻底崩溃才怪呢！不过，要革除几千年沿袭下来歧视妇女、束缚妇女、愚弄妇女的积习，不仅必须使全体妇女明白自身的解放是天经地义的事，而且妇女自身的解放必须由妇女自身去争取，绝不能靠天、靠男人的恩赐，因而同心协力，从大处着眼，小处做起，一步步使自己从重重的精神枷锁和生活桎梏中解放出来，最后达到男女平等，一切都平等。而要达到这一目的，还必须取得全社会的支持，同时具备使妇女获得学识、信心、勇气以及在经济上不依附男人的能力的社会条件。所以，中国妇女的解放运动，要是离开拯救中华民族于水火的大业，无疑只能是空话一句。"秋瑾大姐侃侃而谈，尽是新鲜、精辟的见解，脑子再闭塞的人听了也会豁然开朗的。

我听得入了迷，不敢插半句嘴……

"吃饭咯！"芳子乐呵呵地把秋瑾大姐的谈话给打断了，端出满桌子的酒菜，还特意做了个日本人视为上菜却终究上不了世界名菜谱的东京镀仔牛肉。

我原以为在女子中间，我也许算得上个酒杰了。没想到秋瑾大姐竟是个酒圣，可占了我的上风。一连三杯白兰地，我耳朵根下开始热辣起来了，她却压根没一点事，脸上全然找不到一丝酒色，大有"不惜千金买宝刀，貂裘换酒也堪豪"的气概。没料彷徨异国，竟能遇上个中国妇女的泰斗，实在不枉一番飘零。当下跪倒在她的跟前："一弩孑然尘世，既无父母天爱，也没兄弟姐妹亲情，如蒙垂爱，请受妹妹一拜！"

"啊哟哟！"她连忙放下酒杯，一把将我抱住，一个劲地摩挲我的头发："太可爱了，太可爱了！你不认我作姐姐，我也非要忝当你的姐姐的。"

芳子在一旁高兴得直掉泪，急忙拿出香烛，在后园摆起了香案。"你这是什么意思？"我一时不解。

"你们中国汉末不是出过桃园结义至今仍然传遍天下的佳话吗？你跟秋瑾大姐也该学刘备、关羽、张飞肝胆相照，生死与共！"她一边说，一边点燃了香烛，硬是把我和秋瑾大姐拉到香案跟前。

"美意难违。我们不是桃园结义，可是东瀛结义喽！"秋瑾大姐见盛情难却，竟然率先跪了下去，接着掏出一个锦囊，打开放在香案上，却是一抔黄土。就在我愣怔的一刹那，她倏然拔出一把亮晃晃的匕首，往手指头上扎了一下，一股鲜血瞬即洒在那抔黄土上。

我连忙跪下去，猝然夺过她的匕首，按在自己的手指头上……于是，她把这抔黄土分成两份，一半赠我，一半留她。

芳子却早吓呆了。

"你俩何啻于东瀛结义？分明是披肝沥胆，血荐轩辕。比汉末刘、关、张桃园结义可要壮烈得多！"

"这不过滴血抔土，再壮烈也轻易能为。只有生为人杰，死为鬼雄才真正堪称壮烈！你在国内，可听说过秋瑾大姐殉难的情形？"

……卢炜昌默然不语。他硬是把有关秋瑾于两年前从容就义的传闻藏在肚里，不肯流露一丝半缕端倪，以免勾起李不奴内心的创痛。

李不奴却压根不用他回答，只顾往下说……

也许因为我住处环境清幽静谧，每逢周末，秋瑾大姐必定邀来成群的中国留日学生，举行无声舞会，然后围成个大圈圈，一边品茗，一边听她以出奇流利的日语纵论国事：

"……清政府颠顸无能、昏庸腐朽已经到了无以复加的地步。开初见义和团有的是赤胆神功，认为满可以利用来扶清灭洋，连红顶子大员也派去充当坛主师兄，主持祭祀、练功、神打。及至战局逆转，义和团势孤力薄，便立即掉过头去投靠列强，大举镇压义和团。殊不知义和团覆灭以后，美、英、德、法、俄、日、意、奥八国联军却乘势进陷北京，奸淫、烧杀、掳掠，其残暴野蛮实为世界侵略史所罕见。慈禧为首的清王朝统治者只知一面亡命逃跑，一面派员屈膝求和，置国家民众于灾难深渊，给炎黄带来无法洗雪的奇耻大辱。国家多难本是一件坏事，但因此而刺激国民，鞭策国民走上奋发图强的道路，又何尝不是一件好事？多难兴邦，不乏先例嘛！只要民众一旦觉醒，古老中华便如旭日，重新放射出它原来在历史地平线上的光辉。所以唯有唤醒民众，致力推翻清朝封建帝制，建立共和政体，才是我们唯一的出路；倘若因循玩忽，只有束手待毙。"

留日的中国学生都把秋瑾大姐看作是中华民族的希望，对她顶礼膜拜得不行，自然大凡她倡议的事情，无不一致热烈拥护。于是，很快成立了留日同学联谊会。她被选为会长，不知怎的也把我扯上当副会长。会址就设在我的住处。原来秋瑾大姐要通过留日同学联谊会的各种活动，在留日的中国青年中物色、遴选、结纳志同道合的人才。她经常说，要推翻衰朽的清王朝，虽然从战略上讲，完全是可能的，但从战术上讲，却又不是一件轻而易举的事，没有众多的出乎其类、拔乎其萃的志士赴汤蹈火舍身奋斗，是无法完成这一伟大历史使命的。你可别以为她只热心于留日同学联谊会的活动，她各门学科可十分的拔尖，每逢期终考试都获得优异成绩。我真替她高兴，不免要置酒为她庆贺一番。可是她却往往对酒唱叹："成绩再好，当前可有多大用场呢？"

"那你对待考试何必这么认真？"我在她的面前，总是个不懂事的小妹妹。

"认真。这可不仅仅是学习起码的态度，也是做人起码的态度。要不，便轻易会成为一个十分糟糕的人。何况还必须向日本人表明：我们是推动人类进步的四大发明者的后裔，即使是女子也丝毫不缺少聪明。"

"噢，我明白了，阿姐无非想学东汉的班超咯！"

她听了，乐得"咯咯"大笑。每逢星期天，必定带我去学骑术和游泳，说："到日本留学而不去游泳，可白交了学费。骑马、游泳、射击可是一个人最重要的三项必修课。"而且，她特别喜欢戎装，一双锃亮的长筒皮靴还特意打了底钉，"咯噔咯噔"，走起路来腰板挺得笔直，俨然一个威武凛然的指挥官。

我常常瞅着她一个劲儿抿着嘴巴直笑。

"你这丫头，什么时候学会摆布阿姐的？"她也觉得自己好笑，却立刻敛住："当前，民族之急是推翻清王朝，自然用场最大、最急切需要的便是带兵打仗的本领咯！清王朝已经到了衰朽不堪的地步，迟早要崩溃的。这个封建专制的帝国一旦垮下来，各方群雄必然乘机蜂起，角逐纷争，形成分裂割据的局面。这是因为我国幅员广大，中央政权鞭长莫及所造成的一种历史因素。新生的共和国，必将经历一场分裂与反分裂、统一与反统一的战争的考验。搞革命没有一支强大的军队是轻易不能成功的，即使成功了也巩固不了取得的政权。所以我来日本就是要入陆军士官学校，一学成回国立刻办一所这样的军事学校，建立起革命的武装。无奈父母生我女儿家，虽然再三请求学校当局破格录取，始终未获批准。没想到封建幽灵在日本也这么横行。足见要取得男女平等自由，这可是个世界性的任务，可得靠全世界妇女去争取。男人能带兵打仗，女人怎么不能带兵打仗？我毕业回国以后，非得当个指挥官，亲自率领起义军把清兵杀个落花流水！你信不信？亲爱的小妹妹。"

我能不相信吗？

"我的骑术练得可以了，就是枪法还未能得心应手。你那支三号左轮可以借你阿姐练练吗？还有多少子弹？"

"子弹不多，只剩下五十颗。快枪赠国士，珠宝送艳姬。小妹身上既无珠宝，阿姐也并非艳姬，这支左轮注定要赠给阿姐的了。"我立刻把手枪和子弹全都给了她。

她高兴得一把抱住我，拼命亲我的脸颊，半晌才说："难怪理查德神父说给我介绍个好妹妹。果然是个天字第一号的好妹妹！我真不知该感谢他，还是感谢你！"

"你谁也用不着感谢。其实，你谁也不会感谢的！"我心里乐得不行，嘴上尽是闹调皮。

不想她一边爱不释手地摩挲着我送给她的三号左轮，一边半痴半呆地说："对谁也可以用不着感谢，可不能不感谢你这个铁汉子！偌大一个中国的命运，可就在你这小小的胸膛里。"

我很有些惊奇，不觉瞪大了眼睛……

她却眉飞色舞地说："宋太祖赵匡胤'一条杆棒等身齐，打四百座军州都姓赵'。我怎么不可以'一支左轮与掌齐，打八千里江山都姓娇'?!"

我真为我当年在黄花农官邸偷得这支左轮手枪而高兴得不可开交，以致忽然奇怪地后悔起来："我真傻，怎么不多偷一支呢?"

她听了，忽然抓起我的右手，竟忘情地嚷道："啊哟，你的爱情线太深太长了！而且清清晰晰的一条，全然没有分纹。快说，谁是你的心上人?"

我一阵惊愕，便什么都对她说了。

"咕咕，你这辈子大概只会为他去死，回国以后再也不会轻易离开他的!"

"阿姐十成是为这支左轮乐疯了，竟然拿小妹开心!"我嘴上不悦，心里却一点不反感，真怪。

"怎么会呢，怎么会呢? 你看阿姐的。"她居然把右掌伸到我的面前，指着掌上的纹路说："这是爱情线，可是由多少条细纹组成，你数得清?"

"啊呀，这么说，阿姐的情人可多着哩!"我不禁失声惊叫。

她却没一点臊意，竟然快活地认可道："嗯，除了民族的败类，中国有多少同胞阿姐就有多少情人！只是我的生命线和成功线平行处有个障碍，要是能过三十一岁就没事儿了。我的事业线可长着呢! 可惜末指太短了，离无名指的第三节骨眼可远着，遇上灾难轻易过不了三关。"

日本人都把掌相学看作是一门科学，深信不疑，风行整个东瀛大小岛屿。我可半信半疑，好未必是真，坏却徒乱人意，慌忙说："阿姐胡诌，阿姐胡诌!"她莞尔一笑，却满脸正色："宇宙间本来就充满为人们所轻易不能解释的神话。作为产生与存在于这个充满神话的实体里的人，其命运自然多少沾上一些神话色彩。比如你，比如我，比如所有的人，坏人，好人，善良的人，奸险的人，伟大的人，平凡的人。每个人的身上都会发生一些意想不到，或者以为压根不可能的事。所以，对于某种看似荒唐的预示人的命运的信息，与其视之无稽，倒莫如学上海人的一句话：煞有介事。不过，你的手可明摆着不是拿枪的。那天在浮屠小径上，尽管你把枪口对准了那个日本浪人，他要是当真地扑了上来，你也不会扣动扳机的。"

我倒奇怪了。那天，我的手着实是颤抖得不行……

"你的手太纤细了，软绵绵的，可跟阿姐的完全不一样。阿姐长的可是随时都能杀人的手，绝不会辜负你这支三号左轮的。"

秋瑾大姐这次谈话，不知怎的传到了一个美国记者的耳里，硬是寻上门来，缠着问她是否想当中国女皇帝。

"我是秋瑾，不是武则天。"

"你奋斗的目标一旦达到，那您希望的地位是什么？"

"自由、平等，还有博爱。"

"这可跟孙中山先生的主张十分一致。"

"我非常崇拜他。他是炎黄真正的子孙，中国历史上少有的伟人。只有他才能成为当今中国革命分子的旗帜，当今只有他才能担当得起领导中国革命的重任！"

"您以为怎样才能使您的国家富强？"

"最要紧的是岳武穆说的十个字：'文官不爱钱，武官不怕死'。不爱钱就能励精图治，不怕死就能捍卫国家。这样的文官武将越多，国家就越能富强。倘若我是一名国家最高法官，文官中大凡爱钱贪财者必斩，武官中但凡怕死畏战者必杀！"

这个美国记者一回到美国，便在报上把秋瑾大姐的谈话原原本本登了出来，称她是个激进的、豪迈的女民主革命家。

这一点也不过分。她一回到我的住处，便抛下书本，在房子里来回踱步。我知道她必定又在琢磨革命了，绝对不敢轻易作声，生怕打扰了她。可她却偏偏非要我对她的观点明确表态：或是肯定，或是否定，或是赞同，或是反对。这到底是在跟我探讨、研究呢，抑或是在故意启发、开导？我也闹不清，只晓得不住地点头。

她说："纵观中国历史，举凡革命，没有一个政党来领导，终究是不行的。目前国内民不聊生，全国志士风起云涌，就是缺少一个革命政党。那个美国记者那天居然问我是否想当中国的女皇帝，这并非没有原因，难怪他从封建的角度来看待我们革命的性质。现在的天下事，都不能照常规按部就班地慢慢来。何况我国不像欧美等国，要学的东西比他们的可要多得多，因而也困难得多。没有一个明智、正确、坚强的政党作为领导核心，那怎么能行？可是截至今天——1903 年，中国还没有诞生这么个政党。那个兴中会，充其量也只是个革命团体而已。既没有个鲜明的目标，也没有个明确的政治纲领，只提出'驱除鞑虏，兴复中华'八个字。究竟推翻清王朝以后要建立起什么样的国家，怎样个建立法？全都含糊不清……"

不久，她便回国进行建立革命政党的活动。在上海与蔡元培、陶成章、章炳麟先生等创立了以反对清朝封建专制，建立共和国为宗旨的光复会。她复返日本东京后，便再没工夫理会书本了，整天忙于参加由孙中山先生倡导的兴中会、光复会以及兴华会联合组成革命政党同盟会的筹备工作。

同盟会刚成立，秋瑾大姐便立刻回国去实行自己的抱负。我和芳子设宴给她饯行。她却劈头说道："感谢两位妹妹的盛情！不过在端起酒杯之前，可得先要约法三章：第一，不许儿女情长，英雄气短；第二，让经史子集给迂腐冬烘论谈，留风花雪月与斗方名士吟唱；第三，只可畅述热血怀抱，直抒无愧于丹心的胸臆。两位妹妹要是能遵守，我便高高兴兴地领情；要是做不到，此酒恕我不饮。"

我和芳子同时打了个愣怔，连忙说："行，行，行！"

她这才端起酒杯，连干三觞。不知是酒兴使然，抑或见我怏怏不快，她竟然信口编了一首歌子，忘情地唱了起来：

前头没有路，不走全不通。是谁，

堵塞了我们的道路，荆棘丛丛？

是谁，

剥夺了我们的自由，枷锁重重？

大家努力向前冲，冲冲，

砸碎枷锁，踏平崎岖，

歼灭尘世的元凶！冲，冲，冲，

我要当个开路先锋！

我心头上的离情别绪全让她的歌声荡涤得一丝无存，那股委屈之气却蓦然而出："我不明白，阿姐怎么只许自己回去当开路先锋，硬是不让我陪你回去开路？"

"你不知道，国内目前有多恐怖。我此番回去，轻易不能很快立足的，自身还得处处诸多留神，哪能顾及得了你？你人地两生，满口广东腔，回去不独帮不了我的忙，反会成为累赘的。况且你还有两年就东京师范学院毕业了，何必功亏一篑？须知国内有许多事情需要你在这儿多学点本领，回去才可以有更大的作为。比如办新学，专收女子，可以叫神州女塾，也可以叫女子师范学校；或者跟我一起办一份专门以中国的妇女为主要对象的报纸，大造妇女解放的舆论，吹响妇女解放的号角，唤起广大妇女争取自身的解放。我先着手筹备，你毕业就回去接我的火炬。"

"太好了，太好了！"我乐得跳了起来，不假思索就信口说道："这份报纸就定名为《中国妇女解放报》吧！"

"好，旗帜鲜明！只嫌报名太长了点儿，而且也有一定的局限性。我想把妇女问题的范畴放宽些，不限于'解放'，连'妇'字也省掉，叫《中国女报》。"

"真干脆利索！一个'女'字，可把小女娃、大姑娘、嫩婶子、老太太全都包含了进去咯。只是不知包不包含那些三姑六婆？"不知怎的，我竟然提出了个不见经传的问题。

"什么三姑六婆？"她颇有点愕然。

"三姑，就是尼姑、道姑、卦姑；六婆，是指专门介绍人口买卖的牙婆，女巫神婆、鸨母虔婆、媒婆、药婆、稳婆。全都一分是人，九分是妖。"我忿然地说。

"只要她们一分是女人，就得都包含在内，慢慢地教育；她们的邪气终究会被逐渐革掉的。"秋瑾大姐的胸怀有多坦荡，"不管你办新学，抑或办报纸，其实都是在当教员。"

芳子经不起两杯白兰地，就昏昏然地回她房里倒头大睡了。我和秋瑾大姐索性横躺在床上谈个通宵达旦。

"我回去创办这份报纸，当社长也好，当总编辑也好，都不过是我的一个公开的职务。"

"哦，这么说，阿姐可要凭着这个公开的职务作掩护，去执行更加艰巨的秘密任务咯！"我的口气不禁流露了几分紧张。

"不打紧的，"她却若无其事似的，"目前的两江总督戴瀚是个颠顸昏庸的人，宰掉他就像宰掉一条狗那么容易。我们一起事，他定会立刻溜之大吉的。这也无关宏旨。只是那个浙江巡抚恩铭手握重兵，坐镇省垣，可是个杀人不眨眼的煞星。如果不先将他除掉，对革命极为不利。我们不得不配备刺客列传里的人物去对付他。同时，以组织乡勇，防匪保乡为名，编练一支英勇善战的军队。一旦暗杀恩铭得手，我便趁机率部起义，直扑督署，解决、改编他们的军队，然后分兵攻占上海、南京，使京、沪、杭这一三角地带连成一片革命基地，统一江、浙两省后立即在南京成立军政府。"

"这有把握吗?"我又兴奋又担心。

"自古两军相对,将勇者胜。秦末项羽揭竿江东,也不过八千子弟兵。只要我们第一炮打响打准,便可先声夺人,迭建奇勋。京、沪、杭可是全国交通枢纽,经济重心。占领了这三角地带,富庶的东南半壁江山落在了我们的手里,这可给清朝廷以致命的打击。它的日子还会长得了吗?"

听她越说,越没一丝儿睡意。一颗心紧紧随着她忽高忽低的声音而忽上忽落,竟不知东方之既白,连忙说道:"阿姐今天就要离我回国了,怎么不给我留下个值得纪念的礼物?让我想念阿姐时也有个慰藉啊!"

"噢噢,你这可又有点儿女情长了。我该送你个什么呢?"她认真地想了想,突然拿出那个锦囊:"嗳嗳,我带着这半抔黄土回去,好像只以半壁江山为抱负,全送给你吧,反正此番可得血洒神州啰!"

我一时不能作声,默默地接过她的锦囊。这时,我才忽然想起要从银行取出一笔钱让她作创办《中国女报》的基本经费。她却硬是不肯接受,说:"我回国自有办法筹集资金的。你在香港卖掉那条钻石项链,还有多少存款在日本银行?"

"三万四千元港币。"

"你赶快把这笔港币提取出来转购白银存入。我的天,你天天都在吃亏还不知道。"

我很是不解:"港币存在银行里不是有利息吗?怎么会天天在吃亏呢?"

"港币在天天贬值。你怎不晓得?银行哪会苣存那些价值不稳定的或者日趋低落的纸币?他们早就将你这笔存款转购入天天在涨价的白银。他们天天都在赚你的存款兑换率。"

你看我多蠢!原来知识就是财富。这下我可变得稍稍聪明了一点儿,等她回到浙江绍兴以后,我便立刻给她汇去大洋一千元,折合白银七百二十两。她很快便来信,说收到我这笔银子,可应付了燃眉之急。不过,她已将田产卖掉,完全可以支持得过去。严嘱以后绝对不许违背她的意旨做事,同时绝对不可轻易给她寄信。好个严厉的大姐!

1907年仲秋。我毕业前夕收到她从国内寄来的一摞《中国女报》,高兴得一连几个晚上都睡不着。当即做好回国准备,只待领到文凭便可启程。可是毕业考试过了许久，文凭却迟迟没有发下来。不知是因为我被称为"学院皇后"，抑或由于一向成绩拔尖而且精通日语和汉语，学院当局非要留我当预科班助教。那些日本学生对我羡慕得要死。芳子有多高兴就别说了。可我的心早已飞到了秋瑾大姐的身边，哪里稀罕这份稀罕的职业？偏偏这个时候，从上海来了个吴蕙小姐，称是秋瑾大姐的结拜姐妹。刚开口，她便一包眼泪……

原来，秋瑾大姐一行十几个革命志士回到浙江绍兴，立刻着手创办《中国女报》，一面联络各乡乡勇建立联防队，暗地里组织光复军。她多次单身只胆夜访驻军统领赵连升，晓以大义，动员他率部共同大举，事后让他出任浙江督军。赵连升终于横下心来。当下约定举事日期，由他率部进攻督署，光复军随后接应。岂料副统领薛克容表面顺从赵连升，背地里却向巡抚恩铭告密，受命暗中率部监视赵连升的行动。就在起义前一分钟，清兵突然包围了赵连升的秘密指挥部。薛克容率先冲了进来，秋瑾大姐当头一枪便把他击毙了。经过一阵激战，终于寡不敌众，秋瑾大姐和赵连升当场被俘。审讯时，秋瑾大姐始终昂首瞑目，一言不发。恩铭吓得脸色如土，慌忙把秋瑾大姐杀害了。

我还没有完全从昏迷中苏醒，这消息已经沸沸扬扬传遍了东京。留日同学联谊会连日举行追悼会，慷慨陈述秋瑾大姐不寻常的生平。我可忙着收拾行李，恨不得立刻扑到秋瑾大姐的墓前一哭。

"人家现在正疯狂缉拿大凡与秋瑾大姐多少有点关系的人。你此番回去岂不是自投罗网?!"

"你作这样毫无价值的牺牲，不怕违背你秋瑾大姐的心愿？"吴蕙小姐和芳子左一张嘴巴，右一张嘴巴。

"我与秋瑾滴血结义，生为姐妹，死是鬼伴。她已为开辟一条最终到达中国妇女的解放、中华民族新生的路而献出了自己的生命。我岂能偷生于异国？"

"你就是要回去，目前也得避一避敌人的锋芒。况且秋瑾大姐被匆匆葬于乱冢，你哪里去寻得着她的墓坟啊？"

听吴蕙小姐这么一说，我在悲恸之中陷得更深了，竟无力自拔，只好默默当上了东京师范学院预科班助教。

芳子处处体贴，时时抚慰。春天一到，她便欢天喜地地拉着我的手，要到处去看樱花，我不唯无论如何也提不起兴致，压根没有了当年到日本不久那般逸兴遄飞、豪情奔放，而且一提起樱花，心口窝里便不禁一阵黯然。原只以为，唯樱花易开易谢，没想到秋瑾大姐也跟樱花一样，一下子怒放盛开，灿烂傲枝，却瞬即在暴风狂雨之中凋零，只剩一片残瓣。芳子见我兴眛索然，神色恍惚，连忙陪我回来，为我置酒驱悒。殊不知当年秋瑾大姐举杯高歌，借酒抒怀的飒爽英姿历历在目，不由人越发神伤！

我实在无法在日本再待下去了。哪怕只要一踏上祖国的土地，头颅立刻便会从脖子上掉下来，我也非要回国……

黄浦江默默地听着李不奴的陈述，时而禁不住激起几束浪花，时而发出深沉的慨叹！

"秋妹，你到上海可有些日子了，我怎么一点也不晓得呢？"卢炜昌的嗓门仿佛突然发生了故障，声音很有点异常。

"你可听说神州女子师范学校有个陈丽娟吗？"李不奴却驴唇不对马嘴地反问。

"这倒有所传闻。一个女士居然专门为女子创立了一所师范学校。据我所知，这在中国还前无古人。她的胆识和目光并不亚于秋瑾女士创办《中国女报》，实在是个了不起的新女性，叫一班迂腐冬烘与斗方名士好不愕然，一时鼓噪四起，斥为不见经传的怪物。只是井水与河水彼此没有多少关系，还不曾跟这位女士谋面。怎么……"卢炜昌忽然觉出李不奴问得有些蹊跷。

李不奴忍不住一阵好笑："噢噢，井水与河水的元素本来都是 H_2O 嘛，怎么会没有一点关系呢？"

卢炜昌这才惊讶不已："你就是陈丽娟？"

"反正我生来就没有姓名，喜欢什么名字就叫什么名字，这倒用不着顾虑祖宗生气的。天下多姓李，广东多陈姓。我是广东人，取姓陈就更不会叫人觉得奇怪了。"

"真没想到！"

"连我自己都想不到呢！临离开日本时，芳子非要我把'李一弩'那个名字留在日本。这才提醒了我。"李不奴的口气忽然变得格外平静，"本想一踏上外滩，就非得到香山去一趟，无论如何也得寻个明白，你到底怎么了？只是身边同伴多人，轻易不能擅自离开。接着便忙着创办神州女子师范学校，筚路蓝缕，头绪万千，就更轻易分不开身了……"

"难怪，难怪！"

"上海这么偌大一个世界，比日本的东京还要繁华得多。我一时又不便轻易涉足社交界，没想到你这个解元爷竟成了十里洋场的风流人物！幸好上帝老是喜欢赐给我们一份奇缘，要不，怎么会在霍武师击败奥皮音的狂欢中会面呢？"

"往后，我该叫你陈丽娟呢，抑或依旧叫你李不奴呢？""既不能叫我李不奴，也不该叫我陈丽娟。"

这可叫卢炜昌为难了："那该叫你什么呢？"

李不奴愀然作色道："叫我秋妹呀！这还用得着问？""在公开的场合，也这样叫？"卢炜昌不无困惑。

"不管什么场合，都得这样叫！"李不奴简直在命令，只是语气多了一点娇嗔。卢炜昌心里又翻起一阵波澜，却轻易不敢再去吻李不奴，只是忍不住忘情地问："秋妹，我该为你做些什么呢？你们学校刚创办，可有什么难处需要我帮忙解决吗？"

"没有，没有。只是报名日期早已截止了，却只有四名学生。""四名？"

"嗯。上海到底是中国对外开放最早的一个商埠，外国人在对它输进资本的同时，也竞相输进了西方的文明。妇女受封建文化的蒙昧竟至于此，要唤醒全中国妇女起来争取自身的解放，这并不比推翻一个封建王朝轻易。"

"那你这所学校如何办下去呢？"

"不打紧的——毕竟有了四个学生！在哲学家的头脑里，任何数字都没有绝对值。"

卢炜昌倏然伸出双手，搭在李不奴的圆圆的肩膀上，许久许久没说话。"秋妹，你让我从你的身上看到了一种最宝贵的东西。"

"什么东西？"

"自信。我们中国人太需要自信力了。一个民族要自强，国民必须具有自信的力量。你这倒提醒了我：精武不仅是国民强身之道，也是培养国民自信力之道。"

"噢噢，你别夸奖我了。我不过是受了秋瑾大姐的一点点传染罢了。不过，你说得倒有道理。比如你姑丈孙中山先生，他身上要不是充满了自信，能长年在海外奔波，为共和国的诞生而到处募集资金吗？"

卢炜昌突然说："你明天到我家去一趟吧！"

"为什么非要我到你家去？"李不奴连自己也觉得奇怪，为什么一提起卢炜昌的家，她立刻便产生一种变态心理呢？

卢炜昌一点也没有觉察，连忙说："请你设法把三千两白银转交给我姑父孙中山先生。"

"你这可是雪中送炭啦！"李不奴惊喜不迭，"炜昌，我们成不了夫妻，可成了同志。"

卢炜昌不由愕然："秋妹，你说的什么呀？"

李不奴只顾着高兴，居然在卢炜昌的脸上狂吻起来："孙中山先生知道拿出这一笔白银资助革命的同盟会会员是你，他该有多高兴！"

"我什么时候要加入同盟会？"卢炜昌很是莫名其妙。

"那你为什么要送给孙中山先生三千两白银？"李不奴十分费解。

"资助你们的事业，这跟加入同盟会可是两码事。"卢炜昌的口气很是漫不经心。

这太出乎李不奴的意料了，难免失望多于感谢，忍不住悻悻挖苦道："你是不是太珍惜自己的脑袋了？"

"没了脑袋便什么都完结了，谁不珍惜？"卢炜昌一点也不否认，"不过，你要是认为我不立刻把脑袋拿下来便不配做炎黄的子孙，那就请你立刻给我一把剑。"

李不奴怔了怔，脑壁上蓦然闪出当年在广州，卢炜昌冒死把她救出火坑的情景，顿即后悔起来。她怎么能这样挖苦他？"可是我不明白，你为什么不愿意加入同盟会？况且同盟会是以你姑父孙中山先生为领袖，以推翻清王朝的统治，建立一个全体公民一律平等和有机会参与国事的共和政体为宗旨的革命政党……"她仍然不肯轻易放弃要卢炜昌加入同盟会的念头。这不仅是爱情的驱使，而且出于更高的使命：革命必须集结更多的英才。

"很简单，我本来就对官场缺乏兴趣，自然不想涉足政治舞台。"卢炜昌却漠然回答，"尽管我非常崇拜我姑父孙中山先生；对秋瑾女士，甚至对你以及对你的同志们，也不乏敬佩之情！"

"革命是为了拯救中华民族，可不是为了当官，你怎么倒弄糊涂了？"

"啊哈，革命党人闹革命不当官，难道建立了共和政体，还得请清王朝的元老坐江山？你瞧着吧，我姑父日后非得当总统不可！"

"那也是因为民族的需要，历史的需要嘛！不过，我可一辈子也不会当官的。你相信不相信？"

"你和秋瑾女士不是竭力主张男女平等的吗？女人不坐江山，终究不能跟男人平等的。"

"你放心好了。中国四万万同胞，至少有两万万妇女。你愁在秋瑾大姐之后，会没有人擎起中国妇女解放的旗帜？"

"可你怎么不想坐江山？"

李不奴突然把右手伸到卢炜昌的面前："你看，你看！"卢炜昌一时难明其意："这……?"

李不奴本来要把她掌上的爱情线指给卢炜昌，将秋瑾在日本给她看掌相时说她一生离不开他的话和盘端出，却让心口窝里"咚"的一声跳动，不觉改口道："你看看，我的手心可长着握印的掌纹？"

卢炜昌恍然大悟地笑了："秋妹，你未免太相信这些玩意了。"

"这可不是玩意儿，而是人生的一种预兆。"李不奴却执拗地争辩，"秋瑾大姐说她的生命线在三十岁上有个障碍，而且跟成功线息息相关。果然她刚刚三十便因起事失败而殉难了。人生本身的学问太深奥了，太奇妙了，哪些值得相信，哪些不值得相信，谁也轻易阄不准。"

卢炜昌明知这不过是一种偶然的巧合而已，却不好反驳。人往往需要某种虚无的寄托，而且虚无往往会产生出某种实在来。何必非要毁灭她的寄托呢？只好接着问道："那你打算一辈子在女子师范学校教书呢，抑或去办一辈子《中国女报》？"

李不奴不假思索地答道："不，我也许跟你一辈子从事精武体育事业的。"卢炜昌不禁一阵惊喜："真的？"

"你不相信？"李不奴反而诧异地问。

"你不以为这跟民族的命运，国家的命运无关要紧吗？"卢炜昌不由得惊然问道。

"我什么时候这样认为呢？"李不奴稍稍表示不悦，"拯救民族，拯救国家，并非只有唯一的一条道路。有人进行暴力革命，搞政治救国；也有人兴办工商，搞实业救国；你致力精武体育事业，也在搞强身救国，怎么能认为跟民族和国家的命运无关要紧呢？孙中山先生领导的革命已经依稀看得见胜利的曙光了。但要改变国民在外国人眼里'东亚病夫'的形象，使我们的民族和国家强大起来，却不是你和我所轻易能见得到的。"

卢炜昌猛地搂住了李不奴："秋妹，你太了解我的心了！在这方面，你嫂子素云可远远比不上你……"

李不奴一听卢炜昌稍稍提及孙素云，便又立刻从他的怀里逃开了，给黄浦江边遗落一行扑朔迷离的足迹……

卢炜昌只顾对着朦胧的月色下李不奴的足迹发愣，竟然没有发觉她已经走远了。

二十三　上海舆论界的热门话题：

她十成是个巾帼奇人

　　一弩：

　　收到你的信，高兴得简直要发疯！人的感情也真怪，在一起相处的时候，并没有什么特别的感觉，一切都那么寻常，甚至于吵嘴，闹别扭，也那么的不以为意。一旦分别以后天各一方，这才意识到友谊的珍贵，无时无刻不陷入深深的惦念！

　　你到底是个女儿家。上帝一向讨嫌女人，因而在人类社会中只给女人以弱者的位置。要创立一种事业，自然比男人要艰苦十倍的。何况你所干的事业是对上帝的叛逆！虽然中国历代最暴戾的封建统治者慈禧太后已经寿终正寝了，中国政治上正处于大动荡之中，你大概不会有秋瑾大姐那种遭遇的威胁了，但上海于你可比东京还要陌生，而且各种势力都集中在那里。你还是得处处谨慎些为好。特意寄上东京市市长山田奉太郎的介绍信，必要时可去找日本驻沪领事馆，或许对你会有帮助的。

　　我一切如意，请放心！

　　你竟在上海遇上旧时的情人，这完全是上帝的恩赐。我真为你感到幸福！

　　祝你

成功！

芳子10月7日

　　"芳子，你真好！"李不奴如获至宝，当下便拿着山田奉太郎的介绍信去见日本驻沪领事……

　　"你怎么可以轻易跑到日本领事馆去？"

　　"我为什么不可以跑到日本领事馆去？"

　　"难道没有外国人的恩赐，中国就一事无成吗？"

"噢噢，我聪明的傻瓜！既然外国人的帮助有益于中国人的事业，为什么不可以去争取呢？"

"你不怕给自己同时也给大唐丢了脸吗？"

"咭咭……你你……咭咭……你你……"李不奴忍不住一边大笑，一面拿食指戳卢炜昌的鼻尖。

"你你……笑我什么？"卢炜昌被弄得好不困惑。

"你你……一个典型的大唐主义者。"李不奴仍然笑嘻嘻地戳卢炜昌的鼻尖。"新鲜！大唐也会产生主义。"卢炜昌仍然不无困惑。

"这有什么新鲜？"李不奴终于敛住了笑容，"在国家之群，民族之林中间，虽然有大有小，但自诩其大，这本身可就包含了主义了。欧洲还在愚昧野蛮时代，我国就发明了指南针，原始社会的部落联盟的首领轩辕氏在讨伐蚩尤的战争中，便使用指南针了。东汉的蔡伦发明造纸以后，中国人又相继发明了印刷和火药，率先跨入人类的进步与文明。加上李世民一创唐朝之盛，在军事上威震天下，在文化上令古希腊逊色，而且在对外通商方面还开辟了丝绸之路……为世界上多少国家和民族所叹服：'年年进贡，岁岁来朝'，还纷纷派学生到中国来留学。中国人便以'大唐臣民'自居，开口称'大唐'，闭口称'大唐'，在世界上所有的国家和民族之中，唯'大唐'至高无上，唯'大唐'至美好，至伟大，至了得！欧洲以至美洲的美国和加拿大、我国的邻国日本等国家和民族经过资产阶级文艺复兴时期，工业革命时期，明治维新等，越走越发达，早已进入了科学时代。我们中国的历史车轮，却老是在'大唐'这条起点线上转动，掉在别人的后头整整一千年。你看你看，'大唐主义'多要命！这种民族潜意识一日不根除，中国将永无进步之日。"

卢炜昌重重地打了个愣怔，半晌才说："我不相信连月亮也是外国人的最圆。"

李不奴半句也不让："难道只有中国人的月亮才永远是圆的？"

卢炜昌只好说："好了好了，我不跟你争了。你有你最圆的月亮，我有我最圆的月亮！"

李不奴又忍俊不禁，嘻嘻大笑起来："太阳系只有一个月亮。由于地球的转动，在东方人的眼里它是圆的时候，在西方人的眼里它可是缺的；在西方人的眼里它是圆的时候，在东方人的眼里它又是缺的了。管它圆的，缺的？只要它能给我光，为我所需，我就欢迎！"

卢炜昌这回可当真不能跟李不奴争了，只好说："你从日本领事那儿可得到了一些什么帮助？"

李不奴这才把日本驻沪领事的介绍信递给了卢炜昌。

"日本领事也让你去找俞紫峰！"卢炜昌很出乎意料地叫道。

"怎么啦？"

"想不到，想不到，日本领事居然也看得上这位夫子。"

"他可是个什么宝贝啊？"

"翰林出身的礼部侍郎。"

李不奴一听，扫兴极了："唉唉，我可白跑了日本领事馆一趟！"

卢炜昌说："不不，这个日本领事可不简单，即使俞紫峰这样的人物，都了解得这般透彻。我来找你，正是要你跟我去见见他。"

"咦，你怎么跟日本领事不谋而合呢？大概不会是月亮观作怪吧！"在卢炜昌的面前，李不奴什么时候都那么快活，"可惜，我对这个宝贝并不稀罕。一个封建文化的卫道士，倒会支持我办新学？"

"秋妹，你这就未免有点偏见了。"卢炜昌反倒有些着急起来，人类本来就属怪类，常常会出些怪胎的。这个俞紫峰虽然是清朝礼部侍郎，却放着大官不当，偏要剪掉辫子跑到上海来，居然对十里洋场发生特别的兴趣。既不从政，也不经商，只爱卖弄文采。他作的曲子可别具一种怪调儿，新鲜、易唱，几乎垄断了上海所有的茶楼、酒馆。经销美国丝带牌牙膏的经理赵伦积存大批牙膏无法销售，特意带着一幅广告画上门请他题词。一看这幅广告画画的是一位如花似玉的少女，手上拿着一支眉笔，侧首凝眸，对着梳妆台上的圆镜，镜里反映出一张俏脸，秀丽无双，嫣然而笑，露出两排皓齿……他当即以晋代著名书法家王羲之的美女簪花格题了一首曲子：

花月影，纤手自描。

一笔一笔细心画，忽？忽？着意描。浓妆添艳色，

淡抹倍妖娆。嚄，倾城又倾国，

直如此多娇！凝眸，复凝眸……难摹，真难摹……

两排皓齿胜似玉！是编贝？

是贯珠？难捉摸……

素绢无其白，设色又恐消。有齿如斯好，值得自珍，

更值得自豪！欲求此中奥，

快用丝带牌牙膏！

"报上登出这幅广告，不几天，上海滩所有的秦楼楚馆、歌台舞榭，甚至大街小巷，全都传唱起这首曲子。赵经理积存的一大批美国丝带牌牙膏很快便销售一空了。偌大一个上海，没有谁不知道俞紫峰其名的。要是能借得他的名望，让他挂个神州女子师范学校名誉校长或董事长之类的头衔，或者至少请他给神州女子师范学校写个牌子，可比你在《申报》上做多少次宣传都强。"

李不奴还能说什么呢？"依你，反正到时我可得跟你要……"她虽然把下半句话硬是咽到肚里，可那语气却一点也不像在开玩笑。

她能开玩笑吗？

她怀着一腔热血，在上海租赁了上下两层、可设六个教室、容纳三百学生的楼房，不乏声色地创办了一所女子师范学校。却怎么也没料到，四个，只有四个学生。上海多的是无聊文人。街头小报难免不叫你难堪。"咳，这所神州女子师范学校可不简单呀！几十个教员教几个学生，那些'大脚仙'日后不当女皇帝、女元戎，也非得当女博士啰。"不仅教师们沉不住气，就是她这个一校之长也多少不受点刺激？！他们虽然无聊得发慌，但毕竟接受过文化的洗礼，头脑里总有点学识的。怎么也会这般愚昧呢？除了封建文化本质上的愚昧因素以外，这难道不是民族的劣根性在作祟么？难怪日本的大学生笑话我们："世界上要是以单个划分，中国人是最聪明的；要是以群体划分，中国人又是最愚蠢的。所以要战胜一个中国人不容易，要战胜一群中国人就太容易了。"一个国家一个民族，要进步要强盛，其希望主要寄托在有文化有学识的人身上。可他们身上带的都是负电，却在互相妨碍，互相倾轧，这个国家和民族，还能进步、还能强盛吗？

同事们一定看出了她脸上的惘然之色，七嘴八舌地在嚷："陈校长，我们总不能老是当哑巴呀！要不驳斥一下这些家伙，恐怕连这四个学生也会让他们笑跑的。"

她也只能淡然一笑。其实，沉默往往是一种有力的驳斥！

"神州女子师范学校才创办不久，正愁鲜为人知，他们这一嚷嚷，岂不给我们当了义务广告员吗？至于这四个元老学生，倒用不着担心的。她们既然乐于到我们学校就读，就不是多少没有点头脑的人。要紧的是，把她们当作四十个、四百个，甚至四千个、四万个，认真的努力……请大家放心，不管在任何情况下，都保证工资按时照发。"

虽然她的同事们都在满怀希望地工作，按时开学，按时上课，一切都按原订规划办，但总不能老是扮演守株待兔的角色呀！纵然那些无聊文人不拿这四个学生来讥笑神州女子师范学校，她也有愧于秋瑾大姐的灵魂的。秋瑾大姐从日本一回国，很快就办起了《中国女报》，很快就组织起了光复军，干得轰轰烈烈。可我这小妹妹呢，莫非当真这般没能耐。她的聪明哪里去了？她的才干哪里去了？难道她倒甘心情愿承认自己连办一所女子师范学校也无能为力吗？不，那岂非无异于玷污了秋瑾大姐与她东瀛结义在那抔黄土上洒下的那一滴滴鲜血？岂非无异于承认在这个世界上压根不曾降生过一个李不奴？世界上即便是疯子，也不会失却存在的意识，只不过失却存在的价值罢了。何况她的大脑神经可异乎寻常地健全。怎么可以稍稍降低她存在的价值？

谁也没她明白，只要她稍稍作声，炜昌便会立刻把手伸过来，给她卓有成效的帮助的。然而，她却轻易不能作声。精武体育会不也正在草创吗？他会比她轻松？尽管有陈公哲、姚蟾伯、黎惠生、刘裕臣他们在鼎力相助，有霍元甲武师在支撑门面。他到底是精武体育会的顶梁柱，所有大小压力都先落到他的身上。还有那变幻莫测的生意场上的风云，严严实实笼罩着他的心，他要是稍有疏忽，随时都会招来破产的横祸。近来他可瘦多了。她却没能耐减轻他身上的负荷，倒好意思让他哪怕稍稽再增加一点负担？她不心疼，素云嫂子可心疼！况且，一个女人，碰上困难便去央求男人，不正表明女人轻易摆不脱对男人的依附这一致命弱点吗？不正表明女人永远不如男人吗？这可恰恰违背了她创办神州女子师范学校的宗旨。可是在大上海，除了炜昌，还有谁是她最可信赖的亲人呢？还有谁能让她指望得到无私的帮助呢？

她真不明白，炜昌怎么会把希望寄托在一位夫子的身上，非要带她去见他……

俞紫峰一看李不奴容貌出众，气度不凡，便连声称道："哦哦，想不到女史如此妙龄，卓尔不群！此番学成回国，致力兴办新学，大展骥足，不愧一代天骄！今日得与一会，幸甚，幸甚！"

李不奴不由脸红耳热起来："过奖了，过奖了！晚学创办神州女校，实感才疏学浅，未孚众望。深愿在先生指导下勉任其难。为此拟恭请先生出任敝校董事长，兼名誉校长。不知先生可愿赏脸？"

卢炜昌一旁抚掌赞许："陈校长确具慧眼！贵校董事长和名誉校长两职，非俞先生莫属！"

"愿附骥尾，愿附骥尾！"俞紫峰爽语不迭。

这太出乎李不奴的意料了。她不过仅仅是为了顺从炜昌，才登门作试探性拜访的。俞紫峰竟然爽脆得出奇，语气里不乏古道热肠。真叫她喜出望外，赶快拿出一份聘书，称道："先生乃一代文宗，如今又成学府哲匠，一开风气之先，实为儒林楷模！"

俞紫峰第一眼见到李不奴，便打心眼里折服了七分。如今听了李不奴的一番雅词，真挚而诚恳，不掺丝毫虚伪矫揉，他心里又平添了三分喜悦。不知是因为这七分折服，抑或因为这三分喜悦，对于这位神圣的女性的神圣的事业，他忽然产生一种责无旁贷感，仿佛他理所当然地为神州女子师范学校的董事长和名誉校长。对李不奴递过来的一份红底熨金字聘书，他竟连看也不看，倒是忙着取出一张支票，双手交给李不奴："这一万块光洋，且拿去应付草创之急。筚路蓝缕，实在难为陈校长了！"

"这……"李不奴把一双眼睛瞪圆了……

"俞先生这可给神州女校雪中送炭哇！陈校长，这一万块光洋，总可以建起一座相当可观的校舍了吧？"卢炜昌故意提醒李不奴。

"不不，"李不奴反而窘得不行，"我所冀求于俞先生的，仅仅是精神上的支持……"

俞紫峰听了，两个眼眶竟然涩得不行，没眨巴几下，一股无名泪便莫名其妙地潸然而出。他俞紫峰在民众的心目中，当真值得这般赏识？对于那些廉价的捧场，不管在朝廷上，也不管在十里洋场的酒吧间，他一向统统听而不闻。因为，不管是朝廷，也不管市井，人们无不视庸俗和虚伪为上帝最大的恩赐而互助赐予，庸俗和虚伪竟成了人类社会一种时尚的价值意识。这位女史可出奇的脱俗，她的尊崇就远非多少块大洋所能值得的了。这不由他不着急："陈校长要不接下这一万块光洋，神州女校董事长和名誉校长两职，我俞某岂不白沾光了？不行不行。既然身在其位，就总得干点实在的事情，否则就纯然图个虚名了。可惜我俞紫峰虽然出身翰林，对于新学却是个文盲，实在汗颜！神州女校诸事就全拜托女史了。遇有为难之处，切望随时相告，不必介意。请陈校长代俞某问候诸位教职员！"

"俞先生所说，句句至理至诚。拒人美意，非君子所为。"不等李不奴开口，卢炜昌便紧接上俞紫峰的话茬，"俞先生如此热心扶植神州女校，支持妇女谋求解放，实令晚学惭愧不已！为此，紧步俞先生后尘，也捐赠一万块光洋，略表钦仰之意。"旋即从皮夹里掏出个精致的本本，封面赫然熨着一行金字：创办神州女子师范学校捐款征信录。李不奴又把一双眼睛瞪圆了……

非租界地闸北东隅，被上海妇女界称为圣地。这倒不是因为那儿环境特别的清幽，景色特别的优美。而是因为在那河渠沟壑纵横交错，到处流水潺潺，这壁厢柳絮如烟，那壁厢杏花似火，万物得意，群莺乱飞的彩墨画中，掩映着一所崭新的学校。这所学校的校长是女的，教员是女的，职员也是女的，几百名学生全都是女的。然而，却没有一个小脚女人。凡是进了这所学校的女子，一个个都变得体态不俗，又苗条，又结实，既没有丝毫妖冶味，又没有丝毫闺秀气，却从头到脚浑身女性魅力；不仅肚子里有的是学问，而且身手不凡，不为男人所能轻易欺负，一改妇女柔弱的遗风。

——这所学校的校长可是个巾帼奇人……

整个上海的舆论界曾经对李不奴一度沉默，忽然又热闹起来。

李不奴一如既往，不管是赞扬抑或是诋毁，一概不予理会。她拟定的文明八大守则简直成了神州女子师范学校一部神圣的宪法：一，严禁裹足，不准作任何形式的束胸；二，提倡仪表文雅，大方美观，反对妖冶矫饰；三，吐属要温文，严禁污言秽语；四，热情有礼，乐于助人；五，不得参与任何形式的赌博活动，不得偷阅黄色书刊，不得作无益身心的游戏；六，不奢谈，不搬弄是非；七，不迷信命运，不依附男人；八，立志做个有理想、有文化，能自立于社会的新型女性。不分学生和教员，务必严格遵守。触犯其一者，记大过一次；触犯其二者，记大过二次；触犯其三者，记大过三次，当即开除。她身为校长，自然得处处作表率。

不论学生或教员，无不视校长为巾帼的骄傲，处处仿效她。一看见她在跟日本或英、美朋友谈话，那口流利、清脆、悦耳的日语和英语，以至她那尔雅大方的翩翩风度，便简直要倾倒于她的脚下。每天大清早，她们总要拥到野外，看校长策马。那匹除了四蹄和鼻梁是白的以外，全身栗色，毫无一根杂毛的澳大利亚名马，又高大又剽悍，神骏不凡。校长叫声"朵蒂"，它便奋鬣长嘶，昂首腾起前足，直立起来。只见校长纵身一跃，双腿便夹紧了马腹。那马立即撒开四蹄，来回绝尘飞驰。她忽而搂着马颈，忽而贴身马背，忽而放开缰绳……叫人闹不清她到底是怎样骑在马上的，仿佛她跟那匹马变成了一体，甚至以为她本来就是一匹野马。可是除了只能"啧啧"兴叹，谁也不敢上前摸一摸那匹不带马鞍的朵蒂。她们只好纷纷跑回校园，把个游泳池围得严严实实。别说校长的水上绝招：蛙泳、蝶泳、自由泳叫人心里痒得可以，光是校长身上穿的泳衣，就够人羡慕得不行。

"太美了，这才是个真正的女人！"在学生和教员中间，不时爆出一片赞叹。只是太解放了，叫人多少有点难为情。

"只要你认为这种解放能让女性美得到充分的显露，为什么不去勇敢追求？人生许多悲剧，往往因为缺少勇气所致。日本人男女同一浴池，大家都像《水浒》里的浪里白条，相熟的还互相擦背，男女不拘。"

在陈校长的鼓励下，她们终于按捺不住跃跃欲试。还不到一个学年，不仅学习日语和英语便蔚成风气；而且野外也掀起了跑马热，至于游泳池里可就更热闹了……

"我看，女子习武更有好处，既可以使身体健美，又可以自卫，特别要紧的是，可以改变社会对妇女的偏见……"李不奴忽然找到精武体育会，一见卢炜昌劈头便说。

"这倒是一桩好事，不过……"卢炜昌又高兴又不无疑虑。

"不过什么？接招——"话音未落，李不奴便呼地朝卢炜昌腹部倏忽飞起一脚，实实在在地回答。

卢炜昌不躲不闪，纹丝不动地挨了李不奴一脚，却惊喜不迭地问："秋妹，你跟谁学的鸳鸯脚？"

"哎呀，我真鲁莽！伤得可要紧吗？"李不奴顾不得回答，反而着急地问。"唔，有点劲儿。不过还……"卢炜昌不忍心说她还不到家。

"还什么？你真笨！一个大活人，怎么忽然变成一根木头了？"李不奴忽然朝卢炜昌瞪起了眼睛。

"不打紧的，只伤在肚皮上。"卢炜昌稍稍委婉了点儿。

"我不信。你让我看看呀！"李不奴说着便要动手去撩卢炜昌的内衣。卢炜昌只好连忙说："女儿家，能有多大的腿劲？"

"嘿嘿，我不相信上帝什么都优惠男人！"李不奴虽然十分的不服气，却不得不稍稍放缓和点儿口气，"你们男人的腿劲不也是练出来的吗？我腿功还没到家，你就教我呗！"

"要涉足于武林而得其道者，必须入宗入流。无支无派乃为武人之所不齿。"卢炜昌一本正经地说，"你这是跟谁学的鸳鸯脚？非驴非马的。"

"嘻嘻，不是姓马的，可就是姓卢的咯！"李不奴忽然趣语横生。卢炜昌不由愣了愣："姓卢的？我什么时候教你腿功来？"

"你没教我，我倒不会偷么！你当初不是也偷过石澄宇禅师的功夫？连霍武师这样的武杰也是偷来的嘛！什么宗、流、支、派？霍武师的绝招虽然并非出于哪一派哪一流，没个正宗而不为他的父亲霍恩第承认；其实，他取武林百家之所长，创造出超乎百家的绝招而成了他独特的一家，这本身不就是一派一流吗？"李不奴正说话间，忽然神采飞扬起来："啊哈，正说曹操，曹操就到！"

"说我什么？"霍元甲笑呵呵地走过来。

"陈校长正在称赞霍武师的神功！"卢炜昌抢先替李不奴回答。"哦，陈校长对武术也有兴趣？"霍元甲眉头扬得老高。

"何止兴趣而已？刚刚我还实实在在地挨了她一脚呢！"卢炜昌又抢先替李不奴回道。

"哈哈！当真这般了得？看不出，看不出！"霍元甲很是高兴。

李不奴这回可不让卢炜昌把话抢过去说了："霍武师，别听卢老板夸的。我不过是故意给他施点小礼，非要他收徒弟罢了。"

"陈校长身居学府，怎么忽然要涉足武林？"霍元甲很有些不解。

"噢噢，这可是我十年前的夙愿了。卢老板当时答应过教我功夫的。"李不奴一边说，一边投给卢炜昌意味深长的眼神。

"我什么时候答应过教你功夫的？"卢炜昌很有些懵懵然。

"噢噢，还要赖掉呢！"李不奴的语气里流露出几缕淡淡的伤感和不悦，"那天黑夜，在广州东郊的情景，你倒会这般轻易忘怀？"

卢炜昌唰地红了脸，一迭连声："哦哦，哦哦……"

霍元甲隐隐约约听出其中的奥妙，却不好意思煞风景，便故意"咯咯"笑道："难得陈校长对武术这般至诚！卢先生忙不过来，就让我代劳吧！"

"霍武师当真愿收我这个女徒？"李不奴大喜过望。

"陈校长可曾听说，武林中人历来视儿戏为耻辱？"霍元甲微笑道，满脸认真的神色。

"噢噢，我可不单单是为自己上门求师的！"李不奴却得寸进尺。"还有谁？"霍元甲脸上又平添了几分喜色。

卢炜昌接着断言："陈校长为的可是神州女子师范学校的全体教员和学生呢！"

"有多少教员和学生？"霍元甲很感兴趣地问。

"五百七十八名学生，加上教员职工，共有六百三十九人。"李不奴很为这个数字自豪，声音特别的清脆，"怎么样，霍武师，你能统统收作门徒吗？"

霍元甲却转向卢炜昌问道："卢先生，您看这些女子能行吗？"

"我刚刚才挨了陈校长一着鸳鸯腿，还敢说不行？"卢炜昌颇有风趣地回答，"只怕霍武师一个人轻易使不了分身术。"

"不碍事，不碍事，武人以传武为乐嘛！要紧的是这些女子能吃得消，学得来。"霍元甲说。

"霍武师放心！上帝赐予中国女子最大的恩惠就是能吃苦。而且，我的教员和学生断不会比你们精武体育会的会员笨的。"李不奴虽然笑嘻嘻的，语气里可别是一番意味，"不过，我们学校到底不是精武体育会，可不敢企望霍武师面授绝招的。只求派个高手，担任技击课就行。"

"啊哈，你们学校的教员和学生为什么不可以成为精武体育会的会员？！"

卢炜昌忽然拍掌叫道，"中国妇女人口并不稍稍亚于男人，发展精武体育事业可不能把她们撇在一边。我和霍武师都给你们学校当技击课教员吧！"

李不奴的愿望和自尊心同时得到了意外的满足，竟然当着霍元甲的面给卢炜昌一个甜蜜的响吻：

"噢噢，卢老板到底是卢老板！"霍元甲又"咯咯"笑了。

……

这天晚上，神州女子师范学校特意邀请上海精武体育会来表演武术。全体教员和学生正看得出神，忽见陈丽娟校长跳到台上，二话没说便跟精武体育会会长卢炜昌对打起来。满座惊愕，旋即爆出一片掌声。一看拳来脚往，呼呼有声，着着凌厉，险招迭出，师生们都为自己的校长捏了一把冷汗。岂料陈丽娟校长最后飞起一脚，竟把精武体育会会长踢得连忙倒翻个大筋斗，跃出一丈多远。这可把她们给乐疯了，呼啦一下子，一股狂潮涌到台上，把李不奴抛向半天空。

——呀，真没想到陈校长还有这一手！

——原来女子在哪方面都并非不如男人。

——非得学两下绝招不可，让那些流氓杂种碰上奶奶也晓得，女人并非一团细面。

于是，神州女子师范学校又出现一种叫上海舆论界目瞪口呆的风气。

二十四　在上海街头：

树起了一面破幡……

一早起来，俞紫峰要做的第一件事儿，便是把胡茬刮得干干净净，盥漱以后，接着就是结领带。乖乖，不过两尺长短的玩意儿，却叫他非得认认真真在衣架旁边的镜屏跟前至少站上二三十分钟。文明，时髦，也着实叫人费劲。打从什么时候开始，他变得这般讲究边幅的？西装革履，连皮鞋也非得让佣人擦得光溜锃亮。在他的脑子里，有个朦朦胧胧的意识：反正这个习惯，不知不觉养成的习惯，大概多少跟神州女子师范学校有点相干吧！一所堂堂皇皇的女学府，一个堂堂皇皇的名誉校长兼董事长。况且，每天可得按时上神州女子师范学校，谒见校长女士，尽管整个谒见过程用不着结领带那么多光景——

"女士可有什么难处？""请先生放心！"

双方都仅仅是一句话。

为什么你不多说一句、十句，甚至一百句？每次离开神州女子师范学校，他都不由得一路地抱怨。可是第二天见了面，他仍然只能脱口而出一句话："女士可有什么难处？"

"请先生放心！"怎么她也老是只能脱口而出一句话呢？

他终于明白了，对这位校长女士，他心里原来就只装着这么一句话，每天非得上神州女子师范学校向她说一遍，要不，心里不自在，甚至觉得那简直就是罪过。这可跟在朝廷上每天早上非得跪在慈禧太后面前三呼"老佛爷万岁"差不多的。可这位校长女士呢，难道她心里原来也只装着那么一句话？光这一句话就足够了。你还巴望她说些什么？何况，每次她都少不了投给你莞尔一笑，还有一杯热乎乎的芳香四溢的茉莉花茶。

"俞先生早！"

"俞先生好！"

又老是那么一句话。虽然出于许多女教员许多女学生的嘴巴，却只差一个字。其实，她们每天馈赠予他的，仅仅是两个字。不过并非是谁都轻易能得到她们这种馈赠的，足见这两个字的珍贵。还不赶快颔首？

何止颔首？分明在鞠躬呢！

不知是因为忙不迭颔首，抑或是因为忙不迭鞠躬，对任何一个女教员，对任何一个女学生，他的目光都不曾有过十分之一秒的停留。只有匆匆走出校门时，本能地回过头去，高高地仰起脖子，他的目光才久久地落在"神州女子师范学校"校额末端一行小字上："名誉校长俞紫峰题"……

"嘻嘻，俞公，这是刚刚出版的《春花秋月报》，先睹为快，先睹为快！"董疯子突然把一张在上海不乏读者的通俗小报硬是塞到俞紫峰的手上。

俞紫峰鄙夷地摇了摇头，便扔给他一枚毫银。

董疯子猝然接住，往掌心上抛了抛，竟拦住俞紫峰的去路，指着《春花秋月报》扮个鬼脸，怪声怪气地说："嘻嘻，鄙人拙作，请俞公不吝赐教！"

俞紫峰的目光本能地落在董疯子那又黑又尖的至少有一寸长短的指甲下面——

儒林奇闻录（之一）俞夫子重金买香屁每日到女师闻一次

"下流！卑鄙！无耻！"俞紫峰当即被这三行黑体字气得浑身一阵痉挛。"噫嘻！噫嘻！噫嘻！"董疯子可乐得一旁捧腹疯笑。

其实，他一点也不疯，只因多年科场落第，仕途无望，流落在上海沦为无赖文人。除了给伶人、歌女胡编些曲子、歌词，换取一壶淡茶、一块糕点以外，主要不惜厚着脸皮，靠装疯卖傻，敲竹杠，拉皮条，聊求生存。本来，他的意识老早就十分清楚地告诉他：在人们的心目中，他已成了生存完全的多余。那些通俗小报的大编辑却偏偏把他视作宝贝。说来也怪，《礼拜六》《快活林》《春花秋月报》等几家最富竞争力的通俗小报，每遇发行量下降，便特约他写几则以揭露或捏造别人的隐私秘史为主题的"奇闻录"，便又畅销一时。而且倘若有人要找这些小报的大编辑打官司，只要说："这可是董疯子写的，文责自负嘛！"便又没事儿了。他董疯子居然多少还值得别人的需要，在这个世界上多少还有点用场，他为什么不存在下去？所以，虽然他往往因此而获得双重的收入：既得了一笔可观的稿酬，又得到被涉者因害怕没完没了的诋毁而送上门来的"竹杠金"，然而他的最大乐趣往往不在这上面。此刻，俞紫峰被气得这般要命，就够他董疯子至少极乐半个月了。

"畜生！"殊不知随着突然一声吆喝，突然一记响亮的耳光，把他的疯劲刮得荡然无存，半晌才回过神来。可是一看站在他的面前怒目竖眉者竟是马半仙，吓得立时瘫作一团。

他一不怕警察——因为他从来不曾偷鸡摸狗，二不怕小赤佬——因为小赤佬们压根不会拿他找麻烦，唯独害怕这马半仙。难怪乡下人说，一物治一物，沙姜治狗虱。

不过，这马半仙，他董疯子可着实惹不得的。不少人都在猜疑：马半仙，马半仙，恐怕这不仅仅是个诨名，兴许他本来就是半个仙人。要不，他算命占卦哪会这般灵验？而且他那单薄得宛如一块木板也似的胸膛，居然连子弹也射不入。他到底是不是半个仙人，笔者可不敢轻易证实，只知道他原籍广东的香山，靠大姐夫妇抚养。姐夫见他聪明好学，有心栽培他。岂料年复一年，举人榜上却老是漏掉他的名字。有一天，他偶尔翻阅起麻衣柳庄的相书，不觉揽镜自顾，顿即恍然大悟起来：喏，这样一副瘦皮猴的嘴脸，分明是相书里十足的孤苦寒贱相，哪有一点锦衣玉食的形迹？要是再如此这般的晨夕咿唔，苦磨下去，只怕中风倒有我的份儿，中举可没我的份。别说指望当个大官小官，怕连猪倌羊倌也轮不到我。况且，老师赐我学名"荦"，也并非多少没一点暗示。荦，音落，这明明是隐喻落第；荦者，杂色牛也，偏又姓马，这一辈子就只能为人马牛了。虽然老师没给我挑明白，眼睁睁看着我苦熬寒窗，但到底比孔夫子对学生爱护多了。颜回明明穷到要讨饭，他却不住口地称赞："颜回居陋巷，一箪食，一瓢饮，人不堪其忧，回也不改其乐，贤哉回也！"弄得颜回飘然欲仙，一直追着他的屁股周游列国，到处奴颜婢膝地乞求一官半职，以致沿途挨饿讨饭，结果应了司马懿嘲弄诸葛孔明的话："食少事繁，其能久乎？"颜回过不了颜子关，便油尽灯灭，终年未满三十一岁。可真够呜呼哀哉！我才不学聪明与糊涂相等的颜回，既然无缘治人而只能治于人，何必非要死搂着书本做黄粱梦呢？这摞摞故纸，寒不能衣，饥不能食，即便揩屁股也会把大肠给弄脏的。于是，他把心一横，立即将那些经书制艺统统付之一炬。

"啊哈，我解脱啦！我解脱啦！"在一堆古籍燎起的熊熊烈火旁边，他又是笑又是叫。直到面前只剩下了一堆灰烬，他才陷入难以解脱的苦恼：读书不成三大害！他既不能肩挑，又不会扶犁，更不懂商贾……七十二行，他行行不沾边。苍天，你总得给我一条活路啊！猛然间，他仿佛着了魔似的跳了起来："我的麻衣柳庄相书，我的麻衣柳庄相书！"慌忙伸出双手，往面前的一堆古籍灰烬里胡抓乱扒。怪，竟然让他从那堆几尺高的灰烬底下拣出了那套麻衣柳庄的相书，而且竟然纹丝无损。"啊哈，天意也！注定我行卜算命的。"于是，他整整七天七夜闭门不出。然后向大姐要来一块破布，在上面大笔写下五个无异于颜真卿手书的大字："神算马半仙"。不到半年光景，人们便把他的学名给忘光了，只晓得他叫马半仙，乡里人甚至只管他叫神算。

上月，这面不乏仙气的破布，居然也飘拂到上海来了。这儿可不比香山。街上车水马龙，熙熙攘攘，却没有人拿正眼瞧一瞧他的幡竿。他不得不挖空心思，写了一篇极其讲究对仗和声律的骈体文《开业小启》，用红纸金字誊写好，贴在一块抢目的木牌上。

"好字，好字！"果然有个老者一边称赞，一边戴上金边老花眼镜，摇头晃脑读起来，"先生文章书法并臻佳妙，老夫眼福着实不浅。"

马半仙一看这老者目秀神清，灰布袍，黑缎马褂，仪表非俗，忙不迭还礼，谢道："老先生过誉，在下深感愧赧！"

那老者笑道："先生不必过谦。老夫今日无暇领教，实在抱歉。且收下这几块光洋，做个开业利市吧！"

马半仙急道："未知老先生高姓大名，怎好受此厚赐？"

"尘世间芸芸众生，何必个个非得留名存姓？小意思，小意思！"那老者随手将一叠大银放在桌上，竟匆匆走了。

过往的人看在眼里，都觉得这位算命先生必定不是个等闲之辈，顿即蜂拥过来……

要看相算命的多，听占卜谈相的更多。这倒是老例。刮风下雨一个样，只要热闹就值，钱多钱少，他马半仙倒不十分在乎。正热闹间，突然人丛后面爆出惊雷也似的一声咆哮："你们这些看屌相的混蛋都给老子滚！"人们扭头一看，唯恐避之不及，眨眼工夫便跑了个精光。

何方来的孽种？马半仙好不光火。只见两个袒胸凸目的煞星，左右拥着一条黑凛凛的大汉抢到面前，一屁股坐在长条凳上，压得咯吱咯吱直响，却捂着嗓门喝道：

"快给我们大哥看个相，求财兼问行人，北南西东，哪一方好走？"

马半仙自肚里寻思：这厮十成谋财劫命，丧尽天良之匪首是也！如此失魂落魄，必定华盖星犯命……且让我耍耍他。于是好大一会故弄玄虚，闭目唱道："南北东西，全不好走；钱财到手，没命享受。"

那黑大汉顿即跳了起来："这厮嘻好呵大哈胆，大清早倒老子的霉，活得不耐烦啦！"

那两个煞星互相使个眼色，把一锭白花银放到马半仙的面前，一半吓唬，一半央求："先生怎么把麻衣柳庄的相书唱颠倒了？大清早也不图个利市么？嘿嘿，慢慢来，慢慢来！"

行卜算命，最要紧的是善于察言观色。马半仙自然极得其法。可他却连眼皮也懒得稍稍抬一抬，光凭他们的声音，便卜出恶有恶报，时辰将到。于是喉咙里窜出一股阴阳怪气："本神算在开业小启上明明写着：阿谀奉承，今世不解；胁肩谄笑，此生未通。我马半仙只晓得按相书秉唇，他非所知！"

那黑大汉脸上块块饱绽的横肉忽然松弛下来，嘿嘿笑道："倒是条直性汉子！老子饶你初次冒犯你爷。有屁你就快放吧！"

这时，围观的人又多了起来，只是都不敢围得太拢。"属相是鼠还是牛？"马半仙问。

"什么鼠牛？"那黑大汉陡地睁大了眼睛，"老子明明是个顶天立地的好汉！今年三十一岁，排行第一。"

马半仙笑了笑，目闪灵光，掐着三个指头，一本正经地说："足下今年正交华盖运。可惜你不是个和尚。"

"我要是个和尚又怎样？"那黑大汉忍不住好奇地问。

"你要是个和尚，华盖罩顶必定走好运。可你却不光是个凡夫，而且是个异乎寻常的凡夫，遇上华盖星紧紧扣着了太阳穴，弄得印堂黑气弥漫，直贯眉心。更兼白虎助威，猛扑人中，上下夹攻，险象迭生……"

那黑大汉不禁大惊失色，慌忙截住马半仙结结巴巴地说："那……那……老子剃……剃光了头壳，不……不……不就成……成……和尚了吗？"

"你当真能放下屠刀立地成佛？"马半仙摇了摇头，"只怕你嗜血成性，一身的血腥味，为佛门所不容；而且早已名登鬼箓，阎王爷正……"

那黑大汉哪里还按捺得住？终于"嗖"地拔出他那柄追魂夺命的驳

壳枪，直抵着马半仙的胸膛，厉声喝问："老子倒要看看，究竟是你先去见阎王爷，还是我先去见阎王爷？"

好家伙，只要这孽种那个指头轻轻动一下，这一场打赌，他马半仙便输到底了。不由浑身鸡皮疙瘩，忽然打起摆子来。可不知怎的，却鬼使神差冲那黑大汉冒出一句叫围观的人们大吃一惊的话来："嘻嘻，自然是你先去见阎王爷啰！"

"砰！"那黑大汉果然扣动了扳机。

马半仙双目一愣，竟然"嘻嘻"地发出两声没意识的笑，才仰翻在地。

"谁先去见阎王爷？说呀，歪种！"那黑大汉边说边把驳壳枪插回腰间，慌忙掉头便走。

突然，四面枪声骤起……

那黑大汉和两个同伙仓皇拔枪还击，不知死活地四下里夺路，结果，全倒在了血泊里。

原来他们前几天在广州作了大案。广州派出捕快便衣穷追至上海，会同大批警察追踪缉拿。他们哪里还能逃得脱厄运？自然应了马半仙刚才的一番占卜。

"确是个神算，太可惜了！"人们好一阵赞叹，这才赶忙涌向挺直在地上的马半仙……

马半仙却忽然睁开眼睛，"嘻嘻"笑了起来。这可把人们给吓傻了。

只见马半仙一骨碌爬了起来，扯下他那面破布，扛着幡竿便走，一路仍然"嘻嘻"笑个不止。

这下街头巷尾可热闹了。几十只眼睛分明瞧着驳壳枪口抵住他的胸膛，而且几十只耳朵分明听见"砰"的一声枪响，他怎么竟然还当真的活着？而且竟然没伤一根汗毛。连那颗子弹也不晓得钻到哪儿去了……这一天下奇闻顷刻传遍了大上海，叫人轻易不能置信，却又不能不信。人人都说："信不信由你，反正，我亲眼见的。"有了这句补足语，即便是假的也会成了真，何况这属于千真万确呢？

马半仙赶忙拴紧房门，惊魂未定。这个玩笑未免开得太大了。那子弹头到底不是糯米粉捏的，怎么会钻不进皮肉？看看，这棉袍不明明穿了个小窟窿么！那子弹头十成是钻进五脏六腑里去了，要不，就必定藏在哪一根骨头罅隙间。反正儿戏不得的，非得认真寻寻。"嘻嘻，嘻嘻，嘻嘻……"先头他在街边刚苏醒过来，便有人一个劲地搔他的胳肢窝，叫他痒不可耐，不住地疯笑。如今他把房门都拴死了，谁还在使隐身术跟他开玩笑？"嘻嘻，嘻嘻，嘻嘻……"而且他把胳肢窝夹得越紧，那个无形的手指头便越发使劲搔他，"嘻嘻，嘻嘻，嘻嘻……"闹了半晌，他好不容易才松开臂膀，把他临离开香山时，姐姐硬是塞给他的姐夫那件羊皮袄连同棉袍一块脱了下来。忽听"叮"一声，一枚子弹头落在他的金钱龟背上。他连忙跪在地上，朝香山方向直拜："阿姐，你可救了我的命啊！"

这时，那些大小记者纷纷涌上门来。

马半仙赶快藏起那颗子弹头，穿上皮袄、棉袍……

董疯子可不是从上海所有大小报纸的头版上晓得马半仙是个枪弹不入的神算的，所谓"目击记"纯系学他的本事；他才是个真正的目击者，尽管他后来躲得特别的远，那枪声响得有多可怕，他可听得一清二楚，只是没有想到要写"目击记"罢了。不过，他既然是个目击者，何必要去写"目击记"呢？而且他对马半仙，可敬之不及，畏之有余，岂敢丝毫无礼？他虽然被马半仙一巴掌刮得耳膜"嗡嗡"价响，火烧火燎似的从脸颊一直疼至颈脖骨，却一边"嘿嘿"赔笑，一边"是是"的唯诺不迭。

"是是个屁！"马半仙仍然怒不可遏，"连屁也不懂，枉食五谷。""请先生赐教，请先生赐教！"董疯子连忙俯首帖耳。

马半仙居然拉长嗓门，闭目唱道："屁者，乃五谷之气也。人皆有之，何以相耻？盖世上香香臭臭，善辨者微乎也。故识其香而施重金者非上人弗能为也。日得一闻，非君子弗能福也！"

待他张开眼睛，董疯子早已朝对面小巷溜了。唯有俞紫峰在乐得"咯咯"大笑。

仿佛受了俞紫峰的传染，马半仙也跟着"咯咯"大笑起来。"谢谢你啦，神算！"俞紫峰拱了拱手便走。

"不敢……"马半仙顾不得谦礼，赶忙追上前道："先生，我给你看个相，赠送的。"

"哦？"俞紫峰很有点愕然。当年，他也曾十分地相信看相算命，才中了个秀才，那算命先生便断言他日后必定是个玉堂金马人物，可是到头来却只当了个礼部侍郎，竟不如给皇上端洗脚水的小太监神气。虽然他认为行卜算命纯粹是一种胡说八道的职业，对行卜算命者怀有一种奇怪的恶感；但不知怎的，对马半仙却例外，竟不无兴致地说："好，看中了，奖你！"

马半仙信口道：“如今正值严冬，先生却满脸春风形迹，运气毕呈……"

"什么运？"

"自然是好运啰！"

"还会有什么好运轮到俞紫峰？"

"有的有的，先生行的可是桃花运呢！"

"十足的胡说八道！"俞紫峰陡然翻了脸，却掏出一块大光洋，咣当扔到马半仙的面前，猛一甩袖，气呼呼地走了。

马半仙朝那块光洋蹙了蹙眉头，随即一脚，把它踢到刚才董疯子隐身的小巷。然后回到高高扯着他那面破布的幡竿旁边，十分的心安理得……

二十五　上帝把感情和理智同时强加给人类：

让所有的男女非得在其中经受折腾

在上海文人们的眼里，董疯子不过是个废物。如果非要从他身上寻找什么价值的话，那么唯一的价值就是"董疯子"这个名字，因为大凡提起董疯子，人们无不嗤之以鼻。所以，俞紫峰虽然被《春花秋月报》上那条耸人听闻的题目气得翻眼倒目，很快便由于神算马半仙的一番屁论而置之度外了。董疯子到底是董疯子，谁还会理会他的疯话？那天，马半仙见他拦头耍赖，不是狠狠刮了他一记耳光吗？别说他写了一篇"儒林奇闻"，即使让他写上十篇八篇，也轻易损害不了他俞紫峰丝毫人格的。然而上帝偏偏拿他的人格开玩笑，董疯子这篇"屁"文章，居然成为上海文化界人士酒席、茶座上津津乐道的话题。这些来自四面八方的怪腔怪调，显然不是对他的赞扬，而是在向他的尊严挑战——

"怪道俞夫子这么大方，一下子便掏出一万块光洋，原来醉翁之意不在酒。"

"这一万块光洋也算个数目了。不过，既买下了个神州女子师范学校的名誉校长，又买下了美人之心，倒也不枉啰！"

"可不是？世上最值钱的莫过于名誉和美人之心了。何况神州女子师范学校校长陈丽娟女士不仅绝顶风韵，而且才华横溢，远非以沉鱼落雁之容，闭月羞花之貌而为历代公认为中国四大美人的战国时的西施、西汉时的昭君、三国时的貂蝉、唐朝时的杨贵妃所能及。"

"这位俞夫子的胃口也真高，三十过五了，就是不轻易娶妻纳妾。如今终于以一万块光洋攀了个一流美女，就看他的桃花运气足不足了。"

……

人言可畏。虽然，他所到之处，人们无不一如既往，笑呵呵地跟他寒暄，但从笑声里他明显地感觉到，他的人格遽然降低了半截。这不由他不怒火中烧！仁者以德为本，损其人格则伤其德，伤其德则失其为人之本。为人无本，何为万物之灵？君子宁失头颅莫失为人之本。俞紫峰岂能忍受文化界人士如此损害他的人格？然而，即便他在朝廷上身为礼部侍郎，手上没掌印，身边没带兵，也奈何不得这些议论的。何况现在他充其量不过一个翰林学士，连董疯子他也奈何不得，又能拿他们怎么样？唉，怪道自古书生好欺负！可他又十分的不解：为什么最容易受欺负的文人，偏偏又最爱互相欺负呢？可悲啊，人类！怒之既无能，悲之也无济，他唯有发誓不再涉足神州女子师范学校的大门了。可是每次发誓过后，一杯牛奶咖啡没饮完便急着让黄包车夫径直把他拉往闸北东隅……尤其奇怪的是，近来他每天谒见校长女士，都没勇气抬起头来，仿佛他心里当真的藏着什么鬼胎，生怕校长女士从他的脸色上一眼看了出来。尽管这样，他心里仍然难免诚惶诚恐，十分仿佛当年在朝廷上每朝朝见老佛爷慈禧太后的情形，匆匆问过"女士可有什么难处？"便赶快引退了。而且，再也不敢轻易回头，朝校额末端那行小字多瞧一会儿。

这未免太缺少了大丈夫的气度。树正岂怕影儿斜？再说，我俞紫峰又非偷鸡摸狗，即便我钟情于校长女士，又犯了哪条王法？人非草木，谁没有七情六欲？为什么唯独我俞紫峰不能有所钟情，有所欲求？何况这位校长女士并非寻常女流……

俞紫峰的心域忽然燃起丘比特的烈火——惊奇，欣喜，激动！每天他都处在一种莫名其妙的情绪重重包围之中。以致但凡见到校长女士，便禁不住面红耳热。这天，校长女士偏偏莫名其妙地问："俞先生，您怎么啦？"他竟然慌乱、尴尬得不行，连起码的外交辞令"无可奉告"也不晓得说一声。可他当时是怎样逃脱了校长女士的追问的？奇怪！要是她再这样追问呢？逃得脱第一次，也能逃得脱第二次、第三次吗？看来总得告诉她的，即便她不再追问，也终究要让她明白俞紫峰心里的怪物。非得赶紧给她写封信。这可是上策。既可以把心全盘给她端出来，又保险不会面红耳热。可是他刚提笔，那颗心便跟他闹别扭，"咯噔咯噔"跳得厉害：

把我全端了出来，要是校长女士不肯接受，可得把我往哪里塞呀？而且白纸黑字，万一有遗失，董疯子岂不又可以大写特写"儒林奇闻录之二"了吗？哎呀呀，我险些做了一件世界上最愚蠢的事。那该怎么办呢？

你怎么不会托人跟校长女士说去呢？即便试探一下也行。

不行！这岂非有意让她一样认为我俞紫峰当初醉翁之意不在酒吗？而

且，让她晓得了我的心迹，往后如何天天去见她？

那就千万不可向任何人泄露自己的隐私了，信可也绝对的不能写。

然而，当校长女士不再对他无法掩饰的神情投以诧异的目光，也不曾有过第二次、第三次的追问时，他又陷入了失望、不安、焦急的莫名其妙的网罗之中。他无法解脱，也无法驱走心里的那个怪物，便越发地憎恨董疯子，越发地憎恨上海文化界的正人君子们。要不是因为他们，他俞紫峰压根不会想到要对这位校长女士发生情端的。人的感情大概是上帝有意捉弄人类而在每个人身上设置的看不见的魔方，倘若弄乱了方寸，可轻易恢复不了原来的组合。

俞紫峰苦恼极了。

孙素云突然来到神州女子师范学校。这叫李不奴好不愕然……

"妹子，想不到吧？"

"嫂子平日轻易不出深闺，不知今日可刮的什么风？""咭咭，你猜呢？"

"噢噢，还用猜吗？没有重大使命，嫂子会轻易驾临？""谁的使命？"

"除了炜昌哥以外，你还会执行谁的使命呢？"

"咭咭，偏不是他的哩！"

"那会是谁的？"

"我的。我在执行自己的使命呢！"

李不奴心里不由一阵慌乱。这位良家淑妇，除了丈夫以外，自己还会有什么使命呢？必定又是特意为丈夫说亲无疑。唉，一个奇怪的固执的女人！没有嫉妒心可算不得一个真正的女人。难道她当真一点嫉妒心也没有吗？她要是流露出对我的嫉妒，哪怕隐约在目光中，那该多好啊！她偏偏仿若一个多情的男人，对你纠缠不休。你还能以她为争夺的对手么！情场上最残忍的莫过于这种战争了，叫她怎能不心慌？于是连忙给孙素云沏茶，借以掩饰自己的窘态，一面故作奇怪地说："噢噢，嫂子可有什么重要的使命？"

孙素云却笑笑说："请妹子陪我去逛逛大世界。我来上海这么多年，除了到亲戚家拜年之外，什么地方都还没有去过。人家都说上海是个大世界。到底这世界有多大？我可晓不得，岂不在上海白住一辈子么？"

李不奴可当真的奇怪起来了："炜昌哥从来没带你出去逛过？"

"不是炜昌不肯带我出去。是我不愿……唉唉，你看我这双丑脚。"

孙素云不觉感慨万端。

"好好，妹子陪你逛个够。有妹子在身边，保管嫂子不会感到半点不方便。"李不奴立刻把一切忘到九霄之外。

"不会妨碍妹子的正经事吗？"孙素云心里高兴极了。

"不会，不会。反正今天是礼拜天。况且，这也是正经事嘛！"李不奴拉着孙素云便上了黄包车，让车夫径直把她们拉进半淞园。

亭台、水榭、楼阁、假山……每一处景物，都叫孙素云流连不已。但见金鱼池里流动着一片斑斓的色彩，越发叫她着迷。盘桓半晌，才随李不奴坐上游艇来到湖心亭。她竟乐得像个小孩子似的，一会儿指着湖底一朵白云失声欢呼："妹子快看，阿姐可在水里游泳呢！"一会指着从云里钻出来的鲤鱼叫道："你看阿姐当真变成了一条美人鱼啦！这回可不是在做梦。"

孙素云越发的天真烂漫，乐得忘乎所以，李不奴心里越发的不是滋味。一个富家之妇，久居上海，居然像刘姥姥初入大观园。两道目光不觉落在了孙素云的一双小脚上。

孙素云却完全为眼前的景致所陶醉。这时，她的视野又为一片苍翠葱茏、摇曳多姿的林攫住，情不自禁地慨叹道："要是在我们香山，你只消坐在屋子里，就能天天置身于温馨的'澹然空水带斜晖，曲岛苍茫接翠微'的诗意之中。这里的高楼大厦倒把人的视野给挡住了。"

"噢噢，嫂子对家乡的山水这般眷恋，待学期结束，妹子陪您回去住一段！"李不奴随口答道。

孙素云听了，顿即收回目光，凝睇着李不奴的双眸："妹子真会体贴阿姐！只怕俞紫峰先生不会轻易让你离开上海半步呢。"

李不奴好不疑惑："看嫂子扯到哪儿去了。这可跟俞先生有什么关系？"孙素云却狡黠地笑笑："啊哟哟，妹子还跟阿姐装糊涂呢！"

这可叫李不奴越发的糊涂了："我可在跟嫂子装的什么糊涂呀？"

看来李不奴不像在跟她装糊涂，孙素云不禁打心里暗暗高兴。可又觉得未婚女子的心都装在密封葫芦里，她能轻易向你泄露天机？便忍不住往明里挑道：

"《春花秋月报》上登的'儒林奇闻录'，全上海的人都看了。妹子倒要瞒阿姐？"

李不奴这才恍然明白过来，便故意跟她捉迷藏："嫂子认为我有必要瞒您吗?"

"啊哟哟,这只有妹子才晓得哩!"孙素云的声音很有些微妙,她既急于要弄个明白,李不奴是否当真瞒她,又十分害怕李不奴承认当真是在瞒她。

李不奴偏偏说:"嫂子要认为我是瞒您也行,不是瞒您也行,任由您。"孙素云急了:"啊哟哟,妹子这不是有意苦了阿姐么!"

"嫂子要自己作苦,叫我能怎样?"

"你不能明白告诉阿姐,到底喜欢炜昌抑或喜欢俞先生吗?"

"噢噢,两个我都喜欢。"

"啊哟哟,这怎么行呢?一个男人可以娶两个女人,一个女人可不能嫁两个男人呀!难道炜昌不比俞先生强?"

"噢噢,炜昌哥有他可爱之处,俞先生身上自然也有值得人尊敬之处喽!""啊哟哟,你这就越发苦了阿姐咯!"

"嫂子要我怎么样?"

"我要你在天下所有的男人中间,只喜欢炜昌一个男人。而且答应我上次的请求,立刻跟炜昌结婚!"孙素云的口气忽然异乎寻常起来,不仅一点也不客气,而且出奇的咄咄逼人。

李不奴不仅没有反感,反而对孙素云敬畏得不行。世间只有女人跟女人争男人,哪有女人为丈夫跟男人争女人?这个孙素云可比《新儿女英雄传》里的金凤为安公子说亲至少要了得十倍。不由得慌忙避开她的目光,低声说道:"嫂子,恕我不能从命!"

孙素云一听,两只眼睛陡地愣直了,半晏才晓得作声:"你当真钟情于俞先生?"

李不奴这下可不晓得如何回答了。她要是能钟情于俞先生就好了,既可以解除他的苦恼,又能使她的感情得到解脱,而且让那些正人君子们非得把舌头嚼烂了不可。然而,她的魂神却偏偏附在了炜昌身上,叫她的理智和感情时常发生碰撞:尽管她的理智不允许她与炜昌结合,但她的感情却由于八年分离、异国苦恋的折磨,深深植根于炜昌;同时由于孙素云的突然出现,给她的感情带来了微妙的因素,对炜昌爱得也就越发强烈了。以致她心坎上的天平,理智的力量与感情的力量出现等重状态。她要得到解脱,这二者必须有一方失重,或者造成理智的倾斜,或者造成感情的倾斜。天晓得什么时候会出现这种倾斜?人类要是只有理智而没有情欲,或者只有情欲而没有理智，该多么的自在！上帝却非要把这两种怪物同时强加于人类，让你在中间受折腾。此刻，她的感情明明逼迫着她向孙素云表白她对炜昌的苦恋，可她的理智却非要让她搪塞道："嫂子，我要是答应了您，可叫我怎么向我的学生们解释呢？我给学生们讲男女婚媾沿革史，从远古的一妻多夫讲到如何演变为一夫一妻制，后来又如何演变为今天的一夫多妻。为的就是反对各种形式的多娶重婚，把女子当作玩物，要求学生绝对不嫁有妇之夫。我岂能只讲口花而不躬身力行？除非……"她的感情刚要奔涌而出，却顿即遭到理智的阻截，只好把话打住。

"除非什么？"话到嘴唇边，孙素云突然把它吞下了肚里。她平素最不喜欢刨别人的根底。人家既然不便直说，当中必有难言之隐，何必要置人于难堪呢？何况在跟她说话的可不是轻易能冒犯的女子。万一把她追问急了，她给你个相反的回答，那就没一分半寸余地了。其实，用不着追问，也不难琢磨出下边的意思。因为，"除非……"这话本身就包含着转机。她从来不曾如此相信过自己的聪明，竟然自言自语地说："妹子的意思，阿姐明白了。"

"嫂子明白了什么呀？"李不奴反倒追问道。孙素云却哑然。

李不奴忍俊不禁，一个劲嘻嘻直笑："嫂子今天可自作聪明咯！"孙素云连忙争辩不迭："不不，我会明白的，我会明白的……"

卢炜昌满面悒气，回到家里谁也不睬，径直上了二楼，把个精致的小盒子放到寝室内侧深褐色的紫檀木古玩柜里，便仰脸倒在安乐椅上发呆……

"你怎么啦？"孙素云好不惊愕。炜昌身上的每一根神经都系着她的心。平日炜昌要是偶尔打了个喷嚏，她立刻便本能地说："大吉利市！"打自跟炜昌结下了两世姻缘以来，可不曾见过他这般神色。莫非在交易场上摔了跤子？不像。生意做得大，有时难免亏得也大，他从来可没当一回事。也许是精武体育会里出了大乱子吧？不会的。精武会里全是能人，而且霍武师、姚蟾伯、陈公哲、宁竹亭、黎惠生、刘裕臣、邱亮一帮生死之交，跟他仿若手足，一千多个会员全都对他又服帖又尊敬。那到底因为什么呢？莫非不奴妹子已拿定了主意答应俞先生的追求，让他碰了大钉子？她好不着慌，可又不敢轻易问个明白，更不敢轻易把那天她与不奴在半淞园湖心亭上的谈话向他泄露半句。万一让她琢磨中了，岂非给他的心又插上一把刀子？突然，她的目光落到紫檀木古玩柜里那个精致的小盒子上，她的心不由"咚"地一跳，连忙伸手将那盒子打开，果然是一条蓝光闪闪的钻石项链。她再也按捺不住了："她当真这般薄情？"

"谁个嘛？"卢炜昌仿佛吞了火药。

"你的秋妹呀！"孙素云很是忿忿然。

"你怎晓得她对我薄情？"卢炜昌忽然脸红耳赤起来，声音很有些吓人。孙素云立刻怯生生的："那她为什么不肯接受你送给她的礼物呢？"

"我还没有把项链送过去，你怎知道她不肯接受？"卢炜昌越发躁得不行。孙素云懵了……

卢炜昌突然语无伦次地嚷道："你替他把项链送给秋妹吧！不不，还是该我给她送去。人家又不是请你做大媒！"

孙素云顿悟了，连忙说："这条项链可送不得！"她紧紧把项链攥在手掌心里，生怕卢炜昌夺了过去。

卢炜昌忽然着急起来："这项链可是俞紫峰……俞先生送给秋妹的！""哎哎，你真糊涂！"这下可轮到孙素云生气了。

卢炜昌陡地愣了愣："我怎么倒糊涂了？"

"你不糊涂怎么会给自己的情敌当大媒？亏你是个男子汉！"孙素云气得两眼尽是泪珠。

卢炜昌越发惊奇了："我身上哪儿不像个男子汉？"

"你要是个真正的男子汉，怎么不敢去爱，不敢去求，不敢去争？把这么个天下难得的好女子白白让给了别人。你，你连吴三桂也不如了！"孙素云竟然呜呜哭了起来。

吴三桂乃世人唾骂的民族罪人。一些女人却对此很不以为然。反正谁坐上皇位，她们的八字都不会改变，即便吴三桂不放清兵入关，让李自成坐了江山，皇帝到底还不是皇帝？所以一味地叹惜：吴三桂可是天下难得的男子汉！他一眼看上了歌伶陈圆圆，便非要从国舅爷的怀里把她夺了过来。后来他放清兵入关，可是"冲天一怒为红颜"……卢炜昌并非一点也不理解这些女人的心，可他却无论如何也无法理解孙素云为什么对李不奴比他还紧张？对俞紫峰如此嫉妒？而且居然歇斯底里地闹起了恶作剧，跟平日全然判若两人。这不由他不强迫自己以男子汉的气概把刚才爆发的情绪压抑下去："我毕竟是个有妇之夫了，怎好非要去占有秋妹呢？俞紫峰先生既然对她这般钟情，那就由她作抉择好了。要是她当真爱上了俞先生，这也理所当然。况且无论在哪一方面说来，俞先生都并非一个差劲的男人。我曾多次对秋妹作过试探，看来她轻易不会让你的愿望得到实现的。何必要让她为我付出过多的感情代价，而耽误了她的青春呢？"他的鼻子却不觉呼出叫他不会因此而稍稍轻松的悒气。

孙素云不仅一点也不为他的高风亮节所动，反倒越发的叫他不可理解："你是个有妇之夫又怎么样？值得占就得占，别说一个秋妹子，就是一打也不为过。难道你一点也没看出她对你并没有死心吗？只是除非……"

卢炜昌心里那把丘比特之火，本来欲燃不得，欲熄不能，让孙素云这么一撩拨，遽然闪出一束火星，不禁急切地问：

"除非什么？"

"这可用不着你管，只要你立刻把这条项链退还给姓俞的就行。"孙素云的口气不容炜昌有丝毫犹疑的余地。

"唉，既受人之托，怎能反悔呢？"卢炜昌却又在心里跟自己打起架来，然而胜利却不属他。

孙素云气呼呼地问："他姓俞的怎么谁也不拜托，非要找你给他做大媒呢？"

"他信赖我嘛！"卢炜昌却把别人的信赖当作一种颇为高尚的荣誉，"俞先生平素可不轻易相信别人。这种事情，他自然只得找我的。"

"他姓俞的分明是故意让你亲自上门，叫秋妹子对你死了这条心。你怎么把他诡谲的心计当作是信赖？"孙素云对俞紫峰不仅仅是嫉妒了。

卢炜昌重重地摇了摇头："俞先生为人不会至此吧。"

俞紫峰到底是出于对卢炜昌的信赖，抑或如孙素云所说，纯粹是一种聪明的诡谲？作者可轻易不能分辨。只晓得他原本可不许自己让任何人发觉他内心的怪物，好长一段日子，他都在一种奇怪的心理状态中折磨自己。今天他却突然勾销心底的所有顾虑，把什么都告诉了卢炜昌，而且只差没给卢炜昌下跪，居然乞求道："卢先生，救救我吧！只有你能救我于绝境。"

不知他到底压根不晓得卢炜昌与李不奴（跟别的上海人一样，至今他仍然不晓得陈丽娟女士的原名）之间微妙的私情，抑或故意回避，以致卢炜昌再聪明，半晌也轻易找不到半句话拒绝他，只好含糊其辞地说："俞先生别、别……"俞紫峰没等他"别"个明白，顿即把一条钻石项链塞到他的手上，深深一揖，简直感激涕零地说："拜托卢先生了！"

卢炜昌这下可目瞪口呆了……

"自古情场即战场，谁还会跟你讲什么人品？你不肯把这条钻石项链退还给他，我拿去还给他！"孙素云说着便走向楼梯口。

"千万使不得！"卢炜昌慌忙拦住，竟然恳求道："请你看在两世姻缘的情分上，让我这一回吧！"

孙素云只得稍稍软下来，半让半不让："唉唉，你实在非要替他把这条项链送给秋妹子，除非让我离开你。"

卢炜昌不由一怔，旋即又不以为意地笑了。不管在香山抑或在上海，哪天晚上，她不守着一盏台灯，非得等他回来才上床就寝？恐怕世间再也没有第二个比她对丈夫爱得更深切的妻子了。会轻易舍得离开他？这无非是拿开玩笑跟他赌气而已。只是这种玩笑实在给人徒添烦恼。于是忍不住说："你几时当真离开我，我几时把这条钻石项链退还给俞先生。"

孙素云居然笑了，那么天真，那么自得。

卢炜昌却误会了妻子的微笑，以致造成个异乎寻常的疏忽。这个疏忽会给他带来一辈子的困惑、后悔和负疚……

二十六　正广和非要一口吃掉屈臣氏：
卢炜昌被逼进一场你死我活的竞争

这几天，卢炜昌的全部心思和时间都让屈臣氏汽水有限公司独占了。

这个才经营四年的公司，每年赚的红利可不少，目前在上海的股票价值就超面额百分之一百二十，一万元股票可到银行里押借二万二千元。屈臣先生却突然公开召顶，它在上海所属地产厂房、机器设备、家私生财等，全按原价七折。

卢炜昌竟然丝毫没有讨价还价，便抢先把它盘顶下来。他肚里自然有数：那些机器设备并不止七成新，全部折价才三十五万元；要是换上新装置，少说也在四十万元以上。只是招牌商标开价实在高得出奇，竟要十万元。

"不高，不高喽。"一连磨了几天嘴唇皮，屈臣先生始终不肯在六位数上稍稍屈一下，"我历年花在广告宣传和交际方面的费用，已超过十五万元。现在收回还不足七折，可不能再少了。卢先生要是嫌贵，不买我公司原来的招牌、商标也行。"

招牌、商标可不同厂房、机器设备，不怕老的，牌子越老越能赚大钱。一种商品一旦在消费者的心里产生了魅力以后，要紧的往往不单是质量，而是牌子了。倘若换上新的牌子、商标，即使花上十万八万元广告费，也未必能比得上原来屈臣氏汽水畅销。卢炜昌只好回以微笑，找个借口改日再磨，钻进了紫灰色雪弗兰小汽车，往软座上一靠，他便习惯地用右手的大拇指和食指拧了拧眉心，竟然拧出个思念来：她近日可好？……

小轿车刚开到神州女子师范学校的大门口，李不奴便突然从右侧一跃而出。

"你在等谁？"卢炜昌连忙拉开车门。

"等你呀！除了你，我还会等谁？"李不奴一面说，一面钻进了小轿车。"你怎晓得我这个时候一定来看你？"卢炜昌奇怪之中夹杂着一缕疑云。"噢噢，我心底的磁场对你心底的磁场发出的电波产生了感应嘛！"

"真有这种奇事？"

"这是科学，有什么值得奇怪？"

"那你还感应到了什么？"卢炜昌不无兴致地问，脑子里不觉闪出俞紫峰的委托……

"还感应到你很想我，想得很要命！"李不奴正儿八经地答道，丝毫也不顾忌年轻的司机并非聋子。

卢炜昌可不能不脸红。倘若汽车上没个年轻的司机在碍着，他无论如何也没有力量阻挡得住心底的狂澜。她要不是很想我，怎么会说我这般想她呢？这分明是心有灵犀一点通。他开始后悔了：我为什么要接受俞紫峰的委托呢？十成是鬼遣神差。

"咦，你怎么不作声？"李不奴忽然用圆圆的肩膀碰了碰卢炜昌。"哦，我是在想，你怎么晓得我在想你？"卢炜昌慌忙支吾其词。

李不奴忍俊不禁，笑得很有些放肆："咭咭……你要不是想我想得很要命，怎么会在这个时间闯进本学府来？"

年轻的司机这时可憋不住"咭"地笑了一声。

这不由卢炜昌不尴尬，不觉随口否认道："我可是来请你给我当翻译的，明天陪我去谈判一宗要紧的大生意。"话刚出口，他立刻便打心里惊奇：怎么会说出这么一番话来？到底是受了聪明的驱使，抑或受了愚蠢的驱使？

"噢噢！"李不奴好不扫兴，却禁不住关切地问："你跟哪个国家的商人谈的大生意，非要我给你当翻译？"

卢炜昌只好把他跟屈臣先生磨嘴皮的经过全告诉了她。

"噢噢，看来这位屈臣先生对经济心理学比你懂得透！"李不奴居然兴致盎然地说，"他见你急着要当屈臣氏汽水公司的经理，自然要吊起来卖咯。"

"我这可是逼上梁山！精武体育会越办越大，不单传授武术，还开设了舞蹈、歌咏、美术、摄影、文史、书法六个类门，除了各家各派的武术教练，光是专职干事和教员就比你神州女子师范学校的教职员还要多。要长久地办下去，认真办出点实绩来，没有雄厚牢靠的经济实力支持是不行的。这个屈臣氏汽水公司的机械师、化学师、配剂师、会计、营业、发行人员和各级技工、熟练工人全都不缺，不仅经营管理先进完善，而且招牌又老，在国内外都拥有广大的市场。你可晓得它每年赚到的纯利有多大？只要屈臣氏汽水公司不倒闭，精武体育事业就不会衰落。这能轻易让别人把它争夺过去吗？"说着说着，卢炜昌不觉着急起来。

"心急可吃不了热汤圆哇！"李不奴笑笑说，"这位屈臣先生真刁。他心里明明比你还要着急，却对你摆出一副毫不在乎的面孔来钓你。"

"这，我怎么没看出来？"卢炜昌一半问李不奴，一半问自己。

"当局者迷嘛！"李不奴又笑笑说，"这么个赚大钱，才经营四年的公司，他竟然忍痛以七折的廉价出让，个中缘由定不寻常。你请我当翻译，不如让我当你的全权代表，单独跟他周旋。"

卢炜昌又惊喜又犹豫："你懂生意？"

"这你就不用管了。十天之内，你千万不可上门跟他接触。他要是找上门来洽谈，你只需敷衍几句就行。本姑娘自然会炮制他的，不到他不让步！"李不奴蛮有把握地说。

"你当真有把握？"尽管这是做定了的生意，在招牌商标费上屈臣先生不让步，也终究要一塌刮子成交的；但不设法迫使屈臣先生多少总得削点价，卢炜昌心里又老是觉得在谈判桌前矮了半截。对李不奴的自荐，他岂但仅仅是发生兴趣？

"至少我英语讲得比你强，而且在日本学了几年心理学。做生意光是有经济头脑是不够的啊！"李不奴无意非要卢炜昌相信她，可是她的语气却又叫卢炜昌不能不相信她。

"好，就按你说的办。他削多少价，钱全奖给你。"

"这留待到时再说吧！我现在需要的，可是奖给一顿饭，我实在太饿了。"卢炜昌顿时紧张起来，连忙朝司机提高嗓门："快，国际大饭店，加大油门！"

李不奴一身东洋魔女的打扮，亲自驾驶卢炜昌那辆紫灰色的雪弗兰小轿车，直奔提篮桥汇山路，在屈臣氏汽水公司门前戛然停下来。

没等李不奴钻出驾驶室，早有个值班职员迎了出来，毕恭毕敬地站在她的面前："小姐光临，有何惠顾？"

"屈臣先生在吗？"李不奴仰着脖子，用鼻孔问道。

"在，在。请，请！"那职员彬彬有礼地把李不奴领进了经理室。

"经理先生，打扰您啦！我是卢炜昌先生的密友 Miss Li。"李不奴一见屈臣先生便操起流利的英语。

屈臣先生连忙摘下金边眼镜，足足愣了几分钟，才忙不迭地打开一瓶冰镇香槟，斟满一杯，双手递给李不奴："Make yourself comfortable，Miss Li，have a drink，please——李小姐，别客气，请饮一杯！"

"A thousand thanks——多谢多谢！"李不奴随手把那杯香槟放在茶色玻璃茶几上，"卢炜昌先生让我来通知您，年内他可没时间跟您洽谈那宗生意了。请您原谅！"

屈臣先生一听，好不错愕："都协商得差不多了，怎么又一下子……"

李不奴莞尔笑了笑："因为我要到美国去深造，卢炜昌先生可得赶着跟我结婚，然后到欧洲去旅游度蜜月，一直陪我到美国。他哪有时间跟您洽谈贵公司盘顶的事？对不起，再见！"

屈臣先生立刻着急起来，连忙以特级贵宾相送，直至大门口，他才以幽默的口吻问道："Miss Li，您好像忘记给我留下个礼物了！"

李不奴会意地"噢"了一声，随手从手袋里掏出一张自己的名片，落落大方地递给他，便钻进了小轿车驾驶室，后边卷着屈臣先生一连串"A thousand thanks"声，一溜风烟开走了。

当天下午，便有个三十出头的浓妆艳抹的女士找到神州女子师范学校来，把一件高贵精致的贺仪送到李不奴的面前，低声细语地说："您的美貌和聪明，叫屈臣先生不得不支使我带来一点点美意。小姐要是肯玉成他与卢炜昌先生正在洽谈的这宗生意，将会得到一万五千元馈赠，让您作留美学费和旅费。"

李不奴打肚里暗暗高兴，却偏装出一副毫不在意的慵倦娇态："谢谢屈臣先生的美意啦！只是眼下我忙着准备结婚，可没有心思对别的事情发生兴趣。"把屈臣先生的一番殷勤看作一块意大利小面包，拿在手里摩弄，却又不吃。

那位艳装女士无奈，只好怀着一肚子怨气而去。可翌日大清早，她便又站在李不奴宿舍门口恭候了。

李不奴却不肯破例接待，跟学生们赛完马，又与学生们到游泳池里竞技，直到早读课预备钟响了，她才走进接待室，乐呵呵地说："对不起，让你久等了！"

那艳装女士很有点着急："谢谢小姐赏脸！屈臣先生昨天发我的脾气啦。请您看在女同胞的面上，帮我个忙吧！他已答应了我的请求，盘顶成交，再多赠您一万元。"

李不奴听了，心念不由一动，"噢，这倒该我感谢你咯！只是屈臣先生怎么能轻易发一个女秘书的脾气呢？"

一听李不奴的语气不乏同情的色彩，这艳装女士昨天强压在心底里的委屈，顿时溶解成豆粒大的泪珠，扑扑簌簌直掉，禁不住气促地说："他急着要回英国去发大财嘛！可就是不肯把屈臣氏汽水公司的招牌商标稍稍削点价让给卢炜昌先生。"

"哦，什么大财路在英国等着他，值得这般着急？"李不奴不觉下意识地问道。

"还不是发我们的华财？！他已向英国海军舰长乔纳森承购了一批从北京圆明园抢劫的价值连城的古玩字画，都装上船先开走了。他能不急着回国去？"说到这儿，那艳装女士忽然大惊失声起来："哦，我怎么忽然发疯了？小姐，求您行行好，千万不要相信我说的是实话。我这不过是胡诌。要是让屈臣先生知道了，我可就别指望能随他到英国去，再当他的秘书啦！"

"强盗！"李不奴恨得牙根咯咯响，却又奈何不得，只好悻悻地说："你回去告诉他，我可不要他分文馈赠，只要他愿意将屈臣氏汽水公司的招牌商标以五折让给我，全部盘顶立刻便可成交。反正，卢炜昌先生已买下他的汽水公司，并非非得买下他的招牌商标不可。他不肯五折让给我，便白丢了这五万块光洋。我们实在太便宜了他！我这番说话，你能向他字字复述吗？"

那艳装女士见李不奴并没有提及她刚才泄露的机密，连忙给李不奴深深鞠躬；"我一定效力，请小姐放心！"然后千谢万谢地走了。

……

"奇迹，奇迹！"卢炜昌高兴得不行。"这也算奇迹？"李不奴很是不解。

"怎么不是奇迹？！我做了这么多年生意，经历过那么多洽谈，就是无法使这位刁钻的英商让出一个小点数。你一出面，他竟然爽脆得出奇，对你的聪明赞不绝口，还特意祝贺了我们一番呢！"卢炜昌在高兴之中又注进了一种情愫。

"他倒祝贺我们什么来？"李不奴不由急切地问。

"祝贺我们新婚幸福啰！"卢炜昌很有些难为情地答道。

"你怎样回答他？"李不奴一双眼睛一眨不眨地望着卢炜昌，含情脉脉的目光闪烁着微妙的希望。

"我当然回答：多谢多谢，非常多谢！"不知是因为说得过急，抑或纯粹为李不奴的目光所燃烧，卢炜昌的声音忽然走调了。

李不奴心尖上的天平哪里还经受得起这种声波的冲击？理智这一头突然失重了，于是发生了感情倾斜，整个人儿便软绵绵地倒在了卢炜昌的怀里，一双手却不知打哪儿来的力气，把卢炜昌搂得紧紧的，紧紧的……卢炜昌疯狂的感情反馈，使她朦胧的意识出现一种恍惚：她可沉浸在新婚的幸福之中了！

自打她从日本回来，跟孙素云会面以后，卢炜昌每次要亲热她，都遭到拒绝。此刻，她的爱火怎么忽然燃烧得这么厉害，仿佛回到了十年以前广州郊野的那一夜？莫非她终于作了最后的抉择，对屈臣先生并非纯粹出于生意的需要而故意撒谎？尽管撒谎是商人的特权。

"秋妹，你当真希望我们马上就启程，到欧美去旅游度蜜月？"在二人的感情深谷之中刮起的一场狂飙还没有完全过去，卢炜昌便过早地问。

李不奴急忙说："不不，这样就够了！别松劲，搂紧我，搂紧我……"脸上尽是泪光。

卢炜昌怔住了。从李不奴的泪光中，他猛然看见一根怪异的绳索，把他们紧紧捆在了一块，难解难分，永远也逃脱不了上帝的惩罚。你要想让她得到解脱，减轻她心灵上的痛苦，就得向我发誓：毫无保留地背叛你的感情王国。你是谁？我是你，你的上帝！他连忙脱口而出："我向你发誓，毫无保留地背叛我的感情王国！"

李不奴好不惊愕："昌哥，你胡说些什么呀？"

"秋妹，我带给你的痛苦太多了。你也向上帝发誓吧，毫无保留地背叛你的感情王国！我毕竟有了妻儿。难道你一点也没看出来，俞紫峰先生对你爱的有多苦吗？答应我吧，秋妹，你就跟他……"

"你……"李不奴陡地瞪直了眼睛，突然"哇"的一声，呜咽着投向夜色沉沉的幽径……

卢炜昌把屈臣氏存下的所有广告物资和商标招贴，全部在英文公司名称下加印上"华商"二字。这样一来，既让人们明白该公司已不再是英商开办的洋公司，而是正式本国同胞投资的实业；又可以让人们相信，这是屈臣氏一贯的先进技术设备制造出来的产品。开张的头一个月，便赚得毛利七万元。这让上海正广和汽水公司英商经理 R. B. Wood——胡德不由得不恼火。仿佛这七万元原是他口袋里的钱，竟让华商卢炜昌掏走。原本上海只有两家汽水公司，又都是英国人开办的，彼此还不至于非要在异国作你死我活的竞争。如今屈臣氏汽水公司已属华商所有，那就自当别论了。于是公开扬言，要在三个月内把卢炜昌的屈臣氏汽水公司吃掉。

卢炜昌可不能不认真地打点起精神。竞争乃万物的本能；没有竞争，则不复存在万物。万物的竞争尤以人类为最，因而不仅繁衍为万物所难望尘，而且终于成为万物之灵者。不过，竞争毕竟不是在一块方格纸上对弈。政治家之间的竞争可要拿不知多少人的鲜血和头颅作代价的，历来一人功成万骨枯。这是人类中一种最野蛮的竞争。商人之间的竞争虽然是人类中一种最文明的竞争，全靠资金、技术，信息公开地进行较量，也仿佛置身于惊涛骇浪中的一叶小舟，随时都会有被颠覆的危险，而非得紧紧提着一颗心。何况胡德是个英商，卢炜昌实力再雄厚，也不可能跟日本纺织业大王那样，使出倾销绝招，十码的日本棉布竟比一码的英国棉布便宜，迫使英国的棉织品无法在上海和东南亚立足。几乎全世界的纺织品业主，在无法理解，诧为奇迹的同时，发出了一片喝彩声。但无论如何也不能让胡德吞掉。于是赶紧从德国购置了紫外线杀菌机、自动打盖机和自动粘贴招纸机，着力改善设备和经营管理，在保障日产十四万四千瓶的同时，直接进口比英国便宜得多的美国汽水原料，使成本降低了百分之二十五。

这一下，胡德再也作不得声了，只有翻眼倒目的份儿。别说降低成本百分之二十五，就是降低成本百分之二点五，他也轻易做不到。因为，他明知英国的汽水原料比美国的要贵百分之二十五，也不能进口美国的汽水原料而给大英帝国丢脸。可是要不降低批发价，不出三个月，正广和汽水公司便会反被华商的屈臣氏汽水公司挤垮。除了向英国领事馆求援以外，他别无他途可寻。结果，倒得了英国政府在汽水原料出口税上给予特别优惠的支持。正广和汽水公司这才又稍稍神气活现起来。

正当正广和汽水公司与屈臣氏汽水公司竞争得难解难分之际，卢炜昌突然收到美国医药业大王托马斯先生寄来的由他的预聘配剂师、目前尚在纽约州立大学攻读医药专业的学生约瑟夫配制成功的优质饮料样品，附信特请卢炜昌当托马斯医药总公司在上海的代销人。这无疑是上帝有意相助！随着人类的进步，对物质文明的不断追求，世界上许多商品都在不断更新以至被淘汰之中；有的商品或为了逃脱被淘汰的命运，或为了维护国际市场的价格而大量倾泻于太平洋。饮料也跟其他商品一样，可不能抱着一块招牌卖到老，因为人类的肠胃也在不断更新，越来越变得文明。卢炜昌立刻让他的配剂师根据托马斯寄来的样品处方，加上中国香花精、适量葡萄糖和多种维生素，配制出一种新的毫无药味，却有提神醒脑之功，营养丰富的最佳饮料"可口可乐"。试销几天，便大量投产，很快就垄断了整个远东的汽水市场。

胡德却自恃英国是个老牌工业大国，世界上所有商品，唯英国的最先进，对老牌正广和汽水哪肯轻易更新、淘汰？宁愿眼巴巴地看着客户的订货单雪片也似的从四面八方飞向屈臣氏汽水公司……

上海几乎所有的商人都在替卢炜昌高兴，连屈臣先生也从伦敦拍来电报，祝贺屈臣氏汽水公司生意兴隆。

卢炜昌却满脸忧悒，连生意也无心过问，一天到晚忙着往上海红十字会医院里跑。

他一直在为霍元甲的身体暗暗担心。习武的人过度消耗体力而得不到起码的补养，往往容易发生练伤。霍元甲自幼体弱，他父亲霍恩第唯恐他辱没家声，硬是不许他跟武术沾边。他偏偏偷师自练，经多年苦心孤诣而成为绝代武杰。可却积下了隐症，兼且为生计所迫，长年累月劳碌于粗重农活，以致病根日深，脸色金黄。如今竟至大量咯血，卧床不起……

"霍武师那天可曾遭到日本人的暗算？"卢炜昌把刘振声从霍元甲的病榻前叫了出来，悄声地问。

"我想不会的。日本柔道会邀请师傅和我跟他们研讨武技，实在轻易看不出他们有什么歹意。双方较量虽然非常激烈，那也完全是君子斗。他们的柔道高手终因技低一筹而跌倒在石阶上，把右臂给摔断了，却对我师傅极表钦佩，不见有丝毫仇怨之色……"平素不爱多说半句话的刘振声仔仔细细地回答。

"那怎么大家都说，十成是日本人为了报复，指派那个卖仁丹的日本商贩来卖乖，让霍武师吃了他的毒药？"卢炜昌接着追问道。

"那个日本商贩把他的仁丹简直吹成太上老君的仙丹，能治百病，劝我师傅不妨试服几包，咯血即可痊愈。师傅病不择药，便轻信那个商人的口头广告，一连服了几包日本仁丹，病情虽未见好转，也不见因此而加重。当中是否有诈？实在轻易闹不清。"刘振声未敢断言。

卢炜昌不觉大声地说："日本人诚实不足，诡谲有余，天晓得他们会安的什么心？"

霍元甲从半昏迷中苏醒过来，一听卢炜昌的声音，便有气无力地唤道："卢先生！"

卢炜昌急忙扑到霍元甲的病榻前："霍武师，您觉着怎么样？"

霍元甲吃力地握着卢炜昌的手："卢先生，幸好遇上了您，我这一生总算没有白白度过。我活了一辈子，只有在上海这一年，才活得多少有点意思。可惜……我没有什么报答您，只有我整理的那本拳书《迷踪艺》，我霍家七代习武独创的绝招，全都记在里面。您就拿去研究吧！我仿藤牌刀对枪绘成盾型三星图，要是能作精武会的会微，便了却我最后的一份心愿了……"

刘振声听了，深知师傅的疾病已不是药物所能救治的了，禁不住一旁泪如雨下。

霍元甲到上海还不到一年，才活了四十二岁，精武体育事业正不能缺少他，便大劫难逃，这实在是中华民族的不幸！卢炜昌一看霍元甲无疑在跟他永诀，哪里还能管得住五脏六腑的折腾？竟放声"呜呜"痛哭起来。

霍元甲张大着嘴，却再也出不得声，只有两行浊泪在脸上横流。

这可把值班护士给吓坏了："卢先生，快别这样，可不能这样！"连忙把卢炜昌送出了病房。

尽管卢炜昌挥金如土，要上海中国红十字会医院竭力抢救，对霍元甲的病仍然丝毫不济，仅仅医了两个星期，他便与世长辞了。

大上海笼罩在沉重的悲恸气氛之中。

不少人，认识霍元甲的，压根不曾见过霍元甲的，都在自己的左臂上挂上了一块黑纱……

送殡仪式罕见的隆重。前头分别以九个大灯笼为先导，接着由四人抬着彩色古老、高达八尺的纸糊"开路神"方弼和方相；随后是布制的唐僧四师徒和四大金刚，以及各种花鸟走兽、脚蹬高跷的八音乐手组成的仪仗队；后边由三十六个身穿蓝色孝衣者抬着外罩三层红色棺椁，缀满剪纸白鹤，上边分别站着金童玉女的巨棺。霍元甲生前挚友卢炜昌和徒弟刘振声在两旁扶着，陈公哲、姚蟾伯、李不奴、黎惠生、刘裕臣、宁竹亭等人的后边，精武体育会会员和神州女子师范学校师生排成两列长长的队伍。走到哪里，哪里就有陌生的人加了进来，竟延绵十多里，从精武体育会一直排至东郊万国公墓。

正当人们稽首默哀，向霍元甲的灵柩告别时，打自在精武会成立之初经历那场龙虎斗以后一直没有露面的赤须龙洪胜，忽然跳进墓穴，扑在霍元甲的棺材上面，非要把棺盖揭开，死去活来地号啕痛哭："霍武师，你不该去得这么早，你不能去得这么早呀！"

仵工们拼死拼活也无法把他扯开。

卢炜昌连忙劝道："洪武师，霍武师离我们而去了。他精心武术为强我民族的精神，有待我们发扬光大，共同努力，彻底洗雪东亚病夫之耻！请……"

卢炜昌的声音未落，精武体育会全体会员的行列里，不知谁在前边领头，后边竟然一句一句地跟着念起来："霍武师离我们而去了。他精心武术为强我民族的精神，有待我们发扬光大，共同努力，彻底洗雪东亚病夫之耻！"

赤须龙洪胜越发哭得厉害……

二十七　卢炜昌竟挥泪高呼：
"先生万岁！"

　　打自《申报》于去年登出那条四个字的电讯："京陷帝崩"，卢敬文终于不得不把头上那顶四品红顶戴摘下来，至舍心里仍然惋惜得不行。那一千两银子可是白搭了。不光连候补知府这个空头衔保不住，就是这顶四品红顶戴，他也不过才戴了十年八年。这可等于拿一千两银子去跟清王朝租了这顶东西，每年租金竟一百多两，实在太冤了。要不是辛亥革命，也许终究有一天，他卢敬文可会当上正印知府的，这顶四品红顶戴便可以让他戴到棺材里去了。嘿，都是因为孙文领的好头！炜昌前些年还送给他三千两银子呢。他却连一句多谢的话也不说，只派人送来一张收条，上面没有大印也没有私章，只签上"孙文"两个字。嘿，这个孙大炮！

　　"你抱怨什么？孙文不是你的堂妹夫吗？""他是我的堂妹夫又怎么样？"

　　"你这就糊涂了。他在南京已当上了共和国的第一任总统。总统其实也是皇帝。你岂不成了堂国舅，国舅爷了么！"

　　"哦哦，我倒当真糊涂了。"

　　"太爷不糊涂，太爷早！"老邮递员还没跨进大门便忙着寒暄。"你……你叫谁？谁是你太爷？"

　　"哪哪……嗬嗬，——卢老板、卢老先生早！"

　　"你……你好不糊涂。"卢敬文这才发现当真有人在跟他说话，不由板起了脸孔，"我是孙文总统的大舅爷。你怎么不晓得？"

　　"嗬嗬，没听说过，请太爷卢老板卢老先生原谅！"老邮递员一面解释，一边从邮包里掏出一份电报，"这是卢老板卢炜昌先生的电报，从南京拍来的，请太爷卢老先生……嗬嗬不不，请……请签收。"

　　卢敬文一听是从南京拍来的电报，立刻便想到孙文的身上，再也顾不得生邮递员的气了，只斜斜地睨了他一眼，便亮起嗓门嚷道："炜昌，炜昌！"

孙素云连忙奔下楼来："爹，有什么吩咐？炜昌天没亮便上精武去了。""南京拍来的电报。"卢敬文随手把电报递给孙素云。

孙素云一看电文，不由得欢喜欲狂："啊哈，大喜事，天掉下来的大喜事！""什么大喜事？"卢敬文坐不住了。

"孙中山先生委任炜昌当南京市市长啦，要他赶快去就职。"

"快……快……快快叫炜昌回来！"卢敬文忙不迭嚷道。

孙素云为难地笑了："爹，霍武师辞世以后，炜昌连家门都不轻易踏一踏，您能轻易把他找回来么！"

卢敬文竟然一反往常的尊严，丝毫也不计较家翁的架子："我去叫他，我去叫他！"连那根时刻不离手的拐杖也不要了，便匆匆跨出门去。

孙素云急得直叫："司机，太爷要出门咯！"

卢炜昌简直一头扎在霍元甲遗赠给他的那本《迷踪艺》上面。每天早上，都非得拿出两个钟头苦练霍家绝招，还不到两年光景，功夫居然不在刘振声、赤须龙洪胜之下。

"卢先生，我们可得认你做师傅啦！"刘振声和洪胜异口同声地说。

卢炜昌笑笑道："不敢，不敢。在两位武师面前，我不过班门弄斧罢了。"

"你们大概还没知道吧，炜昌小时候便从石禅师那儿学得了一身轻功和神力。"陈公哲说话一点也无异于当年的口气。

"难怪，难怪。以卢先生的功底，这样练下去，不愁达不到我师傅的境界！"刘振声说道。

"我向来对自己缺乏信心，不敢抱这个奢望。不过，中国这么多人口，倒不应该只出一个霍元甲的。"卢炜昌谦语之中藏着不凡的抱负。

"我就担心，出了霍元甲这么个武杰，中国便后无来者了！"正在苦练霍家绝招的姚蟾伯忽然冒出难免叫人扫兴的声音。

"这就得看我们的努力了。"卢炜昌紧接着说，"精武体育会不仅要成为培育一代霍元甲的摇篮，而且要培育出几代霍元甲来。所以我想，对精武体育会会员再作一年严格的训练，从中挑选一批精英，先到广州、佛山、南宁、汉口、天津等地去，协助热心于精武体育事业的知名人士创办精武体育分会。将来再扩展到香港、澳门以至南洋的新加坡、马来西亚、荷属东印、印度支那等地，大凡炎黄的子孙，务必爱武、讲武、习武。大家以为怎样？"

众人未及作声，卢敬文便一头撞了进来，直着脖子嚷道："炜昌，你……你当上京兆尹啦！"

众人听了，好不诧异："清皇朝都崩溃了，哪里还有什么京兆尹轮到炜昌的头上？"

"爹，你怎么啦？"卢炜昌不禁大惊失色。因为卢敬文曾经得过中风，而且戴了十年八年四品红顶戴，十成是神经出了毛病。

"你们都直着眼睛看我什么？孙大总统在南京定都，当上南京市市长不就是当上京兆尹了吗？"卢敬文的语气有点冒烟了。

陈公哲这下可着急了："什么？炜昌当真要去南京当市长？"

"这还能瞎吹？你们看孙……孙大总统亲自签名拍来的电报！"卢敬文把胳膊抬得高高的，将电报晃来晃去。

刘振声惊喜的神色悄悄笼上了一层淡淡的阴翳，却连忙朝炜昌拱手道："祝贺卢先生啦！"

"这算什么祝贺？非得大摆宴席不可！我来当老板。"赤须龙洪胜一拍胸口，立刻便要去张罗。

"洪胜师傅别着急！要大摆筵席，也轮不到你来当老板。"姚蟾伯把一根三炮台香烟插到嘴巴，便再也不吭声了。

他们每个人的心脉，卢炜昌都摸得一清二楚，连忙笑笑说："你们别一面为我高兴，一面为精武着急了。我和精武体育事业可结下了不解之缘。别说当南京市市长，就是孙中山先生把总统让给我，我也不会去当的。"

"炜昌，你疯了！"卢敬文一听便急得直着嗓门嚷嚷，"京兆尹可是三品大官，比我花一千两银子买的四品候补知府还要大。你当初就是当了状元爷，也不会轻易能戴上五品红顶戴的。"

卢炜昌连忙转过身来，笑笑说："爹，您别老是指望我当官了。我这一辈子可跟官场没缘分啰！"

卢敬文哪里晓得儿子为什么对仕途如此的鄙视，对精武体育事业这般的着迷？立时气促起来："你……你要是不……不去当南京市……市长，我……我去……"

陈公哲赶快说："对对，太爷去当，太爷去当！"

卢敬文气不打一处来:"你……你们都……都食古不……不化!"颤颤巍巍地钻进了小汽车……

众人可被吓呆了。

"卢先生,你不去当南京市市长,老太爷不会气出长短来吧?"刘振声不无担心地说。

"刘武师放心,不会的,大概不会的吧!"卢炜昌并非一点也不存虑。

陈公哲却朝卢炜昌竖起了大拇指:"炜昌,你不去南京出任市长,实在明智!其实,何必去戴这项榄豉帽!"

"不过,这把南京市市长的交椅,孙中山先生谁也不让坐,偏偏要内举不避亲,选择自己的堂内侄。足见他对炜昌的信赖和所寄予的期望之大。总不能不对他作些令他满意的解释吧!"姚蟾伯慢条斯理地说。

卢炜昌颔首道:"蟾伯兄说得极是。我非得亲自到南京去一趟。"

南京,古称建康,又号金陵。自三国时孙权在此始建吴都,东晋和南北朝时的宋、齐、梁、陈相继建都于此。诸葛亮论金陵地理形势时曾说:"钟阜龙盘,石城虎踞"。可把这座古都给画绝了。钟山煞似巨龙盘绕在东侧,石头城犹如猛虎蹲伏于西南隅。阳光下,金山紫气弥漫,烟波浩渺的秦淮河宛若熠熠生辉的丝带轻盈袅娜地向西北流经市区注入长江。山因水奇,水因山秀,风光旖旎,佳丽联翩。果真是六朝金粉地。难怪古往今来,多少豪杰怀抱霸业,逐鹿金陵。六朝以后,明太祖朱元璋在此称帝,太平天国洪秀全亦建天京于此。

如今南京又成了新生共和国的国都。四方俊彦,翕然云集。有矢志追随孙中山先生振兴中华者,当中好些还是从遥远的海外归来,愿为祖国效力的华夏儿女;也有趁机夤缘,企图跻身显宦者,他们或以老同盟会员自居,或自诩为倒清猛士,似乎都曾为革命赴汤蹈火,立过不世殊勋;还有正在日本陆军士官学校留学而急急跑回来的学生,都在宣称要为新生共和国缔造一支铁的军队,但至少得当个师长或者参谋长才行……把个总统府挤得仿若闹市,熙熙攘攘,沸沸扬扬。要不是那一撇刚毅而柔韧的独特的胡子和那双炯然之中透着慈祥的眼睛,卢炜昌几乎认不出孙中山先生来了。比起十几年前在澳门氹仔湾天主教堂里见面时,孙中山先生瘦削苍老多了。只有说话虽然仍旧保持着比广州话高半个音的浓重的香山口音,却仿佛经过千锤百炼似的,越发变得铿锵有力:

"你哪是当市长的材料?还是赶快回檀香山去经营你的菠萝园吧!别

耽误了季节。"

"兄弟，看在手足情分上，你也得让我当一年南京市市长呀，不行你再撤我的职嘛！"原来孙中山先生的同胞大哥也从檀香山赶回来谋求要职。

"大哥，光凭这一条，你就不配当南京市市长了。我这个临时大总统，不过是国民的一名公仆。只能天下为公，岂能拿国民给我的权力当作私有财产而去徇私情？我明知你没有当市长的本事，却偏要把一个南京市市长交给你，别说一年，就是一天，我这个总统也不好向人民交代的。"孙中山先生推心置腹地说。

"我不信，我能经营几十公顷菠萝园，就不能当个市长。反正，你正要大批人手嘛！"这位种植业主急得简直连脸皮都不要了。

"国家虽然正是用人之际，但要量才而用，绝不能滥用。人各有其长，又各有所短，全才者到底是很少的。有的人富于军事天才，有的人善当行政长官，有的人擅长研究学问，有的人则最能做生意，你就只会经营菠萝园。不让你当市长，也是量才而用啊！"孙中山先生说话竟也爱夹点幽默。

身边的唐绍仪、蔡元培、陶成章、章炳麟、伍廷芳忍俊不禁，同时发出轻轻的笑声。

卢炜昌竟然咯咯大笑起来，许久以来不曾有过的痛快。

"谁这么高兴？"孙中山先生忽然问道。

"是卢炜昌先生来了，先生！"秘书连忙回答。

孙中山先生很有些喜出望外："快请卢先生，炜昌！"卢炜昌这时才从屏风后面走出来。

唐绍仪一看，竟抢在孙中山先生的前面，紧紧握住卢炜昌的手，一迭连声："呵呵，我们香山神童！"

卢炜昌惊喜不迭："县太爷！"

这下可轮到孙中山先生笑了："唐绍仪先生现在可是我们共和国的内阁总理。你是首都最高行政长官，可得多给总理提供方便啊！"

唐绍仪接着笑笑说："卢先生，虽然我们都在盼望你能尽快来上任，可没想到你会来得这么快！"

"唐先生，我可不是来上任的。"卢炜昌有点不好意思地表白。唐绍仪很有点愕然："哦，那你……"

"我是特意来感谢孙中山先生对我的重托，同时请他宽恕的。"卢炜昌一半感激，一半恳求道，"这个南京市市长的职位，我实在不能受命！"

孙中山先生仍然笑容可掬："这就怪了，不少人都在觊觎这个职位，连我大哥也在吵闹非要我让他当南京市市长。你却不肯受命。是不是认为……"

卢炜昌连忙解释："炜昌实在不才，唯恐贻误先生的伟业……"

孙中山先生轻轻挥了挥手掌打断卢炜昌的话："这你就不必过谦了。南京市长非同别的行政长官。内阁几经物色，反复审度，才予以确定。让你出任南京市市长可不仅是我个人的意见，唐绍仪、蔡元培、陶成章、章炳麟、伍廷芳诸公无不至诚荐举。"

卢炜昌连忙拱手一一致意："谢谢先生和诸公的器重！恕炜昌不能不辜负先生和诸公的厚望，因为炜昌这一辈子只能致力于非官事业。请允许我仅仅作为共和国国民一分子衷心拥护先生的纲领！"

卢炜昌竟然如此坚决拒绝接受这项重要的任命。这不仅令人不胜惋惜，而且对于一个开国总统，他的权威无疑受到了轻视，孙中山先生不能不生气了："好！这个南京市市长你不肯当，我只好让土匪来当。"

卢炜昌这下可慌了，连呼："姑丈，姑丈……炜昌可不敢自命清高，只因民族积弱，国民体质日衰，频受外侮，身为炎黄子孙而对此无所作为，实在汗颜！炜昌不能不与陈公哲、姚蟾伯诸君共同致力普及精武体育事业系于毕生，岂敢半途而废？万望姑丈鉴谅！"

"卢先生不愧为炎黄优秀子孙！"没等孙中山先生作声，唐绍仪赶紧劝道："既然精武体育事业有陈公哲、姚蟾伯先生在鼎力，卢先生还是不要让总统失望吧！"

"别勉强他了，别勉强他了！"孙中山先生竟然两眼闪着泪光制止道："炜昌这孩子就是执着！不过，执着可是做人的一种可贵的品格，也是提高民族素质的根本。要是全体国民都养成了一种执着于崇高理想的品格，整个民族的素质便将产生伟大的飞跃，必然带来高度的精神文明与物质文明。谁还敢轻易欺负我中华！共和国可得创造良好的社会氛围，充分尊重每个国民的个性，提倡执着精神。炜昌既然决意不肯受命就任南京市市长，我们就不好强迫他改变自己的意志了。何况他致力于普及精武体育事业，不啻民族的健康、强盛将产生深远的影响。这可是一个南京市市长的贡献所不能企及的。我们就取消对他的任命吧！祝他和朋友们成功！"

卢炜昌再也抑制不住心底的狂澜，居然挥泪高呼："先生万岁！"

下卷：梦的绝响

二十八 她竟为王雪霏动了肺腑：
唉，一个可怜的东方妖女！

Star Island——星岛，英国女皇引为荣耀的一颗星。

这颗星可是造物主从天上摘下来，特意搁置于太平洋西南角，紧靠马六甲海峡，成为连结太平洋、印度洋、大西洋的枢纽，架起了通往五大洲，一百多个国家和地区的引桥，让地球上的人类得以频频进行商品、文化以至梦的交流……

造物主对这颗星也太偏爱了，把全世界几乎所有的色彩都给它抹上，吹一口长气，让它变成一座海上花园，而且赐予岛上的居民一种特别的彩色的天赋。整个星岛的楼房宅舍，没有一座建筑雷同，西班牙古代民房模式，瑞士别墅格局，穆斯林教堂结构，中国宫殿造型，以至仿若埃及金字塔的茅屋……每一座楼房宅舍都在花木掩映之中。居民们对别的什么可以不十分的讲究，住宅可不能没有个花园，而且各家各户无不一代接一代地在不事声张地相竞：看谁家的花园最美。于是，美便成了新加坡人的最大财富。大凡款待亲朋好友，必定在花园里摆设家宴，借以炫耀自己的富有。

远东第一流的现代化宾馆日升大饭店的餐厅就设在室内花园里。四壁花木葱茏，清香袭人。中间一口一亩见宽的金鱼池，锦鳞竞嬉，奇趣横生。池边亭阁翼然临流，上面各色盆景点缀得恰到妙处。池中矗立着五座假山，奇峰峭拔，最高的一座竟达十多米。池面凌空一道小桥，九曲十八弯，盘绕着假山，异卉奇葩掩映着一座座寺庙，叫人漫步桥上，恍惚置身于仙境。纵然喝得酩酊大醉，俄顷之间，便为奇花异卉的芳香把五脏六腑清洗得干干净净。

……这已经是第五轮干杯了。李不奴连忙夺过卢炜昌的酒杯，替他应酬。"我没有醉嘛！"卢炜昌却把盏不让。

李不奴深知卢炜昌的酒量，硬是要替他挡驾："你别舍命陪君子了！"

"李小姐，让卢先生跟我们多干几杯吧！你们这次回国，可不知什么时候再来新加坡啦！"中华精武体育会新加坡分会会长陈胜初连忙站起身来劝道。

"卢先生海量，饮胜它！卢先生海量，饮胜它！"日升大酒店餐厅响起一片又酸又辣的声音。

有人却呜呜啜泣起来……

餐厅里上百双目光顿时落在原新加坡华商总会理事、中华精武体育会新加坡分会首届会长何少华的遗孀，新加坡华侨第一阔太太王雪霏的身上。于是，所有举起的酒杯全被一种冰点以下的空气凝结在餐厅上空，纹丝不动。

王雪霏再也按捺不住心底辛酸的狂澜，哗然一声哭叫，离开了中华精武体育会新加坡分会专为卢炜昌与李不奴饯行的筵席，一头撞进停在日升大酒店门前的一辆流线型紫色小轿车里……

宴席上，每个人的心都在沉静中经受着煎熬。

忽听得"咔嚓"一声，卢炜昌手上的酒杯变成了玻璃粉末。

"还我中华民族尊严！"不知谁忿然嚷道，整个日升大饭店便跟着怒吼起来："把日本鬼子赶出中国去！"……

1931 年九一八事变，日本关东军简直用不着几发迫击炮弹，不到半年，便占领了东北三省。这可大大出乎日本首相的意料，巴不得一夜之间便实现他的"东亚共荣圈"之梦，于是把远东第一大商埠上海划入了第二个目标。1932 年 1 月 28 日，在飞机和战舰的协同下，早就在上海租界杨树浦和虹口待命的日本海军陆战队突然向驻守上海的蔡廷锴、蒋光鼐部十九路军大举进犯……

按照国际有关协定，在租界内不允许任何军事行动，日本海军陆战队少将司令盐泽不得不举行记者招待会作些解释，却一开口便扬言日军要在四个小时之内占领整个大上海。参加招待会的美、英、法等国记者听了都十分惊愕：这不仅是对中国人民的恫吓，而且分明在警告英、美、法等国政府，不许他们轻易干涉这场战争。日本人，未免太骄蛮了！美、英、法等国记者不等盐泽的话音落地，便忿忿然离开了会场。

这个日本海军少将并非一点也没根据地吹嘘。比起一百多万平方公里的东北三省，大上海再大也毕竟是一块区区之地。不过，尽管盐泽对蔡廷锴将军和他所部并非一点也不了解，却无论如何也想不到，装备精良，训练有素的日本海军陆战队竟然被扼守吴淞口的谭启秀师和翁照垣旅一次又一次地击退下来。激战了二百四十个小时了，仍然无法从这些一声"丢那妈"便不晓得什么叫作死的广东兵手里夺得咫尺阵地。这可太给天皇，给大日本丢尽了脸。他只好拼命挥动那把不下一米长短的指挥刀，一次又一次地下令：后退者格杀勿论！然而，在震天价响的"丢那妈"骂声面前，除了日军的血渗透了十九路军前沿阵地，跟中国人的血混在一起，在吴淞口横流而外，他所得到的依旧是可怕的失望……

中国人却从盐泽的失望中得到了巨大的鼓舞。孙中山的夫人宋庆龄连忙拉开打自孙中山先生逝世以后一直挂得严严实实的窗帘，一双眼睛闪射出多年来少有的眸光，不是忙于参加群众集会，为十九路军募集款项和物资，就是忙于在交通大学为伤兵设立一所拥有三百多个床位的战时医院。美国《纽约时报》特派驻上海的名记者约翰逊好不容易找到她，也只好在小汽车上进行采访。

"人类唯有从奋斗中求生存，革命者尤当只问是非，不顾目前利害。十九路军明知敌我悬殊，器械财力均不如人，而能不顾一切，以血肉为中国争一线之生机，使世界知道中国尚有不可侮之军队与民气，不特为军队之模范，实为革命之武力与反帝主义的先锋。我辈设立此医院，仅站在民众一分子之地位，对此空前之革命战士表示敬仰感谢而已。"宋庆龄的语气罕见的慷慨激昂。

这位美国名记者约翰逊竟忍不住当面称赞道："孙夫人德才如玉，刚强正直，爱国义勇，不畏强暴，举目环球，无与伦比，不愧中国人民之国母！"

"千万不要夸奖我！"宋庆龄立刻打断约翰逊的话，"请您通过《纽约时报》转告美国人民和世界人民：中华民族从来就是一个不屈的民族，世界上没有任何力量能够指望中国人民屈服！"

"一定遵命，一定遵命！我也是中国民众之一分子啊！"这位美国名记者很有些激动。

宋庆龄微笑着朝约翰逊伸出手来："谢谢，太谢谢您了！"

"睡吧，都凌晨快两点了，还看什么？"李不奴早已宽衣在床上催道。

"孙夫人实在不愧为中国人民之国母！这位《纽约时报》的名记者约翰逊先生对她的评价一点也没有故意渲染。"卢炜昌答非所问地说，目光仍然没有稍稍离开灯下的一张《纽约时报》，凭着他当年在专为外国输送研究生的南洋公学积下的英语功底。

"噢噢，人家一本通书读到老，你莫非要一张报纸看到老？"李不奴很有些愕然，"来来，我背给你听，省得你浪费视力。"随即从头至尾，一字不漏地将美国名记者约翰逊采访宋庆龄的文章《淞沪抗战中的宋庆龄》背诵出来。"怎么样？还要听吗？"没等卢炜昌作声，她又从尾至头地倒背了一遍。

"奇才，奇女子！"卢炜昌蓦然回头望着床上朝他侧身而卧的李不奴，一迭连声地惊叹，"秋妹，你可比辜鸿铭老先生还要了得！"

……著名学者林语堂的老师辜鸿铭老先生就往往爱把外国报纸倒过来看。有一次，在火车上受到两个留学生的嘲笑：

"这位老绅士十成是个滑稽家，竟当着满车厢的人出洋相。""只要多少能沾点洋气，怕出什么洋相啊！"

"连把一张外国报纸看颠倒了都不晓得的中国老绅士也爱拿英文来装饰门面了，总有一天连中国人也不承认汉语是国粹的。"

"这是人类文明的一大进步嘛！"两个留学生在用英语交谈。

没想到他们面前的老先生突然放声朗诵起来，一张《纽约时报》，从最末一句英文直至开头一个词儿，出奇的流利。

那两个留学生不由吓了一跳。

"看来两位年轻的先生连中国的文明尚且不曾弄懂，却大言不惭地谈论人类的文明，老夫实在替你们脸红！"身穿长衫马褂的老先生这才摘下金边眼镜，眯起一只眼睛，悻悻地训斥道。

那两位留学生连忙上前拱手："晚辈有眼不识泰山，请老先生原谅！"他们哪里晓得这位老先生就是把孔子的《论语》用英文翻译出来，介绍到外国去的大学者辜鸿铭。

"有眼不识泰山倒还可以原谅，中国人有眼不识中国人就不可以原谅了。"辜鸿铭老先生的胡子仍然不住地抖动。

"我当真比这位老先生还了得？"李不奴不胜惊喜，"不过，要是把我也算上个奇才，那中国的奇才就实在太多了。"

"我们中国也许别的什么都比外国不行，可就是奇才比外国多。只因中国人有眼不识中国人，才导致国家的积弱。日本人正是摸透了中国人的劣根，才如此肆无忌惮对我们接二连三地发动侵略战争。"卢炜昌越来越变得容易激动了。

"幸好在我们中国人心里还有一道万里长城。这可是我们民族的力量所在！足以抵挡任何侵略者。"李不奴全然没了睡意，赤脚走到卢炜昌的身边，十分柔情地抚慰道。

卢炜昌的情绪仍然无法平静下来："要是四亿中国人都像十九路军将士那样，为求中华民族之生机而不惜以自己的血肉筑起我们民族新的长城，必定置侵略者于灭顶之灾。最怕我们中国人往往不轻易齐心。中华民族已经到了最危险的时候，蒋介石却把枪口对着共产党，在日本侵略者的面前，导演着自相残杀的悲剧。"

"这个蒋委员长十成是发了疯！"李不奴只在心里悻悻地骂，生怕给卢炜昌火上浇油，倒像哄顽皮的孩子："我的天使，别想得太多了。睡吧，明天早上还得赶着把侨胞们捐赠给十九路军购买飞机、大炮的巨款汇给国内中央银行，再去向陈胜初先生他们辞行呢！"

"可惜霏姐中途离开了筵席，未及捐献分文！"卢炜昌一半抱憾一半抱怨地说。

"你没看见她红着眼圈出席宴会么？我要是她，也咽不下这杯心酸酒的。"李不奴竟然替王雪霏辩解起来，而且竟然动了肺腑："唉，一个可怜的东方妖女！"

卢炜昌一听，不禁愣直了……

……

"啊哟，我来迟了！"随着一声娇滴滴的叫嚷，一个半胸祖露，浑身玲珑，胖得奇俏的贵妇，拖着素白色的软缎午礼服，步履轻盈地走了进来，顾盼神飞。日升大饭店餐厅四周的各色奇花异卉顿即失去了芬芳，唯有从这位贵妇人身上散发出来的紫罗兰馨香在弥漫着……

卢炜昌和李不奴同时抬起头来，都对这位贵妇人的姿色暗暗吃惊。

"这位是我的玛丹！"新加坡华商总会理事何少华居然按国际上时尚的交际礼仪，以法国绅士的口吻向卢炜昌和李不奴介绍自己的妻子。

"何太太，幸会幸会！"卢炜昌赶忙起身致意。

"见到您很高兴，何太太！"李不奴紧跟着站起来。

"这两位就是卢炜昌先生、李不奴小姐！"何少华接着向妻子介绍，毕恭毕敬。

"啊哟，二位果真是罕客！"何太太先向李不奴伸出手来，仅仅让李不奴握了握，便连忙把手交给卢炜昌："你们别称呼我何太太了，就叫我王雪霏吧，或者干脆叫我霏姐！"

"轰！"宴席上突然哄堂大笑起来。

卢炜昌的脸唰地红了。这位何太太怎么老是捏着他的手不放？在她的丈夫面前，这未免太滑稽了。连李不奴也在替他尴尬……

王雪霏却一点也不介意，仿佛压根忘记了她还在紧紧捏着卢炜昌的手。"何太太解禁啦！"不知谁逗趣地叫道，又引起一片笑声。

卢炜昌和李不奴很有些困惑。

"'霏'与'肥'谐音。何太太平日最忌讳别人叫她'霏姐'。今日独独对卢先生和李小姐破格，实在不寻常！"《星岛日报》社社长黄哲笑嘻嘻地向卢炜昌和李不奴解释道。

"文人会会鼓唇弄舌！"王雪霏娇嗔地白了黄哲一眼，居然在卢炜昌的身边坐下，趁机仄仄身子，让过分袒露的圆滑的肩膀紧贴着卢炜昌的肩膀。

卢炜昌心里很有些吃惊，不由蹙起了眉头……李不奴连忙用膝盖悄悄碰了碰他：你怎么啦？

"难得何太太的厚待！"卢炜昌旋即不乏谢忱地说，"其实，燕瘦环肥。西汉时汉元帝皇后赵飞燕因瘦得奇俏而成为绝代美人；唐朝唐玄宗的宠妃杨玉环却因胖得奇俏而成为绝代美人。何太太正是杨贵妃型体态，胖得奇俏，哪会忌讳别人叫'霏姐'呢？"

宴席上又哄然一阵大笑，夹杂着一片叫嚷声："卢先生妙语，卢先生妙语！"

"啊哟，卢先生真会挖苦人！雪霏可要罚你一杯。"王雪霏简直乐疯了，竟把一杯法国白兰地径直端到卢炜昌的嘴边，媚态毕露。

"卢先生好嘢!""何太太好嘢!"

卢炜昌一时竟有些不知所措……

李不奴猝然夺过王雪霏的酒杯,落落大方地说:"炜昌先生旅途着了点凉。请霏姐允许我替他领情!"随即一口将一杯法国白兰地喝了。"李小姐好嘢!"宴席上又爆出一片喝彩声。

王雪霏脸上倏然掠过一缕众人轻易不能觉察的微妙的阴影,颇有意味地莞尔一笑:"李小姐的确好嘢!"

卢炜昌一听,赶快起来打岔道:"多谢诸位盛情!多谢诸位盛情!世界上大凡先进国家,无不视体育事业为人类文明之要义而予以高度重视。足见一个国家的盛衰,可跟国民的强弱体魄息息相关。我们中华民族正是孕育伟大体魄和坚毅精神的民族,在人类文明史上,创造出一座一座举世瞩目的丰碑。今天,我们要使祖国强盛,从根本上改变中国人在外国人眼里的形象,就得弘扬中华民族固有的伟大体魄和坚毅精神。每一个炎黄的子孙,不管在国内抑或在海外,对此都该责无旁贷。我和李小姐正是以炎黄子孙的责份,到星岛来传播这种精武体育精神,竭诚希望得到诸位的支持,率先创立中华精武体育会新加坡分会,为东南亚以至欧美侨胞树一榜样……"

没等卢炜昌把话说完,日升大饭店整个餐厅便报以热烈的掌声。

"卢先生和李小姐可为我们树立了榜样。我们除了深表敬意和感谢以外,只有诚心诚意接受卢先生和李小姐的指导!"新加坡华商总会理事何少华立刻以东道主的身份作了热情洋溢的答词。

紧接着,新加坡工会会长陈胜初,虎标永安堂药厂总经理胡文虎、胡文豹兄弟,《星岛日报》社社长黄哲,广肇同乡联谊会理事阮道明,星岛足球队教练魏复勤,火星拳击俱乐部主任李万隆等侨领和知名人士纷纷起来响应。当下便成立了以何少华为主委的中华精武体育会新加坡分会筹备委员会。

拳师李万隆一时兴起,竟耐不住"嗖"地甩掉外套,揎拳捋臂,要跟卢炜昌一戏为快。

卢炜昌推辞不过,只好安详地走到大厅正中央,漫不经心地摆出个狮子大张口架式,笑笑招呼:"李师傅,请!"

李万隆却不顾社交礼节,一声"接招",便直扑过来,右拳往卢炜昌面前一晃,左钩锤起,横扫卢炜昌的右胁。卢炜昌既不招架,也不反击。

只听得"砰"的一声响，李万隆的身子却摇晃了两下。他好不暗暗吃惊，连忙使尽平生之力，来个黑虎偷心，右拳直捣卢炜昌的胸膛。卢炜昌仍不招架。随着又一声巨响，李万隆竟然往后打了几个趔趄，跌倒在三米多远的地上。

整个餐厅掌声雷动，夹杂着疯狂的喝彩："好嘢，卢炜昌先生真好嘢！"卢炜昌赶快上前搀扶李万隆，低声地说："李师傅果然神力，只是用得过猛了点儿，没摔伤吧？"

李万隆却伏地不起，只顾朝卢炜昌竖起大拇指："卢先生，你身上至少也有八百磅弹力吧？真看不出！"

王雪霏刚才几乎被李万隆朝卢炜昌身上打出的那两拳吓昏了。这会儿一看卢炜昌煞似座金刚屹然而立，李万隆却反倒被摔个老远，乐得直嚷："啊哟，卢先生，你还要扶他？他的拳头那么狠，活该让他摔个半死呢！"

"我们谁也无意伤害谁，何太太放心好了！"卢炜昌满脸笑容，一点也不介意。

李万隆连忙爬了起来，朝卢炜昌抱拳道："卢先生实在是当今武坛难得的圣人！万隆惭愧，万隆惭愧！"

王雪霏听了，越发打心里倾倒于卢炜昌脚下。女人们都说大卫是人类中最美的男子，可那毕竟是古希腊神话里的人物，谁也没得眼福见过。就连当今女人们最崇拜的美男子，美国电影皇帝罗拔·泰勒，也不过是银样镴枪头。可眼前这位唐山客，不但从头到脚无处不充满着令女人们神魂颠倒的男性魅力，而且宽宏大度得出奇，尤其在别的男人身上所罕见。难怪这位李小姐跟他如胶似漆，形影不离，对她王雪霏百倍警觉，处处严加提防。不过，他既然到了新加坡，而且要在这儿创办精武体育会，这便是观音菩萨有意赐给她王雪霏大慈大悲了。于是，她半似撒娇半似命令道："少华，快来拜师傅吧！"一面将丈夫曳到卢炜昌的面前，"卢先生，你看他这身板子，可能练得跟你十分之一的结实吗？"

"以何先生的恒心和毅力，也许会练得比我还结实呢，何太太！"卢炜昌满脸热忱。

"卢先生，你看我呢？"王雪霏一点也不像在故作媚态。"霏姐也对精武体育感兴趣？"李不奴颇感意外地问。

"啊哟，李小姐，难道只兴你跟卢先生学得一身武艺，倒不许我跟卢先生练练身子？虽然卢先生说我胖得奇俏，但天下女人有哪个不怕肥的？

要是杨贵妃在世,她也未必不发愁呢!"平素只知快乐,不知愁为何物的王雪霏,这时居然一脸愁容。

卢炜昌忙不迭应道:"难得何太太对精武体育事业一番热心,欢迎,欢迎!"

"这就太好了,太好了!"王雪霏旋即眉飞色舞起来……

然而,李不奴却老是叫她失望。她每次请卢炜昌到她的花园里教她习武,李不奴总是站出来挡驾:"卢先生忙着呢。霏姐,我先教你练基本功吧!"她却找不到任何理由来拒绝。李不奴可教得十分认真,这就更叫她叫苦不迭了。腰酸,脚疼,这倒是另一码事,要紧的是精神上无法忍受……

那年,她刚十七岁,因为相依为命的父亲突然病逝,欠下人家一笔殓葬钱,不得不横下一条心,自个儿跑到广州陈塘怜香院去向老板娘求情,让她当个可凭自己的心愿接客,夜度资与老板娘均分的公主身妓女。老板娘见她出落得惊人,正是一棵摇钱树,当即贴钱把她打扮了一番,便高张起王雪霏艳帜。第一个来捧场打茶围的可是刚刚赢了五百块光洋的靓仔何少华。十成是天赐的一份良缘,二人竟一见钟情,缱绻了三天三夜,便海誓山盟地即席结为夫妇。这可把个老鸨母气得两个鼻孔直拉风箱。当了一世老板娘,几曾见过这般"豉油乱挨"?却因事先订妥的公主身,可又拿她奈何不得,软骗硬索,也只榨得三十块再没翻头的绝情利市。她王雪霏才不理会这些,只顾着欢天喜地地乘上黄包车,跟何少华当新娘去了。不久小夫妻俩便跑到新加坡开起洗衣店、小饭馆、鲜果铺。也活该王雪霏时来运转。第一次世界大战期间,英国非常秘密地从美国把大批军火物资源源运抵新加坡,然后再悄悄转运到欧洲战场去对付德、奥、匈等敌国。不知她怎么碰上这个机会,也不知她哪儿来的能耐,召集了大批苦力后生,硬是一手包揽了替英国抢卸抢装军火物资的生意,发了一笔大财,很快变成了协兴贸易行的独资老板,同时置下了几千亩的甘蔗庄园,身家在八千万星币以上,轻而易举地让丈夫何少华当上了新加坡华商总会理事。

正当她发得不可开交,何少华却突然得了阳痿症,屡求名医不得治效。这可把王雪霏置于性的荒狱。何少华简直成了个罪人,怀着极端负疚的心情,每夜都非得等她入睡以后才诚惶诚恐地爬上床沿。不然,必定惹她好一阵生气:"没本事的东西!"日子一长久,王雪霏竟然产生一种畸形的心理:非占有天下的美男子不可。何少华只能一只眼开一只眼闭,任由她放荡……于是，几乎所有的新加坡女人在背地里无不叫她妖女；而几乎所有新加坡的男人，当面无不称赞她：风流星岛第一，妖娆举世无双！打自见了卢炜昌，在她的眼里，世界上就只剩下一个真正称得上男人的男人了。叫她如何不发疯？这位卢炜昌先生却偏偏不晓得她的心，竟让李小姐处处在中间作梗，叫她连碰一碰他都只能到梦里去寻找机会。越是这样，她对卢炜昌就越发紧张；而且，这紧张，可不纯是性欲的驱使，而是爱慕的力量在行动了。原来男人的魅力对女人这么要命，女人对男人一旦产生了爱慕，只要得到这个男人，便别的什么东西都可以不要。她明明恨透了李不奴，却偏要脱下手上那颗拇指头一般大小的钻石戒指，套在李不奴左手的无名指上。这颗钻石戒指，至少有四百克拉，戴在手指上宛若一盏电灯。蓝色的宝光把偌大一间房子照得透亮。光是按每克拉一千元计算，其重量就值四十万元了，再加上珠宝商的眼力，计上光度的价值，可在一百万元以上。李不奴不由愕然瞪大了眼睛："无功不受禄，我岂敢领受霏姐这等重礼？"

"李小姐，请你千万不要客气！你霏妹生来命苦，上无兄姐，下无弟妹，孑然一身跟随何少华漂泊海外，虽然今日家业不薄，但身边无儿无女，到底少了天伦之乐。少华又偏偏得了那种病，你霏妹可在守活寡啊！别看你霏妹这么阔绰风流，其实心里尽是凄风苦雨。那滋味儿，李小姐你根本无法想象。难得在这异国殊邦，遇上你和炜昌先生，心里才稍稍得到了一点儿慰藉。这可是千金难买的。别说区区一颗钻石戒指，我要是也有一颗英国女皇头上的一千一百克拉的钻石，可也舍得的。只是请李小姐无论如何也不让我失望，允许我认你做个亲姐姐，心里有什么酸楚，也好向姐姐倾吐，而且一定会得到姐姐的同情……"王雪霏一边说，一边啜泣。

李不奴直愣愣地望着王雪霏，左手无名指上那颗钻石戒指，不知什么时候闪出了亮晶晶的泪光……

"何太太请我晚上到她府上喝生日酒。"李不奴刚踏进寓所，卢炜昌便把一张香喷喷的请柬递到她的面前。

李不奴觉得很有点蹊跷："她怎么单独请你一个人？她刚刚才认我作亲姐，还赠给我个钻石戒指呢！你看——"

"嗨，够大方！"卢炜昌竟睁大了眼睛。

"大方？这不明明是妖女的圈套吗？"李不奴忽然叫道。

"别多心眼了。她的佣人说她原本要请我俩的，后来一转念，生怕你花钱送这送那，才嘱我别告诉你。说只是一席小小家宴，无非应个景儿，没请任何客人。"卢炜昌说得十分轻松。

李不奴越发着急："这分明是吕太后设宴，万万吃不得！"

卢炜昌很不以为然："不去不好。中华精武体育会新加坡精武分会全赖她一手支撑。何少华先生不过挂个头衔罢了，还不是处处听她的？要是没有她雄厚的经济实力，新加坡分会可不能轻易维持……"

"你呀，还被她蒙在鼓里呢！"李不奴连忙打断卢炜昌的话，"你以为她当真那么热心于精武体育事业吗？醉翁之意不在酒，完全在于卢炜昌你身上。从我们第一次来新加坡，她就一直处处向你百般献媚，你怎么一点也觉察不出来？"

"我不是一直在处处回避她吗？"

"可她却对人自夸，凭她的魅力、聪明和金钱，可以轻而易举地占有任何一个她心爱的男人，包括你卢炜昌先生。"

卢炜昌却越发的执意："本来，为了精武体育事业，即使赴汤蹈火我也在所不辞。她何太太就是吕太后设宴，又有什么值得害怕？况且，我要是拒绝她的邀请，不去喝她的生日酒，不仅在人情上说不过去，而且岂不太缺少一点大丈夫的气度了吗？我倒要领教领教，看看这位何太太到底是个如何了得的女人！"说罢竟独自跨出门去。

"唉唉，妖妇！唉唉，妖妇！"李不奴只好在房子里一边跺足，一边直骂。难怪她跺足直骂，倘若让王雪霏沾上了卢炜昌，这不仅让她李不奴的灵魂遭到猥亵，而且也对不住孙素云的……

秋妹：

炜昌在去新加坡之前，终于把俞紫峰的钻石项链交给了你。我只好履行我在他面前许下的诺言：永远离开他。

我这样做，完全是出于菩萨的启示。你一定还记得，那天与你游半淞园，在湖心亭上，我再三恳求你与炜昌结婚时，你对我作了一番不能违背自己对学生宣传的反对各种形式的多娶重婚的主张的解释后，说"除非……"，虽然你慌忙把下边的话咽下去，但我再傻也能领悟，这显然是菩萨在给予我启示。第二天，我几乎跟炜昌吵起架来。因为他居然接受了俞紫峰的委托，给人家做大媒，而且带回了俞紫峰向你求婚的礼物。这简直把我气昏了。他却满肚苦瓜汤，憋得只能一个劲儿唉声叹气。他对你爱得要命，却又生怕让你耽误了青春，所以痛苦地希望你能从俞的身上得到幸福。我自然急得要命，不能不对他说："你实在要给俞紫峰把这条项链交给秋妹，除非让我离开你。"他立即回答："你几时离开我，我几时把这条项链退还给俞先生。"如今，他竟在我的前边把俞的求婚礼物交给了你，我离开他就更唯恐不及了。好在他去了新加坡，倒给我回香山省去了不少的麻烦。我既然离开了炜昌，你就什么也用不着顾虑了。待炜昌从新加坡一回来，你便快快乐乐跟他成亲吧！姐在菩萨的面前为你祝福。

请你千万不要为我痛苦。我这完全是出乎一个女人的自私心。我太爱炜昌了，自然爱屋及乌的。何况你是这么个天下难得的女子，我岂能轻易让别的男人从炜昌身边把你抢走？况且，我与炜昌两世姻缘，已经做了半世夫妻，就该留下一半缘分给来世。人活在世上，总不能把天下的好事全都揽到自己的身上，更不能把人间的福全占了。否则到了来世，造物主一定会从他的身上索回十倍于他前世的占有。

我回香山以后，一切都会很好的，请别牵挂！我不去向你告辞了，请原谅姐姐的失礼！

祝你

幸福！

孙素云敬笔

"这怎么行？这怎么行？"李不奴读罢孙素云的信，不由吓得魂神出窍，慌慌张张赶到卢府，孙素云却已离开了上海。她急得直掉眼泪："唉唉，全怪那位夫子！"于是，不禁无名火起，一溜风烟卷到俞紫峰跟前，"哗啦"一声，把那条钻石项链掷在他的脚下。

"这……这……"俞紫峰好不错愕，一副金边眼镜差点儿掉到了地上。"你招的好事！"李不奴简直气不打一处来。

"陈小姐……哦哦，陈……陈校长有话请慢慢说，千万别动肝火，伤元气。"俞紫峰怯生生地说。

李不奴却一斧一凿地劈道："你赶快到香山去给我把卢炜昌先生的太太请回来。要不，姑奶奶我可跟你没完。"

俞紫峰仍然如坠云里雾中："这……这到底是怎么一回事？惹陈校长这般的生气。"

大半晌，李不奴才把孙素云的信递给他。

俞紫峰看了，一双眼睛瞪得直直，两个瞳孔一动不动……第二天，他便失踪了。

李不奴却暗暗吁了口气："这位夫子倒还挺卖乖。他要是当真把素云嫂子请回来，倒该好好感谢他一番呢！"

殊不知俞紫峰一走，便再也不复返。几经打听，原来这位夫子竟回镇江的金山寺里当和尚去了。

"一个十足的糊涂虫！"李不奴心里不由一阵负疚，越发地拿俞紫峰出气。走了一个孙素云，又走了一个俞紫峰，可全都因为她李不奴！这时她才发现，原来人与人之间，竟是这么息息相关。一个人的存在，既为别人所需要，又对别人成为一种障碍。做人也实在太难了。既为人，就总得在难中生存，勇气可比氧气更重要。于是，她亲自到香山去，以答应跟炜昌结婚为条件，无论如何也得把孙素云接回上海。

可是，孙素云却硬是不让她见面。

这可怎么办呢？她只好到新加坡找卢炜昌去……

卢炜昌不由得足足愣了半晏，"我一时也糊涂了，怎么竟说出那么一句赌气的话呢？"话里尽是自咎。

"你不能回去把嫂子劝过来吗？"李不奴几乎要给卢炜昌下跪了。

卢炜昌却一个劲儿地摇头："她给你的信不是写得明明白白了吗？这就是她奉行的信条了。一个人的信条，可不轻易为任何人所改变的。"

李不奴两手托着腮帮，忽然满眼泪光，失声唱叹："唉——天大的遗憾！"

"这有什么办法？人类许多遗憾，并非都是有意铸成。"卢炜昌连忙安慰道。

李不奴却自语自言地说："我可别无选择了。"两行泪珠扑簌而落。卢炜昌不禁打了个愣怔："秋妹，你怎么会全无抉择呢？"

"这你就不必多问了。反正，我这辈子注定痛苦紧紧伴随着幸福，但凡我最幸福的时候，也就是我最痛苦的时候啦！"

"秋妹，你这是什么意思？"卢炜昌可轻易捉摸不透。

李不奴没有作声，却猛然扑到卢炜昌的身上，一面狂吻，一面梦呓也似的说："谁也休想从我身边把你抢走！"

"秋妹，我们结婚吧！"

"不，我只能做你的情人！"……

"啊哟，我姐姐竟肯放你来，难得，难得！"王雪霏简直像捡到天上掉下来的一块宝玉，一把搂着卢炜昌就要亲吻。

卢炜昌连忙拱手把她顶开："佳诞良宵，祝何太太青春康乐！"

"太谢谢啦！但望美愿获偿，一生无憾！嗳，叫我霏姐嘛，怎么老是何太太何太太的，多么刺耳呀！"王雪霏口脂飘馥，身穿雪白蝉翼纱短袖外套，下套浅绿百花金边沙龙，两条玉腿却光溜溜的，一双媚眼尽是秋波。

"果然一个东方魔女！"卢炜昌好像在欣赏一幅名画，击节喟叹，故意把"妖女"说成"魔女"。

"啊哟，炜昌先生真个会捉弄人，可羞煞我咯！"王雪霏笑得两个奶子宛如跳动的音符。

两个年轻的侍女轮番摆上香茗、果点。

王雪霏拈起一杯，用手绢抹过杯边，这才递给卢炜昌："请！"卢炜昌略一沾唇便放下茶杯。

王雪霏忙唤侍女换啤酒。

卢炜昌连连摆手道："抱歉，抱歉！今天有点肠胃不适，医生嘱咐不可乱喝。"

"啊哟，那我准备的世界十大名菜可无缘敬奉咯，可惜可惜！"王雪霏十分遗憾地嚷道，"吃点果子不碍事吧？"

"好的。"卢炜昌随便拿起一个世界稀罕的新加坡独产榴梿果。

这时，侍女来报开席，王雪霏却默不作声，两眼久久凝视着卢炜昌，满脸难为情的神色。

卢炜昌只好说："霏姐生日，岂能不恭？让我陪你慢慢饮好了。"

王雪霏却关切地说："既然医生嘱咐不可乱喝，这一席酒就免了吧！""这怎好意思？"卢炜昌不觉自肚里沉吟：她未必对我心怀叵测吧！

"炜昌先生，你要是觉得没意思，那就陪我去艺术宫徜徉徜徉，好吗？"王雪霏一面说，便一面伸手挽卢炜昌的臂膀。

"荣幸，荣幸！"卢炜昌一听艺术宫，立刻兴致盎然。

王雪霏却挽着他走进楼下一间小房子，里边一片黑咕隆咚，乱七八糟地堆满了破旧家具。卢炜昌正自肚里疑惑，但见王雪霏乒乒乓乓踢开几件杂物，随即俯下身去摸了摸，然后揭开一块木板，说声"跟我来"，便踏着阶梯逐级而下。忽听"吱"的一声怪音，随着蘸光一闪，突然出现一座铁门，两边石板刻着一副烫金对联："天上福地，人间仙宫"。卢炜昌觉得很有些奇怪，未及作声，铁门已自动打开，眼前顿即豁然开朗，各种奇观胜景直扑眼帘，目不暇接。王雪霏却紧紧挽着卢炜昌的臂膀，穿过千回百转的幽径；一直走进一座四壁晶莹剔透的水晶宫，才停下步来，娇矜里渗透柔情："炜昌先生，你可是唯一进入这儿的贵宾呀！"

"谢谢霏姐，炜昌可是三生有幸！"卢炜昌只顾观赏四边玻璃壁里千姿百态、七彩斑斓的游鱼："嗨，有趣有趣！真是一座名副其实的水晶宫。"

"嘻嘻，照你这么说，我岂不就是龙女，你就是柳毅么！"王雪霏搂住卢炜昌，却好一阵抽泣："……打自第一次见到你，我便不知怎的，日日夜夜魂牵梦缠，如痴似醉，此身不能自主。你依我固然是造化恩赐，不依我也是份所当然，我没有什么好怪你，只怪自己福浅缘薄。今天并非我什么生日，只为时常压抑的衷曲折磨得我死去活来，非向你披心露腹，不能求生存。却怕你不来，才不得不诡称的。请你……"说到这儿，竟然泣不成声，浑身软绵绵地沾着卢炜昌。

　"别哭，别哭！造化弄人，往往如是。"卢炜昌好不着急，一迭连声地安慰，"只有把精神意念转注进伟大的事业，才可以获得超脱！"

"你说得好不轻松。我这等俗物，哪能到达那种境界？但求活得痛快，此生无憾。"王雪霏忽然又来了劲儿，将卢炜昌搂得紧紧的。

卢炜昌几经王雪霏的燃烧，不由得浑身热乎起来……"你怎么啦？满头大汗！"王雪霏突然嚷道。

这可把卢炜昌猛然给嚷醒了。这个女人果然了得！我几乎败在她的怀里了，回头可该如何向秋妹交代？不觉蹙起两道眉头，脸上尽是难堪的神色，鬼使神差地说："怪了，忽然肠绞胃翻，难受极了。"

"作孽作孽，这怎么了得！"王雪霏很是着惊，"医生嘱你不要乱吃乱喝，我可没有勉强你吧？快，到下边躺躺。"

卢炜昌一手捂着肚子，跟随王雪霏走进水晶宫底层的地下室。门一打开，他不由大吃一惊，慌忙往后跳了几步……

"进来呀，你怎么啦？"王雪霏好不奇怪地回过头来。

"进不得，进不得，里边这么多赤条条的女人。"卢炜昌压低嗓门道。

王雪霏"扑哧"一声笑了："啊哟，看把你吓的，亏你堂堂一个大丈夫呢！这些女人能把你吃了？你尽管进来看看。"

卢炜昌这下可把眼睛瞪直了：太绝了，完全是鬼斧神工！一个个金发碧眼，却神态各异，或卧，或俯，或蹲，或坐，或立，全都苗条得不行。在半明半暗的灯光下，这些欧洲少女全裸蜡塑，由富于质感的曲线勾勒出来的胴体，焕发着青春的气息，浑身充满弹性的魅力……足足欣赏了大半个时辰，他的目光方移到四壁的浮雕和世界名油画上，一边啧啧称赞："这简直就是法国的卢浮宫！"

王雪霏见卢炜昌着了迷，早已悄然离开。

卢炜昌连连叫了几声，不见王雪霏回答，好不诧异，于是寻至一张贵妃床跟前，信手揭开罗帐，但见床上横陈着个玉体，宛如一尊光溜剔透的蜡塑，不禁打了个愣怔。

王雪霏倏然翻身跳了起来，双手拼命箍住卢炜昌的颈脖，发疯也似的在卢炜昌的脸上乱吻起来，"我的大卫，救救我，我快要死啦！"

"霏妹，这可不能发慈悲！"不知打从哪儿突然冒出个女人的声音，只见钻石蓝光闪烁处，一件铁硬的东西倏然顶住王雪霏的下颌。

王雪霏陡地一怔：一看那颗钻石戒指系在黑乎乎的左轮枪杆上，立时吓昏了。

"霏妹，请原谅！"李不奴把那颗钻石戒指扔在王雪霏的面前，一手挽着卢炜昌走出了迷宫……

"秋妹，你怎么忽然可怜起她来了？"卢炜昌很是不解。

"因为我也是个女人。其实我一直在可怜她呢！只是造化不允许我让她沾你罢了。唉，一个女人对一个男人痴情到这种地步，却从来不曾得到过这个男人。我们这次回国，她恐怕连再见到你的机会都没有了，不心碎才怪呢！"李不奴很动肺腑地说，"炜昌，你就去会一会她吧！特别是她的丈夫何少华先生死于车祸以后，她多么需要你的抚慰啊！别说她对精武体育事业的支持，就是我们每次来新加坡，都全亏她的关照，至少也得表示一下让她最高兴的谢意。"

"应该应该。"卢炜昌连忙应道，"明天一大早，我们便一块登门去。"

"不，只你单独去，而且这就得去。""你这是什么意思？"

"这可是最后一次机会了。唯其最后，特别难得。人类都特别珍惜最后。""秋妹，你说得是不是有点离谱儿？"

"炜昌，你就依我一次吧！"李不奴居然央求道，语气十分的恳切，"快去吧，我替你祈求上帝的宽恕。"

　　"我可永远也不能宽恕自己啊！"卢炜昌却一点也不动心。二人正争执得不亦乐乎，外边忽然响起叩门声。

　　"打扰咯！"来者竟是王雪霏。

　　卢炜昌和李不奴都不由得愣住了。

　　王雪霏突然"扑通"一声跪在卢炜昌的面前，双手托着厚厚一沓高面额英镑钞票和一只小巧玲珑的阳江老义和漆匣托在头顶上："卢先生，请你代我将这笔英镑和这匣子首饰亲自交给十九路军的蔡廷锴将军，让他购买飞机大炮，无论如何也得把日本鬼子轰出中国去！"

　　卢炜昌赶快扶起她："霏姐，请您允许我代表祖国四万万同胞感谢您的诚意！"随即朝她深深行过三鞠躬，便一把将她抱住，居然当着李不奴的面，良久地吻她。

　　李不奴哪里还经受得住内心的颤动？慌忙转身跑出房去……

　　王雪霏猝然推开卢炜昌，一把拉住李不奴，满脸尽是泪光："好姐姐，原谅你霏妹吧！"一面将过去赠予李不奴的那颗拇指一般大小的钻石戒指重新套在她的左手无名指上，"这么多年来，我苦苦纠缠炜昌先生，要得到的刚才可都得到了。只是我们这番分别，恐怕此生再也无缘相聚了，彼此有什么恩怨和嫉恨都该在此刻了结的。要骂你霏妹臭女人也行，要刮你霏妹的耳光也行，完全听凭姐姐的喜欢……"

　　"霏妹！"李不奴终于一声号啕，猛然扑到王雪霏的身上。于是，两个女人扭成了一团，一边呜呜放声大哭，一边互相胡乱捶打……

二十九　蔡廷锴的司令部里：
突然来了个美国梦里情人

淞沪抗战在白热化……

不仅闸北已成了战区，神州女子师范学校全部毁于炮火，连位于杨树浦的屈臣氏汽水厂也被日本海军陆战队占为司令部。卢炜昌的长子被日本鬼子活活打死，父亲卢敬文气丧了性命，只剩下精武体育会不曾受到损失……

李不奴禁不住号啕大哭。

卢炜昌却只说了一声："中华民族现在最需要的可不是眼泪！"便拉起李不奴直奔十九路军总部，把王雪霏献给十九路军的资助一一点交给蔡廷锴将军。

"多谢，多谢大家的支援！我们一定不辜负海外侨胞的期望，一定无愧于炎黄的子孙！丢那妈，要不把日本鬼子埋葬在大上海，我蔡廷锴宁跳黄浦江！"这位绰号高佬蔡，出身于粤西山区罗定县的将军，除了个儿比别人高出一个头，腰别两支百发百中的手枪而外，身上便没有任何比普通士兵更显眼的东西了：头戴一样的钢盔，脚踏一式的军鞋，身穿一样的大兵衫，一米八过半的躯体什么时候都挺得笔直，而且跟他的广东兵一样，出口便是"丢那妈"。此刻，他却有点出奇的温文尔雅："炜昌先生，这次战争给你家庭带来的灾难太大了。你看有什么需要我蔡廷锴帮忙，尽管说。"

敌我双方都以巨大的血的代价争夺着每一寸上地，蔡廷锴将军身负民族存亡的重责，正跟日本源源增派来的精锐部队作殊死拼搏，竟然这么关心普通一家市民的遭遇，卢炜昌简直感激涕零："太谢谢蔡将军了！但比起我们民族所遭受的灾难，这算得什么呢？不过，我倒有一个要求……"

"什么要求？快说！"蔡廷锴不无着急地问。

"你看我可不可以在将军的麾下当个校官？"卢炜昌很是恳切地问。

蔡廷锴不禁愕然，旋即咯咯大笑起来："啊，哈，当年孙中山先生特命炜昌先生为南京市市长，你硬是不肯领受，如今怎么倒想当起军人来？"

"因为文官越多，对国家可是个灾难。中国目前最需要的正是像您这样的军人。"卢炜昌不乏肃然起敬的神色。

蔡廷锴越发笑得豪放，突然使劲握住卢炜昌的手问道："我蔡廷锴在炜昌先生的眼里当真如此了得？我这个吃罗定豆豉长大的行伍出身的中将军长，可是从一个普通士兵硬靠打出来的。炜昌先生深谙诸子百家，满肚韬略，以你在国内外创办精武体育会的才能，何止可以当个校官？至少可以比我稍低一级，当个少将嘛！"

"将军过奖了，将军过奖了！"卢炜昌连忙说，"我要是能在将军麾下当个校官就不错了。"

"这对炜昌先生未免太大才小用了。我蔡廷锴无论如何不敢轻待。不知炜昌先生何以非要执持当个小小校官？"

"我毕竟还没上过战场，可不能像蔡将军这样指挥千军万马的。我只想率领一支杀敌大刀队，扬精武之长，利用夜间偷袭敌人，非把鬼子一个个分为两段不可！"卢炜昌成竹在胸地说。

"唔，很好，这会大大打击敌人的士气！"蔡廷锴立刻扬起了眉毛，"我叫叶少泉、沈光汉、区寿年、谭启秀挑选几百名最机灵的战士，编成敢死杀敌大刀队，请炜昌先生传授精武绝技，可用不着你亲自带兵的。"

卢炜昌虽然欣然接受了蔡廷锴的委托，但心里难免多少有点怏怏不乐："蔡将军，您不让我带兵，就让我当一名敢死队员吧！"

李不奴一直没有插嘴的机会，只在毕恭毕敬地欣赏墙上一幅嵌在镜框里的蔡廷锴将军的亲笔题词："血洒淞沪"。这时一听卢炜昌要求参加敢死杀敌大刀队，连忙转过头来，着急地说："蔡将军，炜昌先生创巨痛深，方寸已乱。请您千万别听他的。何况精武体育会成千上万的会员不能没有他呀！"

这下可轮到炜昌着急了："秋妹，你……"

蔡廷锴又咯咯笑了："炜昌先生，你听见了没有？至少李不奴小姐可不能没有你嘛。"

"噢噢，蔡将军原来也爱开玩笑。"李不奴竟然双颊飞红。

"李小姐，这可是民意啊！我蔡廷锴岂敢违背？"蔡廷锴一点也不像在开玩笑，"炜昌先生，率领杀敌大刀队可是偏裨将佐之事，可轮不到你呢！你不是说要在我麾下当个校官吗？好，我这就任命你为十九路军敢死杀敌大刀队校官。"

"将军英明，将军英明！"李不奴一迭连声称赞，十分高兴。卢炜昌只有七分高兴，却夹着三分失望。

……

白天，日本鬼子凭着空中和海上的绝对优势，虽然明明晓得十九路军一声"丢那妈"，便非得给他们拼个死活不可，他们却把跟十九路军肉搏而死视为武士道至高无上的精神，因而视死如归，顽强得出奇，不愧训练有素，为世界军队所少有。然而，一到夜晚，他们便全都成了鼠辈，无不暗暗祈祷天皇的庇佑。打自幕府时代，以德川为首的日本军人执政开始，便把武士道奉为日本大和民族的国魂，以献身于天皇为日本军人的天职，宁愿剖腹尽忠，也不能碎身于异国。要是躯体不全，他们便认为不能魂归故国觐见天皇了。所以，不少日本鬼子常常梦见自己被杀敌大刀队斩成两段而吓得突然大哭，往往惹得整个营房半夜里慌成一团。尽管所有的营房不但格外加了岗哨，还在铁丝网下布满地雷，鬼子兵仍然提着一颗心，半醒半睡地提防着。大刀队却神出鬼没，有时突然从天而降，有时突然从地下冒了出来，不等鬼子惊叫出声，便把鬼子斩成两段。这可大大动摇了日本鬼子的军心。日军每个接替前任的对沪作战司令无不为此大伤脑筋。他们都深知蔡廷锴的广东兵最善于山地战、近战和夜战，却万万没料到十九路军的大刀队竟如此厉害，不仅善于飞檐走壁，而且行动迅如闪电，不到几分钟便把整个小队斩得七零八落。到底蔡廷锴将军从哪一本天书上学来的用兵之法，训练出这么一支特殊的战斗队？日本的间谍毕竟比美国中央情报局的特工人员至少要了得十倍，终于获得了绝对可靠的情报：原来是上海中华体育协进会会长、精武体育会主脑、知名实业家卢炜昌把中国已故武杰霍元甲大师的轻功和绝招"迷踪艺"巧妙地用于军事行动。他不仅为蔡廷锴将军训练了一支敢死杀敌大刀队，还亲自率领了一支由精武体育会的武师组成的精武魂杀敌大刀队，紧密配合十九路军的大刀队奇袭日军。

十九路军的敢死杀敌大刀队本来就够日本鬼子胆寒了，再加上一支精武魂杀敌大刀队，日本鬼子夜里就越发防不胜防了。

"咕咕咕……"赤须龙洪胜身边已扔下了好几个空酒瓶，他还抓着一瓶烈性的四川泸州大曲在仰着脖子往肚里直灌。

"洪师傅，你还喝？大伙都顾着杀鬼子，谁有工夫抬你？"黎惠生猝然夺过他的酒瓶。

洪胜陡地扬起了两道关公眉，一大把赤须都竖了起来："我赤须龙什么时候碍了大伙丁点行动？"一把从黎惠生的手里将那半瓶酒抢过来。

"你别喝得太多了嘛，醉醉醺醺的，能杀得几个鬼子？"精武魂杀敌大刀队每次夜袭，赤须龙洪胜总要在行将出发时喝个酩酊大醉。这叫黎惠生怎么能不为他担心？

洪胜忽然咯咯大笑起来："我喝多了？当年武松过景阳岗时，酒保只给他筛了三碗酒，便再也不肯给他筛酒了，说他的酒烈性十分了得，喝了三碗便过不了景阳冈。武松哪里肯依，非要一口气喝了十八碗才肯罢休。他要不是喝了那十八碗烈酒，能来那么大的神力收拾得了那条吊睛白额虎吗？我赤须龙要是连武松也不如，还算什么精武的好汉！"他突然压低嗓门，把嘴巴凑到黎惠生的耳边，好不诡秘："我今天非要斩三十一个鬼子。你就让我多喝几瓶四川泸州大曲吧！"黎惠生哪晓得赤须龙洪胜的秘密？每夜去摸营，他总给自己规定个起码的数目，喝一瓶酒，就得杀十个鬼子。"那你今晚怎么不多不少，非得杀三十一个鬼子？"黎惠生很是好奇地问。

"我今晚杀三十一个鬼子就凑够一百个啦。早年我就暗暗发了誓，有朝一日我赤须龙可要杀一百个日本鬼子，给霍恩师报仇！"多年以来，在洪胜的心里，一直结着两个疙瘩：一个是霍元甲之死十成是日本人所害无疑；一个是他当年向霍元甲寻衅，竟使出恶招要置霍元甲于死地，霍元甲把他抛到了半天空却轻饶了他的性命，大德大恩，此生如何报答？

黎惠生万万没有想到，这个脾性刚烈的汉子，心眼儿竟谋算得这么仔细，于是便只有敬服的份儿了。未及开口，那边忽然传来卢炜昌的声音："洪武师，接！"随声抛过来几瓶四川泸州大曲。

赤须龙洪胜一一接住，喝得浑身热血沸腾，"嗖"的一声抽出他那把雁翎宝刀，就地耍起醉刀来……

众人不住地鼓掌。

"洪师傅，你这绝招留着到驻扎蕴藻浜的鬼子兵营里去表演吧！"卢炜昌笑笑说，忽然回头朝大伙一挥手，一个个便活像弦上之箭，嗖，嗖，嗖，纷纷射向黑夜。

老远，黎惠生便摸出他的火龙镖，对正面的哨兵一掷，一声不响，插中了喉咙，那家伙便老老实实地倒在了地上。背面的那个哨兵陡地一惊，刚回头，又一枚火龙镖穿过他的喉咙，还没叫出声便挺直了。静候片刻，没听见四下里丝毫动静，只有一阵阵寒风在呼啸。卢炜昌便让黎惠生、刘裕臣穿上鬼子军服，在兵营外边严密监视可能出现的情况，他只和宁竹亭、邱亮横刀挡着大门，但有相争逃跑的鬼子，没有一个不横尸刀下。这时，四川泸州大曲在赤须龙身上发作起来，遍体的细胞都在燃烧，但见他醉醉醺醺地前后左右翻滚，刀光闪处，日本鬼子血肉横飞。不一会儿，他浑身上下便湿淋淋地浸透鬼子的鲜血，活灵灵一个血人。他越杀，酒性越加发作，居然一刀便拦腰把三个敌人齐崭崭地劈成六段。他一面劈，一面没板没调地重重复复哼着："大刀呼呼响朝鬼子们的头上砍！"去你娘的去你娘……倒是他的雁翎宝刀飞溅着强烈的旋律……

驻扎蕴藻浜的，是全由日本野仔和孤儿编成的久留米师团的一个中队。这些野仔兵，全都是私生子，一出世便见不到父母，全由日本政府收养，被专门训练为战争狂人，压根不晓得什么叫作死，只晓得活着就是为天皇拼命。此刻，他们凡是来得及端上刺刀的，无不在作死拼。无奈营房里一片漆黑，他们再善于拼刺刀，也只有挨斩的份儿。一群鬼子兵突然端起刺刀一齐扑向营房门口，拼命要杀出一条生路。卢炜昌和宁竹亭、邱亮面对一排明晃晃的刺刀，三条影子倏忽一闪，便都绕到鬼子们的背后，"杀！"随着一声断喝，鬼子们纷纷成了无头鬼！这时，李不奴率神州女子杀敌大刀队，一个不留地杀光驻扎在蕴西村的一小队鬼子，还未解恨，火速赶到蕴藻浜，争着多杀几个鬼子，却碰上卢炜昌他们刚刚结束战斗，正撤出营房门口，外边突然枪声大作，密集的火力把他们的去路给封锁死了。要是再耽搁片刻，敌人紧缩包围圈，结果便不堪设想。没等卢炜昌作分秒考虑，赤须龙洪胜突然一声惊天动地的咆哮，腾地纵身跃起半空高，扑向敌人的机枪，用胸膛严严实实堵住敌人的机枪口，硬是一刀捅进敌机枪手的心窝，一边还在咯咯大笑。

众人一时都呆住了。

"快撤！"卢炜昌一边命令，猝然飞上前，背起洪胜便跑……远离了蕴藻浜，众人这才哗然痛哭起来。

这天，十九路军司令部，突然来了个金发、碧眸，苗条、俏丽得不行，虽然三十出头了，却大方、快活得出奇的外国女人。她拿着一封美国领事馆介绍信，一见蔡廷锴将军便自我介绍说："我是美国影后玛丽·碧克馥，又叫 Happy Angel——快乐的安琪儿。专饰多情少女。将军可曾看过我领衔主演的影片？"

"哦哦，看过，看过。"其实，蔡廷锴平日轻易不看几次电影，哪里晓得什么影猴？"快乐的安琪儿小姐，你有什么事情需要我蔡廷锴帮忙？"

"我这次专程到中国来，唯一的目的是要见你们中国一个了不起的人。"玛丽·碧克馥快活地说。

"谁？"

"卢炜昌先生。"

蔡廷锴很有些难为情了："非常抱歉，快乐的安琪儿小姐。卢炜昌先生并非我部属，你要见他，恕我难以帮忙啰！"

"嘻嘻！"玛丽·碧克馥不由妩媚一笑，"蔡将军这就有意开玩笑了。不仅我们美国，而且全世界的人，有谁不晓得你们十九路军的敢死杀敌大刀队、上海精武魂杀敌大刀队和神州女子杀敌大刀队，叫日本侵略者闻之胆寒，全都因为有个卢炜昌？日本人对他恨之入骨，你蔡将军会不把他保护起来吗？"

"快乐的安琪儿小姐实在聪明过人！"蔡廷锴不得不笑笑说，"不过，卢炜昌先生来无影去无踪，我蔡廷锴怎么能保护得了他？"

聪明的玛丽·碧克馥一听，便晓得蔡廷锴为卢炜昌的安全而执意不让她见面，不由急得两眼泪水汪汪的："蔡将军，并非我大言不惭，我实在是美国所有男人，不管少的老的，全都为之倾倒的偶像。我们美国所有男人都让我做 Dream Sweetheart——梦里情人。你们中国的卢炜昌先生呢，可是我的 Dream Lover——梦里情人呀！我不远万里而来，蔡将军怎好让我失望呢？要是见不到卢炜昌先生，我决不会离开您的司令部！"

蔡廷锴见玛丽·碧克馥不仅着实出于真情，而且执着得可以，便只好暗示副官加强防范措施，把卢炜昌请了出来。

玛丽·碧克馥一见卢炜昌，老远便扑了过去，双手搂着卢炜昌的脖子，发疯也似的狂吻起来，一迭连声："亲爱的！亲爱的！"

蔡廷锴半晌才说："哦哦，真不好意思！廷锴压根不知你们是老相识。"玛丽·碧克馥和卢炜昌同时笑了。

"我最初是从你们中国第一部自制纪录片《上海精武体育会》上认识卢炜昌先生的，后来又从新加坡的《星岛日报》上看了卢炜昌先生的半版照片，卢炜昌先生就成了我的梦里情人咯！一直患了好几年的单思病，如今才得以第一次谋面。嗨嗨，果然是 The first - c1ass handsome men in the world——世界上第一流美男子。"玛丽·碧克馥眉飞色舞地说。

卢炜昌不无尴尬地搭讪道："我也是从银幕上认识玛丽·碧克馥小姐的。小姐真不愧为影坛皇后！"

蒋廷锴这时才发现自己刚才"影猴"的误会，忍不住掩着嘴巴偷笑。

"卢先生，我从十四岁开始步入影坛，一直拍了十四年片子。我在影片中每唱一支新的曲子，立刻便风行全国，成为美国青少年的狂热。为了让我在影坛上的多情少女形象成为美国人心目中的永恒，我前两年便引退了。但为了这次幸福的会见，我回去将复出影坛，再拍几部片子，把全部收入赠给 The Nineteenth Rout Army——第十九路军，算作是对蔡将军表示一点谢意和敬意！"

蔡廷锴陡地瞪大了眼睛，竟然隐隐约约闪着泪光，突然两脚"咯噔"一声，先做了个军礼，随即一把握住玛丽·碧克馥的手，嗓门在微微颤动："快乐的安琪儿小姐，谢谢你，太谢谢你了！"

"啊哟，将军这般重礼，叫我怎么受得了？"玛丽·碧克馥一边嚷嚷，连忙使劲把手缩了回来……

十九路军简直是在孤军作战。除了驻在沪郊的张治中将军的两个师主动协同行动，阎锡山也派人送来几门迫击炮和六百发炮弹以外，蒋介石却始终没有给予丝毫的增援。所幸的仅仅是全国人民和海外侨胞的激励和支援，十九路军才整整坚持抗战四十多天，便打死打伤日军一万多人。日本政府已经先后更换了三个大将对沪作战总指挥，如今又调来了个陆军大将松井石根，仍然无法迫使十九路军退出淞沪半步。蒋介石却频频发来急电，非要蔡廷锴撤出上海不可。蔡廷锴气愤地连声大骂："丢那妈！"把蒋介石的一张张急电撕得粉碎，"他蒋介石一重新上台，便纠集了六十多万兵力去进攻共产党的根据地鄂豫皖、洪湖和湘赣，非要在一夜之间便把共产党的红军消灭干净。我蔡廷锴在这里跟民族大敌拼死作战，他不但硬是不肯给我一兵一卒，还要迫着我撤出上海。这岂不是司马昭之心路人皆知吗？！"

英、美、法等国为了维护各自在上海的权益，尤其是英国几乎垄断了上海大部分市场，战争拖长一天，它就得失却轻易赚到手的大量英镑，他们不能不串在一起，在中日之间进行斡旋，竭力说服蒋介石和日本政府停止这场战争。蒋介石为了尽可能保存实力对付共产党，自然求之不得。日本政府深知蔡廷锴是个了不起的将军，居然打破了日本皇军不可战胜的神话，光是那几支杀敌大刀队，就叫日军尝透了滋味。要是再打下去，非得把大日本的国威丢尽不可。为了多少给天皇挽回一点面子，日本政府欣然同意与蒋介石签订《淞沪停战协定》，以逼使十九路军撤出上海，允许日军留驻上海为条件。

蔡廷锴却不管什么停战协定，只是"丢那妈，丢那妈"的骂不绝口，越发给日军以致命的打击。

日本前三任对沪作战司令无不舍远就近，选择距上海只有十八公里，位于上海北边的吴淞口登陆，从正面对十九路军发动进攻。而老奸巨猾的松井石根却舍近就远，偏要选择距上海五十五公里，在上海西南隅的金山卫登陆，迫蔡廷锴非得接受停战协定，撤出上海不可。

蒋介石几乎每天都必定拍来三封急电，严令他撤离上海。蔡廷锴本来就是一条铁汉，谁也轻易不能叫他屈服。何况淞沪抗战仅四十多天，他便把日军打得不得不换了三个大将司令。战争史上哪有打了胜仗的军队却要被迫撤退的？况且这并非出于战略的需要。"丢那妈，非打到底不可！别说他蒋介石，就是天皇老子也休想叫我蔡廷锴轻易撤出上海。"他又拿起电话筒，分别对第一师师长谭启秀、第二师师长沈光汉、第三师师长区寿年、独立旅旅长翁照垣三令五申。

卢炜昌却在一旁急得不行，不等蔡廷锴放下电话筒，便忙不迭劝道："蔡将军这可缺少了一点缜密的考虑啊！"

大凡卢炜昌的意见，蔡廷锴无不尊重三分："哦，炜昌先生可有什么高见？"

"蔡将军，撤出上海，已刻不容缓！"卢炜昌郑重其事地说。

蔡廷锴先是一怔，随即不以为然地问道："炜昌先生，你的话有什么根据？"

"你看，"卢炜昌指了指军事地图，"形势十分险恶。松井石根所以一反几个前任的战术，舍近就远，选择金山卫登陆，就是为了先占领沪杭线，进而占领京沪线，截断十九路军归路，配合北边吴淞口，形成三面合围之势，企图把你迫进东海。"

蔡廷锴不由重重打了个愣怔，旋即镇定自若地说："我军要是撤出上海，岂非大大挫伤了全国军民的抗日热情？我们可不能辜负民族的重托，人民的期望啊！即使战斗到没有任何退路，全军也要宁为玉碎，不作瓦全！"

"蔡将军，这话就非出于大丈夫之口了。"卢炜昌仍然苦苦相劝，"自古英雄只有不幸落入敌手，身处绝境，才为玉碎。我们现在还来得及抢在松井石根到达松江之前，沿京沪线撤退，以保存十九路军实力，继续坚持抗战，拯救民族。十九路军可是我国抗日楷模，蔡将军更身负民族生存的重责，万万不可贻误时机！"

蔡廷锴再也不作声了。抬头凝视着他的亲笔题词"血洒淞沪"，沉默良久。突然不胜欣喜地说："炜昌先生，你确是个大将之才。我这支军队就交给你了。"

不等卢炜昌弄明白他的意思，他已掏出手枪对准自己的太阳穴。卢炜昌不由大吃一惊，倏忽飞起一脚，把他的手枪踢到半空中，随着"砰"一声枪响，一颗子弹不知怎的，不偏不斜地射在他的亲笔题词"血洒淞沪"上……

十九路军撤出上海的第三天，上海市民才从报纸上获得了消息。于是，整个大上海，不论大街小巷全都贴满了标语：

淞沪抗战胜利万岁！十九路军英雄们万岁！杀敌大刀队万岁！

日军司令部的副官处长立刻下令要把这些标语统统撕掉。松井石根却制止道："不必了，不必了。蔡廷锴将军的十九路军其实是打了胜仗嘛！这不由我们不承认。本来我们在棋盘上的车马炮已经给蔡廷锴将军都吃得差不多了，我要不是运用座底炮来个兜笃将军，这盘棋可就输得更惨了。哈哈，我松井石根到底还可以算得上个收拾残局的老棋手！"

"十九路军撤走了。我们这些人成了日本鬼子的眼中钉。倒不如暂时离开上海，日后再重整旗鼓，弘扬精武精神。"陈公哲很有些惊慌失措地说。

姚蟾伯立刻附和道："公哲兄的意见不无可取。"

黎惠生、邱亮、刘裕臣却一齐跳了起来："这岂不把我们搞了二十多年的精武体育会给白白丢了吗？"

299

卢炜昌连忙说："公哲兄和蟾伯兄并没有这个意思，只不过仅仅为形势所迫罢了。"

"谁要跑便跑他的。老子可要留下来与精武共存亡！"黎惠生、邱亮、刘裕臣又一同气呼呼地嚷道。

"三位年兄千万不要误会！"卢炜昌竭力淡化颇有点紧张的空气，"公哲兄和蟾伯兄一向忠心耿耿于精武体育事业。眼前实在是出于无奈……"

"炜昌兄，你无论如何也得赶快离开上海。日本人早就要对你下毒手了。你可是杀敌大刀队的首要分子啊！"陈公哲和姚蟾伯倒反过来替卢炜昌担心。

这一下，黎惠生、邱亮和刘裕臣可慌张得不行，异口同声地催促："炜昌，你快走吧！上海精武可有我们在！"

卢炜昌却不慌不忙地说："日本鬼子挑起这场战争，显然是对中国发动全面侵略战争的前奏。我可得到各地精武分会去，把杀敌大刀队都建立起来。天津精武分会就拜托刘振声武师关照了。"

结果，陈公哲到香港去了。姚蟾伯回了苏州。宁竹亭则带领一部分精武会员投奔十九路军。

"炜昌，你已经有一年多没回香山去看嫂子了吧?！反正我们这次要到广州去，倒不如顺道去香山一趟。打自嫂子离开上海这么多年，我还不曾去探望过她呢！"李不奴语气切切。

卢炜昌深知李不奴的心事。过去，他每次回香山，她都噙着眼泪要他无论如何也得把孙素云接出来。孙素云却固执得出奇，不管他怎么解释那个天大的误会，以致叩头下跪，她总是甜腻腻地说："只要你和秋妹过得快活，又没有把我给忘掉，这就比什么都叫我欢心啦！"如今，已经家业荡然，国难当头，可用不着非要接她出上海了。李不奴自然比他更急于要到香山去探望孙素云……

三十 孙素云反手扣上一把大铜锁：
非要不奴跟炜昌行洞房花烛礼

"南无佛，南无僧，人离难，难离身，一切灾殃化为尘，炜昌、不奴亲又亲……"孙素云低眉闭目，合十当胸，盘膝端坐在白玉观音大士跟前，百般虔诚，喃呐不休。香案上的三炷西藏名产大香烟雾缭绕，整个斋房瑞气弥漫；那只背壳里藏着檀香的青铜仙鹤嘴里吐出缕缕如兰似麝的馨香，更平添一种神秘迷离的气氛。简直叫人宛若置身于佛门圣地。

一看孙素云孤身只影在为她和炜昌虔诚拜祷，李不奴早已忍不住潸然泪下。尽管炜昌在不住地暗暗制止，她拼命用手捂着嘴巴儿，仍然禁不住呜咽出压抑不住的岩底细流似的声音。

孙素云仍然对世间的一切毫无所觉，专心致志得出奇……卢炜昌不得不叫了一声："素云！"

孙素云这才愕然回顾，蓦地愣住了。

"嫂子，嫂子！"李不奴一边连哭带叫，一边连忙扶起孙素云。

"妹子，你到底跟炜昌回来了。多谢观音大士，多谢观音大士！"孙素云一把抱住李不奴，便一个劲儿地啜泣。

李不奴却放声大哭起来。

哭，往往是一种最能表达轻易不能表达感情的语言。卢炜昌只好站在一旁让她俩哭个够，直到两个女人把眼睛都哭肿了，他这才笑嘻嘻地劝道："得了，得了！二人赛哭，不分胜负。"

孙素云和李不奴居然破涕跟着他嘻嘻大笑起来。

"看你这两个聪明的傻女人，只顾着哭和笑，我的肚子可饿得咕咕叫啰！"卢炜昌故意逗趣道。

"啊哟，我真傻！"孙素云连忙吩咐身边女佣端出茶果。

这可是香山殷实人家款待贵客的规矩：一壶上等岩茶，四碟四式点心：两碟咸品，两碟甜品；咸的是肉酱虾饺和冬菇、笋粒拌鸡肉的粉果，甜的是软糕和蛋饼。

"吃呀，妹子。"孙素云把两碟咸品和一碟甜品推到李不奴和卢炜昌的面前，只把一碟甜品留给自己。

李不奴接着把一碟鸡肉粉果推回去："嫂子，你吃。"

孙素云指着自己面前的一碟软糕，笑笑说："你姐只能吃斋果啰！"李不奴不由一怔："嫂子什么时候吃起斋来了？"

"她打从上海回来便吃长斋了。唉，她硬是不肯听我劝！"卢炜昌不胜感慨。

李不奴哪能再咽得下半点东西？一双眼睛直愣愣地望着孙素云，两行泪珠宛如两股急流，汩汩而落。

孙素云慌了，连忙掏出手绢一面给李不奴拭泪，一面像哄孩子似的："乖乖，快别这样，乖乖，快别这样！你姐可高兴死咯！"

"嫂子的身体可瘦多了！"李不奴仍然止不住直掉泪。

孙素云却笑容可掬："你姐吃长斋了，跟鱼、肉可没了缘分，自然便瘦了一些喽！"

"嫂子可别瞒我了。我见过的和尚不少，都胖得大腹便便，哪有像你这样瘦得皮包骨头？一定是嫂子心里塞满了难言之苦所致。唉，全怪我当年在半淞园湖心亭上说的'除非'二字……"说到这儿，李不奴又禁不住哭出声来。

孙素云慌忙伸手捂住李不奴的嘴巴儿，不无嗔怪地："妹子可别这么说！那全是观音菩萨的意旨，可违抗不得的。妹子可不要多心喽！阿姐不是在给你的信中说得一清二楚了吗？这些年来，要不是你寸步不离地陪着炜昌东奔西跑，走南闯北，处处照顾他，帮他解难分忧，我这个小脚婆可不知要为他担忧出什么毛病来喽！妹子的恩德，阿姐十八辈子恐怕也报答不完的！"她蓦地想起了什么，赶紧跑回斋房端出个小巧玲珑的锦盒来，"阿姐没有什么好物事相赠，这只是阿姐的一点心意，妹子可得给阿姐赏个脸，无论如何也得收下来。"

李不奴要推却也没词儿了，只好双手接过，揭开锦盒一看，蓦地闪射出耀目的宝光，不由失声叫道："呀，翡翠碧玉钏！"惊喜不迭地拿起一只仔细端详，但见晶莹的碧玉，亮闪闪的透出各种光怪陆离的图纹……"这可是一对稀世之物呀！小妹哪有这么大的福分配受嫂子这等馈赠？"

她只能兴叹一下，便连忙璧还。

这对翡翠碧玉钏，原是卢炜昌当年特意托人从北京古玩商那儿以重金买给孙素云的，隐喻璧人团圆不尽之意。没想到她却舍不得戴，一直珍藏着。一看孙素云因李不奴不肯接受这对宝物立刻急得脸上一阵抽搐，他便赶快把锦盒接过来，打趣地说："唐朝杨贵妃有一对鸳鸯玉，专门吊在胳肢窝里，既图凉快，又能吸汗。因为杨贵妃的汗不仅是香的，而且是玫瑰色的，所以经年累月，那对鸳鸯玉里便呈现出一抹飘香的彩霞，被历代传为奇珍。我们这对碧玉钏，虽然没有飘香的彩霞，但都分别闪着一颗红太阳，都分别被一朵彩云烘托着。这可是一对姐妹钏。你们两个既以姐妹相称，那就活该一人戴一个的。"卢炜昌不等她俩开口，便把一对翡翠碧玉钏分别戴在孙素云和李不奴的手腕上。

早年马半仙为孙素云圆梦，就说卢炜昌是太阳神的儿子。卢炜昌这一番趣语，自然绕到了孙素云的心尖上，她竟然欢喜地直叫："多谢观音大士，多谢观音大士！"

李不奴对卢炜昌的趣语，尽管没有孙素云领会得透彻，但至少能悟出它的喻义，便不好再推辞了。

孙素云高兴得不行，一把拉住李不奴的手："妹子，你还记得在上海时，我有一次跟你说，我们香山是个如何秀丽的地方吧？走，阿姐陪你游览游览去！"李不奴随炜昌到香山，沿途就为珠江三角洲一幅幅水乡景色所陶醉了。现在，经孙素云的向导，足迹所至，无处不叫她惊叹不已："太美了，太美了！不仅山上果木婆娑，古树奇卉，青竹幽径，飞瀑如烟，风光旖旎得出奇；而且海上的小岛屿星罗棋布，每一座小岛屿都是大自然的杰作，千奇百怪，各具风采。这里将来要是建成一座旅游城，至少会比意大利建筑在四百多个小岛上的水上城市威尼斯对世界更具吸引力的。"

此刻，不管李不奴说的什么，都会引起孙素云的兴致，何况李不奴想得着实美。

"啊哟，看妹子想得有多美！可惜，只能是个幻想。"

"人类没有幻想，就只能永远充当自然的奴隶咯！"李不奴的情绪也很有点异乎寻常，一路侃侃乐道。孙素云只能频频领首。

"噢，远处那座岂不就是伶仃岛么？"李不奴忽然叫嚷起来，"前边可就是澳门了。难怪这儿大道小径很有些眼熟。当年我从广州逃出来就是经这儿到拱北关入澳门的。"

"你那时怎么不跑到我家来呢？"话刚出口，孙素云立刻便觉得，这显然问得多余了。

"噢噢，我那时压根就不知道炜昌已经有了你这个嫂子哩！而且他也没有吩咐我要跑到他家。你不知道，那样会有多危险啊！说起来，好像造物主故意要让我和炜昌结成患难之交似的。"李不奴顿即意识到自己不觉把话说走火了，连忙向孙素云致歉道："噢噢，看我说到哪儿去了？请嫂子别介意，请嫂子别介意！"

孙素云却咭咭大笑起来："造物主对世间的一切安排，全都是出于好意。要么，我哪会得了你这个好妹子呢？阿姐倒要请妹子千万别介意，允许阿姐问你一件事儿。"

"有什么，嫂子尽管问好了。小妹岂会介意?!"李不奴以为她要问起在上海战事中，家破人亡的事，她心里不由怦怦然。

孙素云却忽然凑到李不奴的耳朵根上问道："妹子，炜昌是不是心里还有别的什么顾虑，对你不够敬。"

李不奴一听，两颊骤然飞红起来，却故作不解："嫂子为什么忽然问起那种事来？"

"我离开他都这么多年了。你怎么还没有呢？"孙素云好不关切。

"你已经为他生了四个孩子，四个女儿了。我可不必要有这个责任咯。"李不奴这下可坦然地笑了。

"你不觉得这样到底少了点乐趣吗？"

"我能陪着炜昌去为民族出点力，办点事，这就足够乐趣了！还要冀求什么呢？"

在孙素云眼里，李不奴简直是观音大士，越发虔诚地恳求："妹子，你还是……"

"嫂子，你别为我太操心了。"李不奴连忙截住说："倒是要多多保重你的身体要紧。我这次陪炜昌出门，可要跑不少地方，恐怕不会轻易常常能回来探望你的。"

孙素云听了，不禁一阵心酸，却硬是迫着自己笑了笑："妹子尽管放心陪伴炜昌去办应该办的事儿吧！只是处处得格外留意，趋吉避凶。可用不着牵挂阿姐，别分了心思。"

二人说了大半响，孙素云始终不曾提及卢家在上海战事中遭受的灾難。一个对妻子爱得深切的男人，未必就对孩子爱得深切；而一个对丈夫爱得深切的女人，必定把孩子当作自己的命根。孙素云在上海时，没有哪个左邻右舍不晓得她是世界上最疼孩子的女人，即便孩子放学回来，她也总要说声"多谢观音大士"的。如今竟然没流露出丁点儿悲戚，把巨大的创痛深深藏在心里。这太出乎李不奴的意料了，不禁久久地端详孙素云，两道透亮的眸光竭力从孙素云的身上捕捉着什么……

这是卢炜昌和孙素云新婚的洞房。那张用沉香木特制的古色古香的镂花床，依旧摆在当年的位置，低垂着彩穗金钩轻纱罗帐。一对鸳鸯绣花枕端端正正并列在床头，既无丁点微尘，又压根不像有谁枕过。床上铺着一张花团锦簇的床单，横放着一张黛绿、鹅黄两面的海豹绒毡。床架上整整齐齐叠着团龙绣凤的鹤绒锦被。一幅春意盎然的彩蝶闹百花的湘绣床围，乍一看去，那张沉香镂花床直像铺在花圃上的绣榻。整间房子本来就保存着当年新婚之夜的气氛，孙素云还要按照老规矩，特意在那对银台上插上两支手腕粗的可以彻夜燃烧的佛山红烛，这纯然是新婚洞房的摆布了。

李不奴不无疑惑："嫂子为哪对新郎新娘摆布的洞房？"

孙素云忍不住"扑哧"一笑："还会为哪对新郎新娘？这可是你和炜昌的洞房嘛！"

李不奴陡地一愣，连忙说："不不，这个光我可沾不得！这可是嫂子和炜昌的福地，谁也不能侵占。"

"看妹子说到哪儿去了？你和炜昌虽然在新加坡结了婚，但按照我们香山的规矩，可得要回家乡补行洞房花烛礼，才算名正言顺的圆房夫妻。"孙素云欢天喜地地解释。

李不奴可瞪直了眼睛："我什么时候跟炜昌在新加坡结了婚？"

这下可轮到孙素云发愣了："炜昌每次回来，不是都说已经跟你结了婚了么！"

"一定是你老问他，他不得不撒的谎。我在新加坡明明白白告诉他：我这一辈子，只能做他的情人！"

"啊哟，开口是情人，闭口是情人，这可连阿姐都给羞煞喽！"

"嫂子这就未免有点封建了。在外国，当情人可比做妻子要光荣一百倍呢！那些皇室贵族、公侯伯爵，简直把情人看得比爵位还要紧，谁要是得了个绝色情人，立刻便身价百倍，不知要引起多少人羡慕、嫉妒、争风以至决斗，宁可连性命也不要，可不能失掉了情人。上个月有个专程从美国跑到上海来要见炜昌一面的电影皇后，就把她被美国所有的男人称作'梦里情人'看作是莫大的荣誉。"

"外国是外国，中国是中国。外国人的荣誉，在中国人的眼里不一定就是高尚的；中国人的荣誉，在外国人的眼里，也许被看作是丑陋的。但我们中国人有一句老话：'有情人终成眷属'。"

"终成眷属，并不是非要成眷属不可呀！"两个女人不知不觉论争起来。

"不管怎么说，你与炜昌既是有情人，就该终成眷属的。要不，让妹子这样委屈一辈子，这叫阿姐的良心如何能过得去啊！"孙素云说着说着竟哭了起来。平心而论，李不奴尽管对西方的文明崇拜得可以，唯独对情人并不十分崇拜。因为情人的全部感情就是多少要占有别人的丈夫，把别人完整整的一个丈夫变成了半个。这有多不光彩！她却不得不充当这种不光彩的角色。虽然，神州女子师范学校已不存在了，要跟炜昌结婚，再也用不着"除非……"——不当校长了，但可不能因此而违背自己一贯提倡的一夫一妻制的主张。因为，一个人的主张、信仰，究其实是灵魂的一面镜子，一个人倘若违背了自己的主张、信仰，他的灵魂便会黯然无光的。要她正式当炜昌的妻子，她的灵魂无论如何也不允许。只好耐心地劝道："请嫂子千万别那样想。尘世间的情爱、缘分往往不能为人意所强。嫂子不要太为小妹难过了。你看，我时时都随伴着炜昌，不是挺幸福吗?!"

卢炜昌一直没有作声，他实在不能作声。他太了解这两个女人了，不管站在谁的一边去劝谁都纯属徒然，只好让她们吵，让她们哭。这时，他却不能不帮着李不奴道："素云，秋妹既然如此执意，你就不要勉强她了！"

孙素云忽然板起了脸，不无愠怒地瞪了他一眼，悻悻地离开房间，猝然反手将一把狮头大铜锁把房门倒扣上了，出奇的利索。回到斋房，她才深深吁了一口长气，总算了却她这一生中最叫她受煎熬也让她得到最大欣慰的心愿。于是忙不迭跪到白玉观音大士的面前，一边叩头一边喃呐："多谢观音大士，多谢观音大士！不奴今晚到底跟炜昌行了洞房花烛礼，按照您的灵圣成了正式夫妻。弟子祈求观音大士再发慈悲，赐给不奴妹子个贵子！"她一躺到床上，眼前便蓦然闪出她与炜昌新婚洞房之夜的情景，不知怎的，心里油然产生一阵阵隐隐约约的躁动……她已经许多年没有过这种微妙的躁动了。今夜倒是为什么？

大清早，卢炜昌和李不奴便要上路了。一番依依惜别以后，孙素云便怀着满肚子欣慰急急走进她特意为炜昌和不奴摆布的洞房。但见床架上团龙绣凤的鹤绒锦被叠得依旧，一张花团锦簇的床单平展展的竟没丝毫皱褶，一对鸳鸯枕也一点不曾被动过。她的心开始怦怦然跳得特别厉害了，却仍然希望能从枕巾上发现奇迹，仔仔细细寻找着唯一能拯救她的心灵的半丝头发。然而，她终于失望了。偶尔回头，看见那两张相对摆着的酸枝椅上，一对红锦垫却嵌着深深的屁股印，她不由得一阵晕厥，栽倒在床上。好大一会儿，才苏醒过来，"哇"的一声，哭得死去活来……

三十一　李宗仁禁不住喟叹：

人生的经历也真奇怪

　　到了佛山精武分会，卢炜昌便赶紧邀请广州、佛山和四邑的各家各派精于刀法的武林名师聚集于佛山，共商发扬武术之长为抗日救国服务的大计。

　　这些武师虽然都知道卢炜昌是上海精武体育会的创始人，杀敌大刀队的总教练，却全都不曾谋面。到底上海精武的刀法如何了得，谁都想从卢炜昌的身上见识见识。因而几乎都免不了这样寒暄："难得卢先生回广东传授精武绝技！"

　　李不奴当即听出弦外之音，无非是要迫着炜昌先显显身手作见面礼。这可是武人轻易不认第二的脾性的委婉流露。于是，她恭恭敬敬地行了个抱拳礼："让我先献个丑，向各位武师领教！"随即从腰间拔出一把亮晃晃的大刀，就地耍起八卦刀来。

　　尽管武师们一眼便看出来，李不奴身手很有些不凡，但武人的脾性和大男子的思想却难免多少不受一点损害，忍不住一旁窃窃私语："这个女人，未免有点轻看我们广东的刀法了！"有个来自四邑的武师忽然毫不客气地站了出来："让我跟这位大姐对耍几路，凑凑趣儿。"语音未落便"嗖"一声挥刀上前。

　　"且慢！"卢炜昌连忙跳到二人中间，"我们广东的刀法历来在中国武坛占有重要的位置。蔡派的蔡和同武师、佛派的李达武师、洪派的胡继先武师和李派老祖师李耀亭的刀法，可是中国武坛的精华。我们这次聚会，正是要集中各家各派刀法之长，切磋出一套变化无穷的刀法来，非叫日本鬼子所到之处无不饱尝中国大刀的滋味。所以，我们倒不如首先这样来个刀法交流：双方穿上练武玄服，使用木刀，并在刀口上套上白粉套进行较量，便会轻易分出各家刀法的长短来。"

武师们纷纷点头称好。那个来自四邑的武师便与李不奴如法对杀。两个回合下来，那个四邑武师便浑身白痕，不得不认了下风。别的武师这下心里可痒得不行，非要把李不奴杀下来不可。他们只知道李不奴使的是八卦刀法，却压根不晓得这刀法系霍元甲嫡传。一连上了几个高手，无不一一落得周身白痕。

年过七十的李耀亭再也按捺不住了，非要为广东武坛挽回点面子，把大衣一掀，陡然站了出来。

李不奴连忙抱拳相敬："李武师名震武坛，小女子岂敢无礼？"

李耀亭抚须咯咯大笑道："李小姐堪称武坛女杰，不必过谦，不必过谦！"卢炜昌只好赶快上前抱拳："李武师这般看重上海精武的八卦刀，实在难得。让晚辈来奉陪李武师，一玩为快！"

李耀亭不由微微动了动银须，肚里立刻明白：这位卢炜昌先生实在是武林非凡之辈。他分明担心我万一着了这个女人的八卦刀，岂不更丢广东武坛的面子？只是他不免有些过虑了。便又抚须咯咯笑道："这就太荣幸了，这就太荣幸了！"

好！李耀亭不愧为广东李派老祖师，与卢炜昌对杀起来，只闻呼呼的风声，却不见刀影。一连三局，越杀脸上越是红光焕发，居然腰不弯，气不紧，仅仅在下腹处着了卢炜昌一道淡淡的粉痕。可是抬头一看卢炜昌，从头至脚，竟没丁点儿白粉屑。这可叫李耀亭惊诧不已，连忙朝卢炜昌抱拳道："炜昌先生，李某在武坛上混了几十年，你可是第一个赢李某个'服'字的人！"

"哪里哪里，李武师的刀法已经达到出神入化的境界，只因年事已高，才稍稍有点轻微的失误罢了。"

"炜昌先生可别再这样令我惭愧啰。你这一刀，分明是给我留了个大面子嘛！难怪日本鬼子在上海被大刀队斩得魄散魂飞！"

"卢先生和李小姐今天可让我们大开眼界啦！"武师们无不五体投地了。于是，各家各派都纷纷拿出了自己的看家本领，以卢炜昌根据霍元甲的"迷踪艺"一百二十路套的精华所创造的杀敌大刀绝招为主，经过几个月的努力，共同研究出十二路变化无穷的杀敌大刀绝招。

卢炜昌和李不奴对广东刀法名师表示了热情洋溢的谢意，便带着这十二路杀敌大刀绝招北上。

在汉口精武分会期间，调防福建的蔡廷锴、陈铭枢对蒋介石其人已洞若观火，便联合国民党内李济深等一部反蒋势力，公开宣布同蒋介石决裂，在福州成立了抗日反蒋的中华共和国人民革命政府。却因势孤力薄，得不到应有的援助，于 1934 年初，终于为蒋介石的十万中央军所克。十九路军退入广东的部队为陈济棠收编。蔡廷锴、陈铭枢等抗日著名将领只好逃往香港。大凡与蔡廷锴等十九路军将领有过密切交往的社会名流，无不一一受到蒋介石的密令通缉。这时，卢炜昌与李不奴刚到广西，只好暂时放弃在桂林、南宁等地精武分会传授杀敌大刀绝招的计划，赶紧越过边境，先后到越南的河内、泰国的曼谷、缅甸的仰光、柬埔寨的金边以及爪哇岛的泗水等地的精武分会去……

那天，桂林精武分会网球场上围得水泄不通，不时发出喝彩声、惋惜声。卢炜昌和李不奴都是网球迷，刚从国外回来，便一同侧身挤到了观众的前边。在跟精武分会会员马玉进行激烈对抗赛的竟是李宗仁将军。马玉可是南洋归国的网球健将，擅于正反手抽球，而且属快攻型。李宗仁将军哪里是他的对手？马玉却打得十分被动，竟然一点也发挥不出他的球艺水平，只有招架的份儿。

精武分会的一个网球健将，竟然让一个军人占了上风，卢炜昌哪里还耐得住性子袖手旁观？立刻以精武代表身份把马玉换下场来。可是，他却打得比马玉还要被动，只守不攻，眼巴巴地失掉了不少抽球、劈球的机会，而且每失一球便为对手叫一声"好！"很快便一连输了两局。观众们都在替他紧张，只有李不奴脸上没流露一丝儿紧张的神色。她深知炜昌的脾性，不管遇上什么对手，他总得先让两步。果然，第三局一开始，他便发动凌厉的攻势，几乎每一记发球都煞似一颗炮弹飞向对方的左下角，迫着李宗仁反手迎击。那球正旋得急，被对方一挡，便飞得老高。卢炜昌趁机飞步抢前，跃起拦网狠狠一劈，又把李宗仁迫得急忙后退，准备救球。没想到卢炜昌这只是虚招，只轻轻一抹，对手即便是神仙也远水救不了近火，那球便在离网不到一米的右角落在地上。李宗仁这才看出对手竟非马玉之辈，岂敢怠慢？无奈对手连续抽杀，迅猛凌厉，挥斥自如，落点奇险，他不得不改取守势，却仍然让对方连赢两局，扳成二比二。

第五局是关键的一局了。一片小小的网球场忽然变成辽阔的战场，李宗仁直如置身于决战前夕，左手拿着那个金山橙一般大小的绒球抛了好几秒钟，让大脑皮层的细胞迅速组成决定这最后一役只能胜不能败的战略战术。裁判员的哨子一响，他便先发制人，发动猛烈的进攻，不给对方半点主动的机会。

卢炜昌却采取迂回战术，忽然变招净打滚地怪球，巧妙地避过李宗仁的锋芒，瞅准隙儿进行反攻，杀得李宗仁几乎喘不过气来。比分一直升到二比零时，卢炜昌才最后让给李宗仁一分。

李宗仁连忙跑过来紧握卢炜昌的手："谢谢你最后送给我一份友谊！我明天非把这一分还给你不可！不过，这一份友谊可得珍藏在心里。"

卢炜昌谦然笑笑："李将军原来是位网球高手。炜昌有幸在网球场上一会李将军，不胜荣幸！"

李宗仁不由一愣："你就是卢炜昌先生？"随即重重一拳打在炜昌的膀子上，"嘿嘿，久仰大名不如一谋其面！难怪你在上海叫日本鬼子大伤脑筋。蔡廷锴将军在给我的信中称你是个大将之才，一点也不过分！"他这时才发现站在卢炜昌身边脉脉含笑的李不奴，"这位是……话刚出口，却忽然觉得未免问得有点唐突，连忙拉长腔调。"

"这是李不奴小姐，又叫陈丽娟，是孙中山先生创建的同盟会的早期会员，上海神州女子师范学校的创办人。"卢炜昌不知为什么介绍得这般详细。

李宗仁很有点乐得不可开交："呵呵，原来是中国当代女杰！跟我还同一个老祖宗呢。宗仁可沾光啦！"他正向李不奴伸出手来，忽然跑进一位神色异常的军人，把他拉到一边。

"……"不知那军人跟李宗仁耳语些什么。只见李宗仁眉头一蹙，"咦"了一声，便随那军人匆匆忙忙走了，竟忘了跟卢炜昌和李不奴道一声"再见"。

李不奴不觉好笑："这些军政要人忽南忽北，时西时东，倒蛮像鼓上蚤时迁。真亏他们有这等能耐。"

"你不晓得军人的天赋特别的敏感，大凡涉及军事机密，一秒一刻也不能耽搁。看来，必定出了什么与李宗仁将军不无瓜葛的异乎寻常的麻烦。"卢炜昌很有点不吉的预感。

"那个军人的脸绷得怪紧的，也许事情相当的严重。"李不奴也禁不住替李宗仁担心，"咦，你看，李将军连军大衣也给忘掉了！"她的语气突然变得紧张起来，随手拿起军大衣，下边竟盖着个沉甸甸的褐色大皮包。

这不由卢炜昌不着急了："快，追上去！"李宗仁却径直飞回南宁去了。

"只好让他在桂林的部属设法把这件军大衣和大皮包送还给他了。"李不奴无可奈何地说。

"使不得。你可晓得将军的大皮包里装的什么？全都是军事秘密，能轻易落在别人的手里吗？看来，我们非得亲自跑一趟南宁不可！"卢炜昌神态俨然。

"军事秘密有这么沉吗？"李不奴不无疑惑，"倒不如先打开大皮包看看，要是里边装的尽是无关军机之物，就用不着跑这趟冤枉路，免得耽误桂林精武分会的安排。"

卢炜昌只好把李宗仁的大皮包打开，但见里边尽是一沓沓高面额的现钞和巨额支票，还有不少金器和陈济棠馈赠给他的二十万块大洋的批条。

"我的天！这笔巨款幸得落在我们的手里。"李不奴很是替李宗仁庆幸。

"这大概是天意吧！偏偏让我们在网球场认识。为保险起见，桂林分会安排的日期再紧，我们也非得领衔主演'完璧归赵'啰！"卢炜昌不无风趣地说。

"那就快走吧！可别让李宗仁将军着急。"李不奴反而着急得不行。

李宗仁连日忙着召开紧急军事会议……

早在 1929 年，蒋介石一意要剪除异己，深感第二集团军总司令冯玉祥轻易不能驾驭，曾拉李宗仁对付冯玉祥，因遭劝阻转而先向李宗仁开刀，亲自筹划指挥消灭李宗仁、白崇禧的第四集团军。事隔经年，蒋介石又剑拔弩张，直指广西，迫不及待地非要彻底解决李宗仁、白崇禧。

这一军事态势，可发端于广东的陈济棠身上。蒋介石原要利用陈济棠彻底解决广西的李宗仁、白崇禧所部。陈济棠却深察蒋介石的蓄谋，倘若回头对他如法炮制，那他特意买下太平天国天王洪秀全的祖坟，用那块龙穴安葬生母的遗骸，那笔巨款岂非白花了吗？于是，他竭力争取李宗仁和白崇禧联合行动，出师北上，请缨抗日，抢先对蒋介石发动事变。

李宗仁对陈济棠此举，觉得并非上策，便与白崇禧到广州劝他切切不可轻举妄动。无奈陈济棠已横下一条心，而且一切都已箭在弦上了。而广东和广西原属一体。要是广东一旦起事失败，广西方面必定受到唇亡齿寒的威胁。这可由不得他李宗仁不情愿。

于是，1936年6月1日，西南政务委员会和西南执行部正式集会，呈请在南京的国民政府和中央党部领导抗日，并将决议通电全国；接着，西南将领数十人，由陈济棠和李宗仁领衔发出支电："誓率所部为国家雪频年屈辱之耻，为民族争一线生存之机。"

对此，蒋介石早有准备，派蒋伯诚长住广州，以数百万巨款买通了西南第一军军长余汉谋、空军司令黄光锐叛离陈济棠。不等陈济棠出师北上，蒋介石便明令免除了他本兼各职，由余汉谋取代。

陈济棠要在中国历史舞台上导演的一出颇为壮观的活剧，仅仅拉开了一半序幕。他不能不痛心疾首地对李宗仁说："我太大意了！怎么竟忘了当年蒋介石消灭你的第四集团军的奸计！济棠既已身陷此境，今后军政前途也就渺茫了。万望宗仁兄与崇禧兄亲密携手，回桂缓图善后，务必东山再起，肩负民族重责。"随即写了个批条，当面赠给李宗仁大洋二十万元。

广东局面的改变，正给蒋介石以彻底解决广西李、白千载一时的机会。蒋介石立刻接受了湖北省主席、政学系巨擘杨永泰的建议，调集各路大军四五十万人，进逼广西。

李宗仁那天刚到桂林，白崇禧便接到情报，急电他速返南宁，共谋对策……

"实在抱歉，那天我好像还来不及向你们道别便走了。没想到，你们倒跑到敝舍来，而且坐了老半天的冷板凳。宗仁太失礼了，宗仁太失礼了！"李宗仁回家一见卢炜昌和李不奴，竟把连日积下的疲劳忘得一干二净，只顾滔滔不绝地说，"蒋介石怯于御侮而勇于内战，不惜丧地辱国，向日寇妥协投降，我广西军民请缨抗日，反招致'围剿'的后果。广西军民，尤其是热血青年，对此能不义愤填膺?!"

"唉唉，都怪孙中山先生一生之中犯了个最大的错误！"卢炜昌突然顿足唔叹。

李宗仁、郭德洁同时打了个愣怔。连李不奴也很是困惑：炜昌怎么忽然抱怨起孙中山先生来？

"怎么能轻易重用蒋介石这个独夫？"卢炜昌禁不住忿忿然了。

李宗仁连忙说："这可不能怪孙中山先生，怪不得的。自古时势造英雄……"

"看你，说起话来总没个完，就是你不累，客人可累呢！"悠悠然坐在一旁，仄着脸无限深情地望着丈夫，一直含笑不语的郭德洁女士，这时不得不柔声地提醒李宗仁。

李宗仁一向对妻子相敬如宾，忙不迭道："谢谢太太的美意！请卢先生和不奴小姐——不，李小妹多多包涵！你们此行，纯然出于友谊造访，抑或别有使命，需要我李宗仁效力？说吧，在广西，我李宗仁说话没有半句没人听的。"

卢炜昌和李不奴不觉交换了个眼色：难道他至今还没发觉自己在桂林把大皮包和军大衣都遗失了？怎么压根不提及一下呢？

"你呀，这几天把我都几乎给忘掉咯！"不等卢炜昌和李不奴回答，郭德洁倒亲昵地抱怨道，"你看，客人给你送来什么东西？"

李宗仁这才发现他的军大衣和褐色大皮包，"啊哟"了一声，竟然问道："我什么时候把这些宝物掉在桂林啦？"

卢炜昌和李不奴这下可忍俊不禁了。

"看你看你，头脑里除了军事地图、作战计划以外，还会装着别的什么？"郭德洁嗔怪的语气里流露出女人们通常对丈夫独有的那种微妙感情。

卢炜昌和李不奴听了，除了对李宗仁将军平添了一层敬仰以外，都自肚里明白广西的形势何等的严峻，不由暗暗替李宗仁担心。

李宗仁让妻子一说，报以"咯咯"一阵大笑以后，对卢炜昌和李不奴竟没半点表示谢忱之言，却兴冲冲地说："炜昌先生来得正好。那天在桂林精武分会网球场上，你最后送给我的一分我还未及还你呢！今天晚上还，今天晚上就还！我家网球场可完全按照英国的最高水准建筑的，一点也不比桂林精武分会的差劲。你来看看……"说着就要把卢炜昌领到他的官邸后院。

"你今天怎么啦？"郭德洁连忙笑笑说，"卢先生和李小姐风尘仆仆，亲自把你遗失的巨款送上门来。赶快设盛宴为贵宾洗尘还来不及呢，你倒立刻要拉客人去赛网球？"

"呵呵，不是太太提醒，我倒有点糊涂了！"李宗仁对妻子歉然笑道，"请太太马上吩咐他们张罗去。"

李不奴很有点儿不好意思，连忙拉着郭德洁的手："太太别太客气了！我们能见到李将军，把他遗失的物件交还给他，就比什么都高兴了。"

卢炜昌也觉得这本是小事一桩，怎好意思接受如此隆重的礼遇？便竭诚相劝："太太的盛情我们领了。如今时间对于李宗仁将军就是生命，而且是千百万广西将士和民众的生命。千万别为我们耽搁了他的时间。我们既已交了差，只需吃顿便饭，睡个大觉，明天大清早就赶回桂林去。"

"不行，不行！"李宗仁一听便着急起来，"至少得在我这儿小住几天，陪我打几场网球。打仗还打仗，打球还打球嘛！饶他蒋介石的本事再大，一口气也吞不下整个广西的。慌他什么？况且，广西可是石达开、李秀成的故乡。就是我李宗仁和白崇禧，他蒋介石并非一点也不晓得能轻易解决得了的。不几天，我的省防军便由十四个团扩编为四十四个团，大军十余万，个个弓上弦，刀出鞘，勒缰待令，誓与中央军决一雌雄。炜昌先生你俩尽管放心好了！"

郭德洁突然两眼泪光闪闪："难得卢先生和李小姐这等高风亮节。无论如何，也得让宗仁的将领认识认识你们！"

卢炜昌和李不奴再不好意思，也得让李宗仁和郭德洁至少设一席家宴了。虽说这是一席家宴，却隆重得可以。清朝以一百二十道菜的满汉席为最高官宴。到了民国，大凡清朝时尚的东西，一概都被视为封建陋习，自然便很少有人再摆满汉席了。不管官场民间，都以鸿图大翅、燕怀金蛋、红烧大鲍片、海参团凤、清炖鱼肚、百花锦鸡、麻姑献寿、八珍宝鸭八大菜和碧玉珊瑚、芙蓉虾片、鱿鱼卷筒、甜酸排骨、清蒸海鲜、太师鸡、响螺球、烧乳鸽八小菜以及二冷盘、四热荤为上宴。郭德洁还特意让人额外加上整只金猪即脆皮烧乳猪，可就绝顶隆重了。而且满座高级将领，至低官阶也是红边一颗金星的少将。

李宗仁直截了当地介绍道："这位就是蜚声海内外的卢炜昌先生。这位可是中国当代女杰李不奴小姐。"

众将领一听卢炜昌和李不奴的名字，不等李宗仁往下说，便纷纷起立向卢炜昌和李不奴致意："素仰，素仰！幸会，幸会！"

卢炜昌和李不奴忙不迭频频拱手："多谢各位，多谢诸位！"

……

没等将领们搁杯置筷，李宗仁便俨然在下达军令："大家都不要走，统统留下给我和卢炜昌先生当裁判。你们只晓得我的网球打得不赖，可没见过卢炜昌先生的精彩球艺。但不管中将少将，谁都得买票，每一张票大洋一千元。"

将领们一听，立刻"哗"然起来——

"世界上哪有这么高的网球票价？"

"总司令今晚请客，原来是存心勒索我们的腰包！""我们来赴宴，身上哪会带多少钱？"

将领们谁都打肚里明白，总司令这不过是酒后开玩笑，无不在故意挖苦、叫苦不迭。

岂料李宗仁的脸色却严肃得出奇："这么精彩的一场网球赛，要在网球之都伦敦，没二千元休想买到一张票。我这是特别优待你们，二千元五折呢！还说贵？嫌贵的也要买，不嫌贵的也要买；买得起的也要买，买不起的也要买；身上有钱的也要买，身上没钱的也要买！"

将领们这下可面面相觑了。十几双目光都在互相询问：总司令今天到底在导演的什么叫人啼笑不得的活剧？

"咔嚓！"但见李宗仁忽然打开那个褐色大皮包，仍然是军令的口吻，容不得你半点迟疑："本司令特意奖给你们每人大洋一千元，专让你们买今晚的网球赛票，作为这场网球赛的优胜奖。"

将领们越发满头雾水，摸不着对方的眉毛胡子……

郭德洁却一旁抿着嘴巴儿，欣赏着丈夫的一言一语，一举一动。

卢炜昌却因为郭德洁多给他敬了小小一杯法国白兰地，这会儿醉得天旋地转，连忙嚷李不奴把他扶回下榻处。

将领们这才吁了一口气，纷纷抱怨今晚没眼福，终于看不成总司令对卢炜昌先生这场精彩的网球赛。一边遗憾不迭，一边连忙钻进小汽车……

李宗仁愣住了。

郭德洁却忍俊不禁："看你这个网球迷！还不赶快去看看卢炜昌先生？"李宗仁却说："我聪明的太太，你以为卢炜昌先生当真的醉了吗？他十成是有意回避这场网球赛！"

郭德洁倒有些不解了："卢炜昌先生为什么要回避这场网球赛呢？"

李宗仁不无意味地说："因为我定的票价太高了。好一个绝顶聪明、绝顶机敏的人！我们军队的高级参谋人员，所需要的正是他这种特别敏感的头脑，在对方还没做出任何行动的决定以前，他便晓得对方大脑皮层上的细胞在活动些什么，立刻做出相应的反馈。"

"你怎么会扯到军事人才上来了？"郭德洁越发不解。

李宗仁这下可没有回答妻子了，只是一个劲地"咯咯"直笑。

"莫非你今晚要跟卢炜昌先生赛网球并非出于本意？"郭德洁似有所悟。

"至少一半是出于本意。"李宗仁说，"一半是出于对卢炜昌先生和李不奴小姐的酬谢。我遗失了几百万元巨款，他们分文不少地给送上门来，不给他们一点酬谢，我们无论如何也过意不去；可是明明白白的给，他们断不会接受的，便只好这么拐个弯儿，再找个借口非要让他们收下一点不可。他却以极端的聪明巧妙地拒绝了。"

郭德洁笑了："不过，你这样也太叫他为难了。当着你的将领的面，他赢你好呢，抑或输给你好？要是赢你，别说这笔奖金他不愿拿，光是你的面子就过不去；要是输你，他也轻易不甘心，世界上有谁抱着输的决心跟人家比赛的？"

"你看你看，我的太太就是比我聪明！"李宗仁忽然乐了起来。

"我哪有你聪明？只不过除了打仗以外，你有时免不了天真一点罢了。"郭德洁的声音宛若涓涓细流，又轻又柔。

"咯咯……"李宗仁越发乐了，"人类最难得的就是天真。一个人要是永远都天真，就会永远都年轻；要是全人类都变得十分的天真，地球上就永远不会有邪恶，也就永远不会发生战争了。自然，你也用不着一辈子跟随着我过戎马生活了。"

郭德洁静静地聆听着丈夫的高论。恍惚间，她和丈夫都回到年轻的时代，站在她面前的，正是令她胸前还别着中山大学校章的妙龄发烧、发狂的偶像……

卢炜昌和李不奴从南宁刚刚回到桂林，前脚还没踏进精武分会的门槛，便不明不白地被一群手持冲锋枪的桂系士兵抓了起来。桂林精武分会的会员正蜂拥而出，卢炜昌和李不奴已被那群桂系士兵猝然推进了一辆密不透光的小汽车。

"你们凭谁的命令胆敢无缘无故地抓李宗仁将军的挚友？"李不奴气得大声质问。

"对不起，小姐！连我们也不晓得到底是谁的命令。"那个头头倒还挺客气地回答。

卢炜昌却压根不屑作声，反正广西是李宗仁将军的天下，谁敢伤他和李不奴一根毫毛？这不过纯属一场滑稽的误会罢了。

这要是误会，也未免着实滑稽得出奇。不等他开口，那些桂兵竟然把他和李不奴的嘴巴给塞得透不过气来，还牢牢地给蒙上了眼睛。不知车子开到了个什么地方，突然乒乓乒乓枪声大作。经过一阵激烈的拼搏，卢炜昌和李不奴又被架进了另一辆小汽车，只听得："当心，出了点岔子，军法从严！"一声凌厉的命令，车子便呼的疾驰而去。

这是怎么一回事？卢炜昌和李不奴直如在梦中。及至被解开眼睛，二人半晌也不敢相信，站在他们面前的，竟是李宗仁将军和他的太太郭德洁。

"哎呀，好险！要是稍迟片刻，便让他们把卢先生和李小妹抓走了。"李宗仁的神情仍然有些恍若谈虎色变。

"他们不是李将军的部下？"卢炜昌好不疑惑。

"那是蒋介石的蓝衣社行动组。"李宗仁这才告诉卢炜昌和李不奴，"前几年，卢炜昌先生因为支持过蔡廷锴将军和陈铭枢将军抗日，蒋介石曾经密令通缉。如今又跟我李宗仁这般友谊，他蒋介石岂可以轻易放过你卢炜昌？他曾不顾一个北伐军总司令的尊严，竟然厚着脸皮几次苦苦纠缠，硬是塞给我他所写的一份兰谱，要跟我换帖拜把，尚且非要处置我李宗仁于死地而不肯罢休，何况你一个社会名流，处处支持的都是他蒋介石的心腹死敌？自然每行一步，后边都离不开他的特务啰。"

"这就实在太险了！"李不奴这时才捏了一把冷汗，"多亏了李将军搭救得及时。"一连向李宗仁深深几个大鞠躬。

郭德洁一直在用手绢拭眼泪，这时急忙拉着李不奴："李小姐，万幸啦，万幸啦！千万别这样，千万别这样！"

"李小妹你这是什么意思？"李宗仁先是一愣，随即愀然作色，"广西是我所管辖，你和卢炜昌先生的安全，我李宗仁可得负绝对责任啊！"

卢炜昌叹道："太感谢李将军了！万没想到，蒋介石的特务比希特勒的盖世太保丝毫也不逊色。"

"炜昌先生说对了。这可是蒋介石的骄傲。他亲自派戴笠到德国去学习，要戴笠完全按照德国特务的一套经验严格训练出一支丝毫也不能逊色于希特勒的盖世太保的特务队伍。还特意给予戴笠除了他蒋介石以外，不管哪一级的军政要员都有权逮捕的特权。"李宗仁忿忿然地说，"国家多少栋梁就死在戴笠的手里，仅仅为了维持蒋介石的地位。"

"日本灭亡中国的野心早已暴露无遗。大敌当前，中华民族面临生死存亡关头，蒋介石不但把枪口对着共产党，残杀本国同胞，而且凡是异己概不相容，中国迟早要亡在他的手里。万望李将军以你的崇高德望，号召军政要员掮起抗日大旗，与共产党携起手来，共同拯救中华民族于水火。我这几年在南洋，走遍了东南亚几个国家，足迹所至，侨胞们无不殷殷嘱托。"卢炜昌把一颗拳拳赤子之心完全端了出来。

李宗仁本来就是个富于感情的军人，岂能无动于衷："宗仁虽与炜昌先生同一肺腑，却唯恐有愧于中华民族！待我与蒋介石一决雌雄，把他的四五十万大军击退以后，自当站到抗日第一线上，为中华民族浴血！"

卢炜昌听了大喜，连忙向李宗仁拱手："请李将军允许我代表精武志士和海外侨胞向您致敬！"旋即改为恳求的口吻，"炜昌倒有一鄙见，恳请李将军三思。李将军既抱为民族浴血抗日宏愿，何必奉陪他蒋介石蓄意斫丧国家元气，为同胞所痛，日寇所快的妄举！窃以为这场战争万万不可轻启，倒不如化整为零，以保持一定的战斗力为单位，把军队疏散到各个战略要地，避免跟他的大军接触，让他进入广西到处扑空，只赚得个没趣儿。这样，一来李将军的高风亮节必为世人传为美谈，却置蒋介石于极端尴尬的地位；二来使双方的将士避免了为蒋介石作无谓的流血牺牲，把双方的实力保存下来，以投到抗日战场上。"

李宗仁不作声了，抱着双手踱来踱去，把地板踏得"咯噔咯噔"怪响……"德邻，炜昌先生的意见，很值得考虑啊！"郭德洁也在一旁帮腔。

半晌，李宗仁才禁不住长叹："唉，做人真难！"

李不奴紧接着说："将军，人活着之所以还有点意思。就在这个'难'字上。"

"李小妹说得有意思，李小妹说得有意思！"李宗仁忽然"咯咯"大笑起来……

仿佛事先约定分别对李宗仁和蒋介石进行调解似的，就在卢炜昌向李宗仁进言的同时，第二集团军总司令冯玉祥将军也自南京上庐山，向蒋介石力陈这场战争一发便不可收拾的恶果，劝他立刻停止向广西挥戈。

事态发展至此，蒋介石也不无所虑，这才不得不下令撤军。

李宗仁对卢炜昌不仅加深了一层情谊，而且又平添了几分赏识。这天，他当着卢炜昌的面，告诉他的妻子："以后我们都不要再称呼卢炜昌先生为'先生'了。"

不仅郭德洁听了感到十分的莫名其妙，就连卢炜昌和李不奴也觉得好不奇怪。三双眼睛都瞪大了。

李宗仁郑重其事地宣布："我已决定委任卢炜昌先生为我的少将参谋，还要跟炜昌先生换帖拜把呢！"随即从公文包里分别掏出委任令和他的兰谱来。

"那我该管炜昌先生叫卢将军呢，还是该称炜昌兄弟？"郭德洁高兴得有点近似天真地问。

"这可完全尊重太太的自由。"李宗仁不乏幽默地说。

卢炜昌接过李宗仁的兰谱一看，乐不可支："嘿嘿，太太该称我大哥啰！我可比李将军到底大一个月啰。"

李不奴也孩子似的不住拍手："好嘢，好嘢！"

"真看不出。我还以为德邻比卢大哥至少年长几岁呢！"郭德洁一样的欢天喜地。

"人生的经历也真奇怪。当年蒋介石非要缠我跟他换帖拜把，结为异姓兄弟，我可极端不情愿，想不到如今我倒非要仿效起蒋介石来。"李宗仁很是兴高采烈，一面咯咯大笑。

卢炜昌听了，心里不由一阵颤动，双手一把抓住李宗仁的手，竟然半晌不语。

李不奴深知卢炜昌对李宗仁的全部深情厚谊，此时尽在无言中，连忙说：

"李将军与炜昌之间亲如手足的情谊，完全是出于人类真、善、美的高尚情愫。这可与蒋介石的假、恶、丑恰是鲜明的对照。李将军岂可稍稍以他的魂玷污自己的灵魂？"

李宗仁听了大乐："李小妹不仅善知人心，而且善解人意。炜昌兄得你相伴，连宗仁也感到三生有幸！"

郭德洁哪里还能按得住心底奔涌的波澜，一把拉着李不奴："李小姐，我们也认个姐妹吧！"

"那你得叫我大姐呢！"李不奴爽快得可以。

"好，好！"郭德洁立刻一迭连声，"大姐，大姐！"李不奴回敬不迭："小妹，小妹！"

李宗仁和卢炜昌忍不住一旁咯咯大笑。

"女人到底比男人多情。"李宗仁信口道。

"与其说女人比男人多情，毋宁说男人不如女人的感情表达得光明磊落咯！"郭德洁居然一点也不客气地反驳丈夫。

"太太说得极是。"李宗仁竟然连忙承认。

卢炜昌不能不打趣道："难怪外边都传说，德邻是一位最怕太太的将军。"

"啊哟，看你这个当大哥的，倒立刻挖苦起婶子来了。"郭德洁不无娇嗔地嚷道，"你问问德邻，我什么时候欺负过他？"

"没有，没有。"李宗仁又连忙承认。这可把卢炜昌和李不奴笑成了对虾。

其实卢炜昌开的玩笑，受挖苦的可是李宗仁，郭德洁何尝不明白？便故作娇嗔为丈夫打掩护。这么一闹，四个人都被闹得越发热乎起来，亲的简直就是一家子。

没想到卢炜昌突然把那份少将参谋的委任状还给李宗仁，一时大煞风景……李宗仁陡地瞪大了眼睛："炜昌兄，你这样做似乎未免欠点手足之情了吧！"

郭德洁也一旁苦苦央求："卢大哥，你就看在拜把兄弟的情分上，收下这份委任状吧！"

"炜昌自青年时代始即以致力于精武体育事业，健身强族，振兴中华为毕生抱负，矢志难渝。因此从来不曾敢于稍稍违背自己的抱负而觊觎官场。请德邻弟和婶子对炜昌的固执给予理解，原谅炜昌的不恭！"卢炜昌忙不迭解释道。

李不奴紧接着说："此所谓人各有志喽！志者，乃为人立身之本，自然轻易动摇不得的。并非炜昌有意辜负李将军的美意。当年孙中山先生任临时大总统，也曾委任炜昌以南京市市长的要职，炜昌硬是不肯受命。孙中山先生虽然也表示不悦，但到底还是赞赏他的执着！"

"那是旧话了。"李宗仁脸上仍不乏不悦之色，"现在可是国难当头，一切都得服从于救亡，从事精武体育活动显然就不再是炜昌兄头等重要的大业了。何况炜昌兄在上海的工厂、商场、公司全部家业资产已毁于日寇之手。为什么非要浪迹于天涯，到处漂泊？倒不如与宗仁共济，同享戎马生活之乐，也不枉一场换帖拜把！"

卢炜昌的心被李宗仁的一股热血冲击得翻腾不已，只好央求道："请允许炜昌考虑考虑，行吗？"

李宗仁听了不禁大喜："好，好，好……"

第二天，卢炜昌的回答又出乎李宗仁的意料："德邻，炜昌实在无法改变自己的固执，一生只乐于为民，不屑于当官。"

李宗仁一听便不高兴起来："宗仁实在不解，炜昌兄不是曾经向蔡廷锴将军求一校官之职吗？为什么偏不愿意在我的身边当个少将参谋？"

"那不过仅仅出于一时的激愤，非要亲自率领一支军队把日本鬼子杀个痛快，以解心头之恨。不过，我的杀敌大刀绝招，倒替我为中华民族出了一口气。日本鬼子对中国的飞机大炮并不觉得可怕，最怕的倒是中国精武的杀敌大刀。各地精武体育分会，都在纷纷学习一·二八淞沪抗战期间十九路军的敢死杀敌大刀队、上海精武魂杀敌大刀队和神州女子杀敌大刀队的经验，加紧传授杀敌大刀十二路绝招，做好杀敌救国的准备。这可是一支相当不可忽视的抗日力量。现在正是精武为国效力的时候，炜昌岂敢舍彼就此？"卢炜昌细细解释，"然炜昌既与德邻结为兄弟而成了手足，可就休戚相关了。当不当你的少将参谋，这有什么打紧？至少我会陪你打几场网球的。"

听卢炜昌这么一说，李宗仁忍不住咯咯笑了。既然勉强不得，他只好将这件事情暂时搁下来，尽管他心里替卢炜昌惋惜得不行。

三十二　李不奴对孙素云哭诉：

你我只有明月知……

德邻、健生二兄：

鉴于七七事变，中央已决心抗日，请速赴庐山，共商大计。

蒋中正致

1937年7月7日"卢沟桥事变"发生不几天，蒋介石突然自庐山给李宗仁和白崇禧拍来了电报。

这可把郭德洁吓得魂神出窍，一个劲儿直嚷："去不得，去不得！"李宗仁对此，一声不哼，天天非要卢炜昌跟他到网球场去较量。

这些天，四川省主席刘湘、云南省主席龙云接连来电，几乎如出一辙：

"……传闻中央预备对日抗战，不过是否出于诚意，尚在未知之数，兄等殊不可轻易入京，因如万一抗日不成，反而成为张学良第二，则国家将愈益多事，故盼兄等深思熟虑，切切不可掉以轻心。"

李宗仁每接到一份电报，无不交给炜昌一阅。

卢炜昌却全然一笑置之，只顾着在网球场上奔跑，对李宗仁打过来的绒球竟应接不暇。

李宗仁没费多少劲儿，便又赢了一局。可他却扫兴地说："炜昌兄，你怎么老是神不守舍？我就是赢你一百局，也算不得一个真正的胜利者。你心里到底老在琢磨些什么？"

"在琢磨蒋介石请你和白崇禧将军出山的电报。"卢炜昌脱口答道。

"炜昌兄有什么高见？"李宗仁紧接着问道。

"以我的浅见，刘、龙诸君的担心，无疑出于一片赤诚，着实感人肺腑。然'卢沟桥事变'后已迥然于'西安事变'时的形势，日寇正招招进逼，急着一举灭亡中国。目前，全国民气极端高涨，主张全面抗战之声，山岳为之震动，况且中共已率先领导民众抗战。蒋介石就是要对日妥协，也轻易不会与四亿民心相背。因此，他不能不被迫做出一些姿态，至少得表明他毕竟是炎黄一子孙。你和白崇禧将军一身浩气，乃堂堂炎黄赤子，岂是蒋介石所能企及？自当秉先国难而后私仇的大义，切勿迟迟不决。"卢炜昌直言不讳。

李宗仁听了，猛然抱住卢炜昌"咯咯"大笑："宗仁一向相信自己的眼力，果真不枉为结拜手足！我正想让崇禧兄先飞南京，我暂留桂林，动员全省人力物力，拟编四十个团开赴前线。兄之肺腑，实与宗仁之心无异！"

"你看我能为你帮点什么忙？"卢炜昌高兴得不行。

"这就用不着你来敲鼓边了。我倒想你能随我去见一见蒋介石先生，让你认识一下这个当今中国政坛和军界的头面人物，也让他认识一下你这个炎黄的真正子孙。"

卢炜昌忙说："谢谢宗仁的美意！只是炜昌实在不能从命。"

"啊哈！他还会动你一根汗毛？如今全国一致抗日，什么通缉令全都得取消了，何况还有我这个保镖呢！"李宗仁显然误会了卢炜昌的意思。

卢炜昌笑笑说："炜昌并不敢把生命看得比人格更重要。对于蒋介石其人，即使炜昌一生也不曾跟他谋面，也断无丝毫值得遗憾！可不比德邻弟，身为军界要人，既对他十分的鄙夷，而且不能不处处提防着他，又不能不跟他共事，也实在太为难了你。"

李宗仁忙说："炜昌兄既然对他不屑一面，宗仁也就不敢勉强了。"语气里，对炜昌的人品又平添一层赏识。

正当李宗仁忙着主持动员计划，日寇又出动海、陆、空三军大规模进攻上海，八一三淞沪抗战爆发了。

卢炜昌和李不奴立刻向李宗仁夫妇辞行，非要火速赶回上海去。

李宗仁忙竭力挽留："这场战争可不比 1932 年那次一·二八淞沪抗战。蒋介石一再表示：'要把敌人赶下黄浦江去！'这实在是一种错误的战略方针。如果我们能把敌人赶下黄浦江去，敌人也就不敢来侵略我们了。从基本原则上说，我们对一个优势敌国侵略的抗战，应该采取长期的消耗战，直至把敌人拖垮为止，而决不宜把全国军队的精华集中在淞、沪、杭三角地带，与敌人争一城一地的得失。况且淞沪战场离苏嘉路第一道国防线尚有百余里，战场上人数既多，又无险可守，任敌方海、陆、空军发挥其优越性能，我军势必等于陷入一座大熔炉。其结果，只有招致自丧元气，消耗主力。要避免不必要的牺牲，我军在沪作战应适可而止，万万不宜死守。但蒋介石个性倔强，大凡作战计划，全以他一人的意志为依归。宗仁敢断言，这场战争，我国军队非付出巨大的代价而在中国的战争史上写下惨烈的一页不可！炜昌兄和李小妹万万不可回去。你们精武魂杀敌大刀队再神威，也改变不了这场战争的态势。"

郭德洁也在一旁苦苦相劝："德邻在别的方面没多少特别的能耐，在军事方面可并不缺少天才的细胞。既然他敢于如此断然，你们何必非要回去作无谓的牺牲？"

卢炜昌的心丝毫也不为所动："不管怎样，我俩无论如何也非得回去。虽然精武魂杀敌大刀队不可能改变这场战争的态势，但它不能不履行对民族的神圣使命！"

"我俩岂能例外？"李不奴紧接着说。

李宗仁见挽留不住他俩，只好再三叮咛："炜昌兄，请你务必和李小妹在我军撤退之前赶快离开上海，千万不可贻误时机。这是我和德洁对你的唯一恳求，请你无论如何要看在拜把兄弟的情分上！"

郭德洁一时再也不晓得说些什么，只好掩面呜呜啜泣。"请德邻、婶子放心！"卢炜昌连忙安慰道。

李不奴却再也不哼一声，倏然扭头，率先跑出门去……

"呀！"床上刚冒出尖厉的惊叫声，只听得"当啷"一声脆响，那把正要复向床上砍下去的亮晃晃的大刀，倏然被挑落地上。

三双妖媚的眼睛一同瞪直了……

只见床上两截齐腰砍断的尸体，滚烫的血在汩汩喷涌。霎时间，床上地上一片殷红。

"你……"三个女人同时组成的一个单音，它混着疑窦、惊愕和仇恨。

这时，那个手持大刀的女人慌忙扑到床上，把一张被鲜血染红的白被单盖到那个被吓呆了的，仍然躺在床上的女人身上。床上那个女人却不顾一切地一把抱住身边的一截尸体，"啊"的一声，旋即昏厥在血泊里。

"芳子，芳子！"那个持刀的女人一边拼命摇曳那个昏厥的女人，一面回过头来命令那个掉了大刀而一时被弄得懵懵然的年轻女人："你还站在那儿发什么呆？快，给她穿上衣服！"

"李大姐，这女人是你什么人？""她是我的朋友。"

"可她是中国人民的敌人呀！""你疯了。"

"我才不值得对她发这个慈悲，干脆一刀结果她算了。"说着，她便挥动刚刚捡起的那把带血的大刀。

"你敢？"被称作李大姐的女人倏然竖起双眉叱喝道。那年轻女人只得服从了。

这时，四下里枪声大作。房子里忽然冒出"呱呱"的哭啼。那位李大姐这才发现，摇篮里躺着个胖乎乎的婴儿，连忙示意那年轻女人抱起孩子，她则背起仍然昏迷不醒的芳子，一同迅速冲了出去，邃然消失在夜色沉沉的杨树浦租界……

那间日本军官宿舍的电灯依然亮着。

"还我的丈夫，还我的丈夫！"芳子老是痴痴癫癫地叫嚷。

"你可知道你丈夫可要还中国多少女人的丈夫，多少男人的妻子吗？"只有李不奴这样声色俱厉地反问她时，她才愣怔一下，稍稍安静下来。

这时，芳子突然失声惊叫："啊，我的孩子！"迅即豁出性命冲出门去。李不奴慌忙一把将她拦住："芳子，别着急！你的孩子可在摇篮里睡得正甜哩！"

芳子陡地瞪大了眼睛，惊喜与怀疑相交织……

但见一位长得如花似玉，却一身英气的年轻姑娘抱着个胖乎乎的孩子向她走来。

"我的孩子！"芳子一看那张孩子的绣花裹布，便伸出双手扑上前去。岂料那年轻姑娘却忽然变成个嗜血的女妖，正举起大刀对她怒目而视。她吓得往后连连打了几个趔趄。

李不奴觉得好不奇怪，蓦然想起那天夜里大刀队偷袭日寇的事，连忙扶着她："芳子，这可是我的干妹妹呢！"随即向那年轻姑娘伸出双手，要接芳子的孩子。

那年轻姑娘在孩子的脸蛋上甜甜地亲了一下，才交给李不奴。

李不奴接过芳子的孩子，便把嘴巴凑到孩子的脸蛋上，"啧、啧、啧"的亲个没完……

此情此景，芳子不由得瞪大眼睛。不一会儿，她竟然完全恢复了神智，一边啜泣，一边问李不奴："一弩，这几年，你可到什么地方啦？"

李不奴惊喜不迭地笑道："到过星岛、河内、西贡、曼谷、万象、金边、仰光，还到过爪哇岛的泗水呢，几乎跑遍了整个东南亚。"

"难怪让我寻得好苦。我从东京一到上海，便百般打听你的下落，连日本驻上海的领事馆也没法得知你的去向，只知道你当年在闸北创办了一所神州女子师范学校，在这所学校当了十几年校长。一·二八淞沪事件，你还率领了一支神州女子大刀队，叫多少日本军人的灵魂回不了东洋去见天皇。打自十九路军撤出上海以后，就再也不轻易获悉你的踪迹了。前些日子才又听说你和你的情人卢炜昌先生在桂林曾落入蒋介石蓝衣社行动组的手里，幸亏李宗仁将军及时派人把你们搭救出来。是这样吗？"芳子对李不奴在国内的经历，了解得简直滴水不漏，尽管她不可能知道李不奴内心的痛苦与欢愉。然而，这毕竟表明她对李不奴的关心是多么深切。

"芳子！"李不奴再也不能自己了，一把抱住芳子，一任友谊化作泪水直飞溅……

芳子却没一滴眼泪："我原以为随丈夫到上海来，我们至少能常常见个面，也不至辜负我们年轻时在东京缔结下的友谊。我们日本的女人，往往把友谊看得比生命还重要呢！没想到，我们竟在大刀和鲜血的面前相会。友谊受到了血的嘲笑，血的玷污。这是谁的罪过，谁的罪过啊！一弩，你很爱你的情人吗？"她突然问道。

李不奴再聪明，一时也不能轻易晓得她的意思，只好默然颔首。

"我太爱我的丈夫了。可他却被斩成两段，他的灵魂再也回不了日本了。要我撇下他而回日本去，让他的灵魂孤栖于异国，我无论如何也做不到。"芳子的语气，这时已没有丝毫的悲戚，只有出奇的笃定。

李不奴赶快抚慰道："芳子，那你就留在中国吧！我们至少也有个见面的机会。"

"一弩，即使你不希望我留在中国，我也要留在中国的。"芳子虽然一改平素温柔的口气，心里毕竟感到友谊的温存，眉梢上不觉飘过一缕淡淡的喜悦，"只是请你以友谊的名义，把我的儿子看作是你的亲儿子，无论如何也得保证他的成长。千万不要让任何一个中国人把对他爸爸的仇恨记在孩子的身上，而让他受到任何的歧视和委屈！"

"芳子，请你相信我们中国人的宽容和博爱！别太多顾虑了，嗯？"

李不奴一个劲儿地劝慰。

芳子立刻双手垂至脚背，把腰肢弯成了九十度，向李不奴一连行了三个日本大礼。

李不奴慌了……

天亮以前，芳子突然失踪了，却把孩子留给了李不奴。

李不奴这才恍然明白，芳子白天对她所说的每一句话的意思。然而，迟了，太迟了。"你真傻，真傻！"她简直不能轻饶自己，一拳拳落在自己的脑袋上。

"秋妹，到底出了什么事？"卢炜昌突然来到李不奴的跟前。

"你别问这么多，快让人去给我把芳子找回来！"李不奴简直在给卢炜昌下命令。

"芳子？哦，就是你在东京结识的朋友芳子？她什么时候到上海来了？"卢炜昌很替李不奴高兴，却一点也不替她着急。

"哎呀，你怎么老爱饶舌？要不赶快把她找回来，她会出事的！"李不奴急得几乎要哭了。

"哦？这个时候，十里洋场，你晓得到哪儿去找她？别说炮火纷飞，就是大白天碰上了她，谁晓得她就是芳子？"卢炜昌这下可不能不着急了。

经炜昌这么提醒，李不奴才慌忙把芳子的孩子交给那个年轻姑娘，自己一手提刀，一手抓枪，独个儿飞了出去。

卢炜昌只好紧紧相随……

这时刻，整个大上海都笼罩在敌我双方的照明弹下，十里洋场如同白昼，到处是炮弹的轰鸣，机枪的狂啸，硝烟滚滚。这次八一三开始的淞沪抗战，可不同于1932年一·二八事变，蔡廷锴、蒋光鼐率领十九路军自发奋起抵抗日寇的突然袭击。早在1936年，张治中将军就曾上书蒋介石请缨抗日，力陈中华民族已被日帝逼至生死存亡的夹缝，中国唯一的抉择只有全面抗战这一条生路了。为使我四万万同胞免遭沦为亡国奴的命运，"治中何敢自惜羽毛？"蒋介石只于同年秋天任命张治中为京沪警备司令，把司令部秘密设立于苏州留园，却下不了抗日的决心。张治中只好常驻苏州督促构筑工事，召集高级将领日夜研究作战方案。根据当时日军在上海虹口和杨树浦租界内驻有海军陆战队并配有小战车等情况，拟定在日军发动战争之前先行消灭这些据点；并在黄浦江与长江岸边严密防御日寇登陆；以一个战斗力较强的步兵旅化装潜驻上海。同年十二月十二日，蒋介石却亲自到西安逼迫以张学良、杨虎城为首的东北军和十七路军进攻共产党的工农红军。拥护联共抗日的张学良和杨虎城忍无可忍，当即把蒋介石扣留起来，在中国共产党派出的代表周恩来的调停下，蒋介石被迫接受联共抗日的条件。但一飞回南京，立刻便把张学良、杨虎城两将军抓了起来，对联共抗日采取极端消极态度。直至翌年，七七卢沟桥事变，他才命令海军沉船封锁江阴长江水道。这一军事机密，却被行政院秘书黄浚泄露给日寇。于是，驻汉口等地的日军即于封锁前火速东下，在沪源源增兵至不下三十万人，还有战车二百余辆，飞机二百架，军舰数十艘。鉴于这一严重的战争形势，为拯救中华民族，中国共产党又及时提出国共合作宣言，送交国民党发表，并派周恩来等人同国民党政府谈判，建立抗日民族统一战线。蒋介石为避免全国军民的指责，只做些表面文章，对共产党的诚意一拖再拖，未予明确的肯定。至七月底，日军占领了北平、天津，对中国发动全面进攻，长驱直下，于八月十三日进攻上海，蒋介石这才不得不与共产党的代表周恩来等达成两党联合抗日协议，被迫在上海战役投入了由德国顾问训练、装备良好的精锐八十八、八十七、三十六三个师，还有陈诚的第十八军，胡宗南的第一军，以及大批广东、湖南、云南、四川等省的部队，约五十多个师，总兵力在七十万以上。初为冯玉祥任司令官，后由蒋介石自兼。正当张治中将军指挥的抗日部队向虹口、杨树浦敌阵地发动猛攻时，日军以八个旅团的兵力由松井石根大将指挥，先以一部在蕴藻浜向黄浦江西岸登陆，后以主力在狮子林附近向南岸登陆。战斗愈来愈益激烈，不到两个月，参战主要部队的连、排长和士兵便伤亡二分之一，团、营长约伤亡三分之一，还牺牲了几名旅长。精武魂杀敌大刀队不少骨干都先后牺牲了。前几天，日军又增加一个师团的兵力，把所有的大街小巷都封锁死。而且此刻已接近黎明时分，日寇总爱在这个时候发起进攻——来自天上、地上、水上的炮弹组成了一张天罗地网，简直叫人无法躲避、逃遁。李不奴却非要出去寻找芳子，这未免太冒险了。

说也奇怪，那些子弹仿佛都深知她的情谊，尽管"吱吱吱"的叫得可怕，却忙不迭地左右躲开她。谢天谢地，她终于进入了杨树浦租界，来到那间她并不陌生的宿舍。可是当她挑开窗帘一看，明晃晃的电灯光下，那个被斩成两段的日本军官的尸体上，却横倒着一个女人，一把东洋刀从腹部直捅透背部，鲜血正沿着刀尖喷涌，两手却还紧紧抱住那日本军官的上半截尸体。

　　"芳子!"李不奴刚一失声,背后立刻回答她"砰"的一声枪响,一颗没长眼睛的子弹射进她的身上。

　　卢炜昌猛然往上一跃,一把抱住她就地滚了几十米,才背起她逃出了敌人的火力网……

　　"炜昌,我这条命算是你给捡回来的。"

　　"你当时压根就不要命嘛!"

　　"幸好那子弹只擦伤了皮囊。"

　　"那是上帝对你的特殊关照啰!"

　　"真想不到芳子会这样结果。"

　　"日本女人本来就以忠贞于丈夫为最高德行而闻名于世界。她这样结果自己,对于她来说,无疑是合乎日本女人的人生准则的,因而在她看来自然便是一种高尚的行为了。这有什么值得你为她伤心?"

　　"这毕竟太残忍,太可悲了。偏偏这残忍,这可悲,是由我一手所造成。"

　　"你这就有点离谱了。这明明是他日本人一手造成的嘛!侵略者对他所侵略的国家越残忍,制造的悲剧越多,他所带给他本国人民的悲剧自然也就越多,越残忍。光是给日本造成的大量孤儿,就够可悲、够残忍了。"

　　"你可千万别告诉素云嫂子,说这孩子是我的日本朋友芳子的孩子啊!"

　　"那该告诉她,这是谁的孩子?"

　　"这还用问吗?自然应该告诉她,这是我的孩子喽!"

　　"不行。这明明不是你的孩子嘛!"

　　"不是我的孩子,也得说是我的孩子呀!"

　　"那岂不等于说,这也是我的孩子吗?"

　　李不奴的脸红了,慌忙说:"这是我的孩子,可跟你没丝毫相干的。"卢炜昌可难为情了:"那我在素云的面前干脆不作声好了。"

　　"不行不行!"李不奴反而着急起来,"那会招致嫂子的疑窦而给她徒添痛苦的。"

　　"你叫我到底该怎么说呢?"卢炜昌倒一时变得有点傻乎乎的。

　　"这……你要是喜欢,那你就说这也是你的孩子吧!反正这也合乎逻辑的。"李不奴的脸又红了。

卢炜昌心里本来很是忍俊不禁，但终究没有笑出声。五年前那一次淞沪抗战，由于蒋介石对日寇的妥协退让，蔡廷锴将军被迫率领十九路军撤出了上海，但那到底不是败退。他卢炜昌不仅多少沾了点十九路军的光，而且他的杀敌大刀队叫日本鬼子闻之丧胆，而令他怀着一种中国人少有的自豪感回香山去探望妻子，尽管他半句也不曾提及他率领杀敌大刀队大战日本鬼子兵营的事，却毕竟无愧于故乡而十分心安理得。如今，他又与李不奴回香山去，却是仅仅为了把一个日本孤儿交给妻子抚养。心里可完全是另一番滋味。这次抗战，中国军民付出了这么大的代价，整个大上海却完全陷落日寇的手里，而且失去了黎惠生、刘裕臣、邱亮等一班与他披肝沥胆的精武挚友。耻辱和悲痛简直要把他的心绞碎了。只是生怕李不奴窥见他的心迹，因而勾起她的伤痛，他才一路上竭力扮演着一个喜剧的角色。

李不奴明知卢炜昌因为上海沦陷，精武挚友的牺牲，心情沉重得不行，偏偏要逗他高兴。

"我们这次回去，嫂子见了这孩子一定欢喜得不得了！"

"你怎晓得她会那么欢喜？"

"噢噢，你倒忘了上次回去，嫂子为我们精心摆布的洞房花烛之夜么？她必定以为这孩子便是她那番苦心所得的报偿喽！"

"啊哈，看你忽然变得多懵懂。那已经是几年前的事了。这孩子才出生几个月？"

李不奴却仍然固执地说："这孩子不会在我的肚子里蹲了几年才出生么？太上老君出世时不是胡子都白了吗？"

卢炜昌这下可忍不住"咯咯"大笑了："你真会创造奇迹！"

然而，回到香山，却不见了孙素云的影儿。卢炜昌和李不奴也不问一问佣人，便直奔斋房。但见香案上立着一座灵牌，上面赫然写着："卢夫人孙氏素云之灵位"。一阵天旋地转，李不奴立刻扑倒在香案跟前，号啕大哭起来：

"嫂……嫂子啊，妹子可带……带孩子回来，看、看你啦！这可是我的亲……亲生孩子哇！你倒看看，看看他呀！他胖乎乎的有多可爱啊！"她竟把那个日本孤儿抱到了孙素云的灵位跟前，"你怎么不……不作声？你不是巴望我生个孩子吗？我可当真……真的生啦！这孩子还是上次我和炜昌回来，你为我和炜昌摆布了洞房，非要我和炜昌做正式夫妻怀上的呢！嫂子，你就在观音大士的面前，祝福他平安长大吧！妹子在求你呢，你作声，你作声呀！难道你不相信，这是妹子的亲生孩子？你问炜昌吧！"她猛然回过头来，"炜昌，你怎么哑了？快告诉嫂子，快跟我一样的告诉嫂子呀！"

卢炜昌早已木然，只有豆粒般的泪珠不住地往下直掉。半晌，他才问孙素云的身边女佣："太太可得的什么病，怎么突然辞世，你们也不去告诉我一声？"

"老爷，打自你们上次回来走后，太太一直在闹病，越服药身体越不行，前年便离开我们了。临终三天，她都不肯咽气，老是睁着眼睛盯着她给我们留下的一张嘱托，不许我们让老爷和李太太知道她辞世，还要我们每隔三头两个月便非得去禀告老爷和李太太，说她身体健康无恙，请老爷和李太太放心，千万不要牵挂她。还请老爷无论如何……"女佣哽哽咽咽的说到这儿，却突然住了嘴。

"太太要我无论如何什么？"卢炜昌着急地追问道。

女佣只好红着脸说："太太请老爷无论如何也要跟李太太生个孩子呢！直至我们忽然明白了太太的意思，都跪下在她的嘱托上按了手指模，太太才闭上了眼睛。可是我们每次去上海，都找不着老爷和李太太的影儿……"

卢炜昌一看孙素云留下的手迹，便"扑通"一声，双膝跪在妻子的灵位跟前，呜咽着说："素云，我的凌波仙子！我们这一世的缘分还没了结，你竟没让我见一面便先去了。炜昌明白你的意思，你就放心吧，来世我们一定再结为夫妻！"半晌，他才问女佣，"太太临终还有什么嘱咐？葬礼怎么举行？"

"太太临终嘱咐，葬礼一定要从简。只是非要给她穿上她生前自己裁缝的白绸衣服和白软缎衫裙。"女佣一一回答。

卢炜昌深晓妻子的意思，无疑是质本洁来还洁去。也便不再多说了。

李不奴却叮嘱女佣："几位姐妹每天早晚必得多费点心机，仔细给太太的灵牌拂净灰尘。"她一边吩咐一边轻轻地给孙素云的灵牌拂着微尘，出奇的细心。突然，她发现灵位下边压着一个小巧玲珑的漆盒子，连忙取出来交给卢炜昌。

卢炜昌迫不及待地打开盒子，一看里边装着那个姐妹玉钏，便问：

"为什么把这个盒子放在这儿?"

女佣忙答:"这可是太太临终的遗嘱,要让老爷或李太太回来自己取的,任何人也不许动。"

炜昌再看盒子,才发现那个姐妹钏压着一叠诗笺,上有古诗一首,绝句两首半。尽管泪水蒙住了他的视线,妻子那清秀的笔迹仍然紧紧攫住了他的心,竟然情不自禁地吟出声来:

天意留云云偏流,霓虹正映白云头。米颠颠笔落窗外,松岚秀处当我楼!垂帘何愁好景少?卷帘又怕风缭绕。帘卷帘垂随我意,不情不绪自逍遥!炉烟渐淡香犹在,明月坠窗又一宵。

李不奴一边听,一边啜泣不止。卢炜昌再也吟不下去了。

"炜昌,这可全都是嫂子的心音,你往下吟吧!"李不奴却央求道。卢炜昌这才又哽咽着嗓子低吟道:

冷雨敲窗不须闻,挑灯闲看记还魂;人间亦有痴于我,岂独痴心是素云!脉脉溶溶滟滟波,芙蓉睡醒意如何,妾映镜中花映水,不知秋思落谁多?

最后一绝却只写了两联:"柳絮桃花相间出,不知若个是春风?"卢炜昌吟罢说道:"这后边两联,显然是有意留给我续的。"

"不,按照上两联的意思,下边嫂子可是有意留给我来续的呢!"李不奴不等炜昌开声,便续上两联:"琼蕊优昙不时现,梦魂萦绕一奇峰。"

卢炜昌看了,好不感激地喟叹:"秋妹,你对素云的心可摸得太透彻了!"

"炜昌,嫂子十成犯的癔症。"李不奴突然说,"嫂子对你太痴心了。可正是因为对你的痴爱,而非要成全你我的缘分,又不得不离开你。她的感情有多复杂!尽管独居故里,却无时无刻不在思念得要命。上次我们回来,也太辜负了她的感情,徒然给她增添了无限的痛苦。她本来生活得够寂寞了,却在诗里写得那么怡然自得,简直连陶渊明的'采菊东篱下'也要逊色几分。这无非是为了减少我们感情的负荷,却处处掩藏不住嫂子的情愫,宛如九霄的一片素云,高而洁白!炜昌,我们也作几首悼诗,回答嫂子吧!让她在天之灵,也有个慰藉。"

卢炜昌立刻取过孙素云遗落斋房的笔墨和宣纸,一气写下《悼亡绝句四十首》,一声不哼,便全放进香炉里,一边虔虔诚诚焚烧,一面洒泪沉吟:

婷婷袅袅十五多，豆蔻梢头二月初。惊梦方醒缘两世，凤因不昧费吟哦！深阁怜才未是痴，留春无计怨归迟。金凤红豆南国撼，焉让微之与牧之？

仙槎蓝桥泛难通，云廊月榭镜台空，挑灯泣读红楼梦，一片痴心托恼公！絮果兰因卿早知，惆然叹我俗尘迷，天长地久有时尽，此恨绵绵无绝期！

……

李不奴早已一旁泣不成声，不等卢炜昌吟罢，她便写成了《哭灵诗》四绝：

苦别经年会时少，殷殷肺腑妹自知；丝毫未敢负姐意，鸿雁片羽寄秋思！女儿本是多情种，阿姐和我更情痴；湖心亭上千古误，练云竟作断藕丝！若隐若现更缠绵，青灯黄卷情依依；人去楼空香心在，斋房处处影依稀！芸芸众生多怪类，茫茫尘世都是谜；神仙难解人间事，你我只有明月知！

李不奴的诗句句揪心，字字痛切。本来，孙素云遗落的感情轨迹已经足叫卢炜昌无法控制怀念妻子的悲戚之情了。故居的一景一物，又无不一一给他的心增添一阵阵剧痛。他只好叫李不奴把那个日本孤儿留下来，让素云生前的身边女佣抚养，非要立刻就离开香山。

"不行，不行！既然嫂子不在了，这孩子便只好留在我的身边了。"李不奴忽然变得十分固执。

卢炜昌一听，很不耐烦："我们犹如断线的风筝，飘忽不定。你身边却带着个婴儿，这有多不方便。"

"这就不用你担心了。"李不奴不仅不肯把芳子的孩子留下来，而且竟然说道，"就是天塌下来，今天我们无论如何也不能走！"硬要炜昌跟她在孙素云生前为他们摆布的洞房过一夜。

这可不由卢炜昌不依。然而奇怪得很，时至深夜，却忽然不见了李不奴的影儿，双手紧紧搂着炜昌的脖子，与炜昌脸颊贴着脸颊酣睡的，竟是三十年前新婚之夜的孙素云……

三十三　卢炜昌忽然展开一面白绢：

热血者，　请……

"你们怎么跑到这儿来了？"李宗仁一见了卢炜昌和李不奴，惊喜之中尽是怨艾，"这儿是四战之区，无险可守。蒋介石非要委任我为第五战区司令长官，实在太看重我李宗仁了。"随即仰起脖子"咯咯"大笑。

卢炜昌和李不奴忍俊不禁，也跟着大笑起来，一同说道："正因为这样，我们才非要来沾一点光喽！"

李宗仁又是一阵"咯咯"大笑："俗话说打虎不离亲兄弟。炜昌兄与李小妹居然跑到抗日前线来与宗仁共赴国难，即便是亲兄弟也难及。不过，在这儿可得绝对听我的。去年你们硬是要回上海参加抗战，却不听我的叮嘱，上海沦陷后一直不知你们的下落，害得德洁每天向上帝祈祷都抱怨我放你们离开广西。"

"上海的战局全然不出德邻所料。幸亏姊子天天在向上帝祈祷，尽管日寇占领了整个大上海，我们还是侥幸逃了出来。"卢炜昌痛切交织着感激。

李宗仁却忽然走了神，两道目光落在了李不奴的身上，直言不讳地问："李小妹什么时候忽然生了个孩子？"

"这哪里是她的孩子？"卢炜昌连忙解释，"是个日本军官的遗孤。"李不奴却一口咬定："这明明是我的孩子嘛！李将军可别听他胡扯。"

李宗仁的眉头骤然蹙起个大疙瘩，好一会儿才作声，却仿佛吞了炸药似的：

"你可知道日寇占领南京时，一个月内便杀死我多少同胞吗？三十万，三十万！光是日本两个军曹进行大屠杀竞赛，仅一天之内，这两个野兽一个就杀了一百一十八个中国人，一个杀了一百〇八个中国人。至于在日寇整个侵华战争中，我国将有多少孩子无辜死于日寇的炮弹和屠刀之下，又将有多少孩子成为孤儿，只有从人类的文明史最终对日寇提出的控诉中，才有可能得到惊人的答案。你怎么倒这般怜惜一个日本军官的孩子？"他越说火气越大。

"既然李将军这么生气，我只好把这个日本孤儿扔掉咯！"李不奴两眼直望着李宗仁，却一动不动地站着。

"扔掉他，赶快扔掉他！"李宗仁大声嚷道。卢炜昌怔住了。

李不奴却突然问道："李将军，我们当真有这个权利吗？"李宗仁好不愕然："怎么没有这个权利？"

"你刚才不是说，人类的文明最终要对日寇的罪行提出控诉的吗？我们这样做恐怕未必就为人类的文明所允许吧！纵然这孩子的父亲是个野兽，但这孩子可和我们都同属于人类啊！日本侵略者不知使我们中国多少孩子成为孤儿，也不知让多少日本孩子成为孤儿。这可是人类的共同悲剧。何必非要置这个日本孤儿于无辜呢？"李不奴竟然俨然法庭上一个非同寻常的辩护律师。

李宗仁不由得背过身去，嗓门遽然低沉下来："看你这个李小妹，可扯到哪儿去了？"

"况且，我无论如何也得对友谊负责！既然这个日本孤儿给李将军平添不快，不奴就只好告辞了。"李不奴这下可当真的迈开了脚步。

卢炜昌不由大吃一惊；"秋妹，你这是干什么？"

李宗仁陡地转过身来："快，炜昌兄，快把她曳回来！"

徐州，古称钢山，又名彭城。东郊雄踞着狮子山，山的西南边为开阔地带，不远处便是古称泗水的黄河故道。这一带倚山面水，不仅是个藏龙得势，藏凤聚穴的宝地，而且乃华北与中原的门户，江淮的屏障。独特的地理位置，发达的交通和繁荣的经济，使这座名城自古即为兵家必争的战略要地。特别是在疆域分裂，南北对峙的形势下，徐州的得失，可就更关系南北之盛衰了。难怪上下五千年，发生在徐州一带的较大的战争就有二百七十多起。公元前3世纪初，刘邦、项羽的楚汉纷争就发生在这里。

虽然卢炜昌当初不曾在徐州建立精武体育分会，但这么一座名城，自古群雄争夺，还会缺少武林志士?!卢炜昌急于要跟当地武林志士取得联系，以便及时传授杀敌大刀绝招，第二天大清早，他便和李不奴逐街逐巷去寻访。殊不知足迹所至，居民们无不迁徙一空，留下一片萧条。偌大一个徐州，竟如同一座死城。

"炜昌兄，李小妹，怎么样？我没有向你们谎报军情吧？"李宗仁打趣道，"不过，你们出去走走，并非不无必要。"

卢炜昌虽然心情十分沉重，却故作愉快之态："德邻，市体育馆里的网球场倒挺漂亮，不去玩一两场网球，可白在徐州待一趟啰！"

"咦，我怎么没发现那里有个那么漂亮的网球场？"李宗仁十分奇怪自己的疏忽，因为，徐州城里每一处建筑物，他无不了如指掌。

李不奴"嗤"的一声笑了。

李宗仁一听，突然大悟："好，这就去玩它几场网球吧！"

李不奴却说："那儿的高墙把四周围得严严密密，有谁晓得李将军在打网球？倒不如策马通衢，徐州或许会很快复活起来。"

"嗨，秋妹可比我棋高一着！"卢炜昌忘情地说，竟不觉泄露了他心底的秘密。

李不奴紧接着说："李将军当年在广西将校讲习所当准尉见习官时，不就以驰骋为乐吗？连那匹力敌猛虎，除饲养兵外，谁也不敢挨近它半步的马头，还让你给制服了呢！"

李宗仁好不惊奇："李小妹怎么晓得我年轻时的冒险行为？"

"噢噢，怎么能说那是冒险行为？这只能说明李将军年轻时就骁勇、精明过人！"李不奴打自心底里赞赏道。

李宗仁不由大喜："李小妹对驰骋这么感兴趣，必定深谙骑术。"卢炜昌立刻插道："她可是我的马背师傅呢！"

"自古青出于蓝胜于蓝。这有什么出奇呀！"李不奴却淡然笑笑说。多么聪明的回答！李宗仁当即命卫兵牵来三匹骏马。

卢炜昌没待马到跟前，老远便一纵而上。

李不奴却左手抱着孩子，右手接过马鞭，朝她面前那匹战马一扬。待那匹战马跑出十米开外，她才从后边飞步上前，两脚倏忽一跃，只用右手按了按马臀，便轻轻落在了马背上，轻快矫健得出奇。居然连抱在怀里的孩子仍然睡得甜滋滋的。

李宗仁连忙策马追上前去，不胜惊喜地问道："李小妹，你这一手，可是从蔡锷将军那儿学来的？你这才是真正的青出于蓝胜于蓝！蔡将军就常常是这样上马的。不过，他可得用两手按马臀，而且仅是单人独骑。"

"是吗？"李不奴莞尔相顾，"蔡将军是个了不起的人物，可惜我不曾得机缘跟他谋面。这不啻人生一大遗憾！我这一手可是在日本留学时，跟秋瑾大姐学来的呢！"说到这儿，她的语气忽然十分的自豪。

"哦哦，难怪这般不凡！"李宗仁不仅仅佩服李不奴的骑术了。卢炜昌和李不奴有意拉后半步，左右紧紧相随……

那三匹战马可深晓骑意，"得，得，得"，故意把铁蹄踏得脆响，带着强烈的节奏，悠悠然漫步于徐州主要街道。相间几声长啸，显然是在告诉市民：瞧，我们的司令长官这么闲情逸致，你们大可放心，战局自会稳定。

不几天，市民们果然陆陆续续回来开店复业，萧条一时的徐州，渐渐地热闹起来了。

李宗仁高兴得不得了，直对着卢炜昌和李不奴摇头晃脑地说："民心乃胜利之本！安定民心，则提高抗战必胜信心……"居然在他的司令长官邸里设宴，频频举杯庆祝这一无异于战场上取得的大胜利。

这天，他却突然大发雷霆，几乎要跟卢炜昌和李不奴闹翻了。

"我不是早就有话在先，在这儿你们一切都得绝对听我的吗？你们怎么可以背着我去干那种事情？"

"我和炜昌反正是个平民，干什么事情可跟军队不相干的哩！"

"跟军队不相干，可跟我李宗仁相干嘛！"

"德邻，你就别生气了。我们所干的事情磊磊落落……"

"磊落？这无异于叫花子。别说军中没有谁不晓得你是我比胞兄还要亲的兄长，单是'卢炜昌'和'李不奴'这两个名字，就不容许我李宗仁轻易让他们受到屈辱！"

"世界上最伟大的中华民族正在遭受巨大的屈辱，我们个人的屈辱算得了什么？只要是为国家、为民族的尊严和生存效劳，任何行为都应该说是高尚的。德邻，你何必要为我炜昌和不奴的名誉计较得这么认真呢？"

"随街耍武卖艺，这也是在为国家、为民族的尊严和生存效劳？即便如是，那无论如何也轮不到炜昌兄和李小妹去干这种事情的。"

"这种事情，可非炜昌和我莫属！"李不奴却执拗地说，"李将军，炜昌即便与你这般披肝沥胆，却曾几何时，在你的面前露过身手？难道我俩到徐州来，竟是为了卖艺谋生么！"

"哦！"李宗仁好不错愕。原来他只听部下说："卢先生和李小姐在大街上耍武，可热闹啦！"他便生气了。因为随街耍武，毕竟属卖艺人之所为。哪里晓得，卢炜昌和李不奴为什么非要如此屈尊，在大街上耍武？此刻，让李不奴这么一一反问，这才如大梦初醒，当即召见参谋处那个少校："你除了见到卢先生和李小姐在大街上耍武以外，还看见了什么情景？一一如实告我，倘若有半点虚构，当以军法问罪。"李宗仁出奇的严肃。

那个少校听了，不由吓出一身冷汗。他原本想讨司令长官的高兴，随口说了那么一句话。没想到竟然招致这么严重的后果。哪里还敢有半点儿戏？"报告司令长官，卢先生和李小姐耍过鹤翔拳、鸳鸯连环腿和十二路杀敌大刀绝招以后，围观的人群里大凡青壮年者无不恳切要求卢先生和李小姐收他们为徒弟。那情景实在太感人了。"

"别给我卖关子，到底怎么个感人法？快说！"李宗仁有点迫不及待了。那少校见司令长官越催得急，他心里越着慌，竟至将那一幕幕感人肺腑的情景给打乱了……

"大师傅，收我做徒弟吧！我一定不会辜负你们的大恩大德。"

"大师傅，只要你们肯收我做徒弟，你们要我上刀山，下火海也行！"

"大师傅，你们要是不肯收我做徒弟，我就跪在这儿，一辈子也不起来！"

……

卢炜昌和李不奴虽然被感动得热泪盈眶，却满脸难为情的神色——他们实在不轻易寻访当地的武林志士，才不得不于街头耍武，借机把当地的武林志士招引出来。没想到招来这么多的求师者，叫他们收也难，不收也难。卢炜昌和李不奴只好频频抱拳致意："多谢众弟兄的信赖，多谢众弟兄的信赖！我等乃匆匆过往之客，行踪不定，实在不能不令众弟兄失望！"

人群里立刻爆出一片呼声："大师傅无论如何留驻徐州啊！我们把你们看作老祖宗！"

卢炜昌眼看实在无法推挡了，突然提高嗓门道："我等乃上海精武体育会同仁。本会会旨规定，务必中华热血儿女方得收为门徒，授予精武绝招。众弟兄既然如此热衷于武术，不知是否属于热血男儿？"

众人一时未及领会卢炜昌的意思，七嘴八舌地嚷嚷："大师傅，从鸡脖子里喷出来的血都是热的，我们这么个大块头，身上流动的血能不是热的？"

"口说无凭，"卢炜昌旋即展开一面白绢，"热血者，请在此立下血结！"

不等卢炜昌的话音落地，忽从人群后边挤出个满脸胡髭，风尘仆仆的大汉，倏然从腰间拔出匕首，往右手食指一划，便在那面白绢上写下一行血字："甘洒热血，救我中华——宁竹亭"。

——原来宁竹亭不知何故路经这儿，因好奇心所驱使，竟不期而遇卢炜昌和李不奴，正惊喜不迭，却见炜昌展开一面白绢，随即拿出亮晃晃的匕首……顿悟炜昌之意，不由心里一动，把千言万语凝成八个血字，替卢炜昌道出他未及展示的心迹……

"竹亭！"卢炜昌和李不奴这才失声惊呼。

他却不动声色，只朝炜昌和不奴调皮地眨眨眼睛，憨然笑笑，便转过身来，直朝那些还在发呆的武迷亮开了大嗓门："弟兄们，我中华民族正处于生死存亡关头，每个有血性的中国人，都非得不惜拿出自己的鲜血跟日本鬼子拼个死活！谁吝啬自己的鲜血，谁便是个冷血动物，炎黄的不肖子孙。这两位大师傅岂肯收他为自己的门徒？"

那些武迷纷纷跳了起来，争着划破指头，在宁竹亭的名字下边签上自己的血名。紧接着，所有围观的人竟然全都蜂拥上前，无不以自己的血迹表白自己是个有血性的中国人。那几个手扶拐杖轻易一动不动的老者，这时也赶忙甩掉拐杖……

卢炜昌和李不奴不由得把眼睛瞪直了，慌忙敬以大礼。

"……我当时被感动得眼睛都模糊了，只见面前一片热血在沸腾，渐渐地变成怒涛狂澜，直向日本鬼子淹过去。"那少校这时竟像在说书。

李宗仁不再让他说下去了："你说的全都是真的？"

"报告司令长官，全都是真的。"

"就连你被感动的情形也是真的？"

"报告司令长官，如有半句虚构，甘受军法从严。"

"你先前只三言两语地告诉我个叫人生气的消息，却把实情全都隐瞒下来。这该受何种军法？"李宗仁的神色仍然严峻得可以。

那位少校不由吓了一跳："这……报告司令长官，你先前一听便生气了，我哪里还敢说下去？"

卢炜昌和李不奴这时可再也忍不住"咭"一声笑了。李宗仁这才怪不好意思地朝那少校挥挥手。

那少校顿即深深吁了一口气，赶快"咯噔"一碰脚跟，挺挺直直行了个军礼，便猝然转身走了。

李宗仁的一双眼睛，这时才不住地涌出了热泪，激动得不行："炜昌兄，李小妹，宗仁太叫你们受委屈了，实在罪过！"

"德邻，你这么说就把我们当作外人了！"卢炜昌连忙说。

李不奴却打趣道："既然李将军实在罪过，那就该以军法从严咯！"

李宗仁终于"咯咯"笑了，却仍然止不住激动："炜昌兄，你能否给我介绍一下那位壮士宁竹亭的情况？"

"你要派他什么差事？"卢炜昌不等李宗仁回答，便径自往下说，"他是我的挚友，上海精武体育会中坚之一，一·二八淞沪抗战时精武魂杀敌大刀队骨干，后投蔡廷锴将军的十九路军。为人耿直，胆略过人，虽是地道的山东汉子，却偏于斯文，沉毅善思……"

"哦！"李宗仁惊喜不迭，"炜昌兄，你能设法立刻把他请到我的司令长官邸来吗？我要马上见见他！"

李宗仁的脊梁骨已经七天七夜没碰过床板了，仅仅伏在电话机旁打个盹儿，却出奇的精神抖擞。这可是长期的军事指挥生涯磨炼出来的神经中枢的特殊功能。叫他惊奇的倒是卢炜昌的精力，一天到晚和李不奴在城里忙得不亦乐乎，一回到长官邸，便默默守在他李宗仁的身旁，偶尔才作半句声，却不曾见他打过盹儿。

"炜昌兄，你还是去睡一会儿吧！"

卢炜昌却问："到了最后的时刻了吗？"

李宗仁未及回答，参谋处长已经站在他的跟前："报告长官，台儿庄的三分之二地盘已为日寇占领了。我军仍据守南关一隅，死拼不退。我们虽然把敌人也消耗得差不多了，但日寇火力太强，攻势极猛，第二集团军已伤亡十分之七。第二集团军总司令孙连仲要求与长官直接通电话。"

李宗仁刚刚拿起耳机，立刻便传来十分哀婉的声音："报告长官，可否请长官答应暂时撤退到运河南岸，好让第二集团军留点种子，也是长官的大恩大德！"

李宗仁心里很不是滋味，却斩钉截铁地说："敌我在台儿庄已血战一周，胜负之数决定于最后五分钟。此时如放弃台儿庄，岂不功亏一篑？汤恩伯部援军明天上午可赶到，我本人也将于明晨亲临台儿庄督战。你务必守到明晨七时三十分。这是我的命令。如违抗命令，当军法处置！"

"好吧，长官，我绝对服从命令，整个军团打完为止！"孙连仲不得不下了死战的决心。

"你不但要守到明晨七时三十分，而且今晚必须采取奇袭行动，打破日寇明晨攻击的计划，以保证汤恩伯军团到达后，我们即可对敌实行内外夹击。"李宗仁毫不犹豫地在按照自己的作战腹案行事。

"报告长官，我的预备队已全部用完，很难采取夜袭行动！"孙连仲特别大声地申述自己的困难。

"少校营长宁竹亭可还活着？"李宗仁却突然问道。

"就是连我都死了，他也还会活着的。这家伙勇猛地简直就像一头山东虎，上帝却对他特别偏心眼。"

"咯咯！"李宗仁笑了，"勇而善战，至为难得！我现在悬赏十万元。重赏之下必有勇夫。你马上从士兵中挑选勇而善战者，组织一支敢死队为先锋，并将后方凡可拿枪的士兵、担架兵、炊事兵与前线士兵一齐集合起来，进行夜袭。这十万块钱，打完仗按人平分。你好自为之。"最后特别加重语气，"夜袭时间是凌晨一刻。胜负之数，在此一举！"

"服从长官命令，绝对照办！"孙连仲陡地挺起腰杆，大声回答。一面吩咐参谋长立即去组织敢死队，一面对死守台儿庄最后一点阵地的池蜂城师长下达命令—……

李宗仁这才搁下耳机，打了个哈欠："炜昌兄，你赶快睡一会儿吧！我可得打个盹儿，明天拂晓以前赶到台儿庄。"却没见应声，抬头回顾，哪里还有卢炜昌的影儿？只见台上压着一张字条："台儿庄见！"他急得连忙拿起耳机："快给我叫台儿庄，快！"

台儿庄，被炮火化为一片焦土。所有的大街小巷无不充斥着硝烟、血腥和尸臭味……

日军矶谷师团又抢在黄昏到来之前，发起了猛烈的攻势，拼命向中国守军最后的一点阵地推进。

南关全然陷入了重炮密匝的火力网之中，上百辆坦克发疯也似的扑了过来，在每堵断墙后边留下一片模糊的血肉……

守庄指挥官第三十一师师长池峰城不得不拿起耳机，再三向第二集团军总司令孙连仲请求："总司令，再这样死守下去，全军势必覆灭无疑。趁现在还来得及转移，可否赶紧退到运河南岸……"

"别再给我啰唆了!"没等池峰城把话说完,耳机里便响起孙连仲异常严厉的声音,"现在,上帝已经收回我们选择生存的权利,只赋予我们死亡的义务。不过,即使是死,也得无论如何站在阵地上,一直至明天黎明以后才可以倒下。士兵打光了,你就自己上前填进去。你填过了,我就来填进去。你听着,有谁敢退过运河者,杀无赦!"

池峰城放下耳机,不由得鼻子一酸,禁不住两颗豆大的泪珠夺眶而出。他狠狠咬了咬牙根,猛然拔出手枪,啪、啪、啪……朝天一气打完了一梭子弹,这才对身边目瞪口呆的参谋斩钉截铁道:"传我的命令,各连以班为作战单位,逐屋抵抗,死守不退!"随即端起冲锋枪,倏然冲出指挥部……

夕阳渐渐隐没了,却把一抹血色黄昏投到池峰城的身上。他不折不扣地执行了孙连仲的命令,不但上前填了进去,而且浑身血肉模糊,始终直挺挺地站在阵地上,永远也不会倒下去。

这时,经旬持续激战,日军早已疲惫不堪,一听到矶谷师团长停止进攻,就地休息的命令,便纷纷倒在阵地上,横七竖八,如同一片死尸。连日密匝的枪炮声,顿即为粗犷而沉重的鼾声所代替。

台儿庄,忽然死一般寂静……

矶谷在酣梦中。他十成是梦见了在他的重炮铺天盖地轰击之下,台儿庄1938年4月4日黎明变成了中国守军的葬礼。于是,他一举而下徐州,夺取了打通津浦线的首功。来自东京的贺信雪片也似的纷然而至,他顷刻成了大日本的骄傲,欢呼声、掌声四起。忽然间,狂热的欢呼声和掌声变成一片激烈的枪声和喊杀声……

中国守军敢死队的勇士们和卢炜昌率领的徐州热血队的壮士们里应外合,纷纷冲进了日军各个兵营,人自为战,把东洋鬼子杀得一塌糊涂。

矶谷猛然醒来,一时竟闹不清梦与非梦。台儿庄只剩下南关一隅,尽管孙连仲残部在逐屋拼死抵抗,也轻易经受不起明天黎明最后一役总攻的。孙连仲哪里来的力量,居然利用他的师团稍作喘息之机,半夜突然发动反攻?

瞬息间,整个矶谷师团便乱成了一团。矶谷才猛然意识到,他在中国作战以来,第一次犯了个致命的错误:他太轻视中国军队的素质了。原来中国军人即使战至最后五分钟,也轻易不肯放弃胜利的机会。他不得不承认中国古代军事家的名言:"骄兵必败""凡战者,以正合,以奇胜"。然而太晚了，尽管他再三竭力稳住阵脚，仍然阻止不了他的师团落潮一般往后退却……"矶谷师团已退至北门，负隅血战。"

"汤恩伯军团已按司令长官的部署提前赶到了台儿庄……"

听了参谋处长接二连三的报告，李宗仁不禁着急起来："唉唉，李鸿章遗落的老爷列车，什么时候才能开到台儿庄？地球都让它给拖着不转动了。你快去通知火车司机，加速前进，加速前进！"

参谋处长为难地笑了笑，霍然转身执行命令。

黎明时分，李宗仁终于出现在台儿庄郊外，指挥台儿庄一带守军全线出击，与汤恩伯军团形成对矶谷师团内外夹击的态势。

矶谷师团未及向台儿庄守军发起反攻，便陷入了中国军队重重包围之中……1938年4月4日，台儿庄黎明给中华民族抗战带来了一片曙光！

三十四　尽管到头来什么也没有得到：

他还是情愿一生做个追求者

这些天，卢炜昌常常跟李宗仁争论得脸红耳赤。

"德邻弟，你这样做，考虑未免欠妥了。"

"炜昌兄，我这样做，哪儿考虑不妥？"

"你怎么老是想到一党的利益而未能以中华民族的整体利益为重呢？"

"炜昌兄这样说，宗仁就无地自容了。你一向置身政坛之外，又不在军界，哪里会轻易体味得到我们这些身为国民党中坚分子肩头上的分量？"

"罗斯福身为美国总统，他肩头上的分量总不会比你和蒋介石先生轻吧？他尚且深为中国国共关系的恶化而担心，特派赫尔利前来促成国共合作，组织联合政府……"

"啊哈，他毕竟是美国的总统，对于中国的事情，说到底他也是个局外人嘛！"

"正因为你是个举足轻重的局中者，才更应为中国的前途和进步着想，多做一些改善国共关系的事情，为促使联合政府的诞生而竭力嘛！"

"请恕宗仁难以从命，因为这是压根不可能的事。"李宗仁的语气，丝毫没有磋商的余地。

"怎么不可能？中共于淞沪八一三事变发生后不几天，便表明合作诚意，主动将西北主力红军改编为国民革命军第八路军，星夜开赴抗日前线。仅仅在一个月之后，八路军一一五师即首战平型关，歼灭日寇精锐板垣师团一千多人，取得了抗战以来我国军队的首次胜利，打破了'皇军'不可战胜的神话。随后不久，中共又根据同国民党达成的协议，将南方八省的红军游击队改编为国民革命军新编第四军，挺进华中敌后开展游击战，充分动员了民众，有力地打击和牵制了日寇。特别是 1940 年，抗战进入最困难阶段，彭德怀将军指挥八路军一百零五个团，四十万大军，在华北五千多里长的战线上，向日寇发起了规模空前的出击，历时三个半月，把日寇对中国军队的压力几乎全部揽到了自己的身上。要不是中共这么诚心与国民党合作，对抗战做出巨大的贡献，光靠国民党的军队，中国能坚持抗战达七年之久吗？"卢炜昌很有点气促地反问道。

"炜昌兄所说，别说我李宗仁，即便是蒋介石委员长也不能不承认的。然兄却忽视了我们中国的一句老话：此一时也，彼一时也。中共对中国的抗战做出了巨大的贡献，同时也在抗战中壮大、发展了自己，现在已有一百二十万正规军、二百二十万民兵，占有广大的抗日根据地，堪与我党相匹敌。日本一旦投降，在中国的大舞台上，中共马上便会跟我党竞争主角。说实在的，对中共的领袖人物毛泽东、周恩来、朱德以至彭德怀、叶剑英、叶挺、项英、陈毅、贺龙、刘伯承，还有林彪等一大批将才，宗仁在心底里至少折服三分。尤其是毛泽东，第一次国共合作时，在广州就给我的印象很深，觉得他为人非凡。然而，正是由于这三分折服，却使我不能不产生三分担心：国共两党各有自己奉行的信仰和主义，要是一起组成联合政府，国民党势必总有一天免不了要被共产党吃掉的。以蒋介石的为人和才干，他哪里是毛泽东的对手？所以，趁第二次世界大战已接近尾声，日本的命运也到了决定性的阶段，务必做好处理战后问题的准备。不然，届时必将捉襟见肘，那我党可就被动了。"

李宗仁向来视卢炜昌的意见为金玉良言，如今却不管卢炜昌怎么劝阻，硬是执意修改致美国总统罗斯福与马歇尔元帅的备忘录，提请同盟国当局事先考虑支持国民党单方进行全面接收日本占领区的准备工作。建议在菲律宾设一中美合作训练机构，将国民党方面负责接收的军政人员调去训练，与美国陆、海军密切配合；一旦日本放下武器，即由美国海、空军迅速运往日本所占领的主要地区。

"如不未雨绸缪，这些地区势必落入共军手里，使中共在战略上益占优势，则中国的问题就更复杂了。"他的心仿佛系着千吨巨锚，每一开口，那语气都硬得可以，沉得出奇。

没想到一场世界范围的人类相互残杀结束之时，一个由于多少优秀的中华儿女为之捐躯而终于幸免灭亡的民族，竟然由于政治偏见而非得走向自杀！卢炜昌说服不了李宗仁，只好对天长叹："啊，中华民族生存之机何在？振兴之日何在？"无限缅怀的目光久久凝视着孙中山先生的遗像，两眼禁不住泪水如注……

"炜昌，你看，你看！"李不奴拿着一份电报老远就嚷开了。"啊！新加坡拍来的。"卢炜昌不禁怔住了。

李不奴认真审视了一下电报："你看这份电报可在1940年拍的，竟辗转两年多，才交到我们的手里。"

"战争时期嘛，这一点也不出奇"！卢炜昌漫不经心地看了看电文，陡然瞪大了眼睛："咦，陈胜初先生有什么了不得的要紧事，非要我们速到新加坡？"

"再要紧也不要紧了，都耽搁了两年多了。"李不奴生怕卢炜昌着急，故意不以为然地说。

殊不知竟勾起卢炜昌一腔怨忿："唉，战争，不知道耽搁了人类多少要紧的事！"

"噢，尽管这封电报让战争给耽搁这么长的时间，我们要是不去一趟新加坡，岂不让陈胜初先生等待一辈子吗？"李不奴蓦然想起了什么，连忙改口道。

"是呀！有的人一辈子都在等待，有的人一辈子都得追求；等待着往往得到了满足，追求者到头来什么也没有得到。人生的奥秘，真叫人轻易不能捉摸！"卢炜昌不由感慨万端。

卢炜昌和李不奴沿途在华侨的热情帮助下，经过整整三个月的周折，终于来到了新加坡。

陈胜初连忙把王雪霏那份声明书和那本精致的留影集交给卢炜昌，如释重负地说："何太太可再也不会夜夜来找'我'了！"

李不奴听了，觉得好不奇怪："霏妹为了维护自己的人格和华人的尊严，抗拒日本派遣军总司令非要玩弄、占有她的兽欲，不是已经舍生了吗？她怎么还会夜夜来找你呢？"

"她老是惦念着她的声明书和留影集没有交到你们手上，非要夜夜来找我问罪。"陈胜初的语气仍然免不了惶遽，"你们要是再不来，我可不晓得该怎样向她交代呢!"

陈胜初跟李不奴在说些什么,卢炜昌却全然没有听见,他大脑皮层的整个神经系统全为手上那份王雪霏的声明书所牵制,以致陷入激动、追悔、痛切编织的网罗。许久许久才回过神来,默默地在王雪霏遗落的那份声明书上签了字,请陈胜初把王雪霏留给他的全部财产继承权移交给新加坡中华精武体育会分会。

"请炜昌先生原谅。我虽然万分感激炜昌先生的慷慨,却不敢从命!"陈胜初神色紧张地说。

卢炜昌好不愕然:"胜初先生有什么为难之处?"

陈胜初只好说:"炜昌先生这样做,岂不违背了何太太的心愿么?我一辈子也摆脱不了她的纠缠的。"

卢炜昌不觉笑了:"胜初先生放心好了。雪霏会原谅的,而且一定会很高兴的!"

这天,卢炜昌对李不奴说:"我要立刻启程回国!"

李不奴好不着急,她原想,反正炜昌已经成了没有窝的鸟儿,从国内至海外,没停没歇地奔波,二十多年来劳劳碌碌,还常常出生入死硝烟恶境之中,头上过早地出现了华发。这不由她每每心疼得要命。如今,难得有机会,至少可以让他在新加坡住一段时间,喘息喘息。

"炜昌,胜初先生他们不是希望我们无论如何也得停留一段时间吗?总不能让他们失望吧!"

"这有什么办法?我心里慌得不行,要我在这儿多待一天,好像也活不下去似的。"

"可陈胜初先生他们的美意,也并非纯然出于友谊呀,新加坡精武分会也需要我们帮点忙嘛!反正,新加坡精武分会怎么也不肯接受霏妹遗产中不动产部分的继承权,我们在这里也不会给他们增添麻烦的。"

"这比起我们祖国目前微妙形势,显然属于次要的了,我可得赶紧回去说服德邻,非要他为国共两党合作,促成联合政府的诞生而竭力不可!"

"你还在对李宗仁将军抱这个幻想?"

"这叫不到黄河心不死啊!"

"世界上许多事情,可由不得人们不死心。既然连美国罗斯福总统的特使一直在斡旋，对于促成国共合作，组织联合政府，也还丝毫未见眉目，这倒是你力所能及的事情吗？"

"个人之力是否能及，这可是另一码事。但总得尽炎黄子孙的一份责任啊！再说，一俟日寇投降，我在上海的屈臣氏汽水公司和别的工厂、商场通统都得赶紧复业，以支持精武体育会的复兴，这也得及早作必要的筹划。"

"祖国的命运尚难预卜，无疑距离复兴精武体育会的时机还相当地遥远。你何必操之过急呢！"

"正因为祖国的命运未卜，我们才非得赶紧回去不可，岂能在此偏安一隅？"

卢炜昌迅速回到了上海。家园被毁了，上海被烧焦了，大地被砸成密密麻麻的窟窿，颓垣断壁，满目疮痍，世界仿佛到了末日。卢炜昌的心在颤抖着……

一辆轿车在卢炜昌的身边戛然停住，一位大汉迅速从车里跳了出来，一把拖着卢炜昌窜进了车厢里……

"一九五，你因什么事进来的？怎么被打得鼻青脸肿？"

"老大问你呢，怎么不哼声？"

还没醒悟过来的卢炜昌想：咋的眨眼间就变成了"一九五"呢？

"啪！啪！啪！"一阵拳打脚踢打得卢炜昌更加懵懵然。卢炜昌突然跳将起来，摆开阵脚，那架势叫那个"老大"及监狱里所有囚犯为之胆寒……

卢炜昌低头看看自己的囚衣，缝在胸襟上的那块大白布上赫然写着"195"的囚号。他一切都明白了，这几天突发的事件一一了然脑际。他庆幸自己硬把李不奴留在新加坡，不然，她也逃不了这个厄运……

卢炜昌想，这不是发泄的时机与对象，于是，他慢慢松开架势，平静地走到监室内那个最脏的角落里，满怀信心地等待着……

犯人们窃窃私语：

"那面孔似曾相识！"

"玉树临风，气度不凡！"

"我等鼠辈岂能惹得！"

"什么惹得惹不得？是孬种就得看老子的颜色！""老大"一股怒气。旋即定定地盯着卢炜昌。突然叫了起来："他是精武会的人，难怪那套路那么眼熟！"他走过去拼命摇着卢炜昌的双肩："大哥，是不是？是不是呀？刚才得罪了，对不起！"

他们解除了芥蒂，成了互相了解无话不谈的好兄弟。其他囚犯见此情景蜂拥而上，围住卢炜昌七嘴八舌。

"反对国民党是对的，国民党腐败无能，民不聊生，让我们有劲无处使。不然能落到这般田地吗？"

"亲共有什么罪啊！就以这些罪名让你入狱？"

"大哥，你追求的是健身强国，不当'东亚病夫'，不当亡国奴……"

"可现在志未酬，梦未圆，却遭诬陷！"卢炜昌未等话音落地就愤愤然地说。

"大哥，孙中山是你亲姑父，可蒋介石开口一个国父，闭口一个国父的称孙中山。却容不下你这位国父的亲人、追随者？狼子野心可见了。兄弟们，跟他们拼去……""老大"更加愤怒。

这"老大"呀，原来是广西一支民团队伍的首领，专打日本鬼子，劫富济贫，在本乡本土闹得沸沸扬扬成了高官、财主的眼中钉、肉中刺，被剿伐。因寡不敌众，部分人被俘，成了阶下囚。

"如何拼呀！你们只有等待，这也是一门斗争；追求则是一种信仰的动力……

……

因参加李济深、李宗仁发动的"西广事变"，受到牵连，被国民党政府逮捕入狱。

牢房潮湿，待遇极差，常常是一饥半饱。卢炜昌得了猩红热病，在发高烧、咳嗽气喘，却得不到半点治疗，眼看病情越来越严重了……

囚室一间愁万斛，回肠百折泪千行。卢炜昌只好把泪水往肚里吞，肠中灌。他不断地喃喃呐呐："噢！噢！东亚病夫！东亚病夫！一生积极练武的我竟成了'东亚病夫'！荒唐！荒唐！"卢炜昌哈哈大笑，自嘲一生的坎坷，一生的无奈！

1943年，60岁的卢炜昌病得奄奄一息……

"到头来，我虽然一生什么……什么……也没得到，但下辈子我还是……还是……要做一个追求者，一个胜……胜……利的追求者!"卢炜昌断断续续地说着，双手慢慢地垂下去了，眼睛可睁得大大的……

　　60岁正是人生处于阅历最丰富、智商最高、最有贡献的鼎盛时期，卢炜昌却这样被逼地离开人世，而且临终时身边竟没有一个亲人或挚友。后来他的儿子卢步槐老先生和他的孙女卢媚珠得知这一噩耗，伤心欲绝，哭得撕心裂肺!

　　卢炜昌还是个实力雄厚的企业家。他捐赠三千两白银给孙中山进行辛亥革命。他主张体育救国，创办精武体育会，当时风靡全国，席卷全球。精武精神一直鼓舞着全国人民练武强身。距今已100多年了，国民不但崇尚精武，还把它的精神发扬光大。这里有卢炜昌的丰功伟绩!

　　（结尾一章的作者是卢炜昌的孙女：卢媚珠。）

中篇小说选集

——被今日中国出版社收入《中国二十世纪文学名著文库》

远方的诱惑

一

这是一个小村落，静谧地坐落在雷州半岛的岛腹上。村前望得见湛蓝湛蓝的海湾，在那缥缥缈缈的天脚下；村后看得见奇形怪状的雷公岭，却像仙境那么遥远。至于半岛上那个大城市呢，可就不晓得在东南西北哪个方向了。然而，村民们却一代又一代地、津津有味地传说着城边那座寸金桥的故事，而且常常发生争执：一方说，那座桥当真是用一寸金子铺起的；一方说，是黄略人的祖先用自己的灵魂砌成的，虽然只有一根扁担长，红毛胡子再凶也轻易不敢跨过桥来……除此之外，城里发生过什么新鲜事，村民们便几乎一无所知了，而且似乎也没有那么多的兴致。

世世代代，村民们都规规矩矩地在这块小天地里劳作、生息，不曾听说有谁到外边闯世界。所以，村子四边的毛竹长得密密匝匝，宛若一道厚厚的绿色屏障，将十几座没有规则的，顶儿特别尖削的，形状与西班牙古老民房相仿的蒲草屋围拢起来。村口只有一条通向小圩镇的仅四尺宽的牛车路，两边的车辙深如沟壑。那只是故意让人想到这儿的日子的久长，因为打从村子里拉出去，以及从外边拉进来的东西，本来就很简单。这地方，虽然有坡也有田，可坡是黄土坡，很瘦瘠，很干旱，日头毒的时候，地面直冒火星；田是烂泥田，稀稀糊糊像一片沼泽，一脚踏进去，泥浆便即刻没膝。谁下田做活路，都得穿上一双小艇般大小的田屐，怪别致的。然而却轻易打不到几颗粮食，只好大片大片种蒲草，却也长得疏疏落落，没几尺高。蒲洋里偶尔发出几声鹁鸪的啼叫，更叫人觉得这儿的贫瘠和偏僻……

大概是这些缘由吧，世间几多纷扰，一概没跟这块地方有丝纹相干。

即便是到处割资本主义尾巴，工作组也值不得踏进这个牛脚迹大小的村子。迷信"天生人，天养人"的村民们越发感谢上苍了，对于半饥半饱的日子也就心满意足起来。所苦恼的只是村民们趁圩打市，往往听外乡人谈论，某村某庄发生了些什么轶事，或者出了个什么能人。却不曾提及过这个村落，尽管这个村子的姑娘和年轻媳妇们的手儿挺巧，天上的雁阵、蒲洋里的鹁鸪、野花丛中的彩蝶都能织进蒲席里……

在村民们的记忆里，恐怕只有这一回最叫人感到光彩的了。那天，打自城里来了个画画儿的后生，把村子四边的毛竹、大伙住的蒲草屋、村前的蒲洋，以及村口那条四尺宽的牛车路，全都画进个大本本上。他还给每一个村民，男的女的、老的少的画个头像，一个个都画得那么神气；对于正在编织花席的姑娘和年轻媳妇，画得可就更细致了。这叫村民们可乐乎了好些日子。过后，村子便又回到原来的宁静。村民们也渐渐地淡忘了这件事。只有那些年轻人偶尔后悔几句："唉，当时怎么不跟他讨一张画儿呢！"

没想到事隔半载，那个画画儿的后生突然寄来一张画儿，还夹着一封信说，这幅《蒲织图》去年冬天在北京参加全国版画展览后，又送往法国巴黎展出了……

开头，村民们只晓得一个劲儿的欢喜，不知谁提醒大伙："呀，这上面画的尽是我们村的姑娘和年轻媳妇，她们这下可不都到了北京和法国了吗！"村民们这才晓得：这可是一桩了不得的喜事，简直比出了状元还荣耀。于是，几个年轻人当即骑上崭新的凤凰单车，风驰电掣地从圩镇上买回几捆爆竹，"噼噼啪啪"地庆贺了半天。

金泰爹甚至把一只刚下蛋的金爪惠阳鸡杀了，跑到大庄代销店破例买回一瓶十全大补，对女儿嚷道："快去把那个画画儿的后生哥请来，让我跟他喝个半醉！"

二女儿黑蝶不禁淡淡一笑："爹，你酒未沾唇，怎么倒先醉懵了？人家住在大城市里，你就是坐直升机也来不及请他呀！"

经黑蝶这么一说，金泰爹才清醒过来——打从这儿上城，可得到镇上搭大汽车，扯一张车票少不了一两块钱……这可吓了他一跳，连忙摆手："罢了，罢了，我替他喝了就是了。"

女儿们晓得阿爹舍得一只鸡可舍不得一个肾，忍不住一起笑了起来。大女儿玉蝶拼命掩着嘴唇，"嗤嗤"地笑；黑蝶只"哈哈"大笑两声便不笑了；只有三女儿花蝶笑得最放肆；连最小的哑女蝶蝶也"咕咕"笑个不休。

"笑什么来？"金泰爹陡地板起苦瓜脸训斥道："盘古开天辟地以来，谁瞧得起我们村？外乡人怕早就把我们村给忘掉了。这张画儿可给我们村十八代都添了光彩。往后大伙上圩场，逢人脸儿可大得多喽！"

一阵狂喜过后，村民们忽然想起，那个画画儿的后生在来信中并没有说明，这张画儿赠给谁的，究竟该往哪儿挂。于是谁家先挂，谁家后挂，又引起一番争执。争了半天，依旧没有定论，大伙只好说："索性挂到队屋里算了。"

一直勾着头默默抽大碌竹烟筒，半天没作声的金泰爹，这时"崔"地一敲大碌竹，瓮声瓮气说："你们没看见，这画儿上画的谁突出吗？"

大伙这才认出，画面正中画的姑娘那半隐半露的媚态，又直又尖的鼻子，抿着桃花瓣儿的嘴唇，像极了金泰爹的大女儿玉蝶，不禁失声叫了起来："画活啦！画活啦！"

在大伙的赞叹声中，金泰爹轻轻易易地把那张画儿拿走了。对此，谁也不敢吭声。金泰爹在村里可是一人之下几十人之上的人物，甚至队长也往往让他七分。这不仅因为他祖籍黄略村，他爷爷的爷爷在寸金桥头跟红毛胡子打过仗，而且村里大凡有什么重大事儿，非得他出来"咬犁头"不可。他平日轻易不作声，一作声便好比皇帝开金口，满朝大臣都得百依百从……

二

说来也怪，这个小村落，千百年来轻易不发生一桩大事，仿佛全是为了积攒着，到如今才一并爆发似的。公元 1982 年仲秋，村口那条又窄又坎坷的牛车路，突然开来一辆乌黑闪亮的小轿车。大概是由于牛车路太窄了，小轿车被两边的茅草、荆棘丛挤得"喝喝"的活像猪叫，把蜂拥而至的娃娃们吓跑了老远，半晌才敢围拢过来。

村民们正在惊奇，只听得"吱"的一声，从小轿车里走出两个大胡子，高个儿、高鼻梁，红头发、红睫毛，白皮肉、蓝眼睛的人。这下不光那些光屁股的小村民们越发跑得老远，就连十八、二十几的大姑娘和小媳妇也不敢近前半步。玉蝶赶紧拉着妹妹躲进厢房，贴着门缝往外瞧。黑蝶漫不经心地朝门外瞧了两眼，便又埋头忙她的活路。唯独花蝶一点儿也不害怕，大大咧咧地挺着充满青春活力的、微微鼓起的胸脯，紧挨着她爹站在门槛上，摆出一副主人的架势。一看那辆轿车上跟着下来一个洋里洋气的、一个土里土气的干部，领着那两个红毛胡子径直朝她家走来，她赶快扭身跑回厢房去，忙不迭翻箱倒柜，左挑右拣，换上一套最惬意的的确良花衣裳，匆匆往发辫上搽点发油，又匆匆照照镜子，才匆匆转身出来。

这时，全村的人都涌到了她家门口，里三层，外三层，严实得水泄不通。只见那两个红毛胡子"叽里咕噜"几声，那个洋里洋气的干部便笑吟吟地对她爹说："阿伯，这两位外国朋友想看看你女儿织的花蒲席……"不等那干部的话音落地，也不等金泰爹开口，花蝶便连忙抱出两张花蒲席。"哗啦"一声抖开，蒲席上恍惚飞出一行人字形的大雁，几只生气勃勃的鹁鸪，一群上下翻跹的彩蝶；那一簇簇野石榴花、山茶花、夹竹桃花，烂烂漫漫，层层叠叠，仿佛飘着一股淡淡的幽香，沁人肺腑……

那两个红毛胡子一时间傻了眼，半晌才弯下腰去，戴上金边眼镜，一面仔仔细细端详，一面"叽里咕噜"，随即朝花蝶竖起拇指，一连说了三声"marvellous！"（妙极，了不起！）不住地称赞花蝶的巧手。

其实，花蝶的手并不那么巧，四个姐妹当中只有她不会织花蒲席。然而，大姐玉蝶却躲在厢房里不敢出来，二姐黑蝶又抿住嘴不作声，她只好红着脸点了点头，表示接受了那两个外国人的赞许。

那两个外国人立即掏出一沓拾元面额的兑换券，买走了这两张花蒲席。

这回轮到金泰爹傻眼了，直愣愣地盯着这沓大币。那两个外国人是怎样离开他家的，又是怎样上了那辆小轿车，从村口那条又窄又坎坷的牛车路上开出去的，他一点也不清楚。只听得大伙你一言我一语地争执：

"我说是英国人！""我看是美国人！""怕是俄国人吧？"

金泰爹这才清醒过来，忍不住瓮声瓮气地喝道："吵什么来？这是法国人嘛！"

村里谁不晓得他爷爷的爷爷在寸金桥头跟法国人打过仗？于是便再也没有人敢异议了。

然而，这件事却在村民们的心里悄悄萌出一种朦朦胧胧的希望，各家各户都叮嘱自己的闺女或媳妇，认真往花席上用心思，从挑草、染色、构思图纹到编织花席，都要特别下功夫……

那些手儿特别灵巧的姑娘，心眼儿可比她们的爹娘特别的活泛。这天晚上，听说十里以外的大庄来了个雷州歌班，她们便早早吃完晚饭，早早梳妆打扮，相邀相请去听雷州歌。一走出那围拢得严严实实的毛竹丛林，踏上穿过蔗地蜿蜒而去的小路，她们便活像一群雀儿似的，沿途叽叽喳喳开来。

"哟，谁搽的花露水，没有半斤怕也有五两，可香死人喽！"

"你没搽花露水，倒留着一身汗酸气味去赶散男人，让自己独霸戏场吗？"

"嘻嘻噜……"

"别吵别吵！让我检查检查，谁身上有汗酸味儿，可不许去大庄听歌，别丢了我们村姑娘的脸。"

"你闻吧！"

"你闻吧！"

"你放鼻子长些吧！"

"你也闻闻我的吧！"

"噢，谁的身上都香死人。我要是男人，非被勾引了不可！"

"别赛嗓门啦，当心后边的后生听了当笑柄。"

"怕什么呀？玉蝶姐，你说说，你打扮得这么光鲜惹目，倒是为的勾引男人不成？"

"别问玉蝶，你心里到底想不想男人？"

"嘻嘻，除了男人就别的什么都不值得想了吗？"

"如今日子这么美了，还有什么值得胡想的？"

"世界这么大，值得想的东西可多着呢！"

"是呀，我就想到城里去新鲜新鲜，看看城里的楼房到底有几层高，寸金桥是不是当真用一寸金子铺成的？"

"听说如今种田人只要舍得掏钱买票子，爱坐火车、坐飞机都行。我倒想坐坐火车，也坐坐飞机，到广州、上海、北京游一游，看看世界到底有多大？"

"啧啧，跑到那么遥远的地方，要是迷了路可不得了哇！最好是我们村能变得跟城市一样，要买什么有什么，天天晚上都能看大戏、电影，听雷州歌。这有多美！"

"我可不敢想得那么美，只要姑娘们早晚能在一块儿热闹热闹，叫日子越过越有滋味就满足喽!"

"哟，这还不容易。我们村田地本来就不多，实行了包干种田，几多活路都用不着女人沾边儿。我们姑娘家注定要关在蒲屋里孤孤独独织蒲席的。"

"这有什么打紧？只要钱赚得多就行。"

"噢，一个人活着，除了要赚钱，就没有什么可追求的了吗？"

"谁说没有？只是我们让番薯喂大，把心眼都给塞实了，轻易说不出来罢了!"

"啐，人人都像你个傻妞呀!我看玉蝶姐就能轻易说出来，要不，她织的花蒲席怎么会比我们的出格？难怪那两个外国人只认她的门槛，一下就掏出一沓大币，叽里咕噜夸她的手巧!"

"嗨，我要是也能让外国人夸一夸，该有多光彩!"

"光赚一两个外国人几张大币，让他夸一夸，能算多大出息哟!像电影上放的中国女排那样，给国家争回个大金牌，叫全世界的人都瞪眼睛，这才叫光彩呢!我们织的蒲席要是能卖到外国去，让全世界的人都喜欢，不也很光彩吗!"

"光彩倒光彩，可谁有你织的好呀？"

"玉蝶姐还不是凭心眼儿琢磨出来的!"

"玉蝶姐，你肯教我们吗？"

"是呀，玉蝶姐，你肯把你的绝招传给姐妹们吗？"

"行呀，行呀!谁要是超过我，我还给她发奖金呢!"

"呀!玉蝶姐，你真舍得掏自己的腰包？"

"啊哟，钱又不是命根，有什么舍不得的？只是得订个条件……"

"什么条件？"

"快说!"

"快说!"

"谁学了我的手艺，谁织出花蒲席可得卖给国家搞出口。"

"行，行!至多一张花蒲席少赚几毛钱，只要有出息，就比赚多少钱都值得。"

"要是家里拖后腿，不让卖牌价呢？"

"谁没出息，谁就是小狗。"

"说了可算数，莫要反悔啊!"

有人立刻拔了一根长长的头发，"给！"有人跟着又拔下一根头发，

"给！"姑娘们一个个跟着拔下一根头发，全都给了玉蝶，说："玉蝶姐，我们的心就系在这根头发上，你拿着吧！"

玉蝶慌了："这，这……"

"要是国家不收购我们的花蒲席呢？"有人突然担心起来。

"有毛竹哥呢。只要玉蝶姐在他跟前打个喷嚏，保准他立刻就会说：'好事好事，全包在我身上！'"

不知哪个姑娘的嗓门那么粗，逗得大家又一阵嘻哈大笑。

玉蝶臊得不行，连忙掩饰道："这有什么好笑的？要是没个男人去搞联系，我们姑娘家谁晓得那座大城市在东南西北哪个方向呀？"

姑娘们觉得着理，即刻止了笑声。

这时，远处传来隐隐约约的锣鼓声，夹杂着隐隐约约的雷州歌声。姑娘们不由小跑起来，一边仍旧不住口地说话，没完没了。

"快，听见唱雷歌了。"

"好像是个女的嗓音。"

"女的嗓音哪有这么粗？准是个男的嗓音。"

"光顾着拌嘴，人家都快唱完喽！"

"唱完了，就游一游大庄，心里也痛快嘛，慌什么？"

"不知大庄供销店又来了些什么印花的确良。"

"冬天快来了，还要买的确良做什么？该买花呢了。"

……

三

这天晚上，金泰爹久久蹲在一张古老的竹床床沿上。这张竹床，至少睡过三代人了。这有暗红色的床沿积着一层层黑漆漆的汗渍佐证。难怪女儿们早就要他换一张新式床。近年来，村子里的人家对于衣食住行，都不知不觉地讲究起来了。何况他的四个女儿简直就是四棵摇钱树呢。大女儿玉蝶的一双手，比村里谁家姑娘的手都巧，世间大凡美的东西，只要她能看见的，就能织进蒲席里。而且特别晓得体贴爹，一听爹半夜里抽大碌竹烟筒"咕咚咕咚"的声音，便晓得爹心眼里活动的什么了，于是没日没夜地织花席，非织到鸡啼二遍决不肯上床睡觉。二女儿黑蝶力气又大又勤快，她一个人几乎包了全家的包产田。掌犁、拉车、办田、下蒲洋割蒲

草，村里的后生没一个能赶上她，连金泰爹也让三分。她不独是个种田好手，而且从小就跟娘学会织花蒲席，白天干完里里外外的活路，晚上便蹲在玉蝶的身边，摆弄起七彩蒲草。三女儿花蝶，虽然很少下田，也不会织花蒲席，但人长得特别漂亮，心计又多，口齿又伶俐，在圩场上卖花蒲席，她开口要多少价，那张嘴巴儿就能叫顾客给多少钱，一分也不会少的。四女儿蝶蝶，虽然是个哑巴，却一点也不傻，一双白白的小手跟她大姐的一样灵巧。大姐在蒲席上能织出什么花鸟蜂蝶，她也能织出什么花鸟蜂蝶，而且只晓得跟着大姐整日里蹲在蒲草上，勾着头用功夫，织出的彩蝶比大姐的还别有生气呢……所以，政府一放开农民的手脚，准许农民发家致富，金泰爹的日子便马上冒了起来。可是，他对日子却仍旧是那么刻薄，一分一毛地抠着花。别人家里都实行半现代化了，他的家里却仍旧是那么古老，大小家具多半是祖宗遗留下来的。本来，女儿们嚷着要添置新家具，他并非无动于衷。特别是花蝶，每每看见别人家里添置了一件时髦的东西，总要吵闹一番，他心里便动得厉害，反正手头宽裕了，就让女儿们新鲜新鲜吧！可是，每当他伸手去掏腰包，手腕骨便不由发软起来。一下子就花掉这么多钱！况且把这些家具一件一件地换掉，岂不把祖公骨一件一件地丢掉了吗？须知这些不多的家产，可经过祖先们以及他和他的老伴多少劳碌，好不容易一件一件积累下来。哪有今天这么轻易地就从外国人的手里赚来这沓拾元面额大币！他爹见过这么大面额的大币么？没有。他爷爷见过这么大面额的大币么？没有。他爷爷的爷爷见过这么大面额的大币么？没有，都没有。庄稼人，祖祖辈辈都靠田地里的一点点出息，从圩场上换回一点点油盐酱醋过日子。即便遇上老天爷开眼——得到恩赐，可以多出卖些粮食或别的什么副产品之类，挣到的也只是一些零零星星的小币……金泰爹越往下想便越发觉得，这沓大币叫他光宗耀祖了。于是，鼻子不由酸起来，嘴唇不由颤抖起来，哽哽噎噎地喃呐："爹啊……爷啊……爷爷的爷爷啊……你们的子孙金泰我要发……发迹喽！"

"爹，鸡都啼更了，还不睡呀？"隔壁传来玉蝶的声音。

"这就睡，这就睡！"金泰爹一迭连声地应道，却仍旧爱不释手地拿着这沓大币，翻来覆去瞧个没够。煤油灯暗了，他挑了挑灯芯，又瞧了一眼；终于打呵欠了，他拍拍脑门，又瞧了一眼；眼皮盖奄拉下来了，他使劲睁了睁，又瞧了一眼。这才紧紧地捏着那一沓大币倒在竹床上，晃晃然、悠悠然地到了梦乡……

忽见老伴远远朝他走过来，他不由万分惊喜："你……怎，怎么回来了？"

"我给你留下四个女儿，老是放心不下，回来看看你可亏待了她们没有？"老伴脸上罩着一层淡淡的愁云说。

"你该欢喜啰！我把她们一个个都养得活像一枝花似的呢！"他得意地说。

老伴那双凹陷的眼睛蓦地闪亮一下，干瘪的嘴唇似乎流出一丝淡淡的笑意，却半晌不作声。

"村里人都夸你会生呢，说你生了这四个女儿，可比生四个小子强得多。"他没话找话叫老伴开心。

"唉，女儿到底是女儿，哪能跟小子比？"

"嘿，给我四个小子，可轻易换不走我这四个女儿！"他不服气地说，随即"咔——"一声打开一个大铁柜，"瞧，这些大币，全都是你的女儿给挣来的！"

老伴陡地睁大了眼睛："呀，真多！一张顶多少钱？"

"一张顶十块钱，十块啊！"他生怕老伴晓不得几个数目，便又仔仔细细地计算说："一张顶十张一块钱人民币，一百张一毛钱的小币，一千张一分钱的碎币，买的东西又便宜又时髦。"

"你要拿它买什么东西？"

"什么东西也不买。我要在床底下挖个大窟窿，把这些大币通通埋在地下。河水都有倒流时，谁知日后日子会不会回头？"

"不怕沤烂？不怕白蚁吃了？"

"都藏在大铁柜里，怕什么来？"

"唉唉，你倒忘了爹娘吃一辈子苦，可为的什么啦！"老伴忽然伤心起来。他急了："我什么时候忘了？爹和娘吃一辈子苦，还不是为的生我们养我们，指望我们能过上好日子吗！"

"那我跟你劳累一辈子，又为谁来？"

"为女儿们嘛！"

"可你把钱埋到地下……"

他这才恍然大悟：是呀，女儿一个个都长大了，都得一个个离开他而另立门户的。他也终归要到老伴那儿过日子的，把这么多钱埋在地下做什么呢？便连忙截住老伴的话："这……这些钱。你看该怎么着就怎么着吧!"

于是，老伴把一大铁柜的大币，一张一张地叠成四份，哪一份一张也不多，哪一份一张也不少。

"全给了女儿，不给我和你留下一张么?"他惘惘然地问。

"你和我要这些做什么?"老伴执拗地说，"你留给女儿们的越多，女儿们每年清明节给你烧的纸钱就越多。这还亏得了你吗?"

"哦哦，这就一张也用不着，用不着留喽!"他忽然想起了什么，倏地伸手过去向老伴央求道，"你让我从每一份里取出一张出来吧!"

老伴一愣:"要买什么? 用得着这么多钱呀?"

"带蝶蝶到城里治治病。当年她生病，我要有半张大币，她也不会成哑巴的。"

老伴一听，便掩面抽泣起来。

"蝶蝶要是不会说话，我哪有脸皮去见你啊!"

老伴越发啜泣得厉害了，抹着眼泪说:"我总算没白跟你吃了一辈子苦。这回我就放心了!"说罢转身便走。

他踉踉跄跄跟上前去，可是不知为什么，他怎么也跟不上，只好央求老伴道:"你等等我嘛，你等等我嘛!"

老伴却半步不停:"你跟着来做什么? 快回去吧。好日子才开头，女儿们可等着你去为她们发大财哩!"话音刚落，便化作一团烟雾，轻轻地飘走了。

"蝶他娘，蝶他娘!"他急得高声大嗓地叫嚷起来。

花蝶和蝶蝶闻声，慌忙跑进房来。"爹，您见到我娘啦?"花蝶又惊又喜地问。蝶蝶却吓得"呜呜"大哭。

金泰爹这才从梦中醒来，嗳嗳嚅嚅地说:"先头我是见了你娘来。"一看床前只站着花蝶和蝶蝶，他不由愣了愣，"你大姐、二姐呢?"

花蝶也觉得好生奇怪:"大姐和二姐不知什么时候出去了，这么深夜还没见回来。"

大闺女半夜出门，还会干好事去吗? 金泰爹一想到这一层，便陡地跳了起来:"唉唉，唉唉!"

四

玉蝶好不容易盼来了他爹那大旱天打闷雷也似的鼾声。于是，她悄悄下了床，悄悄穿了衣服，悄悄拉开了门闩。

怎么今夜里的月儿特别的亮？把村里的角角落落都照遍了。那几颗疏疏落落的星星，仿佛也在故意盯着人。莫非她们都窥见了玉蝶的心，晓得玉蝶要去干的什么？

躲开她们！

玉蝶紧紧贴着墙根，躲躲闪闪地往前走。她老是觉得背后有一双眼睛在盯着。要是当真让人看见了，可了不得呀！于是，她走几步，便回头瞧一瞧；回头瞧一瞧，又惴惴不安地走几步。看得见前边那个果叶扶疏，竹影摇曳的窗户了，背后却忽然传来"咚咚"的脚步声，把她吓了一跳，慌忙躲到一棵长满疙疙瘩瘩的、日子久远的木菠萝后边。半晌，四下里并没出现个人影儿。噢，半夜三更的，还会有谁出来当夜游神呢？无非是自己的心跳得太厉害罢了。她不禁莞尔一笑，笑自己的胆儿太小了。又不是偷鸡摸狗，怕什么来？

她终于壮起胆儿，走到那个熟悉的窗户跟前。可是伸出的手还没碰着窗门，她脸上便唰地滚烫起来，心口窝里也跟着"扑通扑通"响得厉害。好一会儿，手指尖上才发出轻轻的声音："笃，笃，笃！"

"谁？"窗户里冒出个糊里糊涂的声音。

"毛竹哥，是我呀！"玉蝶赶快压着嗓门答道。

毛竹一听，倏地跳下床来，连拖鞋也顾不上趿，便"吱——"一声打开了窗户，把头伸到外边："蝶儿，什么事？"

"大事。你快出来！"

毛竹听出玉蝶急促的、发颤的声音，心里不由"咯噔"一下：玉蝶怎么半夜三更来叩窗？莫非他俩的大事出了枝节？他急忙打开大门招呼："蝶儿，快进来！"

玉蝶却固执地说："不，还是到村背后那片林子里去！"说罢便径自走了。这片花木掩映的林子，处处藏着毛竹和玉蝶美妙的记忆。小时候，毛竹常常和玉蝶、黑蝶一块，在这儿捉蝶嬉戏。不知为什么，毛竹特别喜欢那种玲珑剔透的小蝶，一捉到它，便得意得蹦蹦跳："我得了玉蝶啦！我得了玉蝶啦！"要是捉到那种黑色的小蝶，他总是扫兴地说："这是黑蝶，不好看。"便让它飞走了。没想到，童年这种天真烂漫的嬉戏，竟然在毛竹和玉蝶那块小小的心田里，不知不觉播下了一颗神秘的种子。随着二人渐渐长大，这颗种子也悄悄地萌出芽儿来。玉蝶一碰上毛竹，瓜子脸上便飞起两片红云，宛若熟石榴。聪明的毛竹见了，便故意问道："蝶儿，我又不是甜酒瓮，让你碰上便脸红。你见了我，倒脸红什么呀？"玉蝶越发臊得不行，赶快勾着头逃开了，一边低声应道："不知道，不知道！"毛竹却大声嚷道："我知道，我知道！"他入伍以后，竟然在对越自卫反击战打响前两天，突然收到了玉蝶的一封信。只是这封信却奇怪得很，一个字也没有，信封里只装着一只毛竹小时候所喜欢的那种玲珑剔透的小蝶和一片翡翠似的毛竹叶。毛竹一看便明白它的意思……所不解的是，他在家乡时，天天见到玉蝶，他从不脸红心跳，而今在边境线上忽然见到这只玉蝶儿，他的心却"怦怦怦"跳得厉害，叫他半宵睡不着觉，眼睁睁地躺在军床上，望着绿色的帐篷胡思乱想——一忽儿想起他小时候和玉蝶在林子里捉蝶嬉戏的情景；一忽儿想到玉蝶她爷爷的爷爷的爹，手执大刀长矛在寸金桥头跟红毛胡子厮杀的传说；一忽儿又想到再过几天，他就要端起冲锋枪狠狠还击越南鬼子的侵略了，要是玉蝶她爷爷的爷爷的爹在地下能听见他的枪声，该有多高兴！他还想到，日后复员回乡，一定要跟玉蝶开个玩笑，问她寄来个玉蝶儿和一片毛竹叶是什么意思，看她怎么回答……可是，当他打了胜仗，拖着一个空衫袖回到村子的那天晚上，这个念头却遽然消失了。玉蝶一见到他这个空衫袖，便扑扑簌簌地掉下了眼泪。他心里又酸又涩，难受得慌，却低着头将这只玉蝶儿和一片毛竹叶还给她。玉蝶一看那只蝶儿和毛竹叶上边浸透了斑斑血迹，不禁猛地打了个愣怔，哽哽咽咽地说："我给了你的，就决不会收回来！"他用左手从口袋里"嗖"地拔出右边的空衫袖，着急地说："哎呀，你没看见，我这个衫袖空空荡荡的吗？"玉蝶一把抓住那空衫袖，两手不住地颤抖，却不再掉眼泪，只是固执地说："这玉蝶儿更该属你的，属你的！"毛竹再也没有力量拒绝了，不由担心地说："你参要是不同意呢？"玉蝶听了，不由低下头去，半晌才细声细语地说："你不会去求他吗？求一次不行，就求十次；十次不行，就求一百次；一百次再不行，就求一千次呀，一万次呀！嘻嘻……"毛竹虽然在对越自卫还击战中被授予了"独胆英雄"的称号，可是要他踏上玉蝶家的门槛，去向金泰参求婚，却没这个胆量。一见玉蝶半夜里来找他，便不由着急起来，没等钻进林子，他便气促地问："你参知道了？"

"我参知道了什么来？"玉蝶愕然地反问。"我们的终身大事呀！"毛竹脱口而出。玉蝶忍俊不禁，"扑哧"一声笑起来。

"笑什么啊，你不是说要商量大事吗？"毛竹傻乎乎地说。

"亏你还当过解放军来呢！除了我们的大事，就没有什么更大的事了？"玉蝶仍旧"哧哧"直笑。

"到底是什么大事，你快说嘛！"毛竹越发着急了。

玉蝶却慢条斯理地说："你可看见那两个红毛胡子在我家买花席了没有？""看见了。"

"你晓得他们叽里咕噜些什么吗？""没晓得，反正是在夸奖你。"

"嗯。要是好多外国人都能买到我们村的花席，我们村的姑娘岂不名扬天下了吗？"

毛竹以为玉蝶这不过是说来高兴的，不以为然地笑了笑。

"毛竹哥，我就是为的这桩大事找你来的呢！"玉蝶挺认真地说。毛竹陡地瞪大了眼睛，心里说不出是失望，抑或兴奋……

"听说国家向外国人买机器搞四化，全凭的外汇。要是织出好多好多花席来卖给外国人，我们村姑娘对国家不是有了贡献吗？"玉蝶越说越兴奋。

"别的外国人，都全跟那两个红毛胡子一样，那么轻易让我们赚他们的钱？"

"我从门缝里悄悄看出来了，外国人买花席，可认真讲究手工的。只要用心机把那些花鸟蜂蝶织得特别活现，不怕外国人舍不得掏大钱……"

毛竹听着听着，忽然觉得玉蝶变陌生了。这个一向沉默寡言，只晓得在蒲席上用心思，很少走出村口的姑娘，如今竟然想得那么远、那么远……难怪自己离开村子几年，一回来便觉得村子似乎跟从前不一样了。他不由转过脸，借着树叶缝隙筛下来的缕缕月光，仔仔细细地端详起玉蝶来……

"你怎么老不作声，却痴痴呆呆地看人？"玉蝶被毛竹的目光灼得脸上滚烫滚烫的，赶紧勾下头去。"

"这几年，你越发变俏了，叫我怎能不仔细瞧瞧！""不看不行吗？"

"不行。不多看看，心里可慌得不行！"

玉蝶于是羞答答地抬起头来："那……你就看个够吧！"声音低低的，低低的，"看够了，可得答应我……"

"答应你什么？"

"看你急的！你可看够了吗？""看得够吗？快说！"

玉蝶莞尔一笑，便把昨天晚上，姑娘们去听雷州歌，在路上所说的话儿，一句不漏地学给毛竹听。

"嘿嘿，我们村的姑娘可不简单!"毛竹高兴得一拍大腿。

"那你明天就上城，给我们去联系联系，行不?"玉蝶一半撒娇一半央求。

"行! 不过——"毛竹忽然犹豫起来。

玉蝶一看毛竹支支吾吾，连忙说:"嘻嘻，姑娘们都说，只要我在你跟前打个喷嚏，你立刻就会说'好事好事，全包在我身上'呢!"

毛竹笑了，却不能轻易回答。玉蝶的蒲织手艺在雷州半岛独一无二。金泰爹的财路全捏在玉蝶这双手上。玉蝶要是把她的绝招传给了众人，岂不等于掏她爹的腰包分给了大家吗? 况且还订下了个卖牌价供给国家出口的条件，玉蝶自然得带头。这可拨乱了金泰爹的算盘珠，他轻易想得通?

"毛竹哥，答应我呀!"玉蝶有些急了。

毛竹仍旧不作声，他得考一考玉蝶，看她的决心到底有多大。"毛竹哥，你要再不作声，我可要发疯呢!"玉蝶急得不行。毛竹慌了，连忙说:"那你就赶快打个喷嚏吧!"

玉蝶懵了:"这儿挺背风的，可没凉着，怎么会打喷嚏呢?""让我说'好事好事，全包在我身上'呀!"毛竹逗趣地说。

"嘻嘻嘻……"玉蝶双手捂着嘴巴儿，笑得前合后仰，不由一头倒在了毛竹的臂弯里，甜甜地说:"毛竹哥，你真好!"随即仰着瓜子脸望着毛竹，翕动着薄薄的嘴唇，一双荡漾着秋波的眸子在等待着，等待着……

毛竹正俯下脸去，林子里却突然响起"啪"的一声，细细的，脆脆的。玉蝶吓了一跳，慌忙推开毛竹，压着嗓子，战战兢兢地说:"有人呢!"

毛竹哪会相信?"这个时辰。谁还会到这儿来呀?"左手一把将玉蝶搂住……

"啪"林子里又响起个声音，细细的，脆脆的。

这是折树枝的声音。玉蝶听清了，越发慌张起来:"不好了，有人瞧见我们学电影了!"

毛竹只好站了起来. 猫着腰循声寻去。不一会儿便折回来，满腹疑虑地说:"走了，像是黑蝶的影儿。"

玉蝶听了，陡地一怔:"她?"

是她——黑蝶，这个倔姑娘，当夜也睡得不安生，心口窝里也在翻江倒海……忽见大姐玉蝶悄悄下了床，悄悄穿上衣服，悄悄拉开门栓，不由愣住了：玉蝶这丫头，半夜三更出去干什么？莫非……莫非……黑蝶的脑瓜里，蓦地闪出毛竹的影儿来，那颗本来就悬着的心，"咚"地跳到了嗓眼上：莫非玉蝶和他……于是，黑蝶匆匆下了床，匆匆穿上衣服，匆匆跟了出去……

玉蝶果然勾引毛竹钻进树林子里，悄悄把毛竹哥霸占了。这个死丫头，也配嫁给毛竹哥？一不会掌犁拉车，二不会操持家务，而且胆子小得出奇，就连阿爹说话嗓门大一些，她也吓得舌头缩进喉咙里。哪一点比得上我黑蝶！就说织花席吧，我的手指虽然不如她的细嫩，可全是由于干的粗活变粗的；要是我也天天关在屋子里摆弄蒲草，不比她的手灵巧才怪呢。小时候，娘不是夸我手儿比她灵巧吗？她只有皮囊长得比我黑蝶强。其实，我不过是让日头晒得多点儿罢了。毛竹哥偏偏就看上她的皮囊，从小跟她特别亲，把玉蝶儿也当作她的化身。他最不喜欢黑蝶儿。说它长得黑，不好看。这叫人有多伤心！可是不知为什么，他越不喜欢黑蝶，黑蝶却偏要喜欢他。怎么能不喜欢他呢？他的一举一动，都那么讨人喜欢。特别是一张开那方方正正的、厚厚实实的嘴唇，露出两颗洁白洁白的虎牙，越发叫人觉得他英俊，日后非成个有出息的男儿不可。如今，他果然成了英雄！叫人怎么不倾心？要是他当真娶了玉蝶这个死丫头，他可就得一辈子倒霉了。他只有一条胳膊，怎么操持家务，怎么做活路？可是他却让玉蝶的一副妖冶相给迷住，迷得那么深、那么深，以至一点也不了解黑蝶的心，见了面便仍旧将人看作小妹妹，左一个支使，右一个支使："黑蝶儿，告诉你姐，晚上大庄有电影。"好像我黑蝶生来注定要给他当姨子似的，真是气煞人。可是不给他当姨子，又怎样奈何他呢？更气人的是，玉蝶这死丫头，脸皮忽然变得这么厚，竟然跟他躲在这密密的林子里亲嘴巴儿……

黑蝶恨得牙根"咯吱咯吱"响，手上捏着一根树枝，"啪！"掐断了一截；"啪"又掐断了一截。心里一边骂道："亲吧，亲吧，连舌头尖儿都吞了吧！臭丫头，看我不把你的丑给爹揭了，就是小狗！"可是回到家里，黑蝶却不声不响地躺在床上，拼命咬着嘴唇，任由泪水悄悄地、悄悄地沾湿了鬓发，沾湿了绣花枕巾……

五

毛竹从城里回来了。他终于出色地完成了玉蝶的重托——跟土产进出口公司挂上了钩。

这个消息立刻轰动了全村——

"稀罕稀罕，我们村的姑娘可要扬名啦！"

"嗨，这些丫头，兴许真能给我们村争些光彩呢！"

那些对生活永远也不知道满足的姑娘，更是喜得不行。她们忽然觉得自己比小伙子们出息了许多，神采飞扬地穿街过巷，相互一见面便说："得了，得了，挂上钩了！"嘻嘻哈哈地直朝玉蝶家涌去。

金泰爹打从圩镇上回来，远远看着家门，不禁喜从天降：莫非那两个红毛胡子又光临了他家？这回可不只是卖两张花蒲席吧？可会给多少张拾元面额的大币呢？他不觉加快了脚步……

"金泰爹，你可给我们村办了一件大好事啊！"正在街谈巷议的村民们，老远见了金泰爹，便七嘴八舌地朝他赞许道。

金泰爹停步一听，顿即掉进了云里雾中。他愣头愣脑地望着众人，半晌才瓮声瓮气地说："我什么时候给大伙办了好事来？"

"啊哈，你让玉蝶把手艺传给丫头们，专门织上等花席供应国家出口，这还不算大好事吗？"

哦？金泰爹不由陡地瞪大了眼睛，脑瓜里猛一拨拉。不禁暗骂玉蝶"笨鸟"，嘴上却"唔唔"应道，三步拼作两步直奔家门。

"啊哈，金泰爹心甘情愿让玉蝶这棵摇钱树给大伙摇钱，还故意装蒜呢！"不知谁在背后又称赞了一句。金泰爹听起来，这简直是故意把他当作泥鳅——专拣着眼儿上挖！他又气又急，还没踏上门槛，老远便高声大嗓地吆喝："我家又没栽花长蜜，嘤嘤嗡嗡地拥着干什么？"把别家的姑娘连同毛竹在内全轰跑了。

玉蝶吓得脸色煞白，惴惴地问道："爹，你怎么啦？谁欺负你来？"

金泰爹翘起下巴，嗳嗳嗯嗯，却半晌憋不出一句话，连他也不晓得，自己究竟要说些什么。

本来，他要拿玉蝶狠狠生一次气的。不然，让她跟着毛竹尽干傻事，不光叫全家吃了大亏，而且她是大女儿，几个女儿要是都学她，那如何了得！可是，一看玉蝶惊疑万状的神态，他的心肠即刻软了。这丫头，今天怎么忽然长得跟她娘年轻时候一模一样？连说话的嗓音也仿佛跟她娘一个

370

模子印出来似的，叫人以为她简直就是她娘。哪能轻易拿她生气！要是让她娘知道了，不在黄泉底下伤透心吗？她娘可是天底下最疼爱女儿的女人。她从来不曾舍得骂过女儿半句。甚至连心肝她也要挖出来让女儿们吃。每次吃饭，她都只顾忙着给女儿们舀粥，常常是女儿们的饭碗轮流相接，轮到最后，女儿们还没放下碗筷，粥盆便空了。她也没半句抱怨，总说："娘不饿"，舀一瓢清水往粥盆里洗了洗，偷偷呷了便又下田去。着实饿得不行，她便摘青山稔往肚里塞……唉，她可比一棵瓜苗，原本长得旺旺盛盛，一到开花、打瓜，便把身上吸到的水和肥全给了藤儿上一串串瓜儿，一滴也舍不得留下，直到自己干枯，默默萎掉为止。她临去那天，显然还放心不下自己的瓜儿——两眼直勾勾地望着女儿们，老是不肯咽气。"蝶她娘，你就放心去吧！"他的心抽了一下，抹着眼泪劝了一遍。她缓缓转动一下没了瞳仁的眼珠，仍旧不肯咽气。"蝶她娘，你就放心去吧！"他的心又抽了一下，抹着眼泪又劝了一遍。她又缓缓转动一下没有瞳仁的眼珠，依旧不肯咽气，嘴唇翕动了半天，突然奇迹般地蹩出声音来："……别……别让女……女儿……吃……吃青……青……山……稔……"他一头扑到老伴身上，放声号啕大哭起来，一面发疯也似的嚷道："不会的，不会的，绝不会的！"老伴这才慢慢闭上眼睛。可是那干枯的脸颊却仍然残留着一缕淡淡忧虑的阴影，久久地、久久地不肯消散。这阴影，时常笼罩着他的心，叫他徬徨、不安！好在玉蝶替他分忧，一手把几个妹妹背大……而今如何骂得出口！他不由心慌起来，生怕玉蝶看出他要生她的气，慌忙背过脸去，看见门口一群金爪惠阳、澳洲黑、九斤黄鸡儿，心里一动，便慷慷慨慨地撒出一把白米，随手提了一只金爪惠阳鸡，径直走进厨房去，一刀把鸡儿宰了。

"爹，来了什么稀客？"黑蝶不解地瞪着眼睛。

"我们就没长口福，光会养不会吃吗？"金泰爹瓮声瓮气地说，扒拉一下便拔下了一把鸡毛。

"我不信，爹会这么馋嘴，无缘无故舍得杀鸡吃！"黑蝶一面烧火，一面试探她爹究竟为何要杀鸡。

花蝶笑嘻嘻地说："你不晓得，我爹今日花席卖了好价钱，心里有多乐呢！"

金泰爹默然。直到吃饭时，他才开口说："你们姐妹跟着阿爹吃了这许多苦，如今日子抬了头，爹该给你们姐妹弥补弥补才是哩！"

玉蝶一听，眼睫毛上立刻挂起了雾珠儿，默默地夹起一块鸡胸肉，放到金泰爹的饭碗里，又默默地夹起一只鸡腿，放到蝶蝶的饭碗里。

黑蝶端着饭碗，只顾一个劲地扒饭，轻易不伸筷箸去碰菜碟。吃好吃坏，她向来都不计较。

只有花蝶嘴馋。家里虽然一年到头轻易不杀一只鸡，但每逢杀鸡，她都必定要抢鸡腿吃。不想这次她爹却猝然伸出筷箸，将她的筷箸尖轻轻拨开，随即夹起那只鸡腿……

"爹！"花蝶赶快叫了一声，将饭碗递了过去。

金泰爹的筷箸却在饭桌上空拐了个弯儿，将那只鸡腿"嗖"地放到玉蝶的饭碗里。

玉蝶一愣，赶快把鸡腿夹给花蝶。

金泰爹只好不住地嘟哝："都快十八了，还这么任性。你大姐几时看见过鸡腿来……"

花蝶一点也不以为然，吃了鸡腿，乐得"嘻嘻"直笑。

玉蝶受到阿爹突如其来的宠爱，又见花蝶鸡腿吃得这么香，心里一乐，也禁不住"咔咔"笑起来……

金泰爹见女儿们吃得这么欢，心里宽慰极了。饭后抽起一口大碌竹烟筒，特别有滋味，难怪人常说"饭后一口烟，胜过活神仙"呢。不觉自言自语道："只要你们姐妹听爹的，心眼儿都向着家里，出力种好包产田，多织花席多赚钱，莫说是自家养的鸡，就是拿钱到圩镇上买的，阿爹也舍得杀。"

花蝶赶快插嘴："有我二姐一身死牛力，有我大姐一双巧手儿，您愁什么呀，爹！"

黑蝶狠狠白了花蝶一眼，扛起大锄便出门去了。

玉蝶早已回到一张还没织完的花席上，一面"嗖，嗖，嗖"地穿草，一面时不时琢磨：怎样才叫阿爹支持办花席厂……

她未及开口，金泰爹倒接过花蝶的话茬，心平气和地问道："玉蝶，你当真要把自己的手艺传给村里的丫头？"

"嗯"

"当真跟城市里的土产进出口公司挂上了钩？"

"嗯。爹，你乐意吗？"玉蝶陡地抬起头来，一双眼睛水灵灵地望着她爹。金泰爹却勾下头去，用嘴巴对着大碌竹烟筒，说："你可算清了这两笔账没有？"

"哪两笔账呀？爹。"玉蝶疑惑地问。

"'五入四不舍'和'五舍四入'嘛！"金泰爹慢条斯理地说。他虽然没上过学堂，脑袋瓜里的数码可怪灵准的。逢上什么收入、支出，脑袋瓜里总要"得得"拨拉几下，把账目算得一清二楚，秋毫不差。大凡计算收入，他从来不轻易"四舍"，因为在他的脑袋瓜里，只有"五入四不舍"的数码。"如今谁家都有钱，不光住的、吃的、穿的，就连躺的都讲究了。你织的花席拿到圩场上，从来不愁卖，价钱也比别人的高得多。遇上城市来的阔客，或者要结婚洞房的后生仔，还能卖到怪高的价钱。要是眼前的世道能长久，你爹再走个大运，又碰上几个红毛胡子，我们家挣的钱怕非得用谷箩装不可呢！可你把自己的手艺传给丫头们，岂不是拿自己的钱分给了众人吗？而且专门供应国家出口，卖的全是牌价，这可是傻透腔了！"

"嘻嘻！"玉蝶听着，忍不住笑了起来。"不是吗？"金泰爹固执道。

玉蝶抿住嘴说："爹，依你这么说，我活着就只该做财奴，除了给家里赚钱以外，这辈儿就什么也不该想，不该求啦！"

这话要是出自花蝶那张嘴巴儿，金泰爹倒一点也不会觉得奇怪。然而，明明是玉蝶在跟他说话。这丫头平日不言不语，对爹顺从得出奇。而今她怎么吃了鸡肉嘴上说话反而没了滋味？金泰爹目瞪口呆了……

六

玉蝶靠着毛竹的帮助，当真把出口花席训练班办起来了。不料她爹却突然病倒了，而且病得还着实不轻呢！

这不用医生把脉，一看那条结结实实地缠在金泰爹头壳上的水布便明白。村里老一辈种田人，身上一年四季都离不开一条水布。不管掌犁赶车，抑或锄地挑肥，都必定用它结结实实地捆着腰杆，仿佛浑身的劲儿全系在这条水布上。闲下来的时候，便把它搭在肩膀上，以便于擦汗、洗澡或者抹台抹凳。要是逢上伤风感冒，抑或触热发痧，则拿水布缠着头壳。据说这样一来能祛风，二来能避邪，往往用不着花钱请医生抓药，即便病得再重也会减轻三分的。可是金泰爹缠在头壳上的这条宝物，却既不能祛风又不能避邪，以致他的病日见加重，竟然粒米不进，滴水不入，长日直挺挺地躺在竹床上，不住地呻吟："唔——唔——"

金泰爹抵饥挨饿一辈子，可炼得一身铜皮铁骨，不管烈日似火，抑或暴雨滂沱，从来不习惯戴笠披蓑，活了拇指加末指这么大岁数，连喷嚏也不轻易打几个。这次病得可有点蹊跷。不光女儿们提心吊胆，连村里人也都担惊受怕。谁上门看望他，见他不肯请医服药，一直脸朝墙壁不理睬人，大都连连摇头："怕不中用了。人常得点小病痛，倒不值得害怕，最怕是几十年没生病，一病起来就危险了。"

玉蝶听了，吓得魂神出窍，慌慌张张跑回来，拣了一把七彩蒲草，连夜织了一张花席，上边青松挺拔，仙鹤屹立，赫然托出"寿比南山"四个大字。村里偶尔有过这种事情：哪家的老人病重了，哪家便买一副寿板给他冲喜，让他益寿延年。俗话说不见棺材不流泪，可是那些病危的老人见到棺材便眉开眼笑。虽然并非个个都能长寿百岁，但确实也有好起来活到九十九岁的。这是一种精神安慰、心理作用。玉蝶是个共青团员，懂得一些这方面的道理。所以她把虔诚的祈祷全织进了这张花席里，阿爹躺在上边，就什么邪气都能驱散的，这也许能使爹得到一点精神安慰。

然而金泰爹却把那张烂席视为宝物，任由玉蝶怎么央求，怎么着急，硬是不肯换："我反正不中用了，别糟蹋了你的手艺啦！"

玉蝶越发惊慌，只好去找毛竹讨主意。

毛竹正领着村里几个后生，把村口那条牛车路两旁的茅草、荆棘劈掉。

玉蝶见他左手挥刀，右边吊着一只空洞洞的袖筒一摆一摆，立时垂下眼皮，满肚子的话儿都憋在嗓门上，半晌作不得声。

毛竹见玉蝶愁云压眉，急忙问道："你爹怎么样啦？"

玉蝶仍旧不作声，突然，她一把夺过毛竹的大刀，直朝那些茅草、荆棘拼命劈起来。

毛竹急了，一个劲地追问："你爹怎么样啦？"

"快说呀，快说呀，玉蝶！"那几个后生也围拢过来，七嘴八舌催着。

"你们没见毛竹哥只一只手吗？"玉蝶牛头不对马嘴地说，引得后生们一阵大笑。她发现自己漏了嘴，脸上陡地飞起两片红云，却勾着头，不迭连声地说："不是吗，不是吗？"

不知哪个后生说："除了你，谁能奈何他呢？"

毛竹见玉蝶窘得不行，赶快笑笑说："不要紧的，不要紧的！多干点活路，慢慢地就习惯了。玉蝶，你爹到底怎么样啦？"

不知为什么，玉蝶硬是不允许自己再向毛竹讨主意，扔下大刀，扭头便跑。"玉蝶，你找毛竹哥干什么来，还没说呀！"后生们在后边高声大嗓嚷道。玉蝶不由放缓了脚步。

毛竹飞也似的跑到她的跟前："玉蝶，到底出了什么事？"玉蝶摇摇头："没出什么事呀！"

"那你找我做什么？"

"我没有找你嘛！"

"你不找我还会找谁呢？"

玉蝶鼻子一酸，慌忙背过脸去，两个肩头却按不住微微抽动……毛竹不由慌张起来："莫非你爹……"

玉蝶见毛竹受了吓，只好把她爹的病情仔仔细细说出来。毛竹听了，若有所思地问："你爹的病是怎么起的呢？"经毛竹这一提问，玉蝶心里不由猛一咯噔……

那天，她爹说她教姑娘们织出口花席是傻透了腔，她非但没有听进耳，反而顶撞了他爹一句，她爹当晚就蹲在床沿上，通宵通夜地抽大碌竹。第二天，她爹又对她说："玉蝶，你爹可是穷怕了，好不容易碰上这个好世道，门前财星高照。你爹反正是你娘那边的人了，剩下的日子怎么倒不在乎，要紧的是你们姐妹的日子还长远着，能多挣一分钱就多积一分财。谁晓得日后你们姐妹的日子踏实不踏实？会不会又跟你娘那样喝洗粥盆的水，吃青山稔？"她听了心里怪不是滋味，忍不住说："爹，这您可用不着顾虑。政府如今不是千方百计让我们种田人的日子兴旺么？我们可不能光顾着自家，把国家都给忘掉了呀！"没想到她爹唰地涨红了脸，那稀稀落落的胡子一根根都竖起来，嘴唇颤抖得可怕："我……我连国家都给忘掉了？我爷爷的爷爷……"这天夜里，他又没有睡，在床上不住地打骨碌，不住地唉声叹气。她不禁走进房去问道："爹，您哪儿不自在？"她爹有气无力地应道："哪儿都不自在！"她陡地一惊："您是不是得病了？"她爹愣了愣，突然拉过被子盖头盖脑地滚作一团，呻吟得越发大声了。第二天，他便再也起不来了。

毛竹听了，说："你爹的病十成是气出来的。"

"那可该怎么办好呢？"玉蝶急得六神无主。

"看来，这训练班只好散了。"毛竹无可奈何地说。

玉蝶陡地一怔："这怎么行？这怎么行？我们可是拔了头发立了誓来

的呀!"

"要不散，你爹如何得救?"毛竹一时也想不出别的法儿。

玉蝶低下头去，扑扑簌簌地掉眼泪。半晌，她突然低声地问:"毛竹哥，你去打仗，不知道有危险吗?"

毛竹下意识地笑了笑:"怎么不知道? 那子弹怪声怪气地在你身边穿来穿去……"

"那你为什么偏要往前冲呢?"

"为了国家的尊严，为了四化嘛!"

"那我为什么偏要让我们的训练班散架呢?"玉蝶像是对毛竹哥说，又像在对自己说。

毛竹听了又高兴又担心:"那你爹……"

"我爹也许会慢慢好起来的!"玉蝶又要掉眼泪了，于是急忙扭头跑了。毛竹愕然地瞪大了眼睛，直愣愣地望着玉蝶远去的背影，脑子里蓦地闪出一连串的疑问:她为什么突然问起我打仗的事? 这跟她爹的病，跟她办出口花席技术训练班有什么关系呢?

七

那天晚上，金泰爹多喝了点酒，浑身的骨头确实有点儿不自在。不过，这到底是小毛病，安安生生睡一觉，第二天便保险没事儿的。玉蝶听了他唉声叹气，竟然慌张得不行。这可猛然提醒他:既然劝她不听，索性在床上躺上几天，兴许能把她吓回来。没想到，一连躺了几天，躺得浑身的骨头咯吱咯吱作响，仿佛散了架似的，难受极了。他往左边侧过身子躺一会儿，又往右边侧过身子躺一会儿，翻过来辗过去都不是滋味……

"蝶蝶!"他轻轻叫了一声。屋里没有回答。

"蝶蝶!"他又叫了一声，显然提高了嗓门。屋里依旧静得出奇。

金泰爹这才忽然想起，蝶蝶必定是跟花蝶到圩镇上卖花席去了。黑蝶自然是下了田。这孩子，可没一刻儿闲得住，不是忙家里的，就是忙田里的，一天到晚屁股轻易不沾板凳。他这么一躺，可又给她添了忙劲。至于玉蝶，唉唉，他可万万没有想到，这丫头竟然是铁石心肠!尽管隔不一会儿她便跑回来给你捶捶脊梁骨，而且手儿怪轻柔的，还张口便求你把心眼放开阔点儿，却全都是虚情假意!要不，她怎么把她的训练班看得比她爹的命还重要!看来，他可白躺了几天。这几天，他在竹床上直挺挺地躺着，活像个临咽气的人，耽误了几多活路且不说，让全村的人看了，没有谁不摇头叹气说他没中用了，这有多晦气！却丝毫也没有能够叫这丫头回头。她不光死心塌地要把自己的手艺传给别人，听说还要掏钱给那些学得好的丫头发奖金呢。这叫他怎么能不在床上挺得直直的？何况他金泰向来打出的拳头，轻易不在中途收回来。

于是，金泰爹赶快跳下竹床，光着脚丫走进厨房，三下五除二地吃了几碗白米粥，一面用手背抹掉嘴角上的粥米，慌慌张张跑回北间，活像小偷行窃生怕让人撞见似的，右脚未及跨上床沿，他便一头往床上栽，两腿一蹬，竟把玉蝶特意为他织的那张花席蹬抖在地上。一看那花席上青松挺拔，仙鹤屹立，赫然托出"寿比南山"四个大字，玉蝶没被他的"病"吓软，他的心倒先软了。唉，女儿到底是女儿，即便跟爹不连心，也骨肉连着骨肉。谁说她铁石心肠？这丫头必定是以为爹当真快要咽气了，急忙织了这张充满吉祥的花席给他冲喜，让他寿比南山。他的鼻孔突然像爬进几只黄丝蚂蚁，酸溜溜怪难受的。连忙爬起来，将这张花席平平展展铺到竹床上。他刚在上面打了个骨碌，指望当真能寿比南山，至少也寿比青松，要不就寿似仙鹤，忽然又心疼起来：这么招吉纳祥的花席，拿到圩场上，价钱准能卖得特别高，要是沾上了汗气，可就受赚了，至少也得折了些价。躺不得，躺不得啊！便又把那张烂席捡到竹床上。

这当儿，门槛上传来了玉蝶那熟悉的脚步声。金泰爹急忙往床上一挺，随即痛苦地呻吟起来："唔——唔——"殊不知那脚步声突然离去，那么轻快。半晌，才又传来个熟悉的脚步声，"噔，噔，噔！"这是黑蝶回来了。金泰爹一泄气，反而呻吟得越发厉害。

黑蝶一听，气不打一处来，"当啷"一声扔下锄头，便"噔，噔，噔！"朝门外跑去。

金泰爹心里不由一怔：这个莽丫头，为何回来二话没说便跑了？她气呼呼地扔下锄头，莫非去找她大姐生气不成？要是姐妹俩在大庭广众中吵起来，那可不把他金泰的脸给丢光了吗？他越想越着慌，急忙朝窗户眼外叫唤："黑蝶，黑蝶！"

黑蝶已拐过半条村巷，一溜风烟地朝队屋奔去……

这三间坐落村子中央的蒲草屋，跟村民们的住宅没有多大差别，顶儿一样的尖削，形状一样地仿着西班牙古老民房，只不过比村民们的住宅高大宽敞了一点点儿罢了。仅凭这一点点儿就表明，它曾经是全村的政治、经济和文化中心。村里的干部常常聚拢在南边的一间开会。安排众人的活路，决定村里的大事；村民们每天晚上都少不了要到正中央的大间里，让记工员给记工分，即便是刮风下雨也阻碍不了，因为工分就是命根；北边那一间是仓库，全村的财富几乎都藏在那里。至于前边那棵树须粗如碗口，枝干长得离奇古怪，浓荫遮天盖地的百年古榕树四周的空地，可是村里唯一的娱乐场所。每天收工回来，一放下粥碗，男人们便光着脊梁，肩背上搭着一条水布，手里攥着大碌竹，纷纷涌到古榕树下，这儿围个圈圈，那儿围个圈圈，三个一堆，五个一块，在地上画上三个大小相套的四方框，用石子，或龙眼果核，或花生壳下围城……村民们对此着迷到什么地步，一看古榕树上挂着的那口大钟的裂痕便晓得了。队长每每拼命敲了半天出工钟，仍旧没法把那些下围城的和看围城的村民们轰散，以致把那口大钟敲破了。如今，这儿可成了姑娘们编织理想的天地。古榕树下摆满压蒲草的石牛，四周支起一列列竹架，上面晾满细如发簪的七彩缤纷的蒲草。队屋正门左边挂着的那块"牛脚迹生产队"的四方牌子，已被翻了过来，上面写着"出口花席技术训练班"的字样。屋里，姑娘们正沿着四边墙根，面对面地盘腿坐着，十个手指尖随着玉蝶的指点，不住地在彩色蒲草上跳动，宛若在弹奏古瑟五十弦，"沙沙……嗖！沙沙……嗖！"发出一阵阵轻微的、节奏分明的旋律。

不知谁随和着这旋律，轻轻地哼起甜脆脆的雷州歌来：

泥罐煲饭叮咚泡，木偶担高就见脚。老鼠扛轿去做戏，恰恰出台碰着猫。青鹰打死小六哥，雀乌连忙去告状。大鹏不知头共尾，拿绳去缚白头婆。

姑娘们一边唱一边笑着。黑蝶远远听见歌声，便隐隐冒出一股醋意。尤其玉蝶的嗓音那么尖，仿佛故意朝她挑逗似的，更给她心里火上浇油，"砰！"一掌便将半掩的大门推开。

"谁呀？"姑娘们不约而同地问道。"你爷爷。"黑蝶粗声粗气地回答。姑娘们都愣住了。

玉蝶一见黑蝶来势汹汹，心里早怯了三分，赶快惴惴问道："什么事把你急的？二妹！"

黑蝶一听玉蝶问得这么轻松，好像家里出了什么事跟她也压根儿没相干似的，越发语不饶人："阿爹都在家里挺直了，你还在这儿作乐！"

玉蝶的脑门上仿佛重重地挨了一棒，嗡嗡然，懵懵然，半晌才将信将疑地问："阿爹他……他到底怎么了？二妹，你千万别吓唬阿姐啊！"

黑蝶两手往又粗又圆的腰杆上一叉，瞪起眼睛道："我吓唬你？莫非你要把阿爹当真气死了才甘心！阿爹几日没吃一粒米，没喝一口水，你可晓得吗？"

哦！玉蝶悬起的一颗心，稍稍放落了半寸。先头她回家去照料阿爹，老远就看见他从厨房里出来，还一边抹着嘴巴。这叫她惊奇了好一会儿，差点失声叫"爹"了，脑瓜里却蓦地闪出个模模糊糊的意识，不许她张声，也不许她贸然入屋……于是，她又看到了奇迹——她爹居然活像个小孩子似的躺在那张"寿比南山"花席上骨碌翻身……莫非那张花席当真有这么大的神力，立刻叫她爹化凶为吉？世间哪有这种奇事？也许是……她脑瓜里那个模模糊糊的意识豁然亮堂起来，为了不叫阿爹因为她发现他的秘密而感到难堪，她赶快悄然离开了门槛。可是，她能把亲眼见到的这些情形告诉黑蝶吗？那叫阿爹在女儿面前可把一张老脸往哪儿搁呢？黑蝶要凶由她凶，要骂由她骂，反正她是为阿爹的病着急来。不过，可别叫她急出毛病，她的脸绷得有多紧！便故意笑了笑打趣说："阿爹几天不吃东西，怕要成仙了，我们姐妹可造化哩！"

姑娘们"轰"地大笑起来。

黑蝶觉得受了揶揄，气得两根锅唰辫儿翘了起来，她狠狠甩了甩，使出浑身泼辣劲，劈头劈脑地乱骂道："阿爹还没死，你便咒他，他几时碍着了你来？四乡六里大凡放电影、唱雷歌，你都得跑去招蜂、引蝶，阿爹哪一回不由着你，哪一回对你哼过半声？你夜里想男人发了慌，爱三更出去便三更出去，五更回来便五更回来……"

听到这儿，玉蝶的心不由猛然瑟缩起来。这个黑丫头，脾性粗野得不行，一发作起来便什么也不会顾及的。她要是当着姑娘们的面，把那天月夜里她在林子里见到的臊人的事张扬出来，那如何了得！玉蝶赶紧把脸藏到心口窝里，一声也不敢吱，诚惶诚恐地等待着黑蝶给她招来的横祸……

不知为什么，黑蝶却突然口吃起来："……你……你……你连阿爹都不顾得了，还有什么姐妹情义？你只图自己称心，一点也不晓得人家的心里有多苦。有你这个大姐跟没你这个大姐还不一样！算我没跟你投一个娘胎，你干脆别踩我们家的门槛好了！"她骂着骂着，竟然起劲地抽泣起来。

姑娘们全都懵了。村里谁不称赞玉蝶的为人？不光晓得她孝顺父母，对妹妹疼爱得要命；而且心眼儿数她端正，连看戏听歌都勾着头。难怪村里常常有人这样训斥自己的女儿："你看看人家玉蝶！"简直把她当作教育儿女的榜样。黑蝶怎么可以这样骂她？大家便你一言我一语地劝道："黑蝶，别这样，别这样！有什么苦闷憋在心里，说给姐妹们听听，一人凑一点主意，或许能给你解开疙瘩的。"

黑蝶听了戛然止住，陡然瞪起眼睛，悻悻扫了姑娘们一下，便"噔噔噔"跑了。

……玉蝶一直勾着头。姑娘们七嘴八舌说了些什么安慰的话儿，她一句也没听清楚；姑娘们什么时候走光了，她也压根儿不知道。脑袋瓜里老是轰轰然地响着黑蝶的声音。

黑蝶虽然没有把她的隐私揭穿，却分明在抱怨她跟毛竹哥相好。莫非黑蝶……玉蝶猛然想起黑蝶那双又大又黑的眼睛，一碰上毛竹哥便闪射出脉脉含情的、灼人的光彩。特别是毛竹哥打仗回来，她天天都往毛竹哥的家里跑，不是给挑水、做饭，就是洗洗浆浆，手勤脚快得很。怪不得那夜一走出家门，便老觉得背后有一双眼睛在盯着，而且打那以后，黑蝶仿佛丢了魂魄，煮饭常常忘了下水；见了玉蝶，脸色便阴沉得怕人。原来她的心，在暗暗跟玉蝶的心碰撞。这叫玉蝶心里越发难受……

"蝶儿，天都快黑了，你还在这儿发愁什么呀！"听说黑蝶大闹训练班，非难了玉蝶，毛竹急忙赶来了。

玉蝶这才抬起头，一见了毛竹，眼泪顿时止不住往下掉。

毛竹连忙说："坚强点儿，坚强点儿！我全知晓了。你先回家吃饭去，明儿我来找黑蝶说说。"

不想玉蝶却说："不，我得上你家吃饭去！"

毛竹一愣，面有难色地说："我们还没办手续呢！"

玉蝶固执地说："碍什么呢？我迟早都得端你家的饭碗的。"

八

这还了得！

按照雷州半岛岛腹上的习惯，一个还没出嫁的大姑娘，要是心甘情愿去端哪一家的饭碗，十成便要给那一家做媳妇了。金泰爹急得一骨碌翻起床，结结巴巴地朝黑蝶直嚷："你……你快给……给我把她拖……拖回来！"

"……"黑蝶却像个木墩儿，两手托着腮帮，直挺挺地坐在矮凳上，一声不支。她的心仿佛掉进了油锅，煎得又急又疼，却出不得声。万没料到，她到训练班发的一通脾气，竟把玉蝶迫上了毛竹哥的家，而且姐妹情当真给断绝了。

"你赶快给我把她拖回来呀！唉唉，听见了吗？"金泰爹急得像个掉头蜻蜓，在竹床上直打转。

黑蝶满肚子的气正没处泄，一听她爹哼声如雷，一点也不像要咽气，便霍地站了起来，朝她爹狠狠瞪了一眼，粗声粗气道："催魂呀！谁叫你死挺在床上！你要不长吟短叹的，把人急出气来，她会轻易就去端人家的饭碗吗？你有能耐，你去把她拖回来呀！去呀，去呀！"

金泰爹一见黑蝶发野了，立时软了下来，无可奈何地下了竹床，一面喃呐："唔唔，我不在床上死挺了，我不长吟短叹了……"一边解下缠在头上的水布，一边大步流星往门外走。

平心而论，金泰爹对毛竹不无好感。且不说毛竹长得有多英俊，光是他的心眼儿就明白得怪叫人折服。比如说包干种田，起初不知他从广播盒子里得到了什么天机，着了魔似的天天嚷着要队里把田分了种。许多人担心这是走回头路，他却反过来问："地上有许多路，你是挑对的走呢，还是偏要沿着错的走到底？"问得众人都哑了。嘿，这后生就是出格，像个后生。特别是他跟越南鬼子打了仗，丢了一条胳膊回来，这可叫全村男女老少的面子忽然光彩了好多！连他金泰在毛竹的面前也轻易不敢大声念叨："我爷爷的爷爷……"然而，他到底少了一条胳膊，怎么能让女儿跟他在一块！女儿甘愿，这倒也还罢了；要紧的是，他压根不会发家。世间大凡心眼儿向着大众的人，一概都发不了家。何况他少了一条胳膊，女儿岂不要跟他过一辈子穷日子吗！

这可怪不得金泰爹着急。他老远便直着脖子，朝毛竹的大门嚷道："玉蝶，玉蝶！"

玉蝶闻声，大惊失色，慌忙搁下饭碗，猝然闪身躲进柴房里。

"玉蝶，快回家吃饭！家里又不是揭不开锅，端人家的饭碗做什么？"到了毛竹的门口，金泰爹竭力按住肝火，口气也放平和得多，但这是糯米糕里藏铁钉，因为金泰爹到底是金泰爹啊。

玉蝶依然不敢露脸。

金泰爹略一迟疑，便背着手，头一勾，踏上了毛竹家的门槛。毛竹慌忙迎了出来，红着脸招呼道："金泰爹，你找玉蝶？"

金泰爹愕然地抬起头来，一看毛竹那只空袖筒，立刻便被慑住了，显得好不尴尬，然而从那半张半眯的眼睛里射出来的目光，却明明白白告诉毛竹："你听见了，还用问吗？"

毛竹的脑瓜到底不笨，一看金泰爹的眼神，立时疑惑地问："这个时辰，她没回家，可上哪儿去了？"

金泰爹陡地睁大了眼睛——莫非黑蝶有意虚报军情，让他丢盔弃甲亮丑不成？不会，不会，那丫头可天生一块直舌头，向来说寅是寅，说卯是卯。玉蝶不在毛竹家里躲着，还会跑到哪儿呢？一个大姑娘躲在一个大后生的家里，这……金泰爹简直不敢往下想了，一跺脚便要跨进门去。

毛竹慌了，赶快从口袋里掏出一支"丰收"香烟，忙不迭地拦道："金泰爹，你要抽烟？我家没有大碌竹烟筒哩。"

金泰爹连看也不看那"丰收"一眼，却直愣愣地盯着堂屋里的饭台，骤然板起脸孔，结结巴巴问道："你……你把我……我的女儿藏……藏到什么地方？"毛竹猛地一愣，这才发现饭台上的一对饭碗露了馅，只好笑笑说："金泰爹，你这是把玉蝶逼上梁山的呀！"

别以为金泰爹没能耐读得起《水浒》，他可看过大戏来，晓得梁山就是宋江、林冲那些好汉们被迫造反的地方。这么说，倒是他金泰把女儿迫上毛竹的家，好讨个泰山做喽！

呸！金泰爹气得脖子涨成大腿粗，一句话也缀不到一块儿："你……你你……简……简直不……不要……脸！"

毛竹慌了，连忙赔笑道："金泰爹，有话慢慢说，千万别生气啊！"

金泰爹一看毛竹怕了他，便越发壮大了胆儿，颠三倒四地数落："你……你你……时常勾……勾引我的女儿开……开会，还……还勾引她当……当了团员……"

毛竹忍不住失声笑起来。

"你你……你半夜三更地勾引我……我女儿看……看电影，听……听雷歌，把她……她的心都勾引野了……"

毛竹仍旧哧哧地笑着。

"你……你如今又……又勾引我女儿……办……办什么……训练班，把我家的日子都给……给毁了！你你……还说……说是我我……我迫的！"

毛竹还是不作声，只是机械地"咻咻"直笑。

金泰爹却越骂火气越大："要……要不是你你……你的勾引，我我……我女儿敢……敢敢忤……忤逆我吗？她……她她会……会会跑……跑上你家来？"

毛竹见他一点理儿也不认，而且村里的人围拢得越来越多，便忙认可道："是我勾引了您女儿，是我勾引了您女儿。您请回家吧，赶明儿我再上门赔不是去，行吗？金泰爹！"

玉蝶躲在柴房里，听见她爹一句句都在出她的丑，羞得要死。爹呀爹，你老脸不要了也罢，可叫女儿出入如何抬头？叫她心里尤其不能过意的是，让毛竹哥在众人面前平白受了委屈。还要毛竹哥向他赔不是，这怎么行！这怎么行……

然而，金泰爹却仍旧不肯善罢甘休。不管村里哪个辈分的人劝他，他都一概不听。怎么能听？毛竹是出口花席技术训练班的顶梁柱。这根顶梁柱不倒，训练班如何塌台得了？况且白白让女儿给他勾引了，不怕村里人在背后说他金泰不中用，硬是拿毛竹没办法！于是，他的脸板得越发大，居然指着毛竹的鼻子尖骂道："你……你为什么要……要上城给她搞联系？还不是为……为的勾……勾引全村的姑娘么！"

众人听了，陡然瞪大了眼睛……

玉蝶可吓得失了魂。她怎么也想不到，她爹会这样玷污毛竹哥。毛竹哥能忍受得了吗？

金泰爹仍不知趣，骂得更凶："你……你也不看看，你可是个完……完整的人儿不？凭……凭什么条件勾……勾引我的女儿！"

众人无不朝毛竹投去担心的目光，只见毛竹的脸色早已由酱红变成了铁青，这时又由铁青变成了紫黑。浑身仿佛打摆子似的发抖得厉害，连右边那个空洞洞的袖筒也猛然地颤动起来……

他也曾因为失去了一条胳膊痛哭过。那是在湛江陆军医院里，他刚刚从昏迷中苏醒过来的时候。可是，当他读了寄自全国各地的青年朋友的信，几乎每一封信都称呼他和他的战友是"祖国的骄子"，是"我们这一代青年的骄傲"，他便为自己的眼泪害臊了。金泰爹竟然因为他失去了一条胳膊，而骂他是个不完整的人儿，这可不仅是羞辱了他！突然，他左手一把抓住右边的空袖筒，嗖地举了起来。那姿态，宛如举着一面光荣的旗帜，响响亮亮地对金泰爹说："我就是凭着这个条件勾引你的女儿，你要拿我怎么着?"

众人"轰"地爆出一片掌声。那些后生哥,还居然给毛竹喝了彩。金泰爹的脸青了又红,红了又青,每一根皱纹都忽然变了形状。

这当儿,黑蝶赶来了。老远听见她爹骂毛竹哥,她心里又生气又后悔,跑到跟前便一把拽住她爹的后衫脚,使劲往后拉:"你疯了,还是癫了?"

金泰爹一看黑蝶把他拽得这么用劲,便拼命撞上前去,一边嚷道:"我……我我跟……跟跟你去……去去过……过公堂,问……问你的罪!"

黑蝶更火了,一手将她爹松开,气呼呼地骂道:"快去死,快去死!"

金泰爹一旺,既不敢撞上去,又不愿退下来。他悄悄扫了大伙一眼,不光那些后生,即便跟他同辈的人,心眼也都一律偏着毛竹。他心里不禁暗暗打个寒噤:也许先头对毛竹骂得着实过分了,恐怕往后在众人面前连"我爷爷的爷爷"也轻易不能念叨的。可是,骂出嘴唇的话,就像泼了出去的水,再也收不回来。他立时失去了勇气,两腿开始微微发颤……

玉蝶听见外边吵得这么凶,心里像捣碎了个蚁窝,如何躲得住?没等黑蝶的声音落地,便慌慌张张撞了出来,一头将她爹挡住:"爹,要问罪就问女儿的罪。这可跟毛竹哥不相干,全是我勾引他来的。不信,你问问二妹。"

黑蝶一愣,赶快把脸撇过一边,一声不作。

金泰爹正苦于挽回面子,偏偏玉蝶突然撞了出来,这可给他丢尽了脸。他弄得瞠目结舌,半晌才悻悻地骂道:"孽种,孽种!枉了你娘白白辛苦了十个月。"

岂料玉蝶一听提到她娘,突然失声痛哭起来,两手捂着脸,"呜呜呜"地跑出村去,一边不住地叫唤:"娘!娘!"

众人都惊疑地望着玉蝶的背影:日头都落岛了,她还跑出村去干什么?

九

不知别人在受到爹的委屈时,是不是特别的想念娘,反正玉蝶是这样。因为女儿的心到底是娘的肉长的,只有娘才能最明白,最体贴女儿的心。何况玉蝶的心不仅仅是娘的一团肉呢!可是,她娘却不在了,叫她怎么不伤心,不痛哭啊!"别哭喽!别哭喽!"南风不断卷走她的哭声。

"别哭呀！别哭呀！"小草不断抹去她脸上的泪珠。

"傻丫头，别光着哭了，心里有什么苦衷，快向娘抖出来！"娘蓦地出现在她的泪光中，面容那么蜡黄，身影那么肿大，头发梢上黏满了茅骨草屑，仿佛从柴房里走出来似的……

玉蝶又怕又喜，颤着嗓门叫道："娘！"急忙擦干眼泪，不想她娘却遽然消失了，眼前只留下一堆黄土，荒草芨芨。

她明明知道这是眼花看到的幻影，却固执地希望，娘当真能听见她的声音。于是从坟冢周围拔来十几根一样大小，一样长短的茅花，细心地在她娘的墓前盘起三堆黄土，将这十几根茅花分作三束，虔诚地插在那三堆黄土上。

"娘，女儿玉蝶给您烧香，给您叩头，您可听见女儿的声音吗？"

玉蝶心里有好多苦衷，可不能跟爹说，他哪里晓得女儿的心呢？也不能跟二妹黑蝶说，黑蝶那么痴，那么暴躁。更不能跟毛竹哥说，毛竹哥为玉蝶受了那么大的委屈。三妹花蝶，天塌下来，跟她也不相干。四妹蝶蝶年纪还小，不晓得那么多事……只有娘最能明白、最能体贴女儿的心。

可不是吗，吃大锅饭那年，娘跟阿爹都去挖雷州青年运河，让玉蝶到工地上带黑蝶，好让娘给大伙做饭。娘却守着锅头挨肚饿，每顿饭都让别人吃饱了，娘才从铁锅里铲起没巴掌大小的几块锅巴吃，再"咕咕噜噜"喝上半瓢水，便满足了。玉蝶真不明白，娘为什么这样爱吃锅巴。

"傻丫头，锅巴比干饭香嘛！"娘撒谎了。

"那您为什么不多烧些锅巴，让叔叔们都吃得香香的？"玉蝶信以为真。"那怎么行呢？那怎么行呢？"娘笑得真好看。

玉蝶明白了："噢，娘是怕叔叔们吃不饱，自己才吃锅巴的。"

娘一听便着慌起来，一把捂住玉蝶的嘴巴，嗔怪女儿："别瞎说，锅巴真的比干饭香，娘爱吃！"

玉蝶受了委屈，"哇"一声哭了。娘赶快把玉蝶搂进怀里，低声说："叔叔们劈山挖河，要花大力气。不多吃点饭，身上没长劲儿，哪能搬得动那么大座山，挖出那么长的河呀？等到把青年运河挖成了，治了雷州大旱精，大伙就不愁饿肚子了，你和妹妹也不用娘愁了，娘就不会吃锅巴喽！"

玉蝶乐了，把嘴巴凑到娘的耳根上，也低声地说："娘，那我也跟您吃锅巴，把干饭都让给叔叔们吃。"

"乖!"娘把玉蝶搂得紧紧的,差点把女儿的胳膊骨都搂碎了。女儿疼得要命,可又不愿意叫出声。因为打自有了黑蝶,娘还没这般搂过玉蝶呢!

第二天,娘在工地饭堂里忽然跟阿爹吵起架来。那是玉蝶惹的祸。

"轰隆!"几座房屋大小的一块石头,被炸成粉碎,飞起半天高,又好看,又叫人担心会把天空砸出窟窿来。玉蝶只顾站在老远老远的地方瞧,没在意让黑蝶爬进饭堂,扶着饭筐站起来,胡乱伸手抓饭吃。玉蝶着了慌,赶快去抱她。她却一面"哇哇"大哭,一面用小手胡乱抓玉蝶的脸。

爹回来碰见了,劈头便骂玉蝶馋嘴,抢妹妹的饭吃,还往玉蝶的屁股上重重地给了一巴掌。

玉蝶又疼又委屈,忍不住放声大哭。

娘挑水回来,劈头便问阿爹:"你打了女儿?""唔。"阿爹爱理不理,只顾埋着头抽大碌竹。"你怎么无缘无故向女儿生气?"娘生气了。爹又说:"这丫头太嘴馋了。"

娘愣了愣:"你怎见她嘴儿馋?"

爹指着玉蝶的嘴角说:"你看看。馋的要抢妹妹的饭吃。日后长大,可还得了?"

娘虽然看见玉蝶嘴角上有饭粒,还是不信爹的话,摇着头说:"女儿是从我肚子里出来的,谁也没我晓得女儿的心。"

爹却不服气:"你硬是把她给宠坏了。"

娘丝毫也不让爹:"女儿是娘的心头肉,叫我怎么不宠?有谁像你这样做爹的,只晓得生,不晓得疼。往后你要再叫女儿受委屈,可别怪我娘儿没情哩!"

思念及此,玉蝶又禁不住啜泣起来……

娘虽然话这么说,可时常教女儿孝顺阿爹。这,玉蝶全都记着,不曾敢忤阿爹。唯独阿爹不让玉蝶把手艺传给姑娘们织花席供应国家出口,玉蝶不能依。娘在世时,就不是只为自己活着的,女儿全看在眼里。何况这是一桩大事,很大很大的大事,玉蝶跟姑娘们都拔了头发立了誓来!阿爹的心,玉蝶明白。他一股脑儿叫我们姐妹给家里挣钱,一分一厘都得认真计较,并非是为了他自己,他为的全是我们姐妹。可是他只晓得让女儿活着不能饿肚子,却不晓得女儿还要活得有滋味,活得有意思……

不知什么时候，黑蝶躲在她娘坟冢背后的山稔丛里。她万万没有想到，祸起萧墙会闹到这步田地！眼看雾霭四起，天色越来越浓，还没见玉蝶的踪影，全家都像泥鳅掉进了盐瓮，急得蹦蹦跳。她心里不由惶恐起来：要是玉蝶有三长两短，叫黑蝶如何做人！匆匆地、默默地寻遍了村子四边的竹林，踏遍了村后那片密密匝匝的树林，连没有脚踝深浅的河沟，她都仔仔细细看过了，终于在这儿找到了玉蝶。她的一颗心怦然落了地，心里刚刚熄灭的火便又冒起烟来：好你玉蝶，害得全家头发梢都冒冷汗，原来你的性命倒怪宝贵的。她一声不吭便扭身回去，没走几步，后脑勺却响起玉蝶的抽泣，夹杂着揉人肺腑的诉说，她不由转过身去，躲进山稔丛里……

"娘，您听见了吗？听见了，就给阿爹显个灵，叫他别再装病，别再为难玉蝶，别再到毛竹哥门前吵吵闹闹。毛竹哥可是个好后生。娘在世时，不是每次见到村里哪家后生去参军，您都躲在家里落泪，暗地里抱怨花婆没给您抱个小子吗？毛竹哥可给我们家补上了这份光荣，他跟越南鬼子打了仗，还当上了英雄呢！虽然他丢了一条胳膊，可是村里谁也没他有志气。政府念他打仗立了大功，只一条胳膊干不了包产活路，每月都关照他一些钱，让他安排日子。可他全给退了回去，不曾要过分文，说他那条胳膊是他献给国家的，可不是卖给国家的。他还说'谁要在战场上打过仗，谁就会更加晓得他该怎么活着'。他就是凭着一只手，什么活路都干得挺欢的。他还悄悄学起织花席来呢。姑娘们见了，都觉得好笑，她们哪里晓得，毛竹哥心里想得有多远大，多迷人……娘，您喜欢吧！"玉蝶突然想起姑娘们爱在十五的月光下做占卜幸福的游戏。于是，她双手捋了三次辫子，用青丝把十指洗得洁洁净净，然后拔了一根草芯，把一枚发夹打横搁在草芯上面。她的手颤抖得厉害，生怕这枚发夹放不平稳。偏偏，刚搁上去，它便掉下来；又搁上去，它又掉下来；再搁上去，它还是掉下来……玉蝶惊呆了。半晌，她才悻悻地将那根草芯连同发夹拨个老远，猛地扑到娘的坟头上，一面"呜呜呜"地啜泣，一面大声地叫嚷："这都是阿爹作怪！这都是阿爹作怪！可不是娘的意思！可不是娘的意思！爹嫌毛竹哥不完整，当着众人的面故意挖苦他。娘可不会这样，不会的，不会的，一定不会的！"

这情景，怎能不让黑蝶的心颤动："死丫头，原来比黑蝶还痴得厉害！"不知不觉滚出两颗无名泪来……

"玉——蝶！玉——蝶！"远处传来好多人的呼唤。

黑蝶猛地听出毛竹哥颤抖的声音。她的心不禁抽了抽。一看毛竹哥的影儿朝这边匆匆跑来，她慌张得不行，赶快悄然离去……

毛竹却一阵风似的追了上来："啊哟，蝶儿，你怎么跑到这儿来了？可真叫人担心哪！"竟然紧紧地拉住黑蝶的手。

顿时，一股热乎乎的气息涌进黑蝶的心窝，叫她浑身颤抖……

她几乎每次单独碰上毛竹哥，都投去祈求的目光，虽然不敢奢望毛竹哥亲亲她的嘴巴儿，但拉拉她的手儿总能行的吧？可是她一回又一回地失望了。毛竹哥只朝她笑了笑，那神情，完全是把她看作无知的小妹妹。这叫她多伤心。如今，她却意外地得到了满足，多想使劲捉住毛竹哥的手，永远不分开。可是，她的心却"咚！咚！咚！"跳得可怕，不许她这样。

"蝶儿，想开点吧！生活本身就包藏着不如意，一个人怎么会干什么事都那么如意，什么时候都活得那么称心呢？"

"……"

"我说得不对么？蝶儿，你怎么不作声呀？"

她怎么能作声呢？只好拼命勾着头，一动也不敢动地让毛竹哥拉着她的手，心里默默地央求：多拉一会儿，再多拉一会儿，再多拉一会儿……

不想毛竹却情不自禁地一把将她搂住，就要亲她的嘴巴儿……

她不禁大吃一惊：这怎么能行？这怎么能行？也不知打哪儿来的力气，拼命一推，竟把毛竹推开老远，愠怒地说："我姐可在我娘坟墓那边！"

毛竹陡地一怔……

<h2 style="text-align:center">十</h2>

不几天光景，黑蝶忽然消瘦了许多，丰丰满满的鹅蛋脸，明显地露出两个颧骨，把一双乌溜溜的眼睛衬得越发大了。平日她就只会使劲干活不爱作声，这几天，她索性什么时候都紧紧抿住嘴，拼命干活路……

金泰爹哪里晓得黑蝶心里的奥妙呢？只当她怄气，不住地唠叨："别把肠肚都怄烂了，去劝你大姐回来，别再把手艺通通传给人家，这才是气候！"

黑蝶听了，狠狠地回她爹一个白眼，便扛起农具干活去了。

以往下田，黑蝶不绕路打从毛竹哥的门前经过，磊磊落落地瞧毛竹哥一眼，心里就不安。如今，不知为什么，远远望见毛竹哥的门槛，她的心便"咚，咚，咚……"跳得厉害，脸上禁不住一阵阵滚烫。她说不出这是害怕抑或害臊，反正往日的勇气不知跑到哪儿去了。她黑蝶打从娘胎里来到这条小村落，可没害怕过谁，也没有什么值得叫害臊的。即便是渴望毛竹哥拉拉她的手儿，亲亲她的嘴儿，也值不得害臊的。谁叫娘生她是个女的？她最讨厌别的姑娘一见到情人便羞羞答答，忸忸怩怩，往往忍不住在心里骂道："假正经！"小时候她就听娘说过，上帝造人，什么都是假的，只有心眼儿是上帝挖自己的心给塞进去的。因为上帝明白，没有真心就做不成真正的人……所以在她看来，凡是人，心眼都应该是真的；要是沾上一丝假，就对不起上帝，就该诅咒……可是为什么那天晚上让毛竹哥拉了她的手儿，搂了她的腰儿，她便这般害怕见到毛竹哥，甚至还没见到毛竹哥的影儿便忽然害臊起来呢？难道黑蝶当真不该再见到毛竹哥，当真不该再想毛竹哥了吗？这，都怪娘，既生玉蝶，为什么还要生她黑蝶呢？而且偏偏让玉蝶长得比她黑蝶叫毛竹哥喜欢……不，该怪玉蝶，平日装得倒正经，却在背地里一个劲儿地勾引毛竹哥。那天晚上，毛竹哥要是听见她在娘墓前哭诉，心儿不碎才怪呢！世上哪有未出嫁的姑娘，敢在娘的面前这样夸奖自己心上的人儿？而且非要娘给她个吉兆，跟她一样喜欢毛竹哥不可……也许，该怪那个门槛，又窄又矮，却偏偏出了个毛竹哥，把她黑蝶折腾得这么苦……还该怪谁呢？谁也不该怪，只怪她黑蝶不如玉蝶长志气，不如玉蝶有出息，整日里只晓得做自家的活路，门槛三尺以外发生的什么事儿都跟她黑蝶不相干……玉蝶呢，可跟毛竹哥长得一个心眼，毛竹哥想得有多远大，有多美，她心里也想得有多远大，有多美……要是黑蝶也跟玉蝶那么长志气，那么有出息，而且也跟毛竹哥一个心眼儿呢……

"喂，金泰爹让黑公主招驸马来了，大伙可得当心哪！"

……黑蝶这才打个愣怔。到底她避开了毛竹哥的门槛没有？不知道。反正她是逃出村去的。没等她下田，那些爱向姑娘们讨趣的后生立刻便朝她开了腔。

"哎呀，黑公主的胳膊那么粗，做了她的驸马，要是半夜里打起床头架来，不怕挨她揍吗？"

"怕什么呀？女人的胳膊再粗，打在男人的身上也是软软绵绵的。这才够痛快呢！"

"你倒让黑蝶揍揍，看痛快不痛快。""哈哈哈……"

要在往时，黑蝶也许会"呼"地跑过去，当真揍几下这些猴儿们，别让他们一个劲地耍嘴皮占便宜。今天她却压根儿没兴致理会他们。

这些光棍后生，平日在姑娘们面前饶舌头，往往乐得忘乎所以，什么好听的话语都能说出来。如今见黑蝶默不作声，你一句来我一句往，闹得越发放肆……

"噢噢，大伙可得讲点精神文明，注意语言美哟！"

跟黑蝶的包产田仅隔一条小田埂的禾田里，突然爆了个熟耳的声音，黑蝶的心不由"咚"地一跳：他也来耘禾，一条胳膊怎么干活呢？她不觉抬起头来茫然一望，只见毛竹整个人儿扒在禾沟里，活像搓面粉似的，用左手吃力地搓着禾苗底下的泥土……她愣住了。

这当儿，偏偏毛竹突然抬起头来，朝黑蝶歉然一笑。

黑蝶的心禁不住"咚咚"直跳起来。她慌忙使劲耘禾，竟把一片禾苗弄得东倒西歪。"没出息！"她在心里悻悻地骂着自己，不许再朝田埂那边瞥一眼。直到她把一块包产田耘完时，才禁不住回过头去。别的后生都不知什么时候回村去了，毛竹却仍旧在禾田里"沙沙，沙沙"地磨蹭。不知是鬼使抑或神差，她竟然跨进毛竹的包产田里，默默地、默默地耘了起来……

"黑妹，你真好！"快耘完了禾，毛竹才跳了起来，十分感激地说。黑蝶一听，唰地红了脸，下巴紧紧贴着心口窝，咬着嘴唇半晌不出声。毛竹连忙解释道："那天晚上，我着实没看清楚……"

黑蝶依旧不出声，目不斜视地盯着泱泱田水里的倒影出神……毛竹只好挨近半步，做了个鬼脸说："还恨我？"

黑蝶把脸拧向一边，望着远处的蓝天白云，低声地说："恨你，是恨你！""恨我什么来？"毛竹故意莫名其妙地问道。

不料黑蝶猝然转过脸来，瞪大眼睛痛苦地望着毛竹，许久许久，脸不红，心不跳……

毛竹好不惊诧，半晌不晓得说些什么。

黑蝶突然气促起来，两个高高的胸脯急剧地起伏，终于从心口窝里憋出一句话："你瞧不起人！"话音未落便扭身跑了。

就在这一刹那间，毛竹猛然看见黑蝶的一双又黑又大的眼睛噙着亮晶晶的泪花，他心里不由陡地一颤，急忙追上前去，一迭连声地嚷："黑妹！黑妹！"

黑蝶头也不回，踩着羊肠似的田埂，拼命往村里跑，竟然"砰"的一声，一头撞进出口花席技术训练班里……

姑娘们立刻朝她投来惊愕的目光。

黑蝶却红着脸，腼腼腆腆地朝姐妹们一笑，一声不吭，便拿过一把七彩蒲草，倏然踩在地上织起来。

她织得那么专心，仿佛她身边压根儿就没有玉蝶，四周也没有一双双瞪得大大的眼睛，只有一根根五颜六色的蒲草，在她粗拙的手指上窸窸窣窣地跳动……玉蝶好不惊奇：这个跟阿爹一个心眼，又爱发脾气的犟丫头，怎么忽然跑到这儿学乖巧来了？

黑蝶本来就乖巧。小时候，娘教她姐妹俩织花席，不管织的是彩蝶弄花，抑或鸳鸯戏水，抑或双凤朝阳……黑蝶学得都比她玉蝶快，而且黑灯瞎火也织得结结实实。娘忍不住当着爹的面夸奖说："你瞧我给你生了个黑妹，手儿有多巧！"爹却撇着嘴唇说："手儿再巧能中什么用？这花席拿到圩场上，乡里人谁舍得掏钱买它？要是碰上管市场的，不说你是贩卖封资修黑货才怪呢。种田人还是靠吃力气，不会掌犁拉车，日后如何过日子？"黑蝶即刻说："爹，那你教我掌犁拉车吧！"阿爹全不在意地说："唔，可惜你不是个小子。"黑蝶可把嘴巴噘得老高："不是小子就不能掌犁拉车吗？"她竟然背着阿爹学起掌犁来。不知她在田里是怎么摔打的，小腿上青一块紫一块。娘看了便拿阿爹生气："你这没心肝的，你要是尝尝十月怀胎的滋味儿，可就晓得疼爱女儿了。女儿还没犁尾高，你就忍心让她扶犁尾？""我……我什么时候让她扶犁尾来？"阿爹就是把鸭嘴说成鸡嘴也不能叫娘相信："你不让她扶犁尾，她会摔成这般模样吗？"黑蝶赶快撒谎说："娘，这跟阿爹可没相干哩，是我自己走路摔的呢！"半夜里，她才搂着玉蝶的脖子，把嘴巴儿凑到玉蝶的耳朵根上，悄声悄气地说："阿姐，我很快就能学会掌犁啦！"玉蝶又高兴又心疼，轻轻柔柔地抚摸着黑蝶的小腿儿："阿妹，可疼得厉害吗？"分明听见她把牙根咬得咯咯响，她却说："不疼，真的不疼！"第二天，娘摘回个皮儿青青的木瓜，齐齐崭崭地切开瓜蒂，往瓜腹里斟满了烧酒，放进灶膛里烤了一会儿，便把黑蝶叫到灶头跟前，一边给她烫小腿上的伤处，一面扑扑簌簌落眼泪："怪娘不中用，没养个小子掌犁拉车，让你……"黑蝶一边给娘抹眼泪，一边说："娘别哭，别哭！我不就是我们家的小子吗！"把娘逗得

"咯咯"直笑……从那以后，黑蝶便时常把辫儿盘到头顶上，盖头盖脑地罩着一顶大竹笠，腰间结结实实扎着一条水布，还把两边裤筒高高地卷到膝盖上，活像个英俊的小子，不是掌犁，就是拉车，渐渐地从阿爹的肩上把一家的重担全揽了过去……

一天，又一天，一天，又一天……生活把黑蝶扭捏得越来越粗壮，光会拼力气、挣工分，不爱活动心眼，对日子也没别的要求，脾性变得越来越暴……玉蝶只晓得处处让着她，不晓得在她那高高隆起的胸脯底下藏着那么多的苦恼……这苦恼，一半是生活给的，一半是玉蝶给的。这，平日黑蝶在言表中虽然时有流露，玉蝶却没有仔细觉察到。眼前这情景，倒叫玉蝶全然明白过来……

"沙沙……嗖！沙沙……嗖！"黑蝶手指尖下发出的蒲草声，那么刚劲，又那么深沉，岂不是她心中的海在时而扬起波浪宣泄自己的力量，时而轻轻敲击岸边表达自己的向往么……玉蝶的心颤了，她跟黑蝶同投一个娘的胎，她对妹妹却了解得太少，体贴得太少了。脑瓜里不由蓦地闪出个模模糊糊的念头：她做姐姐的，即便是付出多大的代价，也该让黑蝶活得比她更称心……于是，她默默地挨近黑蝶的身边，手儿把着手儿……

十一

金泰爹万万没有料到，黑蝶竟也飞了，把她的绝招也端给了人家。这不啻又挖了他心头一块肉，疼得简直要命！这丫头可不比玉蝶，对她更是轻易动肝火不得；至于装病佯死，也就万万使不得，使不得了。这可是肚里灌满了苦瓜汤，有口出不了声……

"爹，犯什么愁呀？我不信娘光是生她俩的手儿灵巧！蝶蝶织的'彩蝶纷飞'花席不就比大姐织的还好吗？娘不也生我一双手吗？"

没想到花蝶这个花花公主，忽然争气起来。这对金泰爹不仅仅是个意外的安慰，而且把他心里那颗行将熄灭的火星又拨燃了。他喜得一把抓住花蝶的两只手，左端详右端详，右端详又左端详……

"爹，你不相信我这双手？"花蝶有点不高兴地说，"都是十个指头嘛，一个也不多，一个也不少。"

"唔。只要你有出息，织出花席卖了钱，你爱打扮得多漂亮都行。"

"阿爹说话可算数！"花蝶心里一乐，当即就蹲下去跟蝶蝶学织花席。她的手果然不笨，不出一两个月工夫，便能织出简单的图纹。

金泰爹满脸的皱纹又变舒展了，可是过不多久，却渐渐地又歪歪扭扭地堆在了一块……

这个花丫头，怎么在家里就蹲得不耐烦起来？别看她十个手指不离蒲草，她的心眼可没有放在上面，不时地朝门外东张西望；一看训练班来了汽车，就给勾魂；要不就把脸枕在膝盖上，不知胡思乱想些什么，整日里神不守舍，一天到晚也织不出二寸花席。

这天，村口那条变宽坦了的牛车路，突然又开来一辆乌黑闪亮的小轿车，就跟上一回那两个外国人坐的一模一样。不过，那两个红毛胡子可没有来，只来那个给外国人领路的洋里洋气的干部，说是专程来接玉蝶进城指导织花席的。

花蝶即刻拉着蝶蝶往训练班跑……

"回来！回来呀！"金泰爹急得直着脖子叫嚷，"这有什么稀奇？有什么稀奇？"他嘴巴上虽然这么说，其实，他心里觉得这比他上次得了一沓拾元面额的大币还稀奇。可不是，全村男男女女老老少少算在一块，有七八十人，坐过牛车的倒不少，坐过大汽车的可没几个，谁有资格儿坐坐这种小轿车？就是毛竹，也没这个资格儿。听说要好多级的大干部才够格儿坐它。他家玉蝶虽然一级的大干部也不是，她的身份可不小，大概跟那大干部差不了几多的。

于是，金泰爹的面子忽然又大了起来，简直比毛竹的面子还要大。打从上门骂了毛竹以来，金泰爹再也不轻易在大庭广众中露脸，即便是走路也常常背着手低着头。因为，据说这个村子有史以来，可没发生过那么大的风波；而且在这场风波中，他金泰又让毛竹占了上风。如今，他又大可以抬高头出现在众人面前了，还故意站在那辆乌黑闪亮的小轿车旁边，把大碌竹抽得"咕噜咕噜"直响，挺神气地吐着烟雾，仿佛这辆乌黑闪亮的小轿车压根儿就是他金泰的。不，他要这个玩意儿做什么呢？既不能拉粪又不能装粮食。这小轿车还是城里人的，专程来接他的女儿玉蝶进城去教城里人织花席，再没有什么比这更能叫他光彩的了。金泰爹正得意忘形，看见花席厂的姑娘们簇拥着玉蝶朝小轿车走来，他的脸却不知怎的唰地红了起来，便赶快背过身去，一个劲儿地抽大碌竹烟筒。

"阿姐，你带我进城开开眼界吧，就是看一场电影也好。听说城里的电影是立体的呢！"花蝶一个劲儿央求玉蝶。

"你也要进城？你姐是进城传手艺的。你也能把手艺传给人家吗？"

毛竹在一旁笑嘻嘻地逗趣着。

花蝶急了："别门缝里看人！我今天不能，明天也不能吗？"金泰爹心里猛一咯噔，不禁陡地转过身来……

"爹！"玉蝶、黑蝶、花蝶、蝶蝶几乎一齐失声叫道。

金泰爹应也不是，不应也不是，只好似应非应地"唔"了一声，便气鼓鼓地走了。

十二

黑蝶用巨大的痛苦从心底里赶走了的那个怪物，由于玉蝶进城去了，它又悄悄地回到了黑蝶的心底里，完全在她不知不觉的意识之中……

每天晚上，当村子里听不见婴儿的哭啼，听不见夜犬的吠叫，只有穿墙越巷的带着泥土气息的鼾声此起彼落，黑蝶从出口花席厂下夜班回来，疲惫不堪地倒在床上的时候，眼前准定像放电影似的闪出那天傍黑，毛竹哥在村边把她认作玉蝶的情景。而且老是后悔，她当时怎么会那般狠心，一掌把毛竹哥推倒在地，而且压根儿没瞧瞧毛竹哥到底摔伤了没有，扭头便跑掉了呢？要是当时没有立刻跑掉，要是当时立刻伸手去拉毛竹哥一把，她也许不会这么后悔的。但她当时要是立刻就伸手去拉毛竹哥，毛竹哥要是趁机抱住了她，那她当时还有没有力量再推开毛竹哥呢？她要是再没有力量推开毛竹哥，他必定会把她当作玉蝶而发疯地亲她——跟那天半夜里，她躲在村背后的树林子里，瞧见毛竹哥一回又一回地亲玉蝶那样……黑蝶每每想到这儿，脸上便滚烫得不行，但回到心底里的那个怪物却非要让她这样胡思乱想！这样下去，玉蝶再不回来，不出大毛病才怪呢——不是她发疯，就是她把毛竹哥霸过来。

但是玉蝶为什么还不回来？莫非她一进城就给城里的后生迷上了不成？要不，怎么不惦记爹，也不惦记同肠同肚的姐妹，甚至连毛竹哥也轻易给忘掉了呢？毛竹哥心里准定想她想得发了慌，常常失口管她黑蝶叫"玉蝶！"弄得出口花席厂里的姑娘们全都笑痛了肚皮……

"这死丫头，铁打的心肝！"黑蝶内心越苦恼和恐慌，就越是迁怒于玉蝶，终于忍不住失声骂道。

"二姐，你跟谁生气呀？"花蝶在朦里朦胧中喃喃地问，翻了翻身子，又酣睡过去了。

黑蝶却使劲拽了拽花蝶圆滑的肩膀，粗声粗气地说："三妹，你明儿进城，把那死丫头拽回来！"

花蝶一听让她进城，立刻醒了，一骨碌转过身子，眨巴着惺忪的睡眼，又兴奋又困惑地问："二姐，你要我进城把哪个死丫头拽回来？"

"还会是谁？"黑蝶在黑暗中白了花蝶一眼，便不再作声了。

花蝶到底比谁都醒水，立刻便明白了，却故意忸忸怩怩地说："噢，你是在骂我大姐姐哩！那我可不干！"

黑蝶倏地转过脸来叱道："你敢跟我抬杠？"

花蝶不甘示弱地搭腔道："噢，'有样学样，无样学世上'嘛！你是二姐，居然敢骂大姐，我怎么不敢跟你抬杠？"她的话音还没落到床板上，便"哎呀"一声大叫起来。

"出了什么事？"隔壁突然传来金泰参关切的声音。

"大概是三妹做噩梦吧！"黑蝶大声地回答，两个手指头仍旧像螃蟹钳似的钳着花蝶大腿上嫩嫩柔柔的一块皮肉，稍稍压了压嗓音："我可是天皇老子都敢骂的。你可还敢不敢跟我抬杠？"

"不……不敢了。"花蝶哭丧着脸说。

黑蝶一听，倏地把手缩了回来，吃惊地问："当真疼得要命？""嗯。"

"谁叫你让你二姐着急呢？"黑蝶一边说，一边用食指往舌尖上蘸了点唾沫，在她方才拧过的花蝶那块大腿皮肉上面轻轻地轻轻地按摩。

不知几时，也不知是哪个种田人，更不知怎么会发明出这种唾沫疗法，不仅可以节省买松节油或跌打药水的钱，而且方便得多。这简直是个不用念咒语的魔法。一会儿，仅仅一会儿，花蝶大腿上的疼痛便消失了。她紧紧搂住黑蝶的颈脖儿，抱怨道："二姐，我真不明白，你为什么不让大姐在城里多过几天美日子？"

"唉——"黑蝶只长长地叹一口气，却没有说话。不能说，能怎么说？

"二姐，你是恨大姐呢，抑或眼红大姐？"花蝶却好像故意叫黑蝶为难。黑蝶仍旧紧紧地咬住嘴唇，让花蝶爱怎么抱怨便怎么抱怨；要紧的是，一点也轻易不能让花蝶识破了自己的隐私。何况，她心里不光恨玉蝶，而且连她自己也说不清楚，她究竟有没有眼红玉蝶。

好在花蝶把她放过了，朦朦胧胧地说起梦话来："二姐，要是大姐能长久地留在城里，说不定至少能嫁个城里个体户。那该有多好哇！"

"城里的后生至多只能当画儿挂，有什么好？"黑蝶终于开口搭讪道，十分的不以为然。

"怎么不好？要是嫁了城里的个体户，一生一世可享不尽都市福啦！"

"我们乡村女儿家可是吹风淋雨吃雾水长大的，城里的福可享得惯么？"

"看你说的。城里的房子又高又宽，做饭可用不着烧禾柴，把人熏得两眼又红又肿。连用水也不用一根扁担两头晃荡，只要一开水龙头，那自来水便哗哗啦啦地流进铁锅里，要多方便有多方便。晚上在家里坐着看电影——不，叫电视，有黑有白，也有彩色的；还有歌舞厅、卡拉OK、大剧院什么的，更叫人着迷呢！要不，就去逛公园，或者到大街上去逛逛，你喜欢买什么便有什么。那里的日子可跟神仙过得差不多喽！"

花蝶越说越兴致，顿时沉浸到梦幻里去，简直有点飘飘然，悠悠然。

黑蝶给感染了，忍不住亲昵地骂道："死丫头，心眼里光会装些花花绿绿的世界，看你想得有多美！"

"谁不想活得美？要不，给娘投胎做什么来？"花蝶兴致过了头，突然把嘴巴凑到黑蝶的耳朵根上，悄声地说："二姐，要是大姐嫁了个城里人，不光我们家有了个城里亲戚来往，而且你不也就可以跟毛竹哥……"

"啪！"不等花蝶把后面的话说出来，黑蝶便一巴掌打在了花蝶的脸颊上。这回，花蝶可既不敢哭，也不敢叫了，尽管脸颊立刻结了硬块，火辣辣的疼入心尖。老半天，她才噘起嘴巴，怨怨地而又惴惴地说："人家可是诚心诚意为你着想呐！"

"你要再贫嘴，看我不立刻把你的舌头割下来！"黑蝶虽然拼命压住嗓门，那声音却仍然宛若从遥远的天际传来的闷雷，不由花蝶不暗暗打战儿。于是，她再也不敢作声了，只是从鼻孔里透出来的气，可跟六月天拉车上坎的老黄牛喘息似的，"呼哧呼哧"特别的粗……

金泰爹仅仅模模糊糊地闭了一阵子眼睛，便又让黑蝶那"啪"的一声拍醒了。他无论如何也不会想到，黑蝶这一巴掌竟然会落在花蝶的脸上。他更不明白，这姐妹俩何以三更半夜还不安生入睡？究竟在嘀咕些什么心事？还会嘀咕什么心事呢？一个二十一，一个年十七了。只是不晓得女儿看上了哪个后生，是本村的还是外乡的，人老实不老实，会不会发家致富，打发日子？老伴不在人世了，他当爹又得当娘，一种天赋的责任感驱走了趴在他眼皮盖上的睡虫，一面故意使劲打呼噜，一面拼命竖起两只耳朵。可是听了半宵，也没听得一句明明白白的说话，只能隐隐约约地听出个含含糊糊的意思，大概是在念叨玉蝶吧！于是，这些天来隐藏在他心底里的奇怪的感情，顿时像顺藤牵瓜似的被勾引了出来。他这才发现自己是那么的想念大女儿玉蝶，虽然她是那么的惹他生气，叫他苦恼。为此，他上午还冒着极大的风险，特意到镇上的盲公巷请瞎神仙给玉蝶算了一纸命。如今兴讲精神文明，不兴讲封建迷信。要是让村里的年轻人，特别是毛竹知道了，不讥笑他的脑筋陈旧才怪！就是那些盲公，也轻易不敢跟从前那样，面前铺一块巴掌大小的红布，上边写着"先知先觉"四个大字，每个大字的旁边都放着一只金钱龟。虽然这些摆布一概隐形匿迹了，但那些靠算命为活的盲公却没有隐形匿迹。他们怎么会隐形匿迹呢？如今别人行运，他们也行运了。人们只要走进盲公巷，看到面前放着个蒲篮，篮里装着几只鸡蛋，这十成便是算命的盲公了。他金泰心里比谁都明白：那蒲篮的鸡蛋，是用来蒙骗那些前来干涉他们的警察的："同志，我并没有搞迷信呀！我可是拿鸡蛋来卖的啊，不信你瞧。"弄得那些警察哑口无言，只好走开了。上午他在盲公巷就碰见好几回这种情形，不知是不是因为他小时候爱看母鸡下蛋，那么轻易脸红。那瞎神仙撒了谎可一点儿也不脸红，只是有些神不守舍地向他问过了玉蝶的生辰八字，沉吟半响，便眉飞色舞起来："你女儿二十三，生相属鸡。鸡者通日月星辰，乃天地之灵。碰上今年是猴年，哦，好运气，好运气！"他一听惊喜得一颗心扑通扑通地跳到了喉咙口，忍不住低声地问："神仙爷，我女儿可碰上了什么好运气？"那瞎神仙接着说："你还不明白？猴者，其王乃因大闹天宫而为玉帝封为齐天大圣。你女儿属鸡，鸡鸣头更，最先迎来了猴年。她今年必定遇到大圣人啰！"他一乐，便嗖地塞给那瞎神仙一张五元面额的人民币。那瞎神仙一摩挲，两手便打战儿，试探着说："我……我刚开档，可还没……没有零碎钱呢！"连他自己的嘴唇皮也不由打起了颤儿："这……这全……全是酬谢神仙爷的！"那瞎神仙赶紧一迭连声说："哦哦，往后多多来，多多来！"这倒提醒了他：还有黑蝶、花蝶和蝶蝶，没给算过命，往后要不要一个个来给她们算算？算一纸命还给不给五块钱的红包？五块钱，这在前些年头，少说也抵得五六十个劳动日。拍拍心口，并非一点也不心疼。然而，一想到他到底给女儿算了一纸好命，便仿佛为女儿做了一件连老伴在九泉之下也欢喜若狂的了不起的大事。于是，他立刻便解脱了：这五块钱值往时多少个劳动日有什么打紧？要紧的是女儿行了好运。那瞎神仙算得有多灵准！不是么？不然，那天村里怎么会鬼使神差地闯进两个红毛大胡子？村里十几户人家的大门都敞开着，谁家的大门那两个红毛大胡子也不进，却偏偏地踏上他金泰家的门槛；而且只买两张花蒲席，却给了他那么多的大币。那两个红毛大胡子分明就是"圣人"。甚至连那辆闪着两只玻璃眼睛的小汽车，也分明是"圣人"的化身。玉蝶到了城里，一定还会遇上什么圣人的。可是，那瞎神仙却叮嘱他一定要舍得多拿些山珍海味和名烟名酒作引儿，才能引出女儿的好运气。这就未免太玄了。他问了半天，那瞎神仙老是不肯给他挑明，只是一个劲儿地微笑："你回去便会自个捉摸明白的。"他捉摸了半晏，如今又捉摸了半夜，始终捉不出什么意思，连个边儿也摸不着。不由着急得一巴掌拍在自己的脑门上，自言自语地骂道："笨牛！"没想到这一巴掌倒把他的脑门给拍开了窍儿："哦哦，我明白了。那瞎神仙不明明是叫我往城里送点稀罕的礼物么！对了，而今城里流行一种官话：研究研究——烟酒烟酒。明儿就叫花蝶跟黑蝶上山多采些蘑菇作山珍。只是那海味太贵了，就是普普通通的鱿鱼，也少不了几十元一斤。但再贵也缺少不得的，城里人可把它当作友谊。天晓得那友谊可值多少钱一斤？它比鱿鱼好吃不？"

这时，黑蝶和花蝶不知还在叽叽喳喳些什么，金泰爹索性一骨碌翻起身来，又拉长了耳朵……

"二姐，你何必这样折腾自己呢？"花蝶忍不住低声地说，"这显然是上帝有意给你个机会，何必要逃避？我真替你难受。自己对毛竹哥明明爱得死去活来，却非要从大姐身上召回一种奇怪的力量阻止自己。这样下去，你总有一天非得发疯不可。"

"唉，谁叫娘既然要生我，偏要先生玉蝶呢？"黑蝶不觉泄露了心迹，慌忙骂道："你这死丫头，又在胡说些什么呀？"连她自己也不明白，她到底是在骂花蝶呢，抑或在骂自己。

"噢，一个多么可怜的黑美人！"花蝶喟然叹了一声，便翻过身去，不再理睬黑蝶。

"你怎么哑啦！"黑蝶耐不住使劲了推花蝶，"你到底答应不答应你二姐？"

"答应你什么？"花蝶故意爱理不理地答道。"明儿进城去，无论如何也得把玉蝶拽回来。"

"进城我一定遵命。至于能不能把大姐拽回来，我可不敢给二姐你打保票喽！"

"那要你进城去干什么？"

"要乐一乐，疯一疯嘛！一天到晚，一年到头，都对着村前几块烂田过日子，不把人闷疯才怪呢！"花蝶满肚子的委屈，"二姐，大姐前几天不是给花席厂的姑娘们来信说城里那家出口花席大公司正在招女临时工么！连毛竹哥也鼓励姑娘们去城里做临工，说那是一举三得的事，一来可挣大钱，二来能学点先进技术，三来支援城里的改革开放。姑娘们的心早按不住了，约定一过清明，便浩浩荡荡进城去。你还指望大姐会回来？"

不知是由于花蝶两片嘴唇皮的特别功能，抑或因为毛竹哥竟然也鼓励姑娘们进城做临工，黑蝶的心里仿佛一口古井，忽然被投进了石子，在"咕咚咕咚"暗暗涌动，不禁着急地说："姑娘们都进城去做临工了，花席厂岂不要散架么！"

"噢噢，你这就有点杞人忧天喽！毛竹哥说，要是姑娘们全都进了城，这就等于把花席厂办到城里去了，可用不着分文资金。你还是加入我们进城大军吧！"花蝶越说嗓音越大，把蝶蝶也给吵醒了。

"看你说得多快活！我也进城去，谁照顾爹？""有蝶蝶嘛！"

蝶蝶一听，"咿唔"一个劲儿地摇头。

"蝶蝶怎照顾得了爹？还有毛竹哥……"见鬼！怎么又想到了毛竹哥的身上来？黑蝶立时着了慌，连忙翻过身去。

"嘀唷嘀唷，二姐，你有难喽！"花蝶却不肯放过她。

"胡说！你二姐我会有什么难啊？"黑蝶虽然仍旧粗声大嗓的，语气里却不无怯意。

"嘻嘻，你去问毛竹哥嘛！嘻嘻……"花蝶越发放肆了。

"死丫头，看你二姐不把你的舌头割下来！"黑蝶却只是嚷嚷而已，一点也不像生气。

蝶蝶也跟着笑起来，一个劲儿咿咿呀呀……

金泰爹直愣愣地坐在床沿上，左手拿着一根大碌竹烟筒，右手的两个指头不知什么时候把一撮熟烟丝拧成了粉末，一点一点散落在床前。隔壁没了女儿们的声音，一股异乎寻常的孤寂骤然向他围拢过来……玉蝶飞了，黑蝶也飞了，花蝶和蝶蝶终归也要飞的。他劝不了玉蝶，也劝不了黑蝶，还能劝得了花蝶和蝶蝶吗？这蒲屋里，大概再也不会日夜响着那"沙沙……嗖！沙沙……嗖！"叫人特别中听的织席声了。那声音可编织着他金色的梦。这梦要不能变成现实，女儿们日后的日子将怎样过？那他岂不是在梦中欺骗了老伴吗？到他离开这间蒲屋，离开这个世界，离开女儿们的那一天，他怎么能轻易闭上眼睛呢？女儿们偏偏不晓得他的心，一个个跟他作对。可这又是自己嘴里出的牙齿血，只能往自己的肚里吞，能跟谁说呢？

跟老伴说。金泰不是不疼女儿，不是不想安排妥帖女儿们的日子，只是女儿们不让，一个个顾着到外边去找活路；金泰也不是不想让女儿们活得光彩，只是她们日后的日子如何安排，她们一点也不担心，可这叫当爹的担心哪！蝶他娘，我怕到了去寻你的那一天，还得睁着眼睛让人家盖黄土，这多可怕，多可怕呀！金泰爹的泪珠跟跳动着的煤油灯火那般大，"扑"地掉下一颗，又"扑"地掉下一颗……要是老伴还活着，他心里就不会这么苦了；至少，能向她诉说诉说，心里也不会这么难受。可是，如今只能在梦里才能见到她。

那就到梦里去吧！于是，金泰爹连忙吹熄了灯火，拉过一张老伴千补万纳的被套，盖头盖脑地躺下去。然而，鸡啼头遍了，他还睡不着；鸡啼二遍了，他仍然睡不着；鸡啼三遍了，他脑袋里才开始晕乎起来……一觉醒来，脑袋里却不曾留下半点梦的痕迹，不晓得夜来到底梦见了老伴没有。

第二天晚上，天一煞黑，他连脚也不洗，便早早地上了竹床。这一夜，倒用不着熬至鸡啼三遍，而且做了许多许多离奇古怪的梦，梦见他爹，梦见他爷爷，甚至连他不曾见过面的爷爷的爷爷，他也梦见了，举着大刀长矛立在寸金桥头，高声大嗓地问他："我孙子的孙子，红毛胡子怕我，可怕你吗？"他连忙回答：

"我爷爷的爷爷，红毛胡子也许怕我，也许不怕我，倒上我家买了两张花席来，还竖起拇指夸我女儿能呢！"爷爷的爷爷听了"咯咯"大笑："有出息！有出息！这才是我的后代！"……可就是梦不见蝶她娘。

金泰爹不甘心，非梦见老伴不可。第三天晚上，他没有即刻倒头就睡，良久地蹲在竹床的床沿上，一边不住地抽着大碌竹烟筒，一边费煞脑筋地回想着那天夜里如何梦见老伴的情形……于是急忙打开黑漆漆的苦楝木箱，从竹筒套子里取出那一沓拾元面额的大币，对着豆粒大的煤油灯火翻来覆去地瞧起来。煤油灯还没有昏暗，他便故意挑了挑灯芯，又瞧了一眼。他压根儿没一点睡意，便故意打了个呵欠，拍拍脑门，又瞧了一眼。他的眼睛还挺精神的，却故意将眼皮耷拉下来，再使劲睁了睁，又朝那一沓拾元面额的大币瞧了一眼。然后紧紧地捏着那沓大币倒在竹床上，使劲打起呼噜，终于渐渐地睡着了。可是却梦见毛竹在用花言巧语勾引玉蝶和黑蝶，还勾引花蝶和蝶蝶跟他作对。他气得浑身发抖，张开嘴大骂。不知为什么，却老是骂不出声。他只好拼命呼喊老伴，可是老伴整夜也没出来……

老伴为什么始终没有出来见他呢？金泰爹醒来以后，陷入了更深的苦恼……

1984 年 7 月发表于《春风》丛刊（原题《牛脚迹村闲话》）

古玩幽灵

一

　　骊山，秦岭的一条支脉，海拔一千二百五十公尺，巍然矗立于距西安不过三十多里的临潼境内，挺拔而雄奇，旖旎而壮丽。云蔚霞蒸之中，远远看去，就像一匹似卧非卧，似跃非跃，神态迷离的骊驹。自古以来，甬说不知招致多少骚人墨客流连忘返的足迹，即便历代帝王，也无不视为圣地而屡建御苑游宫于山脚。从史书上可以查到的记载就有：西周曾在这里始建"骊宫"。西周亡后，骊宫被焚毁。秦时又在山下砌池造宇，取名"骊山汤"，又叫"神女温泉"，同属阿房宫的重要建筑。唐太宗贞观十八年，这里又建造起金碧辉煌的"温泉宫"。到了唐玄宗天宝六载，更进行了大规模扩建，使这片山脚矗立起成群的规模宏大，既典雅又富丽的御苑宫廷，易名"华清宫"。宫内有两组别出心裁的建筑：一是莲花池，一是九龙汤。莲花池含有荷花阁、贵妃池、五间厅等；九龙池则含有飞霜殿、晚霞亭、龙吟榭等等。到处杨柳依依，清波粼粼，端的是水似碧玉山如黛。

　　每逢夏至冬来，唐玄宗李隆基必偕宠妃杨玉环在这里终日行乐——或醉卧飞霜殿，或相偎于晚霞亭，或歌舞于龙吟榭，或同浴于莲花池、九龙汤……"春寒赐浴华清池，温泉水滑洗凝脂"，《长恨歌》里所描写的，正是杨玉环受到特殊宠幸时的欣喜之情。难怪她越发变得娇纵了，往往叫得宠太监高力士跪着给她献酒，酒后定要吃岭南新鲜荔枝。本来，只要杨玉环嫣然一笑，李隆基便简直连江山也可以舍给的，这区区要求自然不算一回事，当即便谕饬岭南刺史：着即课鲜荔，交沿途驿站以日行八百里的骑速，昼夜兼程，及时送至长安。即使这样，杨玉环仍然等得不耐烦，时不时掀帘窥盼，远远看见马蹄扬起一股红尘，便高兴得不得了。这可给后人留下了"一骑红尘妃子笑，无人知是荔枝来"的佳句。你瞧，杨玉环这个绝代佳人，对岭南荔枝是多么嘴馋！

可是长安与岭南相隔万水千山，迢迢几千里，即使采撷的是树上将熟未熟，抑或半青不红的增城挂绿，经长途风薰日灼，到了皇室也失去了新鲜味儿，这叫杨玉环不由得十分扫兴。况且一过了夏季，荔枝果期便结束了，她哪里还有口福能吃得上岭南的新鲜荔枝呢？杨玉环终于闹起了情绪，一连几天不思龙宴。天下女人都怕胖，独独这杨玉环却因胖得奇俏而成为绝世美人。要是让她饿瘦了，那如何了得？这可急煞了李隆基，赶快让高力士出诏：谁在十天半月之内，送上岭南新鲜荔枝，赏以黄金千两。

除非神仙，谁敢领这千两黄金？十天过去了。半个月也过去了。那张贴在城墙上的诏书，由红而黄，又由黄而白，依然不曾有人敢用手指头触动它的边儿。这天，李隆基正坐立不安，忽见高力士气喘吁吁地跪禀："有个古玩商人带来了一件古物，口口声声说是个宝贝，要比岭南新鲜荔枝更能叫贵妃娘娘欢心！"李隆基听了将信将疑，便随口道出八个字："倘敢欺君，当即斩首！"

那古玩商人不知是求财心切呢，抑或是吃了太上老君炼就的奇效定心丹，脸上竟无丝毫惧色。只见他不慌不忙地从袖口里掏出那件宝物，双手高捧过头，由高力士转奉李隆基。

原来这是一轴手卷丹青。李隆基展开一看，不禁失声惊叹："美哉！美哉！"杨玉环闻声，不由抬起睡莲眼皮，蓦然瞥见一丛丛青枝绿叶掩映着一簇簇鲜亮亮、圆滚滚的荔枝，立时觉得一股新鲜荔枝的清香扑鼻而来，甜幽幽的直沁心脾，顿即喜出望外，竟然忘情地伸出纤纤玉指，也不顾一向在皇上面前保持天下第一美人的娇矜，连忙五爪金龙地摘那佳果。不想这竟是隋朝遗下的无名氏名画《岭南佳荔图》。她忍俊不禁，"扑哧"一声笑了。

李隆基在一旁乐得仰着脖子哈哈大笑，连绣在黄袍上的龙凤也翩然而动……这段宫闱轶闻从来没有编入什么古籍史册，只是民间传说而已。至于隋朝无名氏的《岭南佳荔图》是否当真有这般神奇的艺术魅力，也没得任何根据可供考证。打自安禄山、史思明起兵叛乱，杨玉环在随李隆基逃亡途中，因迫于将士的压力，受赐绮罗而吊死于马嵬坡以后，这幅名画不知失落何方，这倒是千真万确。所以梦寐以求者，历来不乏其人。然而，唐朝距民国已有一千多年光阴，中间跨越残唐五代，以至宋元明清，几经兵燹战乱，饱历沧桑，多少古物国宝，或被入侵者所抢劫，或被民族败类所偷盗，以致流失于国外，湮没于民间。寻得《岭南佳荔图》，这对于多少古玩家，毕竟是个难圆的梦！

二

舒适之活像个小学生在听老师讲述一个金色的童话。他两个手肘支在大理石台面上，合着手掌牢牢地托着下颏，两眼一眨不眨地望着坐在面前的吴存白。他的神魂显然让吴存白那低沉的嗓音牵到一千多年前唐朝的御苑皇宫里去了。直至吴存白突然把话打住，端起了酒杯，他才回过神来，自言自语地喃呐："我不相信梦只能是梦！"

"噢，梦不只能是个梦，还能是什么呢？"吴存白微笑着问。

舒适之也跟着笑笑，"吴先生没听说，'谁最会做梦，谁便最富有'么？"

"噢，也许会有这种奇迹，不过，"吴存白勾下头来，对着酒杯说："舒先生，您想得到那幅《岭南佳荔图》，请恕小弟直言，这是永远不可能出现的奇迹！"

舒适之"霍"地放下古色古香的酒杯，涨红着脸说："吴先生，您敢打赌？"

"用不着打赌嘛！"吴存白端起酒杯轻轻碰了碰嘴唇，随即又把酒杯移开了，直朝舒适之颔首微笑。

舒适之觉得，这位前不久结识的朋友，不光自负得可以，而且对他舒府收藏古玩的实力也未免有点过分的轻视，忍不住说："吴先生，您敢断言，怎么不敢跟我打赌呢？"

"断言固然不轻易出口，要打赌就更不是儿戏啰！"吴存白又勾下头来，对着酒杯淡淡地说。

舒适之很有点困惑，拉了拉后衣领说："吴先生，您可曾发现我舒某有儿戏之举不成？"

"别误会，别误会！小弟是生怕舒先生输定了呢。"吴存白连忙解释。

这简直叫舒适之受不了。换上别一个古玩行业的朋友，舒适之的脸色非马上变得叫人十分难堪不可。他把满满的一杯酒一饮而尽，借着顷刻冒出的酒劲说："谁输谁赢，吴先生似乎不必过早定论。"

"舒先生这么执着、自信，小弟只好舍命陪君子了！"

舒适之高兴了："吴先生可用不着担心，大不了把您家几代珍藏的罕世之物拿出来。我呢，大不了把整个厂子端出去！"

"这，恐怕由不得你呢！"吴存白诡谲地笑了笑，故意投给一直站在旁边，默不作声的女主人一个眼色。

"不由我，由谁？"舒适之很有些不解。

"你问问嫂子呀！"吴存白又瞥了女主人一眼。

童淑贞仍然不愿在丈夫和客人的谈话中间插嘴，只朝客人报以莞尔一笑。舒适之这才忽然记起站在背后的妻子，不由愕然地"哦"了一声。

吴存白连忙拿起拐杖拱手告辞，跨出酸枝门槛，才一甩又长又阔的衫袖，撂下一串"咯咯"的笑声……

三

客人一走，童淑贞果然立刻便开腔："你刚刚跟吴先生打的赌，只是开开玩笑呢，还是石匠抢大锤——端的石（实）在？"

"你说呢？"舒适之有意试探一下妻子的态度。"我看又像开玩笑，又像是打赌。"

"这岂不变成了开玩笑的打赌了么？"

"你跟吴先生说得那么认真，像真的打赌；可终归没有立个凭据，也没有一个证人，这又像是开玩笑了。"

舒适之听了，不由"嘿嘿"直笑："太太差矣！君子之间，岂能以玩笑相交？说一句就得算一句，用不着立凭结据。如果说要个证人，你不就在场见证么？"

童淑贞这才当真的着急起来："什么话？原来你存心要把厂子给赔光！倒不如你来管，你爱怎样办就怎样办吧。我可不愿再操这份心！"说罢，竟负气地转身回卧室去了。

舒适之立时慌了神……

在十里洋场的上海，除了蓝眼睛、赤胡子、白皮肤、高个儿的洋人以外，几乎所有的上海人都在二寸见方的盒子上面认得"适之火柴"几个字，可是知道舒适之是火柴厂老板的人却并不多。人们只知道火柴厂里有个了不起的老板娘，不晓得内幕的人，还把"适之"二字认作老板娘的名字。舒府就收过几封叫人捧腹大笑的信件："适之女士台鉴"。这也难怪，虽说民国年间经过了"五四"新文化运动，几千年因袭下来的夫权思想受到了巨大的冲击，但丈夫仍然毕竟是丈夫，仍然是家庭里所有财产的主宰者，轻易不能由妻子来掌管。舒适之却把偌大的一个火柴厂交给妻子童淑贞去经营。而她竟把一切管理得脱脱落落，全然不用舒适之沾边过问。舒适之因此越发落得干手净脚，整日陶醉于古玩堆中。

大凡沾上点古色或古味的书画、玉石、陶瓷，舒适之无不视为至宝，不惜高价收藏。这样，经年累月，墙上挂的，柜里藏的，厅外摆的，竟把一座西班牙古堡式的五层楼变成了古玩博览室。除了一楼客厅专供接客，只略摆几件古玩，挂几幅字画作点缀以外，二楼客厅则摆满了各种古代陶瓷器皿，大大小小，林林总总，大都与仰韶文化有着密切的关系。三楼专藏历代名画，光是一幅《群芳谱》就有在春夏秋冬四个不同季节开放的名葩九十九种。其中东篱晚菊和雪岭寒梅同时吐艳。这壁厢是杏花烟雨，春意朦胧；那角落却是荷花初绽，海棠春睡……实在是柳丝榆荚自芳菲，哪管桃飘与李飞！至于五代南唐顾闳中的《韩熙载夜宴图》就更加稀罕了。此画是顾闳中流传至今的仅有作品。在若断还续的若干情景的组合中，把夜宴分成五个场面：一是聆听琵琶；二是歌舞"绿腰"；三是宴间小憩；四是女妓清歌；五是酒阑人散。在不同情景和时空的变化里，惟妙惟肖地揭示出众多人物的内心世界。明写幕前宾客们沉溺于丝竹管弦的轻歌妙舞，暗点幕后拥被高卧者的荒淫纵欲。并在众多宾客迷于声色的对比中，画龙点睛地衬托出韩熙载彷徨郁闷的沉重心情。传神极了，写意极了！此外，前后左右四个房间，都挂满了各高一丈二、宽八尺的大幅名画。那幅泼墨画《神龙图》，在浓云暴雨中露出斗大的一颗龙头，爆睛闪电，吐气穿云；旁边探出右爪，欲劈面攫人；中间隐现半截龙身，鳞甲晃耀；却又"神龙见首不见尾"，似将破壁飞去。硬是把历史传说奇幻的龙画神了！到了四楼，藏的多是造型规则，设计奇巧，制作工艺高超的古代青瓷传世完整器皿和清乾隆时问世的"古月轩"名瓷，诸如盏托、碗碟、花瓶等等，一应俱全。这些玩意儿不独轻巧，例如一个普通的碗碟或花瓶，只有一个鸡蛋壳那么重，而且瓷身洁白如雪，呈现七彩画图。当中，要算那对团龙花瓶和那对团凤花瓶制作得最为精巧。那对团龙花瓶密密麻麻地画着九十五条彩龙。这大概是象征《易经》所说的："九五，飞龙在天，利见大人。"那对团凤花瓶则画着九十九只彩凤，还以云绕雾拥、花团锦簇相衬托。须得拿着放大镜，一个劲地数上老半天，才能把瓶身上画的九十九只彩凤数出来。熟谙古玩行情的商贾都清楚，这两对花瓶，每对售价绝不会少于十万大光洋。越往高层上的楼房，舒适之所收藏的古玩便越是珍贵。每层楼都挂着隶书金匾："更上一层楼"，足见他对古玩的追求没个止境。

这可苦煞了妻子童淑贞。她熬日熬夜地苦心经营火柴厂，从工人身上赚得的血汗钱，全都让舒适之花在了古玩上。如今，他又为了得到隋朝的一幅名画《岭南佳荔图》而跟吴存白打赌，说不定当真要把厂子整个儿端将出去。童淑贞怎么能不着急？舒适之虽然很了解自己的妻子，但谁叫他迷上了这些古玩呢？仿佛在娘胎里就带来了这股迷劲，随着年岁的增长，越迷越深，而今竟到了不能自拔的地步。有什么办法呢？童淑贞虽然也很了解他，要不，他绝不可能把收藏古玩当作第一事业，火柴厂则成了仅仅为了支持他收藏古玩而存在的第二事业；但对他这股迷劲，童淑贞却恐怕没了解得透彻。她也许没有这种体味：一个人迷上一样东西，而又轻易不能得到这种东西，心里该是如何的发慌！她要怎么都行，这个厂她可不能撒手不管。这不光因为没有这个厂子，他对古玩的收藏就不能"更上一层楼"，而且管理工厂，他可得老老实实地在妻子面前甘拜下风……

舒适之连忙跟进房间，毕恭毕敬地站在妻子的面前，用一种近似乞求的目光直看着妻子，低声下气地说："贞，看你这是说的什么话啊！这个厂子要是没有你，保险不出三天就会塌下来。"

童淑贞一碰上舒适之这目光，心里便立即冒出一种难以名状的滋味。记得当初他上门求婚，正是用这种目光望得她神不守舍，不得不答应嫁给他。如今，这目光洋溢着显然不仅仅是爱的力量。这就叫人更加不能轻易抗拒。而且，在十里洋场，像丈夫这样的男人，一不嫖，二不赌，三不吹，独独是喜欢收藏古玩，这至少还是一种慰藉。童淑贞终于缓和了口气："你要知道维持个厂子不是那么容易的话，就不该为了一张古画连它也要赔去！"

"这倒未必，这倒未必！"舒适之一迭连声地安慰道，"一张古画怎么用得着赔上我一个厂子呢？我只是说大不了而已。"

"吴先生不是断言，你不会得到那幅《岭南佳荔图》么？"童淑贞仍然面带愠色说，"他的见识可比你多！"

"我十分佩服他的见识！只是……"舒适之不好意思地笑了笑，把涌到喉咙口的话咽了下去。

"就算你能寻得到那幅《岭南佳荔图》,也非得把整个厂子赔上去不可!"童淑贞十分担心地说。

舒适之立刻不亦乐乎地说:"这就值得啰,这就值得啰!"

童淑贞一听,脸上又骤然笼上一层阴霾,半晌才长叹一声,自怨自艾地说:"老天爷呀,你为什么要让我嫁给这位古玩迷?"

舒适之连忙一个劲地赔笑:"嘿!嘿!嘿!"

四

收藏古画启事

本人切望收藏隋朝所遗名画《岭南佳荔图》,若藏得此画而愿割爱者,则勿论要价;倘能提供该画确凿下落,亦愿以重金酬谢!

舒适之敬启

吴存白的目光久久地停在刚出版的《申报》上。他万万没有料想到,舒适之竟然这般死心眼,马上便在这家创办于前清光绪年间,曾因四字电讯"京陷帝崩",报道中国三千多年帝制的总崩溃消息而轰动国内外的大报的重要位置上,破格登出了大幅启事。看来,舒适之为寻得那幅《岭南佳荔图》,当真要把整个厂子豁出去了……

我不该跟他打赌!吴存白马上就开始后悔了。他甚至觉得,他不该从四川跑到上海来。本来,不跟他斗气就好了。可自己偏偏爱争个上风。这一切,简直都是鬼使神差!如今可好了,这场打赌,非成为中国古玩收藏史上的一个笑剧不可。而他吴存白,在这个笑剧中将逃不脱要扮演一个十分尴尬的角色!

"笃,笃,笃!"一阵轻轻的然而又是十分急促的叩门声。

吴存白刚拉开一条门缝,舒适之的账房先生便一头撞了进来。不等吴存白开口,他便拱手催道:"吴先生,快上车吧!"

"舒先生派来小车?"吴存白好像有点不相信自己的耳朵。"唔,就在寓所外面。"

"舒先生怎晓得我要登门拜访呢?"

账房先生忍不住笑了:"舒先生又不是未卜先知的神人,他哪会晓得您要上门拜访呢？他今天要摆满汉席，自然忘不了您这个挚友！"说着便从口袋里取出一封红鲜鲜的请柬来。

吴存白却看也不看，倒是关切地问："舒先生是给他哪一位公子或千金办喜事呀？"

账房先生这回笑弯了腰，好半晌才告诉吴存白：舒先生每买得一件特别稀罕的古玩，他都必定大摆满汉席，从早到晚鸣放鞭炮，着着实实地庆贺一番。这时，霞飞路上，果然隐隐约约传来了鞭炮声。

吴存白自然懂得，满汉席是清朝时皇族和达官贵人在隆重的大典和迎送仪式中才摆的酒席。民国以来就很少有人摆这种酒席了。酒席中，那时比较高级的有鱼翅席、烧烤席、海参席等，统称八大八小席。一般是八个大菜，八个小菜，外加四热荤和京果、鲜果，另备粥饭面食和咸甜点心。满汉席却以汉菜为主，辅以满洲烧烤和粥品点心。菜式多少任由主家开订，一般是一百二十道至一百八十道菜，让宾主从早到晚一直吃至深宵。舒适之到底得了什么稀世之宝，值得这般隆重庆贺？难道他当真得到那幅《岭南佳荔图》？不，那是……

"舒先生今天得到的是硬货抑或是软货？"吴存白钻进了美国制造的流线型米黄色雪佛兰小轿车，还没坐妥帖就迫不及待地向账房先生试探道。

"这我可不大清楚，反正您到了舒府，便尽可大饱眼福了！"账房先生说罢，赶紧递给吴存白一支大拇指粗、十五厘米长的名贵雪茄，接着便"嗤——"一声划着了火柴，却被吴存白拿出洋打火机给挡住。账房先生只好知趣地点燃自己嘴上嚼着的香烟，然后狠狠吸了一口，吐出浓浓的烟雾。

霎时间，吴存白便被笼罩在团团的烟雾中。

五

来宾们渐渐地都有了醉意，纷纷放下夜光杯和象牙筷，架起二郎腿，一边品茗、抽烟，一面谈天说地，等着大饱眼福……

一层，二层，三层，四层，五层……舒适之俨如魔术师玩魔术，左手托着个绉纱锦包，右手慢条斯理地把锦包揭开。一直揭了二十五层锦帛，他的掌心蓦地放出一束异彩，在熠熠闪烁。

"呀——"随着一声惊叹,四边来宾席上突然像抛物线似的把脖子伸向一个亮点——一块圆圆的巴掌大的黄褐色玉石。只见中间有个铜钱大的孔眼,串着一根红丝线;底面隐隐浮现出八块大小不同,奇形怪状的玫瑰色斑纹,如烟似雾,乍浓还淡,似断犹续,若隐若现,光怪陆离。在灯光底下迸射出万道光华,千重异彩……

来宾们都目眩神迷了。老半晌,才突然异口同声地喝起了满堂彩:"汉玉,好一块汉玉!"

舒适之听了客厅里爆出这一片喝彩声,乐不可支地"嘿嘿"大笑:"诸位都没有白吃了古玩饭!可有谁晓得它的出处么?"

来宾们这时都面面相觑,谁也不敢轻易吭声。

舒适之的目光朝客厅里兜了一个圈儿,便落到坐在上宾席上的吴存白身上。不等舒适之开口,紧挨着吴存白身边坐着的大东洋打火厂经理平野一郎猝然站了起来,谦恭地笑了笑:"让我领教领教!"说着便从舒适之手上接过玉石,认真端详了一番,顿即眉毛一扬,惊喜不迭地朝舒适之拱手道:"恭喜舒先生了!这可是贵国西汉时代出自昆岗的一块美玉。到了大唐时代,贵国皇帝李隆基把它赐给了贵妃娘娘杨玉环。这位贵妃娘娘也真会享用。原来她长得肥胖,一到暑天,她胳肢窝里的汗水老往外冒,她便时常把这块美玉吊在胳肢窝里,不光是图个凉快,而且还能退汗,不让汗水腌损她的嫩肤。"

来宾们一直屏息倾听,这会儿才突然"轰"地笑了起来,随即爆出一片赞叹声:"啧啧,平野先生真不愧是个中国古玩通!"

"平野先生,你说的可是打从哪里来的根据?"不知谁好奇地问道。

平野一郎还未及回答,舒适之便亮开了大嗓门:"你看你看,这玉环底面的八块彩霞,可不就是当年贵妃娘娘的香汗留下的痕迹么?!"

"玄!杨贵妃的汗水是香的,这倒有传说。可她的汗迹怎么会变成彩霞似的呢?"又有人诧异地说。

"因为贵国的这位贵妃娘娘胳肢窝里渗出的汗水是玫瑰色的嘛!"平野一郎正儿八经地答道。

"咳!"一直笑而不语的吴存白,这时重重地咳了一声,慢腾腾地说:"平野先生说的一点也不是胡编。只是舒先生没有把对儿拿出来……"

平野一郎不禁暗暗打个愣怔:"对儿?"

舒适之猛地张大眼睛问:"啊哟,吴先生说得可轻巧,这宝贝到哪里

410

去找对儿?"

"唐朝原来就有一对鸳鸯玉环嘛!"吴存白断然地说,"唐玄宗为了讨好杨贵妃,特意叫名匠把那块出自昆岗的美玉琢成了对儿。怎么只有一块?可惜,太可惜了!"

"正因为只有一块,才是稀世之宝啊!"平野一郎生怕舒适之扫兴,赶快打了个圆场。

"可不是?可不是?"来宾们七嘴八舌地附和,"舒先生,能给开个价么?"

"如果是一对,至少值十万块光洋。就是现在这一只,我也出得七万块哩。"平野一郎抢着替舒适之回答。

"一对值十万,一只倒值七万?"来宾中有人表示不解。

舒适之笑了:"这可不是我那火柴厂里的木屑,也不是平野先生那打火机厂里的钢花啊!明摆着两缺一,不该涨二万块光洋?"

"稀罕是稀罕,价钱可抢手,比一般汉玉要高多少倍?"来宾们纷纷议论开了。

"不高不高!"吴存白立刻插话,"拿破仑那把长满锈的破指挥刀也值十万法郎嘛!高不高?茶花女不过是巴黎的一个名妓,死后拍卖家具首饰,无不身价百倍,连一本她在扉页上签上自己的名字,写着'我笑着向东方颔首'几个字的《天方夜谭》,也值一百法郎。高不高?"

他的话音还没落地,立刻有人指着他那根粗糙别扭的拐杖打趣道:"吴先生,你这根拐杖千万别丢了,它日后恐陷比拿破仑的指挥刀还要值钱呢!"

"轰!"又是一阵哄笑。

这时,已经是凌晨了。来宾们纷纷在笑声中告辞,留下了一片热乎乎的道谢声。

吴存白却坐在原席上纹丝不动。

"吴先生莫非还要跟我畅饮达旦?"舒适之仍然兴致盎然地说。

吴存白忽然变得像个大姑娘似的,忸忸怩怩地说:"前些天我跟您开了个玩笑……"

"什么玩笑?"舒适之莫名其妙地问。

吴存白仿佛又喝醉了酒,满面通红地说:"打赌的玩笑。""不不,那不是玩笑!"舒适之断然否认。

吴存白赶快恳求道："您就当是个玩笑吧，开过了便算了，值不得认真！"

"这怎行？这怎行？古之丈夫，一言既出，尚且驷马难追，何况今之丈夫？"舒适之固执得可以，丝毫也不肯收回成命。

吴存白只好彻底退让："我算输了，行不行？"

舒适之见吴存白越是退让，心里便越发踏实，以为吴存白心虚了，想来个金蝉脱壳。因此，不管吴存白如何苦苦相劝，舒适之只顾一个劲地嘿嘿直笑："这场打赌才刚开始，怎么就算输了呢？"

吴存白急了，忍不住又大声断言道："舒先生，你绝对不会得到隋朝无名氏的佳作《岭南佳荔图》的！"

"嘿嘿！"舒适之越发乐了："所以，我和吴先生这场打赌才有意思呢！"吴存白无可奈何地望着舒适之，半晌也作不得声。

舒适之赶紧安慰道："吴先生，你可别着急！即使你不跟我打赌，我自个也非要收藏得这幅名画不可的。它的价值，你自然比我更清楚！"

吴存白只好一个劲地摇头。

"小车！"舒适之不等吴存白告辞，便回头招呼："送吴先生回寓所。"

六

自从在《申报》上登出了那个启事，舒府忽然门庭若市，给舒适之送来《岭南佳荔图》者接踵而至。其中有来自书香门第的墨客，也有终日翻垃圾堆、捡破烂糊口的贱民；有衣冠楚楚的雅士，也有穿着褴褛的落魄儿……

不管是谁，只要说是"给舒先生送《岭南佳荔图》来的"，舒适之便高兴得不行，忙不迭地拱手道："谢谢，太谢谢您了！"然后便吩咐账房先生付给来人几块光洋。

这天，他正在客厅里让吴存白、平野一郎欣赏他轻易不让别人看的稀世之宝，忽然听到门外有争吵声：

"您让我见舒先生呀！""见了舒先生也不收了。"

"他不是登了报纸要收藏《岭南佳荔图》吗，怎么不收了？""不收就是不收嘛！"

"谁说的？"舒适之急步而出，朝账房先生投去不悦的目光。账房先生连忙说："舒先生，他已经来过三次了。"

“即便来过一百次，也得收下！”舒适之显然生气了。

账房先生却不服气地说：“舒先生，这明明是废纸一张，为什么偏要当宝贝买下来呢？难道您没看出来？这些人不过是趁机诌您的钱！”

这么多人送画上门，为的都是诈点钱？要不是吴存白和平野一郎在身边，舒适之可不敢保证自己不会暴跳起来。他能不发火吗？你舒适之要不在报上登出那个启事，人家怎么会平白无故地给你送画上门呢！人家知道你急切要得到隋朝名画《岭南佳荔图》，才纷纷地给送画上门。怎么能把人家的一片诚心当作歹意？况且……他不意碰上了吴存白惊讶的目光和平野一郎惊愕的眼神，才意识到自己的脸色一定变得十分可怕，于是硬是把窜到了嗓门眼上的火气给压了下去，转而对账房先生嘿嘿笑道：“你呀，只懂管账，可不懂……”

“啊哈！……”账房先生还要结结巴巴地说些什么，平野一郎赶快开腔，把他拦住：“老先生，贵国有个传遍东洋的典故，您怎么倒忘掉了？”接着，他便如数家珍似的说，战国时代，燕昭王不甘为弱国之君，轻易受人欺负，很想建立一支兵强马壮士的军队。可是河北历来缺马，要想买到一匹骏马，多不容易！这不由燕昭王不焦虑。一天，有个小吏冒死闯进金銮殿，对燕昭王说：“臣有骏马一匹，王上可舍得赐给重金？”燕昭王一听“骏马”二字，便喜出望外，立刻脱口答道：“确属神骏，可赐黄金百两。”那个小吏却只把脑袋乱晃：“太少啦，太少啦！”燕昭王只好给他多添一百两。可是那小吏仍然一个劲地摇头：“太少了，太少了！”燕昭王很有些不悦，无奈求骏心切，便甩袖说道：“再赐一百两，这总可以了吧！”不想那小吏还在摇头：“太少了，太少了。”燕昭王不由面带愠色地问：“你到底要多少黄金才肯把骏马卖给寡人呢？”那小吏不慌不忙地答：“恕小臣不恭，王上即便赐黄金九百两，也休想买到小臣的骏马。”燕昭王陡地竖起了双眉，声色俱厉地说：“看来你的马比你的命还要值钱呢。说吧，不管你要多少两黄金，寡人非买到你那匹马不可！”那小吏听了，不仅脸上没有丝毫惧色，反而眉开眼笑起来：“王上，那您就赐给小臣一千两黄金吧！”燕昭王万没料到，那小吏竟敢如此斗胆，非要索他一千两黄金！可转念一想，又觉得他那匹马必定是一匹非凡的神驹，否则他可轻易不敢如此斗胆在寡人面前讨价还价的；况且自己已开了金口，甭说一千两，就是一万两，说了也得算数啊。于是立即命近侍把小吏带到总管那儿，照领了一千两黄金。那小吏却给燕昭王背来胀鼓鼓的一麻袋东西。燕昭王十分诧异："你的骏马呢？"那小吏依旧一点也不慌张地说："就在这麻袋里呀！"燕昭王越发惊疑。待近侍打开麻袋一看，原来是一大堆马骨。这几乎把他气昏了，立即喝令："逆臣欺君，推出斩首！"左右侍卫顿即拔剑，一拥而上。"且慢！"那小吏仍然脸不改色，挺着脖子说："倘若杀了小臣，王上永远也休想买到骏马！"燕昭王觉得他话中有话，不由问道：

"为什么我杀了你，便永远也休想买得骏马！"那小吏说："我背来的可是骏马之骨。我的骏马虽然死了，但它的精灵是不死的，千秋万载也会在神州上空纵横驰骋。这精灵，虽然不是王上拿多少黄金所能买到的，但王上千金市骏骨的声望一旦传将出去，哪愁天下的骏马和英杰不涌至燕国！"一席话，说得燕昭王恍然大悟，连忙从宝座上跳下来，扶起小吏，拜为上卿。果然不到半年，天下骑士把骏马送往燕国的络绎不绝。连隐居魏国乡间，不为魏王赏识，三国时诸葛亮常借以自比的乐毅，也深为燕昭王惜马重才的精诚所感动，毅然离开魏国，跃马投奔燕昭王。燕昭王不光得了大批骏马、健儿，还得了个超群绝伦、威震天下的名将。在乐毅的辅助下，燕国很快建立起一支强大的铁骑。于是燕昭王便拜乐毅为上将军，让他统率这支铁骑，讨伐侵占燕国不少领土的齐国。乐毅从河北直杀到山东，纵横扫荡，如入无人之境，连下齐国七十余城，迫使齐军龟缩于小小的即墨。从此，燕国军威大振，一跃而为战国七雄之一。"老先生，您想想，燕昭王起初要是舍不得以一千两黄金买下那堆骏骨，他后来怎么能成为强国之君？"平野一郎俨然像教师考学生似的朝账房先生颔首问道。

舒适之听了，乐得"嘿嘿"大笑。

吴存白却一声不吭，只顾默默地一根一根拔着那又尖又削的下巴上稀稀疏疏的须根，神情古怪得可以。

"吴先生，您不觉得跟舒先生打的这场赌，您已经输掉了一半么？"平野一郎显然有意表白，在这场打赌中，他在感情上是支持舒适之的，或者说他打心底里希望舒适之能赢。

吴存白却牛头不对马嘴地说："不，舒先生虽然比起燕昭王来有过之而无不及，令人肃然起敬，我却宁愿认为，还是账房老先生做得对！"

舒适之简直要笑疯了。

七

眼看着舒适之像泼水似的把钱花了出去，那幅名画仍然杳无影迹，童淑贞好不揪心。她不得不终于横下心来，背着丈夫悄悄地上了吴存白的寓所。

这太意外，太突然，太不可思议了。虽然上海这个花花绿绿的文明世界，什么花花绿绿的事情都有，连"夫人外交"也成了上流社会时髦的文明，但童淑贞却从来不轻易离开丈夫的身边。她是个地道的淑女贤妻，压根儿不会搞这些时髦的玩意儿，况且她还操持着偌大的一间火柴厂，哪会有这闲情逸致来串丈夫朋友的寓所？吴存白两眼直直地、定定地望着童淑贞，足足有三分钟。

童淑贞被望得怪不好意思的，不禁"扑哧"一声笑道："想不到吧，吴先生！"吴存白自觉失态，尴尬得不行："想不到，想不到！今天到底吹的什么风，竟把嫂子刮到这儿来？"

"你猜呢？"童淑贞莞尔一笑，顿即恢复了雍容大方的神态，双眼直盯着吴存白。

"猜不着，猜不着！"吴存白赶忙避开了童淑贞灼热而又温柔的目光。

"吴先生那么聪明，还会猜不着？"童淑贞故意跟吴存白捉迷藏，借以冲淡刚才的局促气氛；而且，无论如何也不能让吴存白捉摸到她的来意……

"谢谢嫂子的夸奖！"吴存白却不屑揣摩地笑笑说："嫂子一定有什么要紧的事情，非要存白效劳不可！"

"啊哟，吴先生真是贵人多要事。"童淑贞仍然趣语风生，一点也不流露她心里打的圈圈儿。"就只兴适之跟你谈天说地，不许我也来跟吴先生闲聊！?"吴存白倒有点觉得奇怪了："嫂子是个大忙人，哪得空儿轻易串门闲聊？"

"正因为整天忙得像个小热昏，才更要偷个空儿松松脑筋哟！"童淑贞叹了口气："唉，我真羡慕那些能时常出入舞会的太太！"

"哦，原来嫂子对跳舞也蛮有兴致？"吴存白搭讪道。

"嗯，何止是兴致！年轻时还是个舞迷哩！"童淑贞顿时眉飞色舞起来。

"看不出，看不出！嫂子平日除了做火柴厂的生意，对一切娱乐，似乎都没兴致沾个边儿。"吴存白故作惊奇地应酬着。

不想这话却勾起童淑贞心底里的万般感慨。"唉——"她禁不住喟然长叹，

"谁叫我嫁给了适之这个古玩迷呢？在我们中国，上帝规定女人一切都得从属于男人；做妻子的，连自己的兴致也得从属于丈夫的志趣！"——无可奈何的语气中透露着愤懑。

吴存白笑着抚慰道："这正是嫂子的高尚情操啊！""吴先生就是爱偏袒适之！"

"嫂子可知道，那些古玩可是我们中国的瑰宝！不光蕴含着神奇美妙的艺术魅力，而且还记载着人类丰富的文明历史。这叫舒先生怎的不着迷呢？！"

童淑贞忽然"嘻嘻嘻"地笑了起来……

"难道我说的是笑话？"吴存白好不疑惑地睁大了眼睛。"哪里，哪里！"童淑贞仍然止不住嬉笑。

"嫂子笑我什么呢？"

"你好像要让我也迷上古玩哩！"

"要是嫂子能当真加进古玩收藏者的行列，这不仅给舒府锦上添花，而且无疑是中国古玩收藏史上一件值得记载的事。"

"可惜我永远不会跟古玩结缘！"童淑贞朝吴存白妩媚一笑："我只不过爱听吴先生讲的古玩掌故罢了。"

"嫂子又夸奖存白了！"

"我可不会捧场啊！不知吴先生能否让我开开窍？"吴存白当即惊喜地问："嫂子当真有这个兴致？"

"嗯，这都是因为你平日跟适之开口便纵横十万里、上下五千年地畅谈古玩，我在边上听得多，便给传染上了。"童淑贞风趣地说。

吴存白越发高兴了："不知嫂子爱听些什么？"

童淑贞赶紧搭腔道："那块鸳鸯玉环当真是杨贵妃用过的宝贝？""这可不假。"

"我要是把它吊在胳肢窝里，也能吸汗生凉吗？"

"那嫂子就成了童贵妃啰！"吴存白不觉失口打起趣来。

"可惜我的汗不香，而且根本没有颜色。"童淑贞有点娇羞了。吴存

白忍不住"哈哈……"大笑起来。

童淑贞接着认真地问:"这个杨贵妃可是天下最风流的女人喽!""没说的,没说的!"吴存白仍然合不拢嘴。

就在吴存白乐得忘乎所以的当儿,童淑贞不露痕迹地把话题扯到隋朝遗下的《岭南佳荔图》上:"这么风流的女人,竟然把纸上画的荔枝当成了树上长的,在皇帝面前出了洋相,给后人留下了个大笑柄!"

"噢噢,你不知道,那幅高一英尺三英寸半、长十三英尺半的《岭南佳荔图》,画了一百〇八颗荔枝,当中有十四颗未熟的,从个儿形状至颜色,全跟树上长得一模一样,连树叶也生趣盎然,鲜翠欲滴……杨贵妃哪能轻易辨得出是画的?"吴存白忘乎所以地只顾侃侃而谈。

童淑贞听了,不禁喜形于色:"这么说,吴先生倒是亲眼见过这幅名画了!"

吴存白不由大吃一惊,打心眼里暗暗佩服这位绝顶精明的太太。她竟然牵着他的鼻子兜了半天的圈子,让他不知不觉地泄露了《岭南佳荔图》的天机。这叫他窘得不行。要是干脆把底蕴端了给她,非但辜负了祖宗的遗嘱,更要紧的是舒适之到底配不配收藏吴家保存的稀世之物,须知跟他相交毕竟还算不上长久。说他压根儿没见过那幅《岭南佳荔图》吗?他的舌头却从不会抹弯儿。

于是他只好支吾其词道:"反……反正舒先生不……不会得到这幅名画的。嫂子还是劝他死了这条心吧!"

童淑贞不禁暗暗好笑。吴存白这不是至少告诉了她,那幅名画没有被湮没么?她故意嚷道:"啊哟,吴先生说得可轻巧!适之本来是个死心眼,如今又跟您打了赌,能轻易叫他善罢甘休?"

"舒先生也许因为嫂子在办的火柴厂而过于自信了。但世界上有些宝贝是金钱所不能买到的。舒先生要是以为有的是光洋,就一定能买到这幅名画,那就未免太……太……"吴存白说着说着,不觉又"哈哈"地笑了。

吴存白要是直截了当地把后边的话说清楚,童淑贞是一点也不会心存芥蒂的。可他偏偏用微笑代替"太……太……"的潜台词,这就有点近似揶揄了。童淑贞平素就特别讲究面子,因而也特别爱维护丈夫的面子。她从来不在客人面前损害她丈夫的面子,也绝不允许别人在她的面前损害她丈夫的面子。吴存白居然笑她的丈夫"太……太……",太什么?反正不是"太"值得尊敬。这中间所包含的意思不是不言而喻了吗？她越想脸颊越滚烫，终于忍不住回敬道："吴先生，你等着看吧！也别太……太……"她也来了个潜台词，便欠身告辞了。

吴存白木然。两眼望着童淑贞倏然而去的背影发呆。及至他忽然记起忘了常礼，急忙追出门去，童淑贞那辆灰紫色的流线型雪佛兰小轿车，已经隐没在车和人汇成的河流之中了。

八

离开吴存白的寓所，天色将晚了，司机一时竟不晓得把雪佛兰开往哪条马路，便怯生生地回头问道："太太，回家还是上厂？"

童淑贞心里本来不悦，不由狠狠地白了司机一眼："你倒是初来乍到不成？"

司机陡地一惊，这才记起老板娘的习惯：除非家里来了贵宾，每天早晚必定跟工人一样按时上下班。于是急忙拨正方向盘，把车子开往火柴厂。

这个坐落于非租界区闸北的火柴厂，光是它那古老的外貌，就似乎向人们表明：它出现于这片土地上，距火药的发明，岁月并非十分的遥远。甭说它的创建者早已为人们所遗忘，由于数易厂名，即便是后来的继承者，要一个个地弄清他们的姓氏也已十分不容易。厂子里的机器，大半老得要掉牙。童淑贞的目光每每落到那些老得要掉牙的机器上，眉心便不由得跳动一下。然而，对于工人们要求添置新机器的呼声，她又总是充耳不闻，顶多是漠然一笑置之。

紧绷着脸到各个车间转了一遭，童淑贞回到她的办公室，便迫不及待地翻阅厂外在每一个小时内所发生的与火柴有关的数字。这些确凿无误的数字，对于支撑一个厂子的存在，着实太重要了。在她看来，要管好偌大一个厂子，非得有掌握那些确凿无误的数字，再回过头去指派那些数字、支配那些数字的本事。她很为自己有这种本事而暗暗自豪。可不是！杨贵妃就压根儿没这种本事嘛。不知为什么，童淑贞心里忽然这样想，想得非常奇怪，连她自己也暗暗吃惊：你怎么平白无故地想起杨贵妃来？不过，这倒提醒了她：回家可一定叫舒适之把杨贵妃那块鸳鸯玉环拿出来，让她也吊在胳肢窝里试试，还有那幅《岭南佳荔图》的来龙去脉……

舒适之却不在家。他上哪去了呢？童淑贞可不好轻易问佣人。怎么能轻易地开口呢？刚回到家里，一不见丈夫的影儿便急得不行，那些佣人会在背后怎么说她这个女人？可她又不愿意独个儿进晚餐，那多没滋味儿！既是夫妻，就得过得有滋有味。所以，向来她都是跟丈夫面对面地坐着吃，不管丈夫回得多晚，她总坐在饭桌旁边，守着饭碗等他。可眼前，电灯早亮了，仍然听不见舒适之那"咯噔咯噔"的脚步声，童淑贞终于忍不住问佣人："舒先生呢？"

"他送老奶奶上医院去了。""老奶奶？哪来的老奶奶？""苏州来的呀！"

适之又不是苏州人，而且他的亲娘早已去世，怎么忽然从苏州来了个老奶奶？童淑贞觉得好不蹊跷。可又不便问个明白。一个堂堂正正的舒家媳妇，倒不知道舒家在苏州还有个老奶奶。这岂不成为笑柄？于是，她若有所悟地不住额首："嗯，嗯！"随即匆匆钻进那辆紫灰色的小轿车……

大概跟童淑贞踏进吴存白的寓所差不多的当儿，舒府忽然来了个风烛残年的老太婆。

"哪……哪……位是……是舒……舒先生呀？"她气喘得厉害，一句话至少歇三回才好不容易说完。

"老太婆，你有什么事要找舒先生？"账房先生冷冷地问。

"哦！您……您就是……是舒先生么？"老太婆那浑浊的眼睛忽然掠过一缕淡淡的亮光。

"哈哈！"账房先生高兴得不行，"你看我像舒先生？"

老太婆立刻板起了面孔道："你奶奶可……可不是来……来跟你磨嘴皮的！你快……快给我请舒……舒先生！"

"你有什么事跟我说好了。舒先生可没空儿见你。"账房先生不耐烦了。老太婆越发火了，气喘得越发厉害："我可……可不……不是来……来讨乞的。他……他有空也……也得出……出来，没……没……没空也……也得……出……出来！"她边说边往里走，蹒蹒跚跚、颤颤巍巍，每移动一步，便喘一口气。

账房先生慌了，连忙跑上前去一把将她扶住："你等着，你等着。"旋即急告舒适之。

"老太太，您找我有什么事？"

老太婆吃力地抬起头来，直愣愣地打量着舒适之。

"你不是要找舒先生么？他就是舒先生呀！"账房先生着急地说。

老太婆仍然不作声，两个凹陷的眼睛，宛如干枯已久的泉眼，忽然奇迹般地渗出两滴水珠，多少带点浑浊。老半晌，她才终于开腔："我真……真担心在……在车上蹬……蹬直了腿儿，可见……见不着您呢！"

这老太婆十成是寻亲而来的。账房先生赶快端来一张镶嵌着大理石的八仙椅，热乎乎地招呼道："老人家，请坐，请坐！"

舒适之疑惑地望着老太婆："老太太，您老人家可是打从哪儿来的？"

"苏……苏州哪！"

舒适之不禁皱了皱眉头。年轻时曾因为读了一首唐诗："月落乌啼霜满天，江枫渔火对愁眠；姑苏城外寒山寺，夜半钟声到客船。"而特意跑到苏州去游览古迹，至今脑子里还挂着寒山寺那口巨型的大铜钟，却无论如何也想不起苏州可有舒家的远亲抑或近戚。这老太婆何以病态龙钟地到上海来找他？"老太太，您老人家怎么晓得上海有我这个舒适之呀？"他不由得和声和气地试探道。

老太婆刻满皱纹的脸上隐隐现出一丝神采，声音似乎也比先前响亮了些："怎……怎么不……不晓得？苏州……苏州人可喜欢划您的火柴啰！大……大家都……都在说您呢！"

"哦！可说我什么来？"舒适之又不解又饶有兴趣地问。

"说……说您跟……跟人打……打赌，要得……得到一幅什么……朝代留下的画儿，可把……把个家……家产都赔……赔上了。"

舒适之"嘿嘿"笑了。这老太婆可真有意思！然而难道她竟专为这……他连忙朝账房先生嚷道："快给老太太沏杯茶来！"

这时，老太婆才慢腾腾地取出夹在胳肢窝下的包袱，慢腾腾地搁到膝盖上，然后慢腾腾地打开，一层又一层，一层又一层……

舒适之活像个小孩子在看魔术，双眼紧紧地盯着老太婆揭开的包布，眼前纷纷然地闪过赤、橙、黄、绿、青、蓝、紫……最后竟然抖出半截尺把长的黄橙橙的竹筒子。

"您……您要的可是这……这个宝贝儿？"老太婆的手颤颤抖抖地把竹筒子递给舒适之。

舒适之一看，一种奇妙的幻觉立刻扑上脑际，两手不由颤抖得不行，好不容易才从竹筒子里取出一轴丹青，急忙展开——

这是一幅纸质发黄的平庸之作……

舒适之脸上惊喜的神色霎时荡然无存，不由得十分扫兴。

老太婆的目光一直没有离开舒适之的脸。这不由她不吃惊："怎……怎么啦？您……您不是要……要荔枝图么？这可……可是俺家……家里藏……藏了几……几代的宝……宝贝儿啊！"

"舒先生要的是隋朝无名氏画的《岭南佳荔图》，可不……不……"账房先生忽然又冷冷地插嘴，不意碰上舒适之投来严峻的目光，竟然口吃起来。

"不不！你晓得什么？"舒适之急忙截住账房先生的话。一位风烛残年的老太婆，如此这般的关心他的追求，竟然连老命也舍出来了。怎么可以叫她失望，叫她懊丧？他立刻欣喜若狂地说："就是这幅，就是这幅！"

"当……当真？"老太婆不无疑虑地问。

"当真，当真！"舒适之一迭连声，"您老人家请开个价吧！"为了让老太婆确信无疑，他的语气特别郑重其事。

不料老太婆一听，陡地变了脸色。接着，浑身抽搐起来，"天……天呀！我倒……倒成个叫……叫化……！"一句话没说完便晕倒了过去。

舒适之急忙一把将老太婆抱住，大声叫唤："小车！小车！"

……

白天车水马龙，喧闹繁荣的大上海，入夜以后，街上却冷清得出奇。除了各种光怪陆离的霓虹灯在闪忽，以及那些涂脂抹粉的妓女在灯下徘徊外，只有洋人的小轿车在横冲直撞。童淑贞的司机不得不格外小心，不时拐弯抹角的闪避。

车子开得很慢很慢……

"这是我们大上海！可不是东京，也不是巴黎，更不是伦敦、柏林、华盛顿，你老是老鼠见猫似的躲闪什么？"童淑贞终于朝司机发起火来。

司机一声不吭，他心里明白太太此刻的心情。寻遍了上海几乎所有的大医院，仍然找不着舒适之，这叫她怎么不着急呢？

"太太，我看舒先生不会舍近就远的……"司机提醒她说。"哦！"童淑贞这才发现自己的疏忽。

舒适之果然就在霞飞路东头离家门只有八百公尺的圣母医院里。他紧挨着病床，弯着腰杆，低低地俯下身去，耳朵几乎贴住了老太婆的嘴巴，一颗一颗泪珠无声地落到老太婆蜡黄的脸上……

"我……我……我可……可不……不是是为……几个钱来的……啊！"

老太婆喃喃呐呐地发出依稀可辨的声音。

这声音虽然如此微弱，却包含着老太婆全部生命的力量。舒适之的心受到强烈的震撼，不由得痛悔至极："适之瞎了眼睛！适之瞎了眼睛！"

老太婆无力地摇了摇头，半晌，她又翕动嘴唇："那……那当……当真……是……是大……大隋……宝……宝贝么？"

"您送来的当真是我要的宝贝！当真是宝贝！"舒适之的声音沙哑了，眼前忽然模糊起来，只见面前的世界朦朦胧胧的一片白。霎时，一阵恐怖感骤然袭来，他急忙掏出手帕擦掉眼泪……

老太婆却咽气了。

童淑贞一看舒适之直挺挺地跪在地上，那么悲恸，那么贤孝，不由陡地一怔：真的是适之他娘？于是慌忙扑上前去，紧挨着舒适之跪了下来。

……

舒府门前，出现一座横跨大街的丧棚，挂满写着"舒府治丧"蓝色大字的白灯笼。纸帛青烟几乎把半截霞飞路给笼罩住了。

……

舒适之全然按照当年母亲丧仪的格局，给这位苏州老太婆举办葬礼。他大清早便身披孝服，手捧瓦盆，徒步到黄浦江边，拣一处颇为清澈的江水，往江里投下一块光洋，盛回满满一盘江水，亲自给老太婆洗脸，然后，一面着人到江西选购上等汀州楠木棺材，一面向古玩行业的所有挚友亲朋发出"丧母"讣告。

舒适之让这位老太婆在金碧辉煌的正厅足足躺了五七三十五天。每隔七天即举行一次"斋醮"。至于出殡，就甭说有多隆重了。且不说身着戏服、脚蹬高跷的童男童女组成的仪仗队；舒适之和童淑贞还亲自披麻戴孝，持幡执杖跟着棺椁缓缓而行。后边，赶来送葬的亲朋至友，五亲六戚排成了两列长长的队伍；一路鼓乐喧天，一直把苏州老太婆的灵柩送至宝山，才宣布开祭辞灵。大凡参加拜祭者，舒适之均亲手给每人一条白毛巾和一封利市。不少素昧平生的人冒充亲友领取的利市，足够半个月的开销。

到了下葬时辰，杠工们小心翼翼地把棺材徐徐置于事先挖好的墓窟，一面高声喊道："要丁还是要财呀？"要在别人，不是回答"要丁"，就是回答"要财"，或者回答："要丁也要财！"舒适之却随口答道："两者都不要！"

杵工们听了，一个个都吓得目瞪口呆，半晌才低声敦促道："舒先生，这是祈求先人赐福的难得时机，可不能错过啊！不管丁或财，总该要一样呀！"

"不，我舒适之不要丁，也不要财！"舒适之仍然固执地说。"那，舒先生要什么呢？"杵工们七嘴八舌地问。

"要隋朝无名氏的《岭南佳荔图》！"舒适之答罢，也不管那些愣头愣脑的杵工晓不晓得他的意思，径自拿过铁锹铲了一把黄土，虔虔诚诚地撒在苏州老太婆的棺盖上，然后高声喊道："娘！"便直朝黄土三跪九叩起来……

完丧席上，平野一郎突然叹息道："唉，令堂生前连个尊容竟也没留下来！"十分的动感情。

"令堂尊容，小弟还未曾见过一面，太遗憾，太遗憾了！"吴存日跟着叹息，"舒先生，您能给我说说令堂的影儿吗？"

舒适之凭着眼睛的记忆，只能把苏州老太婆的容貌说出个大概轮廓。吴存白听了，立刻说道："请舒先生赐予文房四宝，让小弟试试看！"

人们一杯酒没喝完，吴存白竟然把苏州老太婆的容貌惟妙惟肖地画了出来。舒适之一看，惊喜不迭："像极了，像极了！"

人们只知道吴存白是个古玩行家，却不曾晓得他身怀如此绝艺，听了舒适之的惊叹不由一片惊讶。

平野一郎连忙端起酒杯，一步跨到吴存白跟前："吴先生，请允许我敬您一杯！"

人们纷纷跟着把酒杯举起来。

舒适之却面对吴存白笔下的苏州老太婆的遗像，举起酒杯发誓："娘，您放心！适之要是没能耐得到隋朝遗下的名画《岭南佳荔图》，九泉之下，您可以不认我作华夏的子孙！"

人们一听，不觉面面相觑，十分的困惑。唯独吴存白一点也不觉得奇怪，仍然默默地把盏，只是那酒味似乎有点儿异常罢了。

……

"娘生前也喜欢收藏古玩？"送走了宾客，童淑贞才禁不住问道。舒适之实在莫名其妙："你这是打从哪儿打听来的新闻？"

"看你倒是醉糟了。"童淑贞嗔怪地笑笑，"你刚刚不是当着众人向娘发誓要得到隋朝无名氏的《岭南佳荔图》么？"

舒适之这才恍然明白，童淑贞把苏州老太婆当真看作是他的亲娘，不禁"嘿嘿"地笑道："夫人误会了，夫人误会了！"

这回轮到童淑贞惶惶然了："你当真喝醉了不成？连说话也前后不对劲儿。"

"哪里，哪里！那是我素昧平生的老大娘。"舒适之这才把苏州老太婆送画上门的经过告诉童淑贞，"世间有多少死后追认的英雄，我追认这位老太太作娘，你不会见怪吧？"

……童淑贞久久不语，倒是那潜然而落的泪珠"扑扑"有声。其实，一切言语无非是心扉的颤音，而晶莹透亮的泪珠可是从心扉深处冒出来的泉水，谁能说它不是一种无声的语言呢？无声，本胜有声！然而，童淑贞还是终于开了腔，滴水不漏地把私访吴存白的详情和盘托了出来。

舒适之听了，顿时瞪直了眼睛："你……你……怎么可以这样做？"

童淑贞从来不曾见过舒适之待她这般粗暴，一双吃惊的眼睛闪出委屈的泪光，半晌才辩解道："我是担心你当真的输给了吴先生！你要得到隋朝无名氏的《岭南佳荔图》，不从吴先生那儿打听出点儿蛛丝马迹，把钱花光了不算，还得招人家笑你是猴子捞月哩！"

"正因为跟他打了赌，才不能从他身上打主意！你这样做，我舒适之能对得住吴先生吗？"舒适之着急的又是顿足，又是搓手。

童淑贞仍然不服气地说："不管怎么说，吴先生既然不否认亲眼见过那幅《岭南佳荔图》，我心里就踏实了。吴先生的话，无疑证实这幅名画实实在在地还存在于中华国土上。这到底是一件万幸的事呀！"

"是万幸，是万幸啊！"舒适之受了童淑贞的点化，忽然变乐了，"我这就向吴先生道歉去！"

九

世间有些东西，看来似乎唾手可得，却偏偏永远也得不到；而有些看来似乎轻易得不到的东西，却忽然出现在你的面前。简直叫人不可思议！

吴存白无论如何也不相信，舒适之的梦竟然变成了奇迹。然而，舒适之派人送来的请柬却明明白白写着：

余欣获隋朝无名氏的佳作《岭南佳荔图》，敬请惠临鉴赏！

这不由吴存白不觉得十分的奇怪。他连忙取过拐杖，匆匆赶到舒府。

平野一郎不知什么时候捷足先登，一见吴存白便笑呵呵地说："吴先生认输来了！"

舒适之乐不可支地"嘿嘿"笑了笑，可一看吴存白毫无反应的神情，便连忙改口道："先睹为快，先睹为快！"

吴存白却没有马上作声，只顾半眯着眼睛，把两道目光凝聚在一点上，朝展现在面前的《岭南佳荔图》细细地扫描了一遍，尔后，落在旁边一枚枚大小不等的御印上，突然仰起脖子"哈哈"大笑……

舒适之不由一愣："吴先生何以值得发笑？难道您对这幅名画还有存疑不成？"

吴存白却避而不答，着急地问："舒先生花了多少钱？""一百万块光洋。"舒适之随口答道。

"冤枉了，冤枉了！"吴存白摇头叹息。

舒适之不由得心里发慌，仿佛十五个吊桶在升沉——七上八下……

平野一郎心里却暗暗嘀咕：吴存白显然是故意给舒适之泼冷水。"啊哈！"他不觉失声笑道："这么一幅价值连城的名画，不值得一百万块光洋？"

"要真是隋朝无名氏的原作，即便十倍于此的价钱也不算贵。"吴存白自负而又轻巧地说。

这无疑是一根闷棒，敲得舒适之的后脑勺轰轰直响。倘若果真如吴存白所说，白白丢了一百万块不说，要紧的是，他舒适之竟然连一幅真假古画都分辨不出来，难免不成为古玩行业的大笑话。所以，他既担心这不是原作，又不相信这不是原作。

"吴先生，这不可能吧？"舒适之似请教又似争辩地说。

平野一郎忍俊不禁，哈哈大笑道："舒先生别上当，舒先生别上当！"

吴存白仿佛被软刺扎了一下，不由立时绷紧了脸孔："难道我看得不准？"

"哪里哪里？吴先生的眼力，谁也不怀疑。平野先生不过爱开玩笑罢了。"舒适之慌忙替平野一郎辩解。

平野一郎却说："吴先生真会演戏！"仍然在一个劲地大笑。

这哪里是开玩笑？分明是巧妙的揶揄。一直坐在丈夫身边，轻易不作声的童淑贞很替吴存白难为情，急忙过去给吴存白添茶，一面打岔道："吴先生，你们四川可有什么名茶？我倒想尝一尝。"

吴存白却像压根儿没听见似的，瘦削而白皙的脸膛涨红得可怕，忽然口吃起来："平野先生，你看我……我这是……是演的什……什么戏呢？"

平野一郎马上答道："金蝉脱壳，金蝉脱壳呀！"

这可急煞了舒适之，他一面宽慰吴存白："吴先生别介意，吴先生别介意！"一面对平野一郎说："平野先生别误会，别误会！"

"不不，我没有误会。"平野一郎却半开玩笑半认真地说："吴先生不肯认输呢！"

吴存白的脸色唰地煞白起来……金蝉脱壳也罢，不肯认输也罢，这无疑是讥讽我吴存白为人奸狡，言而无信！故意把珍宝说成是假货……我吴存白的人格还有多少价值？"霍！"他无法容忍这种侮辱，用拐杖狠狠往地上一扎，忿然地站了起来："舒先生，您可相信我吴存白的为人？"

舒适之结识吴存白，虽然还不到一年光景，但对吴存白的为人，他却俨如了解自己一般的清楚。吴存白第一次出现在舒府门上的情景，至今还历历在目……那天，舒适之得到了五代南唐名画家顾闳中遗落的独一无二的作品《韩熙载夜宴图》，特意大排满汉席隆重庆贺。来宾们刚刚端起酒杯，突然闯进来个身穿灰长袍，外套藏青色马褂，脸膛瘦削白皙，约莫四十近边的文质彬彬的陌客，手持一根粗糙而别扭的拐杖，径直走到坐在主位的舒适之跟前，把拐杖往胳肢窝一挟，双手合十道："恭喜，恭喜！我是四川吴存白。"

舒适之不禁愕然问道："先生远道而来，可有什么赐教？"

"不敢不敢。小弟只是在古玩行家中，久仰舒先生大名，特来拜识拜识！"舒适之听了，乐得不可开交，当即破例向所有来宾开放收藏于三楼的古玩，让大家一饱眼福。

……众人每观赏一件古玩，无不发出一片赞叹声。

唯独吴存白不然。他非但轻易不称赞一声．而且双手交叉抱在胸前，神情矜持得可以。

舒适之平素喜欢别人称赞他收藏的古玩，一看吴存白这般倨傲的神态，刚才那一股高兴劲遽然消失，十分不悦地回到筵席上，故意端起酒杯挨个招呼众来宾："请！请！"唯独没有理会吴存白。

吴存白立刻倏然而起，也不顾满座愕然，一声不吭便拂袖扬长而去。

"啊哟！众士诺诺，不如一士谔谔。来者可非等闲之辈！"平野一郎忽然惊叫起来，"我怎么倒忘了？此人可是四川五代古玩收藏名家的后裔，怠慢不得，怠慢不得！"

舒适之后悔不已，急忙驱车追赶，却不见了吴存白的影踪。整整找了三天，好不容易找到他下榻的寓所。可是，不管舒适之如何苦苦道歉，吴存白就是不肯接见。

此刻，吴存白显然是觉得他的人格受到了不亚当初的损害。要不，他何以这般生气？要得到真挚的友谊着实不轻易，但要毁掉它就太轻易了。舒适之慌得不行，忙不迭解释道：

"舒某当初所以跟吴先生打赌，并非觊觎吴先生几代珍藏的罕世之宝，为的只不过要得到隋朝无名氏的《岭南佳荔图》。而今既然已经得了这幅名画，吴先生就不要再去计较这场近似滑稽的打赌了。至于吴先生的高尚人格，请允许我向上帝发誓：适之向来不敢有丝毫怀疑！"

吴存白听了，猝然伸出双手说："那就请您把这幅《岭南佳荔图》借给我三天吧！"

舒适之万没料到吴存白会来这么一着，不由着着实实打个愣怔：借么，这可是轻易不能得到的宝贝；不借么，便会立刻失去同样轻易不能得到的友谊。借亦难，不借更难……

童淑贞见他左右为难，连忙提醒他说："啊哟，你还没瞧个够么？反正，吴先生只借三天呐！"

舒适之只好把那幅《岭南佳荔图》交到了吴存白的手上，一面反复地叮咛："请吴先生珍惜！请吴先生珍惜！"

吴存白接过来看了看，猛然发现这轴手卷丹青右上方的边沿竟沾着舒适之手指尖上的汗迹，心里不禁一颤：这不光足见舒先生爱惜古玩的心迹，且亦足见舒先生对朋友是何等的信赖！不由趋步平野一郎跟前："请平野先生见证：现在是十七时一刻。三天以后，吴某倘若超过一刻钟璧还舒先生，存白甘受天下人耻笑！"说罢，猝然提起拐杖，大步流星地走了。

第二天大清早，平野一郎便慌忙上门告诉舒适之："吴先生失踪了。"舒适之先是一怔，随即难以置信地摇头道："不会的，不会的！"

"他昨天半夜里离开寓所，就压根儿没见他的影儿了。"平野一郎又确确凿凿地说。

"这就有点蹊跷了。"舒适之不无疑惑。

"为了不致让贵国这幅价值连城的名画落到别人的手里，舒先生是不是得花点钱，请英国巡捕侦查侦查吴先生的行踪？"平野一郎十分关切地说。

"使不得，使不得！"舒适之急忙摆手，"那我舒适之还对得起自己的朋友么？"

"哦哦，请舒先生原谅平野的轻率！"平野一郎连忙致歉，"看来，此事非平野代劳不可了。"

"这……"

"这有什么值得难为情？平野跟舒先生又不是一日之交。"

"平野先生的情谊，我心领了。不过，这到底是我们中国人自己的事情，还是由我们中国人自己来解决好！"舒适之断然拒绝道。

"我十分敬重舒先生的感情，只是平野虽有心，却不能为朋友尽力，着实遗憾，着实遗憾！"平野一郎怀着十分惋惜的心情离开了舒府。

"适之！"不知什么时候，童淑贞悄然而出，在舒适之的脸上重重地亲了一下……

打自结婚以来，舒适之还不曾在离开寝室的任何地方接受过童淑贞这种恩赐。这不由他不感到诧异，怔怔地望着妻子，久久无话。

童淑贞忽然像个情窦初开的少女，嫣然一笑，便一头扑到舒适之宽厚的肩膀上。

"啊哟，啊哟！"舒适之这下可有些不安了，"老夫老妻的，要让那些佣人碰见，多不好意思！"

童淑贞却撒起娇来："谁管他那么多？！"

"贞，你好像心里特别高兴！"舒适之把妻子扶到八仙椅上，相对而坐。"嗯！"童淑贞含情脉脉地点了点头。

"是火柴厂赚了大钱？"童淑贞微笑着摇了摇头。

舒适之忽然双眉一扬："莫非观音菩萨赐子在腹？"

童淑贞的脸颊陡地飞红，羞赧地白了丈夫一眼："看你高声大嗓的，不怕佣人笑你只爱作得子梦么？！"

"嘿嘿！"舒适之笑了笑："那到底什么缘故叫你特别值得这般高兴？""你刚刚对平野先生说了些什么事体？"童淑贞的语气温柔得出奇。

舒适之大惑不解："这有什么值得你这般高兴？难道你一点不觉得平野先生的话值得担心么？"

"你呢？"童淑贞却反问道。

"我心里好像有点不那么踏实。"舒适之讪讪地承认道。

"你不是在吴先生面前说对他的人格没有丝毫怀疑吗？如今心里怎么倒变得不踏实了？"童淑贞的眼睛一眨不眨地盯着舒适之。

舒适之连忙避开妻子的目光，红着脸说："这幅名画实在太珍贵了！"童淑贞却不以为然："吴先生不是说，它并不是隋朝无名氏的原作么？"

"不可能，不可能，"舒适之立刻争辩道，"世间虽然也有专门仿作古玩的高手，但绝不会高到连我也分辨不出的。何况这幅名画是慈禧太后身边的一位太监从清宫里偷出来，几经转手才落到北京有名的古玩商手里的。吴先生恐怕还不晓得这个内幕吧！"

"吴先生不晓得这个内幕，平野先生倒晓得这个内幕？"

"平野先生是个中国古玩通。吴先生不晓得的东西，平野先生未必不晓得嘛！"

"我可相信吴先生！"童淑贞执拗地说。"你不怕白赔了这一百万块大光洋？"

"我宁愿这一百万块大光洋白赔了，也不愿听到平野一郎昨天那种笑声？"童淑贞不知不觉流露出对平野一郎的反感情绪。

"贞，你好像对平野先生抱有某种成见。这倒是为什么呢？"舒适之越发觉得妻子的不可理解。

"一个外国人，居然在这里取笑我们中国人。况且，他还是大东洋打火机厂的经理！"童淑贞很有些质然。

"贞，你这就近似小气了！做生意和交朋友是两码事。他当他的大东洋打火机厂经理，你当你的适之火柴厂老板，这有什么相干？何况，吴先生固然是我的挚友，平野先生也是我的知交，怎么能因为他是大东洋打火机厂经理就这般计较？"舒适之的嗓门忽然变粗了。

"计较？你怎么没看出来，平野先生已经悄悄介入了你跟吴先生这场打赌？"童淑贞的声音也跟着高起来。

"他不过是希望我能当真得到隋朝无名氏原作《岭南佳荔图》罢了！""那他为什么要那样取笑吴先生，还非要侦查吴先生的行踪呢？""这有什么值得奇怪的？他对我的情谊深，为深情厚谊所驱使嘛！""天晓得！……"

佣人们平日轻易不见童淑贞跟舒适之拌嘴，如今忽见他俩你一句来我一句往，声音越来越粗，调门越来越高，都睁大了眼睛远远地围观。

童淑贞和舒适之这才猛然发现自己在吵架，顿即窘得不行。"啊哟！"

童淑贞忽然惊叫起来，"我们在吵个什么呀？""什么也没有吵嘛，什么也没有吵嘛！"舒适之搭讪得可快。"噢，嘻嘻！"童淑贞乐了。

"嘿嘿，嘿嘿！"舒适之也跟着笑起来。

佣人们一听，都来不及捂着嘴偷笑。

童淑贞不禁立时无名火起，大声喝道："有什么好笑的？真是十三点！谁敢再笑一声，就扣掉他一个月工钱！"

佣人们听了溜之不及；要不，忍不住笑出声来，那还了得！童淑贞看了，可真笑弯了腰。

十

童淑贞一破她向来严格遵守的礼节：大凡舒适之的挚友上门，她必定笑容可掬地迎候。这些天，每遇平野一郎上门，她不是避而不出，就是借口火柴厂里有事而匆匆离去。

这不由平野一郎暗暗惊疑：她的态度何以会变得这么异乎寻常呢？平野深谙中国的文明史和封建史，晓得中国人对男女之间的关系所独具的特别敏感性，所以他一向出入舒府，无不处处严格恪守中国的规矩。虽然童淑贞是个标准的东方女人，不光容貌出众，而且在娴静、雍容之中隐藏着美的巨大魅力，他的目光却从来不敢在她那如花似玉的脸庞上以至任何曲线上弥留一秒钟。到底是什么缘故招致她的反感？难道是因为……

"平野先生，您这步棋恐怕走得不妥吧？"舒适之见平野一郎的车子竟然撞进他的马口，特意提醒他。

见鬼，怎么眼睁睁地行了步盲棋？平野一郎急忙来个"车六退四"，将车子一连退了四步。

舒适之乘机来个中宫炮，要打平野一郎的卒子。

平野一郎一时慌了手脚，越发变得小心翼翼，再也不敢轻易横冲直撞。"平野先生今日何以这般谨小慎微？"舒适之不禁诧异地问。

"啊哈，我要是丢了这个车子，岂不成了败局？"平野一郎爽朗地笑了。"您的棋硬着嘛，何必杞人忧天？"说着，舒适之便把卒子直推至前边。

"我这个人就爱杞人忧天。"平野一郎的眼睛紧紧盯着楚河汉界，一边负疚地说："吴先生明明有言在先，三天后按时按刻将《岭南佳荔图》

璧还舒先生。我却过早地担心……唉，这不光对不起吴先生，而且一定伤害了舒先生的民族感情！"

舒适之万分感动，连忙说，"区区小节，平野先生千万不要介怀！"平野一郎喟然叹道："惭愧，惭愧！"

"笃，笃，笃……"门外忽然传来了拐杖声，急促而有节奏。

舒适之一听，顿时喜出望外。

平野一郎不觉抬起左手，瞧瞧腕背：不迟不早，刚好是十七时零一刻……整整失踪了三天的吴存白骤然从天而降，蓦地出现在酸枝门槛上，远远地朝舒适之拱手道："非常感谢舒先生和嫂子的信赖！"

童淑贞闻声，猝然破门而出，开口便说："平野先生，您是吴先生那天请的证人，吴先生那天给自己规定的期限，可耽误了一分半刻没有？"

平野一郎仿佛在棋盘上被将了一军，赶快说："一秒不差，一秒不差！言必信，这是贵国的古训。吴先生可让我领教了！"

童淑贞微笑了。她虽然抿住薄薄的红唇，不让自己笑出声，可那笑靥里却流露出一种抑制不住的娇矜和自得！

吴存白显然从童淑贞的笑靥里得到了满足，三天前留在心扉上的不悦顿即烟消云散，忽又变得平静、沉默、矜持起来。

他轻轻地一甩左手衣袖，随手拿出两轴手卷丹青，递给舒适之："小弟完璧归赵，请舒先生来个鉴别！"

舒适之不由瞪大了眼睛："我只借给吴先生一幅《岭南佳荔图》，怎么倒多出一幅来？"

吴存白微微一笑："哪幅是您的，随您认好了！"

舒适之连忙将两幅一样高低、长短，没有署名的《岭南佳荔图》摆在一起，不觉怀疑自己的眼睛在看一件东西却出现了两个叠影——

这幅，生趣盎然的枝叶缝里半隐半露地挂着一百〇八颗水汽氤氲，颜色、形状和个儿跟枝上长得一模一样的荔枝，当中有十四颗青生未熟；那幅也一样生趣盎然的枝叶，同样半隐半现地挂着一百〇八颗别无二致的荔枝，当中青生未熟的十四颗也没丝毫差异。这幅在浓荫掩映中活灵活现地躲着一只单露出前半截身子和尾巴，身长六英寸尾长一英尺半的白羽珍禽；那幅也在浓荫掩映中同样活灵活现地躲着一只全然一模一样的白羽珍禽。就连画卷右上方盖的御印的顺序、形状、大小，以及印色浓度也都完全一样：第一枚是清朝第四代皇帝乾隆皇的金印，丁方四英寸，阴文篆书："五福五代堂古稀天子之宝"；左面相继排列着嘉庆、道光、咸丰、同治和光绪的御印五枚，唯独宣统皇没来得及盖上他的御印……

舒适之足足认了半个时辰，仍然认不出哪一幅是他花了一百万块大光洋买来的。他不由万分惊异，两道目光极力在吴存白的身上搜索着神奇和奥秘……

"既然分不清，那随便挑一幅不都一样么！"童淑贞惊讶过后，随口说道。吴存白却惶恐地说："这可使不得！这样一来，我吴存白岂不是落得个以伪乱真的名声么？"

童淑贞只好报以歉然的笑意，便再也不作声了。

"这可怪不得太太！要不是深得个中底蕴，谁能晓得这二者之中，其一乃吴先生的杰作呢？"平野一郎仍然弯着腰杆，把脸紧紧地贴在两幅《岭南佳荔图》的画面上，赞不绝口："太绝了，太绝了！隋朝无名氏的原作是稀世奇珍，但是吴先生这般巧夺天工的仿作技艺，恐陷在世界上轻易找不到第二个了。所以太太方才的意见，未尝不是个聪明的办法！"

舒适之依旧十分的为难。这不光因为吴存白不愿自己的名声受到任何的损害，而且他内心也是怪别扭的，即便不是隋朝无名氏的原作，也毕竟花了一百万块大光洋，不是宝贝也宝贝了，如何能轻易随便挑其中的一幅呢？他除了一个劲地喟叹，仍然只能一个劲地喟叹："简直是鬼笔神工，吴先生可让适之大开眼界了！"

吴存白一看舒适之满脸为难的神色，深窥他心轴的偏向，便提醒他道："舒先生并非慧眼不慧，倒是一时大意了。您那天借给我那幅赝品时，手指尖上可沾着些什么东西？"

舒适之好不困惑："适之与吴先生平素肝胆相照，难道吴先生倒从那画儿上发觉适之有对不起朋友的叵测之心？"

吴存白见舒适之显然误会了他的意思，只好挑个明白："舒先生显然是爱惜古玩犹如命根，把那幅赝品交给我时，手指尖上竟然渗出了汗水……"

"会有这样的事？我的手指尖可轻易不会出汗的呀！"舒适之十分的诧异。童淑贞蓦然记起，新婚之夜，舒适之紧紧地捏着她的手，久久舍不得松开，以致她的手指让舒适之手指缝间渗出的汗水濡湿了。于是怪不好意思地证实："有的，有的！"同时悄悄给丈夫丢个眼色。

舒适之仍然半信半疑，可是仔细端详了两幅丹青的画面和背面，却依然找不到丝毫的痕迹。

吴存白只好掏出放大镜，往当中一幅的右上方边儿一照，指给了舒适之："喏，这可不是舒先生手指尖上的汗迹？"

然而，舒适之拿过放大镜往另一幅的右上方边儿上仔细一照，却也发现一依依稀稀的手指尖上的汗迹，一时又陷入云里雾中。

吴存白淡淡地笑了："这是我故意捏出的手指尖上的汗迹呢！"

舒适之听了，连忙用手指尖蘸了蘸茶水，往旁边一张白纸上一按，再拿放大镜对着原来那幅的边儿仔细一鉴别，不觉失声叫了起来，"就是这幅，就是这幅！"

童淑贞也忍不住拍掌称赞："吴先生可真是奇才横溢。适之差远了，适之差远了！"竟然破天荒第一次毫不忌讳地对着客人承认丈夫之短。

舒适之听了，"嘿嘿"直笑——既是心悦诚服地接受妻子的贬谪，又为自己的朋友受到妻子的称赞而高兴。

吴存白白皙的脸却唰地变红了，像一个爱害臊的女人，腼腆得不行。他的脾性就是这么怪：你要是对他不恭，他便特别的高傲；你要是对他特别的夸奖，他反而谦虚得可以。此时，他诚惶诚恐地说："嫂子这么夸奖，实在叫我吴存白不安！其实，我有的只不过是这点儿雕虫小技。要晓得，大凡仿作复制古画，不管你的技艺如何高明，也无法把指模复制出来。还有印鉴亦一样无从下手，因为盖印时所用力量轻重不一，任何高手都无法复制。所以仿作的古画赝品，往往就在指模或印章上露出破绽来。"

不想平野一郎搭腔道："嗯，这幅《岭南佳荔图》既是吴先生仿作的赝品，而且又存在破绽，吴先生可能看在友谊的情分上，给开个价么？"

吴存白马上道："平野先生是在开玩笑呢，还是当真的要跟吴存白做这笔生意？"

平野一郎大喜过望地说："不光当真，而且出价绝不会少于舒先生买的那幅一百万块大光洋。"

舒适之和童淑贞都不禁睁大了眼睛。

"这倒是个不小的数目！"吴存白乐乎乎地说。"吴先生仿得太绝了！"平野一郎又赞叹了一句。"还能多添点儿吗？"

"这……朋友之间，好说好说！"

要不是亲目所睹，倘若有人告诉舒适之这么一场交易，他一定会说这是对吴存白的诋毁而非刮饶舌者一记耳光！可是现在该刮谁的耳光呢？吴存白分明跟平野一郎在讨价还价……他无论如何也想不到，吴存白竟然也是个拜金者，把金钱置于友谊、人格和艺术尊严之上。然而，平野一郎为什么要甘心情愿出这么一笔巨款购买这幅明知是吴存白仿作的赝品呢？舒适之一时乱了思绪。

童淑贞可不跟舒适之一般古板。在她看来，吴存白并没有什么可非议的。愿买愿卖，这是做生意的情理。既然舒适之所买的那一幅仿作的《岭南佳荔图》值得一百万块光洋，吴存白的这一幅为什么不值得同样的价钱，甚至更高一点点儿呢？反正他平野一郎赚的都是烙着孙中山先生头像的光洋。既然他舍得出大钱，而吴存白又一不诈，二不骗，这笔买卖怎么不能做？

"哈哈！"吴存白却突然放声大笑起来，"平野先生未免过于迷信光洋的力量了！"随即"嘶"一声，又"撕"一声……竟把他仿作的那幅《岭南佳荔图》毫不爱惜地撕成了一片片碎纸，然后搓作一团放到袖口里去了。

"吴先生，别……别……"舒适之这才如梦初醒，惊呼莫及。

平野一郎目瞪口呆地望着吴存白，半晌才发觉自己受了吴存白的捉弄，又尴尬又疼惜地叹道："太可惜了，太可惜了！"

唯独童淑贞默不作声。她那双杏儿眼一眨不眨地瞅着吴存白，那么神往，那么倾慕，那么忘情，一点也不掩饰她那妙曼的神韵……

十一

大东洋打火机厂突然大幅度降价，把每只小巧玲珑的打火机压到只值四盒适之火柴的价格。不到半个月光景，整个大上海以至外地，几乎所有的市场，适之火柴的销路便全给堵死了。一向自认比只会打俏作乐的杨贵妃至少聪明能干十倍的童淑贞，眼巴巴地看着好端端的一个厂子面临倒闭而毫无办法，终于急出了病来！

舒适之整日里守候在床前，却只会唉声叹气："唉，舒家运气不济了，活该倒霉！"

童淑贞听了，觉得十分的刺耳，忍不住喘息着说："你什么时候学起了算命先生来？"

"不是么，要不，舒家何以陷入这般境地？"舒适之仍然固执地说。

"没听人管大上海叫十里洋场和冒险家的乐园么？只要上海还是外国老板的世界，倒霉的一定是中国人。这不是命运的事！"童淑贞说着说着又按不住肝火上升，面色不由一阵发青，顿时手脚冰凉，虚汗如注。

舒适之慌了，又是给淑贞拭汗，又是惶惶恐恐地为淑贞按摩，一时竟无所措手足……

童淑贞心酸地笑了笑，忽然问道："适之，杨贵妃当真把那块鸳鸯玉时常吊在胳肢窝里么？"

舒适之哪有心思理会杨贵妃的鸳鸯玉？便很不以为然地点了点头。

"那块鸳鸯玉吊在胳肢窝里，当真能吸汗？"童淑贞接着又问。

"管它呢？"舒适之的心此刻全系在淑贞的病态上，不免有点不耐烦。

童淑贞很有些不高兴，半生气半娇嗔地说："我可非得问你，杨贵妃那块鸳鸯玉吊在胳肢窝里，当真能吸汗？"

据民间传说，宝玉可以辟邪扶危，即使从万丈高楼上失足坠地，只要身上带着宝玉，便不致丧生……《红楼梦》里的贾宝玉，脖子上时常吊着的宝玉，不就是他生死攸关的命根子么？这绝非纯然是曹雪芹笔底生花。没有一定根据，怎么会成为传说呢？自古以来，玉镯、玉环、玉戒指作为不分男女的装饰品而价值数十倍于金器，显然有它神奇的功能。舒适之连忙答道："杨贵妃经常把那块鸳鸯玉吊在胳肢窝里，当真的能吸汗！"俨然他曾经亲眼看见过。

"要是吊在我胳肢窝里，也一样能吸汗吗？"童淑贞忽然变得很有点天真。"能，能呀！"舒适之为了安慰妻子，忙说。

"把杨贵妃那块鸳鸯玉拿来让我试一试，只试一会儿，行么？"童淑贞有点不好意思地央求。

妻子为了使丈夫心放宽些，竟产生了这么天真的想法，这使得舒适之的喉咙口忽然被一团什么东西塞着，仿佛作噩梦似的，使尽劲儿也做不得声。他只好一个劲儿点头，竟掉下一连串豆粒大的泪珠儿。

童淑贞猛地瞪大了眼睛，旋即勉强地莞尔一笑："好端端的，怎么倒哭鼻子了？"

舒适之赶快别过脸去，倏然离开了房间……"上哪儿去？"童淑贞急忙问。

"我去把杨贵妃那块鸳鸯玉拿来！"

"你先给我笑一笑!"

这一下,舒适之的眼泪反而像开了闸门的江河,呼啦一下子涌将出来,怎么也抑制不住。

童淑贞急了:"唉唉,万一让你的朋友上门碰见,这多不好意思!"舒适之这才连忙掏出手帕……

吴存白在舒府的客厅至少已经坐了半个时辰。他一次又一次地制止了账房先生的关照,不愿童淑贞因为他的到来而受到任何的打扰。他像个经堂上的和尚似的坐着,默默然,木木然。他并非不晓得,窃听人家夫妇之间的私房话最是不道德的,却偏要拼命竖起耳朵,极力捕捉客厅后边隐约传来舒适之和童淑贞的声音。尽管模模糊糊轻易听不清,他身上的每一根神经都被牵得紧紧的,以致捏着大东洋打火机的左手颤抖得不行,一支香烟噙在嘴上半天也没点燃。蓦地,他的左手仿佛捏着一块火炭,不由猝然扔到门外。

"啪"的一声,那只大东洋打火机不偏不斜,恰巧打在了平野一郎刚刚踏上门槛的右脚背上。

"哎唷!"平野一郎惊叫了一声,猛然瞥见吴存白立在客厅上,满面怒容。他赶快俯身拾起那只小巧玲珑的打火机,笑眯眯地迎着吴存白,走上前来:"吴先生,这是你的玩意儿?"

"你不是分明看见我已经把它给扔掉了吗?"吴存白硬邦邦地说,下颏翘得高高的。

平野一郎仍然笑眯眯地说:"您把这玩意儿给扔了,拿什么点烟啊?"

吴存白丝毫也不掩饰内心的愤懑:"我要不把它扔了,适之火柴岂不是连一个顾客也找不到吗?"

"不会的,不会的,贵国毕竟有四亿人口嘛,远远不止日本国的四倍啊!"平野一郎讪讪地说,脸上不无一点窘态。

"所以,几乎所有的外国老板都争着挤进中国这个大市场!"吴存白简直怒不可遏了,提起拐杖把地板敲得"得得"响。

平野一郎顿即敛住了笑容:"这可不能光怪外国商人啊!""怪谁?"

"吴先生是个聪明人,绝不会只晓得仿作古玩的。"

吴存白竟然无言以对,不禁涨红了脸……

"两位先生有什么误会,看在适之的脸上,多多包涵!"舒适之急忙跑了出来,远远便慌里慌张地说。

平野一郎立刻哈哈大笑起来："倒是适之先生误会了。我跟吴先生谊重情深，用贵国一句俗话，是连掏肠翻肚也毫不计较的。哪会有什么误会以至吵架呢？"

舒适之听了，一颗心"咚"的一声落了地："哦哦，是我误会了，是我误会了。"

可是，吴存白却撅着嘴巴不哼声，脸色阴沉得怕人。舒适之一看，又茫然不知所措。

平野一郎赶紧关切地问："舒先生，太太的病好转了些么？""唉！"舒适之见老朋友这般关心，不禁黯然地叹了一声。

"都怪平野无能，到底改变不了东京董事会的决定，以致贵厂因大东洋打火机的削价而遭到巨大的损失。这对太太的刺激实在太重了！"平野一郎十分的负疚。

"谢谢平野先生的厚谊！"童淑贞忽然姗姗而出，把众人吓了一跳。"贞，你——"舒适之慌忙将童淑贞搀扶住。

童淑贞却挣开舒适之的手，泰然坐到八仙椅上。

平野一郎赶快说："太太身体欠安，何用拘礼？请回闺阁休息！"

童淑贞淡淡一笑："平野先生何以见得我身体欠安？您可别咒人啊？"

平野一郎一听童淑贞的口气，急忙打开黑色皮包，拿出一张印着汇丰银行标记的巨额支票，恳切地说："请舒先生和太太给我个面子，无论如何得收下这张支票。我这区区经理，乃受东京董事会的委任，对于大东洋打火机的削价决定，不得不唯命是从。但这毕竟是对朋友不住的事，请舒先生和太太允许平野赎罪！"

舒适之又激动又慌张，连说话也语无伦次："平野先生，您说的是哪里话？适之完全理解，这可怪不得您的，请原谅，这张支票，适之实在难以接受！"

童淑贞不看那张支票还不打紧，一看那张支票，气不打一处来，眼前忽然金星飞舞，顷刻化作无数张巨额支票，纷纷扬扬，全落进平野一郎的黑色皮包里……她不由往八仙椅靠背一仰，气喘咻咻地长叹："天，我们反而要人施舍，成了可怜虫！"

平野一郎急了，一迭连声地表白："这不过是友谊的一点小小的象征。太太千万别误会！"说罢，马上弯腰来个日本式的九十度鞠躬。

吴存白再也忍耐不住了，把烟蒂狠狠一掷，闷声闷气地说："平野先生，你把金钱当成友谊的象征，不觉得这是对友谊的亵渎吗？"

平野一郎陡地一怔，竟无所措辞，只好赶紧夹起黑皮包告辞了。及至跨出门槛，他才摇头喟叹："遗憾，遗憾！"

舒适之怏怏然地送走了平野一郎，回到客厅，忽见童淑贞脸色铁青，满头虚汗，急忙跑上楼去，从保险柜里取出杨贵妃那块鸳鸯玉，气促地送至妻子的面前："贞，快吊到胳肢窝下试试！"

童淑贞却慌忙说："啊哟，我的汗是臭的，要是渗到上面，怕成不了彩霞，倒变成一片乌云，岂不把它糟蹋了？"

"不打紧，不打紧！"舒适之硬是把那块鸳鸯玉挂在妻子的胸前，"你要是存虑，就随便把它带在身上吧！"也许是生怕吴存白笑话，也许是不无忌讳，他始终不敢提及宝玉能辟邪扶危的传说。

童淑贞朝吴存白勉强一笑："吴先生，您看我像杨贵妃吗，抑或像贾宝玉？"吴存白的眼圈红了，却仰着脖子"咯咯"地笑了笑："嫂子既不像杨贵妃，也不像贾宝玉。"

"像谁呀？"

"谁也不像。童淑贞终究是童淑贞。"

童淑贞听了，竟然开心地笑起来："吴先生真是个可人！"

舒适之一看妻子笑得两边脸颊忽然泛起了淡淡的红晕，心里不禁暗暗惊喜：这块鸳鸯玉果然透着灵气！于是也跟着"嘿嘿"直笑。

吴存白见童淑贞和舒适之被逗乐了，便拱手告辞……

"吴先生请留步，吴先生请留步！"童淑贞却硬是不让他走。

近来，吴存白每每上门，童淑贞总是巴望他多待一会儿。连她自己也觉得惊奇，她何以会产生这种微妙的心理？也许是由于他脑子里装着太多的古玩掌故，随便挑一个说说，都叫人着迷；也许是由于他身上具有一种叫人轻易不能名状的力量，以致他跟平野一郎吵架，她在一旁听了，也觉得特别的舒心，特别的痛快。只要吴存白跟平野一郎碰在一块，她便情不自禁地在心里一个劲儿怂恿：跟他吵一架吧，吴先生！不知不觉地，她感情的天平越来越坠向吴存白一边。有时甚至于超乎属于舒适之的感情领地。这简直是活见鬼！难道她所恪守的道德准则竟然因吴存白而发生了失衡？记不得哪一位哲人说过，上帝造人时既给女人以特别丰富的感情，又把女人的感情世界造得特别小，只能容得下丈夫和儿女。她不能不一次又一次地暗暗自问：一个女人，说明确点儿，一个有夫之妇，能不能有两个感情世界？一个属于丈夫，一个属于另一个男人，而且后者比前者更纯洁、更高尚。她无法做出肯定的回答，也无法做出否定的回答。可在吴存白和舒适之面前，她却往往竭力跳出夫妻的感情世界，随意放纵自己的感情。只有回到寝室里，她才允许自己透透彻彻地属于丈夫。此刻，尤其此刻，她精神上多么需要一根扎扎实实的支柱啊！这根支柱，在舒适之的身上偏偏那么朦胧，只有从吴存白的身上，才能明显地得到它……

妻子这些隐私，舒适之一点也觉察不出来。他只晓得，妻子对吴存白的敬重，完全是受他的影响所致。所以一听妻子的央求，他便连忙搭腔："吴先生就赏个脸，多待一会儿吧！"

吴存白只好把跨出去的前脚抽了回来："嫂子可有什么需要存白效劳？"童淑贞却说："陪我们吃顿饭吧！"那语气简直近似乞求。

……

"啊哟，地道的上海风味！"吴存白一看餐桌上摆着一大盆醉虾和一大盆醉蟹，便失声地叫道。

童淑贞乐了："适之还担心吴先生吃不惯呢！"

上海人吃醉虾醉蟹，也跟广州人吃生鱼片、巴黎人吃手摇机绞鲜牛肉丝一样，全然不用烹饪，只需用冻开水将生蹦活跳的鲜虾鲜蟹洗净，置于盆中，浇以佳酿名酒，然后加盖密闷片刻，那些鲜虾鲜蟹随即变得红通通的，跟烹饪的颜色别无二致，味道却比烹饪的鲜美甘芳，是下酒的绝妙佳品。然而，这毕竟多少近似茹毛饮血时代，我们祖先的原始食物。一些特别文明的肠胃可轻易接受不了。难怪童淑贞不担心！她却把这担心推到丈夫的身上，一来不让吴存白轻易觉察她的微妙心理，二来也替丈夫表述了对吴存白的深切友情。

直肠直肚的舒适之却急忙申辩："吴先生，可别听您嫂子的！分明是她担心您的胃口，却偏要嫁罪于我。"

童淑贞不觉脸上一热，赧然白了丈夫一眼。

舒适之仍然没有领悟，固执地说："可不是么！要不，您为什么要特意叫人为吴先生烧了个四川名菜麻辣鸡，外加八珍豆腐？"

吴存白连忙两手合十道："谢谢嫂子和舒先生的盛情！让我先敬嫂子一杯，祝嫂子早日恢复健康！"说着便端起了酒杯。

"别忙，别忙！"童淑贞忽然来了兴致，笑容可掬地说："吴先生，行个酒令吧！"

"好，好。"吴存白爽快地应道，"这是个老酒令。先要点出女儿家的喜、乐、哀、愁，后面押上一句诗作注脚。我先来开令：'女儿乐，秋千架上春衫薄！'谁来接令？"

童淑贞只顾拍掌称赞："妙，妙，真妙！"

吴存白不无腼腆地说："嫂子别过奖了。请让我敬一杯，再洗耳恭听嫂子的佳句。"

"吴先生可勿见笑喽！"童淑贞还没放下酒杯，便红着脸吟道："女儿愁，悔教夫婿觅封侯。"

"好啊！女儿家的心事可让嫂子给道绝了。"吴存白忍不住咯咯大笑，"可舒先生并不是官场中人，嫂子可愁从何来呢？"

舒适之听了，笑得前仰后合。"啊哈，轮到我追令了吧！"接着便期期艾艾地念道："女儿喜，头胎生个乖公子。"

童淑贞一听，不由得脸绽桃花，连声嚷道："该罚，该罚！"

"不不，这可是个吉兆啰！"吴存白却正儿八经地袒护舒适之，"现在该让我收令了：'女儿乐，抱着哥儿剥菱角。'干杯啊！"

酒罢，三人回到客厅，围着一张款式古雅的酸枝茶几，一边谈古道今，一边品茗。

吴存白稍稍翕动一下鼻翼，便从飘溢的芳香中辨出是大自然的妙手用天然温度烘烤，压根儿不沾火候的杭州雨前龙井茶。"噢，现在市场上可轻易买不到这种极品了。舒先生莫非连名茶也当作古玩珍而藏之？"

童淑贞笑得倾倒在舒适之的肩胛上，连忙摆正身子，递给吴存白几颗荔枝干："吴先生，请尝尝这个，看是不是极品？"

"这荔枝干色香虽然变了，甘甜的味儿可仍然十分的醇。"吴存白咂咂嘴巴儿，"连东坡居士也这样叹息：'日啖荔枝三百颗，不辞长作岭南人。'难怪杨贵妃对岭南荔枝那么嘴馋。"

舒适之听了，不禁黯然神伤，忍不住喟然长叹："唉——"

吴存白没想到，他的一句兴叹会如此勾起舒适之的联想，实在大煞风景。要是童淑贞也因此而产生不愉快的联想，那该如何是好？于是连忙把嘴里的荔枝核吐掉，"噢噢，看我说到哪里去了？嫂子，舒先生，你们可听过土耳其故事 Diaddesde？"

"Diaddesde？"童淑贞却兴致盎然，"汉语译音是不是'遮达士特'？"

"没错，没错。没想到嫂子原来对英语这么精通！"吴存白感到十分的意外。

平日只顾遨游于古玩世界的舒适之，这时简直有点不相信自己的耳朵……

"吴先生过奖了。我只不过多少得学懂几句，别在外国人的面前当哑巴就是了。"童淑贞的语气却平淡得出奇。

"那'遮达士特'又是什么意思？"舒适之也来了兴致。

"是'我正想着这个'的意思。这是土耳其闺阁里流行的一种游戏。这种游戏的方式很简单：两个人打赌，不论哪一方接到对方的任何东西，都得立刻说一声'遮达士特'，如果三秒钟内不说这句话，那便算输了。"吴存白接着风趣横生地说……

土耳其有个聪明人，认为女人是天生的诡计多端，老是处处提防着。一天，他到沙漠地区旅行，突然看见一幢乳白色帐篷，尖顶上洒满了太阳的光斑。他正要走上前去讨一壶水喝，帐篷里忽然钻出个如花似玉的年轻女人，没等他开口便热乎乎地招呼他进帐篷，让他坐在印着各种色彩斑斓图案的地毯上，然后沏了一杯中国茶双手递给他。

聪明人一看又漂亮又年轻的女人一双手特别白嫩，特别柔软，特别纤细，便立刻暗暗警告自己：当心，女人的手可是妖魔的爪。于是，赶快从腰间掏出一本《女人媚术一千例》的书，全神贯注地翻阅起来。

"先生，这肯定是一本很重要很有用的书吧？"那年轻女人随口问道。
"你怎么晓得我这本书很重要很有用？"聪明人好不惊奇。

"因为你既不跟我说话，又不喝茶……"

"你真聪明，年轻的太太！"聪明人高兴地说，"我这本书里写的全是关于女人的文章。"

那年轻漂亮的女人立刻从长袍底下伸出一双踏着绣金拖鞋的纤细的脚丫，轻轻走到聪明人的背后，从他的肩胛后边偷看那本书里的文章，故意将丰满的胸脯紧紧贴到他的背上，嗲声嗲气地："哦，这么说，你倒完全通晓了女人的媚术咯！"

聪明人拼命缩着身子，"那还用说？那还用说？"

"噢，看来你一定是个绝顶聪明的人！"年轻漂亮的女人又用圆滑的小肩膀碰碰聪明人，嘴巴儿几乎凑到他的脸上。

聪明人慌忙闪了闪身，竟倒在了地毯上。没等他爬起来，那女人已俯下身去，一面把他压在下边，一面大惊失色地叫道："真主啊，快救救我们吧！你听到了马蹄声没有？我的丈夫回来了。要是让他碰见，他不把你剁成肉酱才怪呢！"

聪明人侧耳一听，那马蹄声果然越来越近，顿时脸色如土，一迭连声苦苦哀求："尊贵的太太！你快把我藏起来吧！"

"那只好委屈你喽！"年轻女人连忙把他藏到衣柜里去，然后扣上锁头，转身跑到门口迎接丈夫。

"这几天，家里没出什么事吧？"骑士亮着大嗓门。

"早上来了个聪明人，在我面前夸他如何通晓女人内心的秘密……"

年轻漂亮的女人一句话还没说完，骑士便怒吼起来："这个混蛋，他躲到哪里去了？"

那女人竟然照直告诉丈夫："我把他骗进了衣柜里锁着。喏，钥匙在这儿。"

骑士一把夺过钥匙，随即"嗖"地拔出长剑，一个箭步冲到衣柜跟前……聪明人早已吓得魂神出窍，心里不住地祈祷："真主，快救我！真主，快救我啊！"

这时，骑士气呼呼地把钥匙插进了锁头，旋即发出"咔嚓"之声。年轻漂亮的女人突然"咭咭"大笑起来，"遮达士特！遮达士特！"一面一迭连声地嚷道，一面欢天喜地地拍着手掌："亲爱的，你拿了我手心里的钥匙，可没说一声'遮达士特'哇！这回你可输给我金项链了吧？嗯？"

骑士好不愕然，半天才"咯咯"大笑道："我的小羚羊，你好狠心啊！为了赢我个东道，竟然编出这么一个弥天大谎来捉弄我。哦，你当真没有让什么混蛋讨了便宜，可得感谢真主！我这就给你买金项链去。"

帐篷外边随即响起了"得得"的马蹄声。

聪明人迷迷糊糊地没弄清楚这是怎么一回事，年轻漂亮的女人已把衣柜给打开了。

"啊哟哟，我的天，你怎么啦？这不是三魂丢二，七魄剩一么？乖乖，敢情吓死了大半截咯！"老半天，她才好不容易把聪明人拖了出来，又是灌茶水，又是给他按摩，"枉你懂得这么多学问，到了要命关头，却不起一点儿屁用。快喝杯热茶清清神，再吃上几个热鸡蛋，好赶你的路吧！"

聪明人再也不敢作声了，只顾着一个劲儿抹冷汗。

热情好客的年轻女人一边利索地给陌生的客人剥蛋壳，一边笑嘻嘻地问："咦，先生，您那本书里有没有写着这么一条女人的媚术呀？"

聪明人没有回答，却连声道谢，离开帐篷不远，他便把那本书扔到大沙漠里去……

"嘿嘿，聪明人到底是聪明人。"舒适之捧腹笑道。

童淑贞本来不住地掩嘴大笑，这时却突然一声不哼，脸上的神情俨若天后庙的天后圣母，严肃得可怕。

吴存白一看，不由得心里猛一咯噔：莫非这故事倒刺伤了她的自尊心？我怎么信口开河讲了这么个故事？

"吴先生，世界上恐怕再也轻易找不到第二个比你更聪明的人了！"童淑贞终于开腔了，声音却不冷不热，脸上的神情依然俨若天后庙里的天后圣母。

吴存白赶快抱歉道："嫂子，都怪存白贫嘴！你就当我今天压根儿没在你面前说过一句话吧！"

童淑贞强迫自己笑了笑，"吴先生说到哪儿去了？读书人开卷有益，吴先生对我可是开口有益哩！难得您用心这么良苦，给我讲了这么个怪有意思的故事。"

舒适之可轻易摸不透妻子此刻的心境，半天也不晓得如何插嘴，只好歉然地望望吴存白，然后投给妻子体贴入微的目光……

"吴先生可还记得，那天您在寓所里对我说了些什么来？"童淑贞突然没头没脑地说，语气显然温和多了。

"存白并不健忘，存白并不健忘！"吴存白连忙搭腔，却轻易摸不透童淑贞为什么突然提起那次多少叫人尴尬的谈话，"嫂子……"

"吴先生不是指望舒府出现中国第一个女古玩家么？可适之收藏了这么多古玩，我还不曾仔细认识其庐山面目呢！今日可得请吴先生不吝赐教喽！"

舒适之万万没有想到，妻子会在这个时候如此跟他心心相印。心里不禁蓦地涌起一股轻易说不清的滋味，眼前不由得被一层似雾非雾的东西蒙住。他直愣愣地望着妻子朝吴存白深深一鞠躬，便盘盘跚跚，摇摇晃晃地登上通向古玩世界的楼梯。他猛然一惊，慌忙奔上前去……

吴存白却仍旧呆呆地站着，一动不动。

十二

适之火柴厂终于倒闭了。工人们天天蜂拥至铁栅跟前，吵吵嚷嚷要工作、要饭吃。舒适之不能不亲自出面处理善后事宜。然而，往日兴旺发达，他尚且不晓得如何插手工厂的事，而今一旦倒了霉，他就更没得能耐了。这毕竟跟收藏古玩不是一码事。他只有一个办法，不管工人们怎么吵嚷，他硬是不哼声。只顾着不住地往又方又宽的前额上抹汗。一会儿从西装裤袋里掏出手帕，一会儿把手帕放进西装裤袋，一会儿又从西装袋里把手帕掏出来……

这可叫工人们越吵越凶……

账房先生只好背着他悄悄跑回府中找老板娘：可是找遍了客厅、寝室、花园，盖不见童淑贞的影儿。他只好把心一横，气喘咻咻地跑到他从来不敢涉足的珍藏古玩的楼上，这才发现童淑贞独个儿对着琳琅满目的古玩出神。

"太——太！"账房先生迟疑了好一会儿，才诚惶诚恐地低声唤道。没有应声。

"太——太"账房先生略一犹豫，便壮了壮胆儿，稍稍提高了嗓门。仍然没有应声。

账房先生再也没有胆量把嗓门哪怕再稍稍提高一点儿。他只好两手攀着楼梯口，半露着亮得闪着油光的脑袋，足足等了半个时辰，仍然不见童淑贞理会。好不容易盼到她抬起头来，她却又被那幅《神龙图》迷住了。那是一幅泼墨画，黑墨墨的只画着一颗斗大的龙头，虽然很活现，很神气，却见首不见尾，值得这么着迷？

"我们可是神龙的传人么？"童淑贞忽然问道，声音低低的，沙沙的。

账房先生的耳朵不知为什么这么尖，以为童淑贞在问他，唯恐回答迟了会招致老板娘的不悦，赶快大声地答道："是，是呀！我们都是神龙的传人。太太！"

童淑贞忽然听得背后冒出了个声音，着实吓了一跳，不由满脸愠色。但见答语竟道出了她的心旌，而且来人竟是账房先生，又不禁转怒为喜："噢，老先生可真聪明！"

账房先生连忙讨好道："太太这么聪明，在太太身边的佣人，自然傻不了的啰。"

"别嚼舌头了，有什么大不了的事？"童淑贞突然意识到，账房先生居然跑到楼上来找她，必定不会是因为芝麻绿豆的事。

此事说小不算小，说大也不算大，聪明的太太！账房先生故意卖个关子，以免童淑贞觉得他过分唐突，"其实，我不说，太太心里已经在琢磨了。"

"你晓得我心里在琢磨什么？"童淑贞十分惊疑。

"太太不是在琢磨卖掉一些古玩，别让工人天天围着舒先生大嚷大吵要饭吃么？"

童淑贞听了，脸色当即变得十分阴沉，只是冷冷地哼了一声。

账房先生冷不防吃了一记当头棒，脑子里"咯噔"一下，却蓦然闪出一连串的片段——

端午节。童淑贞喜气盈盈地问道："老先生，今天的筵席排些个什么菜式？"他随即回答："老规矩，每席九大件。怎么样？"童淑贞连连颔首，接着反问道："送节的礼物也按老规矩么？"这回可轮到他连连颔首了："每个工友一份裹粽和白沙枇杷果。"童淑贞半打趣半认真地叮嘱道："等会儿开筵，要是漏了一个工友，我可不饶你！"

中秋节。童淑贞又喜气洋洋地问道："老先生，给工友们过节的礼物可备好了？"他笑嘻嘻地回答："太太，我要是今天才去张罗，非被您撤职不可呢！"他不无自得地解释："太太倒忘了，每年八月十五这天，在上海哪里还能轻易买到那么多的四色月饼？即使店里有货，但为了保全招牌的声誉，宁可赔本，老板也会藏起来的。所以，太太早些天就三番五次地关照过了。"

童淑贞乐了："噢，多能干的老先生！那九大件筵席也准备妥帖了？"他也乐了："太太放心好了。工友们一到，包管能按时开席！"

大年夜。舒府瀛园里，工友们在划拳、碰杯。童淑贞忙不迭一席一席地给工友们祝酒；一面打发他把年礼腊肠、风肉和五十枝罐装英国名牌香烟"三炮台"，用小车挨家逐户地送到每个工友的家里……

她对工友们一向还很不错的，可这一声"哼"是什么意思？账房先生半晌才嗫嗫嚅嚅地说："那……那……工友们要饭吃的问题，可该怎……怎么解……解决呢？"

"你去问那些工友呀！工厂倒闭了，我该向谁赚钱去？"童淑贞又冷冷地说。

账房先生哑了。

"你可听清了，舒先生这些古玩可是一件件都有数的，要是碰了一件，可别怪我不留情面啊！"童淑贞还是冷冷地说。

账房先生吓得脸色苍白，慌忙退下楼去，样子很有些狼狈。

这不由勾起童淑贞恻隐之心，不住地叮咛："小心啊，老先生！"

不知账房先生是因为听了童淑贞那戚戚关切的叮咛而受了感动呢，抑或因为受了童淑贞的呵斥而感到委屈，竟然躲在大门左侧的账房里呜咽偷泣。

吴存白进门看见了，好不惊诧："老先生，谁欺负了您？"账房先生一听，越发泣啜得凄怆。

吴存白急了，那根粗糙的拐杖把门槛敲得"啪啪"脆响："哎呀，快说，谁欺负了您老先生？"

账房先生十分着慌，一手捂着嘴，一边连连摆手。

吴存白恍然明白了他的意思，气呼呼地闯进客厅，直着脖子叫嚷："舒先生，舒先生！"

童淑贞竟然忘记了病后的虚弱，"噔噔噔"地直奔下楼来，气喘吁吁地说："啊哟，失迎了，吴先生！"

吴存白没半句寒暄，劈头便问："嫂子怎么可以如此对待账房先生？"

童淑贞愕然地望着吴存白，旋即微微一笑："要是吴先生听了，未必不比我更生气。"接着把刚才发生的事情滴水不漏地告诉吴存白。

殊不知吴存白听了，不唯一点也不生气，反而说道："我倒情愿让嫂子骂一顿。"

童淑贞心里纳闷，嘴上却说："吴先生就爱开玩笑。""不，我这就是上门叫嫂子和舒先生骂的！"

"啊哈，这可是天下的大怪事！"舒适之一踏进客厅，听得吴存白的声音，便笑哈哈地说："吴先生，您这可是犯了什么毛病？挨骂可不是个滋味儿啊！我一生没叫人家骂过一句，即便是我的父亲那么严厉，也从没舍得骂我一句，至于我母亲就更不用说了。这几天可被那些工友骂得狗血淋头。噢噢，不是狗血，是汗水。不信，您明天去尝尝，保管不到半个时辰，您便会被骂得浑身透湿的……"

"吴先生才不像你呢，硬是要去白受罪。"童淑贞心疼地嗔怪道。

"唉，工厂倒闭了，工人揭不开锅，不去安抚安抚行么？"舒适之摊着双手说。"舒先生拿什么去安抚他们呢？"吴存白出乎意外地高兴。

舒适之乐呵呵地说："让他们骂呀！骂够了，他们也就得到安抚了。"

吴存白忍不住笑了："骂人能当饭吃？这倒是天下的奇闻。稀罕，稀罕！""吴先生，您倒说说，舍此还有什么办法？"舒适之又一筹莫展了。

"办工厂呀！"吴存白十分轻巧地说。

"吴先生又开玩笑了！"舒适之只能把吴存白的话看作是开玩笑，而且分明是个不可思议的大玩笑。

童淑贞却不以为然。吴先生虽然有时也爱开点玩笑，但不曾见他往别人的犯难处寻开心。而且，他今天上门，净是说些异乎往常的话，内中也许不无蹊跷。她这么一琢磨，便莞尔一笑："看来吴先生倒似有意资助我们呢！"

"唔，还是嫂子聪明！这可是一笔巨大的资助啊！"吴存白眉飞色舞地说……

"请问，您可是尊贵的吴存白先生？"一个陌生的日本客人把两手垂到脚面，朝吴存白深深地行了个东洋大礼。

"别客气，别客气！我正是吴存白。"吴存白见客人对他这般殷勤，很有些着慌，"不知先生登门有什么赐教？"

"不敢，不敢。我们经理有请呢！"来人随即双手递上一份请柬和一封花笺。吴存白大凡接到人家的请柬，目光总是首先落在那署名上。他一看"平野一郎"几个字，脸上便立刻流露出淡漠的神色。

那来人倒十分乖觉，连忙赔笑道："请吴先生赏面，一览花笺。"

吴存白这才把目光移至花笺上，只见上面写道："舒适之先生的境况，着实令人坐卧不安。请先生务必看在友谊的情分上，惠然驾临，磋商援助之策。"字里行间倒似乎还有点恳切。

来人见吴存白动了情，便连忙乖巧地说："我们经理原想上门拜访，唯恐于吴先生有所不便，只好让吴先生屈尊了。"

"不拘，不拘！"吴存白十分的爽快，立刻随那来人钻进候在寓所门前的福特小轿车，来到了国际大饭店。

平野一郎远远就迎了出来，双手垂至脚面，朝吴存白深深地行了个东洋大礼："难得吴先生驾临，实在增光，实在增光！"一面忙不迭地把吴存白请至特设的筵席跟前。

一看宴席上出的第一道菜是四川冷盘，吴存白便晓得平野一郎今天请的可是四川筵席，倒着实被感动了。

"听说吴先生会烧三十九种四川名菜。这里的名厨师也只会烧二十九种，比吴先生还少了十种呢。可在我们日本，名厨师恐怕至今还没出世。最上好的菜式也只是东京镶仔牛肉。这跟国际名菜谱可沾不上边儿。法国名菜有法兰西猪排，英国名菜有英皇牛排，德国名菜有蛋皮鱼卷，即便是贫穷落后的印度，也有国际名菜印度咖喱鸡，连新加坡这么个小岛国也有叫人垂涎的名菜烧烤沙嗲，至于贵国的名菜就更数不胜数了，比如红烧大鱼翅啦，清炖银燕窝啦，九烩龙虎凤啦，北京烤鸭啦，江南百花鸡啦。听说广州的名厨师，光是一味鸡，就能烹饪出两百多种菜式。可见贵国的烹饪技术在国际上是无与伦比的。"平野一郎见吴存白惊喜地看着台上的四川菜，便天南地北地说开了。

"谢谢平野先生的盛情！"吴存白情不自禁地说。然而，他终究无法按捺得住迫切的心情，还没端起酒杯，便打开天窗问道："平野先生，打算怎样帮助舒适之先生度过困境呢？"

"请！"平野一郎说着便端起了酒杯，"我们一边喝，一边慢慢磋商。"

"平野先生，请您原谅我的固执。"吴存白的手仍然没离开他那根粗糙的拐杖。平野一郎只好按下酒杯，感慨万端地说："吴先生博学多才，自然比平野更通晓万物皆在竞争之中求生存的道理。草木尚且非得竞争不能茂盛，何况人类社会呢？适者生存，这个……"

"请原谅，平野先生，我眼下需要知道的，可不是这些学问；如不直言相告，您这一台四川菜可就白摆了。"吴存白简直不留一点余地。

"哦哦，对不起，对不起！"平野一郎歉然地笑笑，便直截了当地说："鉴于舒适之先生夫妇的高尚人格，轻易不肯接受朋友毫无代价的帮助，平野只好承担任何指责，买下了大东洋打火机厂的全部股份，跟舒先生收藏的那幅《岭南佳荔图》作交换。此事只能拜托吴先生……"

"吴先生，别说我是您的朋友，光是作为华夏的一个子孙，就够我替你害臊的了！"简直视友谊比生命还重要，因而从来不曾伤过朋友感情的舒适之，骤然板起了脸孔，不留一点情面："你怎么可以居然接受平野一郎这种友谊，难道你一点也没看出这是对我国瑰宝的觊觎吗？"

吴存白本来就讲究面子，这下子叫他如何能受得了？顿即便忘却了自己是心甘情愿上门挨骂的，瘦削而白皙的脸膛陡地涨红起来，口吃得十分的厉害：

"你……你……你收藏的这幅《岭南佳荔图》，的的确确，不……不是隋代无名氏的原作，只是仿得到家罢了。平野一郎既然把它视作价值连城的宝物，愿意拿大东洋打火机厂换它，我吴存白何乐而不为？"

"它即便是假的，终究是华夏子孙聪明智慧的结晶，那上面分明附着华夏之魂！要不，平野一郎哪会把它视作价值连城的宝物？把它卖给了平野一郎，岂不把华夏之魂都给出卖了？你不怕隋朝那位无名氏在九泉之下骂你是华夏的不肖子孙，我可担心我那个瞑目于宝山的苏州老大娘，有朝一日与我相会于奈何桥，不认我作她的义子呢！"

记不清谁说过，一个平素不轻易发火的人，一旦发起火来，可比一个常常爱发火的人一辈子发火的总和还要厉害十倍。这恐怕不像是无稽之谈。舒适之此刻的火气，不就是一个例证？他虽然并没有声嘶力竭地咆哮，也没有拍案破口大骂，那声音低沉而缓慢，却宛如暴雨之前在云层深处滚动的闷雷，让人因明显地感到它震撼天宇的力量而战栗。吴存白即便一向只怕风大，不怕天塌，这会儿也禁不住诚惶诚恐起来，没等舒适之骂完，便赶快抽身跑掉了。

童淑贞可惊呆了。

她一向把舒适之看作是一头驯良的公鹿，在大森林里虽然傲岸地奔腾驰骋，却从来不会对自己的同类怒吼一声，只是仅仅保持着引颈昂首的雄姿，轻易不会把头颅低下来。万万没想到，他竟会如此怒不可遏，出语伤人，别说吴存白先生，即便是个毫无自尊心的人，也轻易不会受得了。先头她只冷冷地说了账房先生几句，账房先生就受不住了。适之如此无礼，失去了吴存白这样的朋友，可叫人一辈子后悔不已。童淑贞不由着慌起来，也不顾舒适之的脸色如何可怕，高声叱道："适之！你——"

舒适之经童淑贞这一叱喝，七窍冒出的烟气遽然降到了冰点，一看吴存白不知什么时候给气跑了，心里不由猛一咯噔……

十三

这座瀛园，虽然方圆不足两亩地。但这在寸金尺土，高楼大厦林立的大上海，实在是不可多得了。难怪大凡打从旁边经过的路人，无不放慢脚步，透过高及丈余的青砖砌成的围墙的花状孔眼，或者瞧一瞧里边两旁栽满风雨兰的、用五彩雨花石铺就的羊肠小径；或者瞧一瞧那座奇形怪状的人造石山，以及石山旁边那座古色古香，雕檐画栋，曲径回廊的台榭；或者瞧一瞧里边的奇花异卉和碧草翠竹……这么一座如此吸引路人，常常叫路人流连忘返的花园，舒适之平时却很少涉足，仿佛用巨资建筑这座花园不过仅仅是为了给舒府增添一点清雅而已。舒适之好像是要弥补对花园里的碧草、翠竹、花木，还有石山、台榭的久违之情，竟不管月色朦胧，景物绰约，也不顾深秋的金风玉露，寒意袭人，独个儿在花园里徜徉，如痴如醉，不觉夜阑。

"小心凉着！"童淑贞把一件淡黄色的狐裘轻轻披到舒适之的身上，声音宛如旁边的荷池漾起的涟漪，那样轻，那样柔。

"贞，我到底骂了吴存白先生一些什么来？"舒适之突然没头没脑地问。童淑贞以为他的神经当真的出了毛病，吓得倒退了几步。随即扑上前去，一把搂住他说："适之，你可千万别胡思乱想啊！不管你对吴先生骂得轻，骂得重，反正成了泼出去的水，收不回来的喽。"

"唉——"舒适之长长叹了一口气，"我十成是发了疯！要不，哪会对吴先生发那么大的火？都怪平野一郎，平野那东西！"

"平野一郎居心叵测，是值得骂他一通的。可是光是骂，又能顶个什么呢？要紧的，毋宁是争口气！"童淑贞格外赔着小心安慰丈夫。

"再争气也无法挽回那失去的友谊啦！"舒适之满腔惆怅地说。

"这倒未必吧？"童淑贞紧接着说："你可不要把吴先生看小喽！"

"看你说的，我岂敢把吴先生看成了小孩子？适之如此得罪了吴先生，能指望得到吴先生的原谅吗？"舒适之完全陷入了痛悔的深渊。

童淑贞一急，竟然急出个典故来："战国时代，廉颇那样侮辱蔺相如，蔺相如后来可不还是原谅了他？"

"哦——"舒适之恍然大悟："你是叫我像廉颇那样负荆请罪吧？"

"请罪可是免不得的，至于负荆就大可不必了！"童淑贞担心舒适之明天当真的负荆上门，她不独会为此而害臊得不行，而且会为此而心疼得要命。

"啪！"舒适之却不理会，竟然随手折下一根白玉兰树枝。

童淑贞不由一怔，顿即忘掉了她原先最大的忌讳，失声叫道："适之，你……你疯啦？"

舒适之却认真地说："我要是做不到廉颇，怎么能指望吴先生会学蔺相如呢？"

童淑贞无奈，只好低声地说："回屋去睡一会儿吧！夜深了。"

"明天……"明天会发生什么事情呢？她对明天既怀着希望，却又不无担心。黄浦江面依稀出现一缕黄晕的曙色。舒府的大门便被扣开了。

"笃，笃，笃！"客厅上忽然传来了熟悉而急促的拐杖声。舒适之和童淑贞同时惊醒过来。"谁？"两双惺忪的睡眼在互相询问，又同时在互相回答："是他！一定是他！"两人连忙披衣而出。

无论舒适之抑或童淑贞，怎么也料想不到，这熟悉的拐杖声竟会不等舒适之负荆请罪，便率先降临舒府。舒适之和童淑贞简直像茁苦旱之中的农夫，忽然听见了雷声似的惊喜不迭，一面打着趔趄，一面连声招呼："吴先生，失迎了！吴先生，失迎了！"

"扑通！"吴存白二话没说，远远便突然双膝跪在地上，把童淑贞和舒适之着着实实地吓了个神魂出窍！

"啊哟，可把吴先生摔坏了！"童淑贞不禁失声惊叫起来。舒适之慌忙上前，朝吴存白弯下腰去。

不料，吴存白倏地把那根拐杖一横，高高地托在头顶上："存白负荆请罪来了！"

舒适之重重地打了个愣怔，伸出去的一双手在半空间僵住了，既伸不直，又收不拢。

"啊哟，吴先生可别把人吓昏了！昨天傍晚，适之对吴先生完全是出于误会，万望吴先生不要介意！"童淑贞急忙替丈夫开脱。

"一点也不误会！"吴存白仍然跪着不动，"舒先生大义凛然，骂得着实振聋发聩！要不，存白倒要让死人至少骂上一千年，那有多可怕。光是为了这一点，就该对舒先生感恩戴德了。舒先生，快拿过这根拐杖！"

这根拐杖粗如手腕，表皮净是凸起的大大小小的钉状疙瘩，由于从上至下显然是让汗渍染成的一层漆黑，已经无法分辨它是出自四川哪座大山的哪种灌木。上端扶手处深深地显露着五道手指痕，分明是几代相传的印记。这么一根粗糙别扭，只能充当村妇柴火棍的拐杖，何以被吴俯视作传家宝呢？况且扶手下段早已截断了，因而镶上了青铜片。这拿在吴存白的手上，跟他讲究修饰、斯文潇洒的风度多不相称。无论舒适之抑或童淑贞，平日对这根拐杖都不屑多顾，因为它着实没有任何值得人们一顾的地方。舒适之和童淑贞如今却忽然目不转睛地盯着这根拐杖，每一处细微的痕迹都给收进了眼帘。猛然间，这根拐杖蓦地变成了一根巨棒，在吴存白的头上旋舞……

舒适之双手猛然一抖……

童淑贞慌忙高声大嗓地叱喝："适之，万万动不得！"

"舒先生，别听嫂子的，快接了吧！"吴存白两手托着拐杖往舒适之面前一送。

舒适之急忙使劲把手缩了回来，苦苦恳求道："吴先生，饶了我吧！"

吴存白见舒适之硬是不肯接过拐杖，只好把拐杖按在头顶上，双手攥住两端，往下猛一使劲，随着"啪"的一声，那根拐杖被折成了两段，中间突然飞出一轴手卷丹青。

舒适之和童淑贞同时怔住了……

"从我祖父的祖父开始，直到我吴存白，五代潜心于古玩的研究，自认吴家乃古玩世杰，只有吴家才有资格收藏隋朝无名氏的《岭南佳荔图》原作。可昨天让舒先生一骂，存白着实自惭形秽，打心眼里服了输！这件华夏的瑰宝，除了舒先生以外，恐怕再也找不到第二个更有资格的收藏者了。望舒先生万万不可推却，看在挚友的情分上！"吴存白十分平静地说，唯其说得越平静，越发袒露出他的拳拳之心。

"这如何使得？这如何使得？"舒适之简直惊惶失措得不行。他舒适之凭什么可以接受吴存白先生这种至高无上的馈赠？虽然他对《岭南佳荔图》这幅名画梦寐以求，甚至因此而招致工厂的倒闭，妻子因此而焦虑成病。至于昨天对吴先生的不礼，其实多半愤懑应该冲平野一郎发泄。平野一郎的所作所为，实在太不够朋友了！可不知为什么，他舒适之竟然把对平野一郎的愤懑也一股脑儿发泄到吴先生的身上。尤其叫他事后吃惊不已的是，他的火气何以那么可怕？他出言何以那么尖刻？他何以那么粗暴地对待挚友，特别是自己最敬重的吴存白先生呢？要不是淑贞喝醒了他，他不知还会做出什么更加损害吴先生人格的事体来！甭说吴先生饶恕了他，捐弃前嫌，仍然把他视为挚友；即便吴先生能上门骂他，只要吴先生仍然涉足舒家门槛，这就足叫他感激涕零了。吴先生却不但丝毫也不计较他的不是，反而因挨了他的谩骂而如此自责，并且如此感激他，居然把吴家几代珍藏的罕世之宝馈赠与他。这在史书上无论如何也找不到先例。即便是廉颇和蔺相如闻之，也会自愧不如的。难道这仅仅是表明吴先生的宽宏海量和慷慨豪爽，乐于成全别人的美意吗？或者仅仅表明吴先生一颗精诚于友谊之心？不，远远不止于此！他舒适之有哪一点能及得吴先生对古玩那种难能可贵的情愫。这不仅在平日的接触中处处泾渭分明，光是从这根拐杖上面，便足见吴先生如何视民族文化遗产为生命了！要是他与吴先生倒换过来，他能有吴先生眼前这般出人意表的举动么？要说他对古玩的收藏已经不仅仅是出于癖好了，这全然跟结识吴先生，在朝夕交往中不知不觉地受了吴先生的影响不无关系。古往今来，有谁见过骂了朋友还好意思接受朋友的馈赠——骂的奖赏？况且这又非寻常的礼物。这馈赠本身可包含着吴存白先生对他至高无上的信赖和重托！他舒适之如何能接受得了？吴存白本来就是个急性子，见舒适之半晌不肯伸手，不禁像小孩子似的急出了眼泪。在这个凡事都讲交易以虚假和伪善构成的世界，即便是上流社会也十分盛行送礼之风。他吴存白来到这个世界快四十个春秋了，却没给任何人送过丁点儿礼物。他还在孩提时代，就十分地景仰明代名臣于谦，常常对小朋友们讲述于谦从少年登第，直至当上了御史，凭的全是自己的才学而立足于官场的故事。

"千锤万击出深山，烈火焚烧若等闲；粉身碎骨全不顾，留得清白在人间！"于谦这首脍炙人口的《咏石灰》诗，至今还留在他的记忆之中。在他看来，凡靠送礼而求助于人者，十足一个可怜虫。正是由于这个缘故，他把舒适之谢绝他的馈赠看作是对他人格的侮辱。他不光着急得不行，而且悖然变了脸色道："舒先生，您瞧我吴存白究竟是何等人物？"

"吴先生志行高洁，不光适之钦佩不已，而且大上海凡是认识先生的无不有口皆碑！"童淑贞不等舒适之开口，便慌忙替丈夫解窘。

"说得极是，说得极是！"舒适之听了妻子这么说，才从惊愕之中回过神来，却只晓得一迭连声地附和。

吴存白却不领受，仍然紧绷着脸说："嫂子未免溢美了。可是舒先生为什么偏偏不肯接受这幅名画呢？"

"适之实在不配！既然这件隋朝遗落的瑰宝没有被湮没，没有落在外国人的手里，而且适之终于有眼福一览它的真面目，已经不胜幸运了。"舒适之一面解释，一面伸手去扶吴存白："吴先生，快请起来吧！"

吴存白仍然直挺挺地跪在地上："舒先生，您要不收下《岭南佳荔图》，存白就在这儿跪着，永远也不会起来！"

这如何了得？舒适之可给吓傻了，一时没了主意。

童淑贞心里也不由不暗暗打个颤儿。吴存白先生向来说一不二，何况此刻语气这般咄咄逼人？甭说吴先生在这儿永远跪着，即便吴先生多跪一刻，也是她和适之的罪过。啊哟，原来一件古玩，关系竟然这么要命！既然收也难，不收也难，不如先收下再说。于是，她向丈夫使了个眼色。

舒适之哪里领悟这微妙的眼神？光顾着一个劲地发愣。

童淑贞不得不开腔道："适之，吴先生这般赤诚，你倒忍心让吴先生永远跪着不起来么？只好暂且收下吧！"

吴存白却着急地嚷道："嫂子，您说的是哪里话？要么是真收，要么是不收！"

舒适之噙在眼眶里的泪珠，突然像断了线的珠子，哗啦哗啦往下掉。"真收，真收！"他终于颤颤悠悠地伸出了双手……

"适之，快跪下，快跪下呀！"童淑贞急忙吆喝丈夫，自己随即在旁边跪了下来，面向吴存白双手捧着隋朝遗下的瑰宝：无名氏的真笔《岭南佳荔图》。

写到这里，这篇小说本来应该煞笔了。作者却偏爱画蛇添足。因为，舒适之大凡得到一件特别珍贵的古玩，必定要大摆满汉席，隆重庆贺一番的。如今既然得了隋朝无名氏的原作《岭南佳荔图》，而且又是吴存白所馈赠，自然要加倍隆重庆贺的。

吴存白却执意不让，要废掉舒府这个规矩。个中原因，聪明的读者不说自明。

"吴先生，您是怕舒家摆不起满汉席吧？烂船也有几斤钉呢！我是舒家的主妇，还是我说了算！"童淑贞微微弯了弯宛若白玉的脖子，把一串特别炫目的七彩钻石项链摘了下来，招呼账房先生道："老先生，这可够摆满汉席了吧？"

账房先生愣了愣，久久不伸手。

舒适之一看是他当年订婚时送给童淑贞的定情之物，一时按不住心底涌起的浪花，不由一把抓住童淑贞的双手……

童淑贞含情脉脉地望着舒适之的眼神，低声地说："适之，原谅我吧！"然后趁势把钻石项链"嗖"地放到丈夫的手掌心里。

账房老先生眼尖，赶快嚷道："舒先生，这项链可得给太太留着！这项链可得给太太留着啊！我——想法儿去！"他一面摘下眼镜一个劲儿擦眼睛，一面匆匆地离开客厅。

平野一郎已在门外呆立多时了。舒府的客厅里所发生的事情，他虽然未能身历其境，却也全然听在耳里了。这时，只在这时，他才真正认识了吴存白、舒适之和童淑贞，还有那个账房老先生。不由猛然感到，失去了他们友谊的巨大痛苦。提起来的一只脚，再也无力跨越舒府那条横亘地面不知多少年代的酸枝门槛了，他只好把脚抽了回来，十分的沉重。

平野，你就这样一无所获便悄然离去？不，至少也得瞧一瞧那幅《岭南佳荔图》真迹，哪怕仅仅一眼；要不，如何能面对大东洋？……然而，舒府的门槛却突然动了起来，霎时间，越升越高，越升越高，硬是把他给横胸挡住，叫他不管怎么努力也无法往前跨越半步。他不能不十分的黯然。

这时，不知打从哪一座楼宇的哪一个窗棂上折射过来一缕熹微的晨光，把一个离奇古怪的影子投在了舒府的大门跟前……

1985 年 5 月发表于《江南》丛刊（原题《岭南佳荔图》）

疯狂的音符

一

　　她突然梦见了个女人，一个跟她同是上帝的一个印模子印出来的极端造化的女人，一天早上突然被戴上了亮晃晃的手铐。

　　"她犯了什么罪？"她一定惊愕得叫人觉得莫名其妙。面前两个头上闪着金色稻穗身穿笔挺警服腰别五四式手枪脚着三接头亮皮鞋昂昂藏藏藏藏昂昂的阿 Sir 同时朝她瞪直了眼睛。

　　那女人却投给她妩媚一笑，两个笑靥好不迷人。

　　"她是谁呢？"她再也不敢轻易作声了，只自肚里问道。

　　那女人却放声大笑起来，十分放肆："我是你，你是我嘛！"

　　"荒唐！"

　　"你不信？"那女人声音还没落地，便倏忽一闪立刻在她的身上隐了形，却把那副亮晃晃的手铐留在她的手上。

　　"不要，不要！"她吓得大叫。

　　"怎么能不要呢？这是对你的奖赏呢！"那女人的声音竟从她的耳朵里冒了出来。

　　"不要，不要！"尽管她一个劲地拒绝，却无论如何也轻易甩不掉那副手铐，急得她拼命挣扎……

　　这当儿，忽然传来门铃声。她连忙叫嚷："救我，快救救我！我是无辜的。"她倒把她给唤醒了，门铃仍然在一个劲地响，仍然是一个节奏——无法改变的节奏。

　　她懵了。她究竟是在梦里呢，抑或这并非一场噩梦？不管是梦或非

456|

梦，要紧的是离开席梦思，赶快到洗手间去，然后再坐到梳妆台前。她刚刚搽上洗面奶，便又传来门铃声，这下可实实在在给她带来了惊喜：不管来者是谁，她都会得到鼓舞的。不由得一阵手忙脚乱……

"叮——！叮——！叮——……"门铃忽然响得不耐烦起来，"屋里的人死了吗？"

她好不错愕，刚才的惊喜顿即荡然无存。原来这不速之客并非她的熟人，更非她的朋友或同事。莫非是那个潮州仔给她送煤气来？不会的。那个专管给各家各户送煤气的小后生，可老实得像一块石头。他虽然一点也不吝啬身上的力气，却不曾轻易开口跟你说半句话。而且好像压根没发现门铃这个玩意儿，只晓得一个劲儿把大门拍得"砰砰"脆响。门开了，他二话没说，只顾勾着头给你把灌满煤气的铁瓶径直扛进厨房，插上气嘴，再拧紧螺旋，然后把该退的数尾连同煤气供应证留下，便不声不响地走了。也许是自来水公司那个管收水费的职工上门来看水表吧，但他大抵都是在月尾才会来履行他的职责，而且绝对不会叫门。他知道这户人家只她一个单身女人，多少用水量他心中记着个数，往往把用水登记卡插在门缝上便完事。况且，现在才五月开个头呢。十成是房管所给她派来了修水龙头的师傅。厨房里的水龙头早就坏了，她越使劲把它拴紧，便越发拴不住，老是哗哗啦啦地流个不止，不知白白浪费了多少水，实在叫人不能不惋惜。她至少向房管所投诉了十次，老是一个答复："这些芝麻绿豆般大小的事儿，也会值得非要找房管所？我不相信，你这么个大文化人，连这么简单的一点常识都不懂？"这有什么出奇？不懂就是不懂。不懂就得求人。直到昨天她悄悄给那年轻的干事塞了一条三个"5"香烟，才终于答应派人给她修理。但一个普通工人能有这么大的口气吗？来者显然肚里吞了火药。她再也顾不得搽脂抹粉描眉涂口红了，忙不迭跑向大门，把一只眼睛贴在猫眼孔上。这个眼睛立刻变了形……

来人竟是她梦里见到的那两位年轻的警员 Sir，头上闪着金色稻穗身穿笔挺警服腰别五四式手枪脚着三接锃亮皮鞋昂昂藏藏藏藏昂昂，没等她把门完全打开，便倏然闯了进来，立刻掏出那亮晃晃的手铐。

她果然成了那个女人，那个女人果然就是她。难怪那个女人在梦里故意投给她妩媚一笑。可是，"我究竟犯了什么罪呢？"

那两位警员却同时朝她把眼睛瞪得直直，良久，齐齐说道："你——赶快穿上衣服吧！"

莫非她被当成了中国台湾的脱衣歌星李晓丹小姐。但她可没有李晓丹小姐的勇气，以上帝赋予女性的裸体美向芸芸浊世挑战。她身上穿的袒胸安莉芳睡袍，虽然上上下下透明得可以，但毕竟并非裸体，而且她又在自己的家里，更说不上有碍任何风化。人民共和国的宪法并没有条文规定，女人即便在自己的家里也不许穿这种过露的睡袍。

"两位 Sir，我想你们必定是误会了！"

一位年轻的警员立时蹙起了眉头："小姐，你有没有搞错？你给自己导演了一出悲剧，还说我们误会？"硬是塞给她一份逮捕令。

她的脸色一定苍白得可怕，因为她的嗓音太苍白了，却仍然要作歇斯底里的叫喊："为什么要逮捕我？"

另一位年轻的警员——他不就是昨天在罗湖桥遇见的那个警员么？声音跟昨天一样的低沉："你真的不明白自己为什么被捕？因为你太爱跟自己开玩笑了。"

她不由得重重地打了个愣怔，却不到百分之一秒，便终于明白，她不但一直在跟自己开玩笑，而且一直开得过分的认真……

二

汪汪——女犯！汪汪——女犯！

一双绿莹莹的眼睛下边吊着八寸长短的一块血淋淋的舌头老是盯着大墙这边的铁窗狂吠。

她当真成了女犯？女犯也能有这种享受吗？要不是高高的大墙密密匝匝的铁丝网凶悍得叫人发抖的狼狗，谁也不会怀疑这儿是个丝毫也不逊色于香蜜湖西丽湖石岩湖白藤湖天鹅湖月映湖度假村。瞧，一幢幢古堡式的房子掩映在一丛丛篁竹一片片果林之中，三面重峦叠翠紧紧环抱着几顷碧波，不管日头从东边升起抑或从西边落下，碧波底下永远倒屹着一座烟雾缭绕的山峰，一条千回百转的石径直通云雾深处，几个老和尚持钓荷锄踏着云雾拾级而下，宛如彩墨画里的写意人物。眼前每一片绿叶每一朵杜鹃和不知名的野花以至每一滴露珠儿都孕育着一首小诗。潺潺的泉声叽叽喳喳的鸟儿啁啾声隐隐约约的诵经声飒飒的风声，尤其叫人把世间的烦恼和喧嚣忘得一干二净。这显然是上帝的恩赐。大概在她们的身上都有着夏娃偷吃禁果的遗传基因，所以上帝创造人类之始便特意创造了这么个地方，让她们贪欲的灵魂受到惩罚时能保留着一块神圣的世界……

一缕轻烟突然从耳畔后边飘了过来，夹着浓郁的芳香给她蒙上一层迷离扑朔的面纱。

"吸一支吧！"

她未及回头，一只柔软得出奇的手突然搭在她的肩上，鼻子尖下同时冒出一支 Saint Laurent 香烟两片长长的玫瑰色指甲。

她好不奇怪："哪儿来的香烟？"

比她年轻比她风骚被女囚们称为大姐大的女囚神秘地笑笑："上帝关照呗！"

她不觉随口赞道："你真行，进监狱也能抽上香烟。"大姐大却说："你会比我更行的。"

"为什么？"

"因为你长得比我更迷人。"

"长得迷人不迷人跟这有什么关系？"

大姐大突然瞪圆了眼睛："怎么，你长得这么迷人，从来也没去迷过男人？可惜可惜！"

她越发懵然。

大姐大这才得意地说："那天，我心烦得要命，很想抽一支香烟，便站在窗前向外张望，看有没有吸香烟的人经过。有个大兵突然站在窗前对着我发呆。我越发心烦，没好气地说：'Sir，你怎么这样看我？'没想到他竟然红着脸说：'小姐，你太迷人了！'我立刻笑嘻嘻地说：'是吗？那你替我买一条美国出的原包装 Saint Laurent 香烟，我每天让你迷一下，好吗？'他没有作声，留下个微笑便走了。不一会，他竟然送来了一条三个'5'香烟。但我却不高兴地说：'我不是叮嘱你要美国出的 Saint Laurent 香烟吗？怎么……'他很不好意思地解释：'我不会吸烟，只听人家说这个牌子最响，所以……'我只好告诉他，三个'5'是男士吸的一级名烟，Saint Laurent 是女士吸的一级名烟。他连忙说：'我这就给你换去……'嘻嘻，这就是女人的魅力。"

"有些男人有时也实在傻得可怜！"她不禁喟然叹道。

"噢噢，我倒觉得有些男人有时可实在傻得可爱！"大姐大执拗地说，"嘻，这香烟就叫人觉得特别的有滋味。不信，你尝一支……"

她却一个劲地摇头，"可惜我不会吸烟，永远也尝不出它的滋味。"

"你这么造化的女人不会吸烟？谁能相信？来，到了这么个地方，还装什么正经呀！"大姐大硬是把一支香烟插到她的嘴唇上，随即"咔"一声打亮了火机。

她平素最讨厌虚伪，因而最怕别人说她假正经。只好闭上眼睛，憋足劲儿狠狠吸了一口，立刻给呛得死去活来，一边不住地咳嗽，一边不住地掉泪。

"好嘢，哈哈，好嘢！"大姐大乐得捂着肚子大笑。半天才直起腰，"可怜可怜，我的俏姐儿！又不是喝参汤，可以一口往肚里吞？开始吸烟只能轻轻吸一下，便张大嘴巴把烟气喷出来，你看——"随即吸了一口香烟，然后仰起脖子把嘴张成"O"字，优哉游哉地吐出一缕缕奇形怪状的烟雾，"你用鼻子也行，可得闭着嘴巴，你看——"接着又做起了示范，但见那两个好看的鼻翼一翕一翕，分别飘出两缕婀娜多姿的烟雾，简直在做杂技表演，"好玩吗？来，再试试。"

"别玩喽，别玩喽！"她连忙求饶，"我实在不会，你看见的，我可没有撒谎。"

"谁说你撒谎？玩乐玩乐不玩不乐，你要不玩一支，刚才让呛得可就太冤枉啦！"

是呀，既然已经吸第一口而付出了代价，为什么不以第二口第三口作报偿呢？她终于接过香烟怯生生地试了试，又试了试……

"好嘢，再吸一口！好嘢，再吸一口！好嘢，再……"大姐大一旁不住地鼓励。一支几寸长短的香烟不一会儿便让她吸完了，那一口一口烟雾竟在她的头顶上聚成个大问号……

"大姐大，你为什么非要我学会吸烟？"她突然劈头问道。

大姐大又是一阵哈哈大笑，"因为我是个烟鬼呀！自然希望世界上所有女人都跟我一样成为烟鬼喽！"随即把一支一支香烟抛给牢房里所有的女囚，"哈哈，烟鬼！哈哈，烟鬼！"

一个个女囚在团团烟雾中全都成了快活的幽灵，人间的烦恼顷刻间便化成了团团烟雾……

"701！"

谁在叫谁？谁叫701？

"叫你呢！你身上不明明印着'701'吗？"大姐大赶快提醒她。她好不愕然："当真叫我？我什么时候变成了个符号呀？"

"哈哈哈!"大姐大竟又捂着肚子大笑起来,"可怜可怜!人本来就是个符号,而且简单得只有两画,你不懂?"

"不,我明明姓方,叫方菲!"她不禁大声争辩。把人看作一种符号,这不仅荒唐,而且简直不能容忍。

"701!"牢房外粗声大嗓直冲她而来,丝毫也不理会她能不能容忍,"你聋啦?"

她不由得陡地打了个愣怔,脸上仿佛被谁掴了一巴掌……

三

"啪!"

冷不防,重重的一巴掌突然落在她的脸上,"你聋啦?"

她几乎被掴昏过去,却呆呆地站着一动不动,两个眼睛瞪得直直,许久许久才涌出豆粒大的泪珠,终于按不住满肚委屈,"哗"一声捂着脸冲出门去。背后却紧跟着响起一片喝彩:"好!"

这一巴掌简直引起全人类对她的羡慕!"恭喜恭喜,未来的影后!"一连十天八天五亲六戚亲朋至友左邻右里嘤嘤嗡嗡不绝于耳。她却老是躲在房子里哭鼻子谁也不屑理会,竟把色彩斑斓的梦撕成碎片再往手掌心上呵了一口气顿即变成蜂蝶纷纷扬扬满房子飞舞,"好玩,嘻嘻,好玩!"

"孩子,你怎么啦?"妈妈让她给吓呆了。

"嘻嘻,好玩!嘻嘻,好玩!"她却只顾拍手傻笑。

妈妈慌忙一把将她紧紧搂在怀里,把天下间的母爱全给了她:"孩子,别吓妈妈!孩子,别吓妈妈啊!"

她又"哗"一声大哭起来,没头没脑地问:"妈妈,你心里疼吗?"

"你这样不明不白地拿自己生气,妈妈,心里哪能不疼?"妈妈显然误会了她的意思。

她这才把满肚子的委屈和盘端给妈妈……

妈妈听了却嗤嗤直笑:"傻丫头,人家大导演故意事先没明白告诉你,才能真正考出你身上的天分哩。当个电影演员可不简单呐!"

不管妈说什么,她一句也没听进耳里,只顾喟然长叹:"女儿太没出息了!"

妈妈又哧哧笑了:"全城的人都在夸赞妈妈能耐生了这么个有出息的女儿。

谁说妈妈的女儿没出息？"

"妈妈，别哄我了。你女儿要是有出息，为什么非得让人搧一巴掌才能拿到中央艺术学院的录取通知书？"她又忍不住要啜泣。

妈妈慌忙说："孩子，妈妈知你受了委屈。你要是实在受不了，就明年再考别的大学吧，可不一定非要去追求个什么奥斯卡。"

她听了，忽然着了慌："不不，女儿可不能白让人家搧一巴掌！"连忙从地上一块一块捡起让她撕成碎片的中央艺术学院录取通知书的纸屑……

四

"方菲小姐，你为什么把这份录取通知书撕成了碎片，为什么又把它一片一片地拼凑起来？"

这份录取通知书怎么会落在辩护律师的手上？这位年轻的律师为什么要利用它为她进行辩护？这跟她的案子风马牛相及吗？她不觉望着她的辩护律师直发愣。

"方菲小姐，请你回答我的问题。"

"哦！"她这才回过神来，"因为我无法接受主考老师给我的那一巴掌，但又不能白白付出那么大的代价。"

"请你说得更明白些。"辩护律师进一步要求道。

"反对！"检察官却霍然站了起来，"请被告辩护人尊重特区人'时间就是金钱'的观念，不要把视听引到万里长城之外。"

"反对有效。"上帝赋予执行法官神圣的嗓门，从那儿发出的声音谁也不能拒绝。

辩护律师只好直截了当地指出："从这份录取通知书留下的无数条撕碎痕迹上，不但能轻易看出我的当事人异乎寻常的自尊心，而且不难看出她对艺术事业的执着追求……"

"反对！这里是法庭，并非圣坛。"检察官又站了起来。

"别急，我很快就证明，虽然法庭有时距离圣坛并不十分遥远，但我现在并不是在唱圣歌。"

"反对无效！"执行法官的声音虽然不高，却始终具有至高无上的威力。

462

"众所周知，方菲小姐编导和主演兼监制的影片《东方的童话》通不过有关部门的审查，却在境外产生了异乎寻常的反响，被推荐参加国际电影艺术最高荣誉奖大赛。这样的一个艺术家，难道她的人格只值几千元？"辩护律师竟然激动起来。

旁听席上轰然了。

"肃静！肃静！"执行法官不能不使用了惊堂木……

"法律只尊重事实。"检察官抢着说，"请被告回答，在拍摄这部影片中你是不是贪污了五千元？"

又一个误会，天大的误会！但万万不可以说是误会，不然，必定又招致指责："你给自己导演了一出悲剧，还说我们误会？"无论如何，她也不能接受这样的指责，宁可承认这五千元是她贪污了。反正不过五千元，用不着担心天会塌下来。可是……

"被告，请回答我的问题。"检察官不耐烦了，"是或不是？"

……没有别的选择，她只能颔首："是。"

"好。那么你对另一笔上万元的糊涂账又怎么解释呢？"检察官突然劈头追问。

"这……"这就非同小可了。在内地，万元户还十分的稀罕，加上那五千元，等于内地的一个半万元户，她可成了大贪污犯，这能揽得起吗？"不不，这一万元可跟我没关系。其实，那五千元也不是我贪污的。"

检察官听了，两道眉头倏然拧成了大疙瘩："被告，请允许我提醒你，作为一个艺术界的名流，仅仅一分钟，便当着这么多人的面轻易推翻自己的供词，你不觉得你的人格让你贬值了吗？"

"反对！"辩护律师愤怒了，"法官大人，请允许我提醒检察官，任何一个法律工作者都没有权利在法庭上嘲笑被告人的人格。因为这对法律的神圣是一种亵渎行为。难道检察官倒忘了，在法律的严格广义上，嘲笑和侵犯可是个同义词！"

"轰！"整个法庭顿即对辩护律师的幽默报以疯狂的反馈……执行法官不得不把铃铛摇得怪响："反对有效！"

检察官下意识地扶了扶眼镜，只好回到讼辞上："被告，那五千元明明是你拿去的，你说不是你贪污的，那你想解释为仅仅是挪用呢，抑或是用于送礼？"辩护律师一听，倏然站了起来："反对！检察官在使用一种在法庭上不太光明磊落的手法诱导我的当事人的思维活动，让她在不知不觉中按照检察官的希望回答问题，给法律制造错觉。"

"法官大人，我的问题并没有离开本案。"检察官寸步不让。执行法官的嗓门又响起了神圣的声音："反对无效！"

她只好坦然回答："是用于送礼了。"

检察官紧接着迫到她的面前："请再说一遍，到底是送礼或是行贿？"

"这……也可以说是行贿吧！"

"请回答是或不是。"她不能不回答："是。"

"唔。"检察官点了点头，突然出人意料地追问："向谁行贿？"

她唰地变了脸色，慌忙勾下头去。这当儿，她突然意识到新闻记者把手影机对准了她，旋即迎着镜头莞尔一笑，随着闪光灯的效应，给人们的心里投进一缕不可名状的意味……

这对检察官的尊严显然是一种揶揄：不由得满脸怒容："被告，请别忘记，你现在是站在被告席上，对别人至少得尊重点儿！"

她傻了。她从来没有现在这么规矩这么老实这么谨慎，因为她清楚自己现在充当的是什么角色，岂敢对别人有丁点儿不尊重？她现在才明白，原来犯人可不能享受笑的权利。哭呢，犯人能不能哭？即使犯人可以哭，她也断然不要这种权利，她只需要笑，只有笑能维护人格，维护尊严。但她不能笑，哪怕嘴唇上稍稍流露出一丝笑意。这不由她不着慌，连忙投给辩护律师求救的目光。

"反对！"辩护律师及时站了起来，"尊重别人，是人类发自心底的一种自在意识，谁也没有权利强迫别人去尊重他。何况笑与哭，哭与笑，可是上帝特意赐给人类的唯一免受侵犯的权利，为任何法律所不能干涉。请别给我的当事人施加不必要的精神压力和心理压力。"

"轰！"法庭上又顿即响起一片喝彩声。执行法官不能不提高嗓门："反对有效！"

检察官不得不稍稍缓和口气："被告，请你回答我的问题。你到底行贿了谁？"

嗡嗡然的法庭霎时鸦雀无声。

几百双眼睛全跑到了她的身上：好奇，鄙夷，冷漠，同情……

她居然央求道："法官大人，请允许我抽一口香烟吧！"没等执行法官回答，旁听席便有人倏然抛给她一支香烟。

她立刻强迫自己报以莞尔一笑，随即把香烟插到嘴巴上。

整个法庭顿时目瞪口呆了……

五

遍地横七竖八的烟蒂。她还在一个劲儿地吞云吐雾……

"啊哈，真是青出于蓝胜于蓝。才学抽烟不到几天，便成了烟仙。我当年学抽烟，开头那几天，每支烟只能沾一口半口应酬应酬便扔掉了。哪有你这么起劲？嗨，一支，二支，三支，四支，五支，六支，七支，八支，九支，十支……"大姐大活像刚入幼儿园的孩子在学算术，蹲在地上一支一支地数着面前横七竖八的烟蒂，认真得可以，突然"啊哟"一声跳起来，猝然夺过她嘴唇上已经燃了半截香烟，"你疯啦？每支香烟都含有多少尼古丁，你晓得吗？你一口气接连吸了这么多支香烟，难道不想活啦？但世界上要是少了你这个造化的女人，所有男人都会活得没意思的。你不为自己着想，也得替世界上所有的男人着想呀！"

她连眼皮也没抬一抬，便又掏出一包"圣哲罗兰"香烟……

大姐大连忙捉着她的手，"别想不开喽！我这是第三次到这里来度假了，头两次都不过三个月便得让我出去，你瞧着吧，准会没事的，只不过损失点收入罢了，有什么值得这般烦恼?!"

她终于憋不住："我开始恨我自己了！"

"为什么？为什么要恨自己呢？你可以恨世界上任何一个人以至所有的人，唯独不能恨自己。真的，唯独不能恨自己。"大姐大忽然满口学者腔调。

她很有些愕然，好一会儿才长长叹了一声："没想到我竟成了个坏女人！"

"噢，做人尚且不易，要做个好女人就更难了。何必认真呢？既然成不了好女人，不如索性做个坏女人。比起阿姐，你至少还差这个喽……"大姐大做了个手势，嘲她眨眨眼睛："我曾经因为恨透了自己，一次又一次地跑到珠江岸边，对着雾霭沉沉的一江春水发愣。'跳呀！'我不知对自己吆喝了多少次，每次都不能不放过自己，终于把心一横，转身又挤上了4路公共电车……"

电车上挤得不行，别说要找个座位的边儿靠一靠，即便是站着也不能不把两只脚搁在肩膀上。

她只好紧紧抓着车厢上空的钢梁。幸好跟她膝盖顶膝盖胸脯贴胸脯地站着一位男士把头埋在一本天书里，轻声叽里咕噜，连上帝也不晓得他究竟在喃喃些什么，仿佛在他的身边谁也不存在似的。她不觉悻悻地瞧了瞧他，竟遇上他手指上闪射出一束金光，她的眼睛顿时亮堂起来，一颗心不由得紧了紧，赶快把脸别过一边——上帝作证，我没看见什么，什么我也没有看见。

"你——"他突然捉住她一只手，虎着脸朝她竖起了双眉，旋即大惊失色，"哦哦，小姐 Sorry，不好意思小姐！"一面语无伦次，一面准备着承受盖头盖脸的谩骂和落雹也似的乱拳……

她不仅不会骂他半句，而且压根儿不会作声。

这值得骂他，值得作声吗？何况仅仅因为抓了抓她的手，他便给吓得这么可怜。不过，他竟然没轻易让她得手，不由得又悻悻瞪他一眼：你好嘢！却慌忙勾下头去，不经意看了看自己穿的宝蓝色牛仔裤，一颗心不禁咚地跳到嗓门上：是他？

"小姐，往东湖宾馆该走哪条路？"他操着重重的宝安口音，好不着急。"你怎么啦？"她满口西关小姐的调儿，好不奇怪。

他连忙解释："我是从深圳来的，头一次到广州办事，往东湖宾馆，出来拍个快照，竟连魂儿也让摄走了，硬是找不回头的路。怪，怪！"

她冷冷地打量了他一下，目光突然落在他左手的中指上，不觉淡淡地笑了，"唔怪唔怪！你知广州有几多马路？横横直直弯弯曲曲数了数不清。所有的大街小巷都差不多一个样。别说你们外地人，就是我们老广州也不轻易认得几条街。"

"哦，哦哦！""你跟我来吧！"

"怎好意思麻烦你呢？你只告诉我个方向就行了。""这有什么不好意思？横竖我家在东湖宾馆附近。"

她一面说一面走，头也不回。他不能不在后边紧紧跟着。

随着夜色越来越浓，头顶上的街灯渐渐地变得扑朔迷离。她越走越加快脚步，最后简直小跑起来，七拐八抹把他领进了一条偏僻的死巷。他不由得打了个愣怔，连"拜拜"也不说一声掉头便走。

她猝然返身堵住他的去路："大佬，咁容易甩拖？""你要做什么？"他诚惶诚恐地攥紧了拳头。

"你要打我？"

"你究竟想怎样？"

"小意思，请你把金戒指送给我作个纪念。" "哦，原来你是个女流氓！"

"别啰唆，快把金戒指给姑奶奶！"

"你有本事便把我整个人抢走吧！"

没等他话音落地，她已经把上身脱个精光，只剩下半截巴掌大小的一块乳罩，挺起半裸半露的高高的胸脯迫到他面前："你到底给不给？"

他惊呆了。要是她当真这么一张声，他纵然有十张嘴巴也无法为自己解脱莫须有的罪名，招致一顿乱脚乱拳不足算，要紧的是跳进灰池也轻易洗不出个清白的名声来。金戒指值多少钱也是身外物，而且失了日后也可以赚回来；唯独名声不能失，一旦失了永远也赚不回来。于是，服服帖帖摘下金戒指……

她一边接一边慌慌张张往裤袋里塞："把身上的港币人民币全拿出来！"这就是小意思了。他从不习惯带太多的钱出街，立刻爽爽快快把上上下下的口袋全翻给了她。

"你有没有搞错呀，就这点钱？"

"不信，你自己搜吧！"

她疑惑的目光上上下下朝他搜了一遍，突然喝道："把左手伸过来！"

他还不明白这是什么意思，那块名牌手表劳力士便嗖一声落到她的裤袋里了。"这下我可以走了吧！"他懊丧地朝小巷环顾一眼，便迈开了沉重的脚步。

"站住！"

"我不是把什么都送给你了么？""还有你的牛仔裤呢，快脱下来！"

他猛然一愣，两手连忙紧紧抓住裤头。一条牛仔裤，再时髦也比不上一只金戒指的价值，但无论如何也不能穿一条裤衩在大街上奔跑。他几乎哭了起来："小姐，饶了我吧！"

她连听也不听，便倏然脱下自己的裤子嗖地抛到他的手上："穿上我的！"他一看她的两条白皙剔透的大腿，便再也不敢作声，慌忙脱下牛仔裤，穿上她的女装裤，不分前后也不管长短捂着裤头拼命跑出小巷。

她得意地穿上他的宝蓝色牛仔裤，随手摸摸裤袋，裤袋里空无一物，不禁"啊"地叫了一声，两手立时僵了……

原来慌忙之中竟把装进裤袋的金戒指人民币港币劳力士名表全都随

她的裤子一块还给了他。懊悔，不堪忍受的懊悔！"嘻嘻，聪明的大傻瓜！"谁在戏谑她？四下里谁的影子也没有。地上只有个上面印着"羊城照相馆"字样的胀鼓鼓的小纸袋。"你这小东西，竟敢戏谑姑奶奶？"勃然一脚把它踢到半天空。小纸袋里突然飞出一张张照片来。她随手接住一张照片，他竟然朝着她直笑："嘻嘻，聪明的大傻瓜！"几乎把她气昏过去，"嘶！"立刻把这张照片撕得粉碎。

"嘶，嘶，嘶！"她从地上捡起一张张照片，一张一张撕得粉碎……捡到最后一张，她的手腕不觉突然软了下来——他一双眼睛一眨不眨地望着她，像是对她微笑又像是嘲笑，不，明明是对她微笑，即便是嘲笑，这双眼睛也怪勾人魂魄……每天晚上上床睡觉之前，她都禁不住拿出那张照片瞧上一眼，却悻悻地说：

"不要开心！"

……是他，那双眼睛虽然惊恐万状，却仍然透着一半微笑一半嘲笑的目光。这不由她不又恼火又慌张。她本来可以趁机对他进行报复，只要她稍稍哼一声。却不知为什么，她连忙把脸藏起来，紧紧咬着嘴唇。

他像个特赦罪犯似的朝她投来感激的目光，却慌慌忙忙下了电车。她紧紧尾随着。跟他拉开半百米的距离。

他三步一回头，好不慌张。他心里一定在想：她为什么紧紧跟着他不放？莫非要跟到宾馆去算账不成？要是碰上上次那样的一个女人可就麻烦了。无论如何也不能让她知道他住东湖宾馆……

她竟被甩掉了，只好径直闯进东湖宾馆，不无羞赧地走到服务台前，"小姐，请问沈雁先生住几号房？"

"二楼十一号房。他一早便出去办事了。你坐一阵等等吧！"跟她年纪相仿佛的服务员小姐认真热情，笑眯眯的眼睛闪烁着猜测和妒忌。

她不由得自肚里暗喜，"小姐，可以让我进他的房间吗？"

"唔好意思！我们宾馆有规定：旅客外出，不能让别人进他的房间。"服务员小姐柔声柔气地抱歉。

"我真笨！既然他存心玩我，我何必从特区跑来坐冷板凳呢？公司经理本来不批假的，这个月不光没了奖金，说不定还要被炒鱿鱼，我……唉唉！"她自怨自艾，居然挤出几滴眼泪来。

"唔好误会，唔好误会！"服务员小姐慌了，忙不迭地解释："沈先生斯文诚实，怎会玩你呢？哦哦，你系他……"

"我一接到他的长途电话，听他说在广州一个人办事烦得发慌，便匆匆忙忙跑来陪他。他在电话里说好了在宾馆等我，为什么……哎哎！"她必须立刻进入他的房间，于是赶快从鹅黄色的小巧玲珑的手袋里掏出那张照片，突然扔到服务员小姐面前，"小姐，请你还他，请你还他！"随即转身要走。

一看照片，服务员小姐连忙把她拦住："唔好生气，小姐，唔好生气！请跟我来，请跟我来。"一边说一边取出钥匙把她领到二楼十一号客房。

她刚刚瞥了瞥房间里的物件，便听得楼下响起那位服务员小姐的嗓音："嘻嘻，沈先生，快请客！"

"什么事值得你这么高兴？胡小姐！"他可回来了，好在这位服务员一番古道热肠，对她提供了特殊服务。

"你快上楼看看谁来了？"服务员小姐真是一流服务，可惜未免多余。"谁？"他做梦也想不到……

"噢噢，明知自己的女朋友来了，还故意装糊涂呢！"

"她？"

"嘻嘻，看把沈先生乐傻啦！"

"不可能吧？"

"你唔相信？敢跟我赌一铺吗？嘻嘻！"

"不可能，绝对不可能！"他一迭连声，急促的脚步却传来他内心的跳动：惊喜中掺着疑惑，疑惑中掺着惊喜。

她内心禁不住紧了紧，咚咚咚，竟跟他的脚步声重叠在一起，一边跳动一边计算着他的脚步……

门开了，竟没一点声音。"你……"他好不惊愕。

"没想到吧？"她直挺挺地伸开四肢躺在他的床上，悠悠然。

"哦哦，没想到，没想到。先头在电车上当真有人要偷我的金戒指。并非我有意非礼你，请小姐多包涵！"

"先头在电车上你并没有抓错人，可惜你把她放了。"

"你……"他连忙摘下深度近视眼镜，这才认出来，"哦——你来得正好。那天晚上你借给我穿的那条裤子总可以物归原主了。"

她却冷冷地笑了笑："我再衰也不在乎这条裤子，你留着做个纪念吧！"

"你又要耍什么把戏？"

"跟你再开一次玩笑。"

"你想让你得而复失的东西失而复得？"

"算你聪明。"

他笑了："你想再跟我换一次裤子？"

她不禁愀然作色："你以为我还会那么蠢？"

"你再精也别指望我会轻易把金戒指手表和身上的钱都白白奉送给你。"

"我既然上门来了，就不会轻易空手回去！"

"你尽管试试，看看你的本事有多大。"

她突然脱去上衣和牛仔裤："我就凭这么一点本事。"他连忙把脸别到一边："可惜你选错了地方。"

"没有错没有错没有错！"她突然高声大嗓地嚷起来，"你明明挂长途电话叫我到这里来，把我玩够了玩腻了玩残了便要一脚踢开我？想唔到你这个衰神骗子流氓……"她再也无法骂下去，索性放声呜呜大哭。

他傻了……

门外忽然传来杂乱的脚步声："沈先生，唔好啦！沈先生，唔好啦！"那个热心的服务员小姐居然一边叩门，一边急得直跺脚，一迭连声，"哎哎，哎哎！"

他突然被叩醒了，这才感到受了莫大的污辱，猝然抡起巴掌……

"你打我？"她立刻将自己整个地端番出去，"好，我让你打我让你打我让你打！"

"唔好打唔好打呀！"那位热心的服务员小姐一边嚷一边把房门拍得嘭嘭响。

"小姐，请开门……"不知哪个房客叫道，她这才记起什么时候挂在手腕上的一大串钥匙，连看也不看一眼便将其中一枚利利索索插进锁孔，那两个指头却半天没动……

"何必多管闲事？"

"要是打出人命来呢？"

"打大肚子就真！"

门外七嘴八舌。他听了越发觉得自己的人格受了莫大的污辱，不由得脸上一阵阵铁青，然而抡起的巴掌不知为什么久久没有落在她的脸上，却突然嗖一声飞出个金戒指，还有那块劳力士手表，还有一沓人民币一沓港币："都拿走吧，不知羞耻的东西！"

"你至少没坏到我这种田地吧？"大姐大狠狠吸了一口香烟，这才抬起头来问道，却压根儿不希望得到任何回答，便又自顾自地接着说："一个女人，到了这步田地，实在不可救药了。没想到，我的一把眼泪竟给我的命运带来了转机。他虽然并没有动我一根汗毛，我却仿佛被他重重刮了一巴掌。两边脸颊火烧火燎，连忙冲出客房，没头没脑地往楼下跑。忽然满肚子的伤心，忍不住一路呜呜大哭……"

"谁会相信你的眼泪呢？"她一半鄙夷，一半同情。

"女人的眼泪一把刀嘛，男人的心肝就是石头长的也会被捅出血水来的。"大姐大仍然玩世不恭的口吻，"你无论如何也不会相信，这个世界上还会有个这样的男人，他竟把我的眼泪当成他的罪过，慌忙追了出来，一路抱歉：'小姐，Sorry！小姐，Sorry！'我的心颤抖了，拼命逃跑，不知为什么，两条脚却像面捏似的。他很快追了上来。你猜他怎么说？'小姐，我们交个朋友吧，好吗？'我发了一阵愣怔，便自心里暗暗骂自己：'你做什么梦？'他却乐呵呵地说：'道是无缘不相识。我们可不能辜负了天意啊！'竟然伸出双手紧紧握着我的双手。我脸红了，心里慌得不行，连忙把那金戒指还给他。

"他却瞪大了眼睛：'你不愿意跟我做朋友？'我能说不愿意吗？虽然这太突然了，突然得出奇，但缘分本身就是个又突然又出奇的东西，既叫人轻易不敢相信又不能不信。一时间，我完全失却了我，鬼使神差地说：'不愿意。'这下他可把眼睛瞪直了：'为什么？为什么？'我再也忍不住'嘻嘻'笑了。他立刻把金戒指放到我的手掌心上：'我们已经是朋友了，这只戒指就送给你吧！'这就不是一般朋友了，虽然我知道自己长得不错，不少轻薄男子都说我很像香港小姐李嘉欣，要是在香港参加港姐竞选，至少也可以轻易拿个亚军的，我却不能自作多情，因为这是根本不可能的事。我不得不向他求饶了，'沈先生，我们讲和吧！我保证以后不再碰你一根汗毛，请你放我一马，不要跟我开玩笑。'他可认真得出奇：'小姐，这你就误会了。这只金戒指本来属于我的女朋友的，看来我无缘送给她了。现在你成了我的女朋友，它自然应该属于你嘛！但愿它永远给你带来幸运。'我这个坏女人能遇上他这么个男人，实在幸运。也许你不会相信，这时我才开始朦朦胧胧地懂得人世间还有幸福这种东西。不管怎么开头，也不管结果如何，光是这一刻的感受就值得我为他去死了。当天晚上，我便把我的第一次献给他。请不要以为我爱到了发烧，绝对不是那么一回事，这不过仅仅出于对他的感激罢了。他却不肯接受：'不要这样，不要这样！'我只好说：'你放心吧！我还没让别的男人沾过呢。'他却不住地摇头，半宵也不肯碰我一下。我懊悔极了。要是我不学坏，要是那天晚上没遇上他，要是……'要是你不信，我们可以一起上医院检查，只要你接受我一次。'他仍然用背梁对着我：'为什么呢？为什么非要我接受你这种奉献呢？'我不能不承认：'你对我太好了。可是你为什么不肯接受呢？你一定是嫌我坏嫌我贱嫌我……'我竟然忍不住一阵抽泣。他这才连忙转过身来，抱住我的肩膀，却像在哄他的小妹妹：'别哭别哭！请你相信，我并没有这个意思。我要是嫌你，怎会跟你做朋友？'我越发糊涂了，'通天下哪有你这样的男朋友？'这下他连手也松开了，'朋友的要义是互相关心互相帮助。男女之间交朋友，除了爱情，还有一种比爱情更高尚的情愫。彼此不应该发生对友谊不负责任的行为。'我却非要给他，'我并没有要你负责任嘛！要是这一次你也不肯接受，我心里一辈子也会不安的。'他不肯接受就是不肯接受，'可我却因为这一次要不安一辈子的。'你就是把一件普普通通的礼物送给别人遭到了拒绝，你心里也会怪不是滋味的，何况这是长在身上的最珍贵的东西？我忍不住放声哭了，'你为什么要这样对我，你为什么要这样对我？'他这才连忙在我脸上轻轻吻了一下，仅仅是轻轻吻了一下，又像在哄他的小妹妹：'别哭别哭！你会明白，一定会明白的。'我能说什么呢，我还能要他怎么样呢？我不能不把那只金戒指悄悄留在他的枕边，他一看便着了慌，'千万别误会，千万别误会！'我扑哧一声笑了，'我心里明白得很呢，怎么会误会？沈大哥，你带我到特区吧，随便给我找一份工，我不能辜负这只金戒指。'他竟然高兴得一把抱着我的脸，忘情地亲了又亲，不住声地说：'太好了，太好了！'我却好像当真成了他的小妹妹，乖得出奇，心里可在暗暗发誓：总有一天，我非让你将这只金戒指郑郑重重戴到我的无名指上不可！"

"这么说，你爱上他啦！"她的口气虽然淡淡的，却没半点鄙夷。

大姐大没有作声，只顾点燃先头从她手上夺过的那支香烟，默默地吸起来。"他知道你爱他吗？"她不由得急切地问道。

大姐大却漫不经心地笑了笑："也许知道，也许不知道。"

"你为什么不明明白白让他知道你在爱他呢?"她忽然出奇地紧张大姐大。大姐大却懒洋洋地说:"噢噢,因为爱神告诉我,这并不重要。要紧的是你得让自己知道你在爱他。"

"唉,这就得忍受感情的折磨了!"她不觉失声长叹。

大姐大听了,陡然瞪大了眼睛:"原来你也跟阿姐一样心里有个你没有明明白白让他知道你在爱他的男人?"

她不知道上帝允不允许一个女人同时爱上两个男人,反正她已将一颗心平平掰开两边,一边偷偷给了范达,一边明明留给沈雁。她多么希望他突然来到她的身边,又多么害怕他突然来到她的身边。"要是单单这样就好了。"她不以为意地说,却禁不住一阵慌张,连忙掩饰道:"嗳嗳,看你想到哪儿去了?我这是在替你难受呢!既然他这么紧张你,怎么不见他来探望你?"

这显然不是在赞许她的语言,大姐大骤然流露出不悦的神色:"他早就到美国读博士去了,而且只知道我一直在特区的五星级酒家当侍应生,生活得非常非常开心,怎么会轻易放下他的学位跑来这里探望我?"

"哦,他原来这么有出息,我真替你高兴!"她岂但替大姐大高兴?语气里竟然夹着几分妒忌,"你怎么不也争取到美国去呢?"

大姐大听了,突然一阵疯笑:"等到下一辈子吧!下一辈子,我一定到美国去,非要跟他一起不可。今生今世可没这个缘分喽!只要每个月能赚给他一千美元,我就不枉了。"

"为什么你每个月一定要寄给他一千美元?"她很是不解。

"哈哈!"大姐大又回以一阵疯笑,"你当真没尝过爱上一个男人的滋味?我要是每月不按时寄给他一千美元,心里便慌得要发疯……"

她听了越发糊涂:"你不是明明知道他并没有爱你吗?"

"噢噢,爱情本来是个怪物,个中奥秘谁能说得明白呢?你知道他爱你你才去爱他,这算什么,算公平交易吗?世间什么都可以讲公平,唯独爱不存在公平不公平。你明不明?"大姐大竟然操起教师爷的口吻毫不客气地教训起她来。

她怎会不明白呢?对爱的真谛,她并不比她缺少理解;但在这个大姐大的面前,她可没有权利解释爱……

大姐大见她神情恍惚,好不奇怪:"喂,你怎么啦?"

"你凭什么能耐每月能嫌这么多美金?"她却牛头不对马嘴地问道。

　　大姐大毫不掩饰地朝她妩媚一笑："噢，噢，自古美人一笑值千金，我这一笑值不值一千美金？"

　　"难道你……"她不好意思往下问了。

　　大姐大忽然满脸愀然神色："我怎么啦？"

　　她只好把话稍作包装："我是说，难道你做的是不寻常的生意？……""唉，谁叫他这么死心眼呢？"大姐大竟然长嗟短叹地抱怨。

　　她反而掉进了云里雾中……

　　"我跟他到了特区，才知道他原来是一家中外合资公司的高级文员。"大姐大不等她作声，便接着津津乐道，"他很快便说通了老板，让我进了这家公司当临工。白天上班自然轻松不得，晚上总可以轻松一下吧，没想到，一分一秒他都计算那么准。你吃完晚饭，刚刚洗完澡，还没来得及化妆，他便在窗口等你了。招致公司上千个来自穷乡僻壤和大都市的被称为'南下大军'的女临工的艳羡和嫉妒。有的女工因为嫉妒竟然要暗杀我；有的女工因为嫉妒我竟然跳了楼。这真是天大的误会。她们哪里晓得，其实我是在跟他活受罪呢？别说谈情说爱，连想也不能想。什么公共关系学呀，企业管理基础理论呀，英语基础会话呀，他一个劲地往你的脑子里塞，你要是稍稍走神，他便毫不客气地几乎要把你的耳朵拧下来。我倒乐得让他拧耳朵，巴不得他拧我的耳朵。只是好景不长，不到半年，他终于办妥了出国护照……"

　　"你怎么没留住他？"她忍不住插嘴。

　　"我凭什么非要留住他？你能留得住他？我只能学香港演员郑少秋在《上海风云》里唱一句'无可奈何'喽！临走那天晚上，他仍然忙着给我补习，巴不得将他脑子里的学问全部输进我的脑子里。我哪里还能听进耳？只晓得直着两只眼睛对他发傻。他见我神不守舍，便又伸手要拧我的耳朵。我就势抱住他丧爹丧娘地大哭。他到底是个绝顶聪明的男人，自然透彻了解我此时此刻的心情，慌忙豁出性命来亲我，一迭连声：'Sorry，Sorry！'我真想向世界大喊：我——不枉生来是女人！只是浑身软软绵绵，哪里还能作声？一颗心跳得特别起劲，扑通扑通，竟然跳出个奇怪的念头：丘比特，你快把我烧死吧，然后让我变成他怀里的一块火炭！可是不管我怎么燃烧，他却始终无能为力。我难受极了，忍不住问：'你什么时候犯了这种病？'他却回答：'我什么病也没犯。这完全是上帝的惩罚。'我不明白，

'上帝为什么要这样惩罚我们?'他说:'因为上帝不允许我辜负她的第一次奉献。'我好不惊奇:'她?她是谁?'他的呼吸忽然沉重起来,'是我永远不能忘怀的女人,不管走到地球的任何一个角落。然而为了她,我不能不让她永远忘却我。'我简直连气也喘不过来了,'她竟把你给忘了?'他反而轻松起来,'要是她当真把我给忘了,我便会得到解脱了。但我的第六感官时时告诉我,她始终在想念我。在我的第六感官没有完全断定她确确实实把我给完全忘掉以前,我绝对不会接受任何女人的任何奉献。'我怎么也轻易不肯死心。他这么一走,不要说不知还有没有机会见面,哪一天才能见面,恐怕明天晚上我的第一次便轻易让什么人拿走了……"

大姐大下边说些什么,她再也听不清了,连忙截住问道:"他没有告诉你这个女人的名字?"

大姐大这才在发烧的回忆中苏醒过来,随口答道:"没有。""唉唉,你怎么不问问他呢?"她竟然莫名其妙地抱怨。

"当时我简直在死去活来之中,还会动什么脑筋问这问那么?只听他说,这个女人不仅漂亮,而且出奇的聪明,非常执着于自己的理想和追求,一心一意要在影坛上做出不平凡的贡献……"

"难道果真是他?"她不觉一旁自言自语。"他?他是谁?"大姐大愕然问道。

"沈雁。一定是沈雁!"她竟失声叫了起来。

"对对,他叫沈雁。他就是沈雁呀!"大姐大很有点忘乎所以地跟着一迭连声。

"他什么时候到特区来了?为什么不打听打听我的下落?"她突然朝大姐大劈头劈脑地问。

大姐大不由得瞪大了眼睛:"你……难道你就是……"

"我就是他的女朋友……女朋友!"她连自己也闹不清她为什么要撒谎。大姐大岂肯轻轻放过她:"别躲躲闪闪了,你究竟为什么非要离开他?"这可不好回答,作为一个女人。

"说,快说呀!"大姐大陡地板起脸孔,眼睛里那两颗在重重的阴霾后边闪烁的星光遽然变成了火焰……

这不由她心里不发怵!

"你是不是女人?你是不是女人?"大姐大忽然发疯也似的咆哮起来。叫她怎么回答呢?

六

不知什么时候，她养成了这么个习惯：每每演出结束，总要迫不及待地把头伸出大幕外，朝观众席上投去寻觅的目光。

一天晚上，她突然发现空空荡荡的剧场前座第五排 15 号座位坐着个年轻人，怀里抱着一束水汽氤氲的鲜花。

他在等谁？

他竟然朝她点点头，投来不乏魅力的微笑。

她的脸莫名其妙地飞起一片红云，连忙将自己关在大幕后边。

"祝你成功！"他忽然出现在卸妆室门口，当着全体演员的面，把那束鲜花偏偏送给她。

"先生，你一定是搞错了。"她忙不迭摆手。

"没错没错！"他硬是把那束鲜花往她怀里塞。

"我不过是个没出息的编导哩！"她不能不自我介绍，谦虚包含着牢骚。"请你相信，这并非一束用颜色瞎涂出来的鲜花。"

她未必不敢担保这也是个误会。哪有观众径直把鲜花送给编导的？况且她这个编导本身就是个误会……

然而，第二天，第三天，第四天……每逢演出结束，他都跑到卸妆室门口，亲自把一束水汽氤氲的鲜花送给她。尽管据说大千世界乃用误会所建造，人类社会的误会实在太多太多，她也不能不相信他的真挚和热情，不能不动了感情："太谢谢你了！"

他却愕然地问道："谢我？为什么要感谢我？"

"噢，那就要问问这些鲜花喽！我想，你大概不会是个花农吧？"

"你让观众看到了真正的艺术。我真不晓得该怎样感谢你呢！这几束鲜花只不过是一点点象征性的表示罢了。"

"你为什么不把鲜花送给演员们，偏偏送给我呢？"

"请原谅我的怪癖。我每次看演出，演员的表演并不十分重要。要紧的是透过演员的表演，欣赏站在天幕后边的艺术精灵。"

好一个怪癖！她的一颗心差点没跳出嗓门眼："我当真值得你这般捧场？""难道你一点也没发现自己的潜质？"

"噢噢，这么说你可是我第一个也许是唯一的一个崇拜者喽！"

"不不，准确地说，你倒是第一个也许是唯一的一个值得我送鲜花的女人。"

"可是人们都说我考进艺术学院完全是由于主考导演那一巴掌的误会哩！"不知为什么，她出奇地坦率。

这时，她才知道，他叫沈雁；她才告诉他，她叫方菲。于是，在她和他之间便有了一道异乎寻常的桥梁……

……她几夜没有睡好了，为了最后的无可奈何！波音103客机离开地面不到几百米，她便昏昏然入梦了。

"雁，看在丘比特的面上，放弃艺术学院这次评职称的机会吧！"

"菲，原谅我不能答应你。因为机会对于整个人生，其意义往往只在于一次。难道你不可以放弃……"

"不行。我的梦已经不在北方了。我只能到南方去寻找我的梦。""你真的非要离开北方不可？"

"我别无选择。要是不离开北方，永远也无法证明，当年我考进艺术学院并非因为主考老师那一巴掌的误会，因而永远也不能不饱尝艺术冷宫的滋味。"

"既然我们谁也没法说服谁，我只好让步啰！"

她一听，惊喜不迭，猛然搂着他的脖子，往他的脸上一阵狂吻："雁，你真好！雁，你真好！"

岂料沈雁忽然浑身发抖，嗓门震颤得不行："我……我是说，我没有权利占有你的梦，更没有权利阻止你对艺术和理想的执着。"

她好不失望："你不是答应跟我一起走？"

"也许我永远不会离开北方，也许我明天早上便不得不离开北方。亲爱的，现在我只能祝你一路顺风，好运相伴！"

她一听，顿即意识到沈雁的话依稀潜伏着一种危机。然而要她放弃自己的决定又轻易做不到。她从小就这么个脾性：一旦决定要做的事，非得一头扎到底不可，即便翻十八个筋斗也不会轻易后悔。况且这是命运之神的安排。"不不，我非要你明天就跟我走，我非要你明天就跟我走！"她简直在歇斯底里地叫嚷……

"小姐，你怎么啦？小姐，你怎么啦？"

耳畔忽然响起个陌生的声音，不像是沈雁，不会是沈雁。谁在呼唤她呢？

谁？

她猛然醒来，发现自己竟然一头枕着一个陌生男士的肩膀，双手还紧紧搂着他的颈脖。不由得一阵慌乱，一迭连声："不好意思，不好意思！"

"无所谓，无所谓！"那位跟她邻座的男士却压根儿不当一回事，"你太累了。如果不介意，请随便吧！"他一边说，一边朝她仄仄那只肩膀。

这时，前边忽然冒出一堆奇峦怪峰也似的乌云，波音103未及躲闪，云堆里便爆出霹雳一声巨响，机身不由得一时失却了平衡。

她一时控制不住自己的身体，又一次倒在他的肩膀上。幸好他立刻响起了重重的鼾声，她才不至于过分的狼狈……

波音103终于在广州白云机场着地了。旅客们纷纷走出机舱，舷梯上却老是不见他的影儿。

"他不会还在飞机上睡大觉吧？"不知为什么，她忽然出奇地紧张他，一步一回头。及至蓦地发现他终于出现在舷梯上，眨眼之间，他的影儿便倏然消失在熙熙攘攘的人流之中了，她的心又禁不住一阵后悔：我真傻，怎么没向他道谢一声呢？

显然是鬼使神差。在广州至M市的78次列车上，他又突然出现在她的身边，而且跟在飞机上一样，要了两杯热茶，把一杯轻轻放在她的面前。

莫名的惊喜令她一见如故："噢噢！我们可真有缘分。我刚刚还在遗憾呢！"

"为什么？"他仄了仄身子，两手托着腮帮，定定地望着她的眼睛，微微一笑。

她这才看清楚，他长得并不十分英俊，一个普普通通的南方人形象，却令人觉得他身上依稀飘逸着一种难以言传的气质。

"我还未及向你道谢一声呢！"她仿佛受了传染，连忙回以微微一笑。

"为什么？为什么要向我道谢？"他仍然两手托着腮帮，陡地扬了扬两道又粗又黑的眉头。

她忽然变得尴尬起来："我会因此而遗憾一辈子的。"

他咯咯笑了，"小姐，你未免过分认真了。其实，在人生的旅途上，我们都不过是来往匆匆的过客。只要把自己的微笑留在心里，这就够了。别的什么都不啻过眼云烟，何必为它而轻易稍稍付出自己的感情呢？"

她好不诧异。这位顶多比她长两三岁，身穿普通西装而没有打领带的男士，竟属并非寻常之辈。

于是，她悄悄挪了挪身子，多少拉开一点距离，以表示对他的尊重，却不禁脱口说道："先生，我猜你……"

"哦，你猜我什么？"

"你大概不会是做生意的吧？"

"那是做什么的？"

"也不像是个公务员。"

"那像什么？"

"是个作家，一定是个了不起的作家，到特区去体验生活，准备写本了不起的书。"

"凭什么断定我是个了不起的作家？""就凭你刚才那一番话呀！"

"哈哈！"

"难道我猜得不对吗？"

"不对不对。作家能说得出我刚才那番话么！"

这就未免近似狂妄了。不过，唯其近似狂妄，就越发刺激她的好奇心——大凡天才都特别好奇："那你到底是干什么的？快说快说！"

"别急嘛！现在可轮到我猜你了。"他竟然跟她开起了玩笑，"你十成是个艺术家，很有艺术潜质，也很有艺术抱负，却没机会发挥，所以才离开北方，到南方来寻找发挥的机会……"

太不可思议了！她不由兴致盎然："你怎么对我了解得这么透彻？"

"看出来的，从你脸上的气色看出来的呀！"他漫不经心地说，随即拉过她的右手，仔仔细细地看了看她的掌纹，"瞧瞧，你的事业线可出奇地清晰，成功线上却有几处断裂。这明明白白地显示，你的事业要取得成功，非得经历几番挫折。"接着，他又将她的五只手指头捋得直直，"嗨嗨，你的末指可长得出奇，你看你看，几乎跟无名指一样长短。不管遇上什么挫折，也能轻易闯过去。祝你好运！"

要是几天以前在北方听了这番掌相分析，她一定会一笑了之。此刻，她可在走向一个充满梦幻的神秘的世界的旅途上，况且他并非完全胡诌。尘世间许多事情，人类虽然无法解释，却并非完全不可预料。据说日本人都视掌相学为一门科学，风靡于大大小小几百个岛屿。与其信其无，毋宁信其有，但愿长得出奇的末指能给她带来好运……她不觉眉飞色舞起来："噢，你真了不起！原来是个先知先觉的掌相学者。"

"啊哈，你又猜错了。我这不过是追随时尚，也学别人闹着玩玩罢了，算得上什么学者？其实，一开始，你的第六感官就传给你正确的信号，你却轻易把它推开了。"

"你果真是做生意的？""唔，还是个体户呢！"

她突然双手捂着嘴巴儿，指缝间却冒出"嗤嗤，嗤嗤"的笑声。

"你不信？"不知为什么，他竟然咬着她的耳朵根说："我这次到北京，就是为了弄个批文。竟然遇上我的老同学，一个高干子弟。你说够运不够运?!"

她丝毫也不理会，只顾一个劲地摇头："嘻嘻，你是在跟我说童话吧？"

"这也许是个童话，二十世纪末二十一世纪初发生在东方的一个大童话。"他的语气忽然流露出发人深思的意味。

她不仅仅为好奇心所驱使了，尽管好奇心是童话的酵母："可以给我说说这个大童话吗？"

"你当真对这个童话感兴趣？"

"何止感兴趣？快说吧，快说吧！"

他却咯咯笑了笑，存心吊她的胃口："你又不是小孩子，也爱听童话？"

"听童话，并非小孩子的专利呗！何况你这个大童话……"她倒十足一个小女孩在苦苦央求。

他又咯咯笑了笑，竟然说道："正因为这是个不寻常的大童话，才轻易无法一时满足你的要求。这样吧，你实在非要知道这个大童话，就跟我签个合同吧！"

"什么合同？"

"至少给我当一年公关小姐。我不但保证满足你的要求，而且保证带给你好运。"

噢，真有意思，真够意思！

这太近似开玩笑了。

唯其近似开玩笑，才叫她出奇地着迷……竟至连沈雁也几乎给忘掉，要不是他常常提醒她。

"你给沈雁写信了没有？"

"沈雁给你来信了吗？"她不得不常常对他撒谎。

　　她每每在深夜铺开信笺，后脑勺总不由得一片混沌，半个时辰过去，信笺上仍然是一个字："雁"。原来人类为了要表达自己的思想感情而终于创造了文字，并没有想到人类自身的思想感情远非文字所能轻易表达。与其在笔尖下折磨自己，倒不如做个甜甜蜜蜜的梦。然而梦里老是出现范达，压根儿不见沈雁的影子。

　　沈雁一定因此而更加不会原谅她！要不他怎么会跟她计较得这么认真？她只给他拍去一封电报，他也只回给她一封电报，来个扯平。而且他一向正儿八经的可以，电文竟是借用张艺谋导演的影片《红高粱》主题曲中的一句歌词："妹妹你大胆地往前走呀"。虽说千言万语未必抵得上一句话，但这句话毕竟只有十个字。他为什么不多不少给她十个字呢？难道这十个字倒是一种什么象征？那象征什么呢？

　　——十全十美，定然是象征十全十美。这显然是在暗示：既然已经十全十美，对感情王国的任何索取和奉献都没有必要了，何必……她不愿往下想，也不敢再往下想了，因为她太相信自己的聪明。况且一个女人倘若轻易做感情的奴隶，永远也别指望会有什么出息。要紧的是一心一意履行她对范达的承诺，换取范达兑现对她的承诺……

　　眼看合同期就快届满。二十世纪末二十一世纪初东方究竟发生了个什么童话，范达依然只字也不轻易提及，倒是告诉她不少他经历的平淡无奇的故事……这不由她不扫兴。半宵辗转反侧，后脑勺出奇地热乎，突然蓦地放出一束奇异的亮光，随即推出一连串杂乱无章的零零碎碎的未及剪辑的原始镜头——

　　　　　　　　……之一

　　范达一双忿忿然怔怔然呆呆然的目光，水火相容。

　　一只手巴掌重重地落在范达的肩膀上，半开玩笑的声音：对亦错，错亦对，何必想不开？

　　"老庄，你不是常说一个企业干部，他的头脑必须是一部生产商品的机器，但绝对不可以拿原则充当元器件吗？还说，办企业就是淘金，唯有原则是用多少金子也不能交换。你为什么放弃了原则，为什么？"范达在咆哮。

　　"小原则得服从大原则嘛！"又一只手巴掌落在范达的另一只肩膀上。范达霍然跳了起来："什么叫大原则，什么叫小原则！"

老庄依然满口道家口吻："大即是小，小即是大。大原则中有小原则，小原则离不开大原则。大大小小，小小大大，反正都只有三画。"

范达越听越不解……

……之二

樱花，如烟如云。

东京，梦幻一般的都市。

某高级宾馆。TE 实业有限公司的董事们正在开会。

"TE 公司一定要在中国以外的任何一个国家或地区开设银行账户。在中国境内不能体现本公司的利润，本公司的利润只能体现在中国境外。"华裔美商变形的声音。

"这显然是有意无视我国的利益。自然也在无视中方全体员工为 TE 公司所创造的全部价值。"范达的声音也不由得变了形，"请允许我提醒司徒先生，别忘了我们合作的原则……"

"范达先生搞错了。"华裔美商立刻把他的话给打断，"这恰恰体现我们合作的原则。据我了解，中国的一些官员可十分珍惜这种互助互利的机会哩。请范经理理解我的诚意……"

"司徒先生的意思，我能理解。"范达脸上不禁一阵涨红，气促得紧："对各种各样的机会，各人有各人的态度，这可是上帝赋予人类的本能。但对司徒先生提供的这种机会倘若十分地珍惜，我想即使在外国，也是不值得羡慕的。"

"司徒先生，我们跟你们之间彼此代表的利益根本不同。我们跟你们合作是在为国家效劳，怎么可以拿原则作代价，去换取个人在国外的利益呢？"TE 实业有限公司董事长老庄的声音出奇地响亮。

"不可理喻，实在遗憾！不可理喻，实在遗憾！"华裔美商一迭连声……

……之三

M 市，五光十色的霓虹灯琳琅满目。

一座座现代高层建筑拔地而起，神话一般在往上升……杜鹃掩映的 TE 实业有限公司。

整洁雅致的董事室。翠绿色地毯一尘不染。椭圆形的环桌中央几盆灿烂的勒杜鹃争艳斗丽。半空中却流动着一股异乎寻常的气压，以至每个与会者的肺腑不由得发出微妙的反馈……

那位华裔美商在眉飞色舞地宣读他的"总体经营方案"……"天!"不知怎么,范达突然失声叫了起来。

董事们立刻朝他投来莫名其妙的目光。

范达不由得一阵惶遽,忙说:"失礼,失礼!司徒先生对世界政治气候给国际购销市场造成的影响这一因素似乎缺少充分的考虑。这个总体经营方案,无法体现出它应该追求的效益及其保险系数。TE 实业有限公司倘若接受这个总体经营方案,恐陷至少会导致近百万美元的亏损……"

董事们不禁陡然瞠目。

"这……"那位华裔美商一时语塞,连忙掏出一支万宝路香烟插到嘴巴上,一边耳畔蓦然响起日本双叶电气株式会社总裁井本先生在东京对他的告诫:"范达先生是个绝顶聪明的企业人才。你……"另一边耳畔接着响起他的回答:"谢谢你的美意,总裁先生!范达先生再聪明,也终究是个中国人。何况中国的 80 年代,充其量等于你们日本的 30 年代。中国真正的企业人才恐怕还在襁褓之中。您放心好了。"他万万没有想到这个襁褓中的婴儿竟然处处在向他挑战。尽管多年的商场竞争使他养成了乐于接受别人挑战的习惯,此刻,一个美籍华裔商人的自尊心却叫他无论如何也接受不了范达的口吻。但又拿不出反驳的力量,禁不住一阵阵脸红耳赤……

一看井本先生在跟董事长交头接耳,显然不是在称赞他的总体经营方案,这位华裔美商忽然把烟头狠狠一拧,气呼呼地抱怨:"这全怪中方掌管的职能部门未能提供足够的合作,以致本人实际上成了有名无实的代总经理。造成这种局面,完全是由于中方董事长庄重先生关于总经理和副总经理分工负责的不合理指示。"

老庄一声不吭,若无其事地抽他的特美思香烟。这不仅因为他始终记得鲁迅先生在一篇文章中说过,沉默也是批评,而且不知什么时候养成了这个习惯,大凡遇上意想不到的问题,必定利用抽烟来刺激脑细胞的功能,使它产生最高效率。脸上一直保持着一副温良恭俭让的神情。

这种类似政治家的风度,实在叫范达极端的不耐烦,忍不住一阵咳嗽,暗示老庄:"难道你不晓得沉默往往是默认的同义词吗?这只能造成司徒先生的错觉……"

老庄立刻回以他微妙的眼神,让他明白:司徒先生还没把话说完嘛!

难道你忘了我们的座右铭？"我可以不同意你的观点，但我誓死捍卫你发表不同意见的权利。"司徒先生毕竟是个外商，更应让他充分享受这个权利。

那位华裔美商却在一个劲地指责："董事长关于总经理和副经理的分工的指示，纯粹从中方的利益出发。"压根儿不理会老庄的沉默，越说越理直气壮，"范副总经理完全操纵了公司的实权，连公司原始的记账凭证和财务报表，从来也没有让我们看过……"

范达可没有老庄那种善于忍耐的内功。须知那不是一年半载所能修炼得出来，除非天赋。一口气吞不下肚，便把他憋得发慌，非得立刻作声……

老庄连忙抬起左手，突然打断他的话，不无抱歉地朝他扬扬手腕背："董事会暂时休会，明天上午继续举行，谢谢诸君的合作！"

……之四

老庄向来以沉着笃定给伙伴以信心。纵然天塌下来，他也绝对不会稍稍担心把他的脑袋给砸破；只有出现他始料未及的事端，才会令他稍稍皱皱眉头。

这些日子，偏偏冲着他发生一连串的出乎意料，他的眉头简直蹙成了一座小山丘……

——那位华裔美商竟率外方几个新任的董事和职员闯进财务部，非要索走 TE 实业有限公司全部账本和对外合同。

财务部职员忙不迭解释："财务部向来严格按照董事会的规定向各方股东报送了财务报表和工作报告。虽说我们有责任向各方股东提供随时检查账目的一切便利，但没有接到主管经理的通知，实在难以轻易从命。请理解！"

那位华裔美商明白这些职员心里在辚辘些什么，便利用中国人最怕大石压死蟹的心理，声色俱厉地喝道："你们不晓得我是本公司的美方董事兼总经理吗？"

财务部职员只好打开保险柜……

那位华裔美商竟命随员把全套对外合同带去自行复印。财务部几个职员眼睁睁地急成了一团……

市场部经理赵鲲顿即大声质问："请问你们经过谁的批准，自行复印公司的机密文件!"

那位华裔美商气不打一处来:"还要谁的批准?这又不是你们中国的独资公司,难道非要你们的范副总经理批准才行吗?"

赵鲲寸步不让:"公司的机密文件,任何人都无权私自带走。就是范副总经理在场,他也绝对不会允许这样做!"

华裔美商禁不住火冒千丈:"你作为一个中方市场部经理,居然管起一个外方总经理来。谁给你这个权力,谁给你豹子胆?"

这个出生于辣椒之乡,身上每个毛孔都渗透辣椒味的汉子,却天生一副吃不得辣的脾气,立刻粗声粗气地回答:"我娘给我豹子胆,我自己给我这个权力。谁要把私自复印公司的机密文件带走,非得经我批准!"随即伸手去夺回文件。

那位华裔美商一听,勃然冲到赵鲲跟前,伸出双手直卡他的脖子。

赵鲲被卡得喘不过气来,顿即竖起了双眉:"你……你敢……卡、卡我……脖子?"陡然抽出一只手……

华裔美商司徒先生万万没有料到,他的耳朵上会突然啪一声脆响。这一下,越发糟了。

——赵鲲的妈妈从远方来信,称赵鲲这一巴掌给妈妈带来了骄傲!称赵鲲不愧为妈妈生的好儿子!叮嘱赵鲲一定要为中国人争下这口气!一定要让外国人明白:中国人轻易受欺负的日子永远永远过去了!中国人欢迎外国人到中国投资,做生意,也希望外国人能赚大钱,但不要把中国人当作大傻瓜……

——那位华裔美商到 M 市政府机关,请有关领导人出面干涉这场事端。

M 市有关部门的一位官员十分恼火,说范达把国家的开放政策置于脑后,不顾对特区的影响,跟合资外商闹矛盾,实在不可饶恕。又说,"只要司徒先生把 TE 实业有限公司的原始记账凭证全部拿来,保证能查出问题,非叫范达跪在我面前痛哭流涕不可!某某是个老革命,也让我把他给整到善。"

这位官员果然言出必行,居然亲自跑到 TE 实业有限公司,找他老庄整整谈了一天话……

——董事会一直无法复会。这不仅给寻找解决纷争的途径设置了障碍,而且给企业的正常发展与运作带来严重的影响。

老庄满脸愁云。

范达在一旁一个劲儿劝慰："你放心好了！那位官员绝不会有那么大的能耐。"

老庄夹着一支香烟，半天也没沾上嘴唇，一边不住地掸掉烟灰，一边喟然叹道："这位副局长的语气非同小可啊！在我们国内，总有那么一些干部，一不做调查研究，二不辨是非曲直，仅仅因为跟外商有某种关系便不遗余力地提供最佳服务。司徒先生血管里流动的毕竟是中国人的血，他对我们中国实在太了解啦！万万没有想到他会给我出了这么个难题……"

范达不由一愣："什么难题？"

"对召开公司董事会提出三个先决条件。"

"啊！"范达几乎瞪直了眼睛。

老庄显然有意让范达精神上有所准备，默然片刻，才把司徒先生关于召开董事会的三个先决条件原原本本和盘端出：

范达必须辞去董事兼副总经理的职务；

董事长必须出面撤销关于总经理和副总经理分工的指示；

公司必须开除市场部经理赵鲲。

"这未免太过分了！"范达的气又遽然升上来，"你打算怎么办？"

老庄却出奇地爽快利索："让司徒先生和所有跟我国合资合作的外国伙伴相信我们的诚意。"

"三个条件全都接受吗？"

"有什么办法？财大气粗嘛！"

"赵鲲的妈妈给他的信，你没看过？"

"怎么会呢？"

"那你把赵鲲都给开除了，我们该怎样向他妈妈交代呢？"

"感情永远也代替不了理智。赵鲲的妈妈是个好妈妈，她的儿子也是个好儿子。但绝不是每个中国人值得学习的榜样。把他调回原单位，相信他和他妈妈都不会认为这有什么不光彩。"

"不不，至少我无法理解，我们在自己的国土上为自己的国家办企业，为什么要这么窝囊？"范达忍不住连连顿足，"这明明是个原则问题，怎么可以轻易忍让？难道这不正是我们一再忍让的副产品吗？如果我们一味强调'和为贵'，势必会陷入马特略盲点，只怕到头来连人格也给丢了，国格也给丢了！"

"谁叫我们的国家不快快富强起来、先进起来呢？"老庄依然没抬头，语气很有些异乎寻常，"我国最大的财富就是祖先遗留下来的儒家文化。连马克思主义到了中国，也得姓儒。今天连美国的总统、苏联的总统不也接受了这个儒家思想吗？许多国家似乎也把'和为贵'作为制定外交政策的一条重要原则。世界似乎开始进入以和为贵的时代。这怎么会反而有损我们的人格、国格呢！问题在于我们到底该怎么理解它，对它做些什么切切实实的注脚。"

这似乎并非完全是无稽之说。

范达不能不缓和口气："就是我们可以忍让，全公司的职工可没有谁能吞下这口气。"

"发挥我们的政治优势，做职工的工作嘛！"老庄忽然加重语气："总之，我们绝对不可以轻易抛弃'和为贵'这个大原则！"

范达与老庄共事多年，可不曾见过他这般固执。失望竟令他不择措辞："你就只晓得要我们忍让，可得忍让到什么时候？"

"到明天！"老庄脱口回答，"我们特区人不是有个口号：'明天会更好'么？"

范达的舌头显然受了鬼使神差，竟也脱口喊出一句广东话："老庄，你好嘢！"

……之五

TE 实业有限公司董事会终于复会了。

在一片热闹的鞭炮声中，赵鲲却跳楼自杀了。

TE 实业有限公司顿时陷入一种悲愤、压抑与容忍相交织的氛围……

老庄脸上堆满了阴云，递给范达一份聘请书，嗓门出奇地低沉："经组织上研究，决定让你到我们与日商合资的华瀛实业有限公司担任董事总经理。希望你……"

没等老庄把话说完，范达已将聘书撕得粉碎。老庄好不惊愕："你……"

范达却心平气静得出奇，"我已决定辞去公职，任何聘任都已经多余。"随即递给老庄一份辞职书。

……之六

老庄变形的眼睛忽然变成了女人会说话的眼睛："你为什么非要把自己的铁饭碗给砸了不可呢？"

"因为我怕端着这个铁饭碗有朝一日非犯哮喘病不可！"范达超脱得可以。"你不觉得这样太冒险了吗？"那女人不觉替他担心道。

"你不也跟我一样在冒险么？其实，人类成其为人类——从精子与卵子缔造生命开始，以至在神秘的空间赤条条地经历了整整280天的修炼，最后从血淋淋的关口来到完全陌生的世界，这本身可包含着多少惊天动地的冒险！"

"嘻嘻！"那女人忍不住笑了，不乏几分天真，"不过，既然这样，人为什么还非要到这个世界来呢？"

"因为，这个世界对人类太具诱惑力了。"

"噢，这么说，人生＝冒险？"那女人不禁兴致盎然。

"缺少冒险的人生，至少缺少绚丽的色彩。"他不假思索地答道。那女人连忙显示自己的聪明："所以你要干个体户，要发达！"

"何止要发达？要是上帝允许，我一定要成为中国社会主义初级阶段的头号资本家！"他的语气忽然出奇的正儿八经。

那女人忽然伸出手去："祝你成功，Founder！"

范达不禁一愣："你怎么忽然叫起我的英文名字来？"

那女人丝毫也不掩饰自己的激动："太有意思了！'范达'的音译Founder，意即创始人、奠基者。这不正包含着你要当社会主义初级阶段的头号资本家这一了不起的抱负么！我想，大概这不会纯粹是巧合吧？！"

他丝毫不掩饰自己的兴奋，紧紧握住她的手，久久不放……

"哟，你捏痛我喽！"那女人叫了一声，却无意把手缩回来……

……之七

那女人再也无法离开范达。

于是运用她超乎常人的智慧和极端造化的魅力协助范达承包了一家濒临破产的公司……

几年后。不仅从中国东海岸线的每个沿海开放城市直至香港和东南亚、欧洲、美洲无处不矗立着"范达实业公司""范达实业分公司""中国范达实业跨国公司"的牌子，而且凭着雄厚的实力和绝对的信誉成为国际市场的竞争强手。

不少外商纷纷上门来，希望与"范达实业公司"合资合作……

范达虽然深谙利用外国资本和先进技术发展自己之道，却一概拒绝："本公司并不缺少资金，也不缺少先进技术，只能谢谢你们的美意了。还是让我们在竞争中发展人类的文明吧！"

那些外商不得不承认："中国要是产生多几个范达，谁也无法阻止它在二十一世纪便跑在美国、日本、西欧的前头而成为世界上的经济大国。"

一天，范达突然兴高采烈地对那女人说："你赶快给我准备个记者招待会吧！"

"你要发布什么重大信息？"那女人漫不经意地问。"你猜猜看！"

"成立跨国公司？""No，no！"

"是发行股票吧？""No，no！no，no！"

"究竟什么事情这么重要，非要举行记者招待会？"

"啊哈，别说你猜不着，恐怕全世界也没有谁能猜得着！"

"别给我出 riddle——谜语了，快说，快说呀！"

范达这才郑重其事地宣布："我要竞选市长啦！"

"什么？你说什么？"那女人不由得愣了愣，无论如何也不敢相信自己的耳朵。

"我要竞选市长啦！"范达重复道，"你愿意当我的竞选顾问吗？"

"愿意，愿意！"那女人几乎跳了起来，"我这就给你准备招待会去！"

"一定要把国内外所有驻特区的记者都请来，不管大报小报，名气大小，一个也不许漏。"

"你放心好了。"

"一定要开得特别隆重！"

"噢，那可得价座五星级酒家南国大饭店的旋转餐厅喽！"

"好，好。不过，我们广东人凡事都要特别讲究个美兆。不管来多少人，每台都得上十道菜，当中可不能没有佛山柱侯鸡啊！"

"摆鸡尾酒不更领潮流么？这佛山柱侯鸡有什么稀罕，值得你这般推崇？"

"嗨嗨，这柱侯鸡的来头可不寻常啊！周武王灭纣，大宴百官，就有个菜叫柱侯鸡。柱，指上柱国，相当于后来的宰相，取封侯拜相之意。是御厨乌文的灶头绝招。他的第七十二代孙乌福清初迁来佛山，就靠祖传柱侯鸡起家。这道名菜，从乌福至今，已有三百六十多年历史了。"范达越说越忘乎所以。

"你又不是周武王的后裔，更非大宴百官，为何每台筵席非要摆个佛山柱侯鸡？"那女人好不奇怪。

"啊哈，不能大宴百官，就不可以大宴百记么？亏你是个聪明绝顶的女流……"范达始终不肯轻易点破他藏在那柱侯鸡腹中的秘密。

那女人毕竟跟范达心有灵犀一点通，突然眉飞色舞起来："我明白了，我明白了！"给范达留下个甜甜蜜蜜的微笑，便立刻忙着准备去了。

几天后。五星级酒家南国大饭店突然挂满赤橙黄绿青蓝紫五颜十色的旗帜，并在五十三层上空倒挂下一幅宛若飞流直下三千尺的彩布，上边赫然闪耀着一行大字："个体企业家范达先生竞选市长招待会在本饭店隆重举行！"还特意为此而八折优惠三天。

大清早，南国大饭店前边的停车场便停满了各种款式的小汽车。不少香港记者和在香港的外国记者没有接到请柬，也纷纷前来参加范达的招待会……

"范达先生，请问你的竞选口号是什么？"不等那女人正式宣布记者招待会的开始，记者们便抢着问开了。

范达一身西装革履，头发梳得特别光亮，神采奕奕，越发显得胆识过人，气魄过人，精明过人，连嗓门也格外响亮："我的竞选口号很平常：运用我做生意的经验管理好特区！"

南国大饭店的旋转餐厅四壁立时爆出一片雷鸣也似的掌声。"请问……"

"请问……"

记者们一张嘴巴接着一张嘴巴，接得简直几里长，其实要问的都是一句话："你的施政纲领呢？"

范达不假思索地答道："第一，竭力扶植范达式资本家；第二，把特区办成第二个香港……"

"选民能轻易接受你的施政纲领吗？"记者们争着问道。范达信心十足地说："至少能接受百分之五十吧！"

"你凭什么做出这个估计？"记者们七嘴八舌地问。

"凭我的第六感官。"范达笑笑答道，"反正我并不缺少竞选经费，哪怕将范达公司整个儿搭上去！"

"值得付出这么大的代价吗？万一你选不上抑或仅仅是个短暂的梦呢？"不知哪位记者不无担心地问。

范达出奇地幽默："不要紧。即使选不上，抑或哪怕当一天市长，我的目的也达到了。"

又一次雷鸣也似的掌声。

这时，有个美国记者趁着掌声还没平息下来，赶快凑到范达的面前，竟然操起熟练的广州话："范达先生，请容许我问一个问题。根据贵国远古史记载，周武王率师伐纣，攻下商纣京城朝歌，即以柱侯鸡大宴百官，建立起周王朝，彻底清算了奴隶制，推行一系列改革，诸如创立井田制，擢农奴为自耕农、雇农，分封宗室及功臣等等，推动了历史的发展。历史是一面镜子。范达先生今天用柱侯鸡招待我们，除了表明范达先生参加市长竞选的信心而外，我想，不会别无深层意思吧？"

范达微微一笑："L先生对我国历史的谙熟，我不能不表示钦佩。历史虽然是一面镜子，但毕竟并非哈哈镜。"

一阵哄堂大笑之后，突然爆出一片热烈的掌声。

"预祝范达先生竞选成功！"香港记者D君高高举起酒杯。人们跟着纷纷站了起来——

"为范达先生干杯！"

"为范达先生的得力助手，漂亮而聪明的方菲小姐干杯！"随即响起节奏强烈的鼓乐声，经久不息的鞭炮声……

市长："这是一部激昂民族气节和理想色彩浓烈的反映改革开放少见的好剧本。建议作为我市与港商合资的电影制作中心生产的第一部片子投入拍摄。请宣传、财政部门给予足够的支持。如有困难，可直接找我。谢谢作者！"

仿佛一夜之间，她突然成了中国电影界刮目相看的传奇人物……

记得在中学时代，她曾读过一本书，那本书里有这么一句话："一个人的命运，并不一定贯穿于他一生的拼搏；往往决定于刹那之间出现的机会。"她曾在旁边批驳："这是叫人不要奋斗，鼓励侥幸心理的谬论。"没想到上帝竟让她以她的人生经历来证明：那位哲人的话并非完全荒唐之说。人生的奥妙毕竟并非某些作家用魔方的奥妙所能比拟。魔方的奥妙仅仅产生自数学原理上的简单排列和组合，人生的奥妙可没有固定的方程式。人类社会什么奇事怪事好事坏事不可思议的事不可以轻易发生？比如，不少人朝她投来羡慕的目光，不少人则朝她投来嫉妒的目光，别人也许喜欢别人的羡慕，她却喜欢别人对她的嫉妒。

上帝显然有意让她透彻体味人生的奥妙。由她亲自主演和执导的《东方的童话》在香港试映引起空前的轰动，《文汇报》《大公报》《东方日报》等所有的香港报纸均以特大号题目发表了一边倒的评论，称这部片子"为中国电影艺术走向世界开辟了希望"；该片"不仅抒民族之情情高如天，凡我炎黄子孙看了这部片子不为中华民族的振起而振起者应该羞死；而且抒儿女痴情，情系灵肉，凡寡情薄义者应该愧死"……一顶顶"天才"的桂冠纷纷落在她的头上。正当她头上闪着一个个光环从香港归来，刚刚跨过罗湖桥，便有个陌生的干警突然出现在她的面前，非要检查她的赴港护照。

"哦，小姐，你这护照可长期有效！"那位干警很有些意味深长地说，随即压低嗓门："你还是赶紧出去避一避吧！"

"为什么，为什么？这是在我们共和国的土地上。"她好不错愕，"到底发生了什么事？"

那位干警却摊开两手，抱歉地笑笑："无可奉告！"便倏然消失在熙熙攘攘的人流之中。

她只好径直跑到市长办公室。这才知道市长已经调走了。至于为什么突然调任，到什么地方去，连市长的家属也轻易不肯告诉她。

她很晚很晚才回到寓所。老远便听见厅里的电话在的铃的铃一个劲地响……"你辛苦了，休假吧！"原来是电影制作中心的特别关照。

"不，我不能休假，我不要休假！"

尽管她的嗓门大得出奇，而且第二天早上夏时不到八点钟便第一个到电影制作中心上班了，然而她那张写字台和那张椅子，却忽然愣头愣脑地看她，甚至办公室里的空气也在告诉她：这里已经没有你的事情了。

可怕的失落。整个世界霎时间空虚得一无所有，唯独留给她个梦魇，一个可怕的梦魇……

七

"大姐大今天怎么啦？"

"她十成是癫了线（神经病）。那位天才明明是个了不起的大女人，她偏要无端端地生那么大的气，质问人家是不是女人。"

"你们才癫线（神经病）呢。女人就一定完全是女人？有个作家不是写了本小说，题目就叫'男人的一半是女人'么？女人的一半呢，谁能保险不是男人？"

"嗳，是个完全的女人又如何，不完全是个女人又如何呢？"

"这可有古讲呐！自古女人重情薄义男人重义薄情。情义情义，先有情而后有义……"

"这么说倒是先有女人后有男人啰！"

"可是圣经上明明说夏娃是上帝用亚当的肋骨造出来的呀！"

"怎么能这样理解圣经的意思？圣经上说夏娃是上帝用亚当的肋骨造出来的，就是说没有亚当就没有夏娃，没有男人就没有女人。女人的一切本来是男人的，女人的一切永远属于男人。"

"女人连自己的志趣、理想和追求难道也属于男人？"

"嗳嗳，这还用问吗？女人的一切有形与无形全都属于男人？""那女人还有什么属于女人的？"

"有呀，有呀！上帝赐予女人的唯一的财产和权利，就是对男人的情爱。一个女人对男人爱得越深越多情便越富有，这才算得上个完全的女人；相反，一个女人对男人越薄情越缺少爱心便越贫穷，因而只能算个不完全的女人……"

"乱弹琴！这个世界正因为女人的情情爱爱已经够热闹的了。女人还要这么多情这么多爱，到头来非要把整个世界弄得乌烟瘴气不可！我倒情愿做个不完全的女人。"

"中听中听！为了世界不至于因女人的情情爱爱带来的乌烟瘴气所污染，女人对男人越狠心便越伟大。"

"噢，难怪凡是遇上你的男人没有几个不倒霉！"

"大凡视女人为玩物的男人，姑奶奶我绝不心慈手软……"

"啊哟，这未免太缺少女人味了。"

"女人味？对这样的男人，女人味值几个钱？你不把他'斩'得满颈血，他永远也不会认得女人！"

"阿弥陀佛，阿弥陀佛！在男人的眼里，女人最值钱的就是女人味。一个缺少女人味的女人，永远也不会轻易得到男人的心。"

"为什么一个女人非要得到男人的心？"

"因为一个女人一辈子也不曾得到男人的心，这个女人便是个非常不幸非常可怜的女人。与其可怜巴巴地活着，不如快快活活地死去！"

"你这就未免太偏颇了。日本女人算是世界上最富女人味的女人吧？不管地位多么尊贵，一旦嫁了人便得乖乖觉觉服侍丈夫，给丈夫生孩子，以尽女人的天职。而今也闹起了革命，再也不甘于当家庭主妇了，非要到社会上找一份职业，开始在日益激烈的竞争中跟男人进行激烈的竞争。她们都把这看作是女人最大的幸运，一点也不觉得自己可怜！至于美国、英国那些高度文明的西方国家，职业女性独居现象就更普遍了。早在 30 年前，在西方八个职业女性中就有一个独身；如今已提高到四个职业女性中便有一个选择独身。据专家估计，到 2001 年，西方在三个职业女性中会有一个独身……"

"噢噢，一方水土养一方人呗！我们是中国怎能跟人家日本、美国和英国比？日本、美国还有英国，都是世界上最富有的国家。我们中国呢？"

"我们中国也会成为世界上最富有的国家的。别那么短气！据我所知，决心一辈子不嫁男人的女人，在我们特区就大有人在。"

"我们本来活得已经不轻松了，再要服侍男人，生儿育女，料理家务，还轻易能喘得过气来吗？我倒希望有一个完全属于我的地方，无拘无束地独自享受宁静。一个女人，不管要做最了不起的事抑或最坏的事，都不应该有家庭和子女的，否则便会成为你登峰造极的障碍。"

"本小姐郑重宣布做个独身女人！"

"啊哟哟！这怎么可以呢？这怎么可以呢？男人的肋骨既然是女人的命根，女人怎么可以轻易没有男人呢？男人到底是太阳，女人到底是月亮嘛；要是没有太阳照着，月亮永远也发不出光亮的。何况我们中国女人毕竟是中国女人啊！"

"中国的女人就注定没出息？"

"反正这是上帝的旨意：在我们中国，女人想要出息，就非得接受男人带来的痛苦；想要得到真正属于你的男人，就别想寻求出息。"

"上帝为什么非要这样规定？"

"上帝大概认为这样才会令生态平衡呀！"

"我们坐牢，上帝也认为是一种生态平衡吧？"

"我想上帝会这样认为的。"

"为什么，为什么上帝会这样认为？"

"因为上帝在给人类创造美的同时并没有忘记给人类创造丑，上帝给人类创造善的同时也给人类创造了恶。上帝说，没有丑哪会有美？美永恒，丑永恒；善永恒，恶永恒。美和善永远应该受到褒扬，丑和恶永远应该受到惩罚……"

"在上帝的眼里，我们自然属于丑类恶类了。""要不，我们怎会受到惩罚呢？"

"嘿嘿，我们未必完全丑，也未必完全恶。只是上帝对我们未免太不公平了。"

"噢噢，上帝怎么可以公平呢？他只可以讲平衡。要是他也讲公平，上帝还成其为上帝么！"

"那就不该全怪我们丑全怪我们恶呗！""怪谁？难道能怪上帝吗？"

"认了吧！"

"认你娘个屁！姑奶奶就是打入十八层地狱也绝对不会说个'认'字。"

"你凭什么这般嚣张呢？那位天才那么了得，到头来还不与我们为伍？落到这步田地，不认也得认喽！"

"她哪里是个天才？是个天字第一号的大笨蛋就真！"

"噢噢，大姐大对她也得尊重三分呢。你的口气可比大姐大还要大姐大。好像你倒是天字第一号最了不得的女人。"

"我再蠢也绝对不会像她明明带着个长期有效的赴港护照，偏偏要一头撞进监狱里来。"

"她也太死心眼了。怎么可以轻易辜负那位警员的一番菩萨心肠呢？"

原来监狱竟是世界上言论最自由的地方。女囚们在一边放风，一边你一言我一语毫无顾忌地争论个不休……

八

她怎么可以轻易躲到国外去呢？那岂不把她做人的准则——光明磊落地活着，光明磊落地死去——给丢掉么?！况且，市长的突然调任恐怕跟她不无丝毫瓜葛。前不久，她的阴道长了个息肉，不得不做了小手术，不是马上就有人谣传她得了性病，市长给吓得慌忙去作性检查吗？要是她轻易离开了 M 市，天晓得又会给市长平添什么麻烦？他不过仅仅对这部电影摄制给予难得的关心和支持而已……

然而，她只朝四边墙根报以淡淡一笑，却不屑于向这些跟她同命运的女人作任何解释。她们压根儿不可能理解人的尊严和责任，怎会晓得她的衷曲呢？

那些女囚却偏要为她一个劲儿地摇唇鼓舌……

"谁叫她这么傻，非要冒这个险呢？她要是不写这么个冒险的剧本，不拍这么个冒险的电影，哪会遭这个罪？"

"这倒未必。共产党的老祖宗马克思、恩格斯，以至列宁、毛泽东，一直数到邓小平，哪一个不是世界上头号冒险家?！"

"我们该感谢上帝才是哩！"

"你有没有搞错！坐牢还要感谢上帝？"

"可不，要不我们怎会在这儿碰在一块？怎会认识这位天才的大女人？这是缘分，缘分呀！"

"喂，大明星，出狱以后可别忘了我们这班狱中姐妹哇！至少也得让我上银幕风光风光。你瞧，我这身材可跟香港影视圈的肥姐一样的苗条。"外号叫肥鸡的女囚一边说一边吃力地扭动腰肢。

"轰！"女囚们忍不住爆出一片疯狂的笑声。

"喂，谁想要身材苗条，便赶快把衣服剥光！"曾在健美中心工作的女囚突然站到放风场地中央，一身三点式。

女囚们出奇地听话，立即脱光衣服，嘻嘻哈哈一字儿排开……"你们在胡闹什么呀？"窗口突然掷进值班女警严厉的吆喝。

"报告小姐同志，我们在做健美操哩！"女囚们不约而同地回答，那嗓门竟出奇地响亮，出奇地齐崭。

"做健美操也非要三点式？"值班女警的声音遽然温和下来。

"健美健美，健美操最讲究一个美字。小姐同志，你看我们穿囚服美抑或穿三点式美？"健美小姐没等值班女警再作声，便做起了健美操的示范动作，一面有板有拍地叫着："一、二、三、四，二、二、三、四……"

值班女警再也不作声了，一双眼睛可瞪得圆圆。

这双充满鄙夷和惋惜的眼睛，见过多少不乏漂亮的女人一旦穿上囚服，顿即失去艳丽的风采。倘若上帝能赋予她特别的权力，她倒情愿世界上所有的女人穿三点式，可不愿意看到世界上任何一个女人穿上囚服……

"小姐同志，'688'和'701'在搞同性恋呐！"正在做健美操的肥鸡突然高声叫道。

值班女警一听，几乎被气昏，噔噔噔闯进牢房来，但见被称为大姐大的女囚骑在方菲的小腹上，两手卡着她的脖子，不由得大惊失色："住手！'688'，你想杀人？"

她不能不慌忙解释："请别误会，'688'这是一片好心，见我不喜欢做健美操，主动给我做按摩呢！不知为什么，我浑身的骨头忽然散了架，怪难受的，哎哟！"前不久她才学会了抽烟，现在又学会了撒谎，监狱果真是个大学校。

大姐大却不肯轻易买她的人情，竟然对值班女警说道："别听她瞎编。我当真恨不得杀了她！"

值班女警陡地瞪大了眼睛："'688'，你为什么要杀她？"

"因为她轻易背叛了一个世界上最好的男人。"大姐大那神情那语气无不俨然个大情侠。

"这跟你有什么相干？"值班女警的一双大眼睛忽然闪烁着熠熠星光。

"怎么没相干？噢噢，你不可能明白的，不可能……"大姐大突然卖起了关子。

"你说说，说说呀！我们都是女人，能不明白女人的心？"值班女警显然不仅在为神圣的职责所驱使了，迫不及待的语气掩饰不住一颗属于童年的好奇心。大姐大却说："你错了。女人的心，只有男人才能最明白。相反，男人的心，也只有女人才能最明白。"

值班女警好不疑惑："真的？"

"等你心上出现了这个男人，你便会明白阿姐……"大姐大一句话没说完，突然一阵恶心，满头大汗淋漓，脸色苍白得可怕……

她不由得大吃一惊，忙不迭就势坐了起来，一把抱着大姐大："你怎么啦？"

值班女警好不着慌："'701'，麻烦你照顾她，我去叫医生。"

大姐大一听，倏然伸出一只脚，冷不防将值班女警绊倒，连声嚷道："不要，不要！"

她这才猛然醒悟过来："你……莫非……"女囚们同时把眼睛瞪直了。

大姐大一看，忽然像一头激怒的母狮："你们大惊小怪什么？阿姐两个月不来月经了！"

"噢——"女囚们一听，禁不住失声惊叫起来……

九

大姐大的肚子颇有点儿古怪。昨天谁也看不出她怀了孕，她一旦说她怀孕了，她的肚子便以惊人的速度隆了起来。

这不由女囚们不惊奇——

"大姐大，你怀的一定是个蛇仔。"

"黐线（神经病），怀蛇仔会令肚子大得这么快吗？我看实系是观音菩萨被大姐大对那个留美生的一片痴情所感动，特意赐给她个不寻常的孩子。"

"你懂什么？蛇乃龙的化身，龙乃神的化身嘛！"

"别瞎猜了。我们不如给大姐大测一测，看看到底是男或是女。"女囚们立刻把目光投向肥鸡：

"能测得出来吗？""怎么个测法？""灵验不灵验呀？"

肥鸡朝女囚们诡秘地眨眨眼睛，然后正儿八经地用双手往头发上抹抹，猝然拔下大姐大一根头发，绑住半截铅笔头，让大姐大用左手掐着头发让铅笔头对准右手腕的穴位，活像个魔术师似的说："众看官可看清楚呐！这铅笔头现在开始画圈儿啦！等会儿它要是往横画，大姐大怀的定然是个男孩子了；要是往竖画呢，便是个女孩子咯。看啊，看啊！"

女囚们都把眼睛瞪得圆圆……那半截铅笔头却老在画圈圈。

半个时辰过去了。"怪怪，难道大姐大怀的竟是个怪胎？"肥鸡好不惊疑。

"啐啐，你分明存心捉弄我们，还敢咒大姐大怀怪胎？姐妹们，揍她！"不知谁一声咋呼，女囚们的拳头立刻便雨点也似的落在肥鸡的身上。

"你们就是想死也用不着非得要当死囚吧?"大姐大轻轻说了一声,女囚们顿时呆若木鸡。

对大姐大的救命之恩,肥鸡没半句感激之词,却哭丧着脸儿央求道:"大姐大,你无论如何也得信我一回,这玩意儿可灵验得很呐。你快到医院妇产科做个检查吧!我求你,我求你啦!"

"管它是怪胎还是鬼胎,反正迟早我得堕了它!"大姐大却一点也不以为意。

女囚们见肥鸡这么紧张大姐大,再也不敢不相信,于是七嘴八舌:"大姐大当真会怀怪胎?"

"啊哟,那可得赶快堕掉它!""我这就找看守所长去!"

"又不是赶着去投胎,你们着急什么呀!"大姐大却瞪起眼睛喝道,"反正还有一个月我便出狱了,何必找看守所长的麻烦?"随即把方菲叫到大墙那边,出乎意料地低声细气:"我们谈判吧!我保证永远不再因为沈雁而恨你,条件是你无论如何也得答应我一件事。"

她立刻爽快地答道:"别说一件,只要我做得到,就是一百件也绝对不成问题。"

大姐大突然扑通一声跪到地上,"阿姐给你磕头了!"竟然一连叩了三个响头。

"大姐大,你这是什么意思?你这是什么意思?"她好不困惑。

大姐大毕竟是大姐大:"阿姐再坏,这也是头一次给别人磕头。什么意思?你是聪明人,还用得着阿姐解释么!"

她只好说道:"放心吧,大姐大。究竟什么事值得你非要给我磕头?快说呀!"

"我有个契妹,出奇地漂亮,出奇地聪明。"大姐大却不紧不慢地说……

她原先在一家洋人办的工厂打临工,因为带头要求洋老板多给女工们几分钟上洗手间的时间,竟被炒了鱿鱼。

她可是替上千个女工说话,洋鬼子怎么压根儿不予理睬?不理睬也就罢了,为什么非要对她这么狠心?不是说外国人比中国人讲民主吗?况且这儿的天是社会主义的天,地也是社会主义的地,为什么洋人胆敢如此这般欺负中国人?为什么中国人注定要如此这般受洋人的欺负?

那天，她独个儿跑到飞霞山上对着大海纳闷。哗啦哗啦……大海时而在咆哮，时而在兴叹；时而又在嘲笑：真傻真傻！

不，在家乡，没有谁不称赞她出类拔萃。方圆几十里的山妹子，都把她当领头雁，才敢于飞出长年累月云遮雾蔽的山坳，带着彩虹一般的憧憬，一头撞进这个陌生的世界来。现在却明摆着她最没出息，上百个一同来自粤北山区的妹子，却只有她被洋老板炒了鱿鱼。这可不由她不认！难道命运果真是传说中的风车，操纵在一只神秘鸟的手里？看来从哪里飞来的鸟儿只好飞回哪里去了。但该怎样回答山里人没完没了的追问呢？说不定乡干部会把你看作闹自由化，煽动罢工。尤其要紧的是无法面对父亲的指责：丢了祖宗十八代的脸！怎么办呢？大海啊，大海，给我指出一条路吧！

"小姐，有什么委屈，能讲来听听吗？千祈唔好想唔开。你们中国唔系有句老话：天无绝人之路吗？"背后突然冒出歪腔歪调的广州话。她不由得猛然回头，一看原来是个赤眉毛蓝眼睛，胸前挂着个手影机的洋鬼子，禁不住心火遽然上升。"你……"牙缝里却半天只挤出一个单词，自己可把自己气得几乎要哭起来。

"小姐，不要难过，什么人，欺负人你？"那个年轻的洋人竟然出奇地关心她。

"黄鼠狼！"她本想骂他是黄鼠狼给鸡拜年，不知怎的，却没有把后边的话骂出来。

那个年轻的洋人听了好不惊奇："什么？黄鼠狼敢欺负你？快带我去搞掂它！"

她又好气又好笑，终于忍俊不禁，拼命按着肚子倒在了岩石上。

那个年轻的洋人见她笑了，也跟着哈哈大笑起来。半天才恍然大悟："噢，你整蛊我！"

她越发笑得死去活来："嘻嘻，大笨蛋，黄鼠狼！嘻嘻，黄鼠狼，大笨蛋！"

说也奇怪，她对洋人满肚子的怨和恨，竟在一阵大笑中不知不觉地荡然无存。既不乏感激又很是不解："你……你为什么要紧张我？"

"因为你是人，我也是人，生活在同一个星球上。明白？"那年轻的洋人脱口答道，语气十分地爽脆利索。

她这才发现，他的一双眼睛蓝得有多透彻。这不由她的语气不稍稍变得温和："不明白。我们公司的洋老板不光跟我们中国女工生活在同一个星球上，而且一同生活在这个星球上手巴掌大小的一块地方，为什么对我们中国女工那么苛刻？只晓得拼命赚钱，压根不管我们中国女工的死活！"

"因为佢系老板，系老板就要拼命赚钱，要拼命赚钱就不能顾工人的死活。管你系边个国家的工人，系男工系女工？"那个年轻的洋人依然操着生硬的广州话，却全然争论的口吻。

她不能不打心里承认，这个年轻的洋人说的并非没有道理，但这是在我们中国，我们中国可特别尊重工人，让工人当家做主。

"这个问题是属于政治范畴的问题。办工厂搞企业只能由老板当家做主，不能随便引入政治。一个工厂企业如果由工人当家做主，那就太开玩笑了。工人就是工人，怎么可以由工人当家做主？"

对这位年轻的洋人的奇谈怪论，虽然并非每一句都为她所能完全理解，她却觉得每一句都那么怪有意思。什么意思？又叫人轻易说不出来："你能说得更明白一些吗？"

"对我的说话，你有兴趣？"那个年轻的洋人高兴极了，"好，好。我一定满足你的要求……"

不知什么时候，水汽氤氲的暮霭悄然而至，飞霞山上处处是情侣的情影。她不由得猛然跳了起来："啊哟，我在这儿干什么？"陡地转身，一溜风烟往山下跑。

那个年轻的洋人竟然慌忙追上前去："小姐，你要到什么地方？"她突然愣住了，半天才梦呓似的答道："不知道。"

那个年轻的洋人紧接着问："你认为我可以信得过吗？"她很有些莫名其妙："你……这是什么意思？"

"我希望能帮助你！"那个年轻的洋人忽然变成了腼腆的男孩，怯生生地望着她，一双碧蓝的眼睛充满热切的恳求和期待……

女人的本能意识叫她不能不立刻对异性的任何善意保持着足够的戒备。然而，她却始终没有勇气稍稍做出拒绝的表示。与其说此刻她最需要善意的帮助，毋宁说她此刻最需要的是人格。这位年轻的洋人无疑是担心他的帮助会给她的人格带来伤害，她怎么可以反而伤害他的人格呢？她的舌头却受了鬼遣神差，竟然说了一句生硬的英语："a thousand thanks！"

那位年轻的洋人一听，倏然拉起她的手，连连吻她的手背。她不由得陡地瞪大了眼睛，满面飞红……

"Sorry，sorry！"那年轻的洋人突然意识到什么，连忙一迭连声地致歉，"小姐，你太叫我高兴了！因为，你是世界上第一个愿意接受我帮助的人。"

这太叫人不可理喻了。天下间真有这种出奇的好人？尤其是洋人……

"说吧，你愿意接受我什么帮助？"他的语气可实实在在地发自肺腑之间。她却无论如何也轻易不能开口。尽管她身上并不缺少夏娃的遗传因子。

那个年轻的洋人见她半天没作声，只好掏出一沓高面额美金："我一时倒糊涂了，竟忘了金钱系世界上万能之物，有了金钱便有一切。小姐，千祈唔好客气！"

她却直愣愣地站着，半天也伸不出手，一颗心却在扑通扑通乱跳……那个年轻的洋人硬是把一沓高面额美金塞到她的手上……

这当儿，不知打自哪儿突然冒出一位干警劈头朝她喝道："你真够胆，竟敢在这里向洋人卖淫，污染特区的投资环境！"

她傻了……

那位年轻的洋人慌忙解释："阿Sir，这纯粹是一场误会……"

"先生，这里没你的事，你可以走了，别给我们的工作添麻烦。"那位干警却不由分说，硬是把她拉走。

那位年轻的洋人急得几乎要发疯，只好跟到派出所，又跟到公安局。然而，尽管他把鸡嘴说成鸭嘴，又把鸭嘴说成了鸡嘴，谁会相信他的鬼话呢？他所得到的除了失望，自然只能是毫不客气的训斥。最后，他不得不找到市长那里，稍稍运用他的聪明要挟说，如果不立刻释放那位无辜的小姐，他将把这一侵犯人权的事实公诸英国报纸……

她终于被释放了。但在我们中国，自古以来好事十载不出门，坏事一夜传千里。她向洋人卖淫当场被抓的丑闻，不但霎时间传遍了开除她的公司，而且很快传遍了粤北山区。她即使跳进灰池泡上七天七夜，也休想泡出个清白来了。她本来就喜欢卡夫卡的小说，现在被世俗一逼，便将自己变成卡夫卡笔下的人物——索性来个好罐破摔，豁出性命专门赚洋人的美元、英镑。不久竟得了葡萄胎。做了手术之后，医生千叮嘱万叮嘱务必按时检查。她却把医生的话压根儿当作耳边风，只顾着一头扎在风月场里寻求心理上的满足：把世间的怨和恨全都发泄在洋鬼子的身上，非要把洋鬼子玩残不可！结果，玩出了火——当她不得不到医院检查时，子宫里遗留的葡萄球菌已恶变成绝症：茸毛癌。

我不知暗暗为她掉了多少泪。她却一天到晚嘻嘻哈哈，好像阴府当真是个极乐世界，越朝这个世界迈近一步便越值得庆幸。医生对她进行大剂量化疗，每每出现生机都为她的放荡所毁灭。弄得主治医生拿她没法，不能不一次又一次地警告她："你再不自重，我便把你赶出医院！"她总是笑笑："Sorry, sorry！"却等不到天黑，便又悄悄溜出医院，第二天早上免不了又得让医生一番急救……

一看那根可以叫人起死回生的管子又挂在病床跟前，管子里生命的原色在一滴一滴缓缓流动，那十分仿若石膏塑的脸仍然十分仿若石膏塑，压根不见一丝儿血的投影。我的心不由得紧了紧，忍不住喟然叹了一声：唉！

她立刻睁开眼睛，但只朝我瞥了瞥，便又死一般睡过去。竟把印着红色"十"标记的白被单掀到一边，身上只穿一件极端透明的胸衣，半截胴体全袒露出来，脐下手巴掌大小一抹暗红。

这儿到底不是伊甸园。况且据说亚当和夏娃偷吃了上帝的禁果，在繁衍人类的同时并没有忘记繁衍人类区别于任何动物的意识：羞耻。我实在替她难为情，不能不赶忙拉起那张白被单，将她半裸半露的身体盖得严严实实。

她又突然张开眼睛，定定地瞅着我，竟然冷冷地说："阿姐，你刚才那一声喟叹，究竟什么意思？是怜悯我抑或嘲笑我？"

我不禁轻轻打了个愣怔……

"不管是什么意思，我不能不警告你：即使我死了，也不许你再冲着我的尸体唉声叹气！听见了吗？"

我不能不连忙答道："听见了，听见了！"

"噢，这才像我的好姐姐。"她的脸上又出现了多时不见的笑靥，突然说："阿姐，给我唱支歌送行吧！"

我听了，不由大惊失色，虽然一迭连声地骂她口臭，一迭连声地说她一定会好起来，但到底还是答应她的要求："你要阿姐给你唱支什么歌？"

"就唱我在卡拉 OK 厢房最喜欢唱的那首《彩虹听过我的歌》吧！"她的声音忽然变得十分微弱。

我的心在暗暗颤抖了，一时还没弄明白她在卡拉 OK 厢房最喜欢唱的那首《彩虹听过我的歌》到底该怎么唱，她便溘然离开了这个世界，竟没留下半句话……

听到这儿，她不禁长长地倒抽了一口翳气，脸上潸然落下两颗凉沁沁的泪珠儿。

大姐大顿即拉长脸孔，"自古男儿有泪不轻弹，为什么女人非要相信眼泪？"

她却脱口答道："因为世界上只有女人懂得眼泪的价值。我们女人的悲剧，正是在于没有学会流泪。"

"无稽之谈！"大姐大益发不悦，"照你这么说，我倒该为我契妹大哭一场才是喽！可她却连我唉声叹气也不能容忍。难道你不觉得她是个了不起的女人？"

她的心肺仿佛压着一块重重的石头，叫她连气也轻易喘不过来，哪有情绪发表什么评论？只是觉得很有些蹊跷："大姐大，你为什么无端端给我讲了这么个悲剧故事？"

大姐大这才朝她挺了挺肚子："我的肚子大得这么出奇，难说怀的不是葡萄胎。要是当真怀了葡萄胎，难保不跟我契妹那样死于茸毛癌……"

她不觉"嗤"一声笑了："怎会呢？怎会呢？"

"我至少跟自己说过一千遍：'怎会呢？'可我的脑子里却出现一千零一遍预感：'你必定逃不脱契妹一样的命运！'……"大姐大却忽然满脸忧悒地说，"我契妹把死亡看作是生命的超脱，我可不稀罕这种超脱。死亡到底是可怕的事。不管活着有多么艰难，世界上总有些东西值得你永远活下去，只是造化不由人。我要是因为怀了葡萄胎而不得不离开这个世界，你一定要按月给沈雁寄上一千美元啊！"

她无论如何也不会想到大姐大竟然痴情至此！心里那口井忽然被投进一块异乎寻常的石子，暗暗掀起了异乎寻常的波澜……

"有朝一日他会回来寻找你的。"大姐大信心十足地说，"你一定要保守秘密，绝对不能说我曾经给他寄钱。"

这就叫人轻易不能捉摸了："你怎晓得他有朝一日会回来寻找我？为什么不能让他知道你曾经给他寄了那么多钱？"

"因为他心中永远只有一个女人。这个女人偏偏不是我，而是你。"大姐大的语气充满了嫉妒，"你要是把我的一切都告诉了他，我就是到了十八层地狱，也绝不会放过你！"

她的心禁不住阵阵震颤，连忙说道："大姐大，你可别傻想啊！倘若沈雁有朝一日回来，我敢担保，他一定会发现在这个世界上最值得他眷恋的女人并不是我……"

大姐大一时没弄清她的意思，一迭连声地质问："为什么不是你，为什么不是你？"

她不由得哑然……

"他为了成全你的执着，来特区一年多也不让你知道。难道你始终不能为了他而放弃自己？"大姐大若有所悟地问道。

她却出奇地固执："不行不行，他会认不得我的。""这是什么意思？"大姐大好不困惑。

"还不明白？我要是放弃了自己，我便不成其为我了。这不更叫他失望么！"她越说越离奇。

大姐大却忽然聪明得出奇，又是顿足又是捶胸："唉唉，我白给你磕了三个响头。冤枉，冤枉！"竟然晕倒过去……

十

她无论如何也不会想到，大姐大会突然猝死在狱中。一连几个晚上，她只要稍稍闭上眼睛，便梦见大姐大硬是将个怪胎往她的肚子里塞，一面乐呵呵地说："噢噢，你很快就会自由啦！"

这天夜里，她再也不敢入睡，眼睁睁地坐在架床上，直至天亮。忽然发现牢房里的女囚一个个都在架床上眼睁睁地抱着双膝，夜来谁也不曾闭过眼睛。原来全都做着一个同样的梦……

女囚们原先都巴不得自己突然怀上怪胎，能因而提前获得释放，而今没有谁不担心自己的肚子突然隆起来。

"怎么办呢？"女囚们无不忧心忡忡地朝她投来困惑的目光。

蓦地，她忽然记起有一次拍摄一部电影，到某地农村取景，遇上一队送丧归来的农民，围着一眼古井，争先恐后地用柚子叶蘸水由头至脚往身上浇。一位老太婆看见她，慌忙把她拉过去，将她浑身浇个透湿，一边告诉她："浇得越透湿身上招惹的邪气就越发洗得干净。"十成是大家沾上了大姐大的邪气。于是立刻央求值班女警："小姐同志，快给我们弄几片柚子叶来吧！"

"要这玩意儿做什么？"值班女警随口问道。

"这是上帝的秘密，说不得的。反正柚子叶是一种圣洁物，你放心好了。"她正儿八经得出奇，没等值班女警离开几步，连忙吩咐女囚们打扫牢房，要特别的干净，不许有丁点儿泥尘；又叫肥鸡把她的被子撕成布条，分别挂在所有的水龙头上。

女囚们无不满头雾水，却出奇地听话，谁也不多问半句，照足她的吩咐去做……

直至她扭开所有的水龙头，把水哗哗啦啦引进牢房，女囚们这才恍然明白过来，禁不住一阵疯叫："好嘢，好嘢！"

被尊称为小姐同志的女警对女囚们总是有求必应，不到个把时辰便送来了一大簇翠嫩的柚子叶，一看不大不小的牢房忽然变成个不大不小的澡堂，不由得陡地瞪直了眼睛："你们要干什么？"

"洗掉邪气呀！"她倏然夺过柚子叶，就手抛进水里，回头招呼道："姐妹们，快除掉衣服呀！"

女囚们顿即脱光衣服，一丝不挂，赤条条扑进水里，嘻嘻哈哈泼起水来……"你们反啦？快给我把衣服穿上！"值班女警不能不发火了。

她却突然问道："小姐同志，你认识夏娃吗？"

女囚们竟然跟着齐齐崭崭转过身来，剔剔透透对着值班女警，七嘴八舌地说："我们就是夏娃！哈哈，我们就是夏娃！……"

她万万没有料到，被尊称为小姐同志的女警居然将圣经故事背得滚瓜烂熟：

"嘿嘿，夏娃可是上帝用亚当的肋骨造出来的。上帝原本不让她看见她赤条条一丝不挂，让她和亚当在伊甸园快快活活过日子。她却偏要轻信毒蛇的唆使，偷吃了上帝的禁果，终于受到上帝的惩罚。可你们，你们……"

"我们可没有偷吃上帝的禁果呀！"肥鸡什么时候都比别人快嘴快舌。

"别死鸡撑硬颈了。"不知为什么，她轻轻说了肥鸡一声。女囚们竟然接着她的话茬，七嘴八舌地不打自招："是呀，我们中间谁没偷吃过上帝的禁果呢？！"

"叛徒，叛徒！你们统统都是叛徒！"肥鸡的嗓音立刻提高了八度。

"别吵啦，别吵啦！"女警小姐同志忽然神色慌张起来，"看守所长过来了。"

"小温，出了什么事？"牢房外果然传来个熟悉的嗓音。

但见女警小姐同志连忙答道："没什么，所长，牢里秩序很正常。""唔，OK！"

女警小姐同志终于瞒过看守所长。牢房里立刻爆出一片欢叫声："小姐同志万岁！"

"别胡闹啦，快洗吧！说不定所长等会儿还会回来。"女警小姐同志一边说一边背过身去。

女囚们连忙用柚子叶拼命往身上搓擦，巴不得擦掉几层皮囊，透透彻彻洗掉身上的邪气……

这时，一抹斜阳从铁窗透了进来，投在一片水面上，清澈的水底忽然出现一群通体透亮的美人鱼……

女囚们不由得愣直了。

"你们还在愣什么呀？所长回来啦！"女警小姐同志突然转过身来，慌张得不行。

女囚们却没丝毫反应，一个个都在默默地对着水中的影子打心里问道：这是我吗？我原来当真这么造化，这么美？

女警小姐同志不能不急急闯进牢房，猝然拔开出水涵口。于是水中一个个美人鱼似的影子随即遽然消失了。

女囚们却依然赤条条站在那儿，一动不动……

"谁把你们的魂魄给勾走啦！"小姐同志又慌又火，连忙搬来一台三洋收录机，一边按按钮，一边悻悻地骂道："我给你们招魂，我给你们招魂！"

于是，女牢里突然响起迪斯科震耳欲聋的乐曲。女囚们突然跳了起来，赤条条的躯体，每个部位顿即变成疯狂的音符……

歇斯底里的旋律，歇斯底里的笑，歇斯底里的哭，歇斯底里的骂！

天在旋转，地在旋转。眼前的大墙在摇晃。地球上所有的大墙都在摇晃……

1993 年 12 月发表于《当代作家》丛刊

短篇小说选集

铁骨风

刚过萧家河，天便断黑了。

两脚一急，竟踏进稻田里，摸了半晌，老是走不出来。突然一道强烈的手电筒光直射过来，跟着喝道：

"谁？"

是一个孩子的声音，却尖锐有力。我赶忙应道："我。"

"你是什么人？"

"从县城里来，到萧家村去的。"

"怎么竟敢闯进稻田里来？"那孩子咚咚地跑过来，尖着嗓子质问。"天黑，走错道儿了。"我只好抱歉地解释道。

"你的眼睛长到哪儿去了？"他一看那稻禾，有几棵东斜西歪的，水面上漂着一小朵一小朵的稻花儿，便一步跳到我的跟前，铁青着脸，眼睛瞪得大大的，颤抖着薄薄的嘴巴儿："你……你……"半晌才说出最后一句话，"跟我见队长去！"

这回真是肚里喝着苦瓜汤——有口张不得了。不过也好，我正要找队长，他不成了我的义务向导了么。

还没踏进门槛，那孩子便直嚷道："队长，抓到一个破坏分子！"

生产队长老萧一看是我，便故意板着脸，说："好吧，就把这个'破坏分子'交给我吧。"

等那孩子悻悻地转身出去了，我才把缘由告诉了老萧。他听了不禁笑道：

"嘿，铁匠手头里出的，还会是软东西！"

"谁家的孩子？"

"就是铁骨伯的嘛！"

"怪不得他的话里尽是硬家伙哩。"

听老萧说，这孩子叫阿筋。他每天一放学回来。便跟着他爸爸干活路，白天黑夜，形影不离。渐渐地，受了他爸爸的传染，便养成了他爸爸的铁骨风。有一回，他跟爸爸去种队里的番薯苗，两父子干了大半宵，气没歇，腰不伸，种完了二十几亩番薯苗，可是却把他妈妈吩咐种的自留地里的番薯苗给忘了。后来他妈妈挑尿去淋薯苗，发现薯苗全在畦垅里闷死了，便气冲冲地跑回来问道：

"那天夜里，你两父子去哪里来？"

"种番薯苗嘛。"铁骨伯吸着大碌竹，不以为然地应道。"种哪家的来？"

"队里的嘛！"孩子学着爸爸的腔调应道。

"自家的呢？"

"哦——"铁骨伯这才记起老伴自留地的番薯苗，忙说："忘了，忘了，是忘了。"

阿筋却在一旁插嘴道："我可没忘哩！"

"你没忘，为什么让番薯苗闷死了？"妈妈更火了。

"我要是去自留地里种了，队里的番薯可就得缺肥了。"阿筋认真地说。妈妈张着两只鼻孔直拉风箱，无可奈何地骂道：

"嘿，铁骨铁骨，尽出些铁骨种！"

铁骨伯听了，直乐得呵呵大笑起来……

铁骨伯到省上参加贫下中农代表会去了，老萧叫我跟阿筋一块住，好做个伴儿。开头，阿筋硬是不肯，鼓着个腮帮，说："我不，我不……"直到老萧把我当年和他爸爸一块斗地主的事告诉他以后，他这才眨巴着眼睛问：

"这么说，你不是坏人？"

"你看像么？"我故意反问道。他晃了晃小脑袋，说：

"不像，现在看不像了！"

这一夜，我就和阿筋睡在那座人字形的田头屋里。我问他为什么不在家里睡，偏要到这草寮子里来睡。他说：

"这是爸爸的岗位嘛。爸爸不在，我来接他的岗哩！"接着，他反问我道，"你怕吗？"

没等我开口，阿筋便安慰我说："不要怕。我小时候跟爸爸来看田，也有点儿怕，现在就不怕了。"

听他的口气，仿佛他并不是个十岁刚刚出头的小孩子，而是满有生活经验的大人，我不禁笑出声来。

"你笑什么哩？你不信。问我爸嘛！"

"信，信。快睡吧，月儿都升高了。"我一边给他盖被，一边催他快睡。他刚闭上眼睛，却突然侧过身来，抱着我的脖子，诡秘地吩咐道："叔叔，你可要醒睡点，听见稻禾飒飒响，赶快叫醒我。""做什么？"我不明白地问。

"嘿嘿，捉鬼！"

我笑了笑说："世界上哪会有什么鬼？"

他却固执地说："有哩！我爸爸说，过去有日本鬼，如今有美国鬼。我们稻田里也有鬼，专在半夜里来吃稻花。"

嗬，原来他说的是阶级敌人和自然界的敌人，我不由得叹道："嗨，这孩子，警惕性真高！"

一觉睡到三更，我并没有叫醒阿筋，倒是他把我唤醒了：

"叔叔，快来呀！"

我陡地跳了起来，直冲出去。只见阿筋立在稻田旁边，一手亮着手电，一手拉着张网儿，几只水鸭在网里扑棱扑棱直拍打翅膀，挣扎着。

阿筋一边拉网，一边愤愤地骂道："看你还逃了？看你还逃得了？"

不知怎的，我的脑子里蓦然想起铁骨伯来……

1965 年 7 月 16 日发表于《广州日报》

心心相印

　　四乡六里，谁都晓得我们村有两个不寻常的人物：一个叫罗卜叔，一个叫阿姜嫂。

　　关于罗卜叔，他的全部身世都包含在"罗卜"这个名字上。据说，他很小的时候，父母逃荒到这儿，没进村就饿死在路边。是村里一个专门种菜的老长工从乞食篮里把他捡回菜园养大的。那个老长工死后，他便接过一担桐油喷桶，给老财主种萝卜。新中国成立后，实现了合作化，他才在菜园里搭起一座崭新的"介"字形草寮，专门给大伙儿种蔬菜。打倒"四人帮"后，为了实现四个现代化，他更把一颗心全栽进集体的菜园里。

　　关于阿姜嫂，她的脾性就跟她的名字一般辣。据说，她还很年轻时丈夫就病死了。当年，那些偷鸡摸狗的浪荡汉子多次要欺负她，每次她都一盆洗脚水泼出去，狠狠地骂了声"贼！"叫那些家伙碰了一鼻子灰。新中国成立以后，她越发辣了，大凡损害集体的行为，她都非辣到底不可。村里人都打心眼里喜欢她。那些老婶们，见她四十出头了，又没个儿女，都劝她跟罗卜叔成个门户。可是她却认为罗卜叔太憨，因此，虽然每天早晚她都到菜园旁边的水井挑水，却从来没踏进菜园半步。

　　这天晚上，队里召开社员大会，讨论落实三中全会精神，把被"四人帮"横行时搞垮了的猪场恢复起来。没等重新上任的老队长话音落地，阿姜嫂便霍地站了起来，冲着大伙嚷道："原来猪场那几只猪头上还戴着资本主义的帽子呢，大伙说说该怎么办？"

　　人们听了，"轰"地爆发出一片笑声。

　　"别笑嘛，别笑嘛！"平日在人前没半句话的罗卜叔，忽然亮开大嗓门：

"说得着理嘛。依我看，咱队里的猪场，不独要恢复名誉，还要办得比从前更加兴旺发达才行呢！"

阿姜嫂万万没想到，罗卜叔会当着众人的面撑她的腰，不由暗暗惊奇。忽听老队长问道："罗卜叔，你看选谁当猪场的场长合适啊？"罗卜叔接着应道："就选阿姜嫂嘛！"

大伙一听，又"轰"地爆出一片掌声……

阿姜嫂半句也不推辞，当夜就把自家那头良种母猪连同一窝杂交猪崽折价给了生产队，卷起铺盖搬进猪场。昨天，她到大队猪场学习什么助长法，回来刚踏进村口，突然听到罗卜叔喊道："谁家的猪娲带着猪崽跑进菜园啦？"心里不由一怔，飞快到猪场一看，那头良种母猪连同一窝杂交猪崽，果然全没了踪影，"啊哟"一声，连忙奔向菜园，她看见罗卜叔正挥动扁担赶猪……

阿姜嫂生怕伤着猪崽，冲进菜园一把抓住罗卜叔的扁担："吃了多少蔬菜我赔偿，队里的猪崽可打不得！"

其实，罗卜叔并没有往猪崽身上打，不过他半句也不申辩，只愣了愣，又忙着去赶猪。

菜园里，剩下一只被吓疯了的猪崽，四下乱撞。罗卜叔发了急，眼看把它赶到籬竹丛边，便猛地张开两条粗大的臂膀，倏然扑了过去。忽听得"嘶"一声。但见罗卜叔的肩膀被籬竹勾住，他却全不理会，小心翼翼地把猪崽子轻轻搂在怀里，抱了起来，交给阿姜嫂。此刻，她不禁感到刚才话头未免太重了……

当天，罗卜叔忙完菜园里的活路，便抽了个空儿到猪场，把木栅栏修了一遍。

这件事，很快成了村子里的头号新闻，被人们纷纷传开了："阿姜嫂和罗卜叔可是隔年种蒲瓜，如今牵藤上架啦！"

这些街谈巷议。一股脑儿涌进阿姜嫂的耳朵里。脸上不觉一阵阵滚烫。她虽然故意对着猪儿大声骂道："谁敢再贫嘴，看我不把他的舌头割下来！"可是当她忙完了猪场一天的活路，晚上独个儿躺在床上，眼前便老是闪着罗卜叔的影子，耳边老是响着罗卜叔的声音。这时，菜园里偏偏传来几声咳嗽，更加搅动她的心绪：他呀，长年累月住在外边，朝淋雾，晚淋露，地冻三尺也光着脚板在菜园里转……这些本来不是什么新鲜的事儿，如今竟像刚刚开了闸门的运河水，滔滔不绝地在她的心头上翻滚。

再说罗卜叔，天一黑就对着一担菜脚纳闷。他猜想阿姜嫂必定是忙不过来，青料供应不足，猪儿才钻出来觅食，便摘了满满一担菜脚，正想送过猪场去，却忽然听到众人传说他早上给阿姜嫂修猪栏的事，觉得真是寡妇门前是非多。于是改变主意，等到断黑以后才给送过去，免得别人见了又说三道四。可是月亮升起来了，他心里都迟疑起来："这个时候，合适么？"跨出去的一只脚不由得缩了回来。"看你想到哪儿去了？树正还怕影儿斜么！"一转念，又暗暗责备自己，心一横，便陡地跨出菜园……

满栏猪儿闻着菜香，涌到栏门前，"唔唔唔"地喧嚷起来，罗卜叔赶忙把菜脚一把一把撒进去。还边说着："别慌嘛，别慌嘛，有你们吃的哩。咱保证供应，你们可得快长膘啊！"

阿姜嫂听见说话声，从窗户探头一看，不禁又惊又喜，拼命捂住嘴，好容易没笑出声来，心里暗说："噢，谁说他是个冬天蛤！"

先前月亮还明晃晃的，照得猪场一片银白，此刻却被一块块乌云遮住了。平地刮起一阵狂风，传来轰隆隆的雷声。俗话说。春雷动，雨跟踪。果然不假，雷声刚过，雨点便落下来了。

"雨落得这么大。快进屋里来避一避哪！"阿姜嫂心里呼喊着，还没叫出口，罗卜叔便弓着腰，钻进猪舍里去了。眨眼工夫。他又钻出来，仍然弓着腰，钻进另一间猪舍……

阿姜嫂心里明白罗卜叔这是在干些什么，再也憋不住了，明知雨水泼不进猪舍里，也偏要去看看。

这时，罗卜叔已经完全忘却自己是送青料来的，俨如这猪场的主人，每间猪舍他都仔细查过一遍。确实没有飘风泼雨，才放心地转身出来，没想到跟阿姜嫂打了个照面。他大吃一惊，慌张得连手脚也不晓得搁在哪儿。

平日落落大方的阿姜嫂，这时胸口也禁不住扑通扑通地响，颠三倒四地说："半夜三更，还来给我修猪栏么！"

罗卜叔张大嘴巴，半晌说不出一句话，赶忙低着头，猛然拔腿往雨幕里跑……

阿姜嫂急得直跺脚，高声嚷道："别跑呀，别跑呀！"

第二天，阿姜嫂绝早便起来，煮好一碗姜糖水，小心翼翼地放进竹篮子里，一步跨出门槛，突然瞥见罗卜叔昨夜送菜脚挑来的一担畚箕，里边还留着几片残叶，心里一动，连忙装满一担猪粪，趁着大伙还没开工，赶快送到菜园去。可是刚出村边，便碰上老队长扛着大锄从田里回来。

"阿姜嫂，大清早上哪儿啊？"老队长乐呵呵地招呼道。"送一担猪粪上菜园哩！"阿姜嫂乐呵呵地答道。

老队长却盯着竹篮子，心里已明白了几分，眉开眼笑地问道："给罗卜叔送些什么啊？"

"一碗姜糖水。"阿姜嫂直肠直肚地应道。"好啊，又辣又甜。"老队长忍不住笑起来。

阿姜嫂本来大大方方的，经老队长这么一笑，脸颊绯红。她硬着嘴巴说："笑什么呀，人家一心想着四个现代化，为集体吹风淋雨，送碗姜糖水慰劳慰劳倒不应该么！"

"应该！应该！"老队长忙敛住笑，一本正经地说："他呀，就只晓得关心集体，却不会关心自己，叫人多挂心哪！"

也许老队长并非有意，可是阿姜嫂却感到这是特意说给她听的。她生怕老队长再说她什么，赶紧走进菜园去。

这时光，罗卜叔正蹲在菜畦沟里，把昨夜里被雨水打得东斜西歪的菜秧一棵一棵扶起来，身上湿漉漉地淌着雨水，一面不住地咳嗽。

不知怎么的，阿姜嫂心里忽然不安起来，也不招呼罗卜叔一声，便从竹篮子里端出姜糖水："快趁热喝下去吧！"

罗卜叔一愣，半晌不敢伸手。

"喝呀，也许能镇镇咳。"阿姜嫂将一碗姜糖水直端到罗卜叔的下巴尖。经历了昨夜不寻常的邂逅，罗卜叔这会心里可踏实多了，看看阿姜嫂面前的一担猪粪，又看看她端着的一碗姜糖水，突然抬头瞅着阿姜嫂，颤抖着嘴唇问道："你，你这是为……为的什么来？"

阿姜嫂直盯着罗卜叔，反问道："你昨夜里跟猪儿说的什么来？"

罗卜叔一听，咧咧嘴唇，猛地伸出双手，接过阿姜嫂的姜糖水，大口大口地呷起来。

阿姜嫂开心地笑了笑："辣吧？"罗卜叔憨厚地笑了笑："甜透啰！"

人们出早工经过菜园，不知谁突然高声嚷道："啊哈，阿姜嫂和罗卜叔可真心心相印啦！"

罗卜叔立即慌张起来，两眼直愣愣地望着阿姜嫂，好像在说："快使辣劲呀！"

阿姜嫂果然扬起脸来，高声大嗓地争辩："哎哎，你的心没印在四化上，倒印在什么邪门上呀!"

人们"轰"地爆出一片笑声，一片掌声……

1980 年 7 月 2 日发表于《南方日报》

明天的事

夜很静，田生家里的织席声格外清晰：嗖嗖……"淑贞，什么时候啦！"

"还早着呢，妈。"

"你哄谁啊，月亮都爬到天窗上去了，还要等他。你怕他自己不会回来睡么！"淑贞一听，脸上陡地飞起一片红云，赶忙拿话堵住婆婆的嘴："妈，可别把明仔吵醒啰。"

西房里果然不作声了，淑贞仍然在十指不停地编织，不时侧耳听听，看门外有没有熟悉的脚步声。

她从过门到田生家的第二天晚上起，就习惯了这样。田生是队里的干部，队里的大小事情都离不开他，每天晚上都得忙到村里没了灯火才回来。不管等到什么时辰，田生不回来，她是决不会独自上床的。婆婆知道她对田生爱得深，因而对她疼得深，明仔一脱奶，就拉到自己的身边睡，把半夜里给孩子尿尿、盖被、扇凉的工夫全揽了过去。她内心很感激婆婆，可就是田生不在身边自己怎么也睡不着。眼下一张蒲草席只织了一半，还未到田生回来的时候，要是往常，她例不焦急的，可是明天天一亮，就得急着进城去办一件很重要很重要的事情，这可得等他回来再计议计议才行。她越想便越等得心切，不知不觉咕叨道："哎，莫非把人忘了不成？"

"啊哈，你什么时候都躲在我心窝里，怎么会忘得了？"门外忽然传来逗趣声。

淑贞一听，丰满俊俏的脸颊又唰地飘过两朵红霞，忍不住"吃吃"笑起来，"让我在外边吃闭门羹，你倒开心啊！""你自己不会推么？"

"你把门闩着，我怎么推呀？"

这时，西房里忽然传来老人"哧哧"的笑声，淑贞再也不敢跟丈夫耍趣，一边开门一边说："谁叫你这个时候才回来。"

田生兴致勃勃地说："要不是大伙凑出十二个字，这个时候还回不来呢。"

"你哪回没根由？"淑贞努努嘴，突然好奇地问："你们队委倒凑出十二个什么字来着？"

"就是——"田生清清嗓门，有板有眼地说："增产大，分配高，贡献多，生育少。

淑贞听了，捂着嘴直笑。

"你笑什么来？"田生有点莫名其妙。

淑贞说："这十二个字，你至少跟我说过十二遍了，可跟你今夜里回早回迟有什么关系？"

田生说："怎么没关系？明天晚上队里开社员大会贯彻党中央的公开信，队委会没拿出个题目，叫大家怎样订出具体规划来？"

"哦，我明白了。"淑贞恍然大悟地说："你硬要争着明天进城去，原来跟这十二个字有关系。"

"嘿嘿，"田生乐不可支地说："难怪村里人都说你长得又秀气又聪明！"淑贞心里甜滋滋的，却刮着自己的脸皮嗔道："羞，羞，不怕人家听了笑掉牙。"

"没说完的留着明晚说不行吗？"两口子一听西房里传来老人的声音，赶快扑向桌前，"呼"地吹熄了灯火……

"妈怎么还没睡？"田生咬着妻子的耳根问。"还不是为了你。"淑贞咬着丈夫的耳根答。

田生的心好像被什么咬了一下，许久才又压着嗓门说："我明天进城，你在家里可得多向妈解释。"

淑贞故意说："我不管，谁积极谁就得负责解释。""我对她解释过多少回了。她老是拉长喉咙直叹气。""那就让我去吧，我包管说通妈。"

田生急了，嗓门跟着粗起来："我把鸭嘴说成了鸡嘴，你才答应让我去，怎么如今忽然反悔了？"

淑贞固执地说："我左捉摸右捉摸，总觉着还是我去好。瞧，我把东西都收拾好啦！

田生一看床头上搁着个胀鼓鼓的绣花手提袋，心里不由着急起来，于是出个主意说："也行，你去我也去，让医生做决定。"淑贞怕医生偏着男人，也想出了个主意："还是抽签吧，该谁去就谁去。"

田生想了想，眉开眼笑地说："好，好，我来做签。谁抽着白签可不能反悔啰。"说着便从《农情日记》本上撕下一页白纸掰成两边，又从抽屉里拿出结婚前淑贞送给他的那支金星钢笔，然后转过身借着窗口的月光神秘地划了几下，搓成两个小纸团，两手一合使劲摇了摇说："来，你先抽吧！"

淑贞挑来挑去，半天也不晓得抽哪一个。

田生一个劲地催促："抽呀！要不，我抽中了你可别……"

淑贞终于下了决心，挑了一个搓得特别结实的小纸团，可是拆开一看，却是一张白纸。

田生得意地叫道："你看，还不是该我去么！"

淑贞不息心，硬要看看留在田生手心上的那个小团。

田生心里发慌，却装着漫不经心的样子："还用看么，还用看么。"连忙把小纸团扔到窗户外。

淑贞嚓着薄薄的嘴唇说："谁知你耍的什么戏法呀！""嘻嘻，谁叫你手指头上没长眼睛哩。"

"我不信，就该你积极。"

"我积极，你不也光荣吗？"

两口子越说声音越高。于是，西房里又传来老人的警告："要不养足精神，明天谁也休想踏出门槛半步！"

田生吐吐舌头，赶快伸手捂住淑贞的嘴巴儿。淑贞轻轻推开丈夫的手，悄悄跨出房门……

"上哪儿去？"田生压着嗓门问，一面从花枕头旁拿起手电筒。踮着脚尖跟出去，突然看见鸡窝前蹲着淑贞的影子，便屏住呼吸，蹑手蹑脚走上前去，冷不防一把将她抱住："捉！"

淑贞吓了一跳，"哎——"她还没喊出声，便立刻认出自己的丈夫，低声嗔道："没正经的！"

"嘻嘻……"田生只顾笑着，却忘了松开臂膀。"你在这里掏什么呀？""怕你没等天亮便上路，得先给你煮几只鸡蛋。"

"这是'九斤黄'下的蛋。妈不是说要留着孵鸡雏么？"

"就是'十斤黄'下的，妈也舍得给你吃。"

"唔，我看你比妈还……"

淑贞晓得他下边要说什么，赶快拿鸡蛋塞住自己的耳朵，一边说："不要听，不要听！"一边挣开田生，一溜烟地跑进厨房。

……从厨房里出来，两口子不约而同地抬头看看月色，只见头顶上一片蔚蓝，没一丝儿云彩，那轮往西倾斜的月亮特别明朗，淑贞和田生不约而同地脱口说道："嗨，明天，该多灿烂！"

1980 年 10 月 26 日发表于《湛江文艺》

侧影

　　一九六七年暮春，一个风雨交加、满目混沌的黄昏。我为躲避意外的横祸，悄然离开纷乱不安的小城。

　　出城不远，黑水河便隐约横在眼前了。忽见河边闪现着个侧影，我慌忙躲到岩石后边。定了定神，这才看出是个课桌子高的小女孩，头上扎着两只彩蝶，浑身挂着雨丝，赤着两只脚丫，在追着滚滚滔滔的黑浪奔跑，一面声嘶力竭地呼喊："妈妈！妈妈！"

　　我急步上前，关切地问："小妹妹，你妈妈怎么啦？"

　　她朝我愣了愣，断定我不是个恶人，便"哇"地放声哭起来，半响才哽噎着说："妈妈给我买了个大烧饼，"一边用手背擦眼泪，一边从花布衣里掏出半边被雨水淋湿的烧饼给我看："叫我到外边玩去，我只玩了一会儿，就听阿姨、叔叔他们说我妈跳河啦！"

　　我心里一沉，喉咙口像塞着一团棉花，只是作不得声，眼看暮色越来越晦暗，只好哄她说："小妹妹，可别哭了，说不定妈妈没有跳河，你快回家去看看吧！"

　　小女孩一听，果然信以为真，抱着幻想，猝然扭转身，拔腿便跑。可是刚爬上榕树坎，却又突然站在浓荫覆盖的大榕树下，一动不动。

　　我感到有点奇怪，跟上前去，只见大榕树头放着个用雨衣包裹着的婴儿，在蹬腿儿挥胳膊地大声哭叫，仿佛在抗议这个世界对他的冷落。

　　"叔叔，他的妈妈呢？"我无法回答。

　　"叔叔，快去给他找妈妈呀！他不能够没有妈妈呀！"小女孩突然惊叫起来。

　　我哑然。听着黑水河哗哗啦啦的流水声，我赶忙避开她的目光，含糊其辞而去。没走多远，不由回头一看，我怔住了：但见课桌子高的小女孩，霍然蹲下身去，使尽吃奶的劲儿，抱起那个胖乎乎婴儿，勾着头抵挡风雨，艰难地一步步往前挪动。我的眼睛模糊了，依稀看见在通往小城南隅的沙路上，留下一行歪歪扭扭的脚迹……

每一个脚迹，都紧紧牵动着我的心。这天晚上，我跑了不少路，终究没法离开小城，却被那行歪歪扭扭的脚迹领进了一间黑咕隆咚的小学校里。

小女孩一见我进来，立即把我当成了亲人，一头栽进我的怀里："叔叔，我真怕呀！你可别走哇！"

"你爸爸呢？"

"爸爸背着个'死不悔改的走资派'大黑牌，天天被押着游街，一边拳打脚踢，活活地折腾死啦！"小女孩呜咽着说。

"家里就只剩你一个人？"

"嗯。"她刚点头，却又立即指着那婴儿更正道："不对，不对，还有他呢。"

我不禁蹙起眉头："你家里没有大人，谁来养活他呢？"

"我嘛。"小女孩不假思索地说。"家里就数我最大了，我不就是个大人么？"

我苦笑了。心里暗问：孩子，谁来养活你呢？

这时，那小家伙好像故意要考她，哭得格外起劲。她连忙把那半边被雨水淋化了的烧饼塞到婴儿的嘴上，连声说道："别哭，别哭，妈妈给你烧饼吃。"那小家伙却一手把烧饼扒掉了。

我提醒她说，"他是哭奶吃呢。"

不料她立即表现出天赋的母性来，俨如个小妈妈似的把那小家伙抱到自己的胸口上，朝我含羞地笑笑，便本能地解开上衣纽扣。可是当那小家伙伸出两只小手胡乱地抓她的胸口时，她却娇嗔地推开了："不行不行，得等我长到妈妈一样，才能奶你。"

那小家伙可不答应，一面使劲地抓她的胸口，一面拼命地哭。她一时没了主意，急得紧紧搂住那婴儿，一同"哇哇"号啕大哭。

我更像热锅上的蚂蚁，急得在屋子里团团转。突然从遍地狼藉的家私中发现个奶瓶子，赶忙把拇指一般大小的胶嘴塞进那婴儿的嘴里，这才止住了他的哭声。可是当他吸吮了几口，发现自己上了当，便又"呱呱"地撒起赖来。

"我要是不要妈妈的烧饼，要她买牛奶就好啦！"小女孩十分后悔地说。我虽然完全可以代替她妈妈这样做，可是半夜三更，上哪儿买牛奶去呢？只好提起桌子上的水壶摇了摇，听得里边"咕咚"作响，随手他给奶瓶子灌进点开水。那小家伙终于渐渐安生下来，酣然入睡了。

小女孩一看，立刻破涕为笑，拍着巴掌儿说："使得啦，使得啦！往后他再哭奶吃，我就这样喂他。"

不知奶瓶子怎的破了一条细缝，渗出一滴滴水球儿，扑扑簌簌落到婴儿的脖子上，弄得他的胸前一片湿。没等我开门，小女孩便急忙拿花手绢去擦干那婴儿的胸膛，一面抱歉地说："都怪我小时候不听妈妈的话，偏要把奶瓶子摔破了缝。叔叔，你看着吧，往后，我保管不摔奶瓶子了。"话音刚落，她忽然从那婴儿的红兜肚下摸出一张四寸见宽的照片，惊喜地嚷道："叔叔，这是谁的照片呀？多好看呢！"

这是一对三十出头的夫妇。男的样子很温文，宽边眼镜后边的一双炯炯目光直朝远方眺望，修长的身躯稍稍往前倾着；女的更是个美人儿，紧紧挨着丈夫的肩膀，怀里抱着个胖乎乎的婴儿，鹅蛋脸上洋溢着幸福的笑意……

"叔叔，我看出来啦！这准是他的爸爸，这准是他的妈妈。不信，你看后边，保管写着'爸爸和妈妈'。我爸爸和妈妈的照片就是这样写着的，要不被那群恶人撕碎了，我一定拿给你看。"

我翻过照片底面，左下角果然写着小女孩所说的字样，而且上边还附着一封简短的遗书，我忍不住念出声来：

孩子：爸妈因为没法逃脱这场腥风血雨的浩劫，已经失去了生的权利……

"叔叔，什么叫'腥风血雨'呀？我怎么没听老师讲解过呀？"小女孩突然截住问。

我一时不晓得怎么回答，只好说："小妹妹，你比叔叔聪明哩，等你长大了，自会明白的。"

小女孩若有所思地笑了笑，双手捧着腮帮，又静静地听我往下念道：

孩子，但愿你遇上个良心没被劫走的人，能够救救你……

"良心？"小女孩又插嘴道："这个我懂，妈妈说，良心就是好心眼儿。我可记着呢。良心也会被劫走吗？"她用双手紧紧捂着心口，生怕有人会突然把她的良心劫走似的，却反而安慰我说："叔叔，你放心吧，我把它藏得牢牢的，谁也劫不走。"她望望那婴儿，又望望我。

我陡地一震，心里在喊："救救孩子吧！"可是，眼前的处境却只容许我给这两个孩儿当了半夜保姆，没等天亮，留下一点钱币和粮票便悄悄离开了。回头瞥瞥紧紧搂着那婴儿熟睡的小女孩，心里不禁问道："孩子，你在梦里可曾想到，打从明儿开始，你将怎样养活这婴儿，而你自己又将怎样活下去呢？"

翌晨，我不得不化了装，改乘汽车离开小城。买到车票后，才忽然记起小女孩昨夜说要买牛奶的事，便匆匆忙忙从车站对面的小食品店里买了几瓶炼奶，连蹦带跑地送到小女孩的住处，可是屋子里却空无人影，这两个孤儿哪儿去了呢？一看手表，不容我多想，只好把几瓶牛奶和"叔叔"二字留在桌子上，拔腿便跑回车站。刚上车找到座位坐下，偶尔凭窗一望，竟然瞥见候车室里闪着个课桌子高的小女孩的侧影，吃力地抱着个婴儿，在稀稀落落的旅客中间串来串去。

我简直不敢相信我的眼睛：她头上扎着的两只绸带彩蝶不见了，发儿乱蓬蓬的，圆圆的脸盘竟失去了小孩子特有的红润，连眼神也变得有点儿呆滞。只有当她伸出小手，人们给她一点碎币和粮票时，她报以感激的奶声奶气才一点没有变。突然，她看见西头的长椅上坐着个三十出头的农村妇女，正在给孩子喂奶，一双黑溜溜的眼睛立刻活动起来，闪射出熠熠的异彩，急忙从人们的腋窝底下拼命挤到那妇女的跟前。

那妇女倒挺慷慨，马上从钱包里掏出一张淡红色的一元钱给她，她却摇头不接，那妇女又掏出几斤粮票来，她仍然不肯伸手。我正感到纳闷儿，却见她目不转睛地盯着那妇女半裸露出来的胀鼓鼓的乳房，好一会儿，才低声地央求道："阿姨好心眼儿，给喂一口奶吧！"不等那妇女作声，她便倏然把那婴儿递了过去。

那妇女愕然问道："你妈妈呢？""死啦。"小女孩淡淡地答。

"这是你弟弟呢，还是你妹妹？"

"我没有弟弟，也没有妹妹呀。"

"那你是……"

"我是他的小妈妈。"小女孩断然地答。

那妇女一怔，惊疑地朝小女孩上下仔细打量一遍，恍然明白过来，眼角立时滚出两滴豆粒大的泪珠，赶忙从自己娃娃的嘴里拔出枣子也似的奶头，忙不迭地接过小女孩手里的婴儿……

于是，小女孩笑了，笑得那么天真！

我真想跑下去，向那位妇女说两句感激的话，汽车却缓缓开出了小站，迅速地把小城抛在后面。然而，那小女孩的侧影，却隔着有机玻璃窗，老是在我的眼前闪现，而且随着风雨封锁的小城被抛得越远，这侧影就越发分明……

1981 年发表于《湛江文艺》

借官记

　　自古以来，常有借钱借粮接济生计的事，甚至流传着"借亲配"的佳话，可没听见过有借官儿当的。这新鲜事儿，偏偏发生在白泥坡村"走资派"的身上，你说稀奇不稀奇？

　　可别以为大凡被尊称为"走资派"的人，必定大小高低都是个什么干部，白泥坡村"走资派"身上，就压根儿嗅不出一点干部气。不过，村里向来开干部会，倒少不了他。每天傍黑从砖瓦窑回来，他总得先到队屋去看看，只要看到挂在队屋门前那块排工板上用白粉笔写着"今晚队委开会"的通知，他就必定不请自到，而且总是打横屁股坐在他的固定席位——生产队屋的门槛上。有时，他一声不吭，优哉游哉地吸他的大碌竹。散会了，他站起来拍拍屁股便回家去。有时呢，他两手箍着膝盖，把头枕在膝盖顶上，一个劲儿打呼噜。可是一听到队长阿瑞说要散会，他便陡地抬起头来："慢着，我还有个意见呢。"往往弄得队委们非过子丑不能回家睡觉。

　　这天晚上，村里来了工作队，他还是照例去参加干部会。起初，工作队吴队长并没发觉他不是生产队干部，可他没等人家做完大批资本主义的动员报告，一听到说队里的砖瓦窑是资本主义的黑窝子，不砸烂也得堵死，便突然"啊啥"一声打断吴队长的话柄："同志，照你这么说，堵死了资本主义，还让不让人活呀？"这可惹下了大祸，不光当场被吴队长撵了出来，还在批资大会上被划为"走资本主义道路那一派的人"，简称"走资派"。主要根据，就是他常常擅自参加生产队干部会，出了许多搞资本主义的黑主意；其次是因为他姓何，名曰富，包含着复辟资本主义的幻想。大伙听了，都为他捏冷汗。不料他却笑嘻嘻地走到台上说："吴队长啊，我头上没乌纱，哪有资格当'走资派'，可能把你的官儿借给我么?"弄得台下"哄"的一声,一个个捧着肚子或弯腰曲背在地上直打滚,顿时把会场的斗争气氛全给冲跑了,气得吴队长脸上一阵紫一阵青……于是,"走资派"要借官儿的故事,便传遍了远乡近邻。

如今,虽然给他平了反,但"走资派"却成了他的绰号,人们早已把他的真名实姓忘掉了,仍旧管他叫"走资派",而且常常打趣问他,还要不要借官儿。他听了总是板脸反问道:"你什么时候见我借官来?"

今年开春,他到钱塘公社去给生产队换稻种,一回到家门便冲着老婆嚷道:"家里还有花生么,快给我炒两斤来!"

"看你,离家一日不喝酒,便馋得发慌啦!"他老婆一面唠叨,一面添柴加火。

"啊哈,你怎晓得我酒馋?""不馋叫我炒花生做什么来?""下酒啊。"

"噢噢,还说不馋呢。"

"你晓得什么来?古人一碗酒能定乾坤……"

没等炒到七成火候,他便五爪金龙,一颗不剩地把花生全抓到衣袋里,提起一瓶"五加皮",急急匆匆地上阿瑞家去。

"有酒在家吞不下,往后可别指望我给你炒花生啦!"他老婆在背后抱怨,心里可透彻地了解:丈夫和阿瑞是同庚,平素有着一种特别的交情,二人有一口酒总要分作两啖喝。

哪里晓得,"走资派"今晚可是借酒定乾坤——

"嘿,这回我们白泥坡,可得翻身啰!"酒未沾唇,他便兴冲冲地打开了话匣子。

"翻的什么身呀?"阿瑞呷了一口酒,莫名其妙地问。

"走资派"狡黠地眨眨眼睛,怪声怪气地说:"把穷字认真地翻过来,叫它变作富字呀!"

阿瑞听了哈哈大笑:"谁有这个能耐,我把队长让给他。"

"用不着,用不着。""走资派"慢条斯理地从腰杆上摸出个浸透汗渍,油光闪亮的荷包,小心翼翼地取出一张张折叠得妥妥帖帖的条子,神乎其神地说:"你只消在这上边盖个印模就行。"

"哦?"阿瑞一口酒没吞下肚,便连忙伸长脖子,一看是几万元的合同,不由陡地瞪大眼睛……

原来队里派"走资派"到钱塘公社换稻种,可是他了解到那儿好多生产队,家家户户都在筹划建新屋,很想买到白胶泥烧的上好砖瓦,便挨家挨户去招揽一笔大生意回来。"这可是池塘边挖鱼窦，越挖越大，包管不到年尾，就能把大伙的日子变过来！"他把一粒花生仁扔进嘴里，津津有味地说。

"唔，这倒是一条财路。"阿瑞一边脸晴一边脸阴地说："可是，我们走不得啊。"

"怎么走不得？"

"你没听吴队长说过，办砖瓦窑就是搞资本主义么？"

"啊哈！""走资派"朗声笑道："那是念大寨经，越念日子越穷，你还去听信它？人家钱塘公社这一二年光景就富起来，可全靠兴的解放思想哩。"

"人家是钱塘公社，我们可是庆丰公社啊。"

"你是说，我们庆丰公社是吴队长在坐第一把交椅吧？有什么相干呀？""嗨嗨，人家是公社的大领导，我们能不听他的么？"

"走资派"急了："那砖瓦窑当真不能办啦？"

阿瑞只顾闷着头喝酒，把又苦又辣的味儿尽往肚里吞。

"走资派"可忍耐不住了："你莫非倒甘心喝番薯汤，光瞪着眼睛看别人四化不成？"

阿瑞胀着脖子摇头叹道："唉，有什么法儿啊！你要是当上这个队长，可就晓得什么滋味啰。"

"走资派"想了想，忽然喜形于色地问道："你看我能当得这个队长么？"阿瑞随口答道："我当得，你怎么没当得？"

"走资派"听了大喜，一拍大腿站起来，端起半碗"五加皮"一啖呷了，抹抹嘴唇说："那就把你的队长借给我当一年半载吧！"

阿瑞以为"走资派"跟他闹着玩，半醒半醉地说："这是众人家婆，不好当啊。"

"那我给大伙当小媳妇，使得么？"

阿瑞一看"走资派"的认真劲儿，猛然省悟过来，慌忙叫道："使不得，使不得！这个队长不能借。"

"走资派"懵了："你怎么反悔啦？"

阿瑞拉长脸说："你不怕被吴书记又抓着做黑典型么？"

"走资派"不以为然地笑笑说："看你踢着一次石头，就一辈子都害怕走路啦！究其实，那年月，人家可是中了'四人帮'的流毒嘛。'四人帮'都粉碎好几年了，他会留着这些毒长瘤子不成？"

"你是个花头鸭，他会放过你么？"

"啊哈！只要他不把我吞下肚去就行。"阿瑞拗不过"走资派"，又喝起闷酒来。

"走资派"忍不住粗声粗气道："这个队长，你到底舍不舍得借？"

阿瑞一听，可被激怒了："我舍不得，我舍不得！"一面说着，气呼呼地冲出门去。

不一会儿，村里便响起"当，当，当"的钟声。"走资派"听了心里竟扑通扑通跳起来……

说也奇怪，人们从来没有想到要选"走资派"当队长，如今经他猛一提醒，却忽然觉得这个队长非他当不可，没等阿瑞把"走资派"要借队长的经过说完，便爆出一片掌声。

"走资派"被大伙的掌声震惊了，站在记工台角旁边，瞪着眼睛发愣。阿瑞使劲拽了拽他说："说话呀！"

"大伙当真信得过我'走资派'？"

回答他的又是一阵响雷，夹杂着一片叫喊声，喝彩声。

他这才颤抖着嗓门说："大伙既然信得过我'走资派'，那就立下个约法三章吧！"

借队长还要立约法，大伙觉着挺新鲜的，便七嘴八舌嚷道："什么约法？快说呀！不要说三章，就是四章五章也行。"

于是，"走资派"拉长喉咙，有板有眼地说："第一，大伙要一条心，离心离德者罚；第二，人人要拼力气，耍奸偷懒者罚，第三，户户要发财，——"

听到这儿，大伙忍不住哄然大笑起来。那些超支户慌忙问道："我们要是摘不掉超支帽，那可该怎么办呀？"

"那就——""走资派"一时想不出个合适的条文，急得右手不住地往左边肩头上搓，不一会儿，竟搓出个鱼目一般大小的泥丸，使劲往地上一掷，说："罚我'走资派'！"

这可急煞了他的老婆。她狠狠地捏了捏他的大腿，悄声骂道："你这是疯了，还是癫了？"

"走资派"疼得一边"哎唷哎唷"直叫，一面把生财之道仔仔细细摆出来……

大伙听了，心里直发痒，当即由记工员一清二楚记下来，然后挨个在上面签了名字按了指模。

"走资派"眯起一只眼睛，横竖看了一遍，随即挥起毛笔，在"约法"上端赫然写了几个歪歪扭扭的大字："赵公元帅在此"，端端正正贴在生产队屋的正厅上。

大伙无不拍手叫道："我们可要当赵公元帅啦！我们可要当赵公元帅啦！"可不是？"走资派"给全村每个能干活的人都派上了活路，除了专业种粮种蔗的以外，其余劳力通统派去挖泥、打柴、烧窑，田瘦、地少、人多的白泥坡，很快就出现"村中无懒汉，家中无闲人"的新气象。唯是一些妇女因要料理家务而往往提前收工的习惯，还一时改不过来。

这天，"走资派"正在砖瓦窑前烧火，忽然听得老婆跟水稻专业组长大块石在田头吵起架来，急忙飞下田去，冲着大块石嚷道："不管是谁，没完成定额插秧任务，就按'约法三章'罚她的工分！"

他老婆哪里吞得下这口气？不由尖声尖气回敬道："哟，借个芝麻官，也值得在我面前发官威！有本事怎么不去借个书记当？"

"啊哈！"他一看锄头碰上了铁钉，又连忙缓和口气打趣说："从中央数下来，这生产队长可算'七级总理'。七级，还嫌小么！"

"管你七级八级，要罚我的工分没那么轻易！"

他见老婆仍然寸步不让，急得右脚板一跺，对大块石下令道："罚她五工分！"

他老婆平素颈硬脸皮薄，倒不在乎几工分，只是想到在众人面前竟不留半点夫妻情，几乎被气哭了，噙着眼泪一溜风烟跑回家里，又是摔碗又是砸盆，然后一屁股坐在灶前，两只鼻孔呼哧呼哧直喘粗气。

"走资派"回来一看，心里暗叫"不好！"便想出个法儿来消消老婆的气："咦，风箱拉得这么带劲，为何灶膛里没火星。谁得罪了灶娘啊？"

他老婆果然忍不住"咕"地笑了一声，肚里的气不知不觉跟着跑了半截："你在外头会逞威风，回家里在灶头面前逞逞看！"

"走资派"又逗趣道，"好，好。你拉风箱，我做饭。"说着将袖口往上一捋，正要动手洗锅，突然发现砂锅里还有几条熟番薯，不禁大喜，连忙抓起来，一面往嘴里塞，一面急急朝门外走："嘻嘻，还是你拉风箱兼做饭吧，我还得赶着开大会表扬你呢。"

他老婆觉得好生奇怪，跟着绕到屋背后，远远竖起耳朵一听：殊不知他表扬的是大块石。心里正要冒火，一阵大东风又吹来"走资派"的嗓音："家里的活计全由着女人做，她哪能把心思全搁到集体的活计上？打从明儿起，队里的'约法，可得加上一条……"她这才渐渐熄了心中的火气："嗯，你晓得女人的为难就好了。究其实，家里的活计哪一桩能离得开女人？老娘今晚不烧锅，你回来还不是喝大东风么！"

可是，她做好了饭，又喂完猪、鸡、鹅、鸭，从头更等到二更，却不见"走资派"的影儿。只听得队屋里一会儿传来拉锯声，一会儿传来斧凿声。她越听心里越烦，不由悻悻地骂道："狠心贼！"

别错怪了"走资派"啰！村里前些年弄得牛瘦车破，连犁耙也没剩下几张，以致这些天社员常常发生争犁抢车的矛盾。所以，社员会一散，"走资派"立即当起大木匠来，一口气干了个通宵。

他正要回家躺一阵，忽然想起老婆昨天还没插完定额田，便转身到田螺坑。刚弯腰插上几棵秧苗，突然被人在背后拍了一巴掌，两脚一虚，"扑通"一声，一头扎进了水田里。他赶忙爬起来转脸一看，竟引起一串"咯咯咯"的笑声。

"还不赶快回家拿镜子照一照？"

他一听嗓音便乐了："啊哈，我又不是如今才跟你相亲！"

"可我如今才算看透你！"

"你看透我什么来？""走资派"掬起一捧田沟水往脸上抹了抹，直朝老婆发愣。

他老婆愠怒地说："还愣什么？你倒是铁打的人儿不成！"

"走资派"这才如梦初醒，笑嘻嘻地央求道："你让我插……插完这块……"

他老婆一把夺过他手上的秧苗，狠狠白了他一眼："别以为光你才积极！"他高兴得霍地跳上田塍，扮个七品芝麻官的相脸："从命！"便摇头晃脑往村里走，一面唱起"四不正"来：

喜鹊叫呀叫喳喳，

莫非小窝头上没乌纱？去吧，去吧，

我周身泥水，

哪能披得龙袍马褂。啊呀呀，啊呀呀，你可瞧见，

我"走资派"心里栽着四朵金花？

回到家里，他才觉得饿得慌，端起一碗番薯粥，只顾大口大口往里

扒，没提防，蹲在饭桌上的花猫崽趁机把砂锅里的一条咸鱼光顾了。他一火，抓住花猫崽的后颈脖，便使劲扔到门外去。

这当儿，正好碰上个卷裤筒，两腿沾着泥巴，四十五六年纪的高个儿扇着草帽进来，便忙一闪身，用草帽接住花猫崽子，爽朗地说："你把它扔了，它岂不变成野猫了么？"

"走资派"忿忿然地说："嘿，白养了它。"

高个儿听了随手捏着花猫崽的后颈脖拎了起来，轻轻吹了吹它的须儿，它竟眯着眼睛，四足一动不动。"唔，是个光会叫不会捉鼠的角色。"

"走资派"看了，不禁称赞道："同志，你真会相猫儿！"

"哈哈！"高个儿打趣道："没学得这点本事，怎能找到会捉老鼠的猫儿？"

"走资派"眨眨眼睛，朝高个儿从头到脚地打量一遍，疑惑地问："你是……"

"我是从钱塘公社过来的。"高个儿随口答道。

"哦哦，快坐，快坐。""走资派"连忙扔下碗筷，从饭桌底下抽出一条板凳来，喜出望外地说："是来联系买砖瓦的吧？"

"唔。"高个儿笑笑说："一半是了解砖瓦的情况，一半是了解你们村的经验。"

"走资派"连忙摇头说："我们白泥坡村穷人穷，可有什么经验？"

"你不是叫'走资派'么？"高个儿熟络地道出他的绰号，拍拍他的肩头称赞道："你借队长立约法，就是个好经验嘛！"

"走资派"一听唰地红了脸，尴尴尬尬地说："这——都是迫出来的啊！"

高个儿随声追问："谁迫的？"

"走资派"长长叹了口气："还不是穷迫的么。不瞒你说，我们村要不是这么穷，当真选我当队长，我倒没这份心思呢。"

高个儿接着说："可你为什么偏要立下一条让自己受罚的约法呢？"

"走资派"爽直地说："不立这一条，我不是枉借了个队长当么！"

高个儿打破砂锅问到底："你们村这些做法，你们公社吴书记大概不会同意吧？"

"走资派"淡淡一笑说："反正我们一不靠他施舍，又不是掏他荷包里的钱，管他呢。"

"你不管他，他可管你，怎么办？"高个儿又故意考问道。

"走资派"漫不经心地答道。"那可得看他管不管得了我们全村的饭碗啰！"

话音刚落，大块石便慌里慌张闯进来，上气不接下气地说："坏了坏了，不知谁把我们村的情况汇报到公社去啦！"

"走资派"满不在乎地说："反正纸包不住火。他们爱报到哪儿都行，最好是报到北京去。"

"你说得倒轻松。"大块石忧心忡忡地说，"只怕你这个借来的'七级总理'，难当得过午呢！"

"走资派"听了一怔："你怎晓得？"

"怎么不晓得？公社吴书记大清早就到了大队部，把大队干部批评了一通。如今又把阿瑞哥叫到大队去问话啦！"

"哦？""走资派"像孙猴子听见了紧箍咒，心里立时惊慌起来。要是吴书记不让阿瑞借队长，取消"约法三章"，堵死砖瓦窑，那就糟了……想到这儿，他陡地跳了起来："我可得去看看。"

大块石着急地说："你……你还是赶快去避一避吧！"

"走资派"皱着眉头笑了笑："大闺女终归要见姑爷的，避得了的么！"高个儿风趣地插嘴道："要当赵公元帅，就不做殿下小鬼嘛！"

一句话说到"走资派"的心坎上，他眉毛一扬，快活地说："着理，着理！"一面大步跨出门去，忽然回头问道："同志，你贵姓呀？"

高个儿亲热地答道："姓范，叫老范。"

"走资派"没头没脑地说："等我家的猫婆下了崽，一定挑个最会捉鼠的给你送到钱塘公社去。"

高个儿笑笑说："不用了，不用了。"

"别客气啰。你们钱塘公社钱多粮也多，可得要挑个最能捉鼠的种猫才行。""走资派"爽快地说，刚迈开半步，又回头吩咐大块石："你快陪老范同志到砖瓦窑去看看，哪儿功夫不妥帖，请给个指点！"

不等老范开口，大块石便把他拉走了。

"走资派"一脚踏进大队部的门槛，便劈头问道："吴书记，什么时候开我的大会呀？"

阿瑞一看，慌了，赶忙哀求说："吴书记，这……这可不光他一个人的事啊！"

吴书记心里明白,这个"走资派",可是个不好弄的人物。为了干脆利索地解决问题,赶着县委范书记下来检查时汇报,便顺水推舟道:"只要立即把队长退还出来,可以不追究责任。"

"啊哟!""走资派"慌忙说:"吴书记,就是借钱借粮也没还得这么快呀!这个队长,我才借了不几天哩,能退还得么?"

"这怎比借钱借粮?这是政治问题,你晓得吗?"吴书记的语气逐渐强硬起来。

"走资派"交叉搭着两手,闭上眼睛想了半晌,把椰子头摇得像个拨浪鼓:"不晓得不晓得。我们种田人哪里晓得什么政治不政治?反正觉着借个生产队长,跟借钱借粮差不了几多……"

吴书记终于忍耐不住。"别胡扯啦!这可不是闹着玩的。"

"我看,可以这样闹着玩玩。"

吴书记一听门外,传来的声音,赶快迎出去说:"范书记,您也到这里来了?"

老范风趣地说:"怎么,兴你来不兴我来?"

"这条村闹得乌烟瘴气,不来刹一刹可不行!"吴书记严肃地说,用下巴尖指指"走资派","他就是我在电话里向县委汇报的典型……"

"我们已经认识咯。"老范笑眯眯地朝"走资派"点点头,"你只借个生产队长,太小了,该借个大一点的官儿嘛。"

"走资派"这才明白,这个高个儿原来是县委书记,不禁又惊又喜:"范书记,只要您批准我当一年半载就行了。"

"群众已经批准就行哩。"范书记还是笑眯眯地说,"我只是觉得你这个官太小了。"

"你过去不是向吴书记借官来么!"阿瑞忍不住插嘴道。

"那是气出来的笑话啊!""走资派"赶快解释说。

"如今我对你说的可不是笑话呀!"老范瞄瞄吴书记说:"老吴,你说呢?"

吴书记一愣,左捉摸右捉摸,摸不准县委书记的意思,张口结舌,半晌说不出一句话。

阿瑞却在旁边一个劲儿地催促"走资派","范书记说的不是笑话,你快说呀!"

"走资派"一点也不理会,只顾瞪大眼睛,瞅瞅吴书记,又瞅瞅老范："嘻嘻，要借就借您的县委书记给我吧！"

这可把阿瑞连同吴书记吓了一跳。老范却极感兴趣地问："真的？"

"走资派"诡谲地眨眨眼睛："嗯，只借一袋烟工夫就行。"

老范略一思索，断然地点点头："行啊。"

"走资派"一听，立即正儿八经地操起咸水官腔说："老吴同志，请你马上把铺盖搬到白泥坡来，好好研究研究'走资派'为何要借官？"

老范忍住笑，神态严肃地对目瞪口呆的吴书记说："听到了么？这可得认真回答啊！"

吴书记的脸唰地涨红起来，赶忙掏出一根香烟放到嘴唇上，竟把过滤嘴弄颠倒了。

"走资派"一看，赶快提醒他说："嘻嘻，你把烟嘴巴烧着了，烟里的毒还能过滤么！"

众人都笑了。县委书记老范抿着嘴巴笑，"嗤，嗤，嗤！"怪有意思的；吴书记也跟着笑，笑得挺尴尬；阿瑞却捂着嘴巴，不敢笑出声；"走资派"开放喉咙，笑得特别响亮，特别痛快……

1982 年发表于《南方日报》

血， 滴在小草上

一

一片雾水未干的山稔叶，轻轻飘到他的鼻尖上。雾水未干的山稔叶上，闪着两颗亮晶晶的星星。

"喂，吹一支曲儿吧！"

他怔了怔，便又埋头在田埂上摆弄镰刀，咔嚓咔嚓，呆手呆脚的。

一朵露珠莹莹的山稔花，轻轻落到他的面前。露珠莹莹的山稔花上，闪着无数颗亮晶晶的星星。

"喂，给吹一支呀！"

他愣了愣，仍旧埋头在田埂上摆弄着镰刀。咔嚓咔嚓。笨手笨脚的。

"噢，你是怕又完不成任务吧？那你给我唱一支曲儿，我给你割一担草儿。"他终于慢慢抬起头来，摘下深度近视眼镜，循声朝她笑了笑，目光中充满着感激。

他怎能不感激她呢？

他只晓得草儿是翠绿色的，叶子嫩嫩的、长长的。没想到这里长的小草各种各样，他一种也叫不上名儿。至于哪一种草最为牛儿所喜欢，他更是一无所知。虽然，他从音乐学院刚毕业就写出流行一时的抒情歌曲《啊，小草》，并因此而被分配到省民族歌舞团；但对于草的知识，在他的大脑皮层中仍然一片空白。幸好她在田埂那边割牛草，割的尽是叶肥骨瘦的草儿。不消说，这便是喂牛的上好草料了。于是，他把手悄悄伸过田埂，为的只是拿她一根小草作样品，可不知为什么，心里却"咯噔"跳了一下，仿佛做了小偷似的，生怕被她抓住。尽管她并没发觉，他脸上仍

538

然不由一阵滚烫。所以，这根小草就显得特别的宝贝。他把它插在上衣口袋里，认上一眼，便在田埂上摆弄一下镰刀。可是镰刀上并没长眼睛，一使劲便倒下一把草，杂七杂八的。他只好扔下镰刀，一根一根地拔。他原是个高个儿，手长足长的，如今站在田埂上，弯着九十度腰，直伸着脖子，那模样儿就像一只在海边觅食的巨鹤，谁见了都定然会觉得好笑的。

她不仅没有取笑他，而且居然热辣辣地招呼道："喂，'老九'同志，收工啰！"

他这才注意到自己的影儿被夕阳投在田埂上特别的长，心里不由着急起来。"咦，你没听见牧场里敲钟了吗？"她又热辣辣地说。

"我——还没完成任务呢！"他头也不抬，抱歉地说。

她听了，转过脸来瞥他一眼，便抿着嘴儿，挑起满满的一担青草走了。老远老远，她才忍不住笑出声："嘻嘻，嘻嘻……"

他的脸唰地红起来。她笑的什么呢？无非是笑他蠢。蠢到连镰刀也不会使唤，半天拔不到几棵草。唉，难怪人说"宁要无产阶级的草，也不要资产阶级的苗"。他要是能变成一棵小草，日里夜里，风中雨中，在野地里放声歌唱。这于大自然或许多少也有一点用处。可是……他正在胡思乱想，背后忽然又传来她热辣辣的声音："喂，'老九'同志，这回该收工了吧。"

怪，她不是早走了么？

"噢噢，你的草篓都快塞破了，还要装什么积极呀！"

这不分明是挖苦么？他拔了几棵草，简直可以一棵一棵数出来，哪会把草篓塞得破呢？然而，听她的调门和口气，又不大像是挖苦他。她为什么要挖苦他呢？他心里一边嘀咕，一边下意识地掉过头来，不禁陡地怔住了：他的草篓果然塞满了青草。

当他明白过来，激动得嘴唇直哆嗦："谢谢，谢谢……"的时候，她早已没了影踪。

这担草，给他带来那么多惊奇的、赞赏的目光，他心里虽然有点慌张，却产生一种不可名状的慰藉，竟从草堆里拣起一片山稔叶，随手做成个叶哨儿，一边喂牛一边漫不经心地吹……

没想到这叶哨儿吹出的曲调会引起她的兴致。别说她这么一迭连声的要求，单是为了昨天那担草，就该认真地吹一支报答她。于是，他捡起从鼻尖上掉下的那片山稔叶，郑重其事地放到嘴唇上……

她惊奇地望着他嘴唇上的叶哨儿，不知不觉跟着唱起来：啊，小草，你为什么这样碧绿，你为什么这样温柔？

……

啊，因为你是美的化身，

在你身上有一条爱的溪流……

婉转、悠扬的叶哨声戛然而止。他又惊又喜："你也晓得这支歌？"她莞尔一笑："岂但晓得？"

二

她天天跟他一块割牛草，他天天给她吹叶哨儿……

在离他们不远的灌木丛中，天天躲着个穿军装的后生，圆睁着双眼，一眨不眨地盯着他们之间的一举一动。一看她听着唱着，忘记了跟他应该保持的距离，那穿军装的后生便急忙捡起一颗泥丸，"嗖"的一声掷过去，不偏不斜地落到他们的正当间。

"卑鄙，卑鄙啊！"她总是朝灌木丛这边，这样高声大嗓地骂。

那穿军装的后生躲在灌木丛中，既不敢张声又不敢露脸，只好暗暗责备自己：谁叫你那天早上心里中了邪？

阿娣从小跟阿姊一块割牛草，形影不离，只因听了别人一句话，入伍那天，阿姊坐在饭桌对面不住地给阿娣夹鱼夹肉，阿娣却老是勾着头，用饭碗严严实实地遮住眼睛。弄得阿妈满头雾水："你这娃儿，这是阿姊呀，可羞的什么来？"阿姊也柔声柔气地说："阿娣，你就要走了，不知几时才能见到阿姊呢，怎么不抬头看我一眼？"阿娣涨红着脸，结结巴巴地说："我不敢，我不敢！村里的后生都……都说阿姊长得……像、像一枝花呢。"这话叫全家老小捂着肚子笑成一摊河虾。可是不知是鬼使抑或是神差，阿娣到知青牧场来执行任务，听闲言冷语说她漂亮得不行，却要将一枝鲜花往牛屎堆里插，心里便不由一动：她当真跟我阿姊一样，长得像一枝花？本来，阿娣每天早上都跟她同在一条小河上洗脸，却不曾敢抬头瞧她一眼。这天，二人居然不约而同姗姗来迟。一看沿河上下没个人迹，阿娣心里便不禁"扑通扑通"跳起来。跳什么？我不过瞧一瞧她罢哩，瞧一瞧都不许么？"扑通扑通……"不许就是不许。阿娣只好捧着面巾，借洗脸作掩饰，直朝白云蓝天相掩映的河底偷偷瞥了瞥她。不料碰上她闪射上来的目光，阿娣脸上一阵热辣，顿时把河水底下的一片白云染得绯红……

"卑鄙，卑鄙啊！"阿娣仿佛老是听见她的谩骂声，一看到她的影儿，便远远地躲开了。有时偶尔相遇，阿娣便赶忙拉下帽檐，遮眉盖眼地低着头过去。如今，她在面前骂得这么凶，叫阿娣怎敢露脸，怎敢张声？心里可翻来覆去地嘟哝："你骂吧。我可不许你挨近他！"第二天，阿娣照例躲在灌木丛中招她骂。不过，柴再湿，熏的时间长了，也终究会燃烧的。阿娣终于被她骂火了……

三

她自己也感到吃惊，一天听不到他的叶哨声，心里竟然慌得不行。

可是，他非但不能给她吹叶哨了，而且老是避着她，见了面也勾着头故意不看她。这可使她的自尊心大受损害，不由她不恼："一个'臭老九'，也值得这么瞧不起人？"

这天，天气热得出奇，干了半晌活，谁都汗水涔涔，浑身黏黏糊糊的，一收工便都迫不及待地跳进小河里。姑娘们照例争着躲在翡翠的帐帘——小河转弯处的一丛竹子后面浸浴，既不敢站起来，也不敢脱掉外衣，生怕被上游的男人们看了臂膀。她居然脱掉外衣，旁若无人地站了起来，露出嫩白得惊人的臂膀。在一片"啊哟！啧啧……"的惊叹声中，她一面拍水，一面"咯咯"大笑，把一簇簇水珠溅到他的眉毛、眼镜上。

他愕然地抬起头来，摘下深度近视眼镜，蓦地碰上两颗熠熠燃烧的火星，那么闪亮，那么热烈烘烤得他通体的血液遽然达到了沸点。恍惚间，他依稀听到这两颗燃烧的火星在骂他，怨他，呼喊他……他不由陡地一震，"咚！"竟把手上的眼镜震落河里。

她的自尊心虽然得到了微妙的满足，却后悔得要死——摸不到眼镜，他可要当瞎子呢。而且，那是一副十分别致的玩意儿，架在他的悬胆鼻上，怪叫人中看的。她不由神色慌张起来。

这小河虽然清澈见底，可是在他看来，却是混浊一片。加上河面漂着一朵朵皂泡花，河底仿佛净是模模糊糊的眼镜。摸了半晌，仍旧摸不着眼镜，他着急了，一个劲地顺着流水往下游摸。眼看就要摸到她的跟前，小河里爆出一片惊讶，一片哗笑。

阿娣抬头一看，瞥见竹丛上挂着"注意：下游是禁区"的牌子，眉心陡地一跳，失声叫道："糟！"倏然将未及洗净的军衣扔到河岸上，一个鱼跃，"嗖"地窜到他的前边，二话没说便往河底下摸。

摸着了她的脚趾，她心里顿时升起愤懑的火苗，好一个支左的！光会吃醋，嫉妒，掷泥丸，故意让他干脏活、重活，还敢摸她的脚趾……"卑鄙，卑鄙啊！"然而，她非但没有骂出口。反而暗暗庆幸起来：这个傻瓜，可替他挡住了一场祸。

她想错了。阿娣虽然从她的脚边把眼镜摸上来了，却没有把祸挡住。天一煞黑，场部便在小河旁亮起了大光灯，对他进行现场批判……

她简直不敢相信自己的耳朵。他几时用黄色歌曲给她灌了迷魂汤来？从他的叶哨里飘出来的，明明是美的颤音，美的旋律呀？"你们可知道，世界上除了革命口号以外，还存在着美的魅力么？"她面红耳赤地替他大声争辩，却被歇斯底里的叫喊声所淹没。至于说他故意在河里打掉眼镜，摸进了"禁区"，企图调戏女知青。她就更难开口为他辩解了——怎么能当众泄露自己的隐私？她不得不向阿娣投去求助的目光。阿娣却老是勾着头，在一个劲地吸卷烟，始终没有作声。她急了，陡地站了起来，冲着不堪入耳的批判说："别喊喊啦，我爱他！你们等着到我们的洞房里去开现场批判会吧！"

阿娣一听，猛然地抬起头来，怔怔地望着她，许久许久，脸不红，心不跳。

四

……爱情不能没有幸福。她给了你爱情，你能给她幸福么？

他越想心里越慌。"骨碌"翻了个身，耳边蓦然响起命运之神的声音："你要是当真爱她，就不该让她爱你。"他又"骨碌"翻了个身，命运之神仍然这样对他说："你要是当真爱她，就决不能让她爱你！"他再也躺不住了，探头窗外一望，只见对面黑咕隆咚的窗户眼里闪烁着微弱的烟灰的火星。那微弱的烟灰的火星立即告诉他：支左的阿娣同志还没有睡。

他嗫嗫嚅嚅地叩了门，嗫嗫嚅嚅地走进去说："首长——"话没出口，便碰上阿娣同志不满的目光，他不禁迟疑起来。"我是一个兵嘛！"

阿娣瓮声瓮气地说。

他连忙改口道："阿娣同志。请你准许我明儿去割一趟草吧！"

阿娣心里明白。他要去割牛草，为的无非是那个既漂亮又勇敢的姑娘，不由陡地瞪大了眼睛："人家刚刚开完你的批判会，你还要去割牛草？"

"就是开我一千次批判会。你也得让我去割一趟牛草啊！"他颤抖着嗓门苦苦央求。

"你——还想解放不？"阿娣又急又气地说。

他不知打自哪儿来的胆量，竟然理直气壮地反驳道："同志。马克思不是说，无产阶级只有解放全人类才能最后解放自己么？"

阿娣不作声了，大口大口地吸着卷烟。半晌才使劲扔掉烟蒂，一咬牙关说："要去就去一趟！"

……

他大清早就起来，捡了一块烂砖头，把镰刀磨得霍霍响，直到听见她也"霍霍"地磨起镰刀，他才罢了手，把那块烂砖头扔进草篓里，往肩上一挑，匆匆朝百丈坡走去。

阿娣腰杆插着一把镰刀，远远地跟在后边。忽听山坡这边响起"霍霍"的镰刀声，接着，山坡那边也"霍霍"地响起来。于是隔几分钟，这边山坡"霍霍"的响几声，那边山坡又"霍霍"的响几声。山坡两边的镰刀显然在互相呼应：

"霍霍！"——"霍霍！"忽隐忽现地响过山腰，钻进山坡下面一片茂密的甘蔗林里。

阿娣沿着镰刀声跟到蔗林旁边，刚蹲下去割草。甘蔗林里便传出隐约可辨的声音：

"谢谢你昨天晚上巧妙地救了我！"

"你要不是误会。便是故意说谎！"

"难道你当众宣布的爱，倒是出自你心底的声音？"

"你以为她是来自太空的幻影么？"

"我多希望她是来自太空的幻影啊！而且经风一吹，便再也不复存在。"

听到这儿，阿娣不禁一怔：他苦苦要求割一趟牛草。为的竟是送给她一颗冰做的心？她能受得了么？阿娣不觉对他忿忿然起来。

"你——"甘蔗林里，她的一双丹凤眼果然猛然地变成了桃核状，每一根又长又黑的睫毛都闪着泪珠和火星。

"我——"他战栗了，急忙摘下一片蔗叶放到嘴唇上，告饶地说："我给你吹叶哨儿，你听。'啊，小草，你为什么这样碧绿，你为什么这样温柔？啊，因为你是美的化身，在你身上有一条爱的溪流……'你听呀！"可是，他半晌也吹不出声音。

"呜——"她终于哭出声来，一头撞进他的怀里，擂鼓似的擂着他的胸口，悻悻地骂道："你真坏，你真坏！"

听着听着，阿娣禁不住心里一阵阵抽搐，翻来覆去地嘀咕：我豁出去，也得让他们相爱！

这时，山坡上忽然传来沙哑的嗓音："阿娣同志，你可看见那个臭老九和我们牧场的野花么？"

"见着，见着！"阿娣大声地答道，"一个在这边蔗地割草，一个到那边蔗地割草去了。"

"你可要留心，别让他俩混到一块儿。""你放心吧，我在这儿给守着呢！"

甘蔗林里，她和他都懵了。半晌，当他们从诚惶诚恐中恍然省悟过来，跑出蔗地时，蓦地看到一大堆青草，草叶上血迹斑斑，两颗心都被攥住了。只见阿娣同志左手的无名指上红殷殷的，血，顺着指间扑扑簌簌滴在小草上。阿娣同志却压根儿没知觉似的。只顾勾着头，一个劲儿握着镰刀，拼命地割……

"呀——"她惊叫一声，猛扑上去，倏然跪在阿娣同志的面前，一把将阿娣同志的左手拉到她的心口窝上。

阿娣大吃一惊，本能地将手缩回来。可是，她却抓得那么紧，那么紧。倘若稍微一动，便会触及她那一起一伏的胀鼓鼓的胸脯，阿娣的脸不由一阵白一阵红，一阵红又一阵白……

她却毫不在乎，急忙从地上拔起一棵草，连根带叶放到嘴里嚼了嚼，便和着扑簌扑簌掉下来的眼泪，小心翼翼地敷到阿娣同志的伤口上。

阿娣一看，眼前蓦地出现他孩提时跟阿姊去割草，给镰刀咬伤了手指，阿姊把他的小手拉到胸前小心包扎的情景。于是，窘态顿然消失，讪讪地赞许道："嘿，比灵芝草还灵！这叫什么草儿？"

"菩萨草。"她妩媚地笑了笑，接着解释道："菩萨行善积德，大慈大悲。当地老百姓说，这种草儿也有菩萨之心呢！"

"阿娣同志，都因为我，让你的血白滴在小草上！"他一直站在旁边发愣。这当儿才颤抖着嘴唇，负疚地说。

阿娣听了，长方脸又唰地涨红起来，结结巴巴地争辩说："你……说的什么来？我的血该、该滴在小草上嘛！连一滴血也舍不得，还有条件当、当解放军么？"

1982 年发表于《湛江文艺》

井水清清

做人可真不容易！

翠枝每次跨进亚德的门槛，背后都必定招来穿心透肺的目光，不堪入耳的秽言，叫她连走路、干活都轻易不敢抬头。可是她又不能不每天跨进亚德的门槛一趟。谁叫她当初那么轻易地信口许下了这个愿呢？

那是她嫁到这条小巷，头一回到村前井头挑水，碰上个驼背老婆子在打水，那么吃力地拔吊竿，便连忙搁下水桶，上前夺过吊竿道："阿婆，让我来！"

那老婆子抬头眯眯眼睛，突然惊喜地叫起来："啊哟，是新娘子，长得可真秀气！昨天我光顾着喝喜酒，倒没仔细看你的眉目。啧啧，克成娶着你这个媳妇，可是我们这条小巷的福气啰！"

翠枝听了，脸上一阵滚烫，赶忙搭讪道："阿婆，快别夸奖了。您老住在巷头抑或巷尾呀？"

"就跟你家斜对面呐。我那孩子亚德跟你家克成还是老同学呢。克成寅时出世，亚德卯时落地，只差一个时辰。小时候，不管放牛、割草，谁也离不开谁。村里人都说他俩活像一对孪生兄弟哩。"

"那怎么让您老来挑水呢？"

"哦哦，我不来挑谁来挑啊！"

"您怎么不给亚德兄弟娶个媳妇？"

"哦哦，谁肯嫁他呢？这孩子十岁上骑牛，从山顶上摔了下来，把两条腿都摔跛了。咳，不知是不是我前世作的孽。我就是死了，也得牵挂着他一担水啊！"老人说着，又是掉眼泪又是淌鼻涕，啜泣不止。

翠枝万没料到，随口一句话，竟然引起老人这般伤心，不由慌张起来，连忙安慰道："阿婆，您放心吧！只要我在这条小巷里住着，就不愁没人给亚德兄弟挑一担水。"

老人听了，又眯起眼睛，直瞪瞪地盯着翠枝的目光，不知要搜寻些什么。突然，她一把抓住翠枝的双手，凹陷的嘴唇不住地颤抖："好媳妇，你这么修心积德，上帝一定保佑你跟克成恩爱百年，白头到老！"

这老婆子竟然因此而卸下了心事，不几天便安安然然闭上眼睛了。

尽管那老婆子直到临终还不忘虔虔诚诚为翠枝喃喃祈祷，但上帝却压根不予理会。上帝也许认为，让她这个山沟妹子嫁了个在县城里当干部的夫婿，而且第二年秋天就生了个"看牛的"娃儿，这对她未免过福了。所以故意把一连串灾难降到她顶头上——山狗还没长到犁昆高，丈夫不知因为犯了什么案子，吃官司到天涯海角去了。公公和婆婆经不起飞来的横祸，相跟着离开了人世。这便给她撂下一山沟债账。她只好连山狗也不让再上学了。

翠枝家里的遭际，亚德全看在眼里，心里着急得不行。这天晚上，他往腰眼上插上一把刀，两手按着两只小板凳，磨磨蹭蹭爬到屋背后，砍下一捆自留竹，漏夜编了几只畚箕。没等天亮，他便像乌龟驮大石似的，把几只畚箕背到墟镇上，卖得几块钱，全塞给山狗，结结巴巴撒谎道："你娘下田了，留下几块钱，叫你赶快拿去交了学费，好好用功夫读书呢！"

山狗自然信以为真。可是傍晚放学回来，却吃了娘重重一巴掌。

"这几块钱，你晓得亚德叔是怎样挣来的？你要不赶快把钱要回来，看我不煎你的皮！"

山狗吓得"哇"的一声大哭起来。

翠枝心里又酸又慌，一把搂住山狗，捂着他的嘴巴儿哄道："莫哭，快莫哭！娘只是说说罢哩，可莫让你亚德叔听见了。"

其实，亚德已听得一清二楚，心里一阵抽搐，便"咔嚓咔嚓"爬上门去。到了街心，却见时已入夜，猛一转念，他又折了回来，一边暗自喃喃："明天她挑水上门，可要记得跟她说说。"没想到第二天起来，门脚下竟然塞着几块钱，他木然了。

翠枝照例是大清早便挑水上门，可是又敲又叫，屋里却没丝毫动静。

半晌，门缝里终于瓮声瓮气地憋出一句话："往后你莫再给我挑水了。"翠枝一愣，满头雾水地问道："亚德兄弟，我不给你挑水，你喝什么呀？"

亚德负气地说："你日子这么艰难，可不许别人一丁点儿帮扶。我喝不上井水，不会去喝田沟水么！"

　　翠枝这才恍然大悟过来，心里怪不是滋味，不禁哽哽咽咽地说："他兄弟，看你想到哪儿去哟！"两边肩膀跟着不住地抽动起来。突然，扁担一滑，两个水桶"通"的一声掉到地上，满满一担清水一股脑儿地从门脚下直往屋里流淌……亚德一怔，急忙缓和口气，语无伦次道："她大嫂，你莫……我我……开门呀！"

　　打自这次无意伤了翠枝的心，亚德便再也不敢耍倔逞犟了。不过，每逢集市日，他都必定背几担畚箕到墟镇上去卖，暗地里替翠枝还些债账。邻里之间，彼此有难，竭力相帮，这在亚德看来，本是人之常情，天经地义。

　　这天晚上，亚德又爬到生产队屋里，替翠枝还债。

1983 年发表于《作品》

小寨消息

　　"雨水"刚至，小寨人便忙不迭办田准备插秧了。这是头一遭包产到户，除非要办红白喜事，抑或治病抓药，谁也不会轻易上城的。然而，十几年没跨出山沟半步的"熟烟虮"李来福，今天却破格儿上城去。这个小小的消息，顿时牵动了全寨的舆论……

　　小寨人不光一年四季逢春吃春，逢夏吃夏，逢秋吃秋，逢冬吃冬，豆、薯、瓜、菜交替接济；就连着衣穿鞋，主要也是靠种麻纺织，自裁自纳，多半用不着上城花钱的。何况李来福的境况比谁个都不如呢？

　　据说，他打自娘胎里"呱呱"落地以后，天天啼哭不止。老年人都说他是个哭星，会哭绝全家的。吓得他娘没等他满月，便抱着他去找算命先生，那算命先生占了八字说："这孩子属鸡。鸡者薄命，难怪他只会啼哭不会笑。"于是特意给他取了"来福"这个名字，以除晦气。虽说宿命论不可置信，但生活偏偏捉弄李来福。他刚学会扶犁、赶车，他爹便因饿得发慌，黑灯暗火爬上山去偷木薯，摔死在山沟里。跟着，他娘得了一场大病，虽然没有死，却至今仍旧瘫痪不起。这不光给他欠下一山沟债，而且一家大小担子全都压在他的肩膀上。幸而他不独长得个好骨架，而且从他爹身上继承了个一点也不吝啬力气的脾性。寨里大凡派不下去的活路，不管是重是脏，也不管路远的路近的，只要队长说多记一两个工分，他便一声不吭地去干。尽管那时节一个劳动日值顶多只够一斤盐，而且每每不能保证兑现，干多干少别人都不在乎的，他可一个工分也得认真计较。只要是每个季末记工员公布全队工分时，看到他"李来福"的名字排在榜头，他便仿佛中了状元似的高兴。逢人都"吃吃"傻笑，所以，一天到晚，他都闷着头干活，忙过队里的，又忙家里的。劈柴挑水，捉蟹摸螺，喂鸡养猪，侍奉娘亲，里里外外，手不停脚不歇。一套半破半补的黄麻衣穿在身上，没有三四个月，他可舍不得脱下来洗洗濯濯，常常沾着一层白花花的汗渍，一层黑乎乎的泥巴，脏得着实可以……

日子过得这般狼狈，他却偏偏跟大碌竹结下不解之缘。每天晚上，他一放下碗筷，便抓起一根半丈长短的大碌竹，低着头上队屋去，专门给人家递烟筒，借机讨一撮熟烟——一半压在耳朵根上，以便第二天顶瘾；一半当即压在烟筒嘴上，"咕咚——咕咚——"地使劲吸了几口之后，他便心满意足地坐在旮旯头里，张着嘴巴听人们讲山海经。大概是为了对讨到一撮熟烟表示谢意吧，不管人们讲得有趣没趣，他都"吃吃"地报以两声傻笑。可是，人们大都不肯领情，谁也不会因为他笑了两声，而忘掉贫嘴贵给他取的那个绰号："熟烟虱"。

这有多丢人！牛高马大的一个后生，竟被人看作虱子。然而，谁叫你这般晦气？挣了那么多工分，却连熟烟也买不起。要是像贫嘴贵那样，常常当着众人，从衣袋里掏一根"丰收"香烟，往手掌心上搓了又搓，然后歪歪斜斜地插在嘴角上，"丝丝，丝丝"地抽得挺神气，谁还敢对他白鸽眼——瞧不起人？他那张贫嘴专爱惹是生非，拿别人作乐，可谁也不敢当面管他叫"贫嘴贵"，不管男人女人，晚辈长辈。一律都称呼他"贵哥"。我李来福哪条不如他呢？论块头，大腿也比不上我臂膊粗；论力气，他挑的也不如我拎的。可不就是这一条：他能常常抽"丰收"，我却得向别人讨熟烟？唉，既然穷到这步田地。就只好默默地忍受着吧！因此，碰上谁叫他"熟烟虱"，他都一概装聋子。有时逼不得已，也"吃吃"地傻笑两声，表示搭腔，唯是在女人面前，一听到贫嘴贵叫他的绰号，他的冬瓜脸便唰地涨红起来，无可奈何地瞪瞪眼，便诚惶诚恐地低下头去，满肚子的气，也不敢放个响屁，以免招致越来越多的揶揄。

贫嘴贵那张嘴巴偏不肯饶人，老爱当着女人的面怪声怪气地说："熟烟虱，你要想讨老婆，可就别当'熟烟虱'呀！"惹得众人哄然大笑。

只有阿兰护着他。一听贫嘴贵拿他作笑料，她顿即板起瓜子脸，气呼呼地说："没活到六十三，莫笑别人着烂衫。到头来谁富谁穷，还没个定准呢！"

贫嘴贵碰上阿兰，便像蛇见硫黄，立时软了下来。这个年轻的寡妇，虽然平日见到谁都满眼秋波，可是谁也休想从她的身上讨到半丁点便宜。那天晚上，他躲在阿兰的屋背后，学了半夜猫公"喊花"，不料刚刚爬上土墙，阿兰便端着禾叉冲了出来，直对着他的心口窝，压着嗓门厉声喝道："你这个野猫，不要命便爬过来！"他吓得浑身一抖，"扑通"一声摔倒在土墙下，把一条腿骨摔折了，至今走路还一瘸一拐的。好在阿兰守口如瓶，要是她张扬出去，可不晓得把一张脸往哪儿搁。这时，一看阿兰狠狠地瞪着他，他便神色慌张起来，赶快找个借口溜掉。

李来福这才松了一口气，不由打心眼里感激阿兰。因而，他一想起阿兰，便很生自己的气，曾经几次将大碌竹摔成碎片，并指天发誓道："从今以后，你要再没出息，去讨人家的熟烟，便是小狗！"无奈烟瘾成癖，一天不抽，吃什么都觉着没个滋味；至要紧的是，浑身的骨头都软绵绵的，连干活也缺少了力气。于是，不到第三天晚上，他便把誓言忘到九霄云外，又低着头，穿着一双只有半截的木屐"踢踏踢踏"上队屋去当"熟烟虱"。难怪寨里没有谁不认定：李来福这一辈子大概不会掏一分钱上城买熟烟了。

他今天怎么非要上城呢？人们吃罢晚饭，正在队屋门前围着一根大碌竹，左一个猜测，右一个猜测。忽然远远看见个派头十足的汉子，身穿白衬衣，脚着草绿色解放鞋，大摇大摆地走过来，大伙立即转了话题：

"这是谁家的亲戚？"

"整个小寨，谁家有这么大的福气，能攀上这么阔气的亲戚？"

"唔，必定是县里来的大干部。"

贫嘴贵马上从衣袋里掏出一根"丰收"香烟，嬉皮笑脸迎上前去，还没走近那汉子，他便猛地打了个愣怔："咦？这可不是熟烟虱么！"

众人一听，不由睁大眼睛：果然是李来福——粗眉大眼，厚嘴唇上顶着个狮子鼻。可是，他却不独把头发理得光光鲜鲜的，而且头顶上还居然起伏着挺时髦的波浪；白衬衣虽然不太合身，又窄又短，明明白白地露出裤头来，却是城里人目前爱讲究的的确良料子；两边裤袋不知装着什么东西，胀鼓鼓的又显眼又别扭……

李来福见大伙直朝他发愣，不由尴尬起来，咧着嘴唇傻乎乎地直笑，把十个指头的关节折得"卟卟"响。

贫嘴贵忍不住叫道："啊哈！熟烟虱，你打从哪儿发了横财来？"

李来福平日最害怕贫嘴贵，从来不敢回他半句嘴，如今，他不知打从哪儿来的胆量，脸上陡地露出不满的神情，结结巴巴地反问道："你……看我哪儿像……像个'熟烟虱'？"

人们一听，"轰"，大笑起来。

他小心翼翼地抹抹头发，又小心翼翼地拉拉衬衣，摆出一副今非昔比的架势："如今可不比往时了，谁不吝啬力气都能发财的。算命先生说我属鸡，今年是鸡年，也该我行运啰！"

"你再行运，也还不是个'熟烟虫'？"贫嘴贵又奚落道。

李来福的嘴往上一翘，使劲顶顶狮子鼻，立即从裤袋里"哗哗啦啦"地抖出几包香烟来，落落大方地扔给每人一根，一面说："大伙尝尝，城里买的'大中华'！"

众人接过香烟一看，顿时七嘴八舌嚷开来：

"呀，上边还有个烟嘴巴呢！"

"啧啧，没尝过，祖宗十八代都没尝过！"

"山里人哪有这个口福？"

"噢，能抽一根这么上好的香烟，才真个胜似活神仙哩！"

李来福乐得不可开交，一个劲地张着嘴巴，却笑不出声，半晌才结结巴巴地说："以往……我李来福穷……穷得不行，欠……欠下大伙不……不少烟债。如今，大伙抽……抽了我的'大中华'，这……这可抵了大伙的……的烟债吧?! 往……往后可不……不能再叫我'熟烟虫'啊！"

众人都看在"大中华"的面上，昂昂然、琅琅然道："全中国的地主富农都给摘了帽子，你'熟烟虫'这顶帽子倒不该摘么？谁敢违反政策，再叫你'熟烟虫'，你就狠狠揍他！"

贫嘴贵一直没吭声，独自蹲在半截碌碡上，抽一口"丰收"。便故意把嘴巴呜得"啧啧"响。

李来福一看这番情景，心里不由怯了三分，一双手慌忙插进两边裤袋，左右摸了半晌，却翻出两个袋角儿来，只好朝贫嘴贵抱歉地笑笑说："下次上城，一定多买几包！"

贫嘴贵倏地站了起来，趁机要挟说："说的可算数？要不，可别怪我又叫你'熟烟虫'啰！"

李来福瓮声瓮气道："有政府的政策担保，几包'大中华'还愁买不起么？"

第二天，全寨男男女女都到山尾坑插秧。李来福绝早便下了田，把一根扁担不斜不歪地插在自己的包产田边，特意将那件的确良白衬衣挂在上面，仿佛一面耀眼的旗帜，让寨里来插秧的人都仰脸望一望，他李来福有几阔绰！要知道，他李来福可是寨里头一个穿得这么洋。

没想到，比他来得更早的阿兰，背上背着孩子，只顾一头忙着铲秧，一头忙着插秧，压根儿没工夫瞧他一眼。这叫人真扫兴！她平日那么袒护他，要不让她看看他浑身的派头，可是天大的遗憾。于是，他不住地大声干咳。然而，不知阿兰是耳朵聋呢，还是有意不理睬他，仍然没抬头朝他这边瞥一瞥。他正着急，一只禾蜂偏偏落在他的脑门上，他反掌一拍，脑瓜棚里竟然蓦地闪出个念头：干脆到她跟前去，跟她插几棵秧儿，愁她不抬头？可是，他刚挪了挪脚跟，背后便忽然传来杂乱的脚步声，立时警告他道："寡妇面前是非多！"他不禁大吃一惊，连忙把脚跟挪回原先的位置上。老实巴巴地插自己的责任田……

眼看日头西斜了，阿兰的责任田还没插下一半。赶明儿田水一枯，那大半空白田非得变成铁板一块不可，即便是打桩儿，也轻易插不下一棵秧苗的。阿兰急得几乎要哭了。任由孩子饿得在背上一个劲地"哇哇"直哭，她也顾不上给喂一口奶。

"唉，一个女人身边没个男人，该有多为难！"李来福不禁暗暗叹了一口气。他忽然记起昨天上城买香烟，售货员找不到零钱还他数尾，给他两块糖果顶替，赶忙用田水浇浇手上的泥巴，跑到田边一摸衣袋，心里大喜，立即跳过田沟，悄悄跨到阿兰的背后，把那两块糖果一同塞到孩子的嘴上，低声细语地哄道："给，别哭，别哭啊！"

阿兰先是一愣，接着听见褓褓里"啧啧"的吮糖声，只觉得一股甜滋滋的味儿沁进心窝，鼻子不由一酸，慌忙低下头去，哽噎着喉咙叫道："来福哥！"

李来福平生为人所瞧不起，从没听过人家招呼他的本姓实名，走到哪儿都被叫作"熟烟虫"，如今听了阿兰这一声"来福哥"，简直要乐疯了，立即又开五指使劲地梳着头发，好让阿兰看看他头上有几时髦，殊不知弄巧成拙把满头波浪弄成个乱蓬蓬的麻雀窝，俗话说，人一快乐便连祖宗都会忘掉的，他哪里还记得什么禁忌？一把抓过阿兰手里的秧苗，猝然摆开八字腿，使出蜻蜓点水的本领，又快捷又匀称地插起来。

阿兰愕然瞪大眼睛，又感激又怪难为情地说："他来福哥，你的责任田还没插完哩，怎么倒帮起我来呢？"

"不碍，不碍。我那一块用不着搭几多工夫的，倒是你一个人种两份责任田，可得忙到什么时候啊！"

当初大伙讨论包产到户时，李来福就很为阿兰担心：孤孤单单一个寡妇，孩子还未满岁，哪有能耐包得起队里定给的产量呢？"那……阿兰……阿兰……"他不由着急起来，冒冒失失地撞到队长的面前，结结巴巴道。

贫嘴贵没等李来福把卡在嗓眼上的话憋出来，便阴阳怪气地笑道："啊哈！熟烟虱也想吃天鹅肉。"

阿兰的脸一沉，抱着正在吃奶的孩子霍地站了起来："阿贵，你的嘴巴干净一些，好不好？"

贫嘴贵仍旧不知趣地说："嘻嘻，他这么讨好你，必定心怀鬼胎呢。"阿兰忍不住说："谁个像你。光会半夜三更学猫公'喊花'！"

大伙一听，轰地笑翻了。

李来福不敢笑，张着嘴巴拼命打呵欠。

贫嘴贵生怕阿兰把他摔折腿骨的丑事当众揭发出来。慌忙讨好道："阿兰是个寡妇，孩子还小，依我说，不光只该划给她一份包产田。而且产量也该包低一些。"

李来福赶快附和说："着理，着理啊！"

没想到阿兰却高声大嗓地冲着他喝道："这着的什么理？我又没违反计划生育，凭什么只该划给我一份责任田？我阿兰比谁也没缺手少脚，为什么只该给我包低产？"

种庄稼可不比干别的活，耽误了农时节气，就轻易不能获高产了。然而，阿兰却性倔得很——既然当初有话在先，而且贫嘴贵就在田沟那边，接受了来福哥的支援，岂不让他贫嘴贵说中了么？于是，她从李来福的手上一把夺回秧苗，淡淡地说："我忙得过来，快插你的责任田去吧！"

李来福一愣，半晌才领会阿兰的脾性，无可奈何地跨上田塍。可是他的心却被阿兰背脊上的孩子牵着，不由回头一看。踏上田塍的右腿立时软了。那孩子把她的背脊压得这么弯曲，她插一棵秧儿可有几吃力啊！额头上是汗，鼻子尖是汗，头发梢儿也冒汗。唉，女人到底是女人！他心里一面叹息，不知不觉地沿着团边插起来。

"你——"阿兰要生气了。

"我只插一会儿，行吗？"李来福央求道。

阿兰终于被李来福投来半痴半呆的目光所折服。柔声柔气地说："要插你就插吧！"

田沟那边的贫嘴贵，听见李来福和阿兰你一句来我一句往，心里怪不是个滋味，嘴唇皮早就忍耐不住了。况且这几年，他常常在山沟里收购些山货进城做买卖，成了寨里唯一能时常抽"丰收"香烟的人物；常常凭着一支"丰收"香烟而得到队长的关照，很少下田干活。如今再也不能吃"大锅饭"了，不下田干活不行了，可是干不一会便腰酸腿疼，连那秧苗也尽跟他闹别扭，不是插得稀稀拉拉的，就是东斜西歪的。要能把老实能干、轻易欺负的李来福要挟过来给插半晌，自然是便宜不过的事。于是亮起破铜锣似的嗓门嚷道："熟烟虱，过来帮我插一会呀！就是插一棵秧，也是个人情嘛。听见了么？熟烟虱！"

李来福脸上禁不住一阵火烧火燎，却一个劲地装聋作哑，闷着头忙个不停。

"噢，我要是个女人，你熟烟虱不来帮我插秧才怪呢！"贫嘴贵又怪声怪气地说。

阿兰可忍不住了，忿忿然地朝田沟那边掷过一句话："阿贵，谁踩着你的尾巴？这般欺负人！"

贫嘴贵嘻嘻笑了笑："阿兰嫂子，谁叫他是个熟烟虱呢？"

李来福一反往常的脾气，简直像一头野牛似的，两个鼻孔"呼呼"地拉着风箱，呼地跳过田沟，横着脖子问道："阿……阿贵，你……你叫……叫我什么来？"

贫嘴贵一怔，却仍旧摆出一副惹不起的架势，鄙夷地说："叫你'熟烟虱'嘛！"

"你昨……昨天晚上。没看见我还……还了债么？"

"看见了又怎么样？"

"就……就不能再管我叫……叫'熟烟虱'呀！"

"我偏要叫你'熟烟虱'，你要怎么样？"贫嘴贵寸步不让。

"我……我就是不……不许你叫！"李来福一步逼到贫嘴贵跟前。贫嘴贵越发耍起赖来："我偏要叫，'熟烟虱''熟烟虱'！"李来福脸一绷，陡地捏紧了拳头，却半晌也举不起来。

阿兰急了，狠狠扔下秧苗，给李来福抛去一个眼锋。李来福猛地扬起了臂膀……

贫嘴贵没等李来福的拳头落到他的身上，便猛一弓腰，把浑身的力气都集中到头顶上来，拼命朝李来福撞过去。

只听得"扑通"一声，李来福一头栽进了田沟。阿兰吓得大声呼喊：

"打架啦！阿贵打伤人啦！"

人们一听，纷纷放下活路，直朝这边跑来，一边嚷道："别打啊，别打啊！"这时，李来福呼地跳了起来。活像一头发怒的狮子反扑过去……

山里人，一年当中轻易看不到一场戏，平日寨里即便是公鸡打架也围得水泄不进，少不了看个热闹。大伙一看李来福双手紧紧箍着贫嘴贵在秧田里翻滚，便把这场打架当作一场精彩的摔跤比赛，都背着手站在田塍上看热闹。不时爆出一片喝彩声和哗笑声。

贫嘴贵哪里是李来福的对手？不几个回合，他便脸色发青，"呼——呼——"直喘粗气了。李来福却越斗越来劲，仿佛身上积聚了三十几年的力气，全是为了这场打架似的。尽管贫嘴贵曾经拜过江湖师傅，学过几日功夫，还是被李来福轻轻易易地压着，虽然拼命挣扎，却是动弹不得。他只好使出绝招，把眼一瞪，双目往上一翻，四肢挺得僵直，两只鼻孔立即断了气。

李来福大吃一惊，浑身被吓软了。贫嘴贵便趁势翻滚过来，将李来福压在下面。阿兰急得把田塍跺得咚咚响："哎哎，真笨！长着七尺身躯，却任由人欺负，没一点男儿气！"

李来福听了，脸上一辣，陡地将贫嘴贵摔倒一旁，接着用一只膝盖压着贫嘴贵的小腹，挥起拳头朝他的鼻尖晃来晃去，一面愤愤地问道："你……你还敢叫我……我'熟烟虱'不？"

贫嘴贵这回不得不服输了，慌忙求饶道："不敢叫了，不敢叫了！"

"说的可……可当真？你当众发……发个誓！"

"当真，当真，往后我要再敢叫你'熟烟虱'，就是……就是小狗！行了吧？"

大伙听了，轰地大笑起来。就连打自死了丈夫以来，脸上轻易看不到笑容的阿兰，这时也忍不住悄悄笑了两声："哧哧！"

李来福听得真切，赶快放开贫嘴贵，反身回到阿兰的责任田里，捡起刚才扔下的一把秧苗，又忙不迭地插起来……

"来福哥。可伤着了么？"阿兰忽然关切地问，声音低低的。"不……不会的。"李来福自负地答，声音挺响亮的。

"哟，还骗人呢！瞧。你额头都给擦破啦！"阿兰突然惊叫道。

李来福慌忙压着嗓门说："没……没相干。只破……破了点皮毛儿，可别……别嚷嚷啰！"

阿兰马上闭上嘴。可隔不一会儿，她又忍不住说："看你的衣服全粘了泥巴。"

"不……不打紧，种……种田人，身上还……还少得了泥巴么！"

"那你怎么不穿着那件白衬衣下田来？"

"那……那可不……不弄脏了么！"

"弄脏了不会洗么？"

"谁……谁有工夫啊！"

"我，我有工夫呀！"阿兰脱口道。"等会儿插完了秧，可一定得把身上的脏衣服除下来，一块儿让我给洗干净。"

李来福听了，有点懵懵然，再也不晓得说些什么，只会"咻咻"地笑，笑得那么开心，那么肆意！

贫嘴贵虽在埋头捡秧、扶秧，却竖起两只耳朵。清楚地听出，这笑声里裹挟着的消息，嘴唇皮又像吃了烤不透的山芋——痒得慌，却不敢再张声，只好一个劲地大声干咳。好让大伙都能听见，他咳出的新消息……

1983 年发表于《湛江文艺》

相亲

在我们乡下，姑娘们往外村找对象，往往得由媒人两头搭桥，约定个集市日去与男方见面。到了圩市上，有的姑娘便拣百货公司门前站，一旦情投意合，即刻车转身，手拉手儿进去剪布料，办喜礼；有的姑娘嘴儿馋，爱钻饭馆酒店，万一谈不拢，也得美美地饱男方一顿。这可丑死人啦！不管对上对不上，我还是选了圩市外边一片僻静的荔枝林子，彼此爱怎么看、怎么谈都行……

没想到在我们斜对过的一棵花儿开得特别盛的荔枝树下，早来了个对儿。女的长得倒挺标致，虽然穿得并不十分光鲜。奇怪的是，那个男的不但不抬头，而且老是用一顶大竹笠盖头盖脑地将自己遮掩着。看来，他要不是个见了女人便脸红的男人，就一定是长得很丑很丑，至少没我跟前这个长相派头。瞧，他生怕人家看不见他口口声声说是姑妈从香港寄回的电子手表，故意把蓝条的确良衫袖卷到胳膊上，加上胸前挂着一部别致的收录机，简直浑身都是"香"气。我心里虽然觉着不是个滋味，特别是他那双蝌蚪眼老是往人胸上滴溜溜转，着实叫人讨厌；但比起这个拿着一顶大竹笠来相亲的，我还是暗暗感到高兴，而且暗暗为那个标致的女人感到惋惜。

那女人好像听见我心里在嘀咕些什么，故意跟我斗气似的，忽然提高了嗓门："我什么彩礼也不要，只要你中意，我即刻就跟你走！"

我听了，一股小小的无名火不由从心底升起来：嘿，一个女人竟向男人求婚，多没出息呀！我忍不住轻蔑地朝那边瞥了一眼，只见那顶大竹笠猛地动了动，半晌才瓮声瓮气地飘出一句话："你……你还是……还是回去跟他好吧。"原来那女人是个改嫁的，怪不得她身上没一点姑娘气。不过，乡下人并不计较这个，何况她长得这般标致呢？我真不明白，那个拿竹笠的男人为什么要拒绝她。哟，这跟我有什么相干？还是听听我面前这个男的说些什么吧。

可是，他却瞪着没有神采的眼睛朝我发愣，张着嘴当哑巴。我这才发觉自己冷落了他，不自然地笑了笑，他才又接上话絮，一个劲地夸他的香港姑妈……

"呜呜呜……我死也不回去……呜呜呜！"那边忽然传来女人的哭声。我怔了怔。只听得那顶大竹笠的背后慌里慌张地说："别这样，别这样！让人家听见会笑话的。"那个女的反倒越发哭得厉害，简直泣不成声地说："你不知道他有多凶啊！"

"他为什么对你那么凶？"

"还不是当初我爹索了他八百元聘金？他欠下一身债没法偿，便常常拿我出气。"

"唉！"那个男的长长叹了一口气，便不作声了。

女的抹抹眼泪说："他要是像你这般体贴人，就是饮水我也心甜！"男的连忙问："这可是真心话？"

女的一听，大概以为男的对她动了心，也连忙说："我对你还会说假么？"男的乐了："这就好，这就好！如今国家实行的可是治穷致富的政策，谁舍得花力气，挣钱都不难。我们村许多人光是养猪养鸭一年就能收入上千元。你回去跟他一条心种好责任田，养上几头猪，不愁偿不清那笔债。日子渐渐好起来，他要是再凶你，我包管跟你成亲。好不？"

女的急了："不好，不好！天晓得如今的政策能长久不？我既然离开了他的家，就不会回去踏他的门槛了。我不嫌你，你倒嫌我什么来？"

"我……我怎敢嫌你？"男的好像很激动地说。

"那你为什么偏要我回去跟他好？"女的一句紧似一句地追问。"你离了他，他该怎么过日子？"

"这用得着你担心么？"

"怎么能不担心？我要是娶了你，他会在背后骂我八辈子的。"

"一不同村二不同社，反正听不着，要骂由他骂去，这有什么打紧？"

"话不能这么说。一个人活着，要让别人骂半句缺德，不管听见听不见，可都不好。"

女的哑了。男的却像亲哥哥哄小妹妹似的，低声细语地左劝右说……

天下还有这样的男人！不知怎的，我心里怦然一跳：这顶大竹笠，怎的这般眼熟？

这时，荔枝树上突然掉下两只蜜蜂，不偏不斜地落到那个女的发心上，打了个滚翻儿，便猛地飞了起来，直绕着她的头顶嘤嘤嗡嗡转。那个男的生怕蜜蜂会螫着女的，连忙拿起竹笠把蜜蜂赶走。于是，我趁势朝他脸瞄了瞄，差点失声叫起来：那不是他！

去年夏天，在牛鼻岭修水库，我们岭北三八突击队跟他们岭南五四突击队开展劳动竞赛，老是被他们甩在后边。一天，忽然出现了奇迹，不知谁给我们把每辆车子都打足了气儿，拉得又满又快，土石方进度一下子追上了五四突击队。姑娘们高兴得你抱着我、我抱着你地在草棚里打滚。闹腾过后，队长问是谁打的气，好报给公社广播广播，让大伙学习。姑娘们一个个都只晓得瞠目结舌，把头摇得像个拨浪鼓。为了揭开这个谜，我起了个绝早，走出草棚没多远，就瞥见个影儿，扎着个丁字马步，在勾着头给我们的车子打气。我正想走上前去，可是仔细一看，原来是个男的。一种姑娘们特有的自尊心，不允许我轻易鲁莽。远远看着他不住地使劲，时不时抬起臂膀往脸上擦汗，我心里不禁一动，便踮着脚尖绕到他的背后，把一条红格汗巾扔给了他，立即扭头飞快地跑回草棚里。躺到床上，心里好久还"扑通扑通"地跳得厉害。

不知为什么，也许是生怕人家知道我半夜三更把一条汗巾送给了男人，对谁我也没把这个秘密告诉她。这天早上，圆圆的月亮还挂在半天空，我便不声不响地钻出草棚。不料，那个影儿又比我先了。月光下，一看他侧着的一边脸，竟是个美男子，不知打从哪儿来的勇气，我三步并作两步走上前去，一把夺过他手上的气筒。

他怔了怔，一看我偷偷瞅他，慌忙转过脸去，尴尴尬尬地说："我——我力气……比你大嘛！"

我不服气地说："要你暗中给我们使劲，赢了你们也不光荣。"他讪讪地说："只要尽快把水库筑起来，不就大伙都光荣么！"

我听了，立即觉得自己比他矮了半截，脸上不由一阵热辣，赶快低下头去，一时不晓得再说些什么。

他以为我是在让他，得意忘形地转过脸来，对我笑了笑，伸手轻轻一拉，便把气筒夺了过去。

我抬起头来一看，竟被吓了一跳：怎么眨眼之间，他忽然变成了个丑人儿？半边脸像被谁用刀削了，留下一块皮肉模糊的大伤疤……

他见我受了吓，噔地一愣，慌忙扔下气筒，两手捂着那边脸，一溜烟地跑了。第二天，我就在工地上打听到，他是因为一次失火，冲进正烧得厉害的茅屋，背出个五保户被烧伤了一边脸的。我多想仔细瞧瞧他那边脸，特别是那只眼睛烧得怎么样。可是，他却老避开我，每天都提前在半夜里就给我们三八突击队的手拉车打气。我再也无法和他遇面了，只能见到一顶盖头盖脑的大竹笠，每天拉着一辆装满石头的胶轮子车在工地跑。水库筑起都半年多了，但他的影儿——半面美人儿，却常常站在我的面前……

没想到会在这儿见到了他。我正等着那个标致的女人一看他那边脸，便非跟我一样被吓了一跳不可。可是出乎我的意料，她反倒对他更加倾心，不由引起我心里暗暗嫉妒。要不是我面前还站着个男的，我可不敢保证我不会做出愚蠢的事来。

这时，我面前这个男的大概是见我对他的话一句也没听进耳，着急地问："你对我有什么意见？"

我淡淡地笑笑说："我跟你素不相识，哪来的意见？"

"那就回我一句话吧！"

经他这么一提醒，我这才发觉自己原来并不是来跟他相亲的，便不冷不热地说："叫我回你一句什么话？"他也真聪明，听出我弦外之音，脸皮一阵抽搐，悻悻地骂道："活见鬼！今天可跟一棵荔枝树白相了一趟亲。"便扫兴地走了。我痴痴地坐在荔枝树下，心不在焉地摘了一片叶儿放进嘴里嚼了嚼，吐掉以后又摘一片放进嘴里……不知嚼碎了多少片荔枝叶儿，好不容易才听得那个女人说："既然我没缘分跟你做夫妻，就认个兄妹好不好？"

拿竹笠的人儿一听，丝毫也不遮掩，高兴得一拍大腿跳起来，调皮地咧开嘴"吃吃"直笑："好，好！我赶紧养肥阉鸡，等着你俩来走亲戚。"

我拼命忍住笑。谁见过送上门来的姐夫不当，偏要乐得当大舅爷的呢？

那个标致的女人很是感动，叫了一声"叶大哥！"连忙用手背擦着眼睛，扭头便走，把花蒲篮也给忘了。

"上饭馆才走啊，上饭馆才走啊！"叶大哥一边着急地叫唤，一边拿过花蒲篮，慌忙把一沓钞票和一叠粮票塞进里边，大步流星追上前去。

不知是鬼使还是神差，我竟然远远地跟着他穿街过巷，又远远地跟着到他的家。

"你找谁?"他愕然地问。

我抿着嘴儿笑了笑:"找你哩!"

他侧着脸愣了愣:"你认错门槛了吧?"

"没错呀!你还收着我一条汗巾呢。"不知怎的,我竟随口说出这么一句自己一听便脸红的蠢话。

他浑身抖了一下,慌里慌张地说:"在……在这儿。"从枕头底下取出一条折叠得方方整整的红格汗巾来。

我懵了,不觉脱口问道:"你怎么放在枕头底下?"

他一听,那边好看的脸唰地涨红起来,结结巴巴地说:"我把它放在枕头底下,夜里可会梦……梦……"

梦见什么呢?不用他说出来,我也明白的,心口窝里活像窜进个兔崽,不住地乱跳。好一会儿,我才低声地说:"那就——给你留着吧!"

他却懵头懵脑地说:"你不是来取汗巾的么?"啊哟,叫我怎么回答呢?

1983 年发表于《湛江文艺》

嘻嘻公主

　　五（2）班忽然转学来了个女同学，名叫黄艳艳。班主任卢老师把她带进课室，全班五十五双眼睛都陡地愣住了——她哪里是个普通的女孩子？分明是童话王国里的公主，长得漂亮极了。

　　艳艳见同学们都这样出奇地看她，眼睛一眨不眨的，不禁着了慌，连忙勾下头来，脸颊上骤然飞起两片红云……

　　噢，原来是个挺爱害臊的丫头，胆子小得可怜！方伟伟的脑袋瓜马上闪出这样的断定。不想黄艳艳突然扬起脸庞，那两片红云还没有消失，却出人意料地笑了："嘻嘻！"班里的同学一时又愕然了。

　　"伟伟，你去向校长要一张桌子吧！"卢老师老爱支派伟伟去完成需要花大力气的艰巨任务。这不光因为班里数伟伟的个头最大，而且还因为校长是伟伟的舅父，伟伟是校长最疼爱的外甥，别人从校长那儿轻易要不到的东西，伟伟却轻易地要到了。要在往时，或者这张桌子是搬给老师用的，伟伟自然会觉得不胜光彩的。可是这明明是搬给一个新来的女同学用的呀！伟伟心里有点不是滋味儿。况且，课室里已摆了四行桌子，每行七张，四七二十八张；每张桌子坐二人，全班五十五人，每个学期卢老师都让伟伟单独一张桌子，可自由自在极了。不过，这并不是卢老师看在他舅父的脸上特意给他的优惠，而是班里所有的同学都得看伟伟的脸色，只要伟伟稍稍表示不欢迎，谁也休想沾他的桌角儿。他虽然没有被选上当班长，但他比当班长的还要班长，即使打半个喷嚏，班里的同学也得让他三分的，特别是那些女同学。而今，卢老师却要他为这个个儿小、又娇气十足的女同学卖力气，简直连他平日在班里建立起来的仅次于老师的权威全都给扫光了。伟伟不免又委屈又生气，可在卢老师的面前，却轻易不能发泄，他只好将桌子重重地往课室里头一放，流露出极不情愿的神色。

"嘻嘻！"初来乍到的黄艳艳竟在一旁抿住嘴巴儿直笑。伟伟再也忍不住了，陡地朝她虎起脸孔……

黄艳艳却一点也不理会，仍然笑嘻嘻地指着伟伟身边的座位说："卢老师，这个座位可是空着的？我就坐这儿，行吗？课室里单独多摆了一张桌子，多不好看呀！"

伟伟听了一怔：好大的口气，好大的胆量！这是她那张又小又薄的嘴巴儿说出来的吗？

"嗯。"卢老师微笑着点了点头，眼睛还明显地闪射出赞许的目光。

伟伟立刻倒竖起双眉，朝艳艳又是瞪眼睛，又是蹙鼻子，样儿十分的凶。殊不知艳艳赶忙用右手掌心叠着左手背拼命捂住嘴巴儿，一屁股往伟伟的身边坐下来，仿佛在她身边压根不存在个方伟伟似的；还故意拿眼角瞟方伟伟，瞟一眼便"嘻嘻"笑了笑，又瞟一眼又笑了笑："嘻嘻！"

伟伟气得差点儿没跳起来，要不是卢老师在跟前，可有的看的哩。第二天上学，方伟伟便急不可耐地让黄艳艳尝尝他的厉害……"啊唷！"艳艳一打开课本，便吓了一跳。

两条大拇指一般粗的毛虫趴在课本里，居然一同抬起头来，拿绿莹莹的眼睛怪模怪样地盯着艳艳。嘿，这下不把她吓昏才怪呢！

艳艳咬着嘴唇，壮了壮胆儿，倏然拿起课本，将两条毛虫抖落地上，接着用鞋底踏着，拼命地使劲……

伟伟目瞪口呆了。

艳艳一看，忍不住悄悄笑出声来："嘻嘻！"班里的人谁敢这样笑伟伟？这不明明是对伟伟的揶揄么？伟伟简直要气炸了，立刻在心里发誓：下次非叫你哭鼻子不可！

伟伟憋着一肚子气，单等上数学课。因为数学老师是个新来的，说话还带着奶气的女老师。而且什么时候，她尖尖的鼻梁上都架着一副近视眼镜，上课目光不是顾着黑板，就是盯住本本，轻易不抬头看学生一眼。这时数学老师在黑板上出了一道四则难题，把同学们都给难住了。谁也没有勇气轻易把手竖到桌面上。伟伟甚至缩着脖子屏住呼吸，生怕老师听见会指名他上去演算。

"嘻嘻！"艳艳看着这情景，觉得十分的好笑。果然，艳艳马上被老师叫到了讲台上……

嘿，等着出洋相吧！伟伟正在幸灾乐祸。艳艳却把这道难题准确无误地算了出来，还受到老师的特别夸奖呢。她又"嘻嘻"地笑了。

"看你高兴的！"伟伟赶忙从书包里掏出三枚图钉捏在手掌心里，待艳艳回到座位刚转身往下坐，他便猝然把三枚图钉撒在艳艳坐的一端板凳上。

"哎哟！"艳艳惊叫了一声，像触电似的跳起了老高。"怎么啦？艳艳。"老师立刻投来诧异的目光。

班里所有的同学都跟着扭过头来，一看艳艳的眼眶里噙着泪珠，虽不作声，谁的心里都明白了：伟伟必定又欺负艳艳了。

这不由伟伟不慌张。他虽然发誓要让艳艳哭鼻子，但艳艳当真的哭起鼻子来，他能逃脱得了老师的惩罚么？他赶忙求饶地拉了拉艳艳的衣角。

艳艳一看伟伟惊慌失措的样子，立刻明白了什么意思，赶快"嘻嘻"地笑了，笑得很不自然，那两个酒窝儿却很美。"报告老师，没什么呀！"她便若无其事似的坐了下来，紧紧地咬着嘴唇……

伟伟的心颤抖了。下课铃一响，他便急忙拎起书包，要抢在老师的前头溜掉。不料艳艳一把抓住他的书包，他陡地怔住了："你……"艳艳要干什么呢？要跟他打架吗？抑或要拉他到卢老师那儿告状去？

艳艳却默不作声，等班里的同学都走光了，她才突然转过身去，用屁股命令他："快给我把图钉拔下来！"

伟伟吃了一惊，急忙背过脸去。

"快拨呀！哎哟！"艳艳疼得直叫。

伟伟到底转过身来，给艳艳把图钉一枚一枚拔掉："你——还疼吗？"

艳艳怔了怔："嗳，你这个人真怪！"她猛然发觉伟伟眉头蹙起个大疙瘩，脑袋瓜勾得低低的，活像个斗败的小公鸡，又忍不住"嘻嘻"笑了。

不知为什么，听了艳艳这笑声，伟伟的脸唰地红到了耳朵根……

整整一个星期，伟伟的锐气没有恢复过来。这天，除了一、二年级以外，三、四、五年级的同学都无一例外地坐上学校包的专车，到叠翠山去春游。叠翠山上迎面坐着个白石头雕塑的笑面佛，见了谁都笑盈盈的，谁见了它，都禁不住捧腹大笑。就连一向待人爱瞪眼睛、蹙鼻子的伟伟，也禁不住学着它的模样咧开嘴巴直笑。

"嘻嘻，伟伟，看你笑起来有多好看呀！"艳艳在伟伟的面前，像哥伦布发现新大陆似的，惊喜地拍着手掌跳了起来。

伟伟向来轻易听不到别人的夸奖，班里的同学不管男的女的，都把他看作凶神。一听艳艳夸奖他好看，他虽然很有些不自在，但心里仍然不由冒出一般甜甜的滋味儿,笑得特别的得意。

旁边一些同学看了十分惊奇,立刻咬着耳朵说起了悄悄话……

伟伟一点也不觉察,被艳艳拉着一块爬山,一块坐汽艇,乐得合不拢嘴。不知什么时候,他把搭在肩膀上的一件红色运动衫给掉到江里去了。偏偏返校时,他跟艳艳坐的汽车位置,挡风玻璃烂了个大窟窿眼,春风挟着来自西伯利亚的寒气,一阵一阵吹进来。伟伟只穿着一件白衬衫,冷得牙关咯咯直打架。

艳艳赶快除下绿色绣花毛线外套,猛地套到伟伟的身上,一边看一边"嘻嘻"地合着巴掌直笑。

伟伟羞得不行,赶快把艳艳的绿色绣花毛线外套掀掉。

可是已经迟了。不知谁故意尖着嗓门叫了一声:"啊哈,方伟伟也要当'嘻嘻公主'啦!"逗得全车厢的同学都哄然大笑起来。

艳艳陡地瞪大了眼睛……

伟伟呢,脸上一阵红一阵紫。看来,一场恶作剧马上便不可避免地要演出了。然而,伟伟毕竟是伟伟,偏不让你看中了。轻易让别人看中的人,可别指望会有什么出息的!况且,艳艳先头不是夸奖他伟伟笑起来挺好看吗?就连叠翠山上石头雕塑的笑面佛都晓得逢人便笑盈盈的,他方伟伟为什么非要瞪眼睛、蹙鼻子,演恶作剧给别人看呢?他那样地整艳艳,艳艳一点也不报复他,从来也没有向班主任卢老师告他一次状,老是"嘻嘻"直笑,难怪同学们都称她"嘻嘻公主"。于是,伟伟陡地鼓起勇气,立刻捡起艳艳那件绿色绣花毛线外套,硬是套在自己的身上,故意咧开嘴巴朝同学们一个劲地笑:"嘻嘻,嘻嘻,嘻嘻……"

同学们立刻跟着嘻嘻哈哈大笑起来。有的笑倒在前边靠背上,有的拼命按摩着肚子,艳艳却笑出一串亮晶晶的泪珠儿……

"同学们,你们可相信不?世界上要是到处都充满了笑声,整个地球一定会乐得蹦跳起来!"五(2)班班主任卢老师半晌才使劲直起腰来说。

"笑当真会有这么神奇的力量吗?"伟伟半信半疑地问艳艳,因为艳艳比谁都聪明,而且特别爱笑。

艳艳愣了愣:谁晓得呢?她虽然什么时候都爱笑。可从来没有想过,笑会有什么力量呀!她觉得伟伟问得太奇怪了,又忍不住"嘻嘻"笑了起来。

1985年6月19日发表于《特区工人报》

长篇报告文学
摘选

彩色的诱惑

（长篇报告文学摘选）

一、人生的抉择

……

陶震麟本来忙得可以，却硬是要带着刘海荣从罗湖桥头，沿着宽敞整洁，花木掩映，诗意洋溢的深南大道直至蛇口工业区，一睹深圳特区的风采。

刘海荣从深圳看到了 21 世纪中国的缩影和希望，一路上情不自禁地惊叹："好嘢，深圳！"

陶震麟却只顾着不住地咯咯大声笑，出自刘海荣嘴里的每个惊叹号都给他的心里带来一阵满足，使他期望的效益百倍地超乎他挤出的这一天的代价。还没踏上办事处的台阶，刘海荣却迫不及待地要求道："老陶，人贵有自知之明。我自知我身上缺少做行政工作的细胞，你还是让我去干点实业吧！"

干点实业。虽然刘海荣的口吻纯属轻描淡写，但陶震麟听了，却十分明白了，这其实是要在深圳干一番大事业的雄心壮志。他太了解刘海荣了。这个要求正是他付出一整天陪刘海荣逛街所期望的"报酬"。刘海荣要离他而去，他虽然失去了这个得力的助手，却仍然禁不住惊喜，饶有风趣地说："塞翁失马，焉知非福？好，你想干点什么实业？"

"随你安排什么都行。"

"……"陶震麟想了想，突然眉头一扬："这里倒有一家由我们广州石油化工总厂参股开办的塑料彩印有限公司。原任经理因为工作需要，几天前调回广州，正空着个位子。只是筚路蓝缕，生产还没上轨道，困难一

569

大堆。而且你原来又是搞合成氨的，要去搞塑料彩印包装，就一切都得从零开始了。压力可不小啊！"

刘海荣听了，可不能不认真考虑……

包装材料业，在中国还是个新兴行业，有着无限广阔的前途。要在改革开放中为中华民族的振兴做出一点实实在在的贡献，这无疑是个机会。不过，丢掉了自己多年钻研的专业，无疑失却了自己的优势。对一个自己完全陌生的领域，一切从零起步，能到达最好的境界吗？

"你根本还没去做，怎知有没有把握达到最好的境界？"一向很少在他的面前作声的妻子，忍不住给他敲敲鼓边。

在妻子面前，刘海荣永远是个不折不扣的大丈夫，妻子明明道破他的心思，他却偏要说："你懂什么？这可不是小孩子玩泥沙，轻易可以儿戏的。这是工作、事业，不干便罢了，要干就非得做到最好。况且一生的命运都在这一次抉择上，能轻率吗？你对自己尚且不负责任，如何对社会负责呢？"

妻子不由得犯傻了："你不是常常迷上那个从法国带回来的朱古力饼干包装袋吗？还不止一次地叹息我们一流产品二流包装三流价钱呢！如今有机会让你去把二流包装改为一流包装，让我国的一流产品到了国际市场能卖个一流价钱，你倒轻易拿不定主意？"

刘海荣一向不相信，一个成功的男人，在他的背后必定站着个女人。此刻，他可不能不承认，这话并非一点根据也没有。妻子这番话强化了他的使命感，促使他对人生走向做出新的抉择。

二、压力是促人奋起的杠杆

几根直径不足 20 厘米的油加剂木柱居然支撑起一间夏天透凉冬天暖和的茅棚，造型十分别致，仿若西班牙民舍，里边东西两头各放一张木凳，搁上两块松木板，白天便作写字台，晚上则成床铺。遇上雨天，床底下哗啦哗啦一片流水声，那婉约的旋律，和谐的节奏，不仅令叶向阳的脑细胞格外活跃，而且常常招来四面八方的青蛙给他编织美丽的梦。

叶向阳原是搞化学的，毕业于中山大学化学系，对凹版彩印复合技术，以前连听也不曾听过。没想到改革开放的大潮轻轻推动一下，命运的风车便遽然转了个 180 度角。领导偏要他主管技术和产品质量，而且第一个任务就是到广州向一班即将成为深圳特区第一代塑料彩印包装技术工人的广州印刷学校毕业生传授凹版彩印复合技术。这太近似天方夜谭了。那间茅棚竟令他的大脑皮层出现奇迹——把他搜集的关于凹版彩印复合技术的大量资料全部吸纳进去，进行积极的文化整合，于是，脑子里的那一片空白终于出现了绿洲。

这，其实一点也不奇怪，一个聪明的人，艰苦的环境会令他变得更加聪明；一个愚蠢的人，优越的环境会令他变得愈发愚蠢。人类从类人猿进化成其为人类，可经过多少艰苦的历程。艰苦奋斗，乃人类的一大财富；人类任何进步文明，都离不开艰苦奋斗。难怪深圳特区的领导人要在市政府庭院中央建立一座巨型铜雕塑——一头正在释放出浑身的力气，在神奇的土地上艰苦开垦的牛，不惜花费几十万元人民币。市某局的一位干部对此很有意见，忍不住忿忿然批评道：

"花几十万元买一条死牛，值得吗？市长怎么不好好算算，这几十万元能买多少头活牛？"在一次城建工作会议上，市长听了汇报，不禁拍案而起："愚昧，愚昧！"立刻把某局那位干部传来，差点没当场撤掉他的职："请你也给我算算，这座雕塑的价值有多大？你算得出来吗？嗯？"

那位干部被吓得舌头都僵了，哪里还敢作声？只好一边机械地点头，一边机械地说："算不出来，算不出来！"市长这才稍稍缓和了口气，却不乏感情色彩："你当然算不出来。就是当今世界最著名的大数学家华罗庚也算不出来。世界上没有任何人能算得出这座雕塑的价值。因为是特区开拓者们的聪明才智和艰苦奋斗精神的结晶。历史将会告诉世人：这是个无价之宝！"这位市长还挑选一流的雕塑艺术家在市政府大门右侧建立一座"艰苦岁月"巨型雕塑，巧妙地与庭院中央的巨型雕塑"垦荒牛"互相呼应。让人们不管出入市政府大门，或者打从市政府大门经过，无不油然产生种种联想二万五千里长征的情景；或者是特区开拓者们为开垦中华民族的希望而在播种特区精神；或者对深圳升起彩虹一般的憧憬；或者……

三、把美国人的习惯说法纠正过来

归国前夕。

日本朋友突然送给深圳百士特塑料彩印有限公司派往日本学习的青年技工邓国强和招广衡一份厚礼——答应他们半个月以前提出的要求，破例让他们参加全面质量管理条例规定的每月召开一次的机长会议。

这是一种具有高度保密性质的企业内部技术交流和科学研讨会。根据会社的档案记录，以前从未允许国内外同行参加过一次这样的会议。

邓国强和招广衡极力竖高耳朵，对每个机长的发言，通过翻译，滴水不漏地吸收进去，学到了不少在参观过程中和任何书面资料里所轻易看不到的凹版彩色印刷先进技术以及车间运作、解决问题的方法。特别是会上，机长们无私地奉献自己的聪明才智，你不懂我教你，我不懂你教我，互教互学，共同提高技术水平。这给邓国强和招广衡留下特别深刻的印象。

"广衡，你那天说二者一定有其内在联系，是不是指日本人的集体主义精神与大和民族精神之间的内在联系？"邓国强突然问道。

招广衡不置可否地笑笑，并没有直接回答邓国强。

"日本人的集体主义精神，其实就是大和民族精神的体现；大和民族精神，无处不在日本人的集体主义精神之中。"邓国强却自己回答自己，看来，中国要赶上世界先进国家的行列，必须努力增强群体意识，让美国人非得把他们的习惯说法认真纠正过来不可：要打倒一个中国人既不可，要打倒一群中国人就更难了。"

四、靓女的疑问

人们几乎天天都看见在深圳老街食品店前，有个个儿高挑，英俊潇洒，一表斯文的30还未出头的青年，在捡拾地上五颜六色的各种食品塑料包装袋……

这，特别引起那些浓妆淡抹、打扮入时的小姐们的关注，她们无不以为他十成是得了神经病，情不自禁地发出学生的叹息："唉，太可惜喽！"有的甚至大着胆子挨到他的身边，试图以女性独有的温馨和魅力令他的精神接受感应而恢复正常。

这些特区小姐的情愫无疑是高尚的。而他却昂然跨进食品店里，一口气买下了百几十包各种包装的糖果、饼干、饲料、速食面，以至奶粉、腊肠、海味等，随即匆匆骑上了一部尽是铁锈的老牌五羊自行车……

那些不仅仅富于同情心的小姐刚刚落在眉梢上的惊喜，倏忽这间便遽然消失了，却不知为什么，禁不住互相问道："这哥儿是哪个单位的？他叫什么名字？"

她们也许永远不会晓他叫叶继祖，百士特塑料彩印有限公司技术部副部长。至于他为什么天天都近似神经质地跑到老街去捡食品塑料袋和大包小袋地购买那么多食品，也就成为她们永远解不开的谜了……

五、"要我干"与"我要干"

"张长江发啦！"百士特塑料彩印有限公司所有的楼层爆出一片诧异。业务员张长江却迟迟没有涉足财会科。

刘海荣火了，"老张，你怎么搞的？天天嚷着要发财，却突然变成个叶公好龙，是不是让各种各样的声音给吓倒了？"

张长江听了，太阳穴上的青筋骤然冒起几寸高，"什么声音能把我张长江给吓倒？"

刘海荣不觉好生奇怪："那你为什么迟迟不到财会科领取提成奖励？""让我认真想想嘛！"张长江直筒筒地答道。

刘海荣哧哧地笑了，"这 3 万多元奖金，是你合法所得，为什么不要？……"几句话，说得张长江堆满愁云的天庭豁然透出一片阳光……

次日，刘海荣即召开兑现承包销售合同大会。百士特 150 多名员工的目光全部集中在主席台左侧的一行金闪闪的大字"祝贺张长江同志创造承包销售奇迹：年额 700 万元！"和高高竖立在右侧的那个特大的红包上……

有人问刘海荣："为什么你对企业内部分配制度所作的每一项改革都非得把员工们的劳动报酬同企业的经济效益紧紧挂钩呢？"

刘海荣的回答颇为精辟："需要是驱使人们行动的一种动力。当人们的某种需要产生以后，就会转化为具体的动机，导致某种特定的行动。行为科学告诉我们，人们的需要有层次性，处于动态的发展中，基本需要满足了，又会产生更高的需要。在每个人的需要总和中，总有一种起主导作用的重点需要。这种起主导作用的重点需要则跟人们所处的环境息息相关。因此，对于绝大多数的劳动者，他们所获得的物质利益大小，便往往与做好工作的动力成为正比。我们既提倡奉献，又坚持按劳分配的原则，让多劳者一定多得，不仅充分体现了社会主义的分配制度，而且完全符合人的行为规律……"

六、日本人的失误

1986 年初，刘海荣大胆地做出决定：利用现有设备试制抽真空袋。

日本人的经济情报比美国人的军事情报效率还要高，却丝毫不担心深圳百士特人会成为他们的竞争对手，因为百士特塑料彩印有限公司还没引进生产抽真空袋的干式复合机，所以毫不客气地断言：刘海荣和他的伙伴绝不可能取得成功。

"老叶，日本朋友怎么'鼓励'我们，我们大概不会让日本朋友失望吧！"刘海荣拍拍技术部长叶向阳的肩膀，一半试探，一半鼓励，幽默得可以。

不知为什么，叶向阳忽然口吃起来："我们会……会做最大的努……努力，希望不……不会辜负日本朋友的'鼓励'！"

"嘿嘿……"刘海荣笑了笑，又拍拍叶向阳的肩膀。

叶向阳不但立刻感觉出刘海荣落在他肩膀上那两下的分量，而且从刘海荣的笑声里听出一种同志间的信任。于是立刻组织技术人员广泛收集国外和香港地区抽真空袋的样品，进行测试分析，弄清抽真空袋的性能、结构等有关数据。然后大量收集有关资料，认真消化吸收，设计出产品结构和试制方案。经过一次又一次的反复试验，终于利用原有的挤出复合设备研制成功抽真空袋。不仅色彩鲜艳光亮，美丽大方，而且氧化性能、气密性能、热封性能、强度、质量丝毫也不比日本原装产品逊色。

"奇迹，这简直是奇迹！"日本朋友不能不惊叹。

用百士特抽真空袋包装的香肠，很快便在上海、北京等大都市受到广大消费者的青睐，1987 年 7 月被中国商业部推荐参加了日本食品开发技术综合展览会。

七、BEST 境界

贺信

深圳市塑料彩印有限公司：

贵公司在 1989 年中国 500 家最大工业企业及行业 50 家评价中位于行业最大经营规模 16 位、行业最佳经济效益 9 位。对贵公司在国民经济建设中所取得的成就，我们表示祝贺。希望你们在当前治理整顿、深化改革中，克服困难，根据国家产业政策的总原则，不断调整企业经营战略，完善内部经营管理，以效益求发展，为人民、为国家创造更多的财富，为国家的现代化建设做出更大的贡献。

国务院发展研究中心

《管理世界》中国企业评价中心

国家统计局工业交通统计司

1990 年 8 月 25 日

1990 年度，该公司又升至中国 500 家最佳经济效益工业企业印刷业第 3 名、印刷业 50 家最大经营规模工业企业第 6 名、印刷业 50 家最佳经济效益工业企业第 3 名、广东 50 家最佳经济效益工业企业第 33 名。

深圳百士特塑料彩印有限公司终于发展成为一家 best 设备、best 技术、best 产品质量、best 服务的全国第一流塑料彩印软包装的 best 企业，以其先进的生产设备，雄厚的技术力量，高素质的员工队伍，精美的工艺，优质高档的产品，使经济效益大幅度增长——1985 年工业总产值只有 304 万元，1990 年上升至 6393 万元；1985 年全员劳动生产率 3.69 万元，1990 年上升至 31.64 万元；每年利税均以超过 50% 的比例增长。不但改变了我国高档塑料彩印包装材料一向主要依靠进口的现象，为我国出口商品包装做出积极的贡献；而且产品远销东南亚和东欧国家，在国际市场上显示了巨大的潜在竞争力。

（注：此文摘自选深圳作家张翅的长篇报告文学《彩色的诱惑》一书。该书已由新华出版社出版，小标题系编者所注。）

散文

春 笋

　　我的家乡是雷州半岛有名的竹乡。春天一到，漫山遍野都是破土而出的春笋，一株株冒着尖儿，勃勃向上，着实叫人喜爱。记得小时候，小伙伴们一块儿到村背后的青竹山上放牛，常常每人选择一株春笋，当作自己的化身，看谁长得高长得快。小伙伴们互相勾勾手指头，便绕着春笋边跳边唱："春笋春笋快快长，一长长到蓝天上……"第二天上山一看，大家都高兴得蹦蹦跳跳："我长高啦！我长高啦！"……

　　我一回到久别的家乡，便跑到青竹山上去寻找童年的记忆。不料迎接我的，竟是一场骤然而至的阵雨。我身边没带巴掌大一块可以挡雨的东西，心里着急得紧。突然，飞来一个热情的招呼："叔叔，快到这儿来呀！"

　　我意外地高兴起来。可是四下张望，又不见人影儿。"叔叔，快到这儿避一避哪！"我赶忙循着声音往山脚下跑去，猛然瞥见竹丛旁边的土墩上立着一头老黄牛，角上挂着一顶小竹笠，不住地向我点头。我不觉惊奇起来……

　　"嘻嘻，我在这儿呢。"没想到牛腹底下蹲着个十岁模样的孩子，只穿一条裤衩，却把蓝条子衬衫夹在腋窝底下，迎着我露出两个小虎牙："这儿背风，雨淋不着呀！"

　　"噢，你要是不作声，我倒以为走进了童话世界，遇见会说话的老黄牛啦！"我打趣道，逗得他咯咯大笑。

　　"老黄牛会说话有什么稀奇呀？我家就有个会说话的老黄牛！"孩子认真地说，"真的呢，村里人都管我爷爷叫老黄牛呢。"

　　我忍不住笑起来。

　　"叔叔，你别笑嘛。"他撅撅嘴巴儿，争辩道，"我爷爷说的，要响应党中央的号召，实现四个现代化，每个人都得跟老黄牛一样，埋头苦干哪！"

不等我发问，他便自豪地说："前几天，我还参加了科学大会呢！"

县委前几天召开了全县青少年学科学大会。参加这个大会的许多青少年，有的表示要像陈景润叔叔一样，攀登数学高峰；有的表示要在地质学方面超过李四光爷爷……

我不禁问道："你呢？"

他朝我眨眨眼睛："等到二〇〇〇年，你就明白了嘛！"他不肯告诉我，却出人不意地问道："叔叔，你认识哥白尼吗？"

多么有趣的问题！我只好答道："我只知道他是世界上一位伟大的天文学家哩。"

这孩子见我答中了，乐得蹦蹦跳。接着，他向我讲起了天文学知识。比如，为什么天空像个大海呀，为什么黑色的云朵是雨的故乡呀……

突然，他"啊哟"一声跳起来。一看，原来山水不知什么时候悄悄爬到土墩上来，把他的裤衩浸了个透湿。

"怎么山水跑到这儿来了？"他瞪大眼睛，使劲地搔着耳朵根，把夹在腋窝底下的蓝条子衬衫"嗖"地塞到我的手上："叔叔，给我当保管吧，别让雨淋湿哟！"话音未落，他便倏然消失在雨水模糊的翠竹丛中。

我出神地望着这孩子消失的方向，不意把他的蓝条子衬衫给弄湿了，赶忙抖开一看，里边忽然跳出一本用红领巾包裹着的《天体观测记录》，每一页都画满了各种各样的画图。我被几幅好像电影《孙悟空大闹天宫》里那缥缥缈缈的奇景，深深地吸引住了。及至阵雨过去，夕阳点燃天底的云彩，我才着急起来，这孩子怎么还没回来呢？

幸而，他留下了一行深深的脚印，引领着我穿过葱翠欲滴的竹秧子，沿着山脚寻去，果然看见前边的沟渠里，一个浑身泥水的孩子正在弓着腰，使尽吃奶的劲儿，把一块大石头抱起来。我心里全然明白了。未及开口，他便像一条快活的泥鳅，一蹦蹦到我的面前："叔叔，这回一滴滴山水，都得乖乖跑到水库里去啦！"

我赞许道："它们可得谢谢你呢！"

他好像啥也没听见，突然劈头问道："叔叔，你说，天上也能修水库吗？"这可把我问住了。为了不致使他失望，我随口答道："也许行吧！"

不想他倒当真起来，问个没完没了。眼看雾霭四起，我赶忙催他回家。他却不以为然，歪着脑瓜儿说："我还有重要任务呢！"

究竟有什么任务这么重要呢？我正纳闷，一转眼，他就跑到山巅上去了。只见他披着一身火红的霞光，手里拿着那本《天体观测记录》，嘴巴噙着半截铅笔头，直着脖子朝太阳渐渐隐没的地方眺望。那神情，简直像要把宇宙看穿似的……

望着孩子的身影和漫山遍野拔地而起的春笋，我的思绪猛然动了起来。莫非果然寻到了童年的记忆？或者是跨进了一个新的天地？我们千千万万个孩子，整个中华民族的后一代，今天都在茁壮成长！

漫山遍野的春笋，好像听到了我的心声，一个劲地冒着尖儿，勃勃向上……

1979 年发表于《人民日报》

秋天的希望

春夏秋冬，人们特别偏爱春天和秋天。因为春天是播种希望的季节，秋天是希望收获的季节。

我对秋天的感情更深于春天。因为秋天不仅给人们带来累累的果实，而且总是先于春天，就把希望的种子撒进人们的心坎……

在我们乡下，村边路旁，庭前宅后，全都种上秋果树，也叫花稔。这树儿，叶茂果盛，枝干不大，却满树硕果，不独甜得出奇，而且渗着浓郁的花香，叫人吃了嘴唇上久久散发着芬芳。更奇的是，一到立秋这一天，它必定早、午、晚三熟，村里村外芳香不绝。所以，乡下人都把它当作胜似天上蟠桃的吉果，世世代代流传着过果节的风俗。

我每吃秋果，都不由得想起我的一位村学老师。记得那年立秋，他跟我们一块过果节，一面给我们讲"八一"枪声、秋收起义的故事，发人深思地说："这才是秋天给人们播种的真正的希望呢！过不了几个秋天，它就会结出个无法比拟的大果来的……"这更唤起我对秋天的神往，常常产生各种离奇古怪的幻觉：有时听到山里吹来飒飒的秋风，耳边便隐隐响起一阵阵枪声，夹杂着一阵阵冲锋号声和排山倒海的呐喊，由远而近，又由近而远；有时望着缥缥缈缈的天空云起云飞，忽然红旗招展，杀出一队队影影绰绰的人马，霎时间，把世界透透彻彻地翻了个样儿……后来，我居然走进这个幻觉的现实境界之中，意外地见到了我的启蒙老师。

那是一九四九年初秋，地下交通站把一份紧急情报巧妙地藏进一颗拳头般大小的秋果里，让我一面"嚼"着从敌人的面前走过，把半边秋果送到游击队领导人的手上。没想到这个游击队领导人，竟是那位突然失踪的村学老师。一见面，我便劈头问道："许老师，你说的那颗大秋果，怎么还没见结出来呀？"他从我送来的半边秋果里取出情报一看，乐得将我一把抱起来："快啦，快啦！"不久，游击队配合南下的大军，摧毁了蒋家王朝在岭南最后一个立脚点。在庆祝新中国诞生的大会上，我的老师指着半天空猎猎飘扬的五星红旗，对我问道：

"喏，可看到大秋果了么？"我这才恍然明白这颗大秋果的含义，心里顿时充满了金色的希望……

不知是时间上的偶然巧合呢，抑或历史故意这样选择？一九七六年十月的一天，我在岭南一个乡村人民公社参加庆祝粉碎"四人帮"的胜利大会，看到人们脸上闪着晶莹的泪花，拼命地摇晃着手上五彩缤纷的旗帜，一面喊出心里的强音！我的眼睛虽然也被一层泪花蒙住，但透过人们异样的目光，却清楚地看到：秋天又给人们带来了崭新的希望。于是，脑子里不觉闪出个奇怪的念头：来年立秋，定回家乡尝尝秋果的味儿。

今年立秋这天，我到底回到了远别多年的家乡。只见村前一片葱翠的禾田，绿水泱泱；村后一片甘蔗的海洋，碧波闪闪；村里村外，鹅声、鸭声此起彼应，处处洋溢着勃勃生机。特别是村中间那一幢幢新式的砖房瓦舍，阳台上全摆满一盆盆象征春华秋实的花卉和金橘，格外引人注目。唯独看不到一棵秋果树，心里不禁隐隐纳闷起来。

这当儿，背后忽然响起一串"叮铃铃"的铃声，未及闪路，一辆油光闪亮的凤凰牌自行车，便"呼"地从我的身边飞过。骑车的竟是个年近花甲的老人，脸上布满仿若刀刻的皱纹，两边肩头隆起个小山包似的肉疙瘩，我一眼就认出他："秋实叔！"

他猛一回头，立时跳下自行车，笑呵呵地冲着我的乳名嚷道："秋芽子，赢啦！赢啦！"

我莫名其妙地陪着他高兴："秋实叔，你赢了什么来着？"

"嘿嘿，我早说嘛，"他仍然没头没脑地说："这个官司，就是打到党中央，也担保输不了呢。"

我越发不解。

"谁个心里不明白？没有三中全会的路线，咱村早造粮食能超历史吗？家家户户能这么快就开始冒富起来吗？可公社姜书记却说咱村三只手指抓粮七只手指抓钱，还让社员养了那么多鹅群鸭群，硬是不批准评上先进。"

我忍不住插问："你就为这个跟他打官司么？"

他误会了我的意思，哈哈大笑起来："要是光为咱村评个先进，我才不跟他争这份光荣呢。"下边的话，竟不肯直说出来。

其实他不说，我也猜得着，不禁赞许道："这个官司打得好哇！"

"唔，可得感谢许老师给撑腰哪！"

"哪位许老师？"

"就是当年在咱村教学的那位许老师啊，如今当上地委书记啦。"我更惊喜地问："你把官司打到地委去啦？"

"我连地委的大门朝南还是朝西都还没晓得哩。"秋实叔不紧不慢地推着自行车，一边饶有风趣地说，"倒是姜书记陪着许老师到咱村里来，我当面告了他一家伙。许老师一听就问：'老姜，果真如此？'姜书记红着脸点了点头。许老师又问他说：'你对三中全会的精神是怎么想的，怎么贯彻的？'姜书记一时答不上来，许老师便斩钉截铁地说：'一定要回答。不管是你或是我，谁都要扎扎实实地做出答案。大家答的分数越高，四个现代化就实现得越快。是不是这个道理？'许老师一走，姜书记便给咱村补发了奖状啦。哈哈！你看——"

秋实叔从自行车头架上摘下用大红纸包裹着的奖状，让我分享其中的喜悦。不想一阵风雨骤然而至，把我赶进就近路旁的蔗林里。秋实叔却不慌不忙摘下头上的竹笠，将奖状严严实实地盖住，让雨水照着脊梁倒下来。

"秋实叔，快进来避一避吧，看你都快淋成落汤鸡啦！"

他却像压根儿没听见似的，老是用又粗又大的巴掌在额上搭起个凉棚，直仰着脖子观察天色，忽然高兴得跳起来："立秋啰，立秋啰！"

我这才记起今天十一时十一分立秋，不由看看手表，只见秒针在急促地跳动，发出"突突突"的微妙声音，叫人觉得：此刻，秋天正从日历上迈着大步迎面而来。可是，秋实叔为什么要站在风雨中迎接秋天的到来呢？

"啊哈，你倒忘了咱庄稼人的经验么，'风雨迎秋，五谷丰收'。这秋天，可又带来大希望啦！"

我听了，立时站了出来，也让秋风刮个够，让秋雨淋个透。

"秋芽子，你可晓得这秋风秋雨是打从哪儿来的么？"秋实叔笑眯眯地问，不等我回答，又笑眯眯地指指心口窝说："打从这儿，这儿哪！"

我觉得有点儿奇怪。

他更乐不可支地说："如今，党中央的每一句话，都是打从九亿人的心口窝里说出来的，可真呼风得风，唤雨得雨。"

我明白了。难怪这场扫荡败叶的秋风，孕育果实的秋雨，来得这么准。我不觉失声叹道："这么好的节气，咱村秋果树要是没砍光，准该熟得更喜人。"

"别提了，这些'封建主义和资本主义的尾巴'，没被连根挖绝就好了。"秋实叔朗声说，"你看，那些老树根，可不又长出树秧来了么，用不着三五个秋天，就会挂满秋果的。"

循着秋实叔手指的方向望去，果然，一丛丛、一片片的秋果树秧，在沐着秋风秋雨勃勃生长。我的视野渐渐扩大开来，蓦地看到一个一个秋天从我的眼前闪过，祖国九百六十万平方公里的土地上，随即缀满了红闪闪、金灿灿的硕果。

1980 年 9 月 24 日发表于《南方日报》

银湖笛声
——寄自雷州半岛青年运河

夜 语

月光，透过薄雾，织成一幅漫无边际的银缎，在柔和而饱含水汽的春风里，轻轻地轻轻地游动，游动着。

夜，静悄悄，只偶尔传来几声山鸟的啼叫。九洲江早该酣睡了，你听那呵呵的音响，不就是它粗犷的鼾声！

夜，静悄悄，只偶尔传来几声山鸟的啼叫。这里的千万健儿，早该熟睡了。你听那呼呼的音响，不就是他们甜蜜的鼾声！不，那是山风在吹奏洞箫，悠扬而清幽。这里的劳动者们并没有入睡，不能睡，睡不着！听，那绵绵细语，来自四面八方——茅棚里，山涧里，荔枝树下，运河堤畔，导流渠前……这声音低得几乎听不见。

夜，是这般深，人们还在偷语什么呢？只有生活在这里的人们才能知晓……

月 误

清幽幽的月光，及窗口倾泻进来，灌满了整间茅屋子，然后又从窗口溢出去，溢出去。红姑娘刚压抑住那颗野马般的心，硬闭上眼睛入睡，却又突然惊醒过来，把花被子一掀，叫声"糟！"便像一只小燕子似的，"啪"的从门口飞了出去。春风，在她的尾后追赶着，贪婪地摆弄她那两条结着彩蝶的辫子，摆弄着，摆弄着……

"团长，快快醒，太阳老高啦！"

团长从美梦中醒来，赶忙掏出那个闹钟，拿到窗橱处看看，又放到耳朵根摇摇，不禁失声大笑："你这傻丫头，老不安生，赶快睡去！""什么？""才三点哩！"

红姑娘两只乌溜溜的眼睛，对着蔚蓝的天空眨着。星星也对着她眨眼睛。看着看着，她笑了，星星也跟着笑了。

这时，四下里传来嘈杂声："喂，到时候啦！""快醒，堵导流渠去！"这声音在薄薄的夜雾里，扩展，扩展着……

拂　晓

拂晓。薄雾轻飘，九洲江闹翻了。

数不尽的红旗，像无数支火炬，在橘红的霞光里，燃烧，燃烧着。算不清的古铜色的胳臂，在橘红的霞光里，晃动，晃动着……

螺角急响，战鼓擂动，冲，冲！

啊，九洲江发怒了。狂涛汹涌，激起重重浪峰，敲击着，敲击着；然后，又崩雪似的，倒下去，怒吼着直向导流渠里扣臂挽肩的人们扑过来，扑过来……

好凶猛的九洲江！尽了平生力气，跟人们搏斗，搏斗。一个浪头又紧接着一个浪头。啊，人们被冲开了。被冲开了？不，看，不是又合拢进来了吗？啊，谁被冲走了？无数支臂膀，马上把浪山掀倒，抢捞被冲走的伙伴。一刹那间，只见工地党委书记从另一个浪山底下钻了出来，振臂高喊："把导流强堵！"

雨般的沙包，迅捷地抛到江里，一个，二个，三个，十个，百个……数不尽多少个！都沉下去了——都垒起来了，围堰垒高了，垒高了！阵阵掌声，阵阵欢笑！九洲江困倦了，哈，输了。它只好喘息着，躺在这条用意志和智慧筑成的围堰旁边，听从人们的调遣。人们，满脸璀璨绚丽的朝霞，多么光彩！啊，千里银湖，碧波荡漾，炊烟袅袅，祖国的江山多么壮丽！

1959 年发表于《羊城晚报》

在李钟珏顿足的地方

　　小时候，常听祖父讲"黄略打番鬼"的故事。他说，那时候遂溪知县李钟珏，是个有血性的汉子，力主抗战，对黄略抗法义军也给予支持。有一回，法国鬼子派重兵包围黄略，由于汉奸苏元春通敌，义军力战不支，被迫退出。李钟珏闻讯，连鞋袜也顾不上穿，从遂溪赶往黄略，企图挽救危局。赤足赶至遂溪河畔，遥望黄略村已烟火漫天，他一口气难忍，登时昏倒过去，醒来后失声顿足痛哭："害民者，苏贼也！"哭得遂溪河的水都涨了。他顿足的地方也深深地留下了一个脚印。这个传说，在我小小的心灵里唤起了许多想象。长大以后，也曾多次想去看看，一直没有机会。近几年，朋友来信说，在当年李钟珏顿足的地方，现在发生了如何巨大的变化：兴建了现代化的新桥糖厂啦，修筑了黎湛铁路啦，并且，还在云表上架了趟雷州青年运河东海河天桥。……这就更加激起了我的思绪。

　　现在，终于来到了当年李钟珏顿足的地方。我一步一步登上天桥，一步一步接近云表。这桥委实太高了，累得人发晕。心想：要说这是一座天桥，倒不如说是雷州半岛人民高擎三面红旗，用自己的智慧搭成的一座通往共产主义天堂的天梯。当我登上桥身，凭栏四眺的时候，只觉得置身于天际，成了这幅雷州人巧夺天工创造出来的艺术品里的写意人物。你看，东边天脚，那依稀闪亮的地方，一轮红日喷薄欲出，光彩绚烂，似万支金箭，射遍万里苍穹。头顶上云霞变幻无常，伸手可触。再看这周围方圆百里的土地，更是何等壮丽！一块块甘蔗地，被人民公社联在一起，无边无垠，茵绿得使人心醉，仿佛向四边天脚流泻的海色，南风吹来，漾起绸缎般的皱纹。那座赤泥岭呢，是遂溪抗日有名的地方，屹立南隅，好比一位威武的哨兵。再看东边，蔗叶舞动之中，恍惚听得出1947年遂溪人民游击队在这里怒击伪少将司令戴朝恩的枪声。这个万恶的匪徒，两手沾满南路人民的鲜血，他的腐朽的尸体曾经弄脏这块土地，无怪乎那里的甘蔗长得似乎不怎么茂密。突然一声汽笛长鸣，沿着笛声寻去，只见北边蔗林里升起一簇紫色的云朵，原来是开往黎塘的早班列车，载着半岛风光，去向远方的朋友问好。空气里弥漫着一缕甜味，不消说，这是新桥糖厂又在出糖啦。我蓦地想起，一位朋友曾经问新桥糖厂的工人："这里土地的颜色为什么这般红？"那位工人答说："这是我们祖祖辈辈的热血把她染红啦！"一句话，表达了多少人共同的感情。追思往昔，纵览目前，恍惚间，这天桥仿佛动了起来，径直往云深处飞去……

1963 年 2 月 19 日发表于《羊城晚报》

免费理发记

遂溪县黄略公社源水大队源水村，有个青年吴阿乐。这里的大人小孩，都亲热地称他"乐哥"。

一天晚上，队里的社会主义文化室组织大家学习毛主席《关心群众生活，注意工作方法》，阿乐学习后回到家里，躺在床上翻来覆去地想："我能为群众做些什么呢？"这时，他突然听得隔壁的大婶在哄孩子："乖乖，快睡，明天逢墟，阿妈带你去遂溪街理发。""理发？"阿乐心里一亮：一年三百六十五天，有多少人要到遂溪城去理发呀！理一个发要两三角钱，全村有多少人，又得花多少钱？再说，一去就是半晌，这可耽误了多少劳动时间！如果自己能抽空给小孩理理发，不是给群众帮忙吗？

第二天，没等天亮，阿乐便找到团支部书记华浩，把自己的主意一五一十地告诉了他。华浩也高兴地说："好主意。阿乐，干！团支部一定支持你。"当天夜里，阿乐便和几个青年到新桥去修公路，一连干了几个晚上，得到十多元工钱。他们便用这些钱买回了一套理发工具，从此，阿乐便开始学理发了，并且很快就掌握了理发的技术。一有空，他就在村中央那棵大榕树下摆开档口，上面挂着一块招牌，端端正正地写着：免费理发服务组。群众听说不要钱理发，又省得跑路误工，都乐意把孩子带来给阿乐理发。只半个多月，阿乐就给一百二十多个人理了发。转眼间春节到了。阿乐想到大伙都有理发过年的习惯，便留心观察，看到哪个社员还没理发，就抽空去给他理。除夕那天的傍晚，他想起贫农有康叔的孩子还没理发，赶忙收拾起工具，直朝有康叔的家走去。这时，有康婶正抱着个三岁的儿子，一见到他就说："乐哥，他爹给队里拉萝卜到城里去卖，我又顾着理家务，一直忙到这个时辰。你看，这孩子的头发……"有康截住说："算了吧，天都黑了。"阿乐连忙说："有康叔，不打紧，快点亮油灯吧，我给他理。"阿乐说着便打开工具箱……

当阿乐满头大汗地挨家逐户给几个小孩子理完发时，村子里鞭炮已噼噼啪啪地响起来了。

1965 年发表于《南方日报》

碓声
——萧家村春讯之一

今天清明。

天没亮，我便被碓声吵醒了。反正再也睡不着了，便起床朝队屋走去，不想半路上竟和生产队长老萧撞了个满怀。

他没等我开口，便一把扯住我说："老张，走，跟我舂牛骨粉去！"我说：

"天还没亮哩！"他不以为然："要等天亮，便赶不上插秧了。"于是我跟着他直朝仓库保管员土寿大爹家走去。

土寿大爹不在家。一把铜锁把门倒扣着，急得老萧直搔耳根："奇怪，天没亮，老两口便往哪里去了？"我蓦然地记起刚才的碓声，便说："今天是清明节呢，他会不会是……"老萧误会了我的意思，截住说："不会的，在这附近一带，没有他的亲坟。他还很小的时候，父亲便在流浪途中饿死了，连他本乡在哪里都不知道。""我是说，他会不会是去舂粉做节哩！"老萧侧耳听了一下，"哦"的一声，便大步流星地朝村东走去。

拐过一条小巷，老远就听到"笃笃笃"的有节奏的碓声，夹杂着隐约可辨的说话声。

男声："你把手放快些好不好？天都快亮了。"

女声："你就只晓得催魂！我要筛快些，弄损一点粉末，又得挨你骂了。"

"谁叫你弄损呢？"

"你来试试看！"

"咳，要叫你舂米粉做节，你可来劲哩！"男的说。

"可我把米都浸好了，你为什么偏要抢这先给队里舂牛骨粉？"女的又说。

"我问你，队里插秧要紧呢，还是自家舂粉做节要紧？"

"叫我说，两头都要紧。"

"嘿，我说过你多少回了？不能把自家的事儿跟队里的事儿平摆嘛！"男的紧跟着驳道。

"谁有你积极呀。"女的又回了一句。

"啊哈，你可又表扬我了！"男的笑道，"我们是贫农嘛，应该把心思放在队里。"

女的不吭声了，只听到沙沙的筛声，碓声也响得更带劲了。老萧三步并作两步，就要跨上前去。我猛地拉住他，示意他别打搅他们。这当儿，女的又开腔了，说：

"三更天便把人家扯起来，做了半夜活路也没人知道，谁给你计工分哩！"男的一听，可火了起来，叱道："唉，你可是越老越糊涂了！没做半丁点活路，便嚷着记工分。看你还能把工分带进棺材去？"

女的这回软了下来，说："看你，就好发脾气。我这是跟你说说罢哩！"老萧再也忍耐不住了，他猛的挣开我，直向前奔过去，颤抖着喉咙喊道：

"土寿大爹！"

土寿大爹撑直腰杆，抬起头来，"哦哦"地迎着我们微笑，只见他满头满脸满胡子都沾着灰黑的牛骨粉屑。他老伴呢，却低着头，一个劲地筛着。我站在一旁，看着这两箩牛骨粉和放在当间的一盏豆大的煤油灯，一时不晓得说些什么好……

1965 年发表于《羊城晚报》

黎明的信号
——萧家村春讯之二

福生爷今年七十出头了，他最忌讳人家问他的年纪。我刚到萧家村的头几天，不了解底细，有一回问他道："老人家，多大年纪了？"他陡地拧过脸去，便嘣嘣地说道："唔，还年轻哩，就给我戴上'五保'帽子了！"

原来他是对"五保户"有意见。听队长老萧说，开头，他硬是不肯做"五保户"，迫得大家把他的锄头粪箕都"没收"了。可他一点不让步，每天三回两趟到队里来吵闹："你们不许我干活，到夏收分配给我粮食，一颗我也不要！"后来他竟背着大家，拄着一根拐杖到杨柑墟去买回来一把屎耙，自己编了个粪箕，每天天没亮便起来拾猪粪。人们拗不过他。每朝他一早起来喂猪，那"唔唔"的猪叫声，几乎成了大家出工的信号——

父亲推醒儿子说："快醒，福生爷起来拾猪粪了！"妻子推醒丈夫说："快醒，福生爷起来拾猪粪了！"

人们推开门，第一眼就看见福生爷手上提着的那盏灯。据说，这盏灯就是福生爷当年给游击队照过路的那盏红灯。如今，它又闪射出熠熠照人的光辉！

一天，我特地起个大早，想去跟福生爷拾猪粪。可是当我走到他家门口时，他早已蹲在老榕树下，左手提着灯，右手夹着两根竹棍子，细心地把瓦片石碎一块一块地从猪粪里拣出来。我不禁脱口叫道："福生爷，你把鼻子都贴到粪上了！"他头也不抬，只是绷着脸说："庄稼人，还能嫌粪臭？"我的脸一下辣了起来，便也赶忙蹲下去……

拣了好大一阵工夫，我才直起腰来，说道："好了，可以挑去过秤了！"福生爷却仍不肯罢手，慢吞吞说道："唔，再拣拣看，兴许还有块瓦片石碎哩！"

1965 年发表于《羊城晚报》

雨
——萧家村春讯之三

先头还是蓝澄澄的天空，竟一下变黑了。乌云从四面八方聚拢过来，直往头顶上压。一阵狂风，吹来轰轰隆隆的雷声。老萧一口烟还没吸完，便把大碌竹烟筒往身边一摔，跳了起来叫道："坏了，老天爷要冲走我们的秧头肥了！"连帽也顾不上戴，扛起锄头便飞了出去。

我赶忙取过两顶竹笠，跟着他跑去。只听得萧大嫂在背后叫道："晚饭都摆到桌上了，又干什么去哟？"

刚跑出村口，大雨便哗哗啦啦地瓢泼下来。老萧倒抽了一口凉气，边跑边说："坏了，这几十亩秧头肥可白撒了！"

我们急急跑到田塍上，刚举起锄就给愣住了：这水缺不知道谁早堵好了，新盖的泥糊上，还严严实实地压着一层草坯，秧田里的水黑油油的，秧苗正在吸着水分和肥料拔节往上长。我一步紧一步地跟着老萧向前走去，查遍了所有的水缺，一个个都被堵好了。

"呵哈！谁干的好事？"老萧高兴得跳了起来，脚底一滑，一个筋斗翻到了田里。"谁？"河堤那边突然炸出个严厉的声音。

我和老萧赶快朝河堤跑过去，贫农代表德合叔却爬上堤来了。只见他光着头壳，赤着胳膊，浑身上下尽是泥浆。他见了我们，有些尴尬地说：

"嗬，是你们俩！"

老萧一切都明白了，他一个箭步跨上去，紧紧抓住德合叔的一双长满厚茧的手，激动得一时说不出话来，半晌才道："德合叔，亏得你把水缺堵好了，保住了这几十亩秧头肥！"德合叔只得结结巴巴地承认道："队里还有一块新秧没下肥，我本来是挑粪下秧头肥的，看见要下雨了，便……"他突然把下半句咽住了。我朝他脚下望去，只见那河堤底下放着一担肥料，一头盖着顶竹笠，一头盖着件黑布衫。

原来他是为了保护一担肥料，竟让自己被雨水淋得像个落汤鸡一般。老萧哆嗦着嘴唇，说："德合叔，你，快回去吧!"

德合叔这回可变得从容起来，说："这儿背风，春天雨没落得多久，再躲一阵雨便过了。别让粪淋湿了啰!"

老萧二话没说，一把将自己的竹笠戴到德合叔的头上，陡地跳下堤去，挑起那担粪拔腿就跑，急得德合叔摘下自己的竹笠，边跑着，边喊着："队长，别让粪淋湿了啰! 队长，别让粪淋湿了啰!"

1965 年发表于《羊城晚报》

大破 "白马公"

遂溪县岭北公社坡正湾村，有座白马庙，十多年来，不知给坡正湾人带来多少祸害。

早在一九五七年，贫农陈启明曾带头破除迷信。后来，陈启明得了恶疾。那些老顽固便趁机煽惑群众，说陈启明触怒了"白马公"，"白马公"要他的命。陈启明的爱人竟听信这些鬼话，弃医求神，结果延误而死。从此，这白马庙的香火便更旺了。

去年农历七月十四日，是所谓"白马公"的诞期。一大清早，不少人带着香烛供品上白马庙来敬奉"白马公"。没想到神阁的幔帐上写着四行大字：

"剥削阶级造鬼神，欺骗乡里害穷人；青年高举革命旗，破除迷信灭鬼种。"

这是怎么回事呢？原来坡正湾村有个基干民兵班长，名叫陈进德，专与这"白马公"作对。有一天傍晚，陈进德参加大队民兵营学习座谈会回来，从白马庙前经过，看见有人在里边祷告。他想起民兵营长的嘱咐："进德，那座白马庙是压在坡正湾人头上的一座封建大山，你要想些办法，把它挖掉！"他暗想：干脆把里边的摆设统统砸掉！但又一想：不妥，毛主席不是教导我们要注意工作方法嘛！得抓活思想，展开宣传教育。他连饭也顾不得吃，便把本班民兵陈伟才、钟志明、叶荣进、陈红芳等叫到白马庙里，用阶级和阶级斗争观点分析这白马庙的问题，统一了大家的认识，然后布置行动。

当晚，民兵们便分头活动，进行宣传、说服，组织阶级力量。老贫农炳兴大叔听说要打倒"白马公"，十分支持，对进德说："只要你有这个胆量，我保管给你撑腰！"在许多人的支持下，民兵的宣传教育工作有了很大进展。等多数群众觉悟提高以后，他们才在庙里写了诗。

信鬼神的人们一念，气得发呆，瞪大眼睛，半晌说不出话来。跟着来的一些不信鬼神的人们拍手道："说得对，说得对！"那些敬神的人听了，急得像掉头蜻蜓——四下里直打转。

这时，陈进德站了出来，他把这"白马公"祸害群众的罪恶，一条一条地"摆"了许多。

女民兵陈红芳扶着陈启明的爱人走上前来。启明嫂泣不成声地说："都怪我当初糊涂，听了人家的鬼话，启明才……才死了……"她难过得说不出话来。她镇静了一会儿，冲到佛龛跟前，指着香炉喊道："还我的丈夫！"说着，举起香炉朝石头上用力一砸，"当啷"一声，香炉立刻破碎。

炳兴大叔说："哪有什么'白马公''黑马公'，封建迷信害人不浅啊！新中国成立前，每逢年节我都拜它，可是，给地主做工，累死也捞不到一天饱暖。有一回，地主把我饿了一天，却让我来祭'白马公'，我一怒之下，便在半路上把供品吃光了，倒没见什么'白马公'要我的命。要不是吃了那一餐，也许我已经饿死了。以前，我供了它几十年，年年受穷，现在不供它，我年年富裕。要不是毛主席领导，我们穷人哪有今天！我们要听毛主席的话，决不信那些神鬼……"

信神的人们听了，受了一场深刻的教育。

从此，"白马公"的神威被彻底打垮了。在白马庙的旁边，建起一座崭新的文化室。社员们每天吃罢晚饭，便纷纷涌来学习毛主席著作，听陈进德读报，讲革命故事。连迷信较深的唐××也常到这儿来受教育，他说："我来听听，好换换脑筋。"

1966 年发表于《解放军报》

东风颂

东风浩荡，刮得天空雾散云开，刮得人们心胸豁然开朗，浑身都是劲儿。谁还能躺得住？我起个绝早，出发到雷州半岛岛腹上的一个公社。

虽然是天大旱，沿途却是流水不断。大片大片的田地，插下了绿油油的秧苗。好一派春色！我不禁问身边一个社员："你们这里不旱吗？怎么秧插得这样早？"

他向远处一指，我才看清那里尽是车水马龙，人流滚滚。我正疑惑间，这位社员说开了："看见了吧，人们正在大闹水晶宫，龙王爷也得听使唤啰！"这个社员的话音刚落，人群里便爆发出一片笑声。

我这才省悟过来，也笑着说："难怪这里春色特别浓。"

一位老大爷告诉我："今年东风刮得早，春天也就来得早，所以开耕也早啦！"

许多社员七嘴八舌地说："我们可要争分争秒，战胜干旱，夺取今年农业大丰收，落实华主席抓纲治国的战略决策。"

还用多问吗？东风强劲，春天早已来到人们的心里。我不由反复捉摸那位老大爷和社员们的话，觉得好耳熟。原来小时候曾听老人说过：东风是春天的向导，东风在前边一刮，春天便跟着来了。此刻，我联想到过去"四人帮"横行时，人们一抓生产，就被扣上"唯生产力论"的帽子，不让你大干社会主义的情景，越发感到这话道理深刻，不经过东风的奋战，扎扎实实压倒西风，春天会来得这么早么？

这不仅是个自然规律。人类历史的发展不也正是这样吗。

请打开我们党的历史看一看，哪一页不响着东风和西风拼死搏斗的呼啸声啊。且从一九二一年这一章翻起。从中国共产党诞生起，经过井冈山到遵义城，再到延安，东风和西风经过几番鏖战，东风压倒了西风，才把春天带到祖国九百六十万平方公里的土地上。然而，西风并没有消亡。不是东风压倒西风，就是西风压倒东风。去年秋天，西风就大有压倒东风之势，一时间，搅得满天阴霾沉沉。幸而历史的车轮没有被这股西风刮退，仍然继续朝着前进的方向滚动，东风终究压倒了西风，中华民族又迎来了个生气勃勃的春天。

东风总是这样唱着凯歌，走在春天的前边。

正是受了东风的鼓舞，我整整蹬了一天车子，竟没感到一点儿累。一到东风公社，就央求公社书记老韩带我到就近的东风大队去看看。他陪我串了几个生产队。队队都掀起了抓纲治国，战胜干旱，搞好春耕的热潮。我不禁问老韩："这个大队是不是全社最先进的大队？"

韩书记笑笑说："原先是。自从贯彻华主席抓纲治国的战略决策以来，全社刮起了一股强劲的东风，把一批原先不那么先进的大队也刮到前边去了！"

不知怎的，老韩的话老是在我耳边回响。是晚，日间见到的满街满巷揭批"四人帮"的墙报，漫川漫垌春潮滚滚的景象，像放电影似的，一个镜头又一个镜头，接连在眼前晃动，半宵也没法睡着，不禁捧起毛主席的光辉著作《论十大关系》和华主席在第二次全国农业学大寨会议上的讲话，细细阅读起来。读着读着，耳边隐隐响起东风的呼啸声，由近而远，又由远而近……

后半夜，我做了个梦，梦见东风越刮越大，刮得遍地万紫千红，刮得四海翻腾，风雷激荡。我和老韩忽然长出两片翅膀，乘着浩浩荡荡的东风，迎着四海云水，穿过五洲风雷，径直向人类理想中的春天飞去。

东风啊，刮吧，更猛烈地刮吧！

1977 年 3 月 27 日《南方日报》

历史的召唤

历史是个永不衰老的巨人，总是那么朝气勃勃地往前走；每当它要跨进一个崭新的里程，便发出划时代的强音，亲爱的同志，你可听到了么？

前些日子，我到附近几个县的农村走了一趟，看到广大干部和贫下中农都受了历史的召唤，在争分夺秒地朝着一个伟大的目标迅跑……

那天，我到了雷岭公社。这儿正在八雷岭上筑起一条两个流量，长达四千来米的渡槽。过不了几天，青年运河的水就可以滚滚滔滔地涌进渡槽，跨过八雷岭，把两万五千多亩旱坡地变成水浇地。老天爷就再也无法闹旱作难，阻挡人们向生产深度和广度进军了。

望着闪烁在八雷岭上的八个大字："抓纲治国，改天换地"，望着托入云天、横跨半个公社的渡槽，我不由失声叹道："嗨，这简直是从天上掉下来的巨龙！"

未及回头，一辆装满石子的胶轮手推车，猛地从我身边飞过。推车的是个六十多岁的老人。头戴一顶用蒲草织成的雷州帽，下巴刮得光溜溜的，叫人既看不到他一根白发，也看不到他一根胡子，只是满脸饱经风霜的皱纹掩饰不住他的年龄。老人显然不服老，拼命跑在青年们的前头，你追我赶，掀起一股股热浪。

我向就近几个正在碎石的青年突击队员打听老人是谁，一个穿红背心的青年笑笑说："他就是我们大队的'半夜醒'，公社远近都闻名，你不认识？"

几个青年七嘴八舌地说："这名儿早在开青年运河的时候就传开了；如今，大伙叫得越发响啦！"

穿红背心的青年仰头指指八雷岭上那面高高飘扬的红旗，用自豪的口气说："这面红旗，就是'半夜醒'，当年开运河扛回来的呢。"

我抬头望去，这才看清那红旗上绣着四个金闪闪的大字："力争上游"。公社儿女征服了干旱，改变了雷岭赤地千里的面貌。今天，在雷岭儿女继续革命的征途上，它又发出了熠熠照人的光辉。

青年们一边手起锤落，忙着碎石，一面打开话匣子，向我说出了这面红旗一段不寻常的经历：

这面红旗，在他们大队整整挂了十六年，一直鼓舞着他们大干社会主义。他们大队年年居上游，成为全县一个先进单位。去年却刮来一股阴风，硬给他们扣上"唯生产力论"的帽子，还要把这面红旗摘下来。"半夜醒"知道了，气呼呼地跑到大队，高声大嗓说："这儿不许挂，我拿回家里挂！扣我一千顶帽子，我挂一千年，扣我一万顶帽子，我就挂它一万年。千秋万代，都要力争上游！"听到这儿，我心里滚烫滚烫，忍不住插问："这面红旗怎样又在八雷岭上飘扬起来了？"

青年们大概是怕我耽误了他们的竞赛时间，故意关上话匣子："你去问我们公社党委书记老李同志吧。"

说是老李，其实是个三十刚刚出头的年轻人，高细个儿，头上什么时候都戴着一顶雷州帽，一走进群众中间，你根本认不出他来。我在八雷岭上找到他的时候，他正跟一个虎里虎气的突击队员赛得火热，二人浑身上下尽是湿淋淋的汗水。一听我说明来意，他劈头就问："你见到'半夜醒'了么？"

我抱歉地说："只打了个照面。"

"你从他的身上，可以摸到全公社贫下中农的心呢！"老李用一种喜悦和自豪的神情对我说。"那天，我们正在召开党委会，愤怒揭批'四人帮'的罪行，热烈讨论落实华主席抓纲治国的战略决策，一年初见成效，三年大见成效的规划。'半夜醒'扛着这面红旗，突然闯了进来，要求参加青年突击队，到八雷岭筑渡槽。同志们见他把胡子刮得干干净净，满头白发也用一顶蒲草帽罩住，似乎一下子年轻了十岁，都惊喜地问：'阿伯，你怎晓得青年突击队要上八雷岭筑渡槽？'他摸着下巴哈哈大笑起来：'华主席不是在北京发号召了么！要抓纲治国，不大干还行！'听得同志们心里热乎乎的，大家一致通过，由他把这面红旗插到八雷岭上……"

听了老李的介绍，我虽然还未认识"半夜醒"，然而，不是已经摸到广大贫下中农的心了么？

当晚，我特意到草棚里跟突击队员们住在一起。只见"半夜醒"把那面"力争上游"红旗端端正正地竖在床前，睡着了，双手还握得紧紧的，像是握着旗杆在冲锋。我猜想，他必定做梦也在高举着这面红旗去力争上游。后半夜，忽然隐隐听到一阵轻微的声音，醒来一看，原来是"半夜醒"在穿衣服。说也奇怪，正在酣睡的青年，一个个脑子里都仿佛装着一根奇妙的发条，被这微弱的声音一拨，便在同一刹间跳了起来。"半夜醒"随手举起红旗使劲一晃，青年们立刻争先恐后地冲出草棚，那情景，就像激战前夜，抢先去占领制高点……

我没追上几步，便碰上公社党委书记老李。没等我开口，他便乐呵呵地打趣说："呵哈，你怎么也变成'半夜醒'啦？"

"这里从群众到干部，全都成了'半夜醒'，我能不受到一点传染么？"

"是啊，党中央一举粉碎了'四人帮'，人民群众被压抑的社会主义积极性，就像运河开闸，滚滚滔滔奔涌出来，谁能躺得住？"

我接着说："这位'半夜醒'老大爷还真不服老呢，半夜就起来了。他起床好像成了青年们半夜起来去力争上游的信号呢！"

老李一听，放声大笑："你别以为大伙儿的脊梁骨一碰上床板，可就没事啰。其实哪，梦里也在念叨着实现四个现代化的时间表，要为祖国争光啊！"

此时，紧随着那面"力争上游"红旗，从四面八方飘出无数面红旗，像无数支火炬，在八雷岭上下燃烧……

面对这火红的世界，老李的话像火一般点燃我胸中的激情。是的，八雷岭渡槽只是祖国整个社会主义建设的一项小小工程，但它却联结着四个现代化的伟大目标。要实现这个伟大的目标，我们可要扎扎实实地计算这宝贵年的每一分每一秒啊！

红日喷薄，我回到工地指挥部，看见一位年轻的姑娘正迎着朝阳在一面红旗上绣字。她分明用太阳的光辉绣出了四个激励人心的大字："贵在鼓劲"，却还不肯释手，仍在一针一针地往"劲"字上绣，像是要把全体贫下中农的劲儿都绣上去。我情不自禁地问："这面红旗是奖给哪个突击队的？"

这姑娘朝飘扬在八雷岭上那面"力争上游"红旗望了望，笑着说：

"你猜呢?"

　　还用猜么?作为历史的奖赏,这面红旗必定是奖给争分夺秒地奋斗,用最高的速度推动历史到达理想境界的人们!

1977 年 10 月 3 日发表于《南方日报》

发光的书签

　　每个人大抵都有自己所特别喜爱的东西。我从小就特别喜爱书签，常常翻箱倒柜，拿出小剪刀、硬纸皮，不是剪个蝴蝶儿，就是剪颗小核桃，然后用蜡笔涂上各种颜色，又用绣花线结上五彩缤纷的穗子，如珍似宝地夹在书页里，把一枚枚书签都看作是打开知识宝箱的金钥匙。渐渐长大以后，书签更成了我攫取知识的良师益友。每当我拈着花线穗子轻轻翻开书页的时候，抄录在书签上面的诸如"学海无涯苦作舟""知识就是力量"一类的格言警语，便立时扑进我的心扉，给我以奇妙的力量……聪明在于勤奋，然而，我对书签产生特别喜爱的感情，却是由于她着实给我的启迪。

　　近来，我对书签的喜爱，忽然超乎以往的感情。

　　那天清晨，我在乡村偶然遇见一群上早学的孩子，脑瓜儿碰着脑瓜儿，在叽叽喳喳地赞赏着什么。赶近一看，原来每个孩子的手心里都闪着一枚别出心裁制作的书签。你瞧，用红鲜鲜的塑料片子，剪成一支火炬的形状，忽闪忽闪的，多像一支支火炬，在孩子们的手心上燃烧！

　　"卢老师可真好，六一节，给我们班每个同学都做了一枚这么美的书签！"孩子们欢天喜地地说。

　　这时，远处隐隐传来扣人心弦的钟声，孩子们受了召唤，扑着钟声飞也似的跑了。那一枚枚仿若火炬的书签却留在我的心里。

　　说也奇怪，这天黑夜，我送一位女同志进医院，在那儿又突然见到一枚这样的书签。

　　一进病房，便看到个三十四五岁模样的女同志，斜躺在洁白的病榻上，两手捧着一本小学《语言》，看得那么专心，那么入神，连病人的呻吟也压根儿没听见似的，仿佛这儿并不是病房，倒是她学习、工作的岗位。及至经过她的身边，这才发现她的脸色一阵铁青一阵蜡黄，眉梢上几条跟她漂亮的相貌极不协调的皱纹积着一层层汗珠，紧紧咬着的嘴唇渗出一丝丝依稀可见的血迹。我陡地愣住了。

听医生说，她是肾病发作引起剧痛，刚刚注射了冬眠药物，很快就会入睡的，而且非到明儿日出轻易不会醒来。可是，隔壁的时钟才"当，当，当，当"地响了四下，她便醒来了，摇晃着身子磨磨蹭蹭爬下床。

"同志，你要干什么去？"我关切地问。

她愣了愣，似醒非醒地说："该回学校了。"我赶忙扶住她："天还没亮哩，快躺下吧。"

她淡淡地笑了笑："学校里都敲晨钟了，再躺可就耽误了孩子们的时间啦！"说着又颤颤巍巍站起来。

哦，原来她把隔壁的挂钟响当作学校里的晨钟声，不管我怎么劝说，也终究拦不住她。我只好去告诉值班医生。

这使医生大为惊奇："还不到四个小时，这'复方冬眠令'怎么倒失去效用了呢？"待他匆匆跑进病房时，那位女教师已经走了。只见枕头旁边有个什么东西在闪忽，拿起一瞧，竟是一枚跟我从那群孩子手上见到的完全一个模样儿的书签，上面还写着一行发人深思的文字："你每一分钟为祖国增添多少分光明？"

我心里豁然一亮：莫非她就是那群孩子所特别尊敬的卢老师？"哦，原来奥妙在这枚书签上！"医生悄然大悟地说。

这书签上面空间有什么奥妙呢？我一时觉得不解。

医生便向我解释道："很明显，这书签上的文字已深深镂刻在她的大脑皮层上，形成了一种强烈的意念，以致神经中枢的细胞时刻处在极度兴奋的状态，每一分钟都在努力创造光明，这就大大削弱了冬眠药物的抵制作用……"

经医生这么一说，我不但弄懂了医学上一个有趣的道理，而且从中悟出一个耐人寻味的思想，立即拿着书签追出医院。当我迎着校园东隅窗户眼射出的第一道灯光走去时，一个感人肺腑的情景蓦地映入我的眼帘：

但是，她头上扎着一条"祝君早安"的白毛巾，左手托着脑门，在吃力地一笔一画地批改着孩子们的作业：每一笔、每一画，那鲜红的笔迹，不正是从她的胸口冒出来，沿着笔尖滴进去的心血么?!

这时，我手心上的书签不知怎的忽然跳跃起来，眼前一晃，出现无数枚书签，煞似无数支火炬在燃烧，正形成一个无限光明的世界。

1980 年发表于《湛江文艺》

蜜泉

一到雷州半岛南端，便进入了夏天的故乡，漫山遍野都蒸发着腾腾上升的热气。忽听无名山下隐隐约约传来叮叮咚咚的泉声，循声寻去，果见奇形怪状的巉岩隙里，喷出一股泉水，如丝，如练，那一股凉气直沁人心脾，便忍不住跪到青石板上，美美地喝了几口。

突然，泉水底下的石面上，蓦地出现个仙女似的姑娘，肩上挑着两个水桶，一个劲地抿着嘴儿朝我偷笑。

我着实一怔，未及开口，便听得她轻声细语地问道："甜吗？同志。""甜，真甜。"我又惊喜又尴尬地说，"可是，我把你的泉水给弄脏啦。"

"噢，蜜蜂仙女飞进去洗澡都不打紧，你喝几口就能弄得脏么！"她依旧轻声细语地说，在泉水底下摆动一下两个木桶，挑着满满一担泉水，踏着石径爬上山去。

我不禁跟到山上一看：原来这儿是个菠萝山，方圆足有几里地，栽满了一行行一丛丛碧绿肥硬的菠萝，一眼望不到头。只见菠萝丛里闪动着各种花色的衣衫，显然，全都是雷州姑娘。她们一面干活，一面赛起了情调特别的雷州歌。

这边唱：啊哩——

菠萝香来菠萝甜，香飘四季甜万年。你知菠萝为乜香，你知菠萝为乜甜？

那边和：啊哩——

菠萝香来菠萝甜，香飘四季甜万年。都因菠萝汗水灌，没有汗水不香甜。

我朝歌声走进菠萝地，果然看到每个姑娘脸上的汗水都像断了线的珠儿，扑扑簌簌往下掉。可是，谁也舍不得擦，任由它沿着鬓梢，沿着腮帮，源源不绝地洒在菠萝叶上。前边背着喷雾器的姑娘们，只顾给一棵棵煞似剑丛的菠萝往叶心里喷药水；后边挑着水桶的姑娘们，只顾跟着一瓢一瓢地给喷过药的菠萝浇水……

"这菠萝长得这么旺盛．也有虫子钻心么？"我疑惑地问道。

不想姑娘们听了，却"扑哧"一声笑起来："我们是给菠萝催花哩！"

催花？真新鲜。可我细心地瞧来瞧去，半晌也看不到一朵花骨朵儿。倒是姑娘们脸上掉落的汗珠，在菠萝的剑叶上一闪一闪，宛若玲珑剔透的奇葩。几个姑娘同时用手掰开菠萝叶指给我看，这才发现花儿开在叶缝里，有黄色的，也有紫红色的，散发着扑鼻的芳香。我不禁叫起来："呀，开得真快！"

姑娘们笑得更欢了："这哪里是催的？是它自己开的呢。"我不解了："那为什么偏要给它催花呢？"

姑娘们打趣地说："这可得去问问想吃菠萝的人啰！"

"还用得着问谁去？"有个眼睛特别大的姑娘突然劈头问道："同志，你想什么时候吃菠萝呀？"

原来菠萝跟别的花果不一样，花期并不十分固定，有的结果了，有的还没开花。喷了催花药，不但花儿开得快，果儿结得也快。

我被问得嘴儿立时馋起来，很想尝个"地头鲜"，可惜，眼下正催花。

没料到收工后，那个大眼睛姑娘竟端来一盘金灿灿的菠萝块，俏皮地说：

"同志，算你有口福啰，碰上'蜜蜂仙女'培育出第一批'四季甜'。快尝尝吧，可别连舌头也一块吞啊！"

我毫不客气地尝了一块，果然香甜，逗得姑娘们那个乐呀……

咳，叫她们怎么不乐？这片菠萝山，是粉碎"四人帮"后才开垦出来的。从劈山、翻土、栽种到管理、收割，全凭她们十几双手。这可得流多少汗水啊。打从去年开始，这汗水不但开出一批批花，结出一批批果，而且还根据人们的生活需要，终于培育出"四季甜"来。

这当儿，我才注意到一个拖着两条长长的辫子的姑娘，站在旁边一直不作声，只顾抿着嘴巴暗暗发笑。这不就是刚才在泉水边碰见的那个姑娘么？

"她就是'蜜蜂仙女'呀，你不认识？"大眼睛姑娘突然走到那长辫子姑娘的面前，用一种自豪的口吻给我介绍说。

长辫子姑娘狠狠白了她一眼，轻声细语地骂道："贫嘴婆！"便又抿着嘴儿笑起来。

我赶忙向她央求道："阿妹，快给我讲讲蜜蜂仙女洗澡的故事吧！"

她笑了笑，不肯说。大眼睛姑娘却自告奋勇地说起来："从前，这儿是个百花山，一年四季满山蜜蜂嘤嘤嗡嗡，酿成的百花蜜收也收不完。一天正午，天气热得出奇，有个来收蜜的人正要到山脚下去喝口泉水，突然看见一只奇特的蜜蜂飞进石泉眼里，扑棱一下翅膀，变成个仙女，痛痛快快地洗起澡来……"

我不禁插嘴道："怪不得那眼石泉喷出的泉水，就跟蜜一样甜！"

"同志，这全都是她编出来的，可不要听，不要听呀！"长辫子姑娘抢着说。

"那你为什么每回都听得入了迷？"姑娘们又哄然大笑起来。

其实，这哪里是离奇的传说？我离开菠萝山，偶尔回头一望，忽见姑娘们围着那眼石泉，一面唱着雷州歌，一面挑水。我心里不由豁然一亮，几乎喊出声来：她们不正是一群"蜜蜂仙女"，用身上喷泉一般的汗水，为人们酿造着最浓最浓的蜜么！

1980 年 12 月 28 日发表于《羊城晚报》

雕塑的童话

记得小时候，我特别爱玩泥巴，常常挖回一大堆黏土，或者捏个丑小鸭，或者捏个不倒翁……久而久之，竟然捏出个古怪的癖好，大凡见到个什么雕塑，至少要迷上几天几夜……

一次偶然的机会，在中国人民革命博物馆里，看见潘鹤先生雕塑的《艰苦岁月》，眼前立时闪过中国工农红军在二万五千里长征路上艰苦跋涉的情景……我又回到了烽火连天的岁月，肩上扛着一杆破枪，让老炊事员拽着胳膊，在漫漫无边的黑夜里，拖着沉重的脚步，一步一步走到黎明。

"走吧，博物馆要关门了。"同伴一再催促。我这才回过神来，恋恋不舍地离去。然而，那个雕塑的红军老战士，借着行军途中片刻小憩，特意为疲惫不堪、抱着一杆破枪，伏在他膝盖上的小战士吹笛子的形象，却久久留在我的心里。

一九八四年春，头一次涉足深圳。从火车站直至市政府大楼，马路上尽是带着黏糊糊黄泥巴的车辙、足迹。我走着走着，不觉走进了市政府大院。冷不防，一头犍牛猛然闯进我的眼帘。我不禁大吃一惊，原来这是一件雕塑；整个造型极具匠心，浑身焕发出摧枯拉朽的力量，瞪着一双虎虎生气的眼睛，勾着头在默默地使劲……不知为什么，我并没有像以往那样，轻易陶醉于雕塑家的鬼斧神工，却蓦然记起个前不久听到的故事——市里有个干部，对塑造这头"开荒牛"很不以为意，忍不住发了点小牢骚："花这么多钱足够买上百头活生生的耕牛了，非要造一头不会耕田的死牛。让我想上一千零一夜，我也想不通！"市长听了后，气得一连声："愚昧！愚昧！"差点没把那个干部给撤掉。

愚昧永远产生不了现代文明。难怪市长动那么大的肝火。后来，我又

611

一次来到市政府大门口，在右侧一片不十分显眼的地方，忽然发现又一尊一直屹立在我心坎上的塑像：《艰苦岁月》。不禁一阵惊喜。奇怪的是，这支队伍忽然变了装束，而且特别庞大，连我自己也居然挤在中间，头顶上飒然飘忽着一面铺天盖地的旗帜，上边赫然闪着"改革开放"字样……我不由得愣住了。老半天才悄然大悟：那个《开荒牛》固然并非一头死牛，这尊《艰苦岁月》更非一尊没有生命力的塑像！二者前后呼应，浑然形成一种特别深长的意味！

好多年了，我一直没有机会见到那位市长。然而，每每打从市政府门前经过，不管多么匆忙，也不管刮风下雨，我总要被那隐隐约约的笛声所牵引，非得跑到那尊《艰苦岁月》塑像跟前，忘情地逗留片刻。

这天，我在那儿遇上个干部模样的老人和一个大概还在上幼儿园的孩子。不用问，他们是爷孙两个。

"爷爷，你为什么老是带我上这儿来呀？"

"爷爷希望你能跟这棵榕树一样，长得又快又可爱！"

"这棵榕树为什么会长得这么快，这么可爱呢？"

"瞧"老人指了指那尊雕塑的老战士，"这位爷爷的笛子有多神奇！""这有什么神奇呀，怪模怪样的。"

"别看表面不起眼。那里边可藏着许多许多神奇的故事呢！这位爷爷不住地给那个小哥儿吹呀吹呀，小榕树在旁边听着听着，便一个劲儿往上长呀长呀……"

"噢，这支笛子真有这么神奇？""唔"老人断然地点了点头。

小孙子半信半疑地将耳朵贴到雕塑的笛子上，认认真真地听了好一会儿："爷爷，我怎么没听见笛子里有什么神奇的故事呀？"

"你的耳朵还没长灵性呢，孩子。"老人意味深长地说，"你想要听到这位爷爷用笛子吹出来的故事，就得快点儿长大啊！"

"我什么时候才能长大呢？"

"呵呵，这可要看你的努力！"

"好！"孩子高兴得蹦又跳："那我们签个合同吧！"

这，太出乎人的意料了！老人好不莫名其妙："签什么合同？"

"您保证每个星期天都一定带我来这儿，我保证努力长大嘛！"

老人猛地将小孙子举了起来，乐得咯咯大笑……

我还用得着苦苦思索么？这位老人和他的小孙子不明明白白地告诉了